KARL MAY

Karl May, am 25. Februar 1842 in Hohenstein-Ernstthal geboren und in ärmlichsten Verhältnissen aufgewachsen, gilt seit einem halben Jahrhundert als einer der bedeutendsten deutschen Volksschriftsteller. Nach trauriger Kindheit und Jugend wandte er sich dem Lehrerberuf zu. Als Redakteur verschiedener Zeitschriften begann er später die Schriftstellerlaufbahn, zunächst mit kleineren Humoresken und Erzählungen. Bald jedoch kam sein einzigartiges Talent voll zur Entfaltung. Er begann „Reiseerzählungen" zu schreiben. Damit begründete er seinen Weltruhm und schuf sich eine nach Millionen zählende Lesergemeinde. Die spannungsreiche Form seiner Erzählkunst, ein hohes Maß an fachlichem Wissen und eine überzeugend vertretene Weltanschauung verbanden sich überaus glücklich in seinen Schriften. Auch heute begeistern die blühende Phantasie und der liebenswürdige Humor des Schriftstellers in unverändertem Maß seine jungen und alten Leser. Karl Mays Werke wurden in mehr als zwanzig Kultursprachen übersetzt. Allein von der deutschen Originalausgabe sind bisher über sechsundvierzig Millionen Bände gedruckt worden. Karl May starb am 30. März 1912 in Radebeul bei Dresden.

KARL MAY

# DER WALDLÄUFER

*UNGEKÜRZTE AUSGABE*

KARL MAY TASCHENBÜCHER
IM
VERLAG CARL UEBERREUTER
WIEN-HEIDELBERG

# INHALT



*


Herausgegeben von Dr. E. A. Schmid


*



*


ISBN 3 8000 4070 0
Bestellnummer
T 70

Gesamtherstellung: Salzer - Ueberreuter, Wien
Printed in Austria

## *Vorwort des Herausgebers*

*Der vorliegende Band, der die Gesammelten Werke zum Abschluß bringt, stammt aus Karl Mays frühester Schaffenszeit und stellt im Gegensatz zu den anderen Werken eine Nachgestaltung dar, die sich allerdings von dem zugrunde liegenden klassischen Indianerroman von Gabriel Ferry ganz wesentlich unterscheidet.*

*Der Umstand, daß es sich bei Karl Mays ‚Waldläufer' um ein durchaus eigenschöpferisches Werk handelt, bedingt die Aufnahme in die Gesammelten Werke. Hinzu kommt noch ein weiterer Grund: Die ‚Waldläufer'-Bearbeitung brachte in Mays Schaffen eine bedeutende Wende und vermittelt dadurch einen wichtigen Einblick in die schriftstellerische Entwicklung.*

*Bevor May Ferrys ‚Waldläufer' neu formte, hatte er erst wenige Indianerromane geschrieben: neben einigen kleineren Erzählungen lediglich ‚Old Firehand' (später von May zum Mittelteil des zweiten Winnetou-Bandes umgestaltet) und ‚Kapitän Kaiman'. Die Urfassungen dieser beiden Werke unterscheiden sich in ihrer Art kaum von den vielen unbedeutenden Indianererzählungen, die seit Coopers ‚Lederstrumpf' entstanden waren; nur geringe Kenntnis der Sitten und Gebräuche und blutig-kriegerisches Geschehen sind die Hauptmerkmale, die Indianer werden oft geringschätzig als ‚Wilde' bezeichnet, und nur einzelne hervorragende Krieger treten als ‚Helden' auf. Im übrigen spielt sich die Handlung dieser frühen Indianergeschichten Mays in den nördlicheren, ‚klassischen' Indianergebieten Amerikas ab, also in erster Linie unter den Sioux-Stämmen. Die ‚Apatscheria', in der Ferrys ‚Waldläufer' spielt, öffnete eine neue Gegend und erweckte Mays Anteilnahme so sehr, daß er kurz darauf weitere eigene Werke in südlichen Bereichen Nordamerikas handeln ließ. Während er aber im ‚Waldläufer' noch Ferrys Parteinahme für die Komantschen und gegen die Apatschen beibehielt und auch noch häufig den Ausdruck ‚Wilde' gebrauchte, änderte er dies bereits beim nächsten Werk (‚Deadly Dust' = Anfang vom dritten Winnetou-Band), dessen Handlungszeit zudem — wie die aller Winnetou-Erzählungen — mehr als dreißig Jahre nach dem ‚Waldläufer' zu denken ist. Und je mehr Indianererzählungen May schrieb, desto nachhaltiger trat er für die Apatschen ein, jenes Volk also, das in schlimmen Verruf kam, seit eine Stammesgruppe unter dem blutdürstigen Häuptling Geronimo zum Schrecken aller Weißen wurde, während die überwiegende Mehrheit gleichzeitig unter dem obersten Häuptling Cochise Frieden mit den Weißen schloß.*

*So dürfte wohl die ‚Waldläufer'-Bearbeitung in erster Linie Beweggrund für May gewesen sein, sich von den nördlichen Stämmen und Völkern dem Apatschenland und seinen Bewohnern zuzuwenden und ihnen seine Teilnahme in solchem Maß zu schenken, daß er ihnen in der Gestalt seines Winnetou ein einzigartiges bleibendes Denkmal errichten konnte. Inwieweit dazu bereits Ferrys indianischer Held beitrug, untersuchte Franz Kandolf in zwei Aufsätzen, die dem vorliegenden Buch als Nachwort angefügt sind.*

## *Pepe, der Schläfer*

Da, wo sich der jedem Seefahrer als ‚Matrosenfriedhof' bekannte Meerbusen von Biskaya zwischen Frankreich und der Pyrenäen-Halbinsel einschiebt, liegt an der spanischen Nordküste der kleine Hafen Elanchove. Anmutig und wuchtig zugleich steigt das Land terrassenförmig empor, vor den gefräßigen Fluten des Meeres durch einen aus Quadersteinen errichteten Damm geschützt, von dem aus man die sich stufenartig erhebenden Felsen ersteigt, um in die einzige Straße zu gelangen, die einer ungeheuren, von der Natur gleichsam für gigantische Wesen errichteten Treppe gleicht und so das Dorf Elanchove bildet.

Auf der höchsten Spitze des Felsengürtels erhebt sich ein verwittertes Schloß, das mit seinen Schieferdächern und gotischen Wetterfahnen weit hinaus über die See blickt und dem alten, reichen Geschlecht der Mediana gehört.

Schon seit langer Zeit hatten die Grafen von Mediana dieses in so wilder und einsamer Gegend liegende Schloß nicht mehr bewohnt, sondern ihren Aufenthalt fast nur noch in Madrid gehabt, wo sie von ihren militärischen Pflichten in der Nähe des Königs gehalten wurden. Zur Zeit, als die Heere Napoleons Spanien überschwemmten, diente Juan de Mediana, der ältere von zwei Brüdern, als höherer Offizier in der Armee. Don Antonio, der jüngere Bruder, hatte eine Stellung bei der Marine angenommen, war aber auf einer Expedition nach den spanischen Besitzungen in Mittelamerika spurlos verschwunden. Weil man auch von seinem Schiff nicht mehr das geringste vernahm, hatte sich bald das Gerücht von seinem Tode verbreitet, ohne jedoch durch eine zuverlässige Kunde bestätigt worden zu sein.

Die siegreichen Legionen des französischen Imperators rückten von Provinz zu Provinz; der Krieg entwickelte sich in all seiner leidenschaftlichen Unversöhnlichkeit, und die spanische Regierung sah sich zu den größten Anstrengungen gezwungen, den kühnen Eroberern Einhalt zu tun. Auch Graf Juan de Mediana erhielt die Weisung, mit seinem Kommando am Verteidigungskampf teilzunehmen. Bevor er jedoch zur Armee abging, brachte er Doña Luisa, seine Frau, und den kleinen Fabian, sein einziges Kind, nach Schloß Elanchove, wo er beide in der Einsamkeit dieser abgelegenen Gegend vor jeder Fährlichkeit sicher glaubte, und vertraute sie der besonderen Obhut seines Verwalters Don Juan de Diaz an, — bis zu seiner Rückkehr, wie er sagte. Aber er kam nicht mehr zurück, um die beiden Geliebten abzuholen, denn eine französische Kugel streckte ihn in einem der Kämpfe, die der Schlacht von Burgos vorausgingen, zu Boden.

Von jetzt an bewohnte Doña Luisa mit ihrem Liebling ganz allein

Schloß Elanchove und trauerte um den Tod des Gatten, den ihr ein so grausames Schicksal entrissen hatte. Mit mütterlicher Sorgfalt wachte sie über das Wohl des kleinen Fabian, der, wie sie nicht anders wußte und glaubte, nun der letzte seines Stammes war.

Die Einwohner des Dorfes sind meist Fischer und während des ganzen Tages nicht daheim. Daher erscheint Elanchove auf den ersten Blick unbewohnt und verlassen. Allein zuweilen steigt von den kaminlosen Dächern der Häuser Rauch empor, der anzeigt, daß die Hausfrauen für die heimkehrenden Gatten und Söhne die Mahlzeit bereiten, und dann erscheint öfter ein Gesicht am kleinen Fenster oder eine weibliche Gestalt im grellfarbigen Rock und mit lang herabhängenden Zöpfen vor der Tür, um auszuschauen, ob die Erwarteten ihre Kähne nach der Küste gelenkt haben. Das einförmige, lautarme Leben auf der Höhe, verbunden mit dem brandenden Getöse der Wogen in der Tiefe gibt Elanchove einen Anstrich tiefer Melancholie, der durch die Armseligkeit der mit Sand und Stürmen kämpfenden Vegetation eher vermehrt als vermindert wird.

Bei seiner einsamen Lage an der Küste von Biskaya hatte der Hafen von Elanchove, wie man sich leicht denken kann, eine zahlreiche, aus Miqueletes bestehende Besatzung. Diese Milizsoldaten befanden sich nicht in der angenehmsten Lage. Die spanische Regierung verweigerte ihnen zwar keineswegs den Sold, vergaß aber beständig, ihn auszuzahlen. Die Folge davon war, daß sich die Aufmerksamkeit der Besseren von ihnen verdoppelte, durch die Beschlagnahme von Schmuggelgütern sich von Zeit zu Zeit eine Prämie zu verdienen. Die weniger Gewissenhaften unter den Zollbeamten aber machten mit den Contrabandistas gemeinschaftliche Sache, um mit ihnen die Früchte des verbotenen Handwerks zu teilen. Daher entwickelten alle, vom Hauptmann der Carabineros an bis zum geringsten Miquelete herab, eine unermüdliche Tätigkeit, wobei sich natürlich ihre heimlichen Interessen feindselig gegenüberstanden, so daß sie alle List und Schlauheit anwenden mußten, einander den Vorteil aus der Hand zu ringen.

Unter diesen Küstenwächtern gab es einen, dem der Schleichhandel vollständig gleichgültig war; er ging sogar so weit, zu behaupten, ein Schmuggel sei in Elanchove ganz unmöglich und völlig undenkbar. Man wußte, daß er auf seinem Posten beständig einschlief, und nannte ihn daher nicht anders als den ‚Schläfer', ein Name, dem er so oft und so viel wie möglich Ehre zu machen suchte.

Er hieß Pepe und war ein Kerl von fünfundzwanzig Jahren, groß, mager, sehnig und überaus stark. Seine schwarzen, tief unter dichten Brauen verborgenen Augen blickten gewöhnlich teilnahmslos in die Welt, doch konnten sie, wenn er sich unbeobachtet wußte, auch Blitze werfen, die man ihnen sonst nicht zugetraut hätte. Seine Züge hatten ein durchaus schläfriges Aussehen, und sein Gang, seine ganze Haltung war die eines Mannes, der gleichmütig Gottes Wasser über Gottes Land laufen läßt. Er schien bei allen Anzeichen eines rüstigen Körpers und einer feurigen

Seele der faulste und lahmste Mensch der Erde zu sein; beständig in seiner Hängematte liegend, schlief er Tag für Tag zwanzig Stunden und dachte, wenn er erwachte und sich seine Zigarette anbrannte, mit Entzücken daran, daß er bald wieder einschlafen werde.

Man hätte denken sollen, daß sein Vorgesetzter, der Hauptmann Don Lucas Despierto, über diesen Mangel an Pflichteifer höchst erzürnt sein werde; dies traf aber nicht zu und hatte wohl auch seine guten Gründe. Don Lucas hatte auf seinem Bestallungsdekret zwar ein beträchtliches Gehalt verzeichnet, von diesem jedoch, gerade wie seine Untergebenen, seit mehreren Jahren nicht die mindeste Spur in seiner Tasche bemerkt, und da sich die Finanzen des Reiches in den allermißlichsten Verhältnissen befanden, so gab es auch keine Hoffnung, jemals etwas ausgezahlt zu erhalten. Daher philosophierte er folgendermaßen: ‚Beißt den König sein Gewissen nicht, wenn ich trotz meines Amtes verhungere, so beißt mich auch das meinige nicht, wenn ich trotz dieses Amtes zu leben suche. Ich soll an der Küste aufpassen und darben —; gut, ich werde meine Augen offen halten und dabei Geld verdienen. Meine Carabineros dürfen freilich nicht das mindeste davon merken, sonst könnte ich um die schöne Anstellung kommen, und ein Amt ohne Gehalt ist immerhin besser als gar nichts. Der gescheiteste von allen Miqueletes ist doch dieser brave Pepe. Er verschläft den Hunger und wird sich nie darum kümmern, ob sein Hauptmann Privatgeschäfte macht. Ich kann mich auf ihn und seine Schlafsucht vollständig verlassen und werde ihn stets dahin stellen, wo ich keine Augen brauche!‘ — Pepe war damit durchaus einverstanden und gab sich nicht die geringste Mühe, seine dienstliche Befähigung in einem helleren Licht erscheinen zu lassen. Auch das hatte vielleicht seine guten Gründe.

Eines Abends lehnte er an seiner Tür und lauschte den nimmer ruhenden Stimmen der Natur. Ein dichter Novembernebel lag auf der See und bot im Verein mit der nächtlichen Dunkelheit dem Auge unüberwindliche Hindernisse dar. Pepe hatte in der Dämmerung ganz draußen am Horizont ein Segel bemerkt, das zu kreuzen und also die Nacht abzuwarten schien, um unbemerkt an der Küste anlegen zu können.

Da erklangen Schritte, und sofort schlossen sich Pepes Augen, sein Kopf neigte sich auf die Brust herab, und seinem halbgeöffneten Mund entquollen jene wundervollen Töne, die der musikalische Laie mit dem häßlichen Worte ‚Schnarchen‘ bezeichnet. Der Nahende war ein Kamerad.

„Pepe!“ rief er, als er den Schläfer erkannte.

Der Angeredete antwortete mit einem kurzen Grunzen.

„Pepe, wach auf, altes Murmeltier!“

„Wo — wie — wa — was?“ fragte jetzt der Miquelete, wobei es schien, als erwache er aus tiefstem Schlaf.

„Por Dios, der Kerl schläft sogar im Stehen, grad wie ein steifbeiniges Maultier, das sich nicht mehr legen kann! Reib dir die Augen aus und mach dich von hinnen; der Hauptmann will sofort mit dir sprechen!“

„Der Hauptmann?“ klang es mitten aus einem entsetzlichen Gähnen heraus.

„Ja, der Hauptmann Don Lucas Despierto.“

„So, der Hauptmann. Wie herrlich wäre es, wenn der Mensch schlafen könnte, ohne so oft aufwachen zu müssen! Geh, ich werde sehen, ob ich kommen kann!“

„Kommen kann? Kann? Du mußt, sage ich dir; der Dienst ruft, verstehst du, und der geht über den Schlaf!“

„Gut, daß du mich daran erinnerst. Ich werde also kommen.“

Er trat in die Hütte, um seine Mütze zu holen, während der Kamerad sich schnell entfernte. Als er sich wieder allein wußte, reckte sich seine schläfrig zusammengesunkene Gestalt empor, und seine verschleierten Augen bekamen jenen Glanz, den man nur bei heißblütigen und entschlossenen Charakteren bemerkt.

„Er hat wirklich geglaubt, ich schlafe im Stehen; Santa Lauretta, sind diese Menschen leichtgläubig! Was kommt den Hauptmann an, daß er mich rufen läßt? Hat sein Beutel schon wieder Ebbe, und soll ihm etwa mit dem Segel da draußen die Flut kommen? Ich werde das bald erfahren!“

Er begab sich nach der Wohnung seines Vorgesetzten. Diesem ging offenbar etwas im Kopf herum, denn er war so in Gedanken versunken, daß er den Eintritt des ‚Schläfers‘ gar nicht bemerkte.

Pepe lehnte sich an die Wand und schloß die Augen. Er hatte aber recht wohl ein zusammengefaltetes Papier bemerkt, das am Boden lag und jedenfalls schon in irgendeiner Tasche herumgetragen worden war Ein scharfer Blick unter den gesenkten Lidern hervor auf den Hauptmann, der ihm den Rücken zukehrte, zeigte ihm, daß er es wagen könne. Mit einer blitzschnellen Bewegung hatte er das Papier aufgehoben, und unter dem Mantel verborgen; dann fiel er wieder in seine scheinbare Gleichgültigkeit zurück. Er sagte sich im stillen, daß es doch schade sei, ein Papier liegen zu lassen, das seinen Wert haben müsse, da man es bisher aufbewahrt hatte.

Da drehte sich der Hauptmann um und bemerkte ihn.

„Holla, Pepe, schläfst du?“

Der Miquelete stieß einen tiefen Seufzer aus und schlug die Augen auf.

„Hier bin ich, Herr Hauptmann“, antwortete er, ehrerbietig salutierend. „Ich glaube, Sie haben mich rufen lassen?“

„Du glaubst es? Wahrhaftig, der Mensch ist im vollen Schlaf herbeigelaufen und weiß nicht genau, ob er gewacht oder geträumt hat!“

„Ich komme auch im Traum, Herr Hauptmann, — ein Beweis von Gehorsam, wie ihn kein anderer zu führen vermag.“

„Richtig!“ lachte Don Lucas. „Doch laß uns zur Sache kommen! Es sind schlechte Zeiten, nicht wahr, Pepe?“

„Es ist mir, als hätte ich davon sprechen hören.“

„Es ist dir so? Ja, das Elend der jetzigen Zeiten hat über dich nur halbe Macht: du schläfst beständig."

Pepe unterdrückte ein Gähnen.

„Wenn ich schlafe, habe ich keinen Hunger Und dann träumt es mir auch zuweilen, daß die Regierung mir meinen Sold bezahlt."

„Dann bist du glücklicherweise nur einen kurzen Teil des Tages ihr Gläubiger. Aber weißt du auch, daß der immerwährende Schlaf eigentlich schlecht zu den Obliegenheiten eines Miquelete paßt?"

„Ah? Wieso?"

„Ein Küstenwächter muß vor allen Dingen wachsam sein. Man spricht täglich immer mehr von deiner Trägheit, und es kann gar leicht so weit kommen, daß du als ein unnützer Diener aus dem Amt gejagt wirst. Es wäre recht traurig, wenn du ganz ohne Dienst wärst!"

„Ganz fürchterlich, Herr Hauptmann!" stimmte Pepe mit außerordentlicher Gutmütigkeit bei. „Ich sterbe beim Dienst schon vor Hunger; wie soll es dann werden, wenn ich gar keinen mehr habe!"

„Das wäre noch schrecklicher als der dienstliche Hungertod. Aber ich will dich vor einem solchen Elend bewahren und dir heute einen Beweis meines Vertrauens geben, der dir deinen Ruf wiederherstellen wird."

„Tun Sie das, Herr Hauptmann", meinte Pepe, während er Papier und Tabak hervorzog und sich gemächlich eine Zigarette drehte. „Ein solches Vertrauen ist beinahe ebenso erquickend wie ein kleiner Schlummer!"

„Du wirst für heute nacht einen Posten beziehen, den ich nur dem zuverlässigsten meiner Leute anvertrauen kann. Du bist bisher noch niemals hinkommandiert worden, und ich hoffe sehr, daß du deine Pflicht mit vollem Eifer erfüllst!"

„Santa Lauretta! Als ob sich das nicht ganz von selbst verstände! Wo ist es?"

„In der Ensenada."

„In der Bucht? Schön! Was soll ich dort tun?"

„Vor allen Dingen auf deinem Posten nicht schlafen!"

„Ich werde das sehr versuchen, obgleich ich schon seit drei Stunden kein Auge zugetan habe, Herr Hauptmann! Und dann?"

Don Lucas gab ihm seine Verhaltensbefehle in so verworrener Weise, daß selbst der beste Scharfsinn ihnen nichts zu entnehmen vermocht hätte, fragte jedoch am Schluß:

„Du hast doch alles genau verstanden, Pepe?"

„Ganz genau!" versicherte der Miquelete, hatte aber alle Mühe die schweren Augenlider offenzuhalten.

„Und nimm vor allen Dingen die Laterne mit, damit ich dich in der Dunkelheit finde, wenn ich inspizieren komme. Jetzt kannst du gehen!"

Pepe rührte sich trotz dieses Befehls nicht von der Stelle; die Lider waren ihm doch noch zugefallen. Der Hauptmann schüttelte ihn am Arm.

„Hast du nicht gehört? Du kannst gehen!"

Der Miquelete raffte sich zusammen.

„Schön, Herr Hauptmann!“

Er schob sich schleppenden Schrittes zur Tür hinaus; Don Lucas aber rieb sich mit zufriedener Miene die Hände.

„Dieser Kerl ist nicht mit Gold aufzuwiegen. Hätte ich ihn eigens für meine Bedürfnisse geschaffen, so hätte es mir nicht besser gelingen können. Er wird schlafen und schnarchen wie ein Rhinozeros, und ich werde einige Hände voll Dublonen einstecken dürfen!“

Auch Pepe hielt ein Selbstgespräch, als er die Wohnung des Hauptmanns verlassen hatte.

„Santa Lauretta, die Sache ist ganz so, wie ich sie mir gedacht hatte! Don Lucas hat in der Bucht zu tun, jedenfalls irgendeine geldbringende Heimlichkeit und da ein anderer wachen und ihn stören würde, so gibt er mir den Posten. Gut, mein bester Don Lucas, ich werde schlafen, aber nur so lange, wie es mir angebracht erscheint. Und einen Blick in den Brief werde ich nun auch werfen, vielleicht, daß er mir einigen Aufschluß gibt. Es ist nichts so vorteilhaft, wie zu schlafen, wenn man eigentlich amtlich zu wachen hätte!“

Mit schnellem, elastischem Schritt kehrte er in seine Hütte zurück, wo er die Lampe anbrannte und das Papier hervorzog. Er hatte Lesen gelernt, was keiner seiner Kameraden von sich rühmen konnte, hielt aber diese Fertigkeit möglichst geheim. Der Brief entsprach seiner Erwartung vollständig.

„Richtig! Das Schiff ist die Brigg ‚Esmeralda‘, deren Kapitän sich nicht nennt. Er will die Erlaubnis, mit einigen seiner Leute um zehn Uhr in der Ensenada mit einem Boot landen zu dürfen, mit vierzig Goldstücken bezahlen, und bittet um ein Licht, das ihm als Zeichen dienen soll. Darum also befahl der Hauptmann, daß ich die Laterne mitnehmen soll! Der Brief ist ihm jedenfalls durch einen Matrosen der ‚Esmeralda‘ zugestellt worden und konnte in gar keine besseren Hände kommen! Herr Kapitän, die Regierung zahlt mir keinen Sold; Sie werden Ihren Beutel dem König zur Verfügung stellen müssen!“

Die kleine Bucht, die ‚Ensenada‘ genannt wurde und soeben der Wachsamkeit Pepes anvertraut worden war, lag so versteckt zwischen den Felsen, daß sie eigens dazu geschaffen schien, jenen Schleichhandel zu begünstigen, der mit dem Dolch im Gürtel und der sicher treffenden Büchse in der Faust an der Küste Spaniens betrieben wird. Infolge der einsamen Stellung war jener Posten nicht ohne Gefahr. Die Dünste des Meeres hingen in der nebeligen Novembernacht wie eine dichte Decke in der Atmosphäre, benahmen einem gewöhnlichen Auge jede Möglichkeit, etwas zu sehen, und dämpften den Laut der Stimme, die vielleicht Veranlassung hatte, um Hilfe zu rufen.

Pepe lud seinen Karabiner, steckte das Messer in den Gürtel, brannte seine Blendlaterne an und trat hinaus in die Finsternis, um sich auf seinen Posten zu begeben. Wer den schläfrigen, stets müden Miquelete jetzt gesehen hätte, würde ihn wohl kaum wiedererkannt haben, so fest und sicher waren seine sonst so schwerfälligen Schritte, so elastisch und gewandt seine Bewegungen und so aufrecht und stramm hielt er seine gewöhnlich schlaff zusammengeknickte Gestalt.

Es mochte neun Uhr vorüber sein. Die Nacht war still, finster und kalt. Nicht das geringste Geräusch ließ sich vom Dorf her vernehmen, und nur das dumpfe Branden des Ozeans, der rast- und ruhelos unten gegen die Felsdämme anbrauste, störte das Schweigen der Natur. Kein Stern ließ sich am Himmel sehen; das einzige Licht kam aus der Laterne des Miquelete, der jetzt in der Bucht angelangt war und sich durch vorsichtiges Umherleuchten überzeugte, daß er allein war.

Er stellte die Laterne so, daß ihr Strahl hinaus auf die See und auf den nach dem Dorfe führenden Hohlweg fiel, und legte sich einige Schritte davon, in seinen Mantel gehüllt, auf dem Boden nieder, so daß er Weg und Bucht übersehen konnte.

„Herr Hauptmann", murmelte er vergnügt, „Sie vertrauen wahrhaftig den Leuten, die immer schlafen, ein wenig zu viel; Ihnen scheint sehr daran zu liegen, daß ich ein Schläfchen mache. Gut, überzeugen Sie sich, daß ich gehorsam bin!"

Wohl eine halbe Stunde lang blieb Pepe allein, hing seinen Gedanken nach und beobachtete die Bucht und den Hohlweg mit größter Genauigkeit. Er hatte ein Auge wie selten einer und wußte, daß ihm nichts entgehen werde. Nach Verlauf dieser Zeit hörte er den Sand des Fußweges leise knirschen, und es erschien in dem von der Laterne ausgehenden Lichtkegel eine dunkle Gestalt, in der er den ehrenwerten Don Lucas erkannte. Sofort schloß er die Augen, öffnete den Mund und ließ jene Töne vernehmen, die die Folge einer unbequemen Lage während des Schlafes sind.

Der Hauptmann näherte sich und beugte sich zu ihm nieder.

„Pepe!" rief er halblaut.

Dem Miquelete fiel es nicht ein zu antworten.

„Pepe!" rief der Hauptmann zum zweitenmal, und zwar etwas lauter.

Der Angerufene schnarchte ruhig weiter. Don Lucas stand eine Weile unentschlossen und abwartend da, dann schien er jedoch zufriedengestellt, und bald verlor sich das Geräusch seiner Schritte in der Ferne.

„Fort!" meinte jetzt Pepe, während er sich emporrichtete. „Ich müßte mich schon sehr ungeschickt benehmen, wenn es mir nicht gelänge, da etwas zu fischen, wo auch der Hauptmann sein Netz ausgeworfen hat!"

Er kroch vorsichtig dem Rand der steilen Böschung zu, unterhalb derer der schmale Strand lag, und legte sich hier hinter dichten Grasbüscheln auf die Lauer. Statt seine Augen vergeblich anzustrengen, konzentrierte er die ganze Kraft und Schärfe seiner Sinne auf das Gehör.

Da drang ein schwaches Geräusch über die Oberfläche des Wassers zu ihm hin, und einige Augenblicke später unterschied er deutlich das leise Rauschen umwundener Ruder und das geschwächte Knarren der

Dollen, an denen sich die Ruderstangen rieben. Ein schwarzer Punkt zeichnete sich auf dem fahlen Nebel ab, wurde von Sekunde zu Sekunde größer und enthüllte sich schließlich als ein Boot, dem eine weiße Schaumfurche folgte. Es hielt auf das Ufer der Bucht zu und landete.

„Señor Despierto!“ rief eine gedämpfte Stimme.

„Hier!“

Die Gestalt des Hauptmanns richtete sich ganz in der Nähe des Fahrzeugs vom Boden auf, wo sie bis jetzt nicht zu erkennen gewesen war.

„Ist alles sicher?“

„Alles sicher.“

„Seid Ihr allein?“

„Droben bei der Laterne liegt einer meiner Carabineros; er schläft wie ein Toter. Ich muß, wenn ich mich nicht verraten will, die Ensenada besetzen und habe dies mit einem Mann getan, der an unheilbarer Schlafsucht leidet.“

„Gut, hier habt Ihr die vierzig Goldstücke! Nun aber sorgt dafür, daß ich ungestört bleibe. Ihr zieht Euch in das Dorf zurück, gebt mir aber vorher ein Zeichen, daß der Mann auch wirklich schläft.“

„Ganz wie Ihr wollt, Señor Capitán. Ich werde den Ruf der Möwe nachahmen; dann seid Ihr völlig sicher!“

Pepe vernahm noch das Klingen des Goldes und eilte dann schleunigst nach der Stelle zurück, an der er vorher gelegen hatte. Es verging auch keine Minute, so stand der Hauptmann wieder vor ihm.

„Pepe!“

Er schnarchte, rührte sich aber nicht. Don Lucas berührte seinen Arm.

„Pepe, steh auf!“

Der Miquelete ließ sich nicht zur geringsten Bewegung verführen, und sein Vorgesetzter entfernte sich. Als der verabredete Ruf erscholl, lag der Küstenwächter bereits wieder an der Böschung und beobachtete den Kahn. Es befanden sich nur drei Männer darin, von denen noch keiner ausgestiegen war. Ihre Kleidung glich jedoch in keiner Weise derjenigen, die Schleichhändler zu tragen pflegen.

„Oh“, flüsterte Pepe erstaunt, „nicht ein einziger Warenballen ist im Boot! Sollten es etwa keine Schmuggler sein? Was hätten sie dann aber vor?“

„Steigt aus; wir sind jetzt sicher!“ ließ sich da einer von den dreien mit einer Stimme vernehmen, der man es anhörte, daß sie zu befehlen gewohnt war. „Ihr geht hier am Wasser entlang und steigt in der Spalte empor, die zum Balkon führt. Ich muß wissen, ob man noch wach ist!“

Die beiden Männer verließen das Boot und entfernten sich. Pepe sah dabei, daß ihr Anzug dem der Korsaren glich; ihre Gesichtszüge vermochte er unter den baskischen Mützen nicht zu unterscheiden. Der im Boot zurückgebliebene Mann hatte sich eng in den Mantel gehüllt und hielt den Blick auf die hohe See gerichtet, so daß er die Gestalt Pepes nicht bemerkte, der sich jetzt langsam aufrichtete und mit dem Auge die Entfernung maß, die ihn vom flachen Ufer trennte. Da machte der Fremde eine Bewegung, um sich nach der Landseite hinzuwenden, und in demselben Augenblick sprang der gewandte Miquelete mit einem tigerartigen Satz zu ihm hinab. Ehe der Überraschte nur einen Laut auszustoßen vermochte, setzte er ihm die Mündung des Karabiners auf die Brust.

„Kein Laut und keine Bewegung, Señor, sonst sind Sie ein Kind des Todes!"

„Wer bist du?" fragte der Überfallene, wobei er mit funkelnden Augen die drohende Haltung seines Feindes maß.

„Wer ich bin? Wer denn anders als Pepe, der da droben liegt und wie ein Toter schläft. Die Möwe ist kein Vogel, auf den man sich verlassen kann!"

„So hat mich Don Lucas Despierto betrogen? Wehe ihm!"

„Er Sie betrogen? Fällt ihm gar nicht ein! Ich handle hier nur nach meinem eigenen Ermessen. Er ist ganz unfähig, euch zu täuschen, wie die vierzig Unzen beweisen, die er mit nach Hause nimmt."

„So hältst du uns für Schleichhändler?"

„Nein. Sie haben ja überhaupt keine Ware bei sich, man müßte denn die Strickleiter, die hier auf der Ruderbank liegt, als eine Musterprobe ansehen. Ich halte Sie vielmehr für einen Herrn, der in der Ensenada eine Promenade machen will, um sich die Beine ein wenig zu vertreten, und da ich dies eigentlich nicht zugeben darf, so schmeichle ich mir, daß sich noch einige Unzen in Ihrer Tasche befinden."

„Ah so! Wieviel willst du?"

„Sie haben dem Hauptmann vierzig Unzen gegeben!"

„Zwanzig!"

„Ich an Ihrer Stelle hätte vorgezogen, vierzig zu sagen, weil dies die wirkliche Summe ist und —"

„Zwanzig, sage ich dir!"

„Gut, ich bin rücksichtsvoll und werde nicht lange mit Ihnen streiten. Also zwanzig hat der Hauptmann bekommen! Ich will nicht unbescheiden sein: er ist Offizier, und ich bin nur Soldat; hätten Sie ihm vierzig gegeben, so könnte ich mich mit zwanzig begnügen; da er aber nur zwanzig bekommen hat, so muß ich die vierzig verlangen!"

„Schurke!"

Der Fremde war ein junger Mann von etwa fünfundzwanzig Jahren. Er hatte den bräunlichen Teint des Seemanns; dichte, dunkle Augenbrauen begrenzten eine knochige Stirn; die Augen, die düster in ihren Höhlen brannten, zeigten unversöhnliche Leidenschaftlichkeit; der nach unten gekrümmte Mund bekundete ein höhnisch-stolzes Wesen, und die trotz des jugendlichen Alters stark markierten Wangenfalten verliehen dem Gesicht einen hochmütigen, verächtlichen Ausdruck. Rachsucht und Ehrgeiz schienen die vorherrschenden Neigungen dieses Mannes zu sein. Nur die dunklen, gelockten Haare milderten die Kälte und Strenge dieser Züge ein wenig. Was die Kleidung betrifft, so bestand sie in der Uniform eines Offiziers der spanischen Marine. Bei seinem letzten Ausruf blitzten seine Augen drohend empor und er machte eine Bewegung, als wollte er aufspringen.

„Bleiben Sie sitzen, Señor, sonst bekommen Sie die Kugel! Den ‚Schurken' will ich nicht gehört haben, aber sagen Sie das Wort nicht zum zweitenmal, denn ich bekümmere mich auch nicht darum, zu welcher Gattung von Menschenkindern Sie gehören! Vierzig Unzen also, Señor!"

„Ich habe sie nicht bei mir!"

„Das tut mir leid um Ihretwillen, denn dann muß ich Sie als verdächtig festnehmen!"

„Warte, bis meine Leute kommen, mit deren Hilfe ich die Summe vielleicht zusammenbringen werde!"

„Ich habe nicht die mindeste Lust, mit den beiden Menschen handgemein zu werden. Steigen Sie aus und folgen Sie mir! Ich stehe hier auf Posten und habe jede mir verdächtig erscheinende Person abzuliefern."

„Also, wenn ich zahle, so kann ich tun, was mir beliebt?"

„Vierzig Unzen!"

„Ich habe sie wirklich nicht bei mir, aber hier ist ein Ring, der das Fünffache wert ist!"

Er streifte einen Reif von seinem Finger und bot ihn dem Miquelete hin; dieser nahm und untersuchte ihn; er schien unschlüssig zu sein.

„Nimm ihn und pack dich!" rief der Kapitän zornig.

„Ich will es riskieren und nehme ihn für vierzig Unzen an."

„Und nun bist du taub, blind und stumm?"

„Soweit ich es fertigbringe, ja, vorausgesetzt, daß Sie Ihre Angelegenheit in der Weise ordnen, daß ich nicht hören, sehen und reden muß!"

Pepe begab sich ohne weiteres Wort zu seiner Laterne zurück, in deren Schein er den Brillanten funkeln ließ.

„Ich bin kein Kenner von solchen Dingen, aber ich glaube, daß ich ein besseres Geschäft gemacht habe als der ehrenwerte Don Lucas Despierto. Ist dieser Stein echt, so will ich der Regierung des allerchristlichen Königreiches gern den rückständigen Sold schenken, obgleich ich gezwungen bin, schon morgen früh über die nicht bezahlte Löhnung so laut zu schreien, daß jedermann glauben muß, ich sei dem Hungertod nahe."

Er streckte sich nieder und schien zu schlafen, ein aufmerksamer Beobachter aber hätte bemerkt, daß er in der linken Faust das Messer hielt, während die rechte den Karabiner umklammerte, — ein sicherer Beweis, daß er keine Veranlassung zu haben glaubte, dem Kapitän mit seinen beiden Leuten ein allzu großes Vertrauen zu schenken.

Indessen saß der Kapitän noch immer im Boot und erwartete die Meldung, die ihn zum Aufbruch veranlassen sollte. Da vernahm er leise, schleichende Schritte, die sich ihm näherten.

„José?"

„Capitán!"

„Du bist's! Nun?"

„Alles nach Wunsch. Die Doña wacht noch, und der Knabe schläft in der Wiege."

„So nimm die Strickleiter und komm!"

Er stieg aus dem Boot, warf dem Mann die Leiter zu und schritt voran, immer am Wasser entlang, bis er an eine Felsenrinne gelangte, die zur Höhe führte. Trotz der Dunkelheit kletterte er bis zum Schloß empor und erreichte die Höhe an einer Stelle, über der sich ein Balkon befand, der auf massiven steinernen Trägern ruhte. Er blickte empor und gewahrte seinen zweiten Gehilfen, der auf ihn gewartet hatte.

„Fang die Leiter auf, Juan, und befestige sie an der Balustrade!"

Dem Befehl wurde lautlos Folge geleistet; dann erstieg er den Balkon und blickte durch die breite Glastür in ein Zimmer, das so groß war, daß die auf einem Sockel stehende Lampe nur eine spärliche Helle verbreitete.

An einer Wiege saß eine junge, wunderschöne Frau und blickte mit liebestrahlenden Augen auf den Knaben, der darin schlummerte. Ein Faustschlag zertrümmerte das Glas, und im nächsten Augenblick stand der Kapitän im Zimmer. Die junge Frau war erschrocken aufgesprungen und starrte ihn an wie ein Gespenst, das Furcht und Entsetzen mit sich bringt.

„Mein Gott, wer seid Ihr, was wollt Ihr?"

„Wer ich bin? Kennt Doña Luisa ihren Schwager nicht?"

„Ihren —! Heilige Mutter Gottes, ja, er ist's, Ihr seid es, Don Antonio, den wir alle tot geglaubt haben!"

Die Gräfin befand sich in einer unbeschreiblichen Aufregung; der Graf blickte ihr mit einem ruhigen, höhnischen Lächeln in das bleiche Angesicht.

„Tot geglaubt, Frau Schwägerin, ja; aber das Schicksal hat es nicht ganz so schlimm mit mir gemeint, wie Ihr dachtet. Ich lebe noch und muß Euch um Verzeihung bitten, daß ich den Versuch wage, Euch von meinem Dasein zu überzeugen."

„Dann danke ich Gott mit Euch, der Euch so gnädig beschützt und glücklich zurückgeführt hat! Aber sagt, wo Ihr Euch bisher befunden habt, da nicht die geringste Kunde von Euch zu uns gelangte!"

„Ich war nach Kuba beordert, wurde aber von einer französischen Flotte eingeholt und geentert. Der Widerstand war vergebens, man brachte mich nach Martinique, wo es mir später gelang, mich mit verschiedenen Leidensgefährten einer dort vor Anker liegenden Brigg zu bemächtigen, deren Bemannung wir niederstießen, um dann in See zu gehen. Von da an kreuzte ich in den Gewässern von Mittel- und Südamerika, machte manchen guten Fang und kehre nun zurück, um die Früchte meines Seeglücks zu genießen."

„Ich heiße Euch herzlich willkommen in der Heimat, Don Antonio! Aber warum kommt Ihr zu so ungewöhnlicher Stunde und auf einem so auffälligen Wege nach Schloß Elanchove?"

„Erratet Ihr dies nicht, meine teure Doña?"

Sie blickte bei dem Ton dieser Worte mit schärferem Auge in sein Gesicht, und unwillkürlich erbebte sie, als sie darauf nur Haß und Tücke geschrieben fand.

„Was soll ich raten, Don Antonio?"

„Daß Ihr mir im Wege seid, Ihr und der Knabe hier, der mir mein Erbe nimmt, das mich zum reichsten Mann des Königreichs machen würde, wenn mein Bruder sich nicht von Eurer Stimme hätte betören lassen. Ich bin gewohnt, den Besitz der Mediana als den meinigen anzusehen und werde keinen Augenblick lang von dieser Gewohnheit lassen."

„Höre ich recht! Ist es möglich, daß —"

„Ihr hört ganz recht", fiel er ihr in die Rede, „und alles ist möglich, wenn ich es will. Ich komme zu so später Stunde und auf diesem ungewöhnlichen Wege zu Euch, um am hellen Tage als der einzige Mediana meinen Einzug auf Schloß Elanchove halten zu können. Was mir im Wege ist, trete ich unter die Füße, und Ihr seid mir im Wege, Ihr und Euer Kind!"

Mit vor Entsetzen weit aufgerissenen Augen starrte sie ihn an; sie konnte nur schwer begreifen, welche Absicht ihn, den Bruder ihres verstorbenen Mannes, zu ihr führte; dann aber zog es blitzschnell durch ihre Seele, daß sie sich und ihren kleinen Fabian zu schützen habe, und mit einigen raschen Schritten eilte sie zur Klingel. Aber ehe sie den Glokkenzug in Bewegung zu setzen vermochte, stand der unheimliche Besucher neben ihr und streckte sie mit einem jähen Schlag zu Boden, wo sie besinnungslos liegenblieb.

„José! Juan!"

Die beiden Männer traten vom Balkon herein. Ihren Zügen war der echte Korsarengeist eingeprägt, sie mußten zu jeder Tat fähig sein, von der sie Lohn erwarten konnten.

„Das Weib hat es mir leicht gemacht. Schafft sie beiseite —, aber gut und sicher; dafür ist alles, was ihr hier findet, euer Eigentum!"

Ohne auch nur einen Augenblick zu zögern, ergriffen die rohen Kerle die Gräfin und schleppten sie fort. Der Graf aber beugte sich über den Knaben und betrachtete die Züge des schlummernden Kindes.

„Er hat die Züge der Mediana und ist der Sohn meines Bruders. Dieses Weib war mir fremd; an ihren Tod darf ich ruhig denken, ihn aber werde ich leben lassen. Wenn er nie erfährt, wo er geboren wurde, wird er mir auch nie schaden können."

Juan und José traten wieder ein; mit regungslosem Gesicht sah der Kapitän, wie sie den blutigen Dolch an der weißseidenen Decke der Wiege abwischten.

„Dürfen wir nun zugreifen, Señor?"

„Nehmt, was euch gefällt; nur macht so schnell wie möglich und sucht euch nichts Unnützes aus. Das Boot ist klein und vermag nicht viel zu fassen!"

„Und das Kind?"

„Nehme ich mit. Es erhält andere Kleider und wird auf der Höhe von Bayonne in einem Kahn ausgesetzt!" —

Unterdessen lag der Miquelete bei seiner Laterne und dachte an die vielen Unzen, die er für den so leicht erworbenen Ring lösen werde. Er war ein braver, ehrlicher Charakter, aber auch ein Mensch, der Nahrung zu sich nehmen mußte, wenn er nicht verhungern wollte. Da ihn der Staat aber gelassen verhungern ließ, so fühlte er sein Gewissen nicht sonderlich beschwert durch das Bewußtsein, daß er sich das Nötige auf heimlichem Wege erworben hatte. Je prachtvoller aber der Ring an seinem Finger funkelte, desto nachdenklicher wurde sein Blick. Das Durchschlüpfenlassen einiger Warenballen dünkte ihn keine Todsünde zu sein, aber das Boot hatte kein Schmuggelgut enthalten, und die Strickleiter deutete auf ein Unternehmen hin, das schwerer auf die Seele fallen konnte, als eine kleine, unbedeutende Pascherei.

„Santa Lauretta, wenn ich hier etwa gar die Hand zu einem todeswürdigen Verbrechen geboten hätte! Pepe, da droben im Himmel gibt es Einen, der alles sieht, was du tust! Was soll er von dir denken, wenn — hm, sie sind nach dem Schloß gegangen; was wollen sie dort?"

Voller Unruhe drehte er sich hin und her, betrachtete den Ring, der ihm Brot bringen sollte, schaute dann nachdenklich in den dichten Nebel hinein und zu den Wolken empor und konnte endlich seine ahnende Beklommenheit nicht länger unterdrücken.

„Ich gehe! Ich muß sehen, was sie vorhaben!"

Er erhob sich, ließ die Laterne stehen, schwang sich die Böschung hinab und schlich mit unhörbaren Schritten der Felsenrinne zu. Da war es ihm, als vernehme er nahende Schritte und das unterdrückte Schluchzen einer Kinderstimme. Schnell warf er sich zur Erde.

Drei Männer kamen. Der vordere von ihnen trug einen kleinen Knaben auf dem Arm und suchte ihn durch leise Drohungen zum Schweigen zu bewegen; die andern beiden trugen umfangreiche Pakete auf dem Rükken. Hier war ein Verbrechen verübt worden, vielleicht gar ein Kindesraub, und schon wollte sich der Miquelete aufrichten, um den Männern Halt zu gebieten, als der Voranschreitende stehen blieb und sich zurückwandte.

„Legt eure Sachen ab und schleicht euch hinauf zu dem Licht. Der Küstenwächter, der dort oben liegt, hat uns gesehen und kann später zum Verräter werden. Ihr wißt, was da zu tun ist!"

Juan und José legten ihren Raub zur Erde und schickten sich an, dem Befehl Gehorsam zu leisten; da aber stand Pepe schon mit angeschlagenem Karabiner vor ihnen.

„Halt, Señores! Keinen Schritt weiter!"

„Drauf!" gebot der Kapitän.

Der Schuß krachte und José stürzte, durch den Kopf getroffen, zur Erde. Der Miquelete riß das Messer heraus und sprang auf den Kapitän ein; dieser machte eine schnelle Wendung, der Stoß ging fehl und — die Klingenspitze strich die Wange des Knaben. Dieser stieß einen lauten Schmerzensschrei aus, der den guten Pepe so aus der Ruhe brachte, daß er die nächsten Augenblicke unbenutzt vorüberließ. Dann aber sprang er desto eilfertiger hinter den beiden Flüchtlingen her, kam jedoch zu spät, denn als er die Stelle erreichte, wo das Boot gelegen hatte, befand es sich schon einige Ruderschläge weit draußen im Wasser und verschwand nach wenigen Sekunden in der dichten Nebelhülle, die mit bleierner Schwere auf dem Wasser lag.

„Santa Lauretta, da fahren sie hin, die Verbrecher! Hätte ich einen Kahn oder etwas Ähnliches, so sollten sie mir wohl nicht entkommen; nun aber muß ich sie davonlassen! Mein lieber Don Lucas Despierto, das kann eine ganz verteufelte Suppe werden, die wir ausessen müssen. Ich werde gleich nach dem Kerl sehen, auf den ich geschossen habe; vielleicht finde ich bei ihm Aufschluß über das, was sie vorgehabt haben!"

Er holte seine Laterne und schritt am Gestade hin. José war tot; die beiden Pakete lagen neben ihm.

„Ich darf sie nicht öffnen; sondern muß warten, bis die Ablösung oder der Hauptmann auf Inspektion kommt!"

Er schüttelte nachdenklich den Kopf, lud seinen Karabiner wieder und begab sich zurück auf seinen Posten. Doch hatte er dort noch nicht lange verweilt, so knirschte der Sand.

„Pepe!"

„Herr Hauptmann!"

„Du hast geschossen?"

„Ja."

„Teufe : Ich hoffte schon, du wärst im Schlaf an das Gewehr gekommen, so daß es sich entladen hätte. Auf wen hast du gezielt?"

„Kommen Sie und sehen Sie selbst!"

Er nahm die Laterne und führte den erschrockenen Don Lucas zu dem Toten.

„Wer ist der Mensch?"

„Weiß nicht, Herr Hauptmann!"

„Warum hast du auf ihn geschossen?"

Pepe deutete statt der Antwort auf die Pakete.

„Ah, ein Schmuggler!"

„Es waren ihrer drei!"

„Drei?" fragte der Hauptmann besorgt. „Wo sind die andern?"

„Fort mit dem Kahn."

„Mit dem Kahn?"

Don Lucas stampfte mit dem Fuß; es war nicht zu erkennen, ob aus Ärger, daß sie entkommen waren, oder aus Wut, daß Pepe sich in die heikle Angelegnheit eingemischt hatte.

„Woher kam der Kahn?"

„Hm —, als ich erwachte, war er da; ich stieg hinab und fand ihn leer. Dann ging ich am Wasser hin und begegnete ihnen. Der eine trug ein Kind, die andern hatten diese Sachen. Sie wollten zu mir, um mich kaltzumachen; da rief ich sie an; und da sie nicht standen, so gab ich Feuer. Das übrige wissen Sie, Herr Hauptmann."

„Por Dios, das ist eine ganz eigentümliche Geschichte! Ich werde einmal nachsehen, was in den Tüchern steckt!"

Er öffnete die Knoten und fuhr nach einer kurzen Musterung erschrokken zurück.

„Heilige Madonna, sie sind auf dem Schloß eingebrochen! Wer ist das Kind gewesen? Doch nicht etwa der kleine Don Fabian?"

Er ging ratlos mit großen Schritten auf und ab und blieb dann plötzlich dicht vor dem Miquelete stehen.

„Pepe, als du erwachtest, war das Boot da, sagtest du vorhin?"

„Ja."

„So hast du also geschlafen?"

„Hm!" räusperte sich der Carabinero.

„Gut! Weißt du, was ich dir heute abend sagte?"

„Daß ich vom Dienst gejagt werden kann, wenn ich schlafe."

„Ja, und daß ich dir einen Beweis meines Vertrauens geben wollte, indem ich dich in die Ensenada schickte. Dennoch hast du geschlafen! Das wird dich, wenn droben bei der Gräfin ein Unglück geschehen ist, den Kopf mitsamt dem Hals kosten!"

Pepe zeigte nicht die mindeste Spur von Schreck oder Besorgnis; er gähnte.

„Nun?"

„Um meinen Kopf ist mir's nicht angst, Herr Hauptmann."

„Wieso?"

„Ich hatte ein Recht auf den Schlaf."

„Welches Recht?"

„Ich sah das Boot allerdings landen; der Kapitän von der Brigg ‚Esmeralda' saß am Steuer."

„Ah! Woher wußtest du das?"

„Aus einem Brief, den jemand verloren hatte. Dieser Jemand kam in die Ensenada und erhielt vierzig Unzen, für die er nichts weiter gab als einen Möwenschrei. Hatte ich nicht ein Recht zum Schlafen, Señor Lucas Despierto?"

„Diablo! Hast du den Brief noch?"

„Ja."

„Wo?"

„In meiner Wohnung."

„Ich muß ihn sehen!"

„Schön, Herr Hauptmann! Aber darf ich ihn vielleicht vorher dem Alkalden Don Ramón Cohecho zeigen?“

Der Hauptmann dämpfte seine vorher so zornige Stimme zum leisen, vertraulichen Flüstern.

„Pepe, du weißt, daß ich immer große Stücke auf dich gehalten habe!“

Der Miquelete gähnte.

„Und ebensogut weißt du, daß ich dein Vorgesetzter bin, dem du nichts vorenthalten darfst. Wenn also auf dem Schloß ein Unglück geschehen sein sollte, so —“

„So kostet es mich den Kopf mitsamt dem Hals!“

„Eigentlich ja; aber ich werde dir meine ganze Protektion zuwenden und alles für dich tun, was in meinen Kräften steht! — Zeig mir den Brief!“

„Sie sollen ihn erhalten!“

„Aber vor dem Alkalden?“

Pepe mußte ungeheuer schläfrig sein; er gähnte wieder, und zwar mit solchem Nachdruck, daß es dem Hauptmann angst zu werden schien.

„Nun?“

„Herr Hauptmann, ich habe zwei Vorgesetzte, Sie und den Alkalden. Ich glaube, der Brief gehört dem letzteren; doch muß ich bis zur Morgenablösung in der Ensenada bleiben, und wenn bis dahin das Schreiben aus meiner Hütte verschwindet, so kann ich nicht weiter davon sprechen.“

„Gut, mein lieber Pepe. Wo liegt es? Du hast es doch wohl verwahrt?“

„Ich glaube, es muß sich in der Tasche meiner Pantalons befinden.“

„Das ist allerdings kein geeigneter Platz für einen so wichtigen Gegenstand! Du hast es gelesen?“

„Ja.“

„Du kannst also lesen?“ klang die höchst verwunderte Frage.

„Ein wenig, Herr Hauptmann.“

„Wo hast du es gelernt?“

Der Küstenwächter schien zum Umsinken müde; er gähnte mit einer Ausdauer, als habe er monatelang ununterbrochen wachen müssen, und dazwischen klang es aus dem weitgeöffneten Munde:

„Im — Schlaf —, Herr — Haupt — mann!“

„Im Schlaf?“ fragte der andere mit nur mühsam unterdrücktem Ärger.

„Ja. Es hat mir geträumt, ich sei in einem Kloster und müßte studieren, weil ich Prior und dann Großinquisitor werden sollte.“

„So schlafe fort, Pepe; vielleicht wirst du es wirklich! Jetzt aber muß ich gehen und Anzeige machen, damit der Tatbestand aufgenommen werden kann. Sorge dafür, daß weder an der Leiche noch an den zwei Paketen etwas verändert wird.“

Er verschwand in der Dunkelheit, und Pepe lauschte seinen Schritten, bis sie in der Entfernung verklungen waren.

„Santa Lauretta, wie wird der Hauptmann in den alten Pantalons suchen! Und doch habe ich ihm die reine Wahrheit gesagt, denn der Brief steckt wirklich darin, aber nicht in denen, die am Nagel hängen, sondern in denen, die ich hier an den Beinen habe. Und was meinen Kopf betrifft, so glaube ich, daß er noch wesentlich fester sitzt als derjenige des braven Don Lucas, der das Lesen nicht im Schlaf gelernt hat. Jetzt aber muß ich dafür sorgen, daß der Ring keinen Liebhaber findet, der mir an den Kragen kann."

Er trat zu einem im Sande liegenden Felsblock, dessen Gewicht mehrere Zentner betragen mußte. Ein einzelner Mensch schien gar nicht imstande zu sein, ihn ohne Anwendung mechanischer Hilfsmittel zu bewegen. Pepe aber stemmte sich dagegen, lüftete ihn ohne größere Anstrengung, legte den Ring darunter in eine Vertiefung und ließ den Stein wieder in seine vorige Lage gleiten. Offenbar besaß der Miquelete eine Köperkraft, die ihn auch dem stärksten Mann gegenüber zu einem ebenbürtigen Gegner machen mußte. Jetzt legte er sich wieder nieder, wickelte sich in seinen Mantel und harrte der Dinge, die da kommen sollten. —

Um diese Zeit lief eine alte Frau in höchster Eile durch Elanchove und klopfte an den Laden einer armseligen Baracke, die am Ende des Dorfes lag.

„Don Gregorio, Señor Escribano, steht auf, steht auf; es sind fürchterliche Dinge geschehen!"

Im Innern der Hütte ließ sich ein unwilliges Schnaufen und Stöhnen und dann eine ärgerliche Stimme vernehmen.

„Wer ist draußen?"

„Ich bin es, Nicolasa, die Wirtschafterin von Don Ramón, dem Alkalden!"

Da wurde das Fenster geöffnet, der Laden aufgestoßen und ein Kopf erschien in der Öffnung.

„Seid Ihr es wirklich, Doña Nicolasa?" fragte der so jäh aus dem Schlaf Gestörte mit jener spanischen Höflichkeit, mit der zwei Schuhputzer, wenn sie miteinander sprechen, sich ganz wie Granden erster Klasse anreden. „Was ist geschehen?"

„Ach, mein wertester Don Gregorio, ein ganz entsetzliches Ereignis ist geschehen! Soeben hat uns der Hauptmann Don Lucas Despierto geweckt und die Meldung gemacht, daß unten am Wasser ein Toter liegt, den Pepe, der Schläfer, erschossen hat. Neben ihm befinden sich zwei Pakete, die lauter Kostbarkeiten aus dem Schloß enthalten. Es sind drei Männer gewesen, zwei von ihnen sind auf die See entkommen, und einer hat einen Knaben auf dem Arm gehabt. Nun steht zu vermuten, daß sie auf dem Schloß eingebrochen sind und vielleicht gar schreckliche Untaten verübt haben. Don Ramón, mein Herr, will sofort mit dem Hauptmann hinauf, um die Sache zu untersuchen, und da Ihr der Escribano seid, so habe ich Euch holen müssen. Macht schnell, Señor, es ist keine

Zeit zu verlieren! Ich will unterdessen vorangehen und den heiligen Bartolomeo bitten, Elanchove in seinen Schutz zu nehmen."

„Geht, geht und bittet; ich komme gleich!" antwortete der Schreiber, während er seinen Kopf zurückzog und das Fenster schloß.

Schon nach wenigen Augenblicken trat er aus der Tür und eilte dem Hause seines Vorgesetzten zu, bei dem sich der Hauptmann befand. Der Alkalde empfing seinen Schreiber mit einem Ernst, der auf die Wichtigkeit des Ereignisses schließen ließ.

„Señor Escribano, ich habe Euch rufen lassen, um mit Euch einem Verbrechen nachzuspüren, das ein ganz außerordentlicher Kriminalfall genannt werden muß, wenn es überhaupt geschehen ist. Habt Ihr Eure Tinte mit?"

„Por Dios, Don Ramón, die habe ich in der Eile meiner Beflissenheit vergessen."

„So nehmt die meine!"

„Sie ist vollständig eingetrocknet, denn wir haben seit drei Vierteljahren keinen einzigen Buchstaben zu schreiben gehabt."

„Schadet nichts. Auf dem Schloß wird wohl Tinte vorhanden sein! Wie steht es mit dem Papier?"

„Die drei Bogen, die wir zur Adventszeit ankauften, sind schon vor Monaten verbraucht."

„Schadet nichts. Im Schloß werden wir genug finden! Brennt Euch die Laterne an und leuchtet uns voran. Darf ich bitten, Don Lucas, sich uns anzuschließen?"

„Mit Vergnügen, Señor Alkalde!"

Die drei Männer verließen das Haus und schritten dem Schlosse zu. Sie fanden das Tor verschlossen und setzten den schweren Klopfer in Bewegung. Erst nach längerer Zeit vernahmen sie schlurfende Schritte, die über den Hof kamen, und eine mürrische Stimme fragte:

„Wer begehrt Einlaß zu so später Stunde?"

„Im Namen des Gesetzes, öffnet sofort! Es ist ein außerordentliches Crimen bei Euch begangen worden!"

„Ein Crimen! Was ist das?" fragte der Mann, während er den Riegel zurückschob. Als das Tor sich öffnete, erkannten die Eintretenden den Verwalter der Gräfin.

„Ein Crimen ist das Fortschaffen eines Knaben in Verbindung mit erschwerenden Umständen in Form von zwei Paketen, Don Juan de Diaz", antwortete mit Würde der Alkalde. „Wo ist Ihre Excelencia, die hochgnädige Frau Gräfin von Mediana?"

„Sie schläft in ihrem Zimmer."

„Ich ersuche Euch, sie zu wecken und uns sofort zu ihr zu führen!"

„Zu solcher Zeit? Was wollt Ihr mit dem Knaben sagen und den Umständen von zwei Paketen?"

„Das ist noch Sache unserer juristischen Verschwiegenheit. Also vorwärts im Namen des Gesetzes!"

Der gute Alkalde hatte wenig Gelegenheit, die Würde seines Amtes zur Geltung zu bringen, weshalb es ihm nicht übelzunehmen war, daß er es hier mit dem äußersten Nachdruck versuchte.

Gewichtigen Schrittes begaben sich die vier Männer über den Hof und die Treppe hinauf. Juan verschwand hier in den Gemächern der Gräfin, kehrte aber bald mit allen Zeichen des Entsetzens wieder zurück.

„Don Ramón, Don Lucas, Señor Escribano, oh, oh, was habe ich gesehen, was — oh, oh —!"

Er rang nach Atem, wand die Hände und warf hilfesuchende Blicke um sich.

„Was habt Ihr gesehen, Don Juan?"

„Etwas Schauderhaftes, etwas Grausiges, etwas Haarsträubendes, etwas —"

„Etwas, nun was denn? Ich fordere Euch im Namen des Gesetzes allen Ernstes auf, mir sofort zu sagen, was Ihr gesehen habt!"

„Die Gräfin —"

„Nun ja, die müßt Ihr doch wohl gesehen haben, denn ich habe Euch ja zu ihr geschickt. Aber seit wann ist denn die Doña eine so schauderhafte und haarsträubende Dame?"

„Seit sie — erstochen worden ist!" rang es sich zwischen den bebenden Lippen des alten Mannes hervor.

„Erstochen? Santa Virgen! Habt Ihr das genau gesehen?"

„Ganz genau, so genau und deutlich, daß ich vor Schreck kaum zu euch zurückkehren konnte. Kommt mit und überzeugt euch selbst!"

Er führte die drei in das Balkonzimmer, in dem die Lampe noch brannte, und von da aus in den Nebenraum, wo die Gräfin in ihrem Blut auf dem Bett lag. Eine tiefe, klaffende Wunde, die gerade zum Herzen führte, zeigte nur zu deutlich, daß keine Hoffnung mehr war. Entsetzen raubte den Umstehenden für längere Zeit die Sprache; dann raffte sich der Alkalde als erster aus der Betäubung auf.

„Don Juan de Diaz, habt Ihr Feder und Papier?" fragte er mit harter Stimme.

„Dort auf dem Schreibpult liegt, was Ihr sucht."

„Señor Escribano, stellt Euch an das Pult und schreibt alles nieder, was Ihr vernehmt! Ich beginne hiermit die Untersuchung."

Die Befragung der herbeigerufenen Dienerschaft ergab, daß man von dem verübten Verbrechen nicht das mindeste wußte und daß auch niemand durch irgendeinen Laut oder ein ungewöhnliches Geräusch in seiner Ruhe gestört worden war. Der kleine Fabian fehlte; das zerbrochene Balkontürfenster zeigte, auf welchem Weg die Täter eingedrungen waren; alles Wertvolle hatte man entwendet, und die noch an der Balustrade hängende Strickleiter vervollständigte die Deutlichkeit des Bildes, das man sich von dem verabscheuungswürdigen Vorgang machen konnte.

Der Escribano Don Gregorio stand am Pult und schrieb, daß die Feder kreischend über das Papier fuhr. Dicke Schweißtropfen rannen ihm von der Stirn, denn er hatte während seines ganzen Lebens noch nicht so viel Tinte verbraucht wie in dieser halben Stunde. Endlich durfte er den Federkiel ausspritzen; der Alkalde erklärte, mit seiner Untersuchung auf dem Schloß fertig zu sein.

„Im Namen des Gesetzes befehle ich, daß hier alles genauso bleibt, wie es ist, bis der Procurador kommt, dem ich Meldung machen werde, sobald ich auch am Strand gewesen bin!"

Er forderte die Anwesenden auf, das Zimmer zu verlassen, schloß ab und steckte den Schlüssel zu sich. Dann verließ er mit dem Hauptmann und dem Schreiber das Schloß, um sich zu der Leiche des Erschossenen zu begeben.

„Wollt Ihr nicht den Alguacil[1] mitnehmen, Don Ramón?" fragte der Schreiber. „In solchen Fällen ist die Gegenwart der Polizei geboten."

„Ich bin selbst Polizei, und der Alguacil darf nicht gestört werden, er hat mir bis Mittag den neuen Mantel fertigzumachen. Hätte er nicht die edle Kunst der Schneiderei erlernt, so müßte er verhungern, denn er kann kein Gehalt bekommen, weil die Gemeindekasse nicht auf solche Dinge eingerichtet ist."

Als die drei Männer an der Küste angekommen waren, stieg der Hauptmann zu Pepe empor, der noch immer bei seiner Laterne lag.

„Pepe!"

Der Küstenwächter schlief.

„Pepe!"

Don Lucas ergriff den Arm seines schläfrigen Wächters und schüttelte ihn heftig.

„Pepe, wach auf. Der Alkalde will dich vernehmen."

Der Miquelete erwachte.

„Vernehmen? Ah, Herr Hauptmann, Sie sind es! Wo ist der Alkalde?"

„Unten bei der Leiche. Aber sage mir schnell, Pepe, wohin hattest du den Brief gesteckt?"

„Ich glaube, in die Pantalons."

„Du glaubst es? Also gewiß weißt du es nicht?"

„Ganz gewiß, denn was ich gewiß weiß, das kann ich auch glauben."

„Aber er steckt nicht darin!"

„Nicht? Woher wissen Sie das, Don Lucas?"

Der Hauptmann schien infolge dieser Frage in einige Verlegenheit zu kommen, doch hielt er es für das beste, die Wahrheit zu sagen.

„Ich dachte, daß dir während deiner Abwesenheit das kostbare Schreiben abhanden kommen könne, und trat daher ein, um es an einen sicheren Ort zu bringen. Die Taschen deiner Pantalons aber waren leer. Besinne dich, wo ist der Brief?"

„Er steckte in den Pantalons, Herr Hauptmann; ist er nicht mehr dar-

[1] (sprich: Algwaßil) Polizist

in, so kann ich nicht anders denken, als daß er sich jetzt an dem sicheren Ort befindet, von dem Sie sprachen."

„So meinst du, ich hätte ihn genommen?"

Pepe gähnte.

„Wollten wir nicht zum Alkalden gehen?"

„Ja. Also das Schreiben —?"

„Befindet sich in den Pantalons!"

Er nahm seine Laterne und überließ es dem Hauptmann, ihm zu folgen oder nicht.

Als sie bei der Leiche ankamen, fanden sie Don Ramón Cohecho beschäftigt, ein Verzeichnis der geraubten Sachen aufzunehmen; die Untersuchung des Toten hatte er schon beendet.

„Kommt einmal her, Señor Pepe", meinte er. „Ich habe im Namen des Gesetzes einige Fragen an Euch zu richten. Ihr hattet heute den Ensenada-Posten?"

„Ja."

„Wann habt Ihr ihn bezogen?"

„Um neun."

„Was tatet Ihr, als Ihr an Ort und Stelle kamt?"

„Ich — hm, ich setzte mich nieder."

„Und dann?"

„Und dann — dann stand ich wieder auf."

„Aber inzwischen habt Ihr wohl ein wenig geschlafen?"

Der Klang dieses letzten Wortes brachte eine besondere Wirkung auf den Miquelete hervor: er öffnete den Mund und gähnte.

„Habt Ihr heute nicht auch geschlafen, Don Ramón?"

„Ja; aber ich befand mich nicht auf Posten. Also Ihr standet wieder auf, und dann —?"

„— ging ich zum Ufer hinab und schoß diesen Menschen hier durch den Kopf."

„Wie kam das?"

Pepe erzählte den Vorgang. Der Escribano kauerte zwischen den beiden Laternen, hatte das Papier auf dem Knie und schrieb den Bericht nieder.

„Wir werden die Pakete mitnehmen, die Leiche aber liegen lassen", bestimmte der Alkalde. „Sie bleibt unter Eurem Schutz zurück, Pepe, und ich hoffe, daß sie sicher ist."

„So sicher wie im Schoße Abrahams, denn ich hoffe nicht, daß der Kerl noch einmal lebendig wird und auf das Schloß geht, sonst müßte ich ihm noch eine Kugel geben!"

„Kommt, Don Lucas! Unsere Aufgabe ist hier beendet!"

Die drei Männer entfernten sich, und Pepe streckte sich wieder auf der Erde aus. Er blieb bis zur Ablösung völlig ungestört und kehrte dann ins Dorf zurück, um nun nicht nur zum Schein, sondern in aller Wirklichkeit zu schlafen.

Der Raubmord auf Schloß Elanchove erregte auch in weiteren Kreisen ein ungeheures Aufsehen. Die Justiz des Landes befand sich nie, und zu jener Zeit am allerwenigsten, in einer lobenswerten Verfassung; man tat alles mögliche oder gab wenigstens vor, alles mögliche zu tun, um die Täter zu entdecken und das Schicksal des kleinen Fabian zu erforschen, — doch vergebens. Die beiden einzigen, die einige Aufklärung zu erteilen vermochten, der Hauptmann und Pepe, schwiegen, da sie sich mit einer rückhaltslosen Mitteilung in Gefahr bringen mußten. Aber der ehrliche Miquelete fühlte Gewissensbisse. Er konnte sich nicht über den Gedanken hinwegsetzen, daß er selbst einen Teil der Schuld trage, die diese Mörder von Elanchove mit fortgenommen hatten; der Ring blieb darum unter dem Stein verborgen; Pepe wollte lieber hungern, als sich von dem Blutgeld sättigen, und so quälte er sich mit allerlei Gedanken, auf welche Art und Weise es möglich sein könnte, die schwere Last von seiner Seele abzuwälzen.

Es war wohl eine Woche nach jener Nacht in der Ensenada, als er den Tagesdienst am Hafen hatte. Ein englischer Dreimaster hatte draußen auf der hohen See die Flut abgewartet und lief jetzt in den Hafen ein. Er schien lediglich Wasser einnehmen zu wollen und hatte nur einen einzigen Passagier, der sich sofort, als der Anker gefallen war, an Land rudern ließ.

Pepe stand neben dem Haushofmeister Juan de Diaz, den irgendein häusliches Geschäft aus dem Dorf herabgetrieben hatte, und folgte ganz unwillkürlich mit den Augen dem Boot, in dem der Landende saß. Da stieß der Verwalter einen Ruf der Überraschung aus.

„Was ist's, Don Juan de Diaz?"

„Seht Ihr den Mann im Boot?"

„Ja."

„Wißt Ihr, wer es ist?"

„Nein. Er hat das Gesicht in den Zipfel seines Mantels gelegt, um es gegen die Sonne zu schützen."

„Und dennoch kenne ich ihn! Oh, das ist ein heiliges Wunder! Die Toten stehen auf und werden wieder lebendig."

„Santa Lauretta, Ihr macht mir beinahe bange! Ist dieser Mann tot gewesen?"

„Habt Ihr noch nie gehört, daß Graf Antonio de Mediana tot sei?"

„Tot oder verschollen! Was hat dieser Señor mit dem Grafen Antonio zu tun?"

„Was er mit ihm zu tun hat? Por Dios, viel, sehr viel, denn er ist es ja selbst! Ich kenne ihn und werde ihn sofort begrüßen!"

Der alte Mayordomo[1] stürzte der Stelle zu, wo sich der Passagier soeben im Boot erhoben hatte und an Land gesprungen war wie einer, der solche Sprünge gewohnt ist. Sein Gesicht war jetzt unverhüllt und deutlich zu

[1] Haushofmeister

erkennen, und — da stieß auch Pepe einen halblauten Ruf aus, der mehr nach Entsetzen als nach Überraschung klang.

„Heilige Mutter von Segovia, das ist kein anderer als der Capitán, von dem ich den Ring erhalten habe! Und, wahrhaftig, es muß der Graf sein, denn er bietet Diaz die Hand und begrüßt ihn, wie der Herr den Diener begrüßt!"

Die beiden schlugen den Weg nach dem Schloß ein und mußten hart an Pepe vorüber, der, vor Aufregung beinahe zitternd, den Ankömmling mit funkelnden Augen musterte. Der Graf mußte diesen Blick bemerken. Er bohrte sein dunkles Auge in das Gesicht des Miquelete und wurde plötzlich einen Schatten bleicher. Pepe trat, rasch mit sich im klaren, einen Schritt vor.

„Erlaubt, Don Juan de Diaz! Ist dieser Herr wirklich die Excelencia von Mediana?"

„Ja, Pepe, ich habe recht gehabt; es ist mein hoher Herr und Gebieter, der von einer langen und weiten Reise nach Elanchove zurückkehrt!"

Pepe wandte sich nun zum Grafen.

„Dann bitte ich um eine Unterredung, Don Antonio!"

„Warum?"

„Weil ich Ihnen eine Frage vorzulegen habe, die sehr wichtig ist."

„Sprich sie aus!"

„Ich werde sie nur unter vier Augen tun."

„So komm hinauf zum Schloß."

„Um sechs Uhr ist Ablösung; dann werde ich kommen!"

Im Ton des Miquelete lag nicht jene herkömmliche Ergebenheit, mit der ein Tiefergestellter mit dem Höhergeborenen zu sprechen pflegt, und seine letzten Worte schienen beinahe eine Drohung zu enthalten. Des Grafen Augen blitzten auf, doch bezwang er sich, und ein verächtliches Lächeln zuckte um seinen Mund.

„So komm!" klang es kalt und streng, fast wie eine Herausforderung; dann schritten die beiden weiter.

Pepe verfolgte sie mit den Augen, bis sie hinter dem Felsen verschwunden waren.

„Santa Lauretta, er ist es wirklich; ich habe ihn auch an der Stimme wiedererkannt! Er hat die Gräfin ermordet und den kleinen Don Fabian geraubt, um ihre Güter für sich zu bekommen. Jetzt werde ich die Qual los, die mir das Gewissen bereitet hat. Ich werde ihn anklagen; ja, das werde ich, obgleich er ein Graf ist und ich nur Pepe, der Schläfer, bin!"

Er konnte die sechste Stunde kaum erwarten und stieg, als er sich vom Dienst frei sah, mit großen, hastigen Schritten zum Schloß empor.

Dort wurde er in dasselbe Balkonzimmer geführt, in dem man die Gräfin überfallen hatte. Der Graf stand am Fenster und blickte hinaus auf die See. Beim Eintritt des Küstenwächters fuhr er mit einer raschen Wendung herum.

„Warum hast du den Karabiner nicht draußen abgelegt?"

„Weil ich nicht überzeugt bin, daß ich ihn hier entbehren kann", antwortete Pepe ruhig.

„Ah! Was willst du?"

„Ich wollte fragen, ob Sie Ihren Ring zurücknehmen wollen."

„Welchen Ring?"

„Den ich von dem Kapitän der ‚Esmeralda' in der Ensenada erhielt."

„Geh. Ich habe weder Zeit noch Lust, deine Rätsel anzuhören!"

„Es sind keine Rätsel für Sie. Wo ist Don Fabian, der Knabe, mit dem Sie mir entkamen?"

Der Graf schnellte einige Schritte näher; seine Fäuste ballten sich, doch ließ er die Hände wieder sinken, als Pepe den Karabiner erhob.

„Bist du wahnsinnig?"

„Nein", lächelte der Miquelete. „Meine Gedanken und Sinne sind so gesund und gut, daß ich mich von keinem Titel täuschen lasse. Geben Sie den Knaben zurück!"

„Ich lasse dich festnehmen und schicke dich ins Irrenhaus!"

„Ich lasse Sie festnehmen und schicke Sie auf das Schafott oder auf die Galeere! — Wo ist der Knabe?"

Don Antonio trat hart an ihn heran. Auf seinem Gesicht stritt der Ausdruck des Spottes mit dem von Haß und Verachtung.

„Mensch, bildest du dir wirklich ein, daß ich dich fürchten muß? Ich will dich mehr als zur Genüge vom Gegenteil überzeugen! Ja, ich bin der Kapitän der ‚Esmeralda', ich habe die Gräfin erdolchen lassen und den Knaben entführt. Ich ließ ihn auf einem kleinen Boot aussetzen, da ich mich nicht unmittelbar an ihm vergreifen wollte; jetzt ist er verschmachtet oder eine Beute des Meeres geworden. Nun geh und zeig mich an, Wurm, der du bist!"

Pepe sah ihm fest und ruhig in die Augen.

„Don Antonio de Mediana, Sie sollen Ihren Willen haben. Und läßt die menschliche Gerechtigkeit sich von Ihnen bestechen, so gibt es einen höheren Richter, dem Sie sicher nicht entgehen werden. Er wird Sie finden, und wenn Sie vor ihm in die tiefste Wildnis fliehen. Merken Sie sich das! Und wenn seine Hand Sie ereilt, so denken Sie an Pepe, der Gott bitten wird, den Mord nicht ungestraft zu lassen!"

Er ging, aber nicht in seine Wohnung, sondern zum Alkalden. Er fand den Hauptmann bei ihm. Don Ramón trat ihm mit ungewöhnlicher Lebhaftigkeit entgegen.

„Ihr kommt zur guten Stunde, um eine Neuigkeit zu hören, Pepe! Don Fabian lebt!"

„Santa Lauretta! Ist's wahr?"

„Ich versichere es Euch im Namen des Gesetzes, und dann ist es wahr, wie Ihr Euch wohl denken könnt!"

„Wo ist er?"

„Das weiß ich nicht."

„So sage ich Euch im Namen des Gesetzes, daß er wahrscheinlich nicht mehr lebt."

„Ihr habt im Namen des Gesetzes weder etwas zu sagen noch zu versichern! Was aber meine Worte betrifft, so kann ich beweisen, daß sie die reine Wahrheit enthalten."

„Ich würde Euch sehr dankbar sein, wenn Ihr diesen Beweis führen wolltet!"

„So hört her! Der Arriero[1] Carlos Palgenzo aus Guernica war heute bei mir und erzählte, daß sein Bruder Manfredo mit einem französischen Schiff angekommen sei, das auf der Höhe von Bayonne ein Boot gefunden habe, in dem ein Knabe gelegen hat, über dessen Wange eine leichte Schnittwunde gegangen ist. Die ganze Beschreibung paßt genau auf Don Fabian de Mediana."

„Wie heißt das Schiff?"

„Palgenzo wußte es nicht; es ist sofort wieder in See gegangen; aber ich werde die umfassendsten Nachforschungen anstellen und habe Don Lucas Despierto rufen lassen, um seine Meinung zu vernehmen."

„Die dahin lautet", fiel der Hauptmann ein, „daß die Entdeckung schleunigst Don Antonio de Mediana, der heute zurückgekehrt ist, gemeldet wird."

„Er würde Euch für diese Meldung nicht sehr dankbar sein", meinte Pepe.

„Warum?"

„Weil gerade er es ist und kein anderer, der die Gräfin ermordet und den Knaben geraubt hat."

„Wer? Don Antonio?"

Der Alkalde sprang auf, der Hauptmann ebenso. Die Nachricht war für sie so unglaublich, so ungeheuer, daß sie den Sprecher mit weit aufgerissenen Augen anstarrten.

„Ja. Don Antonio. Ich habe ihn wiedererkannt und komme von ihm. Er hat mir die Tat eingestanden."

„Du redest irre!" rief der Hauptmann.

„Hört mich an und urteilt hernach!"

Er erzählte den Vorgang und schloß seinen Bericht mit der Erklärung, daß er ihn als eine amtliche Anzeige betrachtet wünsche. Der Alkalde sah sich dieser Aufforderung vollständig ratlos gegenüber, mußte aber die Unmöglichkeit eingestehen, die Gründe Pepes widerlegen zu können.

„Wißt Ihr auch wohl, was Ihr tut?" fragte er warnend.

„Ich weiß es ganz genau, Señor Cohecho. Ich verlange von Euch, den Grafen zu arretieren. Und glaubt Ihr Euch zu schwach dazu, so sendet meine Anklage an einen höheren Ort."

„Gebt mir Zeit, diese schwere Sache reiflich zu überlegen! Und denkt selbst auch daran, daß der Graf mächtig genug ist, Euch zu verderben."

[1] (sprich: Arjéro) Maultiertreiber

„Ich fürchte ihn nicht, denn ich tue meine Pflicht!“

Er verließ die beiden bestürzten Männer und ging nach seiner Hütte, hatte aber noch nicht lange in seiner Hängematte Platz genommen, als der Hauptmann bei ihm eintrat.

„Pepe, der Alkalde sendet mich, um dich zu fragen, ob es mit der Anzeige wirklich dein Ernst ist.“

„Er ist's, Herr Hauptmann.“

„So wird er weiterberichten, da die Sache zu verantwortlich für ihn ist. Aber höre, Pepe, wo hast du den Brief?“

„Hier in den Pantalons!“

Er griff in die Tasche und zog das Papier hervor.

„Zeig einmal her!“

„Jetzt nicht, Don Lucas Despierto. Dieser Brief hat großen Wert für mich.“

„Welchen?“

„Graf Antonio wird alles aufbieten, mich zu verderben; gelingt es ihm, so wird dieses Schreiben mein Retter sein, denn — Santa Lauretta! — ich schwöre es Ihnen zu, daß ich es vorzeigen werde, wenn Sie mich im Stich lassen. Ich verberge es an mir so, daß es niemand zu finden vermag. Helfen Sie mir, so erhalten Sie es zurück, geben Sie mich aber auf, so sind auch Sie verloren!“

Der schläfrige Pepe war auf einmal ein scharfsinniger, entschlossener Bursche geworden, der sich durch keine Bitte und keine Drohung des Hauptmanns von seinem Entschluß abbringen ließ. Don Lucas mußte sich unverrichteter Sache entfernen. —

Einige Tage später verbreitete sich die Kunde, daß Pepe, der Schläfer, wegen einer gegen den Grafen Antonio gerichteten falschen Anklage in Haft genommen worden sei.

Später hörte man, er werde auf der Galeere nach dem Presidio Ceuta gehen, um Thunfische zu fangen. Doch es kam anders. Bevor man ihn noch an die Kette schmiedete, erhielt er einen Besuch des Hauptmanns Don Lucas Despierto. Am andern Morgen war er verschwunden; wohin, das vermochte niemand zu sagen. —

## *Die Bonanza*

Sonora, einer der reichsten Staaten der Konföderation von Mexiko, bildete früher eine der am wenigsten bekannten Gegenden Mittelamerikas. Die Natur hat dieses Land mit reichen Gaben bedacht. Der durch den Pflug kaum aufgeritzte Boden bedeckt sich dort jährlich mit zwei höchst ergiebigen Ernten; die Wälder liefern einen unermeßlichen Vorrat von wertvollen Nutz- und Farbhölzern; das Tierreich bietet dem Menschen in großen Pferde- und Rinderherden und einem beinahe unerschöpflichen

Wildbestand die Befriedigung seiner ersten und letzten Bedürfnisse. Und was die Erzvorkommen betrifft, so konnte man noch vor nicht sehr langer Zeit an vielen Orten Gold in Menge finden, denn dieses stellenweise so verschwenderisch ausgestattete Land stand kaum hinter dem später so vielgerühmten Kalifornien zurück.

Viele gab es, die infolge der Fruchtbarkeit ihrer Herden und des Bodens sich ein mehr als fürstliches Vermögen sammelten; andere wieder gelangten durch die Auffindung eines einzigen Stücks gediegenen Goldes zu großem Reichtum, der allerdings meist ebenso schnell verloren ging, wie er gefunden wurde.

Wo viel Licht ist, da findet sich gewiß auch immer viel Schatten. Die Vorzüge des Staates Sonora sind mit Übelständen gepaart, von denen sie außerordentlich beeinträchtigt werden. Ungeheure Einöden, nur dem beherzten Manne zugänglich, durchziehen das Land; in den Wäldern hausen die Riesen des Raubtiergeschlechts, und über die weiten Ebenen tummelt der unversöhnliche Apatsche sein Roß, der keinen größeren Reichtum kennt als denjenigen der Skalpe, die er seinen weißen Feinden abgenommen hat.

Von Zeit zu Zeit wagen sich Leute, deren alleiniges Geschäft in der Ausbeutung ihrer Kenntnisse der Erzvorkommen besteht, in diese Einöden. Sich tausend Entbehrungen und Gefahren aussetzend, schlagen sie in aller Eile eine zutage liegende Silberader aus oder beschäftigen sich mit dem Auswaschen des goldhaltigen Sandes. Dann kommen sie, von den Indianern vertrieben und verfolgt, in die bewohnten Gebiete zurück und geben die fabelhaftesten Berichte über Schätze zum besten, die von ihnen flüchtig gesehen wurden, aber unzugänglich seien, über ungeheuer reiche Minen oder unerschöpfliche und zutage tretende Goldmassen Diese Goldsucher oder Gambusinos, wie man sie nennt, sind für die Bergwerksindustrie ganz dasselbe, was die nordamerikanischen Squatter und Trapper für den Ackerbau und den Handel sind. Sie unterhalten durch ihre Erzählungen, in denen die Übertreibung stets eine größere Rolle spielt als die Wahrheitsliebe, einen steten Durst nach Gold und ein immer reges Gelüst nach Eroberung aller jener Länderstrecken, in denen man hofft, diesen Durst befriedigen zu können.

Zuweilen tritt ein kühner Abenteurer auf, der auf das allgemeine Verlangen nach Gold und Silber einen schlauen Plan aufbaut. Er gefällt sich in den verlockendsten Schilderungen, ist vielleicht in der glücklichen Lage, ein schweres Nugget oder einen sonst nicht ganz gewöhnlichen Fund vorzeigen zu können. Andere Abenteurer gesellen sich ihm zu, junge Leute von guter Familie, die im Spiel vielleicht all das Ihrige verloren haben, Männer, die sich auf irgendeine Art und Weise mit der Justiz überworfen haben, Jäger und Fallensteller, die jede Gelegenheit benutzen wollen —: es kommt eine Expedition zustande. Allein, sei sie nun leichtsinnig unternommen oder tollkühn geleitet worden —, sie verunglückt, und von den vielen, die ausgezogen sind, kommen nur einige wenige zurück, um von den Gefahren und Entbehrungen zu berichten, denen die andern zum Opfer gefallen sind. Dann wird plötzlich irgendwo wieder ein großer Fund gemacht, das Fieber beginnt abermals, eine neue Expedition kommt zustande und — geht unter ganz denselben Verhältnissen zugrunde.

Der größte Feind all dieser Unternehmungen ist nicht der Hunger oder der Durst, nicht der riesige Bär der amerikanischen Wälder, nicht der starke, blitzschnelle Jaguar oder der in den Sümpfen lauernde Kaiman, sondern der Indianer, der in dem Weißen nur den Räuber kennt, der ihn widerrechtlich aus dem Lande treibt, wo die Grabhügel seiner Vorfahren, die Wigwams seiner Stammesgenossen liegen und ungezählte Bisonherden ihm seit Jahrhunderten den Unterhalt gewährten. Die Stärke des Bären mit der List des Panthers vereinend, jeder Anstrengung und Entbehrung gewachsen, ausgezeichnete Reiter, wohlgeübt in jeder Art von Waffe, und im Kampf mit dem Feind ebenso wohl zum größten Opfer wie auch zur kühnsten Kraftentfaltung bereit, sind sie Gegner, die man sich furchtbarer gar nicht zu denken vermag, und die verschwiegenen Urwälder, die unermeßlichen Savannen sind Zeugen von Heldentaten, wie sie unsere neuere europäische Geschichte nicht aufzuweisen vermag, die vielmehr an jene reckenhaften Kämpen erinnern, von denen uns die Sage berichtet. —

Es war im Jahre 1830, als sich die Einwohnerschaft von Arispe, der Hauptstadt der mexikanischen Provinz Sonora, in einer nicht geringen Aufregung befand. Man sprach von einer Expedition, die so zahlreiche Beteiligung finden und solche Hoffnung auf Erfolg bieten sollte, wie noch keine der vorangegangenen. Der Unternehmer war ein Fremder, ein Spanier, der erst vor kaum zwei Monaten angekommen war und den Namen Don Esteban de Arechiza führte. Dieser Mann schien schon im Lande gelebt zu haben, doch hatte ihn früher noch niemand gesehen. Topographische Kenntnisse, deren Genauigkeit nichts zu wünschen übrig ließ, und die offenbar aus bester Quelle geschöpften Anschauungen über Menschen und Verhältnisse bewiesen, daß Sonora ihm kein unbekanntes Land mehr war. Er mußte mit einem wohlüberlegten Plan aus Europa herübergekommen sein, denn alles, was er tat, verriet tiefes Nachdenken und einen sehr sichtbaren inneren Zusammenhang. Er verfügte über ebenso bedeutende wie geheimnisvolle Hilfsquellen, denn er lebte auf überaus glänzendem Fuße, hielt offenes Haus, spielte sehr hoch, lieh seinen Bekannten Geld, ohne es jemals zurückzuverlangen, und kein Mensch konnte sagen, woher er das Geld nahm, um einen so ungewöhnlichen Aufwand zu bestreiten.

Von Zeit zu Zeit unternahm er eine kleine Reise, die höchstens eine Woche währte; dann zeigte er sich wieder, ohne daß man wußte, wo er gewesen war, denn seine Dienerschaft, die er jedenfalls gut besoldete, ließ über die Angelegenheiten ihres Herrn nicht das geringste verlauten. Sein vornehmes Wesen, seine Großmut und Freigebigkeit verhalfen ihm in Arispe bald zu einem ungewöhnlichen Einfluß, so daß es ihm nicht schwerfallen konnte, eine Expedition auszurüsten, über deren eigentliches Ziel er sich allerdings noch nicht ausgesprochen hatte. Nur so viel ließ er hören, daß sie nach einem Ort gehen sollte, zu dem bisher noch kein Weißer vorgedrungen war.

Aus allen Gegenden des Landes strömten ihm daraufhin Leute zu, die sich beteiligen wollten, und man erzählte sich, daß bereits achtzig entschlossene Männer nach dem Presidio Tubac an der indianischen Grenze, das Arechiza ihnen als Sammelplatz bezeichnet hatte, unterwegs seien. Wollte man dem allgemeinen Gerücht Glauben schenken, so war auch der Tag bereits nahe, an dem Don Esteban in eigener Person von Arispe abreisen werde, um sich an ihre Spitze zu stellen.

Um diese Zeit war es, daß ein Reiter langsam durch die Straßen der Stadt geritten kam, sich angelegentlich nach der Wohnung Don Esteban de Arechizas erkundigte und, davor angekommen, vom Pferde stieg.

Seine Kleidung bestand in einem Wams ohne Knöpfe — einem Kleidungsstück, das man wie ein Hemd überwirft — und in einer weiten Hose, beides aus gegerbtem, backsteinfarbigem Leder. Diese Hose, die vom Knie bis herab zur Ferse offen war, ließ das von figurenbedecktem Ziegenleder umgebene Bein sehen. Diese unförmigen Stiefel waren durch scharlachrote Kniebänder gehalten, in deren einem ein langes Messer mit Scheide steckte. Eine aus rotem chinesischem Krepp bestehende Schärpe, ein großer Filzhut, der von einer Schnur venezianischer Perlen umgeben war, bildeten ein malerisches Gewand, dessen Farben denen der Sarape, die ihm um die Schultern hing, geschmackvoll angepaßt waren.

Ein Diener fragte nach seinem Begehr.

„Ist Don Esteban de Arechiza zu sprechen?“

„Ich werde sehen! Wen soll ich melden?“

„Pedro Cuchillo.“

Der Diener schritt voran und öffnete ihm bald den Eintritt in ein Gemach, wo sich der Mann befand, den er suchte.

Don Esteban, ein Mann von etwas mehr als mittlerer Größe, schien im Begriff gewesen zu sein, auszureiten. Er trug einen Dolman von dunkelblauer Farbe, der reich mit seidenen Borten verziert war und durch ein weißes, mit himmelblauer Seide besticktes Taschentuch fast ganz verdeckt wurde. Unter einem glühenden Himmel dient die Weiße dieser Art von Schärpe, Paño del sol genannt, wie der Burnus der Araber dazu, die Sonnenstrahlen zurückzuwerfen. An seinen Füßen, die mit Saffianleder bekleidet waren, hielt ein großer, mit goldenen und silbernen Zieraten geschmückter Riemen eiserne Sporen fest, deren Räder mit ihren fünf langen Spitzen und hellklingenden Kettchen sich mit jenem silbernen Geklirr bewegten, nach dem die mexikanischen Reiter den Gang ihrer Pferde zu regeln pflegen. Seine Manga[1], die mit goldenen Borten reich

[1] (sprich: Mángga) Umhangähnliches Kleidungsstück

verziert war, bedeckte die weiten Beinkleider, die in der ganzen Länge der Beine mit Knöpfen von Silberdraht besetzt waren.

Sein ursprünglich schwarzes Haar zeigte bereits zahlreiche weiße Fäden; seine schwarzbraunen Gesichtszüge glichen denen eines Menschen, der lange unter tropischem Himmel gelebt hat, und schienen mit jener Beweglichkeit begabt, die ungestüme und ungezügelte Leidenschaften verrät. Seine schwarzen, lebhaften und etwas unsteten Augen glänzten unter seiner breiten und knochigen Stirn, die von frühzeitigen Runzeln durchfurcht war.

„Was wollt Ihr von mir?" fragte er den Ankömmling, der ganz das Aussehen eines jener Banditen hatte, die die zwischen den mexikanischen Ortschaften liegenden Strecken unsicher machten. Er warf auf ihn einen forschenden, durchdringenden Blick, der ganz auf den Grund der Seele zu tauchen schien, und konnte sich einer Gebärde der Überraschung nicht enthalten.

„Ich habe die Ehre, Eurer Exzellenz die Hände zu küssen und bin —"

Cuchillo hielt mitten in seiner Rede inne; er sah einen Mann vor sich, den er trotz der Jahre, die sie sich nicht gesehen hatten, sofort wieder erkannte.

„Was wollt Ihr von mir, habe ich gefragt!" klang es barsch.

„Señor Capitán, ich bin ebenso erstaunt wie erfreut, Sie —"

„Mein Name ist Arechiza, merkt es Euch!"

Da blitzte es in den Augen Cuchillos auf.

„Señor, der Name gleicht dem Schlachtpferde; ist das eine unter mir erschossen, so besteige ich ein anderes. Ist es bei Ihnen nicht ebenso?"

Es war Don Esteban anzumerken, daß er nur mit Mühe seinen aufsteigenden Zorn niederzuhalten vermochte, doch klang seine Stimme milder als vorher, als er zum dritten Male fragte:

„Was wollt Ihr von mir, Don Pedro Cuchillo?"

„Nichts. Ich bringe Ihnen etwas!"

„Was?"

„Ein großes, wertvolles Geheimnis."

„Wenn es Wert hätte, würdet Ihr es für Euch behalten!"

„Ich kann seinen Wert nicht ausbeuten und möchte Sie um Ihre Hilfe bitten."

„So? Worin besteht dieser Wert?"

„In einer Bonanza von geradezu undenkbarem Reichtum."

„Wo liegt diese Bonanza? Jedenfalls in Eurer Einbildung."

„Läge sie nur da, so würde ich es verstehen, sie auszubeuten, darauf können Sie sich verlassen, Señor Capit — Don Esteban, wollte ich sagen; da es aber eine wirkliche Bonanza ist, die mitten im Gebiete der Apatschen liegt, so kann sie nur durch eine Expedition gehoben werden, die stark genug ist, es mit den Indianern aufzunehmen."

„Ah! Und Ihr denkt wirklich, ich sei der Mann, der einer solchen Fabel Glauben schenkt?"

Cuchillo machte Miene, nach dem Messer zu greifen.

„Glauben Sie es oder glauben Sie es nicht, Señor, das ist mir vielleicht gleich; aber hüten Sie sich, mir eine Beleidigung zu sagen! Es ist ein Unterschied zwischen dem Deck eines Seeschiffes, wo der Capitán alles gilt, und dem freien Sonora, wo jedes unvorsichtige Wort einen Messerstich oder eine Kugel kostet."

„Pah! Deck oder Sonora, ich sage meine Meinung. Übrigens, um die Sache ein für allemal beizulegen, wird es Euch lieb sein, wenn ich Euch bloß als Cuchillo, wie Ihr Euch jetzt nennt, kenne. Ein Ähnliches nehme ich natürlich auch für mich in Anspruch, wenn unser unerwartetes Zusammentreffen Euch von irgendwelchem Nutzen sein soll. Und nun sagt aufrichtig und ohne Hinterhalt, was Ihr bei mir wollt! Ihr kennt mich genugsam, um zu wissen, daß Überschwenglichkeiten bei mir nicht verfangen."

„Ich bringe Ihnen keine Überschwenglichkeit, sondern die reine Wahrheit. Ich kenne eine Bonanza, die dem Mann, der sie auszubeuten vermag, ein unerschöpfliches Vermögen bietet."

„Wo liegt sie?"

„Das zu sagen, halte ich mich nicht für verpflichtet. Nur eine zahlreiche Gesellschaft darf hoffen, das Gold heben zu können; ich habe mir alle Mühe gegeben, eine solche zusammenzubringen, aber vergebens. Da hörte ich, daß ein Don Esteban de Arechiza in Arispe eine großartige Expedition zusammenbringe, und habe meine letzten Mittel darangegeben, hierherzukommen, um Ihnen das Geheimnis anzubieten."

„Und die Geschichte dieser Bonanza?"

„Sie müssen wissen, daß ich seit meiner Rückkehr aus Europa das Gewerbe eines Gambusino treibe; ich habe schon viele Länder unter dem Himmel durchforscht und Goldlager gesehen, die wohl noch keines Menschen Auge erblickt hat."

„Ihr habt das Gold gesehen und es liegen lassen?"

„Spotten Sie nicht, Don Esteban! Ich habe ein Goldlager gesehen, das so reich ist, daß der, der es besitzt, nichts weiter zum Glück braucht; ein Goldlager, so reich, daß der unersättlichste Ehrgeiz damit zufrieden sein kann, denn es reicht vollständig, um sich ein Königreich zu kaufen; ein Goldlager, so reich mit einem Wort, daß ich keinen Augenblick Abstand nehmen würde, dem Teufel meine Seele dafür zu verschreiben!"

„Señor Cuchillo, der Teufel ist nicht so dumm, eine Seele so hoch zu bezahlen, die er jeden Augenblick umsonst haben kann. Doch sagt, wie habt Ihr dieses Placer[1] entdeckt?"

„Haben Sie einmal den Namen Marco Arellano gehört?"

„Ja, er soll der berühmteste Gambusino von Mexiko gewesen sein."

„Nun wohl. Er ist es gewesen, der mit noch einem Gambusino diese Bonanza entdeckt hat. Allein, als sie sich eines Teils des Goldes bemächtigen wollten, wurden sie von den Indianern aufgespürt und an-

[1] (sprich: Plaßér) Goldfeld

gegriffen. Der Gefährte mußte den goldenen Blick mit dem Tode bezahlen, und Marco selbst entkam nur mit vieler Mühe. In Tubac führte mich der Zufall mit ihm zusammen; er schlug mir vor, mit ihm einen zweiten Versuch zu machen; ich nahm sein Anerbieten an, und wir begaben uns auf den Weg. Wir langten glücklich im Goldtal an, wie er den Ort nannte. O ihr Mächte des Himmels! Sie hätten diese Goldblöcke in der Sonne glänzen sehen sollen! Unglücklicherweise konnten auch wir bloß unsere Augen sättigen. Der Ort ist den Apatschen heilig, sie haben einem der berühmtesten ihrer Häuptlinge den Leichenhügel dort errichtet, wir mußten fliehen; ich kam allein zurück ... der arme Arellano; ich habe ihn sehr bemitleidet! Wohlan, das Geheimnis dieses Goldtales will ich an Sie verkaufen."

„Wer garantiert mir für die Wahrheit des Gesagten und für Eure Treue?"

„Mein eigenes Interesse!"

„Wieso?"

„Ich verkaufe mein Geheimnis an Sie, aber ich gebe meine Rechte auf dieses Placer nicht auf. Ihnen kommt als Haupt der Expedition ein Fünftel des Ertrages zu; das macht zwar einen bedeutenden Teil des Schatzes aus, rechnen Sie aber, daß nur ein Bruchteil Ihrer achtzig zurückkommen wird, so bleibt für jeden der Überlebenden so viel übrig, daß er den Rest seiner Tage üppig leben kann. Ich verlange, außer einer angemessenen Summe als Preis des Geheimnisses, in meiner Eigenschaft als Führer der Expedition den zehnten Teil der Beute, denn ich werde Ihnen zu gleicher Zeit ein Führer und eine Geisel sein."

„Ich fasse natürlich die Sache ebenso auf. Wie hoch schlagt Ihr Euer Geheimnis an?"

„Ich verlange nur eine Kleinigkeit dafür. Das Zehntel, das Sie mir zusagen werden, ist mir hoch genug, da ich mich dieser unzugänglichen Schätze nicht allein bemächtigen kann. Sie werden mir sodann die Kosten meiner Ausrüstung vergüten, die ich zu fünfhundert Piaster anschlage."

„Fünfhundert Piaster? Ihr seid wirklich vernünftiger, als ich dachte, Cuchillo, und das gibt mir Vertrauen zu Euren Worten. Ihr sollt die fünfhundert Piaster sowie den zehnten Teil der Beute haben!"

„Wie groß diese auch sein mag?"

„Wie groß sie sein mag; Ihr habt mein Wort! Wo liegt das Goldtal?"

„Jenseits des Presidio Tubac. Ihre Expedition soll von Tubac ausgehen, Sie brauchen also Ihre Route nicht zu ändern."

„Gut! Und Ihr habt das Gold mit eigenen Augen gesehen?"

„Ich habe es gesehen, ohne es berühren zu können; ich habe es gesehen mit Zähneknirschen, wie der Verdammte durch die Flammen der Hölle hindurch ein Stück des Paradieses sehen würde; ich habe zentnerschwere Blöcke des gediegenen Metalls gesehen und sehe sie noch heute in jedem Traum!"

Diese Wort wurden mit der ganzen Wut getäuschter Habsucht gesprochen; Arechiza konnte nicht länger an der Wahrheit des Gesagten zweifeln. Er nahm aus einer kleinen, schweren Kassette einen hirschledernen Beutel und zählte Cuchillo zweiunddreißig Quadrupel hin. Das waren etwas mehr als fünfhundert Piaster. Cuchillo steckte das Gold ein und erhob die Hand zum Schwur.

„Ich schwöre beim Kreuz des Erlösers, daß ich nichts als nur die reine Wahrheit sagen werde! Zehn Tagereisen in nordwestlicher Richtung hinter Tubac kommt man am Fuße einer Bergkette an, die nicht schwer zu erkennen ist, denn ein dicker Nebel umschleiert ihre Kuppen Tag und Nacht. An dieser Hügelreihe läuft ein kleines Flüßchen hin, in das sich ein anderes ergießt. Da, wo sich an diesem Zusammenfluß eine Erdkruste bildet, erhebt sich ein steiler Hügel, auf dessen Spitze sich das Häuptlingsgrab befindet. Am Fuße des Hügels liegt ein See und daneben ein enges Tal. Dieses ist das Goldtal, in das die Wasser ungeheure Schätze gespült haben."

„Diese Reiseroute ist leicht zu verstehen."

„Desto schwerer aber ist es, ihr zu folgen. Dürre Wüsten, durch die man kommt, sind nur das kleinste Hindernis. Indianerhorden durchstreifen diese Steppen in jedem Augenblick; das Grab des Häuptlings bildet für sie den Gegenstand eines abergläubischen Kultes und das beständige Ziel ihrer Wanderungen. Bei einer dieser Pilgerfahrten haben sie mich und Arellano überrascht."

„Und dieser Arellano hat nur Euch das Geheimnis entdeckt?"

„Ja."

„Hatte er keine Verwandten? Vielleicht ein Weib?"

„Ich erfuhr gestern während der Reise, daß seine Frau verstorben sei."

„Ein Kind?"

„Einen Sohn hatte er."

„Einen Sohn? Dieser kennt doch sicher das Geheimnis!"

„Ich glaube nicht, er war nicht daheim, als Arellano von der Reise kam. Übrigens ist er nur der Adoptivsohn, der weder seinen Vater noch seine Mutter kennt."

„Jedenfalls der Abkömmling eines armen Teufels aus dieser Provinz!"

„Ganz und gar nicht; er stammt aus Europa und ist höchstwahrscheinlich in Spanien geboren."

„Ah!"

Don Esteban horchte unwillkürlich auf.

„So hat wenigstens der Kommandant einer englischen Kriegsbrigg, die im Jahre 1811 nach Guaymas kam, gesagt. Dieses Kind, das zugleich spanisch und französisch sprach, war nach einem blutigen Treffen mit einem französischen Kutter mit gefangengenommen worden. Ein Matrose, der ohne Zweifel sein Vater war, und den das Kind stets beweinte, war entweder getötet worden oder entkommen. Der Kommandant wußte nicht, was er mit dem Knaben anfangen sollte; da nahm ihn Arellano zu sich und machte einen Mann aus ihm; denn so jung er noch ist, besitzt er doch den Ruf eines Rastreador[1], der nie fehlgeht, und eines Pferdebändigers, dem selbst die wildeste Bestie gehorchen muß."

„Wie ist sein Name?"

„Tiburcio Arellano."

„Habt Ihr ihn gesehen?"

„Nein, aber desto mehr von ihm gehört."

„Und meint Ihr nicht, daß dieser Rastreador, der nie fehlgeht, dieser kühne Pferdebändiger, uns gefährlich sein kann, wenn er um das Geheimnis seines Adoptivvaters weiß?"

„Was vermag ein einzelner gegen achtzig?"

„Richtig! Im übrigen sind wir mit unserem Geschäft im reinen und dürfen alles weitere der Zukunft überlassen. Ich hatte beschlossen, in drei Tagen nach Tubac zu gehen, werde mich aber unter den veränderten Verhältnissen für den morgigen Tag entscheiden. Ihr werdet Euch meinem Gefolge beigesellen und bis dahin Platz hier im Hause finden. Besorgt also Eure Ausrüstung bis morgen früh, sonst ist es zu spät!"

Am anderen Morgen hatte sich die ganze Einwohnerschaft von Arispe versammelt, um der Abreise des Don Esteban de Arechiza beizuwohnen. Die Gesellschaft bestand außer ihm nur aus sechs Personen, und dennoch hatte man eine Kavalkade von über dreißig Pferden für notwendig gehalten, die weite Entfernung zwischen Arispe und Tubac mit möglichster Schnelligkeit zurückzulegen.

Diese Pferde gehören einer Rasse an, die gewohnt ist, auf ungeheuren Weideplätzen frei umherzujagen; sie sind, wenn sie zwanzig Wegstunden ohne Reiter zurückgelegt haben, noch ebenso munter, als kämen sie gerade aus dem Stall. Wenn große Strecken zurückgelegt werden sollen, so sattelt man sie abwechselnd und reist dabei ebenso schnell wie in Europa mit der Post, wo auf jeder Station frische Pferde genommen werden.

Die Reise ging zunächst nach dem drei Tagereisen entfernten Dorfe Huerfano. Dort hatte sich ein trübes Ereignis abgespielt zwischen zwei Personen, die in dem Gespräch zwischen Don Esteban und Chuchillo erwähnt worden waren.

Unter dem Dach einer kleinen aber saubergehaltenen Hütte lag eine alte Frau, deren Gesichtszüge den Ausdruck des nahenden Todes spiegelten. Vor ihr kniete ein bildschöner Jüngling in der Ledertracht der Gambusinos, über dessen rechte Wange ein feiner Strich lief, der von einer Schnittwunde herzurühren schien, die kaum eine Spur zurückgelassen hatte. Die Frau hatte die Hände auf seine reichen Locken gelegt und sprach mit leiser, angestrengter Stimme:

„Das ist das Geheimnis, das mir der Vater anvertraut hat, bevor

[1] (sprich: Rastreadór) Fährtensucher

er seine letzte Reise antrat. Ich habe es dir mitgeteilt, weil er nicht wieder zurückgekehrt ist und das Gold dir bei deiner Armut viel nützen kann."

„Und du kennst den Namen des Mannes nicht, mit dem er sich in Tubac verbunden hat?"

„Nein."

„Ich habe nach ihm geforscht, doch nichts erfahren können, als daß er ein wenig hinkt und ein Pferd geritten hat, das oft stolpert."

„Aber du wirst ihn finden, Tiburcio! Du bist der beste Fährtensucher weit und breit, und wenn du ihn haben willst, so kann er dir nicht entgehen. Weißt du, was in der Schrift gesagt ist: Auge um Auge, Zahn um Zahn, Blut um Blut! Tiburcio, ich gehe in ein anderes Leben, aber ich kann nicht eher scheiden, als bis ich weiß, daß den Mörder die Strafe ereilen wird. Lege deine Hand in die meine und schwöre mir, daß du nicht ruhen und nicht rasten wirst, als bis du ihn gefunden und getroffen hast!"

„Ich schwöre es!"

„Ich danke dir, denn ich weiß, daß du diesen Schwur halten wirst!"

Sie legte sich, vom Sprechen ermüdet, zurück und schloß die Augen. Er betrachtete sie mit liebevollem Blick; in seinem Auge standen große Tränentropfen, als er sich auf ihre hagere Hand niederbeugte, um sie zu küssen.

„Mutter!"

„Was willst du noch, mein Tiburcio?"

„Ich will dir danken für all die große und viele Liebe, die ich bei euch gefunden habe."

Ein glückliches Lächeln glitt über ihr Gesicht.

„Du hast sie uns reichlich gelohnt. Wollte Gott, ich könnte dir deine rechte Mutter nennen!"

„Habt ihr mir alles gesagt, was ihr von mir wißt?"

„Alles."

Er schwieg.

Trotz der Nähe des Todes, der seinen Stempel auf die erstarrenden Züge der Sterbenden drückte, gingen Erinnerungen durch die Seele des Jünglings, die ihn weit in die Ferne wiesen. Sie waren sein einziges Besitztum, das er mit in die Hütte des Gambusino gebracht hatte, und von ihm mit aller Sorgfalt gepflegt und festgehalten worden. Ein wunderschönes Frauenangesicht, hold und freundlich wie das eines Engels, hatte sich über ihn geneigt; dann sah er sich auf dem Arm eines wilden Mannes und hörte einen Schuß krachen; auch die Spitze eines Messers meinte er zu fühlen, das ihm über die Wange ging. Dann hatte er viel, viel Wasser gesehen und war lange Zeit auf einem Schiff gewesen. Ein fürchterlich großer Mann hatte ihn dorthin gebracht, aber dieser Mann war so lieb und gut gewesen, und sie hatten sich Vater und Sohn genannt. Noch heute sah er die Augen dieses Mannes aus einem treuen Gesicht in Liebe und Milde herniederblicken, dann war er einmal mit bluttriefenden Händen und wildem Blick zu ihm gekommen und hatte gerufen: „Bete, mein Sohn, der Tod ist da!“ Ein fürchterliches Geschrei schnitt ihm noch heute in die Ohren, und nun verließ ihn die Erinnerung, bis er sich in der Hütte seines Pflegevaters Marco Arellano wiederfand.

„Tiburcio!“

Er hob den niedergesenkten Kopf in die Höhe und sah, daß der letzte Kampf begonnen hatte.

„Meine Mutter!“

Er drückte seine Lippen auf ihre von Schweiß bedeckte Stirn und ergriff ihre kalten Hände, als müsse er sie zurückhalten von dem großen Schritt, den sie jetzt tun sollte.

„Gott segne dich jetzt und immerdar. Vergiß nicht deinen Schwur!“

Die Worte entflohen nur leise und in sich immer vergrößernden Absätzen ihren Lippen; ihr Körper erbebte, zuckte gequält — eine letzte, gewaltsame Bewegung, sie war tot.

Lange kniete er im Gebet an ihrem Lager, dann erhob er sich, um die Nachbarn herbeizurufen. In jenen Landstrichen ist der Lebende gezwungen, sich so schnell wie möglich von seinen Toten zu trennen; die Natur zeigt sich gewaltiger und ungestümer als in der gemäßigten Zone und gewährt dem Menschen keine Frist zur Zahlung des ihr gehörigen Tributes. Das Grab wurde noch während des Abends ausgehoben, und schon am nächsten Morgen deckte die Erde das einzige Wesen, das Tiburcio, der Rastreador, noch besessen hatte.

Er sah sich in der elenden Bambushütte um, die er mit den nun toten Eltern bewohnt hatte. Ein Lager von Häuten, eine armselige Hängematte, das Skelett eines Pferdekopfes, das als Sessel gedient hatte, — das war alles, was sie barg. Sie war zu klein, zu eng für seinen tatendurstigen Geist gewesen; es hatte ihn immer wieder hinausgetrieben in die an Abenteuern so reiche Wüste; jetzt bot ihm die Hütte gar nichts mehr, was ihn halten konnte. Er trat hinaus, wo sich der größte Reichtum befand, den er besaß: ein Pferd, das weit und breit seinesgleichen suchte. Es wieherte ihm freudig zu; er klopfte es auf den vollen und doch so zarten, kühn gebogenen Hals und legte ihm dann den Sattel auf. Mutig, erwartungsvoll schnaubend, rieb es den kleinen Kopf an seiner Schulter.

„Geduld, Geduld, du Braver, du einziges Wesen, das mir jetzt noch geblieben ist! Es geht fort in den Wald, in die Savanne. Ich muß das Leid hinaustragen in die wilde Einsamkeit und es dort begraben, wo es niemand findet. Ich muß die Gefahr suchen, die meine Seele stärkt, die Gefahr und — und den hinkenden Mann, dessen Pferd stolpert. Und wenn ich ihn finde, so werde ich meinen Schwur halten, den ich der Mutter gegeben habe!“

Er schritt zur Zisterne, um seinen Wasserschlauch zu füllen, nahm die Waffen zu sich und saß dann auf. In kurzer Zeit schon lag das Dorf weit hinter ihm. Er war mit sich und seinen Gedanken allein und konnte ungestört an seine Lage und an seine Zukunft denken.

Die Mutter hatte ihm die Kunde von den unermeßlichen goldenen Schätzen vererbt; aber diese Reichtümer lagen mitten im Gebiet der Apatschen, und er allein vermochte nicht, sie zu heben. Sollte er sich jemandem anvertrauen? War dies der einzige Weg, zum Ziel zu kommen, so mußte er bald betreten werden, denn der Mörder von Marco Arellano tat sicher sein möglichstes, das Goldtal baldigst auszubeuten. Ein Plan nach dem andern tauchte im Kopf des Rastreadors auf, aber bei näherer Prüfung konnte er keinen einzigen für praktisch und ausführbar erklären. Er mußte das Gold um jeden Preis haben, nicht um des Goldes willen, sondern um mit Hilfe des wertvollen Metalls Licht in seine Vergangenheit und Abstammung bringen zu können.

So verging unter ergebnislosem Grübeln und Sinnen der Tag. Sein schnelles Pferd hatte ihn weit fortgetragen, tief in die Wildnis hinein, wo er, jeder menschlichen Wohnung fern, sein Nachtlager unter den Sternen des Himmels aufschlagen mußte.

Schon hatte sich die Sonne hinter den westlichen Horizont hinabgesenkt; schon hatten die Lichter des Tages begonnen, dem Düster der Dämmerung zu weichen. Er hielt das Pferd an und sah sich nach einem Platz um, der sich zum Nachtlager eignete. Da war es ihm, als sehe er vor sich in der Ferne einige dunkle Punkte, die sich quer über seine Richtung bewegten. Er verschärfte seinen Blick und erkannte vier Reiter, die in langsamer Bewegung durch das kniehohe Gras ritten. Er war mit der wilden Steppe nur zu wohl vertraut und wußte, daß er, um selbst sicher zu sein, ihnen folgen müsse, um sich über ihre Personen und den Zweck ihres Rittes Klarheit zu verschaffen. So wartete er, bis sie hinter den wellenförmigen Erhöhungen der Prärie verschwunden waren, und setzte dann sein Pferd in Galopp.

Nach einer Viertelstunde hatte er die Fährte erreicht und stieg ab, um sie zu untersuchen.

„Drei Männer und eine Dame!“ meinte er verwundert. „Es ist kein Zweifel möglich, denn drei von den Pferden haben die gewöhnlichen Kreuzspuren hinterlassen, während das vierte nach der Weise der Damenpferde geschritten ist: im Bärentritt, die zwei Beine ein und derselben Seite zugleich erhebend. Wer mögen die Leute sein? Sollte —“

Er vollendete den Satz nicht, aber ein freudiger Schimmer flog über sein bisher ernstes Gesicht, und nach einem kurzen Nachdenken entschloß er sich:

„Ich muß ihnen nach auf jeden Fall!“

Noch war es hell genug, daß er die Hufeindrücke von dem Rücken des Pferdes aus zu erkennen vermochte. Er folgte ihnen ungesäumt, wenn auch, da er sie beim Lagerfeuer beobachten wollte, in langsamem Schritt, und mochte wohl eine kleine englische Meile vorwärtsgekommen sein, als er plötzlich überrascht sein Pferd anhielt, zur Erde sprang und die

Spuren nochmals genau betrachtete. Er ging einige Schritte zurück und wandte sich dann, den scharfen Blick immer zu Boden gerichtet, eine kurze Strecke seitwärts.

„Es ist keine Täuschung. Hier sind zwei Männer zu Fuß auf die Fährte getroffen und ihr sofort gefolgt. Sie tragen indianische Mokassins, gehen aber wie die Weißen, mit den Fußspitzen nach auswärts, und führen gute Bärentöter aus Kentucky bei sich; das sieht man an den Kolbeneindrücken hier, wo sie die Büchsen auf die Erde gestemmt haben. Wenn die ersten vier Señor Agustín Pena von der Hacienda del Venado mit seiner Tochter Rosarita mit zwei Vaqueros sind, wie ich vermute, so droht ihnen vielleicht Gefahr. Ich kann nicht von den Spuren lassen!"

Er stieg wieder auf und folgte der Fährte, bis ihm die immer größer werdende Dunkelheit nicht mehr erlaubte, die Eindrücke vom Pferd herab zu erkennen. Jetzt setzte er die Verfolgung zu Fuß fort, wobei er sein Tier am Zügel führte.

Der Boden hatte schon längst einige derbere Grasarten und Stauden gezeigt, wie sie nur in der Nähe von Busch oder Wald und Wasser vorkommen. Einzelne verstreute Mezquites[1] zeigten sich; die Sträucher traten nach und nach enger zusammen, und es gehörte das scharfe, geübte Auge eines Rastreadors von den ausgezeichneten Fähigkeiten Tiburcios dazu, die zwischen ihnen hinlaufende Fährte nicht zu verlieren. Er war gezwungen, sein Auge dicht am Boden zu halten, und bemerkte, daß die Eindrücke immer deutlicher wurden. Das saftige Gras, das auf die Nähe eines Wasserlaufs schließen ließ, hatte sich noch nicht um eine Linie wieder erhoben, ein Zeichen, daß die Verfolgten kaum einige hundert Schritte vor ihm sein konnten. Er beschloß, sein Pferd zurückzulassen, band es an und schlich sich nun mit unhörbaren Schritten vorwärts.

Da schimmerte ihm eine Helle entgegen. Sie wurde verursacht von dem Lagerfeuer der vier Personen, die er zuerst bemerkt hatte. Es brannte auf einer kleinen Lichtung, deren Rand ein schmaler Bach umspülte.

Ein Blick genügte, um ihn zu überzeugen, daß er sich nicht geirrt hatte. Ein hoher, schöner Mann in der Tracht eines reichen Haciendero[2] stand am Feuer, neben dem auf dem ausgebreiteten Poncho ein junges Mädchen ruhte, dessen wunderbar schönes Angesicht unter dem Einfluß der Flammen in rosiger Glut leuchtete. Zwei Vaqueros[3] waren beschäftigt, die Pferde abzusatteln.

„Es ist Don Agustín mit Señorita Rosarita", flüsterte er, während sein Herz höher schlug. „Aber wer sind die beiden Männer?"

Es war so dunkel geworden, daß er die Spuren unmöglich mehr erkennen konnte; er mußte die Umgebung durchschleichen, wenn er Antwort auf seine Frage finden wollte. Tief am Boden liegend, schob er sich langsam und unter Vermeidung auch des geringsten Geräusches seitwärts zwischen die Büsche hinein und war auch noch nicht weit gekom-

[1] (sprich: Meskites) Mexikanische Gummipflanzen [2] (sprich: Aßjendéro) Gutsbesitzer [3] (sprich: Wakéros) Rinderhirten

men, als er die zwei Gesuchten bemerkte. Sie lagen so wie er am Boden und hielten die glühenden Augen nach dem Feuer gerichtet. Ein einziger Strauch trennte ihn von den beiden, so daß er den größten Teil des im Flüsterton zwischen ihnen geführten Gesprächs vernehmen konnte. Sie waren wie Mansas[1] gekleidet, doch deutete ihre hellere Hautfarbe auf kaukasische Abstammung hin. Wenigstens der Ältere konnte kein indianisches Blut in den Adern tragen, während der Jüngere, der unzweifelhaft sein Sohn war, die scharfen Züge und den dunklen, hier von den Sonnenstrahlen noch vertieften Teint zeigte, der Personen charakterisiert, die von einem kaukasischen Vater und einer kupferhäutigen Mutter abstammen.

Tiburcio mußte sich bei ihrem Anblick alle Mühe geben, einen Laut des Schreckens zu unterdrücken. Er kannte diese zwei Männer nur zu gut; sie waren von Kanada bis nach Mexiko und Yukatan berüchtigt und gefürchtet, sprachen alle Zungen und hatten auch in jeder Sprache ihren besonderen Namen. Der Alte hieß französisch Main-rouge, bei den Amerikanern Red-Hand und bei den spanisch sprechenden Mittelamerikanern Mano-Sangriento; der Jüngere, der eine Indianerin zur Mutter hatte, wurde in den Vereinigten Staaten Half-Breed, von den französischen Kanadiern Sang-mêlé und in Mexiko und bei den Apatschen El Mestizo genannt.

Es gab Weiße, die das wilde Leben der Indianer annahmen. Sie schlossen mit indianischen Frauen eine wilde Ehe und riefen dadurch Mischlinge ins Leben, die man Mestizen nennt und die meist die Laster der weißen und roten Menschen, nicht aber ihre Tugenden erben. Unermüdlich im Rauben wie die Wilden, furchtbar in der Handhabung der Feuerwaffe wie ihre Väter, zivilisiert und wild zugleich, die Sprachen ihrer Väter und Mütter sprechend und stets bereit, diese Kenntnisse und Fertigkeiten zu gebrauchen, um sowohl die Indianer als auch die Weißen zu betrügen, waren solche Mestizen der Schrecken der Wüste und die fürchterlichsten Feinde, denen man begegnen konnte. Main-rouge und Sang-mêlé waren die berüchtigtsten unter ihnen. Zu jeder schlimmen Tat fähig und unübertroffen an Körperstärke und Geschicklichkeit, traten sie, wo sie nur erschienen, als rücksichtslose Gebieter auf, und wehe dem, der ihnen Widerstand zu leisten wagte; er ging verloren, gleichviel ob er ein Weißer oder ein Indianer war. Und wie sie gegen andere kein Mitleid kannten, so lebten dieser Vater und Sohn auch unter sich in einem grauenhaften Verhältnis, und man erzählte sich von Szenen zwischen ihnen, die das Haar sträuben machten.

„Kennst du sie, Alter?" fragte leise Sang-mêlé.

„Don Agustín, der Reiche!" antwortete Main-rouge kurz.

„Willst du Geld, viel Geld?"

Der Prärieräuber nickte mit einem Lächeln, in dem sich die ganze Grausamkeit seiner verworfenen Seele aussprach.

[1] (sprich: Mánsas) Bezeichnung für zivilisierte Indianer, vom spanischen ‚manso' = zahm, sanft

„Gut. Wir putzen die Vaqueros weg; der Haciendero muß ein Lösegeld versprechen, und das Mädchen bleibt als Geisel bei uns.“

„Auch wenn er das Geld bezahlt?“

„Auch dann“, lachte El Mestizo. „Oder denkst du, daß ich keine Frau wert bin?“

„Aber nötig hast du keine. Was soll werden, wenn du vor einem hübschen Gesicht im Grase kriechst? Ich putze sie dir mit der ersten besten Kugel weg, darauf kannst du dich verlassen!“

„Dann putze ich dich mit der zweiten weg, darauf kannst du dich ebenso verlassen, alter Schurke, du!“

„Eine Frau nehmen ist der dümmste Streich, den ein Jäger machen kann.“

„Hast du nicht auch eine ‚Squaw‘[1] gehabt? Und zwar eine, deren du dich heut noch schämen mußt!“

„Schweig, Bube, sonst stoße ich dir das Messer in den Leib! Ich nahm sie, weil ich gefangen war und mich nur auf diese Weise retten konnte. Sie ist deine Mutter!“

„Sie mag nur froh sein, daß sie nicht mehr lebt, denn sonst würde ich ihr das Fell über die Ohren ziehen für die Albernheit, mir einen solchen Vater zu geben! Aber nimm die Büchse her und mach, daß wir hier fertig werden. Ich nehme den rechten und du den linken!“

„Well! Die Abrechnung für ‚einen solchen Vater‘ können wir auch später halten!“

Sie schoben die Läufe ihrer Gewehre langsam durch die Zweige. Tiburcio erhob sich und trat leise hinter sie. Es widerstrebte seinem Gefühl, sie zu töten, obgleich sie die Kugel gewiß nicht unverdient bekommen hätten. Ein Schlag mit dem Kolben streckte Sang-mêlé nieder, ein zweiter auch Main-rouge. Der Alte hatte den Finger bereits am Drücker gehabt; der Schuß ging los, traf jedoch niemanden. Im Nu hatten der Haciendero und die beiden Vaqueros ihre Büchsen ergriffen und hielten die Augen auf die Stelle gerichtet, an der sie den leichten Pulverrauch in die Höhe steigen sahen. Tiburcio trat aus dem Busch hervor.

„Schnell, Don Agustín, kommt herbei; ich bedarf Eurer Hilfe!“

„Tiburcio Arellano!“ rief der Haciendero, ihn erkennend. „Wo der ist, gibt es keine Gefahr für uns. Welche Hilfe braucht Ihr von mir?“

„Helft mir zwei Räuber zu binden, die Euch überfallen wollten!“

„Ah, ist's möglich? Rasch, Leute, vorwärts!“

Sie kamen herbei und schlangen ihre Lassos um Hände und Füße der beiden besinnungslos daliegenden Männer.

„Wer sind sie?“ fragte Don Agustín.

„Habt Ihr noch nichts von El Mestizo und Mano-Sangriento gehört?“

„Von den ‚Teufeln der Savanne‘? Gehört genug, aber Gott sei Dank, gesehen habe ich sie noch nie!“

„So blickt auf diese hier; sie sind es!“

[1] (sprich: Skwa, mit geschlossenem, nach ‚o‘ klingendem Vokal) Indianische Frau

„Santa Madre! Sprecht Ihr die Wahrheit, Tiburcio?"

Der Gefragte nickte.

„Ich bin ihnen nur einmal begegnet; das war oben am Rio Grande. Ich bekam zwar nichts mit ihnen zu tun, aber ich habe mir ihre Gesichter genau gemerkt. Ein Rastreador kann leicht einmal auf ihre Fährte stoßen, wie es ja auch heute geschehen ist. Ich folgte Eurer Spur, die ich draußen in der Savanne fand, und sah, daß sich die ihrige mit der Euren vereinte. Hier lagen sie im Hinterhalt und beschlossen, Eure Begleiter wegzuknallen und Doña Rosarita gefangenzunehmen, um ein Lösegeld zu erpressen. Auch wenn Ihr dies auszahltet, sollte sie für Euch verloren sein, denn Sang-mêlé wollte sie als seine Frau bei sich behalten. Im Augenblick, wo sie schießen wollten, schlug ich sie nieder."

„Tiburcio!" rief das Mädchen, das herbeigetreten war und seine Worte mitgehört hatte. „Welch ein Glück, daß Ihr uns folgtet!"

Er sah sie erbleichen und zittern bei dem Gedanken, in die Hände der ‚Teufel der Savanne' zu fallen.

„Rosarita hat recht", stimmte Don Agustín bei, während er dem Jüngling die Hand reichte. „Ihr habt uns zum größten Dank verpflichtet. Die Hacienda del Venado steht Euch zu jeder Zeit und zu jeder Hilfe offen. Merkt Euch das, Tiburcio Arellano!"

„Ich tat meine Pflicht, Señor Pena, nichts weiter. Wollt Ihr mir aber eine Gefälligkeit erweisen, so erlaubt, daß ich für diese Nacht an Eurem Lagerfeuer bleiben darf!"

„Wir erlauben es nicht, sondern wir bitten Euch, es zu tun", fiel Rosarita ein. „Ich werde unter Eurem Schutze sicher ruhen!"

„Was tun wir mit den Räubern?" fragte Pena.

„Schleppt sie an das Feuer", gebot Tiburcio den Vaqueros. „Wir dürfen sie nicht aus den Augen verlieren!"

Erst als die Körper der Gefangenen von der Flamme beleuchtet wurden, sah Don Agustin, mit welchen fürchterlichen Feinden er es zu tun gehabt hatte. Der alte Red-Hand, der aus dem Norden der Vereinigten Staaten stammte, war schon in seiner Jugend einer der berühmtesten Wildsteller und Schützen gewesen. Das wilde Leben hatte seine Knochen zu Eisen, seine Sehnen zu Stahl gehärtet und ihn zu einem bisher noch unüberwundenen Gegner gemacht. Sein ihm an Körperkraft und Gewandtheit ebenbürtiger Sohn mußte ihn an Verschlagenheit und Hinterlist noch übertreffen, und die vier geretteten Personen standen da und betrachteten die Gefesselten mit jenen Gefühlen, mit denen man auf den überwundenen Löwen blickt, von dem ein einziges Zucken der Pranken genügt, den Feind in Stücke zu zerreißen.

„Tiburcio, Ihr seid der beste Rastreador und Reiter von Sonora, hier aber habt Ihr ein Meisterstück vollbracht", meinte Don Agustín mit einem Atemzug der Erleichterung. „Diese Teufel sind noch von niemandem besiegt worden!"

„Hätten sie mich bemerkt, so wäre ich verloren gewesen wie jeder andere, Señor. Einen Menschen von hinten niederzuschlagen ist ein schlechtes Meisterstück."

„Aber Ihr habt ausgezeichnet getroffen! Sie sind noch immer wie tot."

„Meint Ihr?" lächelte Tiburcio. „Ich wette mein Leben, daß sie schon seit fünf Minuten bei voller Besinnung sind und jedes Wort vernahmen, das wir sprachen. Diese Art Ungeziefer hat ein zähes Leben. Wären unsere Riemen nicht so scharf und fest, so wären die Teufel längst wieder frei; da sie aber keine Möglichkeit sehen, uns zu entkommen, so ziehen sie es vor, sich totzustellen."

Er bückte sich nieder und nahm die lange, ungewöhnlich schwere Büchse El Mestizos auf.

„Dieses Gewehr ist, außer einem einzigen, das beste zwischen Kanada und dem Honduraslande. Es hat einen Wert, den nur der Jäger zu schätzen versteht, und wird von jetzt an mir gehören."

„Hund!" knirschte es da zwischen den Lippen des Mestizen hervor.

Tiburcio lächelte befriedigt.

„Seht Ihr, Señor Pena, daß sie lebendig sind! Er würde die Büchse nicht für zehntausend Unzen verkaufen, und muß sie jetzt umsonst hergeben; das hilft ihm zur Sprache. Nur ein einziges Gewehr gibt es, das diesem gleicht, und das ist droben in den Rocky Mountains zu finden. Es gehört einem kanadischen Bärenjäger, welcher den Namen Bois-rosé führt und in Gesellschaft eines Spaniers allem Wild und wohl auch manchem Indianer den Tod geschworen hat. Er soll ein Riese sein, der eine Büffelkuh mit den Fäusten niederwirft, und dem kein Mensch gewachsen ist, so weit die Savanne reicht. Er hat noch niemals einen Fehlschuß getan; die roten Leute nennen ihn den ‚Großen Adler' und seinen Begleiter den ‚Zündenden Blitz'; an jedem Lagerfeuer drüben über dem Rio Grande del Norte erzählt man sich von seinen Heldentaten, und wenn sein Schuß im Walde fällt, so kennt jedes Ohr den untrüglichen Klang seiner Büchse; der Indianer zittert, der ehrliche Weiße aber, der ein gutes Gewissen hat, freut sich, unter seinen gewaltigen Schutz zu kommen."

„Kennt Ihr einige von seinen Taten?" fragte das Mädchen.

„Viele. Ich habe ihn noch nicht gesehen, desto mehr aber von ihm gehört."

„So erzählt uns von ihm, Tiburcio, wenn wir unser Mahl gehalten haben!"

„Gern, Doña Rosarita!"

Er überzeugte sich noch einmal von der Festigkeit der Lassos, mit denen die Gefangenen gefesselt waren, und sah dann zu, wie die Tochter des Haciendero aus den verschiedenen Eßwaren, die sie der Satteltasche entnahm, ein leckeres und in der Wildnis ungewöhnliches Mahl bereitete. Wie er so dastand, auf die Büchse gelehnt, in voller Jugendkraft und männlicher Schönheit, bekleidet mit der malerischen Tracht des Pferdebändigers, war es gar nicht zu verwundern, daß der Blick des Mädchens öfter und länger auf ihm ruhte, als sie selbst beabsichtigte.

Auch er konnte das Auge kaum von dem lieblichen Wesen lassen, das hier in der Nähe von zwei so furchtbaren Männern, aber unter seinem und dem Schutz ihres Vaters, mit einer Anmut waltete, als befinde es sich in der Umgebung der gewohnten, sicheren Häuslichkeit. Er war auf der Hacienda del Venado nicht unbekannt, sondern öfter schon dort gewesen, da Don Agustín eine selbst in diesen Gegenden seltene Gastfreundschaft übte. Er wußte, daß sie in ganz Sonora bewundert wurde, fühlte sich glücklich, ihr einen nicht ganz gewöhnlichen Dienst geleistet zu haben, und sah mit einem bisher noch nicht gekannten Entzücken, daß ihre schönen, strahlenden Augen so oft zu ihm herüberblickten.

„Kommt, Tiburcio, und nehmt an unserem Mahle teil!" forderte ihn der Haciendero auf. „Ohne Euch hätten wir es sicher nicht halten können."

„Wie kommt es, Señor Pena, daß Ihr um der Doña willen eine solche Gefahr nicht vermieden habt?"

„Ich mußte hinüber nach der Hacienda del Emenda, und da Rosarita dort eine Freundin hat, ließ sie nicht nach, bis ich ihr erlaubte mitzugehen. Ich konnte den Überfall nicht vermuten, denn wir haben diesen Weg schon sehr oft gemacht und sind dabei in keinerlei Fährlichkeit gekommen."

„Dann erlaubt mir, Euch für ähnliche Fälle einen guten Rat zu geben!"

„Welchen?"

„Als der Schuß vorhin fiel, bliebt ihr mitten auf der Lichtung und am Feuer halten und botet mit euren hell erleuchteten Gestalten jeder feindlichen Büchse ein sicheres und bequemes Ziel. Ihr hättet euch sofort mit einem raschen Sprung hinter die Sträucher werfen sollen."

„Ihr habt recht, Tiburcio. Ein Haciendero ist zu wenig Pfadfinder, um in solchen Augenblicken gleich das Richtige zu treffen."

Als das Essen beendet war, steckten sich die Männer die unvermeidlichen Cigarrillos an, und der junge Rastreador begann, von den Taten des ‚Großen Adlers' und des ‚Zündenden Blitzes' zu erzählen. Rosarita lauschte mit Aufmerksamkeit seiner wohltönenden Stimme und konnte, als er geendet hatte, nicht umhin, auszurufen:

„Wäre ich kein Mädchen, ich möchte nichts anderes werden, als so ein Jäger, dessen Name an jedem Lagerfeuer erklingt. Von Euch wird man wohl auch erzählen, Tiburcio!"

Er sah ihr mit aufleuchtendem Blick in die Augen.

„Ich hoffe es. Die Büchse des Mestizen wird mir einen Namen machen!"

„Ist sie wirklich so ausgezeichnet?"

„Paßt auf!"

Er nahm das Gewehr, das geladen war, zog einen dünnen Schierlingstannenzweig aus der Flamme und wandte sich an einen der Vaqueros.

„Geht hundert Schritte fort und steckt den Zweig in die Erde; ich werde ihn mit meiner Kugel gerade unter der brennenden Stelle entzweischießen!"

„Das ist unmöglich!" rief der Haciendero.

Tiburcio antwortete nicht, aber wenige Augenblicke später krachte der Schuß, und der Zweig wurde an der bezeichneten Stelle auseinandergerissen.

„So! Das bringt man nicht mit jeder Büchse fertig. Jetzt aber legt euch schlafen; ich werde die erste Wache übernehmen."

„Und ich die zweite, jeder eine Stunde lang", fiel Don Agustín ein.

Tiburcio bereitete dem Mädchen ein weiches und bequemes Lager von frischen Sassafraszweigen und durchforschte, als die Ruhenden sich in ihre Decken gewickelt hatten, die Umgebung, ob diese ihnen wirklich Sicherheit biete. Dann kehrte er zum Feuer zurück, wo er sich neben den Gefangenen niederließ.

Diese lagen noch immer vollständig bewegungslos am Boden, aber ihre zuweilen sich öffnenden Augen bewiesen, daß auch sie munter waren. Es waren eigentümliche Empfindungen, die durch seine junge Seele fluteten; er hätte für die Ruhe und Sicherheit Rosaritas mit tausend Feinden kämpfen können und unterließ es, nach der abgelaufenen Stunde ihren Vater zu wecken. Keiner der Schläfer erwachte während der Nacht, und erst als der Morgen angebrochen war, schlug der Haciendero die Augen auf. Als er die Helle des Tages bemerkte, sprang er auf.

„Warum habt Ihr mich nicht geweckt?"

„Ich glaubte Euch nicht gefährdet."

Auch Rosarita und die Vaqueros, die erwachten, machten ihm freundliche Vorwürfe. Dann wurde das Morgenmahl eingenommen und man rüstete sich zum Aufbruch.

„Was tun wir mit den Teufeln?" fragte Don Agustín.

„Das mag Eurer Bestimmung überlassen bleiben."

„Sie hätten den Tod verdient."

„Sicher, nicht bloß Euretwegen, sondern schon hundertmal wegen früherer Sünden."

Auch die Vaqueros sprachen diese Ansicht aus, doch wandte sich Rosarita bittend dagegen, so daß die Männer, die wohl auch nicht im Ernst daran dachten, ein so strenges Urteil zu vollziehen, sich entschlossen, die Gefangenen freizulassen.

„Um uns dabei nicht in neue Gefahr zu begeben, lassen wir ihnen nichts von ihren Waffen", schlug der Haciendero vor.

„Verzeiht, Señor", wandte Tiburcio ein, „das hieße hier in der Savanne sie dennoch zum Tode verurteilen."

„Wieso?"

„Sie bedürfen ihrer Waffen zu ihrem Unterhalt. Laßt mich dafür sorgen, daß wir jede Gefahr vermeiden. Ihr könnt die Hacienda del Venado bis zum Abend erreichen und befindet euch sodann in vollständiger

Sicherheit. Ich werde hier zurückbleiben und ihnen die Freiheit zu einer solchen Zeit geben, daß sie euch nicht erreichen können."

„Nein, das gebe ich nicht zu", warf Rosarita ein, „denn auf diese Weise nehmt Ihr die Gefahr ja nur auf Euch."

Diese Ängstlichkeit für ihn tat Tiburcio unendlich wohl; seine Wangen röteten sich freudig, als er antwortete:

„Habt keine Sorge um mich, Doña Rosarita! Ich werde die Sache so einrichten, daß mir nichts geschehen kann."

„Wollt Ihr das uns ganz sicher versprechen?"

„Ganz sicher!"

„So sollt Ihr Euren Willen haben, doch nur unter der Bedingung, daß Ihr uns so bald wie möglich auf der Hacienda del Venado aufsucht, damit wir Gelegenheit haben, Euch unsern Dank noch besser abzustatten, als es hier möglich ist!"

Auch der Haciendero sprach diesen Wunsch aus.

„Ich werde kommen", versicherte der Rastreador, während er seiner schönen Freundin in den Sattel half.

„Und zwar bald?" fragte Don Agustín.

„Bald!"

Die kleine Reitergruppe setzte sich in Bewegung und war bald den Augen des nachblickenden Tiburcio entschwunden.

Dieser wandte sich jetzt den Gefangenen zu. Sie hatten seit gestern kaum eine leise Bewegung gemacht, nicht das geringste genossen und außer dem Ausruf ‚Hund' kein einziges Wort hören lassen. Aber in ihren Mienen sprach sich ein Grimm aus, dessen Folgen sicher fürchterlich werden mußten, wenn sie Gelegenheit bekamen, ihre Rache zu befriedigen.

„Wollt ihr trinken?" fragte er.

Keiner antwortete.

„Oder einige Bissen Fleisch nehmen?"

Die Frage hatte ganz denselben Mißerfolg.

„Gut, wie ihr wollt! Ich beabsichtigte, eure Banden zu lockern und euch etwas mehr Freiheit zu gestatten; das wird jetzt unterbleiben."

Er hatte schon am vorigen Abend sein Pferd herbeigeholt und in der Nähe angepflockt; jetzt ließ er es frei, damit es sich hinreichend Futter suchen konnte. Er selbst streckte sich nieder, um in Bequemlichkeit das soeben erlebte Abenteuer in allen Einzelheiten noch einmal an sich vorübergehen zu lassen. Der Vormittag verging in anhaltendem Schweigen, und erst als die Sonne den Zenit erreicht hatte, erhob er sich und pfiff seinem Pferd. Als er es aufgesattelt hatte, wandte er sich an die Gefangenen.

„Ich weiß, was mir von euch droht, darum werde ich ein wenig vorsichtig mit euch verfahren. Die Büchse ist von jetzt an mein Eigentum; das ist die einzige Strafe, die euch treffen soll, allein ich lasse euch an ihrer Stelle die meinige zurück. Was euch gehörte, lege ich dort unter jenen Sumachstrauch; es wird euch nicht schwer werden, hinzugelangen und mit Hilfe der Messer die Riemen zu lösen."

Nachdem er das Gesagte ausgeführt hatte, stieg er auf und verließ den Ort, der ohne sein Dazwischenkommen für die vier Leute aus der Hacienda del Venado so verhängnisvoll hätte werden können. Kein einziger Laut, kein Blick war ihm von den beiden Räubern geworden, aber er wußte, daß er sich in ihnen zwei ebenso furchtbare wie unversöhnliche Feinde erworben hatte.

Von hier bis zur Hacienda del Venado war es nicht ganz eine kleine Tagereise. Der Weg führte durch Wälder, deren Baumriesen so weit auseinander standen, daß man unter ihrem Blätterdach wie unter Kuppel und Säulen eines riesigen Doms dahinreiten konnte. Der Wald trat bis in die Nähe der Hacienda heran, hinter der die zu ihr gehörigen bebauten Landstrecken lagen. Unabsehbare Maisfelder und ungeheure Olivenpflanzungen dehnten sich weithin, und es war bekannt, daß Don Agustín Pena einer der reichsten Grundbesitzer des Landes war.

Die Hacienda selbst war wie alle derartigen Gebäude, die nahe am Gebiet der Indianer liegen und folglich den Einfällen der umherschweifenden Horden ausgesetzt sind, halb Landhaus und halb Festung. Aus Backsteinen und behauenen Quadern erbaut, von einer mit Schießscharten ausgerüsteten Terrasse umgeben und mit festen, massiven Toren versehen, konnte sie recht gut die Belagerung von Feinden aushalten, die in der Strategie nicht mehr bewandert sind, als die benachbarten Stämme der Apatschen es waren. An einer ihrer Ecken erhob sich ein Turm, ebenfalls aus behauenen Steinen erbaut und drei Stockwerke hoch. Er konnte für den Fall, daß das Hauptgebäude vom Feinde genommen wurde, noch einen fast uneinnehmbaren Zufluchtsort bieten. Endlich umgaben starke Palisaden, aus Pfählen und Stämmen von Palmbäumen bestehend, das ganze Gebäude und die Wohnungen der zur Hacienda gehörigen Diener und Vaqueros und der untergeordneten Gäste, die hier eine vorübergehende Gastfreundschaft in Anspruch nehmen wollten. Außerhalb dieses Umkreises bildeten ungefähr dreißig Hütten ein kleines Dorf, das von Tagelöhnern und ihren von der Hacienda abhängigen Familien bewohnt wurde. Diese Leute konnten in Tagen der Gefahr in der Hacienda-Festung Schutz finden und die Besatzung verstärken.

Zu der Hacienda gehörten ein in geringer Entfernung liegendes und sehr reichhaltiges Goldbergwerk sowie zahllose Herden von großem und kleinem Rindvieh, von Stieren, Pferden und Mauleseln, die auf großen Savannen oder in den tiefen Wäldern frei umherliefen. Eine so bedeutende Gebietsausdehnung ist in jenen Ländern nichts Seltenes, wo es Privatbesitzungen gibt, die einem deutschen Fürstentum gleichen.

Die Hacienda del Venado war ein oft besuchter Ort, da sie an der Straße lag, die Arispe und Tubac verband. Allerdings darf man sich bei dem Wort Straße hier nicht eine deutsche Landstraße vorstellen, sondern lediglich einen gedachten Weg, da es jedem Reisenden freisteht, die ihm beliebige Richtung einzuschlagen.

Eine Tagereise vor Venado lag La Poza, ein Ort, der seinen Namen von einer dort befindlichen Zisterne hatte, die, eine Seltenheit in jenen heißen Gegenden, jahraus, jahrein mit Wasser versehen war. Hier schlugen die Reisenden, obgleich keine bewohnbare Hütte in der Nähe lag, gewöhnlich ihr Nachtlager auf, da sie und ihre Tiere dort das erquickende Naß fanden, ohne das sie verschmachtet wären.

Einige Abende nach den zuletzt erzählten Ereignissen brannte bei La Poza ein helles Feuer und beleuchtete sechs Personen, die daran lagerten. Ein siebenter, in dem wir Don Esteban de Arechiza erkennen, saß etwas abseits auf dem heruntergenommenen Sattel eines Pferdes und blies kunstvolle Ringe in die Luft, die er aus dem Rauch seines Cigarillo zu bilden verstand.

Die Männer sprachen natürlich von dem Reichtum, dem sie entgegengingen, und die Unterhaltung war so lebhaft, daß sie die Bewegung nicht bemerkten, die sich des in unmittelbarer Nähe des Feuers haltenden Trupps von ungefähr dreißig Pferden bemächtigt hatte.

„Benito“, befahl da Don Esteban. „Sieh doch einmal nach, was die Tiere haben.“

Der Gerufene, ein Diener Arechizas, erhob sich halb und warf einen forschenden Blick auf die Pferde.

„Santa Virgen! Seht ihr die gesträubten Mähnen und die ängstlich leuchtenden Augen? Es muß irgendein gefährliches Viehzeug in der Nähe sein?“

Und als sollten sich seine Worte sofort bestätigen, erscholl jetzt seitwärts von den Lagernden ein tiefes, grunzendes Brummen, das schnell in eine höhere Tonlage überging und zu einem entsetzlichen Brüllen wurde.

„Der Jaguar!“

Dieses Wort brachte eine plötzliche Aufregung unter die Leute. Arechiza zwar blieb ruhig auf dem Sattel sitzen und rauchte gleichmütig weiter, als habe er den Schrei einer Hauskatze vernommen, die andern aber rückten unwillkürlich zusammen und horchten lautlos nach der Seite hinüber, von der her das Brüllen erschollen war.

„Pah“, unterbrach endlich einer die Stille, „wer braucht sich da zu fürchten! Der Jaguar greift keinen Menschen an, außer wenn er verwundet wird. Nicht einmal an ein Pferd wagt er sich, sondern packt nur höchstens ein Füllen an, das sich mit den Hufen nicht zu wehren versteht.“

Der Sprecher wollte mehr sich selbst als den andern Mut einflößen.

„Kennst du den Jaguar, Baraja?“ fragte der Diener, den Arechiza vorhin Benito genannt hatte.

„Ich habe allerdings noch keinen gesehen.“

„So mußt du schweigen! Ich sage dir, der Jaguar springt auf das kräftigste Pferd, reitet es müde und reißt ihm dann die Gurgel aus. Ich habe ihn öfter gesehen und, solange ich Vaquero war, die besten meiner Pferde durch ihn eingebüßt."

Das Brüllen ließ sich wieder vernehmen, und zwar lauter und näher.

„Nehmt eure Waffen zur Hand!" gebot Don Esteban.

„Das ist unnütz, Señor", entgegnete Benito. „Laßt uns lieber das Feuer vergrößern; das ist das beste Mittel, ihn fernzuhalten. Und seht nach den Pferden, ob sie fest angebunden sind, sonst reißen sie sich los und gehen durch."

Er warf einige Äste in die Flamme, während Baraja die Pferde sorgfältiger befestigte. Die Tiere kannten die Größe der Gefahr und zitterten am ganzen Körper.

„So, jetzt ist es beinahe so hell wie am Tage, und die Bestie wird es nicht wagen, diesen Lichtkreis zu überschreiten. Indessen, wenn sie vom Durst geplagt wird, so muß ich sagen —"

„Was denn?" fiel Baraja ängstlich ein.

„Dann scheut sie weder Feuer noch Flamme. Das gescheiteste ist, ihr dann aus dem Wege zu gehen. Diese Tiere sind immer mehr vom Durst als vom Hunger geplagt."

„Und wenn sie getrunken haben?"

„Hm, dann bekommen sie gewöhnlich auch Appetit. Das ist ja auch ganz natürlich, wie mir scheint."

„Allerdings. Aber was fressen sie dann?"

„Hm, was sie bekommen, Pferde, anderes Fleisch, vielleicht auch Menschen, wenn —"

„Wenn —?" fragte der furchtsame Baraja.

„Wenn sie schon einmal Menschenfleisch gekostet haben. Ich muß euch sagen, daß diese Tiere eine sehr feine Zunge haben und den Menschen jeder anderen Mahlzeit vorziehen, wenn sie einmal gemerkt haben, wie er schmeckt."

„Das ist nicht sehr beruhigend!" versicherte Cuchillo.

„Warum nicht?" fragte Benito, der sich vorgenommen zu haben schien, seine Kameraden so viel wie möglich zu ängstigen.

„Nun, wen wird er sich da wohl unter uns herausholen?"

„Weiß nicht! Wir sind sieben Personen; an einer hat er wohl genug, und die andern sechs sind dann gerettet, es sei denn, daß —"

„Daß —" drängte Baraja; „so sagt doch in Dreiteufelsnamen alles!"

„Ich wollte sagen, es sei denn, daß er sein Weibchen bei sich habe, in welchem Falle — — doch, warum soll ich euch quälen!"

„Heraus damit!" gebot Cuchillo. „Man muß doch wenigstens wissen, woran man ist."

„In welchem Falle er sich verpflichtet fühlen würde, gegen seine Ehefrau so galant zu sein, daß er sich einen zweiten von uns für sie holen müßte."

„Santa Maria, so wollte ich, daß dieser Tiger noch Junggeselle wäre!"

Ein dumpfes Gebrumm ließ sich vernehmen, und da — ja wirklich, da antwortete auf der anderen Seite ein zweites Brüllen

„Er ist verheiratet!“ rief Cuchillo. „Es werden nur fünf von uns übrigbleiben!“

„Unter denen ich mich ganz sicher befinden werde“, meinte Benito. „Ich bin alt, und der Jaguar ist kein Freund von magerem und sehnigem Fleisch. Aber, horcht!“

Weit vor ihnen erscholl ein kurzer, vollkräftiger Laut, den Benito ebensogut kannte wie die Stimme des Jaguars.

„Was war das?“

„Ein Silberlöwe, ein Puma!“

„Alle Wetter, da ist ja die ganze Hölle gegen uns losgelassen!“ fluchte Baraja. „Ich wollte, ich wäre überall, nur nicht in der Nähe dieses verteufelten La Poza! Was ist zu tun, mein guter Benito?“

„Macht euch so dünn wie möglich, damit euch das Viehzeug für ganz entsetzlich mager hält!“

Auch Don Esteban schien jetzt Besorgnis zu hegen; er rückte näher an die Flamme und nahm das Gewehr zur Hand.

In diesem Augenblick ertönten rasche Schritte, und wie aus der Erde gewachsen standen zwei Männer am Feuer, die wie die Nachkömmlinge eines ausgestorbenen Hünengeschlechts erschienen. Der eine von ihnen war ein Riese, und dennoch überragte ihn der andere um volle Kopfeshöhe.

„Good evening, Mesch'schurs!“ grüßte er. „Wollt ihr nicht so gut sein und euer Feuer ein wenig auslöschen?“

„Feuer —? Auslöschen —?“ fragte Baraja ganz erschrocken. „Seid Ihr wahnsinnig, Señor?“

„Wahnsinnig? Warum?“

„Weil uns dann der Puma und die Jaguare fressen würden!“

„Gerade damit sie euch nicht fressen, sollt ihr das Feuer auslöschen.“

„Wer seid Ihr, und was tut Ihr hier bei La Poza?“ erkundigte sich Don Esteban.

„Man nennt mich Bois-rosé.“

„Bois-rosé!“ rief Benito aufspringend. „So seid Ihr der ‚Große Adler‘?“

„Ja, wenn es Euch recht ist.“

„Und dieser da ist der ‚Zündende Blitz‘?“

„Santa Lauretta, Ihr habt richtig geraten!“ meinte der Begleiter Bois-rosés.

„So laßt das Feuer in Gottes Namen auslöschen, Don Esteban“, rief Benito. „Ich weiß, was diese beiden Männer wollen.“

„Was?“

„Wir sollen uns von der Zisterne zurückziehen, damit die Bestien trinken können, und dabei —“

„Dabei werden sie unsere Kugeln schmecken!“ bestätigte Bois-rosé.

„Es ist zu gefährlich!“

„Fürchtet Ihr Euch?“ fragte stolz der ‚Zündende Blitz‘, wobei er Don Esteban mit geringschätzendem Blick betrachtete.

„Löscht aus!“ befahl dieser statt einer anderen Entgegnung.

„Gut! Zieht euch mit den Pferden zweihundert Schritte zurück, und ich gebe euch mein Wort, daß ihr in zehn Minuten das Feuer wieder anbrennen könnt.“

„Aber wie kommt ihr hierher? So spät, zu Fuß und so allein?“

„Wir haben bisher den Bären der Felsenberge gejagt und wollen nun auch den Jaguar kennenlernen. Doch macht, daß ihr fortkommt, sonst sind die Tiere da, ehe ihr euch verseht, und bei dem flackernden Licht hat man in das Dunkel hinein einen unsicheren Schuß!“

In kaum einer Minute befanden sich die zwei Fremden allein bei der Zisterne.

„Es sind zwei, hüben und drüben einer.“

„So ist’s. Komm!“

Es war jetzt vollständig dunkel. Sie kauerten sich auf ein Knie nieder und lehnten sich mit den Rücken gegeneinander, um das Gelände vollständig beherrschen zu können und im Notfall eine Stütze zu haben. Das Bowiemesser zwischen den Zähnen und die schweren Büchsen in den Fäusten warteten sie ruhig, bis die Tiere kommen würden.

Es waren noch nicht zwei Minuten vergangen, so ließ sich ein leises Schleichen vernehmen.

„Der meinige ist da, Pepe. Wie steht es mit dem deinen?“

„Santa Lauretta, das Vieh kauert vor mir und glotzt mich an, als ob ich ihm etwas erzählen solle. Ich glaube, die hiesigen Jaguare wissen gar nicht recht, was sie aus uns machen sollen.“

„So kommst du zum Schuß?“

„Gut.“

„Dann los!“

Zwei Schüsse krachten wie einer, und im Nu hatten die Schützen die Büchsen weggeworfen und die Messer ergriffen. Ein kurzes Schnauben erscholl, dann war alles ruhig.

„Gut getroffen! Auf der Stelle tot!“

In der Ferne erscholl das Brüllen des Pumas.

„Den holen wir auch noch, denn er geht erst mit dem Morgengrauen zur Tränke. Heda, ihr Leute, brennt euer Feuer wieder an; wir sind fertig!“

„Ist’s wahr?“ fragte Baraja zaghaft aus der Ferne.

„Kommt und seht euch die Katzen an!“

Einige Augenblicke später brannte das Feuer, und die Körper der beiden Bestien wurden herbeigeschafft. Mit Staunen betrachteten die Mexikaner die gewaltigen Tiere und dann die beiden Männer, die so kaltblütig gewagt hatten, den Kampf mit ihnen aufzunehmen.

„Wo habt ihr sie denn getroffen?“ fragte Baraja. „Man sieht ja nicht die mindeste Spur einer Verwundung!“

„Ihr habt wohl noch niemals eine Flinte in der Hand gehabt, Mann? Santa Lauretta, fragt dieser Mensch, wo wir sie getroffen haben! Natür lich da, wo man einen Tiger treffen muß. Seht Ihr denn nicht, wie Euch die Bestien anschielen?"

„Wahrhaftig, jeder Schuß ins rechte Auge!" rief Don Esteban. „Euer Ruf sagt keine Unwahrheit; ihr seid die besten Schützen, die ich gesehen habe!"

„Hm", meinte der Kanadier, „wenn man so einen braven Schießprügel hat wie ich, dann trifft man sicher dahin, wohin man zielt. Es gibt nur noch eine einzige von dieser Art, und diese — — —"

Er hielt inne. In der Gegend, aus der das Brüllen des Pumas erschollen war, krachte ein Schuß.

„Teufel!" rief der kleinere von den Jägern. „Kennst du diese Büchse?"

„Die kenne ich wie meine eigene", antwortete der andere. „Es ist dieselbe, von der ich soeben sprechen wollte. Nehmt euch in acht, Leute, die ‚Teufel der Savanne' sind in der Nähe, denn dieser Schuß kommt aus keiner anderen Büchse, als aus der El Mestizos!"

Er zog das Messer und beugte sich auf den Jaguar nieder, um ihm das Fell abzuziehen; der Kamerad folgte seinem Beispiel. Sie waren noch nicht fertig, so ertönte der Galopp eines Pferdes, und ein Reiter hielt vor dem Feuer. Er hatte das eine Ende seines Lassos am Sattelknopf befestigt, und an dem andern hing der Puma, den er auf diese Weise herbeigeschleift hatte.

„Darf man hier an eurem Feuer Platz nehmen, Señores?" fragte er.

„Arellano, Tiburcio Arellano, der Rastreador!" rief Benito. „Willkommen, willkommen hier bei La Poza!"

Bei dem Klange dieses Namens blickten sowohl Don Esteban wie auch Cuchillo überrascht empor.

„Benito, wahrhaftig, der alte Benito ist hier. Dann steige ich ab, ohne weiter zu fragen!"

Er sprang vom Pferd, pflockte es an und zog dann den Puma heran, neben die Tiger.

„Santa Virgen, habt ihr eine gute Ernte gehalten, Señores! Wer hat denn diese Meisterschüsse getan?"

Bois-rosé richtete sich langsam empor und fragte, statt die erwünschte Antwort zu geben:

„Habt Ihr den Puma geschossen?"

„Ja."

„Alle Wetter, so sehr habe ich mich in meinem Leben noch nie geirrt! Ich hätte darauf geschworen, daß es die Büchse von El Mestizo sei, die wir vorhin gehört haben!"

„Ihr habt Euch nicht geirrt; sie ist's."

„Was? Wirklich? Das ist ganz unmöglich! Sang-mêlé gibt sein Gewehr nur mit dem Tode her!"

„Oder wenn er gefangen ist."

„Gefangen? Wollt Ihr Euch über mich lustig machen?"

„Fällt mir nicht ein, Señor! Er war gefangen und hat die Büchse lassen müssen."

„Dann ist er einer fürchterlichen Übermacht in die Hände geraten!"

„Auch das nicht. Ein einziger hat ihn besiegt, ihn und seinen Vater."

„Ihn und Main-rouge? Dann ist dieser eine entweder ein Engel oder ein Teufel."

„Keins von beiden. Wollt Ihr ihn sehen?"

„Natürlich, wenn es möglich ist!"

„Seht mich an, Señores!"

Es lag kein Stolz in diesen Worten, wenn ihnen auch eine gewisse Genugtuung deutlich anzuhören war.

„Ihr seid es gewesen? Erzählt!"

„Nachher, wenn ich dem Puma seine Haut genommen habe; ich darf ihn nicht kalt werden lassen. Aber, Señores, meinen Namen habt ihr gehört; wie nenne ich euch?"

„Es ist der ‚Große Adler' und der ‚Zündende Blitz', Tiburcio", antwortete Benito an Stelle der Gefragten.

„Oder Bois-rosé und Pepe Dormilón, wie uns die Weißen nennen", ergänzte der größere Goliath.

„Ist's wahr?" fragte Tiburcio, überrascht zurücktretend.

„Wahr!" bekräftigte Bois-rosé.

„Dann nehmt meine Hand, Mesch'schurs! Ich gebe sie berühmten Leuten gern."

Don Esteban de Arechiza war vorhin, als er den jungen Rastreador erblickte, um einen Schatten bleicher geworden; jetzt, als er den Namen Pepe Dormilón hörte, warf er einen raschen, forschenden Blick auf den Jäger und zog sich dann schnell in den Schatten zurück, in dem er auch blieb, als die drei Tiere abgezogen waren und sämtliche Anwesenden sich um das Feuer gelagert hatten, um zu hören, wie es Tiburcio gelungen war, die ‚Teufel der Savanne' gefangenzunehmen.

Der Rastreador begann. Als er den Namen des Haziendero nannte, fragte Cuchillo:

„Don Agustín Pena ist es gewesen? Zu ihm wollen wir, um auf der Hacienda del Venado einige Tage Rast zu halten!"

„So reise ich mit euch. Auch ich will zu ihm!"

Als er geendet hatte, reichten ihm Bois-rosé und Dormilón die Hand.

„Wir haben Euren Namen in dieser Gegend nennen hören, junger Mann. Macht so fort, dann wird man noch mehr von Euch erzählen! Aber einen ganz außerordentlichen Fehler habt Ihr begangen."

„Welchen?"

„Ihr hättet den ‚Teufeln' unbedingt die Kugel oder die Klinge geben sollen und damit viel Böses bestraft und viel künftiges Unheil verhütet. Menschenblut ist ein köstlicher Saft, mit dem man so sparsam wie möglich umgehen soll, das ist wahr; aber das Blut dieser beiden Männer ist

Drachenblut und darf nicht geschont werden. Um die Büchse möchte icn Euch beinahe beneiden, wenn mein Gewehr nicht ebenso gut wäre. Haltet sie nur fest, denn ich glaube sehr, daß El Mestizo sie sich wieder holen wird und noch etwas dazu, nämlich Euren Skalp."

Jetzt rückte Cuchillo an die Seite des Rastreador.

„Sagt einmal, Tiburcio, lebt Euer Vater Marco Arellano noch?"

„Nein. Habt Ihr ihn gekannt?"

„Nur gehört von ihm. Er soll ein außerordentlicher Gambusino gewesen sein und hat Euch sicher ein ansehnliches Erbe hinterlassen."

„Nichts als eine kleine Bambushütte."

„Und Eure Mutter?"

„Ist auch tot. Ich habe sie vor einigen Tagen begraben."

„Wo starb Euer Vater?"

„Ich weiß es nicht."

„Wirklich nicht? Ich meine doch, der Sohn müsse den Ort kennen, an dem er den Vater verloren hat."

Tiburcio warf einen schnellen Blick in das wenig vertrauenerweckende Gesicht Cuchillos. Die Fragen kamen ihm verdächtig vor, und er beschloß, diesen Mann zu beobachten.

„Mein Vater war Gambusino; er ging dahin, wo er Gold zu finden hoffte, und kam nur wenig nach Hause. Auf einem solchen Gange ist er verschollen. Vielleicht ist er den Indianern oder einem wilden Tier zum Opfer gefallen."

„Sind seine Reisen niemals von Erfolg gewesen?"

„Hätte er Erfolg gehabt, so bestände mein Erbe sicher aus mehr als einer Bambushütte."

„Und Ihr habt sein Gewerbe erwählt?"

„Ja."

„Ihr werdet vielleicht ebenso wenig finden wie er. Schließt Euch unserer Expedition an!"

„Welcher? Ich weiß von keiner."

„Dieser Señor, Don Esteban de Arechiza, hat eine Unternehmung veranstaltet, die von Tubac aus in das Gebiet der Apatschen gerichtet ist. Er kennt ein unerschöpfliches Placer, eine Bonanza, wie noch niemand eine gefunden hat, und geht mit achtzig Mann, um sie auszubeuten. Ihr seid Goldsucher, Jäger, Rastreador, alles in einer Person und sehr gut zu gebrauchen. Es ist gar kein Zweifel, daß die Expedition gelingen wird, und dann seid Ihr mit einem Schlage ein reicher Mann."

In den Adern Tiburcios wallte es heiß, aber er verriet mit keinem Zug seines Gesichts die Gedanken, die seine Seele durchzuckten.

„Ich wollte zu Don Agustín, um mich ihm als Vaquero anzubieten, doch sagt, glaubt ihr wirklich, daß eure Expedition Erfolg haben wird?"

„So sicher, wie ich hier neben Euch sitze!"

„Dann will ich mir die Sache überlegen. Gebt ihr mir Bedenkzeit bis zu eurer Abreise von der Hacienda?"

„Gern. Wir sind ja dort beisammen und werden uns bald kennenlernen."

Cuchillo erhob sich mit der Bemerkung, daß er Astwerk für das Feuer holen wolle. Auch Don Esteban trat hinaus in die Dunkelheit. In einiger Entfernung vom Feuer trafen sie sich.

„Eine sonderbare und überraschende Begegnung, Señor, nicht wahr?"

„Sehr überraschend. Ihr habt ihn wirklich gut ausgefragt. Ich bin überzeugt, daß er kein Wort von der Bonanza weiß. Marco Arellano ist gestorben, ohne seiner Frau oder seinem Sohne irgendeine Mitteilung machen zu können. Euer Messer hat ihn gut und zur rechten Zeit getroffen!"

„Mein Messer? Euer Gnaden wollen doch nicht etwa sagen, daß ich —"

„Pah, erzählt Eure Fabeln, wem Ihr wollt, nur nicht mir! Ich bin überzeugt, daß Ihr noch ganz die sichere Klinge führt, wie damals auf Schloß Elanchove."

„Don Esteban! Ich denke, wir wollen uns erst seit Arispe kennen?"

„Eigentlich; doch ist ein Grund eingetreten, der uns veranlassen kann, einmal an die Vergangenheit zurückzudenken."

„Welcher könnte dies sein?"

„Habt Ihr Euch diesen Tiburcio Arellano genau angesehen?"

„Ich denke."

„Findet Ihr keine Ähnlichkeit?"

„Hm, alle Teufel, daran habe ich nicht gedacht! Er hat wahrhaftig fast ganz dieselben Züge, die ich bei Ihnen gesehen habe, als Sie in seinem Alter oder höchstens einige Jahre darüber waren."

„Das habe ich sofort bemerkt. Vergleicht ferner sein Alter mit den Jahren, die seit jener Nacht vergangen sind."

„Das stimmt. Doch sind Alter und Ähnlichkeit noch lange nicht ein untrüglicher Beweis; sie können Zufall sein."

„Aber der Schnitt über die Wange?"

„Hat er ihn?"

„Er hat ihn, wenn auch kaum bemerkbar. Die Zeit hat die leichte Wunde beinahe vollständig vernarbt."

„Ich habe nicht so gesessen, daß ich ihn genau betrachten konnte. Hat er die Narbe wirklich, so ist kein Zweifel möglich. Was werden Sie mit ihm tun?"

„Er muß sterben."

Der stolze Mann sprach dies Wort so ruhig, als handle es sich um den Tod irgendeines schädlichen oder unbequemen Ungeziefers.

„Sterben? Wie?"

„Das ist ganz so Eure Sache, wie ich es damals Juan überlassen habe, sich die Klinge rot zu färben."

„Ja, der arme José zauderte mir zu lange; er hat es leider büßen müssen, denn dieser vermaledeite Miquelete gab ihm die Kugel."

„Würdet Ihr diesen Miquelete wiedererkennen?"

„Nein. Ich habe ihn ja nur in der Dunkelheit und während eines kurzen Augenblicks gesehen."

„Er sitzt dort am Feuer."

„Dort — am Feuer?" fragte Cuchillo, der frühere Juan, während er vor Erstaunen die Augen weit aufriß.

„Ja."

„Welcher ist es?"

„Pepe Dormilón, der ‚zündende Blitz'. Bereits in Elanchove hieß er ‚Pepe, der Schläfer', und auch sein Äußeres kann nicht trügen. Es ist genau der riesige Kerl, der nach Ceuta verurteilt wurde, dem es aber auf eine ganz unbegreifliche Weise gelungen ist, zu entkommen."

„Und Sie irren sich nicht?"

„Ganz unmöglich."

„Welch ein außerordentliches Zusammentreffen! Was ist zu tun?"

„Wir müssen uns seiner unbedingt entledigen."

„Das wird schwer gehen. Die beiden Riesen sind fürchterliche Menschen. Wer in dunkler Nacht dem Jaguar nachläuft, um ihn durch das rechte Auge zu treffen, dem ist nicht leicht beizukommen."

„List ist oft mehr wert als die größte Körperstärke. Ich werde mir die Sache reiflich überlegen, muß aber nun zurück, weil unsere doppelte Abwesenheit leicht auffallen kann."

Er trat zum Lagerfeuer zurück und nahm an einer Stelle Platz, wo das Licht der Flammen sein Gesicht nicht erreichen konnte.

Die beiden fremden Jäger lagen seitwärts eng nebeneinander. Sie waren abgehärteter als die Mexikaner, konnten die Wärme recht gut entbehren und hatten sich daher diesen Ort ausgesucht. Als die andern schliefen, waren sie noch immer wach.

„Warum willst du, daß wir so bald aufbrechen, Pepe?"

„Santa Lauretta, das ist eine ganz außerordentliche Geschichte! Weißt du, wer dieser Don Esteban de Arechiza ist?"

„Ja."

„Nun, wer?"

„Don Esteban de Arechiza."

„Ja, allerdings; das weiß jeder, der an diesen Namen glaubt; ich aber glaube nicht an ihn und weiß noch etwas mehr."

„Was?"

„Daß es jener Don Antonio de Mediana ist, der deinen kleinen Fabian raubte, seine Mutter ermordete und mich dafür auf den Thunfischfang schicken wollte."

Hätte Pepe ihm nicht mit der Hand ein Zeichen gegeben, sich zu beherrschen, so wäre Bois-rosé vor Erstaunen aufgesprungen. Er schwieg eine ganze Weile; das Gehörte war wirklich so außerodentlich, daß er es erst gehörig verarbeiten mußte, bevor er es unternahm, eine Äußerung zu tun.

„Kannst du das beschwören, Pepe?" fragte er endlich.

„Mit tausend Eiden.“

„Aber es gibt Ähnlichkeiten.“

„Die aber nicht so groß sind, wie diese sein müßte. Pepe der Schläfer hat ein ausgezeichnetes Auge, und ein Gesicht, das er unter solchen Umständen gesehen hat, vergißt er nimmermehr.“

„Gut, ich glaube dir. Doch sag, was der Graf de Mediana hier in Sonora will?“

„Ich weiß es nicht; wir werden es aber erfahren. Darf ich dich etwas fragen?“

„Gern.“

„Wir sind so viele Jahre beieinander gewesen.“

„Und haben uns nie verlassen.“

„Richtig! Nie, in keiner Gefahr, in keiner Not und Sorge, in keiner Angelegenheit. Aber jetzt habe ich eine Angelegenheit —“

„— in der ich dich auch nicht verlassen werde.“

„Ist's wahr?“

„Ich sage es, und da ist es wahr! Oder habe ich dir jemals die geringste Lüge gesagt?“

„Niemals. Aber die jetzige Angelegenheit ist schwierig. Ich muß wissen, was der Graf hier will.“

„Ganz recht.“

„Ich muß ihn bestrafen für den Mord, den Kindesraub und die falsche Anklage gegen mich.“

„Ganz recht.“

„Und, weißt du, hier dieser Ring an meinem Finger ist eigentlich schuld, daß dieses Verbrechen geschehen konnte. Ich habe ihn aufgehoben zum Zeichen, daß ich eine schwere Sünde wiedergutzumachen habe. Willst du mir helfen?“

„Versteht sich, mein alter, treuer Pepe!“

„Auch wenn ich die Goldexpedition jahrelang unter Kampf und Not verfolgen muß?“

„Auch dann, und nicht nur deinetwegen, sondern auch um meines kleinen Fabian willen, den ich aus dem Kahn gefischt, auf mein Schiff genommen und dann nach drei Jahren wieder verloren habe. Pepe, ich habe in der Welt kein Menschenkind so lieb gehabt wie den Jungen, und hier diese meine rechte Hand ließe ich mir abhauen, wenn ich ihn wiederfinden könnte. Der Graf hat ihm seine Mutter gemordet und ihn auf dem Meer dem Verderben preisgegeben; ich werde ein weniges zusammenrechnen mit diesem Don Esteban de Arechiza!“

Das Gespräch war beendet; die beiden Männer hüllten sich fester in ihre Decken und versuchten, zu schlafen. Als die andern am nächsten Morgen erwachten, waren Bois-rosé und Pepe Dormilón verschwunden. Niemand wunderte sich darüber; der schweigsame Jäger und Pfadfinder hält sich nicht für verpflichtet, jedem, mit dem er einmal am Lagerfeuer saß, Rechenschaft über sein Tun und Lassen abzulegen.

Die Pferde wurden getränkt, die nötige Anzahl von ihnen aufgesattelt, und dann ging es wie im Sturm der Hacienda del Venado entgegen. Don Esteban ritt voran; er liebte es nicht, mehr mit den Seinen zu verkehren, als unumgänglich nötig war. Cuchillo hielt sich meist zu Tiburcio, dem er eine auffällige Freundschaft und Zuneigung zu bezeigen suchte. Der Rastreador nahm dies äußerlich mit dankbarer Freundlichkeit hin, wandte aber im Umgang mit dem verdächtigen Menschen doppelte Vorsicht an.

Er hatte heute, ehe sie La Poza verließen, die Entdeckung gemacht, daß Cuchillo hinkte, und bemerkte nun während des scharfen Rittes, daß das Pferd des undurchsichtigen Mannes zuweilen stolperte, — zwei Beobachtungen, die ihm beinahe jeden Zweifel nahmen, daß dieser Mann der Mörder seines Pflegevaters war. Nun war er auch überzeugt, daß die Bonanza, der die Expedition galt, keine andere war als diejenige, zu der ihm die sterbende Mutter den Weg so genau beschrieben hatte, daß er das Goldtal gar nicht verfehlen konnte. Er beschloß im stillen, sich der Expedition anzuschließen, um den Mörder zu entlarven und sein Recht auf die von Marco Arellano entdeckte Bonanza geltend zu machen.

Zunächst aber freute er sich auf sein Zusammentreffen mit Rosarita, deren Zuneigung er so deutlich gespürt hatte und die seine Gedanken seitdem unablässig beschäftigte. Er versank in träumerische Grübeleien. Die Vorsehung hat dem Menschen nicht erlaubt, in die Zukunft zu blikken, ihm aber für diese Gabe etwas weit Besseres verliehen: die Hoffnung, die jedem, ganz besonders aber der Jugend zugetan ist, die das größte Recht besitzt, von der Zukunft nur Glück und Freude zu erwarten. —

## *Der letzte Mediana*

Es war gegen Abend. Ein goldenes Licht spielte auf den zitternden Wellen, zu denen der Abendwind die grünen, biegsamen Stengel der Maisfelder formte. Von diesem erfrischenden, wohltuenden Wind sanft geschüttelt, fielen die weißen Blüten der Olivenbäume wie Schneeflocken auf den Rasenteppich herab. Die Tagelöhner kehrten nach verrichteter Arbeit in ihre Hütten zurück, die einen mit Ackergerätschaften beladen und die andern mit dem langen Treibstachel versehen, mit dem sie die trägen Ochsen lenkten.

An den Ufern des Baches, der durch die Felder der Hacienda del Venado strömte, versammelten sich Tausende von Tieren, um ihren Durst zu löschen. Bald waren es lange Reihen von Stieren und Kühen, die beim Anblick ihrer Tränke vor Freude brüllten; bald sprangen große Herden freier Pferde nach dem Wasser hin oder verfolgten einander spielend auf der weiten Ebene. Der Boden erzitterte unter dem Galopp dieser edlen Tiere, die, obwohl an den Anblick des Menschen ziemlich gewöhnt, noch den schüchternen Stolz der wilden Mustangs hatten und dem bewundernden Blick zahllose Köpfe mit glänzenden Augen, offenen, dampfenden Nüstern und fliegenden Mähnen darboten. Sobald der Durst gelöscht war, flogen sie in wogenden Haufen mit der Schnelligkeit des Blitzes wieder dahin, wobei sie mutwillig mit den Hinterhufen ausschlugen, bis sie inmitten der aufgewirbelten Staubwolke verschwanden.

Zwei Männer kamen aus dem Walde und ritten auf die Hacienda zu. Der eine saß auf einem Pferd, der andere auf einem Maulesel. Beide Tiere gehörten mit ihren feinen Beinen, den schönen, runden Flanken und dem edel geschwungenen Rücken gewiß zu den schönsten ihrer Art. Der Reiter des Pferdes war Don Agustín Pena. Er trug einen Strohhut von Guayaquil, ein Hemd von feinem, weißem Batist, ohne Wams, und eine an den Lenden dicht anliegende Samthose mit goldenen Knöpfen. Der andere Reiter war der Kaplan der Hacienda, ein ehrwürdiger Franziskanermönch in blauer Kutte. Als Gürtel trug er eine seidene Schnur; sein Gewand aber war über seinen mit langen, hellklingenden Sporen bewaffneten Reitstiefeln hoch aufgeschürzt. Ein großer grauer Filz, der ihm ziemlich keck auf der Seite saß, gab ihm ein mehr soldatisches als mönchisches Aussehen. Sie hatten sich unweit der Hacienda getroffen und kehrten nun zusammen zurück.

„Aber sagt, ehrwürdiger Vater, warum Ihr so lange abwesend wart? Ich erwarte Euch schon seit drei Tagen von der Reise zurück, und da Ihr nicht kamt, glaubte ich beinahe, der heilige Julian, der nach Eurer eigenen Versicherung der Schutzpatron aller Reisenden ist, habe Euch verlassen und es sei Euch daher irgendein Unglück zugestoßen."

„Der Mensch steht allüberall in Gottes Hand, Señor Pena, und ich kehre so spät zurück, weil ich während meiner Reise jede Gelegenheit ergriffen habe, dem Herrn zu dienen in Worten und Werken. Ich habe Hungernde gespeist, Durstige getränkt, Betrübte getröstet, Kranke besucht, Sterbenden das heilige Sakrament gereicht —"

„Sterbenden? Ist jemand in der Nähe gestorben?"

„In der Nähe nicht. Zwei Tagereisen von hier wurde ich zu der Mutter des Rastreadors Tiburcio Arellano gerufen. Sie sah dem Tode wie die Frau eines echten, wackeren Gambusinos entgegen: mit frommem Herzen und mutiger Seele."

„Des Tiburcio? Ja, ich weiß, daß sie tot ist; er hat es mir erzählt."

„Wo und wann?"

„Das berichte ich Euch später; es gehört eine volle Mußestunde dazu. Habt Ihr sie sterben sehen?"

„Nein; meine Zeit war mir so knapp zugemessen, daß ich bald wieder fort mußte. Aber ihre Beichte habe ich gehört und ihr das letzte Sakrament gegeben."

„Man weiß nicht genau, ob ihr Mann, Marco Arellano, tot oder nur verschollen ist?"

„Er ist tot."

„Wißt Ihr das genau?"

„Genau."

„Wo ist er gestorben?"

„Am Rio Gila, aber nicht gestorben, sondern ermordet worden von der ruchlosen Hand eines Mannes, dem er sein ganzes Vertrauen geschenkt hatte."

„Ah! Ist der Mörder entdeckt? Hat er die Tat gestanden?"

„Nein."

„Aber wie kann man denn so genau wissen, daß und wo er eines so gewaltsamen Todes gestorben ist?"

„Weder Ihr noch ich haben einen Begriff von dem staunenswerten Scharfsinn, mit dem diese Jäger und Goldsucher aus den unbedeutendsten Anzeichen, die ein anderes Auge gar nicht finden und bemerken würde, sich eine ganze, verwickelte Geschichte mit Sicherheit zusammensetzen."

„Ich liebe diesen Tiburcio Arellano, bin ihm zu großem Dank verpflichtet, wie Ihr bald erfahren werdet, und möchte wohl die Geschichte vernehmen."

„Ich darf sie Euch erzählen; sie gehört nicht mit zur Beichte, obgleich sie mir unter dem Siegel der Verschwiegenheit anvertraut wurde. Marco Arellano hatte jenseits des Presidio Tubac ein außerordentlich reiches Goldlager entdeckt, mußte aber vor den Apatschen weichen und kehrte zu seiner Frau zurück, um sich zu einem zweiten Besuch dieser Bonanza vorzubereiten. Ihr vertraute er alles an und ließ ihr sogar eine Zeichnung zurück, auf der Weg und Lage des Goldtals genau angegeben ist."

„Warum tat er das? Frauen vertraut man so wichtige Dinge nicht an."

„Die Frau Marcos war ein Weib, bei dem dieses Geheimnis gut aufgehoben war; er teilte es ihr mit, damit es nicht verlorengehe, wenn ihm etwas Menschliches zustoßen sollte."

„Habt Ihr die Zeichnung gesehen?"

„Nein."

„Wer hat sie?"

„Tiburcio. Wäre er dagewesen, so hätte Marco ihm und sicher nicht der Frau die Sache mitgeteilt. Also Marco ging wieder fort und kam nach Tubac. Hier sah man ihn täglich mit einem Gambusino verkehren, mit dem er die Stadt verließ. Es ist sicher, daß dieser Mann ihn nach der Bonanza begleitet hat."

„Und sein Mörder ist."

„Jedenfalls. Sie müssen abermals von den Indianern vertrieben worden sein, denn ein Vaquero traf sie zwei Tagereisen jenseits des Gila. Er folgte dann später ihren Spuren, die zum Fluß führten, kam an zwei Stellen, wo sie des Nachts gelagert hatten, und erreichte auch den Ort, von dem aus die Spur nur eines Mannes weiterführte. Die fehlende war die Arellanos. Der niedergetretene, blutige Boden bewies, daß ein Kampf stattgefunden hatte und ein Mord geschehen war."

„Der Mörder wollte jedenfalls das Geheimnis nur für sich allein haben."

„So ist es. Der Vaquero kam glücklich zurück. Er hatte die Spur des Mörders wieder verloren, es aber dennoch für seine Pflicht gehalten, der Frau des Toten Nachricht zu bringen."

„Das ist der Fluch des Goldes. Meine lachenden Fluren dünken mir tausendmal wertvoller als all die goldenen Barren, die in meinen Truhen liegen."

„Und dennoch billigt Ihr die Expedition, die Don Esteban de Arechiza vorzunehmen gedenkt?"

„Ich billige sie, weil ich muß. Don Esteban verfolgt bei diesem Unternehmen ein Ziel, das mir erhaben scheint und mit der gewöhnlichen Sucht nach dem blinkenden Metall nichts gemein hat. Und überdies wißt Ihr ja, was niemand weiß: die Hacienda del Venado ist nicht mein Eigentum, sondern das seinige, und ich bin nur lebenslänglicher Pächter darauf."

Die beiden Männer hatten jetzt die Umzäunung erreicht, ritten in den Hof und stiegen am Fuße einer Freitreppe ab, die zu einer großen Vorhalle und von da in den Empfangsraum der Hacienda führte.

Dieser Salon war ein großes Gemach, in dem, nach der Sitte jener heißen Länder, ein unaufhörlicher Luftdurchzug eine beständige Kühle hervorbrachte. Feine und schön gearbeitete chinesische Matten bedeckten den aus großen Werksteinen bedeckten Fußboden, und andere, reichere Matten dienten an den Fenstern als Vorhänge. An den geweißten Wänden hingen wertvolle Kupferstiche, und die Einrichtung bestand aus ledernen Schaukelstühlen, Butacas genannt, silbernen Braseros, wie die Kohlenbecken heißen, an deren glühendem Inhalt der Raucher seinen Cigarillo anbrennt, einem Sofa von Rotang[1] und Polsterstühlen aus dem gleichen Stoff.

Auf einem Tisch von poliertem Balsamoholz ließen poröse Krüge das in ihnen enthaltene Wasser ausdünsten. Große Schnitten von Wassermelonen, in der Sprache des Landes Pasteques, zeigten auf einer silbernen Platte ihr rosafarbenes Fleisch, das ein wohlschmeckender Saft mit hellen Tropfen beperlte. Neben halbgeöffneten Granaten entfalteten Pitallas — Früchte von einer Abart des Kerzenkaktus — den dunklen Purpur ihrer Körner, und Orangen, Grenadillen, süße Limonen, mit einem Wort: alle Arten südlicher Früchte, die zum Durst reizen und ihn stillen, zeugten von den gastfreundlichen Absichten Don Agustíns.

Dieser nahm mit dem Franziskaner Platz, um die Delikatessen zu kosten. Sie hatten damit kaum begonnen, so trat ein Diener ein und meldete:

„Señor, es sind zwei Reisende draußen, die um gastfreundliche Aufnahme bitten. Der eine von ihnen gibt vor, Sie zu kennen."

„Sie sind mir willkommen", lautete der freundliche Bescheid.

Bald darauf traten die Männer ein. Der jüngere von ihnen hatte ein

[1] Palmenholz

offenes, vertrauenerweckendes Gesicht, und seine Stirn deutete auf Intelligenz und Kühnheit hin. Er war schlank gebaut; seine Kleidung zeigte trotz ihrer Einfachheit eine gewisse Eleganz, die für ihn einnehmen mußte.

„Ah, Ihr seid es, Pedro Diaz!" rief Don Agustín. „Gibt es in unserer Nähe einige Indianer zu vertilgen, daß Ihr Euch hier in der Einöde einfindet?"

Pedro Diaz war allerdings berühmt wegen seines unauslöschlichen Indianerhasses, wegen der Kühnheit, mit der er die Rothäute bekämpfte, und wegen der Geschicklichkeit, mit der er sich aus den schwierigsten Lagen zu befreien gewußt hatte.

„Erlaubt mir, bevor ich Euch antworte", sprach er lächelnd, „Euch den König der Gambusinos und den Fürsten der Musiker, Señor Diego Oroche, vorzustellen! Er riecht das Gold, wie ein Hund das Wild wittert, und spielt die Mandoline, wie kein anderer es versteht."

Oroche grüßte mit ungeheurem Ernst. Indessen mußte er wohl schon seit sehr langer Zeit keine Gelegenheit gefunden haben, den feinen Ge ruchssinn zu betätigen, den Pedro Diaz erwähnt hatte, denn sein Äußeres deutete auf keinen großen Reichtum hin. Um die Hand nach seinem uralten Filzhut hin zu bewegen, brauchte er die kunstreich gelegten Falten seines Mantels nicht in Unordnung zu bringen; er hatte nur nötig, unter den vielen Löchern darin eins zu wählen, um seine Hand bequem hindurchzustecken. Seine großen, harten Hände waren mit geradezu krallenartigen Nägeln bewaffnet, allerdings ein Beweis, daß er die Kunst verstand, der Mandoline besondere Töne abzugewinnen. Und in der Tat hing ihm an einem Band ein solches Instrument um den Hals. Während er sich vor Don Agustín tief verneigte, fielen ihm die langen Locken seines ungekämmten Haars ins Gesicht, und diese Locken waren so steif und starr wie das Schilf, mit dem die Mythologie die Götter und Göttinnen ihrer Flüsse bekränzt.

Als beide Platz genommen hatten, ergriff Diaz das Wort.

„Wir haben gehört, daß zu Arispe eine Expedition nach dem Innern der Apacheria vorbereitet wird. Ist Euch deren Führer bekannt, Señor Pena?"

„Er heißt Don Esteban de Arechiza."

„Ist er ein Mann, dem man Vertrauen schenken kann?"

„Ich denke, ja."

„Ich vernahm, daß er oft bei Euch gewesen sei, und wollte fragen, in welcher Weise ich mich bei ihm zur Teilnahme melden könnte."

„Bleibt hier, bis er kommt! Ich erwarte ihn in diesen Tagen, dann könnt Ihr mit ihm selbst sprechen."

„So ist Euch das Nähere unbekannt?"

„Er hält die Einzelheiten sehr geheim. — Also hat sich, mein lieber Diaz, der Golddurst endlich auch Eurer bemächtigt?"

„Beileibe nicht! Gold zu suchen, überlasse ich einem so erfahrenen

Gambusino, wie Señor Oroche ist. Was mich betrifft, so sehe ich in der Expedition nichts als eine treffliche Gelegenheit, mit den Wilden wegen des vielen Unrechts, das sie an mir begangen haben, einmal ganz gründlich Abrechnung zu halten."

Nach längerem Gespräch wurde den beiden Gästen eine passende Räumlichkeit angewiesen, und die Dienerschaft war eben dabei, unter der Leitung Rosaritas die Abendtafel zu rüsten, als sich draußen Pferdegetrappel vernehmen ließ und das Licht mehrerer Fackeln durch die Fenster hereinleuchtete.

„Don Esteban de Arechiza ist angekommen!" rief einer der Diener. Sofort eilte Pena hinaus, den jetzt noch nicht erwarteten Gast zu empfangen. Keiner seiner Begleitung wagte es, den Empfangsraum zu betreten, und nur Tiburcio trat ein, als verstehe es sich von selbst, daß er nicht mit zur Dienerschaft gerechnet werde.

Rosarita trat ihm sofort entgegen und bot ihm die Hand.

„Señor Tiburcio, willkommen! Recht, daß Ihr kommt; ich habe schon längst auf Euch gewartet!"

Dann begrüßte sie mit vieler Ehrerbietung Don Esteban, der einen gehässigen Blick auf den Jüngling warf, den sie ihm vorgezogen hatte.

„Welch ein Glück für mich", meinte er, „daß Ihr noch ein Wörtchen für mich übrig habt! Ich dachte schon, der Pferdebändiger habe Euch vollständig in Beschlag genommen!"

Sie errötete über diesen unzarten Verweis, und auch der Haciendero runzelte leicht die Stirn.

„Nehmt es dem Kinde nicht übel, Don Esteban! Wir stehen in einer großen Schuld bei Tiburcio Arellano, und Ihr werdet gestatten, daß wir ihm dies ohne Zurückhaltung beweisen. Übrigens trefft Ihr uns unvorbereitet, da ich Eure Ankunft erst in einigen Tagen erwartete."

„Ihr seid entschuldigt, Señor! Mein Aufenthalt wird nicht von langer Dauer sein, da ich Grund habe, Tubac baldigst zu erreichen; wir werden darüber noch näher zu sprechen haben."

Man setzte sich zur Tafel; doch kaum war der Hunger gestillt, so zog sich Don Esteban bereits mit dem Haciendero in dessen Arbeitszimmer zurück.

„Ihr wißt, daß mein ursprünglicher Plan bis in die Nähe des Rio Grande del Norte gerichtet war?"

„So habe ich gedacht."

„Ich habe ihn geändert. Es meldete sich bei mir ein Mann, der am Rio Gila eine ungeheure Bonanza entdeckt hat und mir sein Geheimnis verkaufte. Ich werde die Expedition also zunächst dorthin führen und dann sehen, ob ich noch Zeit finde, mein erstes Vorhaben auszuführen."

„Ist dieser Mann mit bei Euch?"

„Ja."

„Wie heißt er?"

„Cuchillo."

„Hinkt er?"

„Ja. Wie kommt Ihr auf diese Frage?"

„Und sein Pferd stolpert zuweilen?"

„Auch das stimmt. Kennt Ihr ihn?"

„Sehr gut, obgleich ich ihn noch nicht gesehen habe", antwortete Pena, der seine unwillkürliche Vermutung so schnell bestätigt fand. „Nehmt Euch vor ihm in acht; er ist ein Mörder!"

„Ein Mörder? Was ficht Euch an!"

„Die Bonzana gehört dem Tiburcio Arellano. Sein Vater hat sie entdeckt und wurde von Cuchillo ermordet."

„Woher wißt Ihr das?"

„Ich habe es aus einem sicheren Munde."

„Und dennoch seid Ihr falsch berichtet. Cuchillo hat diesen Marco Arellano niemals gesehen."

„Er ist mit ihm in der Apacheria gewesen, hat ihn erdolcht und dann ins Wasser geworfen. Er mag sich vor der Kugel Tiburcios hüten!"

„Weiß dieser etwas von der Sache?" fragte Arechiza gespannt.

„Er weiß alles!"

„Auch die Lage der Bonanza?"

„Auch diese. Er trägt den genauen Plan in seiner Tasche."

„Teufel! Ah — und doch ist es anders. Ich werde Eure Angaben genau untersuchen, hege aber schon im voraus die feste Überzeugung, daß Cuchillo mit dem Mörder nicht identisch ist. Habt Ihr die besprochenen Summen flüssig?"

„Ja, doch erlaube ich mir zu bemerken, daß die jetzt immer von mir bezogenen Beträge den Pachtzins auf eine ganze Reihe von Jahren hinaus verzehren."

„Das tut nichts. Ich stehe also in Eurer Schuld, werde aber bald in der Lage sein, sie tausendfältig abtragen zu können. Oder gebt Ihr Eurem Herrn nicht länger mehr Kredit?"

„Solange Ihr wollt! Eure Besitzungen drüben im Mutterlande sind ja unermeßlich, wenigstens den Einkünften nach, die Ihr aus ihnen zieht; Ihr braucht keine mexikanische Bonanza."

„Für mich nicht, aber für die Zwecke, die zu erreichen mir eine Aufgabe geworden ist. Mexiko darf nicht länger eine Republik sein; es kann geordnete Verhältnisse nur von einer monarchistischen Verfassung erwarten. Ich werde mir die dazu nötigen Millionen aus der Bonanza holen und dann dem Lande einen König geben, der am Throne geboren ist und leider von einer beklagenswerten Politik von ihm vertrieben wurde."

„Wird Don Carlos die Krone Mexikos annehmen?"

„Ich handle in seinem Auftrag; mehr braucht Ihr nicht zu wissen. Es ist alles, alles bis aufs kleinste berechnet und vorbereitet; sobald wir das Gold haben, geht das Schwert über das Land und baut die Pforte, durch die ich den Monarchen zu führen habe."

„Und wenn die Bonanza schon einem andern gehört?“

„Das werde ich untersuchen, wie ich ja bereits vorhin sagte. Übrigens könnte sie einem einzelnen nur Verderben bringen. Sie ist von einem Gürtel wilder Horden umgeben, den nur die vereinigte Macht starker und kühner Männer zu durchbrechen vermag. Sind meine Zimmer gerichtet?“

„Sie werden stets bereitgehalten. Erlaubt, daß ich Euch führe!“

Er geleitete seinen Gast in die prachtvoll ausgestatteten Räume, die ausschließlich für den Besitzer der Hacienda bestimmt waren, und verabschiedete sich dann von ihm.

Die Hacienda del Venado war es, aus der sich Don Esteban von Arispe aus die nötigen Quadrupel geholt hatte. Seinen früher unternommenen Kaperfahrten war ein geldlich außerordentlich günstiger Erfolg beschieden, und er hatte den aus der Beute gezogenen Erlös zum Ankauf dieser Besitzung verwandt, die er unter der Leitung Penas in sicheren und treuen Händen wußte. Das war die Einleitung zu dem Werk, zu dessen Vollendung er jetzt aus Spanien herübergekommen war.

Kaum sah er sich allein, so ließ er Cuchillo zu sich kommen.

„Was tut Tiburcio?“

„Ich weiß es nicht.“

„Erinnert Ihr Euch noch, was ich gestern von ihm sagte?“

„Er muß sterben.“

„Nun wohl! Wie hoch schätzt Ihr ihn?“

„Hm, zehn Quadrupel sind nicht zuviel, fünf jetzt und die andere Hälfte, wenn ich fertig bin.“

„Hier sind fünf.“

„Ich danke, Señor. Wann soll es geschehen?“

„Noch heute.“

„Ah, so bald?“

„Es muß sein. Er weiß nicht nur von unserer Bonanza, sondern er hat sogar den vollständigen Plan in seiner Tasche.“

„Seid Ihr dessen sicher, Don Esteban?“

„So sicher, daß Ihr noch weitere zehn bekommt, sobald Ihr diesen Plan in meine Hände legt.“

„Dann gehe ich sofort. Aber ich werde vielleicht Hilfe brauchen.“

„Nehmt Euch einen von unseren Leuten dazu; wen, das mögt Ihr selbst entscheiden.“

„Das ist schon entschieden. Baraja und Oroche werden sofort helfen, wenn ich ihnen begreiflich mache, daß es zu ihrem Vorteil geschieht.“

„Seid Ihr dieser beiden wirklich sicher?“

„Baraja ist ein Bandit, dessen Dolch schon manchen roten Tropfen geschmeckt hat, und Oroche nennt sich zwar einen Gambusino, hat aber stets nur vom Spiel gelebt und sticht für einen Quadrupel seinen eigenen Vater tot.“

„So geht! Ich warte hier auf den Erfolg.“

Cuchillo begab sich in den Raum, der der Begleitung seines Herrn zugewiesen war. Baraja und Oroche saßen beim Spiel; Diaz hatte sich mit den andern in einer Nebenstube bereits zur Ruhe gelegt. Auf dem Tisch stand ein großer, halb geleerter Krug mit Mescal[1], und die Blicke der beiden Männer ließen erraten, daß sie nicht mehr weit von dem Punkt standen, an dem der Mensch aufhört, ein vernünftig denkendes Wesen zu sein.

„Kommt her, Cuchillo; trinkt und erzählt uns von der Bonanza!" lallte Baraja.

„Von der Bonanza? Mit der ist's aus."

„Aus?" riefen beide, wobei es schien, als seien sie durch diese Schrekkensbotschaft mit einem Schlage vollständig ernüchtert.

„Ja; aus!"

„Warum? Inwiefern?"

„Weil es jemanden gibt, der sie uns streitig macht."

„Wer ist das? Ich schlage ihn auf der Stelle nieder!" versicherte Oroche, während er seine Mandoline ergriff und damit eine Bewegung machte, als wolle er sie jemandem an den Kopf schmettern.

„Und ich stecke ihm ganz leise und still mein Messer zwischen die Rippen", beteuerte Baraja, dessen furchtsame Natur mehr zu einer solchen Meucheltat geeignet schien.

„Tiburcio!"

„Tiburcio? Was hat der mit unserer Bonanza zu schaffen?"

„Sehr viel. Er ist bereits schon einmal dort gewesen, will sein Eigentumsrecht auf sie geltend machen und hat sich Don Esteban nur angeschlossen, um uns auszuforschen."

„Er muß sterben!"

„Ja, sterben muß er!"

„Das sagt ihr wohl, aber zwischen Wort und Tat ist ein weiter Raum!"

„Ein Raum? Gar keiner, nicht so breit wie mein Finger, nicht soviel, daß mein Haar drauf Platz hat! Was gebt Ihr, Cuchillo, wenn ich ihm eins versetze?"

„Um was habt ihr gespielt?"

„Um nichts. Unsere Taschen sind so leer, daß man darüber weinen könnte."

„So soll euch geholfen werden! Seht Ihr diesen Quadrupel, Baraja?"

„Natürlich! Her damit!"

„Und Ihr diesen, Oroche?"

„Her, sage ich!"

„Sobald Tiburcio einige Zoll kaltes Eisen im Fleische hat, bekommt ihr beide!"

„Dann sind sie so gut wie schon verdient. Wir wollen dem Schurken

[1] Branntwein aus Agavenblüten

abgewöhnen, uns unsere Bonanza streitig zu machen. Wo ist er, Cuchillo? Ich will hin zu ihm!"

„Wartet einige Minuten! Ich will sehen, ob er zu finden ist."

Er trat hinaus auf den Hof und umschlich das Gebäude. Ein Zimmer des Erdgeschosses war hell erleuchtet; an dem geöffneten Fenster lehnte Rosarita und atmete die Düfte der Blumen, die auf dem Platz standen. Er ging weiter. An der anderen Seite des Hauses warf nur ein Fenster Licht, und er bemerkte den Schatten eines Mannes, der im Zimmer auf und ab ging.

„Das ist Arellano!"

Er überlegte, wie man am besten hinaufkommen könne; da erlosch das Licht.

„Er geht schlafen. Die Tür an der Freitreppe ist offen; er wird die seinige auch nicht verschlossen haben. Es wird möglich sein."

Cuchillo trat ins Nebengebäude zurück, wo die Genossen saßen. Er hatte zu seinem Rundgang doch etwas mehr Zeit gebraucht, als erst zu vermuten war, und als er eintrat, sah er auf den ersten Blick, daß er auf die beiden Banditen nun nicht mehr rechnen könne. Sie hatten den Krug vollends geleert, Baraja lag unter dem Tisch und Oroche mit seinem halben Leibe auf ihm, keiner seiner Sinne mehr mächtig. Es blieb ihm nichts mehr übrig, als Arechiza wieder aufzusuchen und ihm den Stand der Dinge mitzuteilen.

Während er über den Hof huschte, kam eine Gestalt leise die Freitreppe herab und ging der Gegend zu, in der das Licht aus den Fenstern Rosaritas glänzte.

„Das war er wieder! Auch er will den Blumenduft genießen; es soll der letzte Genuß sein, den er findet!"

In der nächsten Minute stand er vor Arechiza.

„Nun?"

„Ich habe noch nichts tun können."

„Weshalb nicht?"

„Baraja und Oroche haben sich um den Verstand getrunken und sind keines einzigen Schrittes fähig."

„Und Arellano?"

„Geht unten spazieren. Hätte ich nur einen Helfer, so wäre es bald geschehen!"

„Ist dieser eine so nötig?"

„Für unvorhergesehene Fälle."

Don Esteban hatte bereits abgelegt; er steckte den Dolch wieder zu sich und entschied, kurz entschlossen:

„Ich gehe mit!" —

Tiburcio befand sich unter einem Dach mit Rosarita. Dieser Gedanke ließ ihn an keine Ruhe denken; er trieb ihn im Zimmer auf und nieder und dann hinunter in die laue Nacht. Da sah er den Schein des Lichtes und erkannte Rosarita.

Würde sie zürnen, wenn sie ihn bemerkte? Durfte er sie anreden? Sein zaghafter Fuß zauderte, dennoch aber setzte er ihn vorwärts und gelangte so in die Nähe des Fensters. Die Helle überflutete seine Gestalt, und Rosarita erkannte ihn.

„Tiburcio!"

„Señorita!"

„Dünkt Euch der Duft der Violen süßer als die Ruhe?"

„Ich habe auch ohne diesen Duft keine Ruhe!"

„Warum?"

„Fast weiß ich es nicht, Doña Rosarita."

„Es drückt Euch irgendein Leid. Kommt, vertraut mir es an!"

Er trat an das niedere Fenster, und befand sich so in ihrer unmittelbaren Nähe.

„Ist es der Tod der Mutter, der Euch so bekümmert, Tiburcio?"

„Er hat mir schweren Kummer gebracht, doch werde ich ihn nicht lange zu tragen haben. Doch das größte Leid, das den Menschen drükken kann, muß er tief im Herzen verschließen, denn wo gibt es eine Seele, die es ihm abnehmen will, der er es anvertrauen darf?"

Sie beugte sich weiter zu ihm heraus.

„Ihr habt für mich gekämpft, Ihr habt für mich gewacht, Ihr seid so gut und tapfer. Laßt uns miteinander plaudern!"

Sie sprach so lieb und freundlich; die Bangigkeit wich von ihm, und bald plauderten sie wie zwei ahnungslose Kinder über alles, was in den Bereich ihrer Rede kam, so daß sie nicht bemerkten, daß sich zwei Gestalten herbeigeschlichen hatten, die nun unter einigen in der Nähe stehenden Zitronenbäumen verharrten. Tiburcio hatte ihre Hand gefaßt und kehrte den Bäumen den Rücken zu.

„Vorwärts, Cuchillo; jetzt ist's Zeit!" flüsterte Arechiza.

Der Bandit zog das Messer und warf sich mit zwei Sprüngen auf ihn. Ein Aufschrei Rosaritas rettete Tiburcio vom sicheren Tod. Er machte eine schnelle Wendung, und der nach dem Herzen geführte Stoß traf nur den Arm. Im nächsten Augenblick schon lag Cuchillo unter ihm und stöhnte unter dem Druck der Hand, die sich um seine Kehle gelegt hatte.

„Señor Cuchillo, betet ein Paternoster; es ist aus mit Euch!"

„Tiburcio!" rief Rosarita mit entsetzlicher Angst.

Er blickte auf. Eine zweite, verhüllte Gestalt hob die Faust, in der eine Klinge blinkte. Er bog sich zurück, schnellte empor, faßte den neuen Angreifer und schleuderte ihn unter die Bäume zurück. Dann stand er mit einem gedankenschnellen Sprung im Zimmer des Mädchens.

„Verzeiht, Señorita, aber nur hier bin ich sicher!"

„Ja, kommt zu mir! Bleibt, bleibt, und geht nicht wieder fort, sonst morden sie Euch!" bat sie todesbleich und vor Entsetzen zitternd, während sie in den Sessel sank und ihm die Hände flehend entgegenstreckte.

Er schloß das Fenster und trat dann tief in das Zimmer zurück.

„Kanntet Ihr sie, Señorita?“

„Nein; ich habe nur die Gestalten gesehen.“

„Es war Cuchillo und Don Esteban.“

„Don Esteban, der Herzog?“

„Der Herzog?“ fragte er verwundert.

„Ach ja, das wißt Ihr nicht! Es ist ein tiefes Geheimnis, aber Euch darf ich es sagen: Don Esteban heißt eigentlich Graf Antonio von Mediana oder Herzog de Medina. Er ist der Besitzer dieser Hacienda und kann es nicht gewesen sein, der Euch überfiel.“

„Er war es, und ich kenne nun auch den Grund, daß er mir nach dem Leben trachtet.“

„Welcher ist es?“

„Laßt mich ihn verschweigen! Die Hacienda ist sein Eigentum? Dann bin ich hier keinen Augenblick mehr sicher. Erlaubt, daß ich gehe!“

Ehe sie es zu verhindern vermochte, hatte er die Tür geöffnet und war im Dunkel des Ganges verschwunden. Erst jetzt bemerkte sie das Blut, das aus seiner Wunde auf die Diele geflossen war.

„Er ist verwundet! Er wird sterben!“

Sie nahm die Kerze und eilte ihm nach. Droben hörte sie Schritte; er kam schon wieder die Treppe herab, die Sarape übergeworfen und die Büchse in der Hand.

„Ihr könnt nicht fort, Tiburcio; Ihr seid verwundet!“

„Eine leichte Schramme, Señorita, die nichts zu sagen hat.“

„O kommt herein; ich werde Euch verbinden!“

Sein Blick leuchtete auf und senkte sich dann beruhigend auf ihr angstvolles Gesicht.

„Ich danke Euch, Señorita! Aber draußen finde ich ein Kraut, das besser ist als jeder Verband. Lebt wohl!“

Sie faßte ihn bei der Hand und hielt ihn fest.

„Ich darf es nicht leiden! Ihr habt uns gerettet und beschützt und seid dafür bei uns überfallen worden; Vater muß Euch Genugtuung verschaffen!“

„Das ist ihm unmöglich. Die Genugtuung, die ich haben muß, kann nur ich selbst mir nehmen, und Euer Haus darf nicht der Schauplatz eines Kampfes sein, wie er nur hinaus in die Savanne paßt.“

„Tiburcio!“

„Rosarita!“

Er führte ihre Hände an seine Lippen.

„Lebt wohl — für heute!“

Dann eilte er die Freitreppe hinab, über den Hof hinüber und zum Tor hinaus.

Draußen weideten die Pferde; das seinige befand sich unter ihnen; er suchte seinen Sattel unter den übrigen hervor, zäumte es auf, schwang sich empor und ritt davon. Drüben vom Walde leuchtete, halb von Büschen verdeckt, ein Lagerfeuer herüber. Dort konnten sich nur Jäger oder Vaqueros befinden, die ein Quartier im Walde dem weichlichen Bett vorzogen, und bei ihnen fand er sicher freundliche Aufnahme. Er lenkte sein Pferd zu ihnen hinüber.

Der Teil der Ebene, der hinter der Hacienda lag, befand sich ganz in demselben Zustand, in dem ihn die ersten Ansiedler vorgefunden hatten; das heißt, er lag noch unbebaut und wild da. In der Entfernung eines Büchsenschusses erhoben sich die ersten Bäume, die den Saum eines ungeheuren Waldes bildeten. Dieser erstreckte sich weit nach Norden bis an die Grenzen der Wüsten, hinter denen das Presidio Tubac liegt.

Der schlecht gebahnte Weg, der den Wald in dieser Richtung durchzog, war der einzige, auf dem man das Presidio erreichen konnte, und wurde von einem Strom durchschnitten, der zwischen hohen und steilen Ufern dahinrauschte. Der Fluß, der in seinen Lauf noch mehrere Gewässer aufnimmt, bevor er so reißend wird, wurde durch den an der Hacienda vorüberfließenden Bach gespeist. Eine Art roher Brücke, durch zwei nebeneinandergelegte Baumstämme gebildet, verband die beiden Ufer miteinander und ersparte so dem Reisenden einen langen Umweg, der notwendig war, wenn man den Strom an einer seichteren Stelle überqueren wollte.

In der Nähe dieses Weges und etwa in der gleichen Entfernung zwischen der Hacienda und der genannten Brücke brannte das Feuer, das Tirbucio gesehen hatte. Seine flackernde Helle erleuchtete die dunkelgrüne Baumdecke und traf die graue Rinde der Sumache, die runzeligen Stämme der Korkeichen und das bleiche Laub der Eisenbäume. Die grünen und gelben Moose flimmerten unter den samtenen Netzen der großen Aronblätter, die mit Blüten, silbernen Bechern ähnlich, geschmückt waren. Die herabhängenden Lianen glühten unter dem Licht der Flammen wie aus einem Feuerofen hervorgehende Eisendrähte, und die fernen Tiefen des Waldes, über dem ein Schweigen lag, das kaum durch die dumpfe Stimme des zwischen seinen steinernen Ufern dahinbrausenden Flusses gestört wurde, lagen hinter der von dem Feuer erhellten Stelle wie ein düsteres, unheimliches Geheimnis, dessen Schleier die menschliche Hand nur unter tausend Gefahren zu lüften vermag.

Am Feuer lagerten Bois-rosé und Dormilón.

In einer Gegend, wo es keine menschlichen Wohnungen gab, wäre eine so gewöhnliche Tatsache wie ein Lagerfeuer inmitten eines Waldes von keinerlei Bedeutung gewesen, hier aber, in der Nähe der Hacienda, in der jedem Reisenden gern und willig Gastfreundschaft geboten wurde, mußten besondere Gründe vorliegen, daß die beiden Jäger den Wald einer größeren Bequemlichkeit vorgezogen hatten.

Ein ziemlich großer Haufen dürrer Äste und Zweige, der neben dem Feuer lag, zeigte an, daß sie gesonnen waren, die ganze Nacht an diesem Ort zuzubringen. Zwei gabelförmige Äste steckten zu beiden Seiten der Flamme, und auf ihnen drehte Dormilón eine Hammelkeule, von der das Fett in großen Tropfen in die Glut fiel und ein vielversprechendes Prasseln und Zischen verursachte.

Bois-rosé trug eine Kleidung, die ungefähr die Mitte zwischen derjenigen eines Indianers und eines Weißen hielt. Auf seinem Kopf saß in Form eines Kegels eine aus Fuchspelz gefertigte Mütze. Ein baumwollenes Hemd mit blauen Streifen bedeckte seine breiten Schultern, und neben ihm auf dem Boden lag ein aus einer wollenen Decke gefertigter Mantel. Seine muskulösen Beine steckten in indianischen Leggins, und an den Füßen trug er dicht mit eisernen Nägeln beschlagene Schuhe.

Ein mit großer Sorgfalt poliertes Büffelhorn, das sein Pulver enthielt, hing über seiner Schulter, während sich in einem ledernen Beutel, der zu dem Horn ein Gegenstück bildete, ein großer Vorrat von Bleikugeln befand. Neben ihm lag eine schwere, langläufige Büchse, dieselbe, der nur die Sang-mêlé abgenommene Flinte Tiburcios ebenbürtig war, und in einem wollenen, bunten Gürtel steckte ein Jagdmesser mit starker, zweischneidiger Klinge.

Sein riesiger Wuchs ließ in ihm einen jener kühnen Jäger erkennen, die man jetzt so selten mehr findet. Sein Haupthaar fing bereits an, ins Graue zu fallen, und eine große, von einer Schläfe zur andern über die Stirn gehende Narbe deutete an, daß er sich einst in großer Gefahr befunden haben mußte. Bois-rosé hatte jedenfalls einmal nahe daran gestanden, skalpiert zu werden.

Seine von Sonne, Sturm und Wetter gebräunten, gehärteten Züge schienen aus Bronze gegossen zu sein, aber es lag in ihnen ein Ausdruck von Güte, der in freundlichem Gegensatz zu der herkulischen Stärke seiner Glieder stand. Die Natur ist oft so vorsichtig, solchen Kolossen ebensoviel Milde wie Körperkraft zu verleihen.

Sein Gefährte war, obgleich einen Kopf kürzer, nichts weniger als ein Zwerg zu nennen, vielmehr mußte er, andern gegenübergestellt, unbedingt ein Enakssohn genannt werden. Seine schwarzen Augen und der Schnitt seines Gesichtes zeugten von ebensoviel geistiger Beweglichkeit wie Kühnheit. Seine Kleidung und Ausrüstung war ähnlich der Bois-rosés.

Die Verbindung dieser beiden Männer mußte jeden Feind zur Vorsicht mahnen, und es war leicht zu glauben, daß sie gewohnt waren, es auch mit einer beträchtlichen Übermacht ohne Furcht und Zagen aufzunehmen.

Der Kanadier betrachtete den schmorenden Braten mit sichtbarem Wohlbehagen.

„Dieser Don Agustín Pena scheint ein ganz prächtiger Kerl zu sein, nach den Hammeln zu schließen, die er in seinen Herden hat. Diese Keule ist wahrlich ein Leckerbissen, von dem ich mir sicherlich noch einige gute Stücke herabschlitzen werde."

„Ich glaube dennoch", antwortete Pepe, „daß sie in der Hacienda heute noch größere Leckerbissen gespeist haben. Dieser Don Esteban de Arechiza tritt auch hier in einer Weise auf, daß man ihm sicher in keiner Hacienda einen mageren Empfang bereiten wird."

„Also du bist wirklich sicher, daß es der Graf Antonio de Mediana ist?"

„Gerade so sicher, wie ich nun weiß, daß du den kleinen Fabian, den er verderben wollte, gerettet hast."

Das gutmütige Gesicht des Riesen verklärte sich.

„Pepe, ich war bis zu dem Augenblick, in dem ich das Kind in dem treibenden Kahn fand, ein einsamer Kerl. Ich hatte weder Vater noch Mutter gekannt, besaß keine Geschwister, hatte weder Freund noch Frau und habe mich des Knaben angenommen mit ganzer, voller Seele. Er wuchs mir an das Herz, als sei er ein Stück von mir, und seit mich diese Engländer von ihm trennten, habe ich weiter keinen Wunsch als zu erfahren, ob er noch lebt oder damals zugrundegegangen ist. Freilich wird mir dieses Verlangen wohl niemals erfüllt werden, da mich das Schicksal von der See in die Wälder und Savannen führte, wo an eine Gelegenheit zur Erkundigung nimmermehr zu denken ist."

„Das ist noch kein Grund, die Hoffnung aufzugeben! Denk an den Grafen Antonio. Ich mußte fliehen, weil ich, solange ich lebe, kein Freund vom Thunfischfang gewesen bin, und darf wohl nie nach Spanien zurückkehren. Santa Lauretta, ich hatte bereits meinen Schwur, mit ihm noch einmal Abrechnung zu halten, vergessen, als ich ihn bei der Zisterne erkannte! Warum sollte nicht auch dir ein solches Wiedersehen möglich sein?"

„Möglich, aber nicht beschieden! Wie sollte ich den Jungen erkennen, selbst wenn er mir einmal begegnete?"

„An der Narbe, die von meinem Messer stammt. Hat sie nicht auch uns als Beweis gedient, daß der Knabe, den du fandest, eben der war, den ich verwundete?"

„Der Schnitt ging nicht tief; die Zeit dürfte seine Spur wohl vollständig verwischt haben; und die Züge eines Kindes verändern sich in so langer Zeit so sehr, daß ein Erkennen gar nicht möglich ist. Bei Don Antonio war das etwas anderes. Als du ihn kennenlerntest, hatte er ein bereits vollständig ausgeprägtes Gesicht, das zwar altern, aber seine Grundlinien nicht verändern konnte."

„Dann ist dies auch bei mir der Fall, und es steht zu erwarten, daß auch er mich wiedererkannt hat, zumal er meinen Namen Pepe Dormilón hörte."

„Er wird dich und mich noch besser kennen lernen!"

„Das will ich meinen! Ich war in Elanchove der ‚Schläfer', weil ich mich gegen den Hunger zu wehren hatte, der der einzige Sold meiner prächtigen Stellung war. Seit jener Zeit habe ich die Augen offen gehabt und werde mir einen Fang wie diesen nicht entgehen lassen. Wenn die Gesetze des Staates Partei für den Verbrecher nehmen, so muß —"

Er vollendete den Satz nicht, sondern hatte mit einem raschen Griff seine Büchse erfaßt und stand im nächsten Augenblick hinter den Büschen. Er hatte eine Gestalt bemerkt, die sich der Lagerstätte vorsichtig zu nähern suchte. Bois-rosé hatte mit dem Rücken nach der Hacienda gesessen und also nichts sehen können, stand aber dennoch augenblicklich neben dem Freund.

„Halt! Wer seid Ihr?“ rief Pepe, das Gewehr anschlagend.

„Einer, der bei euch lagern möchte!“ antwortete es.

„So tretet näher an das Feuer, damit man Euch betrachten kann!“

Dem Gebot wurde mutig Folge geleistet, und sofort ließen die beiden Waldläufer ihre Büchsen sinken.

„Tiburcio Arellano! Ihr seid willkommen.“

Sie traten hervor und streckten ihm ihre Hände entgegen. Er erkannte die beiden verwegenen Jäger.

„Ah, ihr seid es? Ich vermutete euch nicht hier.“

„Hoffentlich bleibt Ihr dennoch bei uns!“ meinte der Kanadier. „Irre ich mich nicht, so beabsichtigtet Ihr, mit Don Esteban de Arechiza nach der Hacienda del Venado zu gehen?“

„Allerdings.“

„Warum seid Ihr nicht dort geblieben?“

„Weil man mich zu morden versuchte.“

„Blitz und Donner! Wer wagte das?“

„Don Arechiza selbst.“

„Er selbst?“ klang der erstaunte Ausruf. „Welchen Grund hatte er dazu?“

„Das werde ich euch gern sagen; zuvor aber laßt mich mein Pferd holen, das ich zurücklassen mußte, um unbemerkt an euch zu kommen. Freilich ist mir das schlecht gelungen.“

Pepe lachte.

„Weil man da droben in den Felsenbergen ganz andere Augen hat als ihr hierzulande.“

Tiburcio ging und brachte bald sein Pferd herbei, das er anpflockte. Inzwischen war der Braten gar geworden, und Bois-rosé lud den Rastreador ein, am Feuer Platz zu nehmen. Erst jetzt fiel Licht auf die Züge des jungen Mannes. Pepe warf einen forschenden Blick auf ihn und konnte eine Bewegung der Überraschung nicht verbergen. Am vorigen Abend bei der Zisterne hatte er eine Stellung innegehabt, die es nicht erlaubte, ihn genau zu betrachten.

„Was ist das! Ihr seid verwundet?“ rief der Kanadier.

„Ein wenig.“

„Zeigt einmal her!“

Tiburcio hielt ihm den Arm hin, und der Kanadier untersuchte die Wunde mit seltener Geschicklichkeit und einem fast zärtlichen Interesse.

„Der Teufel! Ihr hattet es mit einem Kerl zu schaffen, der keine schlechte Übung besitzt. Ich glaube, nur eine schnelle Wendung hat

Euch davor bewahrt, daß die Klinge ins Herz ging und damit Euren Abenteuern ein plötzliches Ende gemacht hätte. Allein, seid ohne Furcht, mein Junge, es wird Euch nichts tun! Es kommt ein Verband von zerstoßenen Kräutern darauf, und dann hat die Sache nicht viel zu bedeuten. Pepe, such mir eine Hand voll Oregano zusammen, das hier zwischen den Büschen steht, und zerstoße es zwischen zwei Steinen, während ich die Wunde säubere!"

Bald war eine genügende Menge von diesem im ganzen Land wegen seiner vorzüglichen Eigenschaft so wohlbekannten Kraut zerstoßen; Boisrosé legte es auf die Wunde und verband diese mit dem aus leichtem Flor bestehenden Gürtel Tiburcios.

„So! Ihr müßt Euch bereits erleichtert fühlen, denn nichts verhindert so sehr die Entzündung einer Wunde wie das Oreganokraut, und Ihr werdet sogar nicht das geringste Fieber verspüren. Und jetzt steht Euch nun eine saftige Schnitte Hammelfleisch zu Gebote, wenn Ihr Appetit habt."

„Ich habe bereits gegessen."

„Ganz wie Ihr wollt! So werden wir uns an die Keule machen, und Ihr mögt uns dabei erzählen, was den ehrenwerten Don Arechiza veranlaßt, mit Euch auf eine solche Weise zu verkehren."

„Nicht er, sondern einer seiner Leute hat den Stoß getan; doch er war dabei."

„Zwei gegen einen, und zwar hinterrücks! Das gibt keine gute Meinung von dem Mute dieses vornehmen Herrn. Und dennoch wagt er, eine Expedition nach der Apacheria zu leiten?"

„Diese Expedition ist schuld an dem Stich, den ich erhalten habe."

„Wollt Ihr uns das erklären?"

„Das ist sehr bald getan. Mein Vater hat eine außerordentlich reichhaltige Bonanza entdeckt und diese Entdeckung einem gewissen Cuchillo mitgeteilt. Dieser mordete ihn, wie ich vermute, und verkaufte sein Geheimnis an Don Esteban. Auf welchem Wege, ist mir unbekannt, aber sie erfuhren, daß auch ich das Placer kenne, und wollten mich heute aus dem Weg räumen."

„Das ist ja eine saubere Angelegenheit! Könnt Ihr sie uns nicht ausführlicher erzählen?"

Tiburcio kam dieser Aufforderung nach. Während er sprach, hafteten die Augen Dormilóns scharf und unverwandt auf ihm, und dann ging über das Gesicht des Jägers ein befriedigtes Lächeln, wie man es wohl an jemandem bemerkt, der mit sich über einen schwer zu ergründenden Gegenstand ins reine gekommen ist.

„Was werdet Ihr jetzt tun?" fragte er, als der Rastreador geendet hatte.

„Ich werde ihnen folgen und den Schwur erfüllen, den ich meiner Mutter gegeben habe."

„Ist die Bonanza wirklich so außerordentlich reich?"

„Mein Vater hat, als er der Mutter diese Mitteilung machte, keine Worte finden können, die Schätze zu beschreiben, die er gesehen hatte."

„Es war Euer wirklicher Vater?"

„Nein. Ich bin nur sein Pflegesohn gewesen."

„Ah! Darf ich fragen, wer Eure wirklichen Eltern sind?"

„Ich habe sie nie gekannt."

„Aber Ihr wißt, wo sie gelebt haben?"

„Nein. Ich bin als dreijähriger Knabe mit einer englischen Kriegsbrigg nach Guaymas gekommen, wo sich Marco Arellano meiner angenommen hat."

„Mit einer englischen Kriegsbrigg, sagt Ihr?" fragte der Kanadier jetzt mit plötzlich erwachender Aufmerksamkeit. „Dreht Euch doch einmal herum!"

Er saß zur linken Hand Tiburcios und konnte also dessen rechte Wange, die Pepe scharf gemustert hatte, nicht genau sehen. Der Rastreador wandte ihm, verwundert über diese Aufforderung, die rechte Seite seines Gesichtes zu. Bois-rosé bemerkte den leichten Streifen, der sich quer über sie hinzog, und mit einer Stimme, die zwischen ängstlicher Erwartung und Jubel klang, fragte er:

„Woher habt Ihr diese Narbe?"

„Ich weiß es nicht."

„Könnt Ihr Euch auf nichts besinnen, was sich auf Eure früheste Jugend bezieht?"

Tiburcio wurde von dem dringlichen Tone dieser Rede betroffen.

„Warum fragt Ihr?"

„Weil — alle Wetter, Pepe, was meinst du? Es stimmt mit der Narbe und dem englischen Schiff, und das Alter ist auch das richtige. Sollte der liebe Gott mir altem Kerl wirklich eine solche Freude machen wollen? Was ist — was machst du für ein Gesicht?"

„Hm, mein Gesicht ist wohl schon längst gemacht und fertig, aber wenn du den Grafen Antonio de Mediana damals gesehen hättest, so —"

„Antonio de Mediana?" unterbrach ihn Tiburcio. „Kennt Ihr ihn? Kennt Ihr auch diesen Don Esteban?"

„Sagt erst, ob Ihr die beiden kennt!" gebot Bois-rosé schnell.

„Ich sah Esteban de Arechiza bei La Poza das erstemal und erfuhr vorhin auf der Hacienda, daß er Graf von Mediana sei."

„Wer sagte Euch das?"

„Doña Rosarita, die Tochter Don Agustíns."

„Woher weiß sie es? Ist Graf Mediana auf der Hacienda del Venado bekannt?"

„Er ist der Besitzer. Agustín Pena ist nur der Pächter."

Pepe sprang auf.

„Jetzt ist mir alles klar! Die ‚Esmeralda' war ein Kaper; Don Antonio hat ihn befehligt und seinen Raub hier angelegt. Darum ist er hier so gut bekannt und hat jedenfalls auf seinen früheren Streifereien ein

Placer entdeckt, auf das seine Expedition ursprünglich gerichtet war, ehe dieser Cuchillo ihm sein Geheimnis verkaufte."

„Das kann richtig sein, Pepe!" stimmte Bois-rosé bei. „Aber was wolltest du vorhin sagen? Wenn du den Grafen Antonio de Mediana damals gesehen hättest, so —?"

„So würde dir die Ähnlichkeit zwischen ihm und Tiburcio auffallen."

„Ist's wahr?"

„Ich täusche mich nicht. Hast du dir diesen Esteban genau betrachtet?"

„Er saß immer so vorsichtig im Schatten; aber, bei Gott, du hast recht; ihre Gesichter sind wie die von Vater und Sohn oder Oheim und Neffe! Tiburcio Arellano, ich frage Euch noch einmal, ob Ihr Euch nicht auf irgend etwas aus Eurer frühesten Jugend zu erinnern vermögt!"

Der junge Rastreador fühlte sich durch diese Verhandlung in die größte Aufregung versetzt. Sollte ihm hier von diesen fremden Jägern, die aus dem fernen Norden kamen, die Aufklärung werden können, zu der selbst seine Pflegeeltern nicht befähigt gewesen waren?

„Ich werde nachsinnen. Laßt mir nur Zeit!"

Er stützte den Kopf in die Hand und versuchte, seine Erinnerung in die Zeit zurückzuführen, die in so dichten Nebeln hinter ihm lag.

„Ich sehe ein großes, helles Zimmer — und — und das schöne Angesicht einer Frau, die sich über mich neigt. Sie hat große, dunkle Augen und spricht Worte zu mir, aus denen Glück und Liebe klingen."

War es die Aufregung oder irgendein anderer Grund, es traten Bilder vor seinen Geist, die ihm bisher fremd und verschlossen gewesen waren.

„Ich schlinge die Arme um ihren Hals; sie küßt mich wiederholt, und nennt mich bei einem Namen, den — — ich höre ihn wie aus der Ferne klingen und kann die einzelnen Laute nicht unterscheiden."

„Fabian!" fiel Pepe ein.

„Fa — bi — an —?" sprach Tiburcio, bei jeder Silbe auf seine eigene Stimme lauschend. „Fa — bi — an — ja, er ist's; ich sehe ihre Lippen, wie sie sich öffnen, um ihn auszusprechen, und jetzt höre ich ihn so deutlich, als stünde sie vor mir, um mich zu rufen."

Bois-rosé saß in vornübergebeugter Stellung da wie einer, der auf etwas wartet, was er im heranrauschenden Flug ergreifen und festhalten will. Sein Auge war unbeweglich auf das Gesicht Tiburcios gerichtet, und sein Ohr verschlang jedes Wort aus dessen Mund.

„Weiter, weiter!" rief er ungeduldig.

„Das Zimmer ist offen. Sie nimmt mich auf ihre Arme und trägt mich hinaus. Wir stehen hoch, so hoch, und tief unten liegt die See — — —"

„Das Balkonzimmer, das Balkonzimmer!" rief Pepe frohlockend.

„Dann nimmt mich ein Mann auf den Arm und trägt mich fort. Es ist finster, und der Mann droht mir, zu schweigen. Ein Schuß fällt und — — ja, jetzt weiß ich, wo die Narbe herkommt, ein Messer fährt mir über das Gesicht. Der Mann springt mit mir fort."

„Wohin?“ fragte Pepe atemlos.

„Ich sehe Wasser, viel Wasser — ich habe Hunger — ich dürste und weine, und niemand ist bei mir. Da neigt sich ein Mann über den Rand des Bootes und hebt mich zu sich hinüber.“

„Wie sieht er aus, Tiburcio, wie sieht er aus?“ klang es gepreßt aus dem Mund des Kanadiers.

„Er ist erschreckend groß und hat ein finsteres Gesicht; aber er hat mich lieb, und ich muß Vater zu ihm sagen.“

„Mein Gott, weiter, weiter, sonst ersticke ich!“ drängte Bois-rosé, während sich seine Augen weit öffneten und einen Blick unendlicher Liebe über den Rastreador warfen.

„Ich bin lange Zeit auf einem großen Schiff und habe den Vater unendlich lieb.“

„Habt Ihr ihn wirklich lieb, Tiburcio, wirklich?“

„Ja; er ist so gut mit mir, so mild, ganz anders, als man es bei seinem riesenhaften Äußern erwarten sollte. — Da gibt es einen entsetzlichen Lärm auf dem Schiff; ich höre Kanonen donnern und Büchsen knallen; viele Stimmen rufen, schreien und brüllen. Der Vater kommt herab zu mir, schwarz vom Pulverdampf im Gesicht und über den ganzen Körper mit Blut bespritzt.“

„Was tut er, was sagt er?“ fragte Bois-rosé in allerhöchster Spannung.

„Er sagt, ich soll niederknien und beten.“

„Die Worte, die er redet, die Worte! Habt Ihr sie vergessen?“

„Nein. Er faltet nur die Hände und ruft: ‚Bete, mein Sohn; der Tod ist da!‘ Dann eilt er wieder hinauf und springt —“

„Bete, mein Sohn; der Tod ist da! Hörst du es, Pepe? Hörst du die Worte, die ich dir tausendmal gesagt und erzählt habe? Er ist es, er ist es, Dormilón!“

Und den Rastreador in die Arme schließend und mit einer Macht an sich reißend, als wolle er ihn erdrücken, fuhr er fort:

„Der Mann, dieser Riese bin ich; und du bist Fabian, mein Sohn, den ich liebte und um den ich die einzigen Tränen meines Lebens vergossen habe!“

„Ist's wahr, ist's möglich? Ihr mein Vater?“ fragte Tiburcio, vor Freude zitternd und die Umarmung von ganzem Herzen erwidernd.

„Ja, es ist wahr, ich bin dein Vater, dein Pflegevater, denn dein rechter Vater ist längst tot, und deine Mutter wurde ermordet.“

„Ermordet?“

„Ja; erstochen von diesem Don Esteban de Arechiza, oder Graf Antonio de Mediana!“

„Und wer waren meine Eltern?“

„Sage es ihm, Pepe; du hast sie gekannt!“

„Euer Vater war der Graf Juan de Mediana und Eure Mutter Doña Luisa, die schönste Frau von Biskaya und Asturien.“

„Mein Vater ein Graf, ein spanischer Grande?“

„Ja, und zwar einer der reichsten und vornehmsten Granden des Königreichs."

„Don Juan de Mediana! Und der Mörder meiner Mutter nennt sich auch de Mediana?"

„Sie waren Brüder. Der Mörder ist Euer eigener Oheim!"

„Mein Gott, mir schwindelt vor diesen Eröffnungen!"

„Er hat Euch an der Zisterne erkannt, das ist sicher, und Euch aus diesem Grund, nicht allein der Bonanza wegen, ermorden wollen. Aber Gott hat Euch zur richtigen Stelle geführt. Pepe, der Schläfer, hat ein Kleines mit ihm abzurechnen, und wenn Ihr wollt, könnt Ihr ihm dabei behilflich sein!" —

Während dieser Unterhaltung am Lagerfeuer fand eine andere im Zimmer Don Estebans statt.

Cuchillo stand vor ihm.

„Ich kann nichts dafür, Señor! Hätte er die Wendung nicht gemacht, so wäre ihm meine Klinge ganz sicher ins Herz gefahren."

„Ihr könnt nichts dafür? So! Ich sage Euch aber, daß Ihr ein Schwächling seid, der eigentlich die Rute verdient, denn — — —"

„Die Rute?" unterbrach ihn Cuchillo mit flammendem Auge. „Don Esteban de Arechiza, vergeßt nicht, daß der Kapermatrose Juan etwas anderes verdient hat, als eine solche Beleidigung! Was verdient Ihr dann wohl dafür, daß Ihr Euch von dem Jungen packen und fast zwanzig Schritte weit fortschleudern ließt?"

Don Estebans Stirn rötete sich stark; die Adern schwollen zur doppelten Stärke an, doch hatte er triftige Gründe, sich zu beherrschen.

„Cuchillo, vermeidet in Zukunft diesen Ton, wenn Ihr nicht Bekanntschaft mit der Art und Weise machen wollt, wie ich dergleichen zu behandeln pflege. Euer Fehlstoß hat uns in die übelste Lage gebracht, die es nur geben kann. Don Agustín ist hinsichtlich des Besitzrechtes der Bonanza anderer Meinung als ich; er spricht sie dem Rastreador zu. Der Angriff auf diesen, der sein Gast ist, muß ihm als die größte Beleidigung gelten, und er wird erfahren, daß die Tat von uns ausgegangen ist. Unser Aufenthalt würde nicht mehr angenehm sein. Tiburcio ist fort, wie Ihr mir sagt. Er hat uns durchschaut und wird sich schleunigst nach Tubac begeben, um uns zu verdächtigen und seine Erstlingsrechte geltend zu machen. Rechne ich dazu die Anwesenheit dieses Pepe Dormilón, aus dem ein so berühmter Jäger geworden ist, so erkenne ich die Notwendigkeit, schleunigst von hier aufzubrechen. Wie leicht ist es möglich, daß sie sich treffen! Irgendein unvorhergesehener Umstand, eines jener unberechenbaren Ereignisse, wie sie so oft vorzukommen pflegen, kann dazu führen, daß er seine Abstammung erfährt und die Mörder seiner Mutter erkennt. Und wer sagt Euch, daß der Mörder seines Pflegevaters Marco Arellano vor seiner Rache sicher sei?"

„Dieser Umstand geht mich nichts an. Marco Arellano ist nicht unter der Hand eines Mörders gefallen!"

„Nein, sondern unter demselben Dolch, der Doña Luisa de Mediana traf“, meinte Arechiza bitter. „Doch, streiten wir uns nicht; wir haben jetzt Besseres und Nötigeres zu tun! Tiburcio muß sterben, und zwar auf jeden Fall. Wir reisen schon am frühen Morgen ab; sagt das den andern und macht Euch fertig. Und sorgt dafür, daß Baraja und Oroche Euch behilflich sind, einen besseren Stoß zu führen, als der letzte war! Die Bonanza steht auf dem Spiel; merkt Euch das, Cuchillo!“

„Er wird mir nicht entgehen, Señor! Am Morgen werde ich seine Spur erkennen, und dann wird es sich zeigen, wie wir zu handeln haben.“

Er ging.

Am andern Morgen brach der Trupp auf, ohne von Don Agustín Abschied zu nehmen. Arechiza ließ ihm einfach sagen, er habe eine wichtige Veranlassung erhalten, ohne Zögern nach Tubac zu reisen. Cuchillo leitete sein Pferd an die Spitze des Zuges, wo Don Esteban ritt.

„Ich habe die Spur bereits untersucht.“

„Nun?“

„Sie führt hinüber in den Wald.“

„Ah! So ist er nicht sofort nach Tubac aufgebrochen? Wie weit habt Ihr sie verfolgt?“

„Bis ich ihn sah.“

„Wo war das?“

„Nicht sehr weit von hier an einem Lagerfeuer.“

„Wie unvorsichtig von ihm! Er weiß sich in Gefahr und geht nicht weiter fort.“

„Er steht unter dem besten Schutz, den er finden konnte. Der ‚Große Adler‘ und der ‚Zündende Blitz‘ sind bei ihm.“

„Pepe Dormilón? Teufel, da ist keine Zeit zu verlieren, sonst machen sie gemeinschaftliche Sache gegen uns!“

„Ich hätte mich hinzugeschlichen und meinen Stich verbessert, aber der Kanadier hielt Wache, während die beiden andern schliefen, und mit diesem anzubinden, hieße geradezu in die Hölle laufen. Und die Sache mit einer Kugel abzumachen, fehlte mir die Büchse.“

„Seid Ihr Barajas und Oroches sicher?“

„Ja. Sie wollen die Bonanza nicht verlieren und sind daher bereit, ihm Gelegenheit zu geben, nicht nach Tubac zu kommen. Übrigens teile ich die Quadrupel mit ihnen, ein Umstand, den ich Euch ganz besonders ans Herz legen muß.“

„Macht eure Sache gut, so kommt es mir auf ein Goldstück mehr nicht an!“

„Was befehlt Ihr uns?“

„Ihr reitet mit Baraja und Oroche bis in ihre Nähe. Die beiden bleiben zur Deckung des Rückzugs halten, und Ihr schleicht Euch hinzu, um ihm die Kugel zu geben. Aber zielt gut! Ich reite mit den übrigen bis zur Brücke, wo ich euch erwarte. Sie bildet den einzigen Weg, uns schnell zu folgen, und wir müssen sie daher zerstören.“

Als sie an die Stelle kamen, wo Tiburcio in den Wald eingebogen war, lenkte Cuchillo mit den beiden Banditen ein, während Esteban mit Diaz und den andern dem Wege nach der Brücke folgten.

Unterdessen hatten die drei Männer am Lagerfeuer erst nach langer und stürmischer Unterhaltung den Schlaf gesucht. Pepe war die letzte Wache zugefallen, und als die Morgenkühle einem milderen Hauch zu weichen begann, weckte er die beiden andern. Das Feuer wurde höher geschürt und ein neues Hammelstück darübergelegt. Bei allen Verrichtungen, die sich jetzt als nötig erwiesen, legte der Kanadier eine außerordentliche Liebe und Sorgsamkeit für Tiburcio an den Tag.

„Mein Sohn", meinte er, „ich werde dich nicht mehr Tiburcio, sondern Fabian nennen, denn das ist dein rechter Name."

„Tu das, mein Vater!"

„Nun sag, was du zu tun beabsichtigst. Ich und Pepe, wir werden dir bis ans Ende der Welt folgen."

„Santa Lauretta, das ist wahr!" bestätigte Dormilón. „Besonders wenn Ihr Euch entschließen wollt, diesem Esteban de Arechiza ein wenig auf das Fell zu steigen. Seht hier diesen Ring! Er hat ihn mir damals gegeben, daß ich schweigen sollte. Ich tat es auch, weil ich glaubte, es handle sich um eine Sache, die sich mit meinem Gewissen vereinbaren lasse. Als ich aber die Wahrheit erfuhr, nämlich daß ich die Ausführung eines Mordes und Kindesraubes unterstützt habe, ließ es mir weder Ruhe noch Rast; ich mußte an die Arbeit gehen, den Täter zu entdecken und der Strafe zu überliefern. Statt dessen aber sollte ich auf die Galeere gehen und nach Ceuta gebracht werden, um Thunfische zu fangen. Der brave Hauptmann Don Lucas Despierto jedoch half mir aus der Tinte, weil er seinen Brief zurückgewinnen wollte, den er auch bekam. Ich mußte fliehen, tat aber den Schwur, keine Gelegenheit zu versäumen, den Mörder doch dem Strafgericht zu übergeben und womöglich den geraubten Knaben zu entdecken. Ich kam in die Vereinigten Staaten und traf ganz droben in Montana einen Bärenjäger, der mir erlaubte, mich zu ihm zu gesellen, und —"

„Und dich lehrte, eine gute Büchse richtig in die Hand zu nehmen", setzte Bois-rosé hinzu. „Der gute Pepe glaubte nämlich, ein außerordentlicher Schütze zu sein, traf aber anfangs den Grizzly öfters in den Schwanz statt zwischen die Rippen. Doch war er ein guter Schüler. Nach einigen Monaten hatte ich ihn schon so weit, daß er höchstens das Auge eines Fischotters mit dessen Ohr verwechselte, was allerdings das Fell ein weniges beschädigt; aber schon nach Verlauf eines Jahres konnte ich vollständig mit ihm zufrieden sein. Wenn er auch keine solche Büchse hat, wie die meine und die deinige ist, mein Sohn, so weiß er doch stets das zu treffen, was er treffen will, und wenn unser Pulver blitzt, so ist alles unser, was man mit einem guten Schuß erreichen kann. Auch du verstehst deine Sache, wie ich an dem Puma gesehen habe, den du zur Zisterne brachtest, und wenn drei solche Männer mit sechs sicheren Augen und ebensoviel starken Armen zusammenhalten, so weiß ich ganz genau, daß es diesem Grafen Antonio nicht gelingen wird, meinen Pepe zum zweiten Male auf den Thunfischfang zu schicken."

„Er ist mein Oheim, Vater!"

„Ja, das ist er, mein Junge; aber das darf kein Grund zur Nachsicht sein, denn gerade weil er der Schwager deiner Mutter war, ist der Mord doppelt ruchlos und sollte zwiefach gerächt werden. Mein Trachten geht nicht nach Gold und Silber; ich habe über einen gut gelungenen Schuß mehr Freude, als über alle Bonanzen und Placers der Welt; aber dieses Goldtal ist dein Eigentum, das dir nur durch die Ermordung des Pflegevaters streitig gemacht wurde. Willst du es haben, so bin ich mit Pepe dabei, und Don Antonio mitsamt seinen achtzig Mann soll es dir nicht nehmen. Nur laß dein Pferd zurück, denn —"

„Mein Pferd zurücklassen? Das hieße ja von vornherein auf alles verzichten!"

„Laß dir sagen, daß ein mittelmäßiger Jäger allerdings ohne Pferd fast nichts vermag, Leute besseren Schlages aber kommen auf ihren Füßen leichter vorwärts, als auf dem Rücken eines Tieres, das viel Zeit, Pflege und Rücksicht erfordert und durch die Spuren seiner Hufe nur zu oft zum Verräter wird. Entschließen wir uns, der Expedition in die Apacheria zu folgen, so bekommen wir es mit einem zweifachen Feind zu tun, mit dem wir es zu Fuß viel eher aufzunehmen vermögen als zu Pferde. Allerdings gibt es Strecken, die man nur beritten zurücklegen kann, doch dann sind wir auch Manns genug, uns ein Tier zu holen, wie wir es brauchen. Jetzt aber meine ich, wir sollten —"

Er fuhr mitten in der Rede empor. Ein Schuß war gefallen, und die Kugel hatte Fabian das Haar gestreift.

In der nächsten Sekunde schon standen sie im nahen Dickicht und spähten und horchten nach der Richtung hin, wo der Knall erfolgt war. Sie vernahmen den davoneilenden Hufschlag eines Pferdes.

„Das galt Euch, Fabian", meinte Pepe.

„Sicher ist es dieser Cuchillo gewesen, den Esteban gesandt hat, meiner Spur zu folgen!" rief der Rastreador in höchster Wut. „Ich werde —"

„Halt", rief der Kanadier. „Erst denken und dann handeln! Der Mann war zu Pferde; das ist ein sicheres Zeichen, daß sie aufgebrochen sind. Nur die Brücke führt über den Fluß. Don Esteban wird dort auf den Mörder warten, um sie nachher vielleicht zu zerstören. Pepe, wir dringen gerade durch die Büsche auf sie los, und du, Fabian, verfolgst den Menschen zu Pferde; du hast einen Umweg, und wir werden zu gleicher Zeit dort eintreffen. Vorwärts!"

Fabian riß den Lasso los, saß auf und jagte davon, alles das Werk eines Augenblicks. Zerdrückte und zerknitterte Blätter, kleine, frisch abgerissene und zerbrochene Zweige und die Hufspuren im Boden zeigten seinem geübten Auge auf das Unzweideutigste, daß er den Verfolgten vor sich hatte. Auf dem sandigen Wege angekommen, der in zahlreichen

Windungen nach der Brücke führte, bemerkte er deutlich, daß es mehr als ein Reiter sein mußte; er ließ die Zügel schießen, gab dem Pferd die Zacken seiner Sporen in die Weichen und flog über das schwierige Gelände mit einer Geschwindigkeit dahin, die beinahe der des Sturmes glich. Und dennoch vergingen Minuten, ehe er in die Nähe des Stromes gelangte.

Cuchillo hatte geglaubt, daß seine Kugel sicher ihr Ziel erreicht habe, und sich dann aus Angst vor den beiden furchtbaren Jägern schleunigst zurückgezogen. Sein Vorsprung war zu groß, als daß Fabian ihn trotz der Schnelligkeit seines Pferdes hätte einholen können. Aber schon fing das Brausen des Waldstromes an, den lauten Galopp seines Pferdes zu übertönen, und bald ließen sich inmitten dieses Brausens auch menschliche Stimmen vernehmen.

Die ungestümen Sprünge eines Pferdes haben die Wirkung, daß sie die menschlichen Leidenschaften steigern; das Tier aber erhebt sich bis zum Verständnis der Gefühle seines Reiters. Fabians Blut kochte. Der erneute Mordversuch hatte jede mildere Gesinnung aus seinem Herzen gedrängt, und er fühlte nur den einen Gedanken, seine Feinde zu erreichen und sie niederzuschmettern. An ihre überlegene Anzahl dachte er nicht.

Als er den letzten Busch hinter sich hatte und auf den Fluß zuflog, bot sich ihm ein Anblick dar, der seinen Grimm aufs höchste reizte.

Wie bereits gesagt wurde, verband eine aus zwei grob behauenen Baumstämmen bestehende Brücke die beiden Ufer, zwischen denen der reißende Strom dahinbrauste. Die beiden Enden dieser Balken, deren Vereinigung soviel Breite bot, daß ein Pferd darüber gehen konnte, ruhten, durch sonst nichts festgehalten, auf dem nackten Felsen; einige starke Männer konnten daher diese Brücke zerstören und dadurch wegen der Entfernung der beiden Ufer den Übergang an dieser Stelle unmöglich machen.

In dem Augenblick, da Fabian im Begriff war, die Balken zu erreichen, zogen vier von ihren Reitern angetriebene Pferde aus Leibeskräften an der Brücke, die durch straff angespannte Lassos mit den Sattelknöpfen verbunden war. Unter der Anstrengung der Pferde setzten sich die Balken in Bewegung, trennten sich und stürzten in den Strom hinab, daß das Wasser hoch aufspritzte, während die schnell freigemachten Riemen pfeifend dem Impuls der beiden Balken folgten.

Fabian stieß einen Wutschrei aus. Arechiza hatte ihn erblickt. Auch er geriet in Grimm darüber, daß der Rastreador seinem Anschlag zum zweiten Male entkommen war.

„Cuchillo, Ihr seid ein Schulknabe!"

„Señor, der Teufel selbst muß diesen Menschen schützen, denn ich habe deutlich gesehen, daß meine Kugel —"

Er hielt inne. Die andern brauchten nicht zu wissen, was er in den letztvergangenen Augenblicken mit Baraja und Oroche vorgehabt hatte.

„Kommt herüber, Señor Tiburcio“, höhnte Arechiza. „Wir stehen im Begriff, die Bonanza aufzusuchen!“

Fabian hatte sein Pferd bei dem Anblick der zerstörten Brücke herumgerissen. Mit schlagenden Flanken stand es unter ihm; auch er zitterte vor Grimm und Aufregung.

„Gut, ich komme“, gab er zur Antwort.

Er ließ die hindernde Büchse zu Boden gleiten, zog das Messer, warf sein Pferd herum und ritt bis an die Büsche zurück, um einen Anlauf zu nehmen. Dann griff er die Zügel hoch, richtete sich im Bügel auf, drückte die Sporen an und flog wie ein Pfeil auf den Fluß zu.

Das fürchterliche Wagnis sollte nicht gelingen; das Pferd scheute bei dem Anblick der schäumenden Tiefe, bäumte sich empor und warf sich zurück.

„Er hat Angst, der Junge. Drohen kann er, aber reiten nicht!“ rief Don Esteban.

„Señor Arechiza, was habt Ihr mit Tiburcio?“ fragte der ehrliche Diaz, der den ganzen Vorgang nicht begreifen konnte.

„Nur eine kleine Privatsache, die Euch nicht kümmert!“

„So laßt ihn ruhig gehen. Es ist unmöglich, herüberzukommen, und Ihr treibt ihn durch Euren Spott in den sicheren Tod.“

„Er mag ersaufen, wenn er es nicht lassen will.“

Fabian hatte sein Pferd zum zweiten Male zurückgelenkt, um den Anlauf von neuem zu nehmen. Arechiza sah die todesverachtende Entschlossenheit in seinen jugendlichen Zügen und bemerkte, daß er das Messer emporhob, um es dem Pferde in den Hals zu stoßen, damit es durch den Schmerz zur größten Anstrengung getrieben werde.

„Er macht Ernst. Beim Teufel, er kommt! Cuchillo, Baraja, Oroche, schießt ihn nieder!“

Sofort richteten sich die Büchsen der drei Männer auf Fabian.

„Halt! Wer schießt, der stirbt!“ donnerte da eine mächtige Stimme, die das Brausen des Wassers weit überschallte.

Bois-rosé und Dormilón waren auf dem Platz angekommen und standen mit erhobenen Büchsen am diesseitigen Ufer. Sofort senkten sich die Gewehre der drei Banditen. Sie wußten, daß der ‚Große Adler‘ seine Drohung wahr machen würde.

„Zurück, Fabian!“ rief der Kanadier. „Du bist sonst verloren!“

„Fabian!“ hallte es im Innern Arechizas wider. „Sie haben sich erkannt, Fabian und Pepe!“

Die Warnung Bois-rosés kam zu spät. Mit Anspannung aller Muskeln flog das Pferd dem Flusse zu, ein fürchterlicher Satz —, es erreichte mit allen vier Hufen das jenseitige Ufer; aber da wich das vom Zahn der Zeit zermürbte Gestein unter ihm — ein Schrei des Entsetzens aus dem Munde der beiden Jäger, ein Jubelruf Don Estebans —, und Roß und Reiter verschwanden mit lautem, gräßlichem Aufschlag in den Fluten, aus deren tosendem und wirbelndem Chaos kein Entkommen möglich sein konnte. —

Jenseits des Presidio Tubac liegen die ungeheuren Ebenen, die Mexiko von den Vereinigten Staaten trennen und nur durch die unbestimmten und abenteuerlichen Berichte der Jäger und Gambusinos bekannt sind[1]. Durch diese Ebenen windet sich der Rio Gila unter den verschiedensten Namen mit seinen Nebenflüssen. Er entspringt in den entferntesten Gebirgen des Nordostens und durchläuft unermeßliche Strecken sandigen Bodens, in denen man weit und breit keinen Baum zu sehen bekommt. Die Dürre und Eintönigkeit dieser Gegenden wird nur zuweilen durch die vom Regenwasser ausgehöhlten Schluchten unterbrochen; aber dieses Wasser befruchtet nicht, sondern verwüstet.

Der steinige Boden zeigt dem Reisenden stets schroffe Abgründe und ausgetrocknete Strombetten, die ihn auf seinem Wege hindern, ohne ihm oder seinem Pferd irgendwelche Nahrung zu bieten. Der Büffel und der Damhirsch fliehen diese Einöden, wo nur ungern ein dünnes Gras zu wachsen scheint, das verdorrt, bevor es noch vollständig emporgesproßt ist, und selbst der Indianer erscheint dort erst dann, wenn der brennende Wind aufgehört hat, der einen großen Teil des Jahres hindurch versengend in diesen Wüsten weht. Nur am Wasser selbst ist eine bald armselige, bald wilde, verworrene Vegetation zu bemerken.

Es mochte vier Uhr nachmittags sein, die Zeit, in der der Wind, obwohl noch durch die Rückstrahlung des glühenden Sandes erhitzt, doch nicht mehr aus einem brennenden Ofen zu kommen scheint. Schon warf die im Westen sinkende Sonne schräge Strahlen, und dünne, weiße Wolken, von rosenfarbigen Lichtern durchzuckt, zogen langsam am Himmel dahin.

Hoch droben in den Lüften schwebte einsam und scheinbar ohne seine Schwingen zu bewegen ein Adler. Von der Höhe herab konnte sein scharfes, durchdringendes Auge zahlreiche menschliche Geschöpfe erblicken, die auf dem Boden der Wüste zerstreut waren — die einen beisammen, die andern so weit voneinander, daß sie nur für ihn sichtbar waren, sich gegenseitig aber nicht bemerken konnten.

Gerade unter ihm dehnte sich ein weites Rund, das durch einen natürlichen, unregelmäßigen Hag von großem, mit scharfen Spitzen versehenem Kaktus und von dornigen Nopalpflanzen umgeben war. Einige wenige aus Eisenbäumchen bestehenden Gebüsche vermischten ihr blasses Grün mit den schmutzigen Farben der Kakteen und Nopale.

An dem einen Punkte wurde diese aus Pflanzen geformte Ringmauer durch einen kleinen, oben ganz flachen Hügel beherrscht. Um diese natürliche Festung her dehnten sich kalkhaltige Flächen, sandige Steppen und Reihen kleiner Bodenerhebungen aus, die in diesem Sandmeer als fest erstarrte Wellen erschienen.

Eine aus etwa sechzig Reitern bestehende Menschengruppe war in dem

[1] Man beachte an solchen Stellen stets die Entstehungszeit des Romans

von den Pflanzen gebildeten Kreis abgestiegen. Die Flanken der Pferde dampften wie nach einem Eilmarsch. Man vernahm ein verworrenes Geräusch von menschlichen Stimmen, ein Wiehern von Pferden und ein Klirren und Klingen von Waffen jeder Art. Lanzen mit flatternden Fähnchen, Musketen, Karabiner, doppelläufige Flinten waren noch an den Sattelbögen befestigt. Von den Reitern besorgten einige ihre Pferde, andere lagen auf dem Sand umher unter dem kargen Schatten der Kaktusstauden und dachten nach einem ermüdenden Tagemarsch, während dessen die brennende Sonne der heißen Zone, ganz wie die Kälte des Nordens, die Glieder steif gemacht hatte, vor allen Dingen an das Ausruhen.

In einiger Entfernung zeigten sich beladene Saumtiere, die gleichfalls auf den Rastort zukamen, und noch weiter hinten konnte man schwer beladene Wagen bemerken, die, vielleicht zwanzig an der Zahl und von Mauleseln gezogen, sich gleichfalls, obwohl langsamer, näherten.

Als die Maultiere mit den Wagen am Rastort angelangt waren, trat eine gewisse Verwirrung ein, die indessen nur wenige Minuten anhielt. Bald waren die Wagen abgeladen, die Maultiere ausgeschirrt und die Pferde abgesattelt. Dann wurden die Wagen im Viereck aufgefahren und, Deichsel gegen Deichsel, durch eiserne Ketten miteinander verbunden; die Saum- und Pferdesättel wurden aufeinander geschichtet und füllten mit den Kaktus- und Nopalpflanzen die leeren Räume zwischen den Rädern aus, so daß alles eine feste und so gut wie uneinnehmbare Barrikade bildete.

Im Innern des Lagers wurden die Tiere an die Wagen gebunden und die Küchengeräte neben den Reisigbündeln aufgestellt, die man als Feuerungsmaterial auf den Wagen mitgeführt hatte.

Sodann stellte man eine Feldschmiede auf, und nun hallte der Amboß von den Schlägen des Hammers wider, der beschäftigt war, Hufeisen oder Radschienen zu formen.

Ein reich gekleideter Reiter, dessen Anzug freilich durch Staub und Sonne sehr gelitten hatte, hielt auf einem edlen Schweißfuchs noch allein mitten im Lager, das sein Auge mit großer Sorgfalt nach allen Seiten hin durchlief. Es war Don Esteban de Arechiza, der Graf von Mediana.

Einige Männer waren damit beschäftigt, auf dem höchsten Punkt des Hügels, der das Lager beherrschte, ein Zelt aufzuschlagen. Als es fertig dastand, stieg nun auch der Reiter ab und trat unter die schützende Leinwanddecke.

Alle diese Vorbereitungen hatten kaum die Zeit einer halben Stunde erfordert, — so sehr wurden sie durch Gewohnheit und gute Aufsicht vereinfacht. —

Von diesem Lager nach Osten zu, aber weit hinter den Steppenhügeln, erhob sich aus dem Sand ein großes und dichtes, aus Gummi- und Eisenbäumen bestehendes Gehölz. In seinem Schatten hielt ein zweiter Reitertrupp. Diesmal jedoch waren weder Verschanzungen noch Wagen oder Saumtiere zu bemerken; der Haufe bestand aus einer vielleicht hundertundzwanzig Mann zählenden Horde von Indianern. Ihre Hautfarbe war nahezu die der Bronze; die einen waren fast nackt, die andern mit fliegenden Ledergewändern bekleidet; ihre Gesichter hatten sie mit hellem Zinnoberrot und gelbem Ocker bemalt, und an dem wilden, seltsamen Schmuck ihrer Pferde konnte man leicht erkennen, daß sie sich auf dem Kriegspfad befanden.

Fünf von diesen Söhnen der Wildnis, ohne Zweifel die Häuptlinge, saßen ernst um ein Lagerfeuer herum, das nach indianischer Sitte geschürt wurde, so daß man von weitem weder Rauch noch Flamme bemerken konnte, und ließen die lange Pfeife, die bei allen Beratungen der Indianer eine große Rolle spielt, im Kreis herumgehen. Ein lederner Schild, um dessen Rand eine dichte Federfranse lief, ein langer Spieß, eine Hacha[1] und ein Messer bildeten die Ausrüstung eines jeden dieser Häuptlinge.

In einiger Entfernung wurden von fünf Kriegern ihre Pferde gehalten. Es waren schöne, feurige Tiere, die kaum zu zügeln waren; sie trugen seltsam aussehende hölzerne Sättel, die mit ungegerbtem Leder überzogen waren; ungegerbte Fuchsfelle schmückten ihr Kreuz.

Während einer der Häuptlinge die Pfeife weiterreichte, wies er lautlos mit dem Finger nach Westen auf einen Punkt am Horizont.

Das Auge eines Europäers hätte dort nur ein winziges graues Wölkchen erblickt, allein der scharfe Blick des Indianers nahm wohl die feine Rauchsäule wahr, die aus dem Lager der Weißen aufstieg und in der Höhe dieses Wölkchen bildete.

In diesem Augenblick brachte ein Bote eine ohne Zweifel sehr wichtige Nachricht, denn alle Krieger bildeten sofort eine lebhafte Gruppe um ihn her.

Er trat zu den Häuptlingen.

„Der Älteste unserer Väter hat mich ausgesandt, zu ergründen den Weg der weißen Männer, die gekommen sind in das Land der roten Krieger aus einem Grund, den wir noch nicht kennen. Dort“ — er zeigte dabei nach dem Wölkchen — „haben sie sich gelagert, an Zahl fünfmal so groß, wie das Jahr Monde hat, mit Wagen, Pferden und Maultieren. Aber dort, wo kein Feuer brennt“ — er deutete nach dem Fluß — „sind drei Bleichgesichter auf der grünen Insel, groß von Gestalt, wie die Urväter der roten Männer, die im Grabe liegen seit tausend Jahren.“

Der älteste Häuptling blies ruhig den Rauch durch die Nase, gab die Pfeife seinem Nachbarn und befahl dem Boten, die drei Männer näher zu beschreiben.

„Ich sah einen Mann, groß und breit, wie ich noch niemanden sah, zwei Köpfe höher denn ich selbst. Er hat das Auge eines Kindes, aber die Gestalt eines Bären, und zehn Krieger können ihn nicht niederringen.“

Ein ungläubiges Gemurmel ließ sich unter der Zuhörerschaft vernehmen. Der Häuptling winkte mit der Hand.

[1] (sprich: Atscha) Kriegsbeil

„Es gibt nur ein Bleichgesicht, das zehn Krieger nicht zur Erde ringen können. Seine Kugel trifft die schwirrende Schwalbe, seine Faust betäubt den Büffel und seine Stimme ist wie der Donner um Mitternacht. Er lebt weit im Lande der Sioux gegen Norden, ist noch niemals über das Gebiet der Apatschen herausgekommen und wird von den roten Männern der ‚Große Adler' genannt. Mein Sohn beschreibe den zweiten!"

„Das andere Bleichgesicht ist nicht so hoch und stark, aber dennoch höher und stärker als die Männer der Apatschen. In seinem Auge wohnt das Feuer, in seinem Fuß die Schnelligkeit des Hirsches, und seine Hand ist behende wie die Zunge der Schlange, die nie ruhen kann."

„Aus welcher Gegend kommen diese Bleichgesichter?"

„Sie haben die Züge der Menschen, die gegen Mitternacht wohnen."

„Mein Sohn beschreibe den dritten."

„Er hat das Angesicht des Südens, ist jung wie die Strahlen der Morgensonne und schön wie die Squaw im neuen Wigwam des Kriegers. Sein Haupt ist höher denn das meine, und seine Stärke und Gewandtheit wie die des Panthers im Urwald. Ich habe gesprochen!"

Der Bote trat zurück.

Einige Augenblicke des Schweigens folgten, in denen die Pfeife schneller herumgereicht wurde. Dann forderte der Älteste seine vier Unterhäuptlinge auf, ihre Meinung auszusprechen. Der zweite erhob sich sogleich. Er war ein Mann von hohem Wuchs und auffallend dunkler Gesichtsfarbe, ein Umstand, der ihm den Namen ‚Schwarzvogel' verschafft hatte. Er war eine stattliche Gestalt, als er dastand, um zu sprechen.

„Sechzig Sommer haben mein Auge erquickt und sechzig Winter meine Stirn gefaltet, aber nie habe ich gesehen, daß Freundschaft herrschte zwischen den Weißen des Nordens und den Bleichgesichtern vom Mittag. Die drei Männer auf der Insel gehören nicht zu den Kriegern, die dort im Westen ein großes Feuer brennen; sie sind ihnen feindlich gesinnt, und die roten Söhne der Prärie mögen zu ihnen senden, damit sie kommen und mit uns gegen die Leute an den Wagen kämpfen. Schwarzvogel, der Häuptling der Apatschen, hat gesprochen!"

Auch die andern erhoben sich der Reihe nach, aber niemand stimmte der Ansicht Schwarzvogels bei. Sein Vorschlag wurde verworfen, und man beschloß, eine größere Abteilung gegen das Lager und eine kleinere gegen die Insel zu senden.

Ungefähr eine Viertelstunde später gingen hundert Mann lautlos in Richtung des Lagers ab, während sich zwanzig der bewährtesten Krieger nach der Insel bewegten und vor Verlangen brannten, das Blut der drei Männer zu vergießen, denen die Insel für den Augenblick eine scheinbare sichere Zufluchtsstätte bot. —

Im Norden von den beiden Lagern lag inmitten des Rio Gila ein kleines Inselchen, von leichtem Nebelmeer verdeckt. Der Gila strömte hier, an den Ufern von Bäumen und Sträuchern beschattet, von Osten nach Westen, teilte sich etwa eine Stunde unterhalb der Insel in zwei Arme und bildete ein großes Delta, dem eine Gebirgskette als Grenze diente. Allein, ein dicker Nebel bedeckte diese Hügel, und kein Auge hätte diesen Dunstschleier durchdringen können, der immer lebhaftere himmelblaue und violette Farben annahm, je mehr sich die Sonne dem Horizont näherte.

In diesem Delta, das einen Flächenraum von beinahe zwei Quadratmeilen umfaßte, lag in etwa gleicher Entfernung von der Hügelkette und der Gabel des Flusses das Goldtal, wie Marco Arellano den Ort getauft hatte.

Große Zitterespen und Weidenbäume säumten die Ufer des Flusses, nur einen Flintenschuß von der Insel entfernt. Die Bäume standen so nahe am Wasser, daß ihre Wurzeln durch den Boden hindurchdrangen und sich im Wasser tränkten. Auch war der freie Raum zwischen den Bäumen durch kräftig treibende Bandweiden oder andere ineinander verschlungene Pflanzen dicht ausgefüllt. Dem Inselchen fast gegenüber aber befand sich ein ziemlich großer, von Vegetation ganz entblößter Raum.

Diese Stelle war von Büffelherden oder Haufen wilder Pferde, die sich am Ufer tränken wollten, ausgetreten worden. Man konnte also von dem Inselchen aus über diesen freien Raum hinweg einen Blick auf die Ebene werfen.

Die Insel war ursprünglich durch Baumstämme gebildet worden, die sich mit ihren Wurzeln oder Ästen im Flußbett festgesetzt hatten. Andere Bäume waren zu ihnen herangetrieben und von ihnen festgehalten worden; die einen hatten noch ihr Laub, die andern waren längst verdorrt, und da sich ihr Gezweig und Wurzelwerk dicht ineinander verschlang, so bildeten sie eine Art rohes Floß, das wohl schon vor langer Zeit entstanden war. Trockenes Gras, das durch die Wellen von beiden Ufern abgerissen und hier angeschwemmt worden war, hatte die Maschen und leeren Räume des Flosses längst ausgefüllt; und der Staub, den der Wind vor sich hertreibt und in ferne Gegenden führt, hatte dieses Gras nach und nach mit einer Erdkruste bedeckt und bildete infolgedessen auf dieser schwimmenden Insel einen festen Boden, an dessen Ufern wuchernde Wasserpflanzen aufgeschossen waren.

Über dem kräftig treibenden jungen Holz, das neben dem Schilfrohr und Pfeilkraut das Inselchen mit einem grünen, dichten Saum umgab, der mit den Baumskeletten oder den großen, von ihrer Rinde entblößten Ästen in bizarrer Weise verbunden war, hatten sich Weidenstämme erhoben.

Dieser Saum umschloß einen dreißig bis vierzig Quadratmeter großen und mit saftigem Gras gepolsterten Raum, und ein liegender oder auch nur knieender Mensch verschwand, welche Höhe und Stärke er sonst auch haben mochte, gänzlich hinter dem durch das junge Holz und die Weidenäste gebildeten Vorhang.

Hinter diesem lagen drei Männer, von denen zwei schliefen, während der älteste von ihnen wachte, die Büchse schußbereit in der riesigen Faust.

Der Beschreibung nach, die der indianische Kundschafter von den drei Weißen auf der Insel gemacht hatte, konnten diese niemand anderes sein als Bois-rosé, Pepe Dormilón und Fabian de Mediana.

Der junge Graf war trotz der Gefährlichkeit des Sturzes nicht im Wasser der Stromschnellen verunglückt. Der Sturz in die Fluten war nur für das Pferd tödlich gewesen, und da Fabian ein ausgezeichneter Schwimmer war und die beiden Freunde ihm augenblicklich zu Hilfe kamen, so hatte er sich, allerdings unter Aufbietung aller Kraft und Geschicklichkeit, zu retten vermocht.

Don Esteban de Arechiza hatte den Ort mit seinen Begleitern aus Besorgnis vor den Kugeln der zwei Jaguartöter sofort verlassen und glaubte den jungen Rastreador ohne jede Möglichkeit der Rettung verloren.

Die drei Verbündeten hatten einen weiten Umweg machen müssen, um durch eine Furt an das jenseitige Ufer zu gelangen. Dadurch war ihnen viel Zeit verlorengegangen, und als sie in Tubac anlangten, war die Expedition von dort aus schon einen vollen Tag unterwegs.

So verkauften sie die Felle der Jaguare und des Puma, versahen sich mit allem Nötigen und folgten dann nach.

Fabian sah sich mit einemmal von einem armen Pferdebändiger und Pfadfinder in einen Mann verwandelt, der begründete Ansprüche auf Reichtum, Ehren und Würden hatte; aber sein Sinn war zu schlicht und gesund, als daß er sich von diesen verlockenden Aussichten hätte blenden lassen. Er hatte zwei Aufgaben zu erfüllen: den Tod seines Pflegevaters zu rächen, was ihm ja sein Schwur gebot, und sich dem Grafen von Mediana als Neffen vorzustellen, um ihm den Tod seiner Mutter ins Gedächtnis zurückzurufen. Töten wollte er ihn nicht, das hatte er im stillen beschlossen, obgleich er seit frühester Jugend Anschauungen eingeatmet hatte, die Blutrache und Selbsthilfe als geboten erscheinen lassen.

Was er hinsichtlich der Bonanza tun werde, damit war er mit sich noch nicht im klaren. Er mußte seine Handlungsweise ja nach Umständen richten, die jetzt noch in solcher Ferne lagen, daß er nicht die mindeste Kenntnis von ihnen haben konnte.

Ganz anders dachte Pepe in seinem Herzen. Er hatte nie einen Menschen so gehaßt wie diesen Grafen Antonio de Mediana, und war fest entschlossen, ihn, sollte er ihn in seine Gewalt bringen, nicht lebendig entkommen zu lassen. Der Graf sollte ihm die Gewissensbisse entgelten, die ihn so lange Jahre hindurch unaufhörlich verfolgt hatten, — bis zum heutigen Tag, wo ihm der Tod der Gräfin noch immer schwer auf der Seele lag.

Was Bois-rosé betrifft, so kannte er keinen anderen Wunsch, als seinem treuen Dormilón und dem geliebten Pflegesohn nach Kräften nützlich sein zu können. Er hatte trotz seiner äußerlichen Rauheit ein treues und auch gottesfürchtiges Gemüt, und gerade die Frömmigkeit, die sein tiefstes Wesen durchdrang, ließ ihn die Verbrechen Don Estebans in einem abscheulichen und strafbaren Licht erscheinen; darum bebte er, der die größte Zeit seines Lebens in Verhältnissen gelebt hatte, in denen er auf sich selbst angewiesen war, gar nicht vor dem Gedanken zurück, die Strafe in Gestalt einer bleiernen Kugel wirken zu lassen.

Sie waren von Tubac aus den deutlichen Spuren der Karawane nicht direkt gefolgt, sondern hatten sich stets seitwärts von ihr gehalten, aber jeden Lagerplatz der Expedition scharf im Auge gehabt.

Die zahlreiche Gesellschaft war durch Entbehrungen und Indianerüberfälle um zwanzig ihrer Mitglieder gekommen, noch ehe sie das Goldtal erreicht hatte. Die drei Jäger jedoch, so gering an Zahl, waren bisher jeder Gefahr glücklich entgangen, da die Summe ihres Mutes und Scharfblicks, ihrer Erfahrung und Kühnheit die der ganzen Expedition weit übertraf.

Sie wußten, wo die Karawane heute ihr Lager aufgeschlagen hatte, ahnten auch die gefährliche Nähe der Indianer und hatten daher beschlossen, auf dem kleinen Inselchen, wo sie vor jedem plötzlichen Überfall gesichert waren, ihre nächtliche Ruhe zu halten.

Freilich hatten sie nicht bemerkt, daß gerade in dem Augenblicke, als sie sich ihrer Kleider entledigt hatten um hinüberzuschwimmen, der Kundschafter der Apatschen am Fluß anlangte und jede ihrer Bewegungen genau beobachtete.

Pepe und Fabian hatten lange ausgeruht. Der ehemalige ‚Schläfer' erwachte erst, als die Sonne dem Horizont nahestand.

„Nun schlafe du, Bois-rosé. Ich werde wachen."

Der ‚Große Adler' schüttelte den Kopf.

„Laß mich mit dir wachen! Sieh doch den Jungen an, wie ruhig er schläft, gerade so ruhig, als schliefe er im Hause einer Straße am Manzanares und nicht auf einer Insel im wilden Rio Gila! Soll ich da nicht wachen über mein teures Kind?"

Pepe mußte ein wenig lächeln bei diesem Ausdruck.

„So wache mit! Schau, wie er lächelt! Santa Lauretta, wer weiß, von was Schönem er träumt!"

Über das kräftig gebräunte Angesicht Fabians flog ein Zug innigen Glücks; seine Lippen öffneten sich und flüsterten einen Namen:

„Rosarita!"

„Alle Wetter, Pepe, du hast recht! Also von Rosarita träumt er. Wer ist denn Rosarita?"

„Weißt du nicht mehr, daß ihm Rosarita gesagt hat, Don Esteban de Arechiza sei der Graf von Mediana? Rosarita ist die Tochter Don Agustín Penas."

„Richtig! Ah, mein lieber Fabian, so erfährt man also, daß Bois-rosé und Pepe nicht die einzigen sind, die du lieb hast!"

„Schrei nicht so laut! Du weckst ihn ja auf, denn deine Stimme gleicht wirklich manchmal dem Donnern eines Wasserfalls!"

„Richtig! Aber wer kann für seine Lunge!" entschuldigte sich der Kanadier mit leiserer Stimme. „Sieh doch die Staubwolke, die dort am Ufer des Flusses aufsteigt! Es ist ein Haufe wilder Pferde, die hier saufen wollen, ehe sie die ferne Weide aufsuchen, wo sie die Nacht zubringen werden. Dort kommen sie in all der stolzen Schönheit, die Gott den freien Tieren gibt. Ihr Auge flammt, ihre Nüstern sind rot und geöffnet, ihre Mähnen flattern im Winde. Ah, ich habe Lust, Fabian aufzuwecken, damit er sie sehen und bewundern kann!"

„Laß ihn schlafen, Bois-rosé! Ich glaube, er wird vielleicht später die Augen desto offener halten müssen, denn sieh, jetzt weichen sie wie eine Wolke, die der Wind verjagt."

„Teufel! Sie haben etwas Beunruhigendes bemerkt! Aber, da ändert sich das Bild: Schau den Hirsch, der dort seine großen, glänzenden Augen und sein schwarzes Maul in den Zwischenräumen der Bäume zeigt! Er muß etwas wittern; er horcht. Ah, er kommt herbei, um ebenfalls zu saufen. Er hat ein Geräusch gehört, er richtet den Kopf in die Höhe. — Was ist das?"

„Wölfe, Bois-rosé, Wölfe sind es, die so bellen, denn die jagenden Wölfe —"

Er unterbrach sich und blickte gebannt auf die Ebene hinaus. Mit dem Geweih auf dem Rücken, mit geschwollenem Hals und zurückgeworfenem Kopf, um durch die offenen Nasenlöcher die für seine große Lunge nötige Luft leichter einatmen zu können, floh der Hirsch pfeilschnell über die Fläche dahin. Hinter ihm war eine Meute hungriger Wölfe zu bemerken, einige weiß, die meisten aber schwarz.

„Soll ich Fabian nicht doch wecken, Pepe?"

„Ja, wecke ihn, denn er wird ein sehenswertes Schauspiel haben, und später auch noch etwas mehr, meine ich."

Bois-rosé schüttelte den Jüngling sanft und machte ihn auf den Hirsch aufmerksam.

Dieser hatte einen erheblichen Vorsprung vor dem Wolfsrudel; allein auf den Sanddünen, die den Horizont begrenzten, konnte das scharfe Auge der Jäger andere als Schildwache aufgestellte Wölfe bemerken, die die Bemühungen ihrer Genossen, ihnen den Hirsch zuzutreiben, beobachteten.

Das edle Tier schien sie nicht zu bemerken oder ihre Anwesenheit nicht hoch einzuschätzen, denn es floh noch immer nach ihrer Seite hin. Beinahe bei ihnen angekommen, blieb es aber doch einen Augenblick stehen; es sah sich in einem Kreis von Feinden eingeschlossen, der immer enger wurde.

Plötzlich wandte sich der Hirsch nach den ihn verfolgenden Wölfen um und machte einen Versuch, über diese Gruppe wegzukommen. Allein es gelang ihm nicht, über diese Menge heulender Köpfe hinwegzusetzen, und er fiel mitten unter seine Verfolger hinein. Einige stürzten unter seinen Füßen zusammen; zwei bis drei wurden von seinem Geweih getroffen und verloren ihre Eingeweide. Dann floh das arme Tier mit einem Wolf.

der sich in einem Bein festgebissen hatte, mit blutenden Flanken und weit hervorgestreckter Zunge dem Flusse zu, gerade den Zuschauern dieser seltsamen Jagd gegenüber. Dort machte es sich mit einer letzten Anstrengung von seinem Feind frei und sprang ins Wasser.

„Das ist schön; das ist herrlich!“ rief Fabian. „Der Edle hat sich gerettet!“

Die verfolgenden Wölfe waren nahe daran, dem Wild nachzuspringen, als sie sich plötzlich, wie von einem panischen Schrecken ergriffen, wandten und davonjagten.

„Was ist das?“ rief Fabian. „Warum fliehen sie?“

„Bücke dich, bücke dich, mein Sohn!“ antwortete Bois-rosé. „Versteck dich hinter die Stauden!“

Augenblicklich lagen die drei Männer platt am Boden, denn es zeigten sich jetzt andere, furchtbarere Jäger auf dem großen Kampfplatz, der in diesen herrenlosen Wüsteneien allen geöffnet ist.

Etwa zwölf von den wilden Pferden, die der Kanadier und Pepe vorhin beobachtet hatten, galoppierten wie bestürzt über die Ebene hin. Indianer, die auf sattellosen Pferden ritten, um dadurch leicher und wendiger zu sein, sprengten hinter den erschrockenen Tieren her. Die Reiter saßen zusammengekauert auf ihren Pferden, daß ihnen die Knie fast bis an das Kinn reichten, wodurch den Tieren die Möglichkeit einer durchaus freien Bewegung gegeben werden sollte.

Anfangs konnte man nur drei Indianer sehen, nach und nach aber tauchten etwa zwanzig am Horizont auf. Die einen waren mit Lanzen bewaffnet, die andern schwangen ihre aus Leder geflochtenen Lassos in der Luft, und alle stießen jenes Geschrei aus, mit dem sie sowohl ihre Freude als auch ihren Zorn zu erkennen geben.

Pepe warf einen fragenden Blick auf den Kanadier; ein deutlich sprechendes Nicken war die Antwort.

„Ist das eine ernsthafte Jagd oder nur ein listiges Spiel, Bois-rosé?“

„Hm! Wir müssen es abwarten, Pepe. Ich wüßte nicht, woher die Roten wissen sollten, daß wir uns hier befinden.“

Die wilden Reiter verfolgten die vor ihnen herfliehenden Pferde. Die zahllosen Hindernisse, mit denen diese dem Anschein nach so ebenen Flächen übersät sind, die Schluchten, die Hügel, die Kaktuspflanzen mit ihren scharfen Spitzen vermochten sie nicht aufzuhalten. Ohne diese Hindernisse zu umgehen oder ihretwegen den ungestümen Ritt zu mäßigen, setzten sie über alles mit einer Kühnheit hinweg, der nichts Einhalt zu tun vermochte.

Selbst ein kühner Reiter, beobachtete Tiburcio mit wahrer Begeisterung die Reiterkunststücke dieser unerschrockenen Jäger; allein die Vorsichtsmaßregeln, die die drei Freunde ergreifen mußten, um sich dem Auge der Indianer zu entziehen, ließen sie einen großen Teil des großartigen und zugleich furchtbaren Schauspiels einer indianischen Jagd verlieren.

Die Savanne, die vorhin erst so öde gewesen war, hatte sich plötzlich in einen Schauplatz von Tumult und Verwirrung verwandelt. Der in die Enge getriebene Hirsch war genötigt gewesen, den festen Boden wieder zu suchen; er floh zur Seite hinaus, begegnete aber dort den Wölfen wieder, die, durch die bisherigen Anstrengungen aufgeregt, ihn heulend verfolgten. Die wilden Pferde galoppierten vor den Indianern her, deren Geheul dem der Raubtiere in nichts nachstand, und beschrieben große Kreise, um Lanze oder Lasso zu entgehen.

Aber jetzt bekam das Schauspiel eine andere Wendung.

Zwischen zwei wellenförmigen Bodenerhebungen kam, die Indianer nicht bemerkend, ein Reiter herbei, den die drei Verbündeten trotz der Entfernung sofort als einen Weißen erkannten.

„Santa Lauretta, ein Bleichgesicht!" rief Pepe. „Jedenfalls ein Kundschafter Arechizas, der sich ein wenig in der Gegend umsehen soll. Er ist hinter dem Wind und hat die Roten nicht kommen hören können. Da, da, sie haben ihn gesehen. Paßt auf, Fabian, er ist verloren!"

Es war so, wie Pepe sagte. Der Mann kam, noch nichts ahnend, langsam im Schritt durch die Vertiefung geritten, während die Wilden schon hinter ihm einen Bogen beschrieben, um ihn einzuschließen. Die Pferde und Wölfe waren im fernen Nebel verschwunden, und nur die zwanzig Indianer waren zurückgeblieben, die sich auf einen ungeheuren Halbkreis zerstreut hatten, dessen Mittelpunkt der weiße Reiter war.

Jetzt bemerkte er sie. Man konnte deutlich sehen, wie er vor Schreck zusammenzuckte und dann den Horizont musterte, um einen Ausweg zu suchen. Er erkannte, daß die Feinde überall, nur nicht am Fluß waren, und hielt im Galopp auf diesen zu. Allein sein Pferd war entweder schlecht oder zu sehr abgetrieben; er kam nur langsam vorwärts, während sich der Halbkreis hinter ihm schnell verengte. Ungefähr dreißig Schritte vom Ufer entfernt, hatte ihn der vorderste der Roten eingeholt, warf ihm den Lasso um Brust und Oberarme und riß ihn vom Pferd.

Der Indianer hatte eine dunklere Farbe als die andern, und seine Kopfbedeckung zeigte ihn als einen Häuptling an. Es war Schwarzvogel.

Die drei Jäger lagen noch immer hinter dem Saum des Inselchens verborgen.

„Was tun wir, Bois-rosé?" fragte Pepe.

Der Gefragte wandte sein Gesicht zu Fabian.

„Fabian, mein Sohn, willst du mir einmal die volle Wahrheit antworten?"

„Frage, Vater!"

„Noch nie in deinem Leben hast du dich in so großer Gefahr befunden wie jetzt. Der Mann ist ein Weißer. Geben wir ihn verloren, so retten wir uns vielleicht, denn es ist wohl kaum anzunehmen, daß die Indianer von unserem Hiersein wissen. Nehmen wir ihn in Schutz, so verraten wir uns selber. Ich und Pepe werden tun, was du für das beste hältst. Entschließ dich schnell!"

„Wir retten ihn!"

„Gut! Nehmt eure Gewehre her und schießt nicht eher, als bis ich es sage!“

Die zwanzig Indianer hatten den Weißen erreicht und, ohne abzusteigen, ihn von dem Lasso befreit. Da gab der Häuptling einen Wink. Fünf seiner Leute stiegen ab, um den Gefangenen festzuhalten. Schwarzvogel zog, während sein Pferd wie eine Statue stand, das Messer.

„Teufel“, flüsterte Bois-rosé erregt, „sie wollen ihm bei lebendigem Leib den Skalp nehmen, wie die Ogellallahs damals mir, als du noch zur rechten Zeit kamst! Gib dem Häuptling eine Kugel, gerade einen Zoll beim Ohr vorbei, Pepe!“

„Warum nicht in den Kopf?“

„Er ist ein Mensch und soll nicht —“

Der Schuß krachte gerade in dem Augenblick, als der Schnitt erfolgen sollte; die Kugel flog einen Zoll am Kopf Schwarzvogels vorüber, aber der Häuptling zeigte nicht die geringste Spur von Schreck oder auch Überraschung. Er lenkte sein Pferd bis hart ans Wasser heran und warf einen scharfen, forschenden Blick auf die Insel.

„Santa Lauretta, er hat gewußt, daß wir hier sind!“ sagte Pepe, während er sein Gewehr wieder lud.

„Nicht nur das“, fügte Bois-rosé bei, „sondern er weiß auch, daß wir keine ehrlosen Burschen sind, sonst würde er sich unseren Kugeln nicht so unvorsichtig preisgeben. Jedenfalls sind wir von einem Kundschafter beobachtet worden!“

Da legte der Wilde die Hände wie ein Sprachrohr an den Mund und rief herüber:

„Die weißen Männer mögen sich erheben, damit der große Häuptling der Apatschen mit ihnen sprechen kann!“

Bois-rosé richtete sich in seiner vollen Länge empor, und ein zufriedenes Lächeln spielte um seine Lippen, als er sah, daß der Indianer im Erstaunen über die riesenhafte Gestalt sein Pferd einige Schritte zurücknahm.

„Was hat der rote Mann mir zu sagen?“ donnerte er mit seiner Kontrabaßstimme hinüber.

„Ist der weiße Mann ein Häuptling, daß ich mit ihm sprechen kann, oder soll einer meiner Männer mit ihm reden?“

„Der weiße Mann ist Häuptling im Walde und Herrscher in der Savanne; er wird mit keinem gewöhnlichen Krieger sprechen, doch erlaubt er dem Häuptling der Apatschen, seine Stimme zu erheben!“

Bois-rosé kannte die Indianer und war gewillt, sich von vornherein in Achtung zu bringen.

„Warum schießt mein Bruder auf meine roten Söhne?“

„Warum hindert mein Bruder meinen weißen Sohn, zu gehen wohin er will?“

„Dieses Bleichgesicht ist weder der Bruder noch der Sohn des großen Häuptlings aus dem Walde. Der Herr der Savanne kommt von Mitternacht, das Bleichgesicht aber von Mittag. Hat Schwarzvogel, der Häuptling der Apatschen, recht gesprochen?“

„Er hat recht gesprochen, doch vergißt er, daß alle Bleichgesichter Brüder sind. Er lasse den Gefangenen frei, damit die Stimme meiner Büchse nicht wieder spreche!“

„Der Apatsche fürchtet diese Stimme nicht, aber die Krieger vom Mittag fliehen vor ihr. Mein großer, weißer Bruder komme in unser Lager und kämpfe mit uns gegen das Lager der Bleichgesichter. Wir werden das Kalumet mit ihm rauchen und ihm tapfere Gefährten sein.“

„Will mein roter Bruder meinen Namen hören?“

„Der Herr der Savanne nenne ihn!“

„Die roten Männer, so weit die Prärie und das Gebirge reicht, nennen ihn den ‚Großen Adler‘. Hat mein Bruder diesen Namen schon vernommen?“

„Er hat ihn gehört“, antwortete der Indianer, der eine Gebärde der Achtung nicht zu unterdrücken vermochte.

„So wird mein roter Bruder auch wissen, daß der ‚Große Adler‘ gerecht und freundlich ist. Er wird den roten Kriegern kein Leid tun, sich aber auch nicht mit ihnen gegen seine weißen Brüder verbinden!“

„So muß dieses Bleichgesicht uns seinen Skalp geben!“

„Dann werden viele Kinder der Apatschen ihr Leben verlieren!“

„Die Kinder der Apatschen sind wie der Sand der Savanne. Der ‚Große Adler‘ aber hat nur noch zwei Männer bei sich. Er wird das Kalumet mit uns rauchen oder zu seinen Vätern gehen!“

„So will der Häuptling der Apatschen seinen Gefangenen nicht freigeben?“

„Nein.“

„Dann muß sterben, wer die Hand an den weißen Mann legt!“

„Der ‚Große Adler‘ sehe, was wir tun!“

Er gab einen Wink und ritt zurück, um aus dem Bereich der Kugeln zu kommen. Das Messer eines der Indianer blitzte über dem Kopf des Gefangenen. Doch schon hatte der Kanadier seine Büchse erhoben; mit zerschmettertem Schädel stürzte der Wilde nieder. Zehn Klingen zuckten zu gleicher Zeit. Pepes und Fabians Büchsen blitzten, und zwei Indianer brachen zusammen.

Schon hatte Bois-rosé wieder geladen.

„Lauf!“ gebot er mit starker Stimme dem Weißen, der ohne Fesseln, aber vor Todesangst zitternd, dastand, und zugleich schoß er einen vierten durch das Auge, so daß der Weiße Raum bekam, nach dem Wasser zu flüchten, wo er unter dem Schutz der drei Büchsen sicher zur Insel gelangt wäre. In der Verwirrung aber brach er nach seitwärts aus, wo sein Pferd stand, brachte durch diesen kläglichen Fehler sich und die Indianer aus dem Kugelbereich der drei Jäger und lag nach wenigen Augenblicken, vom Lasso erwürgt, skalpiert am Boden.

Die Wilden stießen ein nervenerschütterndes Geheul aus.

„Santa Lauretta, war der Mensch dumm! Nun haben wir uns umsonst in Gefahr begeben."

„Nein, Pepe. Sie hätten uns auch ohnedies aufgesucht. Aber schau, was sie tun!"

Sechs von den Apatschen blieben zurück, die andern sprengten davon.

„Sie holen ihr Schießzeug, das sie abgelegt haben, als sie die Jagd auf die Pferde begannen."

„Ich glaube, wir werden eine regelrechte Belagerung auszuhalten haben", meinte Fabian.

„Sicher, mein Junge, wenn wir nicht hinüber zum gegenseitigen Ufer schwimmen und ihnen aus dem Weg gehen wollen."

Pepe blickte ihn betroffen an.

„Zwanzig waren es, Bois-rosé, jetzt sind es nur noch sechzehn. Wann hat der ‚Große Adler' den roten Schuften schon einmal den Rücken gezeigt?"

„Was sagst du dazu, Fabian?"

„Wir bleiben!"

Der Kanadier drückte den kühnen Rastreador an das Herz.

„So recht, mein Sohn! Ich wollte nur sehen, ob wir uns auf dich verlassen können, denn diese Art von Flucht ist nicht meine Gewohnheit und würde den ganzen Schwarm hinter uns her bringen. Jetzt aber gibt es noch einen kurzen Waffenstillstand. Wir müssen uns eine Verschanzung bauen, die den Kugeln oder Pfeilen mehr Widerstand zu leisten vermag als dieser bewegliche Schilf- und Blättersaum. Sie werden jedenfalls über den Fluß gehn, um uns von zwei Seiten anzugreifen. Vorwärts, angefaßt!"

Die dem Ufer, an dem sich die Indianer gezeigt hatten, entgegengesetzte Seite der Insel war durch ungeheure Wurzeln, die wie die Palisaden einer Verschanzung in die Höhe standen, hinlänglich geschützt; allein die Seite, auf der der Angriff wahrscheinlich erneuert wurde, war lediglich durch eine zwar dichte, aber wenig haltbare Einfassung von Schilf und jungen Weiden gedeckt.

Dank der außergewöhnlichen Kraft seiner Arme konnte der von den Gefährten unterstützte Kanadier an den beiden Enden des Inselchens, die gerade in der Richtung des Stromes lagen, einige große, dürre Äste sowie Baumstämme losreißen, die erst in neuerer Zeit angeflößt worden waren. In einigen Minuten hatten die ebenso starken wie gewandten Jäger die schwächste und am meisten bedrohte Seite durch eine rohe aber feste Verschanzung geschützt, die den Verteidigern des Inselchens mehr als eine tödliche Wunde zu ersparen vermochte.

„Siehst du, Fabian", sagte Bois-rosé befriedigt, „jetzt bist du hinter diesen Baumstämmen so geschützt wie in einer aus lauter Steinen aufgeführten Festung. Du wirst also einzig und allein den Kugeln ausgesetzt sein, die von den am Ufer stehenden Bäumen herab zu uns herübergeschickt werden könnten. Aber wir werden es schon einzurichten wissen, daß diese roten Teufel die Wipfel gar nicht erst erreichen."

Der Kanadier machte sich durchaus nicht um sich, sondern nur um seinen Pflegesohn Sorge. Nun rieb er sich die Hände vor Freude darüber, daß es ihm gelungen war, zwischen diesem und dem Tod eine hinreichende Schranke hergestellt zu haben, und wies dem Jüngling seinen Posten hinter dem am besten verschanzten Punkt an.

Die zehn Indianer waren jetzt zurückgekehrt; sie waren teils mit Büchsen, teils mit Pfeilen versehen.

Nun ritten auch die sechs fort, die die Insel bisher bewacht hatten, um sich ihre Waffen zu holen.

„Paßt auf; der Tanz wird wohl bald beginnen!" meinte Pepe.

„Gebt euch nur keine Blöße! Beim Laden nicht aufstehen, sondern sich auf den Rücken legen; Fabian, merk dir das!"

Die Indianer waren von der freien Stelle verschwunden. Es galt jetzt, ein offenes Auge zu haben. Die Oberfläche des Flusses, die Wipfel der am Ufer stehenden Zitterespen, das Ufer selbst mit seinem Schilf —, nichts durfte der aufmerksamen Prüfung der Jäger entgehen, denn die Nacht mit ihren vielen Fährlichkeiten rückte schon heran.

Es wurde allmählich dunkler, und das am Ufer stehende Gesträuch begann jene phantastischen Formen anzunehmen, die das ungewisse Licht der Dämmerung hervorzuzaubern versteht.

Das Grün der Bäume ging in kalte, schwarze Töne über, aber die drei Jäger besaßen das scharfe Auge der Indianer, und bei der Wachsamkeit, die sie an den Tag legten, wäre wohl nichts imstande gewesen, ihre geübten Sinne irrezuführen.

„Pepe", fragte Bois-rosé mit leiser Stimme, „kommt es dir nicht auch so vor, als habe der Strauch dort" — er deutete mit dem Finger durch das Schilf hindurch auf einen Weidenbusch — „eine andere Gestalt angenommen und sich vergrößert?"

„Ja", antwortete der frühere Miquelete, „der Busch hat nicht mehr die alte Form. Aber sag, bemerkst du nicht, daß der dritte Strauch von da, aufwärts gerechnet, seine Blätter hängen läßt?"

„Und", fragte jetzt auch Fabian, „seht ihr dort zwischen jenem Weidenbaum und jener Espe einen Strauch, der vor zehn Minuten sicher noch nicht dort war?"

„Wahrhaftig! Sie verschanzen sich mit abgehauenen Zweigen. Es ist wirklich ärgerlich, daß sie Leute betrügen wollen, von denen sie noch ganz andere Listen lernen könnten", zürnte der Kanadier. „Hinter jedem von diesen drei Büschen steckt ein Indianer. Heraus mit den Kugeln. Jeder nehme seinen Strauch!"

Drei Schüsse krachten; drei laute Todesschreie antworteten, denen ein vielstimmiges Wutgeheul folgte. Der künstliche Busch war verschwunden, und die beiden andern Sträucher hatten ihre ursprüngliche Gestalt wieder angenommen.

Die Verbündeten hatten sich auf den Rücken geworfen, um wieder zu laden. Als Antwort auf die drei Meisterschüsse schlugen jetzt über ihren Köpfen Kugeln und Pfeile ein, die aber nur Blätter und dünne Zweige umherstreuten.

„Wenn ich mich nicht täusche, so sind es ihrer nur noch dreizehn, wenn nämlich die sechs wieder zurück sind, ohne daß wir sie bemerkt haben. Aufgepaßt, Kinder! Ich sehe, wie die Blätter der Zitterespe dort sich bewegen, und gewiß ist es nicht der Wind, der die Schuld daran hat. Ohne Zweifel ist es einer von diesen Schlingeln, der hinaufgestiegen ist.“

Ein Blitz auf dem beschriebenen Baum und eine Kugel, die in einen der die Insel bildenden Stämme einschlug, bewiesen, daß Bois-rosé ganz richtig vermutet hatte.

„Santa Lauretta, schießt der Kerl weit daneben!“ sprach Pepe, während er den Lauf seiner Büchse durch das Schilf schob. „Man kann ihn nicht sehen; aber sobald er wieder losdrückt, ist er verloren!“

Einige Minuten vergingen, ehe der Indianer wieder geladen hatte, dann aber, als es drüben aufblitzte, donnerte auch der Bärentöter Dormilóns. Nur in dem Sekundenbruchteil des Schusses hatte sich der Feind eine Blöße gegeben, aber dieser Augenblick hatte für Pepe genügt. Der Indianer fiel von Ast zu Ast herab, wie eine Frucht, die von einem Hagelkorn getroffen worden ist.

Ein wütendes Geheul ertönte, so entsetzlich, daß man eiserne Muskeln und Nerven haben mußte, um bei diesen ohrenzerreißenden Lauten nicht vor Schrecken zu beben.

„Santa Lauretta, erbarme dich meiner! Sollte man nicht meinen, es heule ein Schock Tiger in der Finsternis?“

Jetzt machte Fabian plötzlich eine Wendung stromaufwärts und legte die Mündung seines Gewehrs auf die Gabel eines abgestorbenen Astes.

„Paßt auf, ich werde einen das Schwimmen lehren!“

Ein Stück oberhalb der Insel und ganz in der Nähe des Ufers lag ein Stein, der zwei Fuß weit aus dem Wasser hervorragte. Fabian hatte bemerkt, daß ein Indianer sich mit blitzschneller Bewegung vom Ufer weg hinter ihm herabgeschnellt hatte. Von diesem Punkt aus konnte ein guter Schütze großen Schaden anrichten, da das Inselfloß an seiner oberen Spitze schlechter verbollwerkt war.

Fabian lag still, ohne ein Glied zu bewegen; er wartete, bis er auch nur den kleinsten Zielpunkt bekommen werde. Da berührte sein Finger den Drücker, und diese kleine Bewegung kostete den Wilden das Leben. Er war mitten in die Stirn getroffen; der Strom erfaßte ihn und trieb ihn an der Insel vorüber.

Auch jetzt erfolgte ein geradezu unbeschreibliches Geschrei. Die Wilden mußten sich allerdings in einer entsetzlichen Wut befinden; sie hatten schon viel Verluste gehabt und damit noch nicht den mindesten Vorteil errungen.

„Denken die Spitzbuben etwa, uns mit ihrem Rottengeheul zu täuschen?“ zankte der Kanadier. „Sie machen es wie die Schakale des

Nachts; die heulen und antworten einander, als ob sie ihrer hundert wären, und doch sind es nur drei bis vier. Diese roten Schurken schreien auch, als seien sie ein paar Dutzend, und doch zählen sie nur noch elf Mann. Ach, könnte man es so weit bringen, daß sie über das Wasser herüberkämen, so würde auch nicht einer übrigbleiben, ihre Niederlage in seinem Dorf zu melden!"

Er verfiel in kurzes Nachdenken.

„Halt, ich hab's!" rief er dann.

„Was?" fragte Pepe neugierig.

„Könnten wir sie nicht glauben machen, daß sie uns getroffen haben, damit sie herbeikommen, um sich unsere Skalpe zu holen?"

„Das ist wahr!"

„Aber es ist verteufelt viel Gefahr dabei."

„Nicht soviel, wie du denkst, Bois-rosé. Diese roten Schlingel werden dann zwar erproben wollen, ob wir wirklich tot sind, aber sie schießen ja noch lange nicht so wie ich damals, als ich den Schwanz eines Bären für dessen Rippe hielt."

„Nun wohl, Kinder; so mag denn zuerst meine Pelzmütze drankommen. Ein Loch mehr wird ihr keinen Schaden bringen! Schreit nicht, sondern stoßt nur so einen ganz kleinen Laut aus, wenn sie herunterfliegt."

Er steckte die Mütze auf einen Ast und hielt sie an eine kleine, zwischen zwei Zweigen befindliche Lücke. Sie war bemerkt worden. Eine sicher gezielte Kugel zerriß den Ast, und auf den kurzen Ruf, den Pepe ausstieß, erklang vom Ufer her ein wahrhaft sinnverwirrender Lärm.

„Sie denken wahrhaftig, daß sie den ‚großen Adler' zu seinen Vätern geschickt haben. Wartet nur, der Adler wird euch Sperlinge alle fressen!"

„Dort steigt einer auf die Espe!" meldete Fabian.

„Recht so; das will ich ja!" antwortete der Kanadier. „Wenn wir uns eng an den Rand drücken, kann er uns nicht sehen. Wir müssen so tun, als suche einer von uns in der Mitte der Insel etwas. Es ist schon so dunkel, daß man von dem Baum aus wohl die Gestalt, aber nichts Näheres erkennen kann. Gib dein Wams und deine Mütze her, Pepe!"

Er zog einen gegabelten Ast aus der Barrikade, legte das Wams darüber, steckte die Mütze darauf und schob diese Gestalt ein wenig nach der Mitte vor. Sofort blitzte es von der Espe herab; die Kugel schlug zwar in einiger Entfernung ein, aber Bois-rosé ließ dennoch die Gestalt fallen.

Ein Triumphschrei ertönte auf der Espe.

„Schon gut, mein roter Bruder! Zwei von uns sind hinüber in die ewigen Jagdgründe; holt euch nun den dritten noch! Wenn der Kerl ein besserer Schütze wäre und man nicht schon dichtes Zwielicht hätte, so könnte man so etwas gar nicht wagen; so aber — na, Fabian, gib mir doch einmal deinen Hut her!"

Er bekam den Hut. Hätten die beiden anderen seine Absicht geahnt, so hätten sie sicher die Ausführung zu hindern gesucht; er aber lächelte still vor sich hin, setzte sich den Hut, der ihm um ein Beträchtliches zu klein war, was aber die breite Krempe nicht bemerken ließ, auf den Kopf und richtete sich, als er glaubte, daß der Mann auf der Espe wieder geladen habe, ein Stück über den Rand des Saumes empor.

Pepe stieß einen Ruf des Schreckens aus, der aber durch zwei Schüsse, von denen einer von der Espe und der andere vom Ufer her fiel, gedeckt wurde, und riß ihn zurück.

„Santa Lauretta, was fällt dir ein?!"

„Was mir einfällt? Jetzt gar nichts mehr, denn nun haben sie uns alle drei weggeputzt. Hörst du, wie die Satane jauchzen und brüllen? Freilich zielten sie etwas besser, als ich dachte: die eine Kugel ging mir in den Ärmel und die andere, wahrhaftig, hier ist ein Loch in der Krempe!"

Fabian war noch schreckensbleich; aber er machte dem verwegenen Mann keinen einzigen Vorwurf. Dieser schüttelte sich und meinte:

„Nun paßt auf; jetzt wird es einen wahren Hagel von Pfeilen und Kugeln geben! Ich kenne diese Leute, die nun den schönen Vorsatz fassen werden, unsere Leichen noch ein wenig toter zu schießen."

Er hatte richtig vermutet, denn nach wenigen Augenblicken wurde ein beinah eine volle Minute anhaltendes Rottenfeuer auf die Insel gerichtet. Die Pfeile schwirrten über sie hin; die Kugeln rissen Splitter von den Stämmen und ganze Äste los, aber keiner der drei Männer wurde getroffen.

„Seht ihr's? Nun wird Schweigen eintreten, bis der Mond über die Baumkronen tritt. Das geschieht in dreiviertel Stunden, und bis dahin können wir ihnen herlegen, was sie brauchen."

Es war auf dem Fluß so dunkel geworden, daß man vom Ufer aus nicht das geringste auf der Insel sehen konnte, während der schon früh am Himmel stehende und sich jetzt hinter den Bäumen erhebende Mond die Bäume und Büsche des Ufers mit seinem immer heller werdenden Licht verklärte und es den Jägern gestattete, genaue Beobachtungen anzustellen.

Sie schnitten dürres Schilf vom Rand der Insel, wirrten dieses in eine Form, die einem Kopf glich, und stellten mit Hilfe ihrer Kleider drei Gestalten her, die in der Stellung von Toten auf dem Gras lagen.

Der Mond stieg höher und warf nach der angegebenen Frist sein fahles Licht auf das Inselfloß. Von den Bäumen aus mußte man die Figuren für menschliche Gestalten halten.

Die Jäger lagen inzwischen hinter ihrer Verschanzung und harrten der Dinge, die kommen sollten.

„Steigt nicht dort einer auf den Weidenbaum?" fragte Pepe.

„Ja", antwortete Fabian. „Man könnte ihn ganz prächtig aufs Korn nehmen, wenn wir nicht andere Absichten hätten."

„Laßt sie nur immer hinauf. Sie kommen von selbst wieder herab."

Nur mit äußerster Behutsamkeit kletterte der Indianer von Ast zu Ast, bis er endlich die nötige Höhe erreicht hatte, das Innere der schwimmenden Insel zu sehen und zu beherrschen. Dort kauerte er sich auf einem dicken Ast nieder und streckte sodann den Kopf vorsichtig hervor. Der Anblick der auf dem Boden liegenden ‚Toten' schien ihn nicht zu überraschen. Indessen vermutete er vielleicht doch eine List, denn mit einer Kühnheit, die durch das Beispiel des auf diesem Baum Getöteten sicher keine Aufmunterung gefunden hatte, zeigte sich der Apatsche mit dem ganzen Körper und legte sein Gewehr an. Dann ließ er den Lauf seiner Waffe sinken und zielte abermals. Erst als er dieses Verhalten einige Male versucht hatte, war er vollständig überzeugt, daß nur noch Leichen auf der Insel zu finden seien. Er nahm an, daß ganz sicher auf ihn geschossen worden wäre, wenn auch nur noch ein einziger gelebt hätte, und stieß ein lautes Triumphgeheul aus.

„Aha, der Fisch beißt an!" lachte Bois-rosé. „Es ist der Schwarzvogel, der nun sicherlich seine weißen Brüder besuchen wird."

„Er steigt vom Baum herunter", bemerkte Fabian.

Indessen mußten die Indianer doch noch einigen Zweifel hegen, denn eine lange Stille folgte, ohne daß sie ein Lebenszeichen von sich gaben.

„Sie möchten gar zu gern unsere Skalpe haben, doch sie trauen sich noch nicht recht", sprach Pepe, wobei er ein Gähnen der Langeweile unterdrückte. „Santa Lauretta, ich glaube gar, ich beginne zu schlafen wie in Elanchove, wo ich auf eine so armselige Weise eine prachtvolle Stelle verlor!"

„Geduld!" tröstete der Kanadier. „Sie kommen ganz gewiß. Wer weiß, was sie zum Zögern veranlaßt!"

Er sollte recht behalten, denn kaum hatte er diese Worte geflüstert, so ließ sich ein Indianer am Ufer blicken, dem bald ein zweiter folgte, und bald konnten sie zehn Gestalten zählen, die langsam ins Wasser stiegen.

„Sie werden, wenn ich sie recht kenne, hintereinander durch das Wasser waten", flüsterte Bois-rosé. „Du, Fabian, nimmst den zweiten aufs Korn! Pepe zielt auf die Mitte, und ich werde dem vorletzten sein Teil geben. Auf diese Weise können sie, da sie durch Lücken voneinander getrennt sind, uns nicht auf einmal borden, und wir werden leicht mit ihnen fertig. Es wird ein Kampf Mann gegen Mann sein, Fabian, mein Sohn. Ich verbiete dir, daran teilzunehmen! Du brauchst nur unsere Büchsen wieder zu laden, während Pepe und ich sie mit dem Messer erwarten!"

Ein Krieger von hohem Wuchs ging voran, es war Schwarzvogel; die andern folgten mit so viel Vorsicht, daß ihre Bewegungen im Wasser nicht das geringste Geräusch verursachten.

Der Häuptling erreichte jetzt die Tiefe, die ihn zum Schwimmen nötigte. Drei Schwimmstöße mußten ihn an die Insel bringen.

„Feuer!" donnerte da die Stimme des Kanadiers.

Die Jäger richteten sich empor; drei Schüsse krachten wie einer, und drei Indianer versanken unter der Oberfläche des Wassers.

Pepe und der Kanadier warfen rasch die Büchsen hinter sich und erwarteten mit vorgestrecktem Bein, das Messer in der Hand, den Kampf Mann gegen Mann; aber beim Krachen der Schüsse war Schwarzvogel untergetaucht, und seine Leute stürzten sich in rasender Eile durch das Wasser zurück zum Ufer.

„Die Apatschen sind feige Schakale", höhnte Pepe. „Sieben von ihnen fliehen vor drei weißen Männern. Wer von ihnen will den Skalp des ‚Zündenden Blitzes' haben?"

Doch keine Antwort erfolgte.

Da bemerkte Pepe in einiger Entfernung einen schwarzen, auf dem Rücken schwimmenden Körper, der sich vollständig unbeweglich dem Ufer zutreiben ließ.

„Don Fabian, um Himmels willen, meine Büchse her! Es ist Schwarz vogel, der sich tot stellt und von der Strömung forttragen läßt!"

Er riß den Karabiner aus den Händen des Jünglings und zielte.

„Jetzt wird der rote Häuptling den Skalp unseres weißen Bruders be zahlen!" rief er mit gewaltiger Stimme. „Der ‚Zündende Blitz' wird den feigen Apatschen nicht töten, sondern ihm die Kraft seines Armes nehmen, den er gegen die ‚Herren der Savanne' erhoben hat!"

Sofort tauchte der Körper des Häuptlings unter, kaum aber erschien sein Kopf wieder an der Oberfläche, um Luft zu schöpfen, so zerschmetterte ihm die schwere Kugel des Bärentöters die rechte Schulter.

Auch Bois-rosé hatte nach seiner Büchse gegriffen. Er sah, daß einer der Entflohenen sich zwischen den Büschen hindurch dem Ufer wieder näherte, um den verwundeten Häuptling zu empfangen, und drückte ab. Der Wilde büßte seine Unvorsichtigkeit mit dem Tod.

Der Plan des Kanadièrs war nicht ganz geglückt, weil die Apatschen geflohen waren, statt an der Insel zu landen; aber von zehn hatten vier ihr Leben lassen müssen, und der Häuptling war für immer gezeichnet. Von den zwanzig Angreifern waren dreizehn erschossen worden, ohne daß den Angegriffenen auch nur ein Haar gekrümmt worden war. Ein solcher Erfolg konnte nur so berühmten Männern wie dem ‚Zündenden Blitz' und dem ‚Großen Adler' glücken, die mit den noch rauchenden Büchsen in der Hand dastanden wie drohende Götter der Rache, denen kein Sterblicher entgehen kann.

„Was nun, Pepe?" fragte der Kanadier.

„Erst wieder laden und dann hinüber!"

„Es lebten noch elf, und zehn gingen ins Wasser", fiel Fabian ein. „Wo war der Fehlende?"

„Richtig, mein Kind! Hat er am Ufer gewacht oder — ah, hört ihr das Pferdegetrappel? Es ist, wie ich eben sagen wollte: er wurde fortgeschickt, um Hilfe zu holen. Nun ist es nichts mehr mit dem Hinüber gehen, Pepe. Kommt, laßt uns unsere Mahlzeit halten; das ist das beste, was wir jetzt tun können!“

Sie ließen sich nieder und verzehrten, die Umgebung scharf im Auge haltend, ein einfaches Mahl, das aus sonnengedörrtem Fleisch und grobem Maismehl bestand.

Lautlose Stille herrschte ringsumher, aber die drei Männer wußten, daß es die Ruhe vor dem Sturm war. Der Mond stieg höher; die Zeit verging; er begann, sich wieder zu senken, und noch immer wurde die Stille von keinem Geräusch unterbrochen, noch immer war kein Zeichen zu erkennen, das auf die Nähe eines menschlichen feindlichen Wesens schließen ließ.

Da schlug das Wasser unruhig unter der Insel hin und her. Pepe lauschte.

„Was ist das? Diese Bewegung stammt nicht von der Strömung oder den Wirbeln des Flusses; auch kommen weder Pferde noch Büffel um diese Stunde der Nacht ans Wasser, um sich zu tränken.“

Er stand auf und neigte sich, um sowohl den Fluß hinauf, als auch hinab zu sehen; allein ober- und unterhalb der Insel ballten sich dichte, undurchdringliche Nebel, wie sie die Kühle der amerikanischen Nächte, die auf die glühende Hitze des Tages folgt, aus den Ausdünstungen der Erde und des durch die Sonne erhitzten Wassers formt.

„Ich sehe nichts als Nebel“, berichtete er ärgerlich.

„Die Bewegung des Wassers ist leicht zu erklären“, behauptete Boisrosé. „Das Pferdegetrappel, das wir vernahmen, rührte von den herbeigeholten Wilden her. Sie werden sich geteilt und einen Trupp da oben über das Wasser geschickt haben. Daher die schaukelnde Bewegung der Wellen.“

Die Nebel ballten sich dichter und dichter und legten sich mit wäßriger Schwere auch auf das Inselfloß nieder. Man konnte kaum einige Schritte weit sehen, und die fröstelnden Jäger hüllten sich fester in ihre Mäntel und Decken.

Da fuhren sie alle drei mit einem Mal zusammen.

Auf beiden Ufern zugleich hatte sich ganz plötzlich ein so gewaltiges, so durchdringendes und so anhaltendes Geheul erhoben, daß das Echo an beiden Ufern noch lange fortschallte.

„Santa Lauretta, war das ein Konzert! So schön und vollstimmig kann man es selbst unter dem Puerta del Sol zu Madrid nicht zu hören bekommen. Jetzt können wir unsere Skalpe locker machen, Freunde, und den Totengesang einstudieren, den wir bald abzusingen haben werden!“

„Was sagst du dazu, Fabian, mein Sohn?“ fragte der Kanadier mit außergewöhnlich weicher Stimme.

„Daß Gott den Seinen immer nahe ist, mein Vater!“

„Recht so, Junge! Wir sind zwar von beiden Seiten eingeschlossen, aber wenn der Mond vollends hinunter ist, wird sich eine Möglichkeit finden lassen, diese Mausefalle zu öffnen.“

Da ertönten aus weiter Entfernung Schüsse durch die stille Nacht. Man konnte deutlich die verschiedenen Kaliber der Gewehre unterscheiden. Das Schießen hielt an; es mußte da draußen ein erbitterter Kampf stattfinden.

„Ich glaube, die Apatschen greifen das Lager Arechizas an!“ flüsterte Bois-rosé.

„Ich wollte, es ginge ihm nicht besser als uns!“ zürnte Pepe. „Es ist kaum zu denken, daß er sich so wacker verteidigt, wie wir es getan haben!“

Jetzt ließ sich plötzlich am Ufer eine Stimme vernehmen.

„Die weißen Männer mögen ihre Ohren öffnen!“

„Es ist Schwarzvogel“, bemerkte Pepe. „Der Häuptling muß viel Kraft besitzen, den Schmerz seiner Verwundung so zu beherrschen, daß er es unternimmt, uns Geschichten zu erzählen!“

Es war wirklich Schwarzvogel. Er hatte sich verbinden lassen und wurde von zwei Kriegern gestützt.

„Wozu sollen die Weißen die Ohren öffnen?“ fragte Pepe zurück.

„Die Männer aus Mitternacht sind tapfer, und sie werden ihren ganzen Mut nötig haben. Die tapferen Söhne der Apatschen greifen in diesem Augenblick die Weißen aus Mittag an. Warum stehen die Männer aus Mitternacht nicht auch gegen sie?“

„Weil ein Adler nicht neben einem Schwarzvogel kämpft; weil Löwen nicht mit Schakalen jagen; weil Schakale nur heulen und kläffen, während der Löwe zerreißt und verschlingt.“

„Der Häuptling der Apatschen will nicht mehr sprechen mit dem ‚Zündenden Blitz‘, sondern mit dem ‚Großen Adler‘ aus dem Schneegebirge, mit seinem weißen Bruder, der die Kraft des Bären und die Stimme des Donners hat.“

„Was will der Schwarzvogel von dem Adler?“ fragte der Kanadier.

„Schwarzvogel will hören, wie der Adler ihn um sein Leben bittet, denn die Stunde ist da, in der er aus den Lüften zur Erde stürzt.“

„Wer will ihn zur Erde stürzen?“

„Die Hand des Apatschen.“

„Die Hand des Apatschen reicht nicht empor bis über die Wolken; sie ist die eines Kindes, das sich vor der Maus verkriecht; sie ist die eines alten Weibes, das sich vor der Kröte fürchtet.“

„Sie wird den Häuptling des Waldes und der Savanne zermalmen! Der Häuptling der Apatschen will auch reden mit dem Panther des Südens!“

„Er meint dich, Fabian!“ erklärte Bois-rosé. „Schau, da hast du schon deinen Namen!“

„Was will der Apatsche vom Panther, der ihn zerreißen wird?“ rief Fabian.

„Der Panther ist jung und schön; in seinem Herzen wohnt Mut und Stärke, aber der Tod hat seine Tatze erfaßt und er kann ihm nur entrinnen, wenn er die Stimme vernimmt, die jetzt zu ihm spricht.“

„Der Panther sieht den Tod nicht bei sich, sondern bei den roten Katzen, die am Wasser lauern und vor Furcht über die Fluten kreischen. Was will ihm die Stimme sagen?“

„Der junge Panther komme zu seinen roten Freunden; er suche sich eine Squaw unter den Töchtern der Apatschen, und er wird ein Häuptling und großer Krieger werden, dessen Stimme durch alle Wigwams klingt.“

„Santa Lauretta, der Kerl will Euch eine Frau verschaffen, Don Fabian“, lachte Pepe. „Bemalt Euch mit Ruß und Ocker und greift zu, denn so eine Aussicht bietet sich einem Grafen von Mediana nicht alle Tage!“

Fabian konnte trotz der mißlichen Lage, in der sie sich befanden, ein heiteres Lachen ebenfalls nicht unterdrücken.

„Laßt mich noch eine Frage aussprechen“, bat er. Und seine Stimme wieder erhebend, rief er über das Wasser hinüber: „Und wenn der Panther des Südens verspricht, sich eine rote Squaw zu suchen, was wird dann der Häuptling der Apatschen mit dem ‚Großen Adler‘ und dem ‚Zündenden Blitz‘ tun?“

„Sie werden sterben. Schwarzvogel wird ihre Eingeweide öffnen, um zu sehen die Angst, die in ihnen steckt. Will aber der Panther nicht kommen, so wird er ihn mit zwei Fingern erwürgen, aus seiner Haut einen Sattel für sein Schlachtpferd machen und seinen Skalp den Mäusen des Feldes zur Wohnung geben.“

„So mag Schwarzvogel herüberkommen und seine zwei Finger nicht vergessen. Aber er wird sich fürchten vor den drei weißen Häuptlingen und ihnen den Rücken zeigen mit seinen feigen Kriegern, wie vorhin Die drei Bleichgesichter haben dreizehn seiner Söhne gefressen und Schwarzvogel selbst gelähmt, ohne daß ihnen ein Haar genommen ist. Wenn er kommt, so werden sie ihn zermalmen, aber seine Haut lassen sie ihm, denn der Skalp eines Apatschen ist wie das Fell eines Hasen: ein tapferer Krieger stirbt lieber, als daß er sich mit ihm schmückt!“

„Bravo, Don Fabian!“ rief Pepe. „Das war mir aus der Seele gesprochen, obgleich Ihr noch viel zu höflich gewesen seid. Wir wollen doch einmal sehen, ob sie unsere Kopfhaut bekommen. Eine Flucht unter solchen Verhältnissen ist keine Feigheit, sondern eine Heldentat. Der Adler erhebt sich in die Lüfte; der Blitz kann von keinem Sterblichen gehalten werden, und der Panther schwimmt wie der Fisch des Meeres. Laßt uns einmal überlegen, ob wir ihnen schwimmend entkommen können!“

„Jeder von uns hat gelernt, das Wasser zu teilen; aber wir müssen vorher zu erfahren versuchen, ob sie an diesen Umstand denken“, meinte Bois-rosé.

Der Mond war jetzt ganz verschwunden; das Krachen des fernen Flintenfeuers hatte aufgehört, und tiefe Stille und Finsternis herrschten ringsumher. Der Kanadier riß einen Weidenstamm aus dem Floß; das knorrige Ende dieses Stammes glich so ziemlich einem menschlichen Kopf. Er legte das Stück Holz behutsam auf die Oberfläche des Wassers, und die schwarze Masse schwamm langsam den Fluß hinab.

Mit angehaltenem Atem lauschten sie auf den geringsten Laut, der anzeigen konnte, daß dieser Versuch von den Indianern entdeckt worden sei; aber es vergingen viele Minuten, ohne daß sich etwas hören ließ.

„Es wird gehen, wenn wir vorsichtig schwimmen und in längeren Pausen von hier abgehen. Die Büchsen und die Munition —"

Pepe hielt mitten in seinem Vorschlag inne. Am Ufer flammte ein Feuer auf, noch eins — weiter unten ein drittes und viertes — drüben auf der andern Seite flackerten ebenso vier, fünf wohlgenährte Feuer empor und warfen ihren Schein durch die dichten Nebel mit goldenen und purpurnen Farben zuckend über den Fluß.

„Teufel, das ist schlimm!" rief Bois-rosé. „Wie wollen wir da fort?"

„Die Nebel werden dichter werden, Vater, und das dürre Feuerungsmaterial muß bald zu Ende gehen; dann verlieren die Flammen ihre Stärke und Leuchtkraft. Aber — halt, wartet, ich werde sie selbst auf den Gedanken bringen, die Feuer zu dämpfen!"

Er hatte durch eine schmale Lücke in den Nebelballen den Kopf eines Indianers bemerkt, der am Boden hockte und das Feuer gerade der Insel gegenüber schürte. Er hob die Büchse. Ein leiser Luftzug erneuerte die Lücke; der Schuß krachte, und ein vielstimmiges Geheul bewies, daß er sein Ziel nur zu gut getroffen hatte.

In kurzer Zeit hatten sämtliche Flammen ihre unsprüngliche Stärke verloren.

„Das hat geholfen!" meinte Bois-rosé. „Fabian, mein Junge, du bist bei Marco Arellano in keiner schlechten Schule gewesen; das kann ich dir und ihm mit dem besten Gewissen bezeugen. Es wird uns trotz der Feuer dennoch gelingen, den Strom so weit hinabzuschwimmen, daß wir sicher landen können. Meinst du nicht auch, Pepe?"

„Wenn sich der Nebel verdickt, was zu erwarten ist, ja! Mir ist es nur um das Pulver und die Gewehre zu tun. Immerhin werden wir zuweilen tauchen müssen."

„Hm", überlegte Fabian nachdenklich, „vielleicht brauchen wir weder zu schwimmen noch zu tauchen!"

„Was sonst?"

„Nur ein wenig zu steuern und zu rudern."

„Wie meinst du das, mein Kind?"

„Habt ihr nicht bemerkt, daß unsere Insel sich abwechselnd hob und senkte, als die Roten über den Fluß gingen?"

„Natürlich."

„Und daß sie in ihren Grundfesten bebte und wankte, als wir einige Äste und Stämme zur Verbarrikadierung losrissen?"

„Auch das."

„Nun, wenn es uns gelänge, die Insel flott zu machen, so —"

„Santa Lauretta", fiel ihm Pepe in die Rede, „wie gewaltig dumm sind wir gewesen, Bois-rosé! Meinst du nicht auch!"

„Ich stimme dir vollständig bei, denn der Gedanke Fabians wird uns Rettung bringen. Die Insel wird vielleicht durch eine Wurzel oder einen dicken Baumstamm auf dem Grunde festgehalten. Es müssen schon viele Jahre her sein, seit sie hier festsitzt; der Boden, der sich gebildet hat, läßt das vermuten. Das Wasser muß das niedere Holzwerk schon längst in Fäulnis gesetzt haben, und davon will ich mich nun überzeugen."

Er trat an den Rand der Insel und glitt mit großer Vorsicht ins Wasser.

Die beiden Zurückgebliebenen folgten mit ihren Augen nicht ohne Unruhe seinen angestrengten Untersuchungen. Er verschwand von Zeit zu Zeit unter der Oberfläche des Flusses wie der Taucher, der längs der Seiten des Schiffes das Leck sucht, das dem Fahrzeug den Untergang bereiten kann. Endlich stand er wieder bei ihnen.

„Nun", fragte Pepe, „sind wir durch viele Anker festgehalten?"

„Es geht alles gut, wie ich glaube. Bis jetzt sehe ich nur einen, der die Insel festhält, und das ist der Notanker."

„Du mußt wieder hinunter?" fragte Fabian besorgt.

„Ja, wenn wir uns flottmachen wollen."

„So hüte dich, zu weit hinunterzudringen! Du kannst dich sehr leicht in das Netz von Ästen und Wurzeln verwickeln und ertrinken!"

„Sei unbesorgt, mein Junge", antwortete der Riese. „Ich muß nur vorsichtig zu Werke gehen, daß die Insel nicht auseinanderbricht, sonst geraten wir vom Regen in die Traufe. Jetzt vor allen Dingen müssen wir ein Steuer haben. Das Wasser hat sehr gegensätzliche Strömungen, und wenn wir das Floß auch nicht ganz in der Hand haben werden, weil wir nicht rudern dürfen, so müssen wir doch so unabhängig wie möglich sein." —

Schwarzvogel, der Häuptling, saß am Fuß eines Baumes. Die zerschmetterte Schulter wurde ihm von einem Riemenverband zusammengehalten. Sie mußte ihm fürchterliche Schmerzen verursachen, obgleich er jede Miene bewachte, dies nicht zu verraten.

Sein glühendes Auge heftete sich unablässig auf die düstere Masse der Insel, wo, wie er glaubte, die drei Männer, nach deren Blut er dürstete, in einer entsetzlichen Angst schwebten.

Während der ersten Nachtstunden konnten die Indianer leicht sehen, was vorging; je dichter aber der Nebelschleier um das Inselchen wurde, um so mehr verkleinerte sich der Lichtgürtel, den die Feuer auf den Fluß warfen. Bald wurden die Dünste so stark, daß die Wachenden das gegenüberliegende Ufer nicht mehr erkennen konnten, und endlich verschwand das Inselchen selbst im Nebel.

Der Häuptling wußte, daß es nun notwendig war, die Aufmerksam keit zu verdoppeln. Er rief daher zwei Krieger zu sich und schickte sie zu den Schildwachen an beiden Ufern.

„Geht und sagt den Wachen, daß jeder vier Ohren öffnen müsse, um die Augen zu ersetzen, die der Nebel blendet. Sagt ihnen, daß die Dankbarkeit Schwarzvogels groß ist und seine Strafe streng. Wer die Augen schließt und schläft, den wird die Jagdkeule des Häuptlings nicht in die ewigen Jagdgründe, sondern in das Land der Schatten bringen. Ein Krieger, der auf Posten schläft, kommt in die Einöden der Geister, die ewig schlafen müssen!“

Es gibt kaum ein nächtliches Geräusch, das dem Ohr eines Indianers entgehen könnte, und ihrem durchdringenden Auge entzieht sich nicht so leicht ein Gegenstand, den es zu finden strebt. Allein, heute entzog der Nebel selbst die nächste Umgebung, und nur die gespannteste Aufmerksamkeit konnte die so beeinträchtigte Schärfe der Sinne einigermaßen wieder ersetzen.

Mit geschlossenen Augen und offenen Ohren standen die indianischen Krieger unbeweglich an ihren Feuern und suchten wach zu bleiben, während die ganze Natur in Schlaf versunken war. Von Zeit zu Zeit warf einer einen Baumast in das Feuer; sonst verharrten sie in ruhiger, aufmerksamer Haltung.

So verfloß eine geraume Zeit, während der nichts zu hören war als das geschwächte Tosen eines weiter oben liegenden Wasserfalls und das leise flüsternde Murmeln des von den Wellen bewegten Schilfs.

Die kalte Nachtluft verdoppelte die Schmerzen des Häuptlings und infolgedessen seinen Grimm. Das Licht des Feuers, das neben dem Baum brannte, an dessen Stamm er lehnte, beleuchtete seine scharfgeschnittenen Züge, die infolge des Blutverlustes unter ihrer schwärzlichen Haut bleicher geworden waren. Sein von häßlichen Malereien bedecktes und vom Schmerz verzerrtes Gesicht, seine wilden, unheimlich und rachsüchtig funkelnden Augen gaben ihm ganz das Aussehen jener blutdürstigen Götzenbilder, wie sie in barbarischen Zeiten und Ländern angebetet wurden.

Da raschelte es im nächsten Busch, und ein junger Indianer stand vor ihm. Er war mit Blut bedeckt; seine Brust keuchte, und seine Nasenflügel bebten, ein Zeichen, daß er lange und schnell gelaufen war.

„Was willst du? Dich sendet Katzenparder, der Häuptling! Es muß Wichtiges geschehen sein, daß er den schnellsten Läufer unseres Stammes zu mir schickt.“

„Katzenparder sendet keinen Läufer mehr. Das Messer eines Weißen ist in sein Herz gedrungen, und er ist dem Rufe des Großen Geistes in die ewigen Jagdgründe gefolgt.“

„Er wird dort glücklich sein; denn er ist als Sieger gestorben“, antwortete, seine Wißbegierde beherrschend, einfach der Häuptling.

„Er ist als Besiegter zur Erde gesunken. Die Männer der Apatschen sind geflohen; ihre Anführer und fünfzig berühmte Krieger liegen auf dem Schlachtfeld."

Es fehlte nicht viel, so wäre der Häuptling trotz der brennenden Schmerzen seiner Wunde und der von seiner Würde gebotenen Zurückhaltung bei dieser Nachricht aufgesprungen. Es bedurfte einiger Sekunden, bis er wieder ruhig und kalt war.

„Wer sendet dich?"

„Krieger, die einen Anführer brauchen, um sich zu rächen. Schwarzvogel war bisher das Haupt eines Stammes; jetzt aber ist er das Haupt eines ganzen Volkes."

In den Augen des Verwundeten glänzte Stolz und Befriedigung. Einerseits vermehrte sich seine Gewalt, und andererseits bewies die erlittene Niederlage der andern vier Häuptlinge die Klugheit seines Rates, den er heute gegeben hatte.

„Hätten sich die Büchsen der Männer von Mitternacht mit den unsrigen vereinigt, so hätte nicht ein einziger Mann aus Mittag seinen Skalp noch auf dem Schädel. Der ‚Große Adler', der ‚Zündende Blitz' und der ‚Panther des Südens' harren jetzt auf die Macana[1] des Apatschen. Wer ein bleiches Gesicht hat, muß sterben. Aber was kann ein verwundeter Häuptling tun? Die Hälfte seines Blutes ist geflossen; seine Beine tragen ihn nicht, und er würde sogar vom Pferde sinken."

„Man wird ihn festbinden", antwortete der Läufer, der beinahe erschrocken aufgeblickt hatte, als er die berühmten Namen hörte. „Aber warum legte Schwarzvogel nicht seine starke Faust auf die Häupter der drei weißen Jäger?"

„Antilope, der Läufer, hat die Füße des Hirsches und den Gedanken des Fuchses. Er mag die Erzählung des Kampfes gegen die Häuptlinge des Waldes und der Savanne vernehmen!"

Der Läufer verharrte stumm, stolz auf diese seltene Gunst.

Als der Häuptling geendet hatte, hielt Antilope seinen Blick gesenkt. Er sann nach. Nach einer Weile erhob er den Kopf.

„Die Stille der Nacht hat zu mir gesprochen. Ehe Schwarzvogel das Grauen des Morgens erblickt, sollen die Bleichgesichter in seiner Gewalt sein."

„Können meine Krieger auf dem Wasser wie auf dem Kriegspfad gehen?"

„Nein; aber sie können das Feuer nach der Insel senden, daß es sie verzehrt und die weißen Männer an das Ufer müssen."

Der Häuptling blickte den Ratgeber überrascht an.

„Ich sagte es: Antilope, der Läufer, hat die Gedanken des Fuchses. Er handle, wie er gesagt hat!"

Der Indianer wandte sich um und verschwand im Nebel.

Dieser war so dicht geworden, daß man kaum zwei Schritte weit zu

[1] Kriegskeule

sehen vermochte. So klein die Insel war, ihre Bewohner vermochten nicht, sie zu überblicken. Mit großer Anstrengung hatte der Kanadier einen langen, jungen Stamm aus dem Holzgewirr des Floßes gelöst, die Äste entfernt und mit Hilfe von Fabians Lasso seinen Mantel um die übriggelassenen Zweige gewunden.

„So, jetzt haben wir ein Steuerruder, das nicht das mindeste Geräusch machen wird. Nun nur noch zwei Hölzer als Dollen, und wir sind fertig zur Abfahrt!"

Er war noch mit dieser Arbeit beschäftigt, als von drüben die Stimme des Häuptlings zum zweiten Male herüberklang.

„Ist das Ohr des weißen Mannes offen, zu hören die Worte Schwarzvogels, des Häuptlings der Apatschen?"

„Wollen wir noch einige Worte mit dem Schlingel sprechen, Freunde?" fragte Pepe.

„Tue du es; ich habe keine Zeit dazu", antwortete der Kanadier.

„Was will der Häuptling von den Jägern der Schneeberge?"

„Die drei Bleichgesichter mögen ihren Totengesang anstimmen, denn bevor er beendet ist, werden sie in den Händen meiner Krieger sein!"

„Teufel!" flüsterte Bois-rosé. „Sie haben etwas vor."

„Die Häuptlinge der Wälder singen nicht anders als nur mit ihren Büchsen", antwortete Dormilón laut. „Die Apatschen kennen diesen Gesang."

„Er wird nicht mehr ertönen. Die weißen Krieger mögen herüberkommen, ehe wir sie zwingen."

„Die Herren der Savanne verkehren nicht mit Männern, deren Rücken sie im Kampf gesehen haben. Einer von ihnen gilt mehr als tausend Apatschen. Wollen die roten Männer um Gnade bitten, so mögen sie herüberkommen!"

„Die Zunge des ‚Zündenden Blitzes' ist scharf; der Apatsche wird sie ihm aus dem Maul nehmen mit der Schärfe des Messers."

„Und die Zunge Schwarzvogels ist wie die des Stinktieres, das sich mit ihr reinigt. Die Häuptlinge der Weißen schließen die Nase, wenn er spricht."

„Das Messer des Apatschen wird dem ‚Zündenden Blitz' die Nase nehmen, damit er wieder hört, was zu ihm gesprochen wird. Die Hand der roten Krieger ist stark; sie wird ihn zermalmen."

„Der Apatsche wird im Wigwam seiner Squaw sitzen und den alten Weibern erzählen, daß ihn die Häuptlinge der Savanne verlachen. Der Blitz ist schnell wie der Gedanke und vernichtet alles, was er erfaßt. Niemand vermag ihn zu ergreifen!"

„Der Apatsche wird ihn ergreifen! Ich habe gesprochen!"

„Ah, das ist es!" fuhr jetzt Bois-rosé auf, wobei er stromaufwärts deutete. „Sie wollen die Insel verbrennen."

Der Nebel war jetzt so greifbar, daß man von der Insel aus die Feuer an beiden Ufern nicht mehr sehen konnte. Die Mitte des Stroms lag in tiefem Schatten, in dem sich ein nur kleines Licht erhob, das von Sekunde zu Sekunde größer wurde und sich dem Floß näherte.

„Sie haben einen Brander in den Fluß gelassen und wissen, daß dieser von der Strömung unbedingt an die Insel geführt wird. Die Schufte! Es ist gar kein übler Gedanke, uns durch Feuer ins Wasser und ans Ufer zu treiben!“ meinte Pepe.

„Sie haben ihre Berechnung gemacht, ohne etwas von unserem Steuerruder zu wissen.“

„Wieso?“ fragte Fabian.

„Sobald der Brander in die Nähe der Insel kommt, wird er diese hell erleuchten. Das ermöglicht den Kerlen, uns mit ihren Bogen und Büchsen so in Schach zu halten, daß wir uns verborgen halten müssen. Das Steuerruder aber ist lang; es wird unser Retter sein.“

„Kannst du es allein handhaben, Bois-rosé?“

„Ja“, antwortete der Kanadier, während er aus dem Saum des unteren Inselendes einige Äste riß, um eine kleine Verschanzung herzurichten.

„So gib deine Büchse! Kommt, Don Fabian, wir werden Gelegenheit bekommen, einige gute Schüsse zu tun. Schießt Ihr nur einmal. Das andere besorge ich dann, während Ihr schnell ladet!“

Sie krochen hinter den Saum und machten sich schußbereit.

Der Brander kam langsam aber sicher näher und näher. Er war aus harzigem Holz hergestellt, dessen lautes Knistern man jetzt deutlich vernehmen konnte. Da er von ziemlichem Umfang war, verursachte er eine Flamme, die beide Ufer trotz des Nebels hell erleuchtete, so daß man die Umrisse der dort stehenden Indianer deutlich erkennen konnte. Sie waren ihres Erfolges so sicher und glaubten die drei Jäger in solcher Verwirrung, Angst und Ratlosigkeit, daß sie an eine Gefahr für sich selbst nicht im geringsten dachten und es für überflüssig hielten, verborgen zu bleiben und auf das Schauspiel zu verzichten, das ihnen die Vernichtung der kleinen, natürlichen Festung bieten sollte.

Bois-rosé lag hinter seinen Ästen, durch die er das Ruder gesteckt hatte, und erwartete den ersten Anprall des Branders mit gespannten Muskeln. Er konnte die Bauart genau betrachten. Zwei aneinander befestigte Baumkronen trugen eine Unterlage von grünem Gras, auf das eine bedeutende Menge dürren, harzigen Holzes aufgeschichtet und in Brand gesteckt worden war. Beim Anstoß an die Insel mußte diese brennende Masse das Gleichgewicht verlieren und auf das Floß fallen, wo soviel dürres Holzzeug vorhanden war, daß sie in wenigen Augenblicken in Flammen aufgehen mußte.

„Jetzt ist es hell genug da drüben. Drauf!“ kommandierte Pepe.

Zwei Schüsse krachten.

„Getroffen! Zwei!“

Während Fabian sich auf den Rücken warf, um zu laden, schoß Pepe die dritte Büchse ab.

„Drei!“ sagte er kalt, seine Opfer zählend.

Die Indianer zogen sich bei diesem unerwarteten Angriff so weit wie möglich zurück; aber der Brander beleuchtete, verbunden mit der Helle ihrer eigenen Wachtfeuer, selbst den kleinsten Gegenstand so deutlich, daß jeder Gegner noch besser als am hellen Mittag zu erkennen war. Die dunklen Gestalten der Indianer waren selbst durch die Büsche hindurch, hinter denen sie sich verborgen hatten, sichtbar, so daß Fabian nicht schnell genug zu laden vermochte.

„Vier! Schneller, Don Fabian! Wenn ich nur fünf Minuten Zeit erhalte, gehen zwei Dutzend Rothäute drauf. Fünf!"

Jetzt wurde die Insel von einem heftigen Stoß erschüttert. Der Brander war an das Ruder getroffen. Er wankte, hielt sich aber, da der Kanadier wohlweislich etwas nachgegeben hatte, im Gleichgewicht, wurde von dem Jäger mit Hilfe der Stange von der Insel abgehalten, trieb an ihr vorüber und schwamm dann langsam stromabwärts weiter.

Ein Hagel von Pfeilen und Kugeln war, als das Floß in heller Beleuchtung stand, niedergegangen, hatte aber nicht den mindesten Schaden anrichten können.

„Sechs!" zählte Pepe.

Er mußte, während der Brander vorüberging, eine Pause machen, zielte dann aber mit um so größerem Eifer. Fabian erkannte, daß die Helligkeit abnahm. Das kurze Licht mußte benutzt werden; er wandte sich und streckte seine soeben geladene Büchse durch die Schanze.

„Sieben!" rief Pepe frohlockend.

„Acht!" ergänzte der Rastreador.

„Santa Lauretta, jetzt ist es aus! Konnte dieses schöne Licht nicht noch einige Minuten anhalten? Bei meiner Seele, diese Apatschen werden noch nach fünfhundert Jahren an die ‚Herren der Savanne' denken, die zu dritt eine solche Anzahl tapferer Zinnober- und Ockergesichter in die ewigen Jagdgefilde schickten! Wollen wir dem Brander nach?"

„Nein. Wir müssen warten. Wir können in seine Beleuchtung geraten, wenn wir ihm sofort folgen."

„Oder", meinte Fabian, „er kann ans Ufer stoßen, dieses entzünden und so unseren Weg verraten."

„Das ist wohl kaum zu befürchten. Die Roten würden das Feuer sofort löschen, um nicht selbst in Gefahr zu geraten."

Diesmal hatten die Wilden nicht ihr gewöhnliches Geheul vernehmen lassen. Ihre Wut hatte jetzt wohl den Grad erreicht, an dem sie schweigsam, aber desto verderblicher wird. Ihre Wachsamkeit verdreifachte sich, als es nun wieder dunkel geworden war.

Wohl über eine Viertelstunde war vergangen, als Bois-rosé sich anschickte, wieder ins Wasser zu gehen.

„Jetzt wird es Zeit. Wir dürfen nicht rudern und kommen also nur mit der geringen Geschwindigkeit der Wasserströmung vorwärts. Wenn wir länger warten, kann es sehr leicht geschehen, daß wir bei Anbruch des Tages noch im Bereich der Wilden sind."

Er stieg hinab. An den sich um die Insel bildenden Wirbeln konnte man erkennen, wie er arbeitete. Das Floß zitterte. Man fühlte, daß der Riese eine letzte, gewaltige Anstrengung machen mußte. Fabian wurde es einige Augenblicke lang angst bei dem Gedanken, daß Bois-rosé vielleicht mit dem Tode kämpfte —; da ließ sich unter seinen Füßen ein dumpfes Krachen hören, ähnlich dem des Fugenwerks eines Schiffes, das an einem Felsen zerschmettert wird.

Im selben Augenblick erschien der Kanadier wieder auf der Oberfläche des Wassers, mit triefenden Haaren und flammrotem Gesicht. Mit einem Satz faßte er auf der Insel festen Fuß. Schon begann sie sich langsam um sich selbst zu drehen; dann glitt sie langsam stromabwärts. Eine ungeheure Wurzel, die tief im Bett des Flusses steckte, war von dem Messer und den kräftigen Händen des riesenhaften Mannes, dem die Verzweiflung eine zehnfache Stärke gegeben hatte, zerschnitten und zerbrochen worden.

„Gelobt sei Gott", rief er; „das war eine fürchterliche Anstrengung! Aber wir fahren!"

„Weg von den ewigen Jagdgründen dieser rothäutigen Schlingel!" ergänzte Pepe, während er ihm half, die Insel mit dem Steuer in die richtige Lage zu bringen.

Das Wasser brach sich an dem Mantel ohne das allergeringste Geräusch; das Floß gehorchte, und so ging es langsam vorwärts.

Blieb man auf der Mitte des Stroms, so war eine Entdeckung kaum zu befürchten, wenn nicht ein unvorhergesehener Zufall eintrat. Die drei Männer verhielten sich so ruhig, daß ringsum die tiefste Stille herrschte. So verging eine ziemliche Weile. Da tauchte vor ihnen ein Licht auf, das immer größer wurde und gerade auf der Mitte des Wassers zu brennen schien.

„Santa Lauretta, was ist das?" erschrak Pepe. „Der Brander kann es doch unmöglich sein!"

Bois-rosé antwortete nicht. Er hielt sein Auge scharf auf das Feuer gerichtet und versuchte dabei mit dem Steuer die Strömung des Flusses zu ertasten.

„Es ist ein Wachtfeuer am Ufer", entschied er dann.

„Aber es brennt ja in der Mitte des Flusses", widersprach Fabian.

„Der Fluß macht eine Biegung."

„So halte dich auf ihr!" drängte Pepe. „Wir treiben ja sonst gerade auf das Ufer und das Feuer zu!"

„Die Strömung ist so stark, daß ich ihr halb folgen muß, wenn ich mir nicht das Steuer zerbrechen oder gar das Floß zerreißen lassen will."

Das Feuer, das soeben durch den Nebel hindurch ganz schwach erschienen war, vergrößerte sich jetzt zusehends und erleuchtete eine indianische Schildwache, die in ihrer furchtbaren Kriegsbemalung aufrecht und unbeweglich dastand.

Eine lange Bisonmähne bedeckte das Haupt des Indianers, über dem ein Federschmuck hin und her wallte.

Glücklicherweise war der Nebel zu dick, als daß der Apatsche die dunkle Masse der Insel hätte bemerken können, die sanft wie ein Seevogel auf dem Fluß fortschwamm.

Da richtete der Wilde, gleich als habe ihm ein Instinkt gesagt, daß die Kühnheit und Geschicklichkeit der Feinde seine Wachsamkeit täuschen werde, den gesenkten Kopf in die Höhe.

„Sollte der Kerl Verdacht hegen?“ murmelte der Kanadier.

„Ach, die Büchse ist zu laut; aber hätte ich Bogen und Pfeil, so würde ich mich sehr beeilen, diesen menschlichen Bison in die andere Welt zu schicken, wo er Wache stehen könnte, solange es ihm beliebte.“

Der Indianer steckte jetzt die Lanze in die Erde, neigte den Körper vor und hielt die beiden Hände über die Augen, um den Blick gegen die Flamme zu schützen.

Das Herz der Flüchtigen schlug beinahe hörbar, und sie wagten kaum noch, Atem zu holen. Wenn der Wilde sie gewahrte, so waren sie verloren

Der Indianer bot, während er gleich einem reißenden Tier im Hinterhalt lag und sein von den langen Bisonhaaren halb verdecktes Gesicht zeigte, einen furchtbaren, gräßlichen Anblick dar, und ein Mann von gewöhnlichem Mut hätte ihn sicher nicht ohne Beben sehen können.

„Sollte der Teufelskerl uns bemerkt haben?“ fragte Pepe.

„Nein. Aber er wird uns bemerken, wenn — ah, Gott sei Dank, jetzt drehen wir uns. Wenn du dir diese Fratze für spätere Zeiten merken willst, Pepe, so sieh sie dir noch einmal an, denn der Nebel wird den Kerl gleich verschwinden lassen.“

Wirklich verschwand das Licht bald genauso schnell, wie es vor ihnen aufgetaucht war, und von jetzt an setzten sie ihre Fahrt fort, ohne etwas Auffälliges zu bemerken.

„Das ist jedenfalls das letzte Lagerfeuer gewesen“, meinte Bois-rosé. „Pepe, zieh dir ein paar tüchtige Äste heraus; jetzt könnt ihr beide unsere Geschwindigkeit durch Rudern mehr als verdoppeln.“

Diesem Gebot wurde Folge geleistet, und das Floß folgte nun den Anstrengungen der drei Männer mit einer Schnelligkeit, die man ihm bei seiner Zusammensetzung gar nicht zugetraut hätte.

Es wurde Tag.

„Jetzt müssen wir landen“, bestimmte der Kanadier, „und dann das Weite zu gewinnen suchen.“

„So lege an, wo es dir beliebt“, antwortete Pepe. „Von dort an folgen wir dann zu Fuß dem Lauf des Wassers, um den Indianern unsere Spuren zu verbergen. Glaubt Ihr, Don Fabian, daß wir noch weit bis zum Goldtal haben?“

„Ihr habt die Sonne hinter den Nebelbergen, die das Tal verdecken, untergehen sehen. Wir können höchstens einige Wegstunden davon entfernt sein, nach der Zeichnung, die mein Pflegevater angefertigt hat.“

Bois-rosé gab, von den anderen unterstützt, dem Floß die Richtung nach dem Ufer, und nach kurzer Zeit stieß es so heftig auf das Land, daß ein großer Riß im Boden entstand. Sie sprangen an das Ufer.

Der Kanadier nahm die Fuchspelzmütze vom Kopf.

„Mein lieber Gott, ich danke Dir, daß Du mir die Freude machst, die einzigen, die ich auf Erden habe, gerettet zu sehen: meinen Fabian und meinen alten Gefährten in Kampf und Gefahr!“

Bei diesen Worten streckte er den beiden Genannten freudig bewegt die Hände entgegen.

„Santa Lauretta, Alter, du tust recht, Gott zu danken für diese wunderbare Rettung!“ antwortete Pepe tief gerührt. „Wir sind noch niemals in einer so argen Klemme gewesen wie heute, und wenn ich das Glück habe, dem Don Schwarzvogel und den Seinen wieder zu begegnen, so werde ich ihnen dafür erkenntlich sein!“

„Jetzt nur fort!“ drängte Fabian.

„Halt, mein Kind! Wir haben vorher noch einige Vorsichtsmaßregeln zu treffen. Wir werden das Floß, das uns so nützlich gewesen ist, in Stücke reißen und dem Strom übergeben, damit die Indianer auch nicht die geringste Spur von ihm vorfinden.“

Durch die Trennung der Wurzel, die das Inselchen auf dem Grund festgehalten hatte, und durch den gewaltigen Stoß, mit dem es auf das Ufer gestoßen war, bereits gelockert, konnte das Floß den vereinigten Anstrengungen der drei Jäger nicht lange standhalten.

Die Baumstämme wurden auseinandergerissen und in den Strom hinausgetrieben, der sie fortführte; die Äste folgten, das Erdreich fiel zu Boden, und in kurzer Zeit war von dem Floß, an dem die Natur so lange Zeit gearbeitet hatte, keine Spur mehr übrig.

Dann ließen es sich die Jäger angelegen sein, ihre Fußspuren zu löschen und jeden niedergetretenen Grashalm wieder aufzurichten.

„So!“ entschied Pepe. „Jetzt sind wir endgültig fertig und können gehen. Viel aber gäbe ich darum, die Gesichter dieser Rothäute zu sehen, wenn sie bemerken, daß die Insel verschwunden ist und der ‚Zündende Blitz‘ sich über alle Berge davongemacht hat!“ —

## *Das Lager*

Die Expedition des Don Esteban de Arechiza hatte unweit des Rio Gila ihr Lager bezogen, nachdem sie während einer Wanderung von zehn Tagesmärschen durch die Indianer zwanzig ihrer Männer verloren hatte. Aber trotz dieser Schwächung waren doch zwischen diesen weißen Abenteurern und den zur Verteidigung ihres Territoriums stets bereiten Indianern die Kräfte ziemlich gleich. Auf beiden Seiten entwickelte man dieselbe Schlauheit, und die Habsucht der einen hielt dem Todesmut der anderen das Gleichgewicht.

Indessen war die Begeisterung der sechzig Männer lange nicht mehr so groß wie an dem Tag, an dem sie unter Kanonendonner und dem freudigen Zuruf der Besatzung und Einwohnerschaft von Tubac voll Siegeshoffnungen abgezogen waren.

Gleichwohl war von Don Esteban, der mit merkwürdigem Instinkt alles vorauszusehen schien, keine notwendige Vorsichtsmaßregel außer acht gelassen worden. Bisher hatte bei ähnlichen Expeditionen ein jeder auf eigene Faust gehandelt und sich hinsichtlich der Verteidigung nur auf sich selbst, seine Waffen und sein Pferd verlassen. Der Spanier dagegen hatte diese sonst so eigenmächtigen Männer geschult und zum Gehorsam gezwungen.

Die Wagen, die er gekauft hatte, dienten sowohl als Transport-, als auch als Verteidigungsmittel. So wanderten wohl einst die Völker des Nordens, wenn sie beschlossen hatten, den Süden Europas zu überfluten.

Don Esteban hatte dieses Taktik aus den Vereinigten Staaten eingeführt, deren Bewohner dazu bestimmt zu sein schienen, die Wüsten des amerikanischen Kontinents zu bevölkern und der Zivilisation untertan zu machen. Und so war es unter seiner geschickten und kraftvollen Leitung der Expedition gelungen, weiter in die Wüsten und das Gebiet der Apatschen vorzudringen, als irgendeine andere zuvor.

Als heute Don Esteban mit Cuchillo den Lagerort bestimmt hatte, sprach er die Hoffnung aus, daß die Bonanza nun nicht mehr weit entfernt sein könne.

„Wenn mich nicht alles täuscht, befindet sie sich allerdings in der Nähe. Wollen Sie mir wohl erlauben, mir die Gegend zu besehen, während Sie das Aufschlagen des Lagers überwachen?"

„Geht! Aber verliert Euch nicht und hütet Euch, den Indianern in die Hände zu fallen."

Über das Gesicht Cuchillos ging ein eigentümliches Lächeln.

„Haben Sie keine Angst um meine Person, Don Esteban. Ich bin zwar einem Weißen gegenüber zuweilen ungeschickt, doch wenn ich es mit den roten Teufeln zu tun habe, so geht weder Stoß noch Schuß daneben."

„Wie dort auf der Hacienda, nicht wahr?"

„Dieser Tiburcio ist ja selbst so verständig gewesen, meine Fehler so zu verbessern daß Sie zufrieden sein können. Bei der Beschaffenheit dieser Gegend ist es sehr leicht möglich, daß ich die Richtung des Lagers verliere. Wollen Sie für einen Wegweiser sorgen?"

„Welchen?"

„Lassen Sie die Feuer so brennen, daß ihr Rauch deutlich zu sehen ist."

„Das kann die Wilden herbeiführen."

„Heute sicher nicht. Pedro Diaz ist wirklich ein ganzer Kerl. Er hat die Roten durch einige wohlberechnete Schwenkungen so getäuscht, daß es ihnen gar nicht einfallen wird, uns hier zu suchen."

„Nur unter dieser Voraussetzung werde ich Euren Wunsch erfüllen, der eigentlich eine große Unvorsichtigkeit von mir fordert."

Cuchillo schwang sich auf seinen Apfelschimmel und ritt davon.

„Ja, mein lieber Don Esteban oder Don Antonio de Mediana, eine große Unvorsichtigkeit ist es, ein solches Feuer zu brennen", lächelte er schadenfroh vor sich hin. „Aber gerade was Sie befürchten, das wünsche ich! Die Wilden sollen das Lager sehen und es angreifen!"

Er lenkte sein Pferd nach Osten.

„Sechzig Mann! Das sind viel zu viele; die Bonanza zerfällt dabei in zu geringe Anteile. Ich werde dafür sorgen, daß der größte Teil dieser habsüchtigen Leute aus dem Wege ist. Je mehr von ihnen die indianischen Kugeln fressen, desto größer wird der Anteil, den ich zu fordern habe, und wenn die Wilden nicht aufmerksam sind, so werde ich sie veranlassen, es zu sein!"

Er war wohl noch keine halbe Stunde lang über die Ebene dahingeritten, als er zahlreiche Spuren bemerkte.

„Das sind Apatschen; man erkennt sie an den Hufspuren der Pferde, die unbeschlagen sind."

Er untersuchte aufmerksam die Fährten.

„Sie sind von drüben heraufgekommen und weit über hundert Mann stark. Das würde zum Verderben der Karawane führen und zu dem meinigen mit. Ich werde warten, bis das Lager befestigt ist, dann wird die Expedition wenigstens nicht vollständig aufgerieben."

Er stieg vom Pferd und warf sich auf den Boden. Er konnte von der Erhöhung aus, auf der er lag, das Gelände nach allen Seiten hin übersehen und hatte also keine Überrumpelung zu befürchten.

„Es wird eine Belagerung geben und Kämpfe, an denen ich sicher nicht teilzunehmen brauche, denn der einzige Kenner der Bonanza muß geschont werden. Während dieser Belagerung finde ich sicher Gelegenheit, einmal allein nach dem Goldtal zu kommen und ein weniges zu meinem Vorteil zu unternehmen. Das Placer ist eigentlich heute noch mein; ich habe es bezahlt mit einem guten Messerstich."

Er zog eine Zigarette hervor und steckte sie in Brand.

„Es war ein fürchterlicher Kampf — Leben um Leben, Tod um Tod", murmelte er weiter vor sich hin. „Dieser Marco Arellano war ein starker Mann und mir weit überlegen, und wenn ich ihm die Hauptwunde nicht schon im Schlaf beigebracht hätte, so weiß ich nicht, wer schließlich im Wasser des Gila verschwunden wäre."

Er schien sich am Erfolg des damaligen Kampfes innerlich zu weiden; seine Mienen drückten größte Befriedigung und Selbstgefälligkeit aus.

„Den sichersten Stich freilich, den ich getan habe, tat ich damals auf Elanchove, als ich noch Juan genannt wurde; er brachte mir einige hundert Unzen ein, obgleich ich den kostbaren Packen aufgeben mußte, weil dieser Miquelete dazwischenkam. Wunderbar! Jetzt ist er Bärenjäger und muß hier in Mexiko mit uns zusammentreffen. Begegnet er mir noch einmal, so werde ich mit ihm zusammenrechnen. Das verlorene Paket muß er mir bezahlen, so wahr ich Cuchillo heiße, wenigstens einstweilen, denn wer will es mir verwehren, einen hohen Namen zu tragen, wenn ich die Bonanza ausgebeutet habe?"

Er wartete wohl eine Stunde lang, dann stieg er wieder auf und ritt langsam und vorsichtig den vorgefundenen Spuren nach.

In der Richtung des Lagers stieg hoher, weißer Rauch empor.

„Ah, sie sind bei der Schmiede und beim Kochen! Die Verschanzung ist fertig, und ich kann nun die Roten holen."

Er gab dem Pferde größere Schnelligkeit und gelangte bald an einen Hügel, von dem aus sich ihm der Anblick bot, den er suchte. Er sah die Indianer vor sich; zugleich aber bemerkten sie auch ihn und erhoben ein fürchterliches Geheul.

In Richtung des Flusses sah er etwa zwanzig von ihnen über die Ebene reiten. Es war die Abteilung, die gegen die drei Jäger auf der Insel gesandt worden war. Die übrigen setzten sich, die Lanzen schwingend, gegen ihn in Bewegung.

Er warf sein Pferd herum und eilte zurück, doch trieb er sein Tier nicht mehr an, als unbedingt nötig war, einen sicheren Vorsprung vor den Wilden zu halten. Es lag ihm nicht das mindeste daran, Don Esteban vor der Zeit von dem ihm drohenden Angriff zu unterrichten. Auch er wußte, daß die Indianer ihre Angriffe am liebsten im Dunkel der Nacht unternehmen, und daher wunderte er sich gar nicht, daß sie ihn nicht auf der Stelle eilig verfolgten, sondern ihm in langsamem Schritt nachritten.

Er hatte noch nicht die Hälfte des Weges bis zum Lager zurückgelegt, da vernahm er in Richtung des Flusses einen Schuß, dem nach kurzer Zeit mehrere folgten. Der Kampf zwischen den Apatschen und der Besatzung der Insel hatte begonnen.

Erschrocken blieb er halten; er konnte dies ohne Gefahr tun, denn auch die Indianer hinter ihm hatten haltgemacht. Wer konnte es sein, der dort schoß? Es gelang ihm nicht, eine Antwort auf diese Frage zu finden. Für sich sah er keinerlei Gefahr, und so beschloß er, seinen Weg nicht eher fortzusetzen, als bis er durch eine weitere Bewegung der Apatschen dazu gezwungen war. —

Auch im Lager hatte man die Schüsse vernommen und sich in allerlei Vermutungen ergangen.

Don Esteban hatte lange Zeit vergebens auf die Rückkehr Cuchillos gewartet, und als dieser nicht kam, ihm einen Boten nachgesandt, der leider den Wilden in die Hände fiel und vor den Augen Bois-rosés, Pepes und Fabians erwürgt und skalpiert wurde.

Der Führer der Expedition hatte nicht die geringste Veranlassung, seinem früheren Matrosen weiter zu trauen, als er ihn zu beaufsichtigen vermochte. Bei reiflicher Überlegung fand er, daß dieser eigentlich gar keinen rechten Grund hatte, sich allein vom Lagerplatz zu entfernen. Cuchillo kannte den Ort, wo die Bonanza zu finden war, doch sicherlich so gut, daß er ihn, in seiner Nähe angekommen, gar nicht erst zu suchen brauchte. Dazu mußte Don Esteban an das sonderbare Verlangen, ein hochrauchendes Feuer zu brennen, denken, und konnte sich einer geheimen Befürchtung nicht erwehren.

Es war Abend geworden.

Rote Wolken bezeichneten im Westen noch die feurige Spur der Sonne. Die Erde begann sich durch die Frische der Nacht abzukühlen, und je mehr im Westen die letzten Schimmer erloschen, desto lichter wurde die emporsteigende Sichel des Mondes, bei dessen Schein das Lager einen gespenstischen Anblick bot.

Auf dem Hügel, der den Platz beherrschte, erhob sich das Zelt des Grafen mit seinem himmelblauen Banner. Ein schwaches Licht, das durch die Leinwand schimmerte, zeigte an, daß der Anführer für alle wachte. Ein Feuer, dessen Herd ein in die Erde gegrabenes Loch war, verbreitete über den Boden hin einen rötlichen Schein.

Im Falle eines nächtlichen Angriffs konnten Haufen von Reisigbündeln, die in gewissen Entfernungen aufgestapelt lagen, zu gleicher Zeit angezündet werden und eine Helle verbreiten, die wohl geeignet war, das Tageslicht zu ersetzen.

Gruppen von Abenteurern, die entweder auf dem Boden lagen oder mit der Bereitung des Abendessens beschäftigt waren, befanden sich zwischen den Pferden und Saumtieren, die aus Trögen von Leinwand ihren Mais fraßen. Die Sorglosigkeit, die bei diesen Leuten herrschte, bewies, daß die Männer sich hinsichtlich ihrer Verteidigung ganz auf die Wachsamkeit ihres Anführers verließen.

Jenseits der Verschanzung versilberten die Strahlen des Mondes die Ebene, über die Kaktus- und Nopalpflanzen gewaltige Schatten warfen. Das Nachtgestirn durchglitzerte den Nebel, der, westlich vom Lager, am Horizont die Spitzen einer Bergkette bedeckte, und beleuchtete auch die Wachen, die mit dem Karabiner im Arm spähenden Auges auf und ab gingen.

Unter den in der Nähe der Wagen liegenden Männern befanden sich Benito, der alte Diener Arechizas, Baraja und Pedro Diaz.

„Señor Benito“, sagte Baraja. „Ihr seid geschickt im Erklären aller Geräusche der Wüste und der Wälder. Könnt Ihr uns sagen, was die Flintenschüsse bedeuten, die wir den ganzen Nachmittag gehört haben?“

„Ich kenne die Sitten der Indianer nur wenig; indessen —“

„Indessen —? Sagt doch, was Ihr sagen wollt, nur erschreckt uns nicht so wie in jener fürchterlichen Jaguarnacht!“

„Ich bin in meiner Jugend Gefangener der Roten gewesen und habe die Ansicht, daß ich mir ihr Flintenfeuer nicht erklären kann, wenn sie nicht etwa —“

„Nun? Nicht etwa —?“

„— nicht etwa einen Gefangenen, der in ihre Hände gefallen ist, zu Tode martern.“

„Ihr wollt sagen, daß diese Wilden ihre Gefangenen schlecht behandeln?“

„Das nicht, aber sie zu Tode zu martern verstehen sie ganz gehörig.“

„Und was sind das für Martern?“

„Vielerlei, und oft so fürchterlich, daß das Abziehen der Kopfhaut, das In-Stücke-Reißen des Körpers und eine langsame Verbrennung eigentlich nur ein Spaß genannt werden muß.“

„Teufel! Hoffentlich martern einen die Wilden nur dann, wenn sie Ursache haben, erbittert zu sein.“

„Denkt Ihr? Sie tun es im Gegenteil gerade dann am liebsten, wenn sie bei guter Laune sind. Und das sind sie stets, wenn sie Gefangene haben. Sollte das Unglück es wollen, daß Ihr einmal in ihre Hände kommt, Señor Baraja, so bittet Gott, daß die Apatschen dann gerade bei schlechter Laune sind, denn dann kommt Ihr mit einer zwar abscheulichen, aber doch ganz kurzen Marter weg.“

„Wie lange dauert denn diese kurze Marter?“

„Ratet einmal!“

„Nun, vielleicht fünf bis sechs Minuten! Oder ist das vielleicht schon um ein weniges zu lang, wie ich beinah denken möchte?“

„Sagt lieber fünf bis sechs Stunden! Ich sage Euch sogar, daß sie zuweilen ein bißchen länger dauert, aber —“

„— länger dauert, aber —?“

„— aber nie kürzer! Im übrigen werdet Ihr wohl ganz gut beurteilen können, ob eine sechsstündige Marter einer vierundzwanzigstündigen bisweilen nicht vorzuziehen ist. Denn unter allen Todesarten ist diejenige am grausamsten, die darin besteht, daß man den Menschen vor Furcht sterben läßt.“

„Geht zum Teufel mit Euren Geschichten!“ rief Baraja zornig. „Ich weiß nicht, warum ich ein solcher Narr bin, Euch nach diesen Dingen zu fragen!“

„Was ich sage, ist zwar wenig ergötzlich, aber lehrreich. Und da Ihr jeden Augenblick den Wilden in die Hände fallen könnt, so ist es doch gut, wenn Ihr wißt, was Euch in diesem Fall erwartet. Das ist immerhin ein guter Trost, wenn man keinen besseren hat.“

„Wenn Ihr keinen besseren Trost wißt, so ist das Handwerk eines Goldsuchers das abscheulichste, das es gibt! Also Ihr wart in indianischer Gefangenschaft?“

„In meiner Jugend, wie ich Euch bereits sagte.“

„Und sie haben Euch auch gemartert?“

„Gemartert gerade nicht. Es kommt darauf an, wie man es nimmt!“

„Nun, was taten sie? In welcher Laune befanden sie sich?“

„In sehr schlechter Laune. Wir hatten viele ihrer Leute getötet; ich war ganz allein in ihre Hände geraten und mußte darum ihre Rache auch ganz allein auf mich nehmen."

„Wurdet Ihr skalpiert?"

„Nein; denn Ihr seht ja, daß ich meine Haare noch habe. Sie berieten zunächst, ob ich skalpiert, lebendig geschunden, in Stücke geschnitten oder langsam von unten herauf gebraten werden sollte, und kamen zu dem Entschluß, daß dies alles später geschehen solle, nachdem —"

„Nachdem —? So macht doch keine solchen Pausen. Es ist ja, als solle man selbst auch geschunden werden!"

„— nachdem ich ihnen als Ziel für ihre Schießübungen gedient hätte."

„Wie wurde das angestellt?"

„Sehr einfach! Ich wurde an einen Baum gebunden und diente von Sonnenaufgang bis zum Niedergang ihren Karabinern als Scheibe. Jeder Krieger kam herbei, zielte nach meinem Kopf und schoß."

„In den Kopf?"

„Nein, denn sonst lebte ich ja nicht mehr", versicherte Benito mit unerschütterlichem Ernst. „Sie schossen mit Absicht daneben, um meine Todesangst möglichst zu verlängern. Ich habe auf diese Weise zweihundertundvierundachtzig Flintenschüsse ausgehalten. Ich zählte sie, denn ich langweilte mich fürchterlich."

„Zweihundertundvierundachtzig! Aber Señor Benito, ist das auch wahr? Sind es nicht einige Schüsse zuviel?"

„Ich kann keinen einzigen nachlassen!"

„Und Ihr denkt, daß sie heute jemanden gemartert haben?"

„Es ist schon möglich."

„Wer mag das gewesen sein?"

„Vielleicht der Bote, den Don Esteban hinter Cuchillo hergesandt hat. Beide sind noch nicht zurück. Es ist möglich, daß sie gefangen worden sind. Wenn sie nur den Ort nicht verraten haben, an dem wir uns befinden!"

„Befürchtet Ihr das?"

„Warum nicht?"

„Und was wird dann geschehen?"

„Sie werden kommen und unser Lager überfallen. Doch das würde ihnen übel bekommen, denn wir sind ihnen überlegen. — Aber was ist das? Die Maultiere hören auf, ihren Mais zu fressen, und horchen!"

Baraja fuhr zusammen.

„Hat das etwas zu bedeuten?"

„Sicher. Sie wittern eine Gefahr. Doch hat das noch nichts zu sagen. Aber wenn diese Tiere nicht nur das Futter stehen lassen, sondern die Nüstern öffnen und dumpf schnauben und schauern, dann —"

„Dann —? So redet doch nur!"

„Dann ist der Indianer nahe. Sie wittern ihn so genau, wie sie damals an der Poza die Jaguare und den Puma witterten."

„Teufel! Es gefällt mir hier im Apatschenland nicht mehr sonderlich gut. Ich wollte, ich wäre heute an der Poza."

„Dieser Wunsch kommt zu spät. Aber ich will doch einmal nachsehen, ob vielleicht etwas um das Lager vorgeht!"

Er erhob sich. Baraja, den die Erzählungen des alten Vaqueros zugleich erschreckten und bezauberten, folgte ihm. Sie krochen unter dem Wagen hindurch und traten hinaus vor die Umschanzung.

Nichts ließ die Nähe einer Gefahr ahnen. Einer der als Schildwache ausgestellten Reiter kam vorüber.

„Nichts Verdächtiges bemerkt?" fragte Benito.

„Nein. Vorhin glaubte ich einmal, ein Pferdewiehern zu hören, das aus einem der Täler da drüben zu kommen schien, doch ist alles ruhig geblieben, und ich habe mich ohne Zweifel getäuscht."

Die beiden Männer kehrten zu ihrem Platz zurück, um ihre Unterhaltung fortzusetzen. Benito schien nicht beruhigt zu sein; er beobachtete die Tiere genau und sah sich bald wieder veranlaßt, zu rufen:

„Seht doch die Tiere an! Sie hören abermals auf zu fressen, und horchen."

„Wenn sie nur nicht anfangen, zu schauern und dumpf zu schnauben", meinte Baraja.

„Vielleicht tun sie dies auch noch. Jetzt aber erlaubt, daß ich mich in meine Sarape hülle und ein wenig schlafe. In der Wüste, wo man keinen Augenblick sicher ist aufgeweckt zu werden, soll man den Schlaf nicht versäumen!"

Er wickelte sich ein und legte sich nieder.

Baraja tat ebenso und versuchte zu schlafen. Es gelang ihm nicht. Seine Phantasie, die ihm tausend schreckliche Bilder vorzauberte, ließ ihn nicht zur Ruhe kommen.

Da erklangen durch die stille Nacht Flintenschüsse aus der Gegend des Flusses her. Baraja stieß Benito an.

„Man schießt noch. Hört Ihr es?"

„Ja. Uns gilt es nicht; darum wollen wir uns nicht darum kümmern, wen sie dort abschlachten wollen!"

Er stand im Begriff, seinen Mantel wieder über die Augen zu ziehen, als eins der Saumtiere unruhig wurde. Er richtete den Kopf empor und lauschte.

„Habt Ihr's gehört, Señor Baraja?"

„Ganz genau. Es schnaubt dumpf, und wenn ich mich nicht irre, so schauert es auch."

„Die roten Teufel streifen in der Nähe herum."

Da erklang daußen ein Alarmruf. Ein Reiter kam mit verhängtem Zügel herbeigaloppiert, und in der Ferne ließ sich Wiehern und Pferdegetrappel hören.

„Es ist Cuchillo!" rief der Vaquero.

„Zu den Waffen! Zu den Waffen!" schrie Cuchillo zu gleicher Zeit und jagte auf seinem Pferd durch die Öffnung herein, die die Wachen in der Verschanzung gelassen hatten.

In einem Augenblick war das ganze Lager auf den Beinen. Die Verwirrung, die der Ruf Cuchillos hervorgebracht hatte, dauerte einige Minuten; die Karabinerpyramiden, die man aufgestellt hatte, verschwanden. Die Pferde und Maultiere bebten und zitterten; sie zerrten, ganz wie in der Nähe des Jaguars, an den Riemen und Seilen, mit denen sie angebunden waren. So gewaltig ist der schreckenerregende Einfluß, den die Söhne der Wüste selbst auf die Tiere ausüben.

Allein, die Verwirrung ließ bald nach, und jeder nahm den Posten ein, den der Anführer ihm für den Fall eines Angriffs angewiesen hatte.

Benito und Baraja waren die ersten, die an Cuchillo Fragen stellten.

„Wie haben die Indianer uns entdecken können, wenn Ihr ihnen nicht auf die Spur geholfen habt?" sagte der alte Vaquero und warf dem Banditen einen argwöhnischen Blick zu.

„Ich habe sie allerdings hierhergelockt", gestand Cuchillo frech, während er abstieg. „Wenn Euch hundert solcher Teufel verfolgen, so reitet Ihr geradeso wie ich im Galopp nach dem Lager, um da Schutz zu suchen!"

„In einem solchen Falle", antwortete Benito ernst, „muß man vor allen Dingen daran denken, seine Gefährten zu retten. Man flieht also nicht, sondern läßt sich eher die Kopfhaut über den Schädel ziehen, als daß man sie verrät. Ich wenigstens hätte das getan!" setzte er einfach hinzu.

„Das hält ein jeder, wie er mag. Ich habe wohl meinem Anführer, nicht aber seinem Diener Rechenschaft über meine Handlungen abzulegen."

„Sind die Apatschen zahlreich?" erkundigte sich Baraja. Er hatte noch niemals einem Kampf beigewohnt und fühlte ein fürchterliches Grauen vor dem Zusammentreffen mit Leuten, die ihre Gefangenen länger als fünf bis sechs Minuten martern.

„Ich hatte keine Zeit, sie zu zählen", wies ihn Cuchillo ab. „Ich weiß nur zu sagen, daß sie nicht mehr weit von hier sein können."

Ohne noch ein Wort zu verlieren, durchschritt er das Lager und trat zu Don Esteban, der im Eingang seines Zeltes stand.

Cuchillo hatte hier eine verstörte Miene angenommen. Er warf seine langen Haare nach hinten, wie wenn der Wind einer wilden Jagd sie ihm um den Kopf getrieben hätte. Dann trat er in das Zelt wie ein Mensch, der eben erst wieder zu Atem kommt, und trocknete einen nicht vorhandenen Schweiß von seiner Stirn.

Sein Bericht war kurz: er war auf seinem Erkundungsritt einer Indianerhorde begegnet, von dieser verfolgt worden und ihr nur durch die Schnelligkeit seines Pferdes entgangen.

„Warum führtet Ihr sie nicht irre?" fragte Arechiza kalt.

„Ich konnte nicht daran denken, sondern mußte nur auf meine Sicher heit bedacht sein, da Sie ohne mich die Bonanza nicht finden."

Der Graf lächelte eigentümlich.

„Heißt das vielleicht, daß ich Euch von dem Kampf, der uns bevorsteht, dispensieren soll?"

„Das steht in Ihrem Belieben!"

„Cuchillo, Ihr werdet kämpfen, versteht Ihr mich? Wir werden das Placer auch ohne Euch finden; das will ich Euch versichern, und Ihr dürft also Eurer wohlbekannten Tapferkeit alle Zügel schießen lassen. Übrigens durchschaue ich Euch. Das will ich Euch beweisen durch mein Wort, daß Ihr Euren Anteil an der Bonanza erhaltet, wie ich es versprochen habe, aber — achtzig Gambusinos gerechnet! Wenn ich Euch nicht eine solche Schranke setze, bleibt von der Expedition niemand übrig als nur Ihr. Jetzt hinaus!"

Sie verließen das Zelt. Cuchillo ging zähneknirschend an seinen Posten und Arechiza blieb auf dem Hügel stehen, um einen Blick auf die vom Mond erleuchtete Ebene zu werfen.

Einer der Jäger nahm einen Brand aus dem Feuer, um die Reisigbündel anzuzünden.

„Noch nicht!" rief der Graf. „Vielleicht ist es nur blinder Lärm. Solange wir noch keine Gewißheit haben, daß wir wirklich angegriffen werden sollen, dürfen wir das Feld nicht erleuchten. Auf jeden Fall sattle ein jeder sein Pferd und mache sich bereit!"

„Freund Baraja, das bedeutet", sagte Benito, „daß wir mit Gewißheit einen Angriff erwarten können, sobald der Befehl gegeben wird, die Feuer anzuzünden. Gerade bei Nacht ist das etwas Schreckliches."

„Das weiß niemand besser als ich!" jammerte Baraja.

„Habt Ihr denn schon so ein nächtliches Abenteuer mitgemacht?"

„Noch nie, und darum weiß ich am besten, wie es einem dabei zumute ist!"

„Dann will ich Euch einen guten Rat geben: schießt, stecht und schlagt nur immer dahin, wo ein Indianer steht, und ja nicht etwa daneben, denn je mehr Ihr tötet, desto weniger werden Euch martern, wenn sie Euch fangen sollten!"

„Warum soll denn immer nur ich gefangen werden?"

„Weil das in Zukunft eine gute Lehre für Euch sein wird, Señor."

„Ich danke für die Zukunft, wenn ich bei lebendigem Leibe zu Tode gebraten werden soll!"

Er befand sich in einer Stimmung, in der er lieber Benito erschossen hätte, als einen Indianer. Er blickte düsteren Auges auf die weiße Oberfläche der Wüste hinaus, wo man jetzt Reitergestalten bemerken konnte, die sich dem Lager näherten.

„Zündet alle Feuer an. Sie kommen!" rief Don Esteban.

Einige Augenblicke später überflutete eine rote Helle das ganze Lager und zeigte die Abenteurer auf ihrem Posten, mit dem Karabiner in der Hand und ihren gesattelten und aufgezäumten Pferden neben sich. Ringsum herrschte eine Stille, die etwas Furchtbares an sich hatte.

„Da haben wir es“, sagte Benito zu Baraja. „In einigen Minuten werdet Ihr das Gebrüll dieser roten Teufel wie die Posaunen des Jüngsten Gerichts an Eure Ohren gellen hören. Das sage ich Euch, obgleich ich die Sitten der Indianer nur wenig kenne.“

„Geht doch!“ meinte Baraja. „Ihr seid der beste Tiger- und Indianerkenner, den ich in meinem ganzen Leben gesehen habe, obgleich Ihr mit Euren Kenntnissen andern Leuten das Leben nicht verbittern solltet.“

„Habt Ihr irgendeine Absicht oder einen letzten Wunsch, Señor Baraja?“

„Warum?“

„Weil sich jeder von uns darauf gefaßt machen muß, skalpiert und erwürgt zu werden. Und dann, das dürft Ihr mir auf mein Wort glauben, ist es mit den letzten Wünschen zu spät.“

„Nun gut; mein letzter Wunsch ist der, daß der Teufel diese ganze Indianerbrut zur Hölle reiten möge!“

„Dann muß Satan ein guter Reiter sein, denn ich sage Euch, daß niemand mit einem Pferd so umzugehen versteht wie diese Rothäute, höchstens Tiburcio Arellano ausgenommen, von dem sie vielleicht noch manches lernen könnten. Sie reiten wie die Geister, die um Mitternacht durch — so, da habt Ihr es; sie kommen und Ihr könnt es ja nun selbst sehen, wie sie reiten!“

Ein hundertstimmiges Brüllen erscholl draußen vor der Verschanzung.

Wer nur mit ‚Mansas‘ zusammengetroffen ist, der kann sich von deren wilden Verwandten unmöglich einen Begriff machen. Nichts gleicht dem entarteten Geschlecht der städtebewohnenden Roten weniger als der wilde und ungezähmte Sohn der Steppe, vor dem Menschen und Tiere erzittern.

Die Apatschen hatten auf ihre gewöhnliche Taktik, den plötzlichen, pfeilschnellen nächtlichen Überfall, verzichtet; sie tummelten unter unbeschreiblichem Geheul ihre Pferde vor dem Lager herum. Die Feuer warfen auf ihre mit grellen Farben beschmierten Gesichter ein flakkerndes Licht. Die langen Haare, die im Wind flatterten, die Riemen ihrer Kleider, die während des Hin- und Herjagens wie Schlangen um sie her pfiffen, die Art und Weise ihrer Bewegungen ließen sie Dämonen gleichen, deren bloßer Anblick schon fast entmutigend wirkte.

Unter den Mitgliedern der Expedition befanden sich nur wenige Männer, die nicht wegen irgendeiner Unbill an den Indianern Rache zu nehmen hatten; niemand von ihnen aber war von einem so glühenden Haß gegen die Wilden beseelt wie Pedro Diaz. Der Anblick seiner Todfeinde wirkte auf ihn wie der Anblick der scharlachroten Farbe auf einen Stier, und nur mit Mühe konnte er der Versuchung widerstehen, hinauszusprengen und eine jener Heldentaten zu verrichten, die seinen Namen den Roten so furchtbar gemacht hatten. Aber es war gerade jetzt dringend notwendig, strenge Ordnung zu halten, und so bezähmte er seine brennende Ungeduld.

Don Esteban hatte die besten Schützen auf den Hügel neben sein Zelt gestellt. Die Feuer leuchteten so gut, daß sie ihre Feinde sicher aufs Korn nehmen konnten, und so stand zu erwarten, daß die vorteilhafte Stellung der Karawane die wahrscheinliche Überzahl der Indianer ausgleichen werde.

Unterdessen hatten sich die Apatschen durch ihr scharfes Auge und die Berichte derjenigen von ihnen, die sich am weitesten vorgewagt hatten, von der Festigkeit der Stellung überzeugt, denn nach dem ersten Brüllen ließ sich eine gewisse Unschlüssigkeit unter ihnen bemerken. Doch sie dauerte nicht allzu lange.

Das Geheul mit seinen furchtbaren Urlauten wiederholte sich; der Boden zitterte unter einer Lawine von Pferdehufen, die gedankenschnell herbeischoß, und inmitten eines Kugel-, Pfeil- und Steinhagels fand sich das Lager durch eine ungeordnete Menge von Kriegern mit flatternden Haaren von drei Seiten angegriffen.

Sofort begann vom Hügel herab ein heftiges Feuer; ohne Unterlaß zuckten lange, tödliche Blitze in die Feindesschar herab.

Unter diesem mörderischen Feuer galoppierten herrenlose Pferde auf der Ebene umher; Reiter befreiten sich von der Last gestürzter Tiere; die Apatschen versuchten, die Wagen zu ersteigen oder unter ihnen hinwegzukriechen; so begann ein heißer Kampf Mann gegen Mann.

Pedro Diaz, Benito, Baraja und Oroche standen hart nebeneinander. Bald wichen sie zurück, um den langen Lanzen ihrer Feinde auszuweichen, bald rückten sie wieder vor, um ihrerseits Stoß und Hieb zu verteilen. Dabei munterten sie einander auf und warfen zuweilen einen Blick auf ihren Führer.

Benito kämpfte wie ein Recke des Altertums; lautlos wütete er unter den Angreifern.

Bei Oroche und Baraja wirkte die Goldsucht beinahe ebenso stark wie bei den andern die Kampfesbegeisterung.

„Caramba", rief Baraja, „ich wehre mich meiner Haut! Ich sehe nicht ein, warum ich mich erschlagen lassen soll, noch bevor ich meinen Anteil an der Bonanza verspielt oder vertrunken habe!"

„Ganz recht", begleitete ihn Oroche, „wer eine Bonanza hat, ist unverwundbar, ist sogar unsterblich, denn – "

Der Schlag von einer Keule, die seinen Schädel traf, ließ ihn verstummen. Er sank zu Boden.

Der Indianer, der diesen Hieb geführt hatte, war, von der Heftigkeit des Schlages fortgerissen, vom Pferd gestürzt. Er hatte jedoch den Boden noch nicht berührt, so war sein Kopf durch den scharfschneidenden Dolch des Mexikaners beinahe vom Rumpf getrennt.

Da die auf der Anhöhe postierten Schützen unnütz geworden waren, weil ihre Kugeln in dem dichten Gedränge ebensogut die eigenen Gefährten wie die Indianer treffen konnten, so kamen sie herab, um sich in die Reihen der Kämpfenden zu mischen.

„Holla, da kommt neue Kraft", rief Benito. „Halt, Señor Baraja, da will Euch einer an den Hals!"

Ein Indianer hatte Baraja erfaßt und wollte ihm sein Messer durch die Kehle ziehen, bekam aber von dem alten Vaquero einen Kolbenschlag, daß er niederstürzte.

„Tut ihn vollends ab, Baraja, ich will einstweilen — ach, Señor Oroche, seid Ihr wieder munter? Ja, wer solche Locken und einen so dicken Hut hat, in dem der Staub von dreihundert Jahren eingetrocknet ist, der kann schon einen Hieb mit der Macana überwinden."

In diesem Augenblick schleuderte ihm Diaz einen bereits verwundeten Indianer zu, während er einen anderen, der unter dem Wagen hindurchgekrochen war und sich neben ihm emporrichtete, den Dolch bis an den Griff in die Brust stieß.

„Hier, Benito!"

„Danke, Señor Diaz! Habt Ihr noch mehr übrig? Ich helfe gern!"

Er rannte dem Wilden den Lauf seiner Büchse in die Magengrube, daß der Getroffene, dessen Mund ein erstickender Blutstrom entquoll, tot hintenübergeschleudert wurde.

Don Esteban und Cuchillo standen in einer Ecke der Verschanzung und hatten einen nicht minder wütenden Angriff auszuhalten.

Der Graf warf, während er an seine persönliche Verteidigung dachte, denn in einem solchen Kampf muß ein Anführer sich wie ein gewöhnlicher Soldat schlagen, einen Blick auf die ganze Verschanzungslinie. Allein nur mit vieler Mühe konnten inmitten des Gebrülls, das die Kämpfenden umbrandete, Befehle gehört werden. Mehr als einmal entfernte seine leichte englische Doppelflinte, die er geschickt handhabte, das drohene Messer, die schon erhobene Axt oder die hoch geschwungene Keule von einem seiner Leute.

Hinter ihm stand Cuchillo, und zwar, mit mehr Klugheit als Tapferkeit, so weit wie möglich abseits vom Handgemenge. Er schien mit sorgenvollem Auge den Wechselfällen des Kampfes zu folgen, als er plötzlich taumelte, wie schwer getroffen zurückwich und in einiger Entfernung von den Wagen wie tödlich verwundet hinstürzte. Dieser Zwischenfall wurde im Getümmel des Kampfes kaum bemerkt. Nur Don Esteban hatte die klugen Kunstgriffe des Banditen, sich vom Kampfe verschont zu erhalten, beobachtet und sagte kalt:

„Wir haben einen Feigling weniger!"

Einige Augenblicke lang blieb Cuchillo unbeweglich; dann richtete er den Kopf langsam empor und sah sich vorsichtig um. Eine Sekunde später lag er eine ziemliche Strecke von dem Ort entfernt an dem er zuerst niedergefallen war. Sein Pferd, das immer in seiner Nähe geblieben war, folgte ihm und beroch ihn vorsichtig. Wären jetzt nicht alle Männer der Expedition so sehr von ihren Feinden bedrängt gewesen, so hätten sie sehen können, wie Cuchillo sich nach einem Punkt der Verschanzung hinwälzte, den die Indianer freigelassen hatten. Kaum war dies geschehen, so wartete er noch einen Augenblick und schlüpfte dann unter den Rädern des Wagens aus dem Lager hinaus. Dort richtete er sich auf und stand fest auf dem Boden. Ein Lächeln des Hohns und der Schadenfreude flog über seine Lippen. Der Tumult und die Dunkelheit begünstigten sein Unternehmen.

Ganz behutsam löste er die eisernen Ketten zweier Wagen und öffnete auf diese Weise einen Durchgang für sein Pferd. Ohne die Steigbügel zu berühren, schwang er sich in den Sattel, gab dem Tier die Sporen und verschwand in der Ferne.

In einiger Entfernung von dem Kampfplatz hielt ein Trupp von dreißig Indianern. Die Roten hatten die Taktik befolgt, eine Ersatztruppe zurückzulassen, die von einem alten Krieger befehligt wurde.

Sie lauschten den Stimmen des Kampfes mit jener äußersten Ruhe, die den Indianer selbst in den aufgeregtesten Augenblicken nicht verlassen darf; doch in ihrem Innern brannten sie vor Begierde, sich an dem Streit beteiligen zu können.

Auch ihre Rosse befanden sich in Aufregung. Die mutigsten Tiere spitzten bei jedem Schlachtruf, der vom Lagerplatz herüberdrang, die Ohren, wirbelten die reich behaarten Schwänze in der Luft, stiegen wiehernd in die Höhe und konnten nur mit Mühe im Zaum gehalten werden.

Da sprengte ein Reiter aus der Richtung des Flusses herbei. Er hatte die Beine hoch emporgezogen, — ein sicheres Zeichen, daß er größte Eile hatte. Bei dem Hinterhalt angekommen, ließ er die Beine sinken, stieß einen kurzen Ruf aus, und das Roß blieb mitten im stärksten Galopp halten, als sei es aus dem Boden gewachsen.

„Wer befehligt meine Brüder?“ fragte er.

„Der ‚Schleichende Wolf‘“, antwortete der alte Indianer.

„Warum stehen sie hier und nehmen nicht am Kampf teil, den ich im Lager der Bleichgesichter toben höre?“

„Die Häuptlinge haben dem ‚Schleichenden Wolf‘ geboten, zurückzubleiben.“

„Der Gedanke des Hinterhalts ist weise, aber nicht tapfer. Meine Brüder sollen Gelegenheit finden, ihre Büchsen und Pfeile sprechen zu lassen. Sie mögen zum Fluß kommen; so befiehlt der Häuptling Schwarzvogel.“

„Der ‚Schleichende Wolf‘ darf die Stelle nicht verlassen, auf der ihn die Häuptlinge zurückgelassen haben. Bedarf Schwarzvogel ihrer so notwendig?“

„Die Insel im Wasser trägt die drei berühmtesten Bleichgesichter, die es gibt. Sie haben die roten Männer mit ihren Kugeln getötet und werden uns entgehen, wenn der ‚Schleichende Wolf‘ nicht mit mir kommt.“

„Wer sind die Weißen?“

„Der ‚Große Adler‘, der ‚Zündende Blitz‘ und der ‚Panther des Südens‘. In ihren Augen blitzt das Verderben und aus ihren Büchsen der sichere Tod.“

Bei der Nennung der drei Namen schlossen die Wilden, auf das höchste überrascht, einen Kreis um den Boten.

„Der ‚Schleichende Wolf' möchte mit seinen Kriegern gern die großen Jäger der Schneegebirge sehen, allein er darf nicht fort. Mein Bruder reite zum Lager der Bleichgesichter und frage den Häuptling Katzenparder."

„Katzenparder ist ein großer Krieger; er wird mitten unter sterbenden Bleichgesichtern zu finden sein."

Der Bote sprengte dem Kampfplatz zu, während die Zurückbleibenden sich ihr Verlangen mitteilten, mit den drei großen Jägern kämpfen zu dürfen. Der Bote hatte richtig vermutet. Katzenparder befand sich mitten im Lager. Die Wilden hatten die von Cuchillo hergestellte Lücke bemerkt und waren durch sie eingedrungen, — mit einem Siegesgeheul, das weit und entsetzlich über die Steppe schallte. Ein fürchterlicher Kampf, Mann gegen Mann, hatte begonnen, und die Weißen schienen zu unterliegen. Der Bote drang durch die Bresche ein. Ein lauter Ruf brachte Katzenparder an seine Seite.

„Mein Sohn kommt, mir zu sagen, daß Schwarzvogel seine Feinde auf der Insel getötet hat?"

„Der große Geist hat den Apatschen sein Angesicht verhüllt. Vierzehn von ihnen sind hinübergegangen in das Reich der Schatten, und Schwarzvogel sitzt trauernd auf der Erde, die er mit seinem Blut tränkte."

Das Auge des Häuptlings blitzte zornig auf.

„Die Söhne der Apatschen zählten zwanzig, und die Bleichgesichter waren nur drei. Sind die roten Männer Weiber geworden?"

„Die Namen der Bleichgesichter sind größer als alle Namen der Erde", antwortete der Bote einfach.

„Wie lauten sie?"

Er nannte sie, und sofort zeigte die Miene des Häuptlings, daß Schwarzvogel bei ihm entschuldigt war.

„Was soll mein Sohn mir sagen?"

„Katzenparder möge mir Krieger mitgeben, den Tod ihrer Brüder zu rächen!"

Der Häuptling warf einen schnellen Blick umher und sah, daß die Weißen sich überall im Nachteil befanden.

„Der ‚Schleichende Wolf' möge mit ihm gehen. Die Söhne der Apatschen werden die Bleichgesichter vernichten und bedürfen des Hinterhalts nicht länger!"

Augenblicklich drehte der Bote sein Pferd herum und ritt durch die Bresche davon. Der Häuptling befand sich im nächsten Augenblick wieder inmitten des Kampfgewühls.

Die halb verbrannten Reisigbündel warfen ihr rötliches Licht auf die blutige Szene Das Brüllen wütender Feinde, das Sausen der Pfeile, das Krachen der Schüsse folgten ohne Unterlaß aufeinander, und dazwischen arbeiteten in verderblicher Stille die schweren Keulen und spitzen Messer gegeneinander. Die bemalten Gesichter der wilden Reiter sahen beim Licht der Flammen noch scheußlicher aus; es war, als kämpften die Weißen mit wütenden Tieren anstatt mit Menschen.

Draußen vor der Verschanzung stand der Kampf in einzelnen Gruppen, im Innern aber herrschte eine heillose Verwirrung, ein Durcheinander von Körpern, die mächtig gegeneinanderprallten oder sich mit Aufbietung aller Kraft und Geschicklichkeit umschlungen hielten. Nur da, wo Diaz mit Benito, Baraja und Oroche kämpften, befanden sich die Goldsucher im Vorteil.

Diesen vier Männern war es gelungen, ihre Umgebung von den Roten zu säubern, so daß sie ihre Aufmerksamkeit nun den übrigen Kampfplätzen des Lagers zuwenden konnten.

„Caramba, es steht schlecht!" rief Diaz erschrocken. „In zehn Minuten gehört das Lager den roten Schurken, wenn wir nicht doppelt arbeiten. Dort — Teufel, das ist dieser Katzenparder! Den kenne ich seit langer Zeit und er mich auch. Ich werde ein Wort mit ihm sprechen!"

Der furchtbare Indianertöter schien bisher nur gespielt zu haben, denn seine Stirn zeigte nicht einen einzigen Tropfen des staubigen Schweißes, der die Gesichter aller Kämpfenden überrann. Er hob die Keule eines gefallenen Wilden vom Boden empor.

„Drauf, Benito, drauf; sonst sind wir alle verloren!"

Er schwang die Macana in raschem Wirbel über dem Kopf und stürzte sich ins Gewühl. Unaufhaltsam drang er vor, schmetterte die Feinde nieder und bahnte sich einen bluttriefenden Weg bis zum Häuptling. Dieser sah und erkannte ihn.

„Diaz, der Puma!" rief er, unwillkürlich zurückweichend.

„Ja, Diaz, der Puma, der den Panther zerreißen wird!" brüllte dieser mit fürchterlicher Stimme zurück.

Der Indianer drängte sein Pferd zu ihm heran und holte zum tödlichen Hieb aus. Doch dieser ging fehl, denn Diaz hatte sich gebückt und tauchte hinter dem Pferd des Wilden im nächsten Augenblick wieder empor. Mit einem kühnen Sprung kniete er hinter dem Häuptling auf dem Tier, faßte den durch die Kraft des erfolglosen Schlages beinahe sattellos gewordenen Feind mit der Linken bei den Haaren, riß ihn hinten hinüber und bohrte ihm das Messer bis ans Heft in die Brust.

Den Toten vom Pferde schleudernd, erfaßte er die Zügel des Tieres, riß es vorn empor und trieb es, einen lauten, gellenden Schrei ausstoßend, mitten unter die Wilden hinein. Ein entsetzliches Wutgeheul war die Antwort auf diesen Siegesruf und den Tod ihres berühmten Häuptlings

„Señor Baraja, wißt Ihr jetzt, wie sie schreien?" fragte Benito, der auch eine Keule ergriffen hatte und während des Sprechens einen Indianer niederschmetterte. „Sucht Euch auch eine solche Macana. Sie ist beim Nahkampf das trefflichste Instrument, das man nur finden kann!"

„Gebt mir die Eure, Don Benito; ich habe keine Zeit zum Suchen!"

„Hier ist sie! Dort liegt eine andere, die ich mir nehmen werde!"

Über den vorher so furchtsamen Baraja, dessen dunkler Lebenslauf bisher jedenfalls nur Taten aufzuweisen hatte, die hinterrücks mit dem heimtückischen Messer ausgeführt worden waren, war das Schlachtenfieber gekommen. Er warf sich mit der Keule den Feinden entgegen.

Auch Oroche, der Mandolinenspieler, tat seine Schuldigkeit. Die Manteluberreste waren ihm von der Schulter gefallen, der alte Hut lag schon längst am Boden; seine langen Haare flatterten im Winde, während er mit dem Kolben seiner Büchse um sich schlug, als wolle er allein sämtliche Feinde vernichten.

Don Esteban hatte trotz des schlechten Standes der Sache seine ganze Kaltblütigkeit behalten. Seine Flinte krachte von Minute zu Minute, und jeder Schuß kostete einen Indianer das Leben.

Wem es vergönnt gewesen wäre, bei diesen Szenen den ruhigen Beobachter zu spielen, der würde sein Auge nicht von Diaz haben wenden können. Er hatte gleich im ersten Augenblick bemerkt, welch ein ausgezeichnetes Pferd er unter sich bekommen hatte, und war darum erst gar nicht wieder abgestiegen. Die Wilden vor sich niederreitend, trieb er es durch sie hindurch, ritt zum Wagen, an dem er seinen Stand hatte und riß von einem Pflock seinen Degen, den er bisher außer acht gelassen hatte. Es war eine vortreffliche Klinge von Toledo, die das Blut schon manchen Indianers gekostet hatte. Diaz nahm einen Anlauf und riß, mitten unter sie stürmend, die Wilden auseinander. Die zwei noch übrigen Häuptlinge, an ihrem Kriegsschmuck kenntlich, fielen unter seinen raschen Streichen, und ein panischer Schrecken bemächtigte sich der Indianer. Sie wandten sich zur Flucht und stürmten durch die Bresche hinaus, Diaz hinter ihnen her.

„Auf die Pferde! Ihnen nach!“ rief Don Esteban.

Wer nicht verwundet oder sonst unfähig zum Reiten war, sprang auf das nächstbeste Pferd und jagte den fliehenden Wilden nach. Der Umstand, daß Katzenparder die Reserve fortgeschickt hatte, wurde den Indianern im höchsten Grade verderblich, und die Goldsucher errangen den glänzenden Erfolg, den Antilope, der Läufer, dem Häuptling Schwarzvogel dann am Rio Gila berichtete.

Als die Verfolger zurückgekehrt waren, zeigte es sich, daß die Weißen gegen dreißig Mann verloren hatten. Die übrigen waren meist verwundet. Man verband sich, stellte vor allen Dingen die beschädigte Verschanzung wieder her und legte sich dann, von der furchtbaren Anstrengung erschöpft, nach Ausstellung der notwendigen Wachen mitten zwischen den Leichen auf dem blutdurchtränkten Boden zur Ruhe nieder. —

Es graute der Tag.

Der stärkere Wind, der dem Aufgang der Sonne voranzugehen pflegt, zerriß die auf dem Fluß liegende Nebeldecke an einigen Stellen, aber die am Ufer wachenden Indianer vermochten noch nicht, die Insel zu erkennen.

Bald wurde das erste Dämmerlicht etwas bestimmter. Die Nebelmassen wälzten sich übereinander, wie die Staubwolke, die von den Hufen einer Büffelherde aufgewirbelt wird. Die Sonne erhob sich, und die Dunstschleier schillerten schwankend wie ein ungeheurer Vorhang, von dem jeder Hauch des Morgenwindes ein Stück mit sich fortriß.

Da stieß Schwarzvogel einen Schrei der Wut und Enttäuschung aus, der gar nicht aus einer menschlichen Kehle zu kommen schien. Das Inselchen war gänzlich verschwunden; der Ort, den es noch am vergangenen Abend eingenommen hatte, war so glatt wie ein Spiegel. Auch nicht ein einziges der Schilfrohre, die das Floß begrenzt, auch nicht eine einzige der grünenden Wurzeln, die es umgeben hatten, zeigte sich über dem Wasser.

Die Gefühle, die in diesem Augenblick das Herz des Häuptlings durchfluteten, waren so gewaltig, daß er sich trotz seiner Verwundung allein und ohne alle Hilfe aufrichtete. Seine Augen waren weit aufgerissen und sein Gesicht bleich unter den aufgetragenen Ockermassen.

Er wankte auf die zunächststehende Schildwache zu und hob die Streitaxt. Aber der bedrohte Krieger rührte sich nicht. Er blieb mit vorgestrecktem Kopf und ganz in der Haltung eines angestrengt horchenden Menschen ruhig stehen, als wolle er damit anzeigen, daß er bis zu diesem unglücklichen Augenblick nicht aufgehört habe, treu zu wachen. Der Indianer fürchtet den Tod nicht; er empfängt ihn aus der Hand seines Häuptlings, ohne mit der Wimper zu zucken.

Im nächsten Augenblick mußte die Streitaxt den Kopf des Indianers treffen, — da erfaßte Antilope den Arm Schwarzvogels.

„Der große Anführer der Apatschen wolle nicht hören auf die Stimme seines Zorns. Der böse Geist, dessen Kinder die Weißen sind, hat die Insel hinweggenommen, aber die Apatschen sind nicht schuld daran!"

Ein lange anhaltendes Geheul, das sich auf beiden Ufern erhob, zeigte an, daß nun sämtliche Indianer das Verschwinden der Insel bemerkt hatten.

Schwarzvogel vermochte vor Grimm und Wut nicht zu antworten. Seine Wunde öffnete sich wieder, und unter dem durch Riemen festgehaltenen Verband strömte das Blut hervor. Er bebte; seine Kniekehlen bogen sich, und der Läufer mußte ihn ins Gras niedersetzen, wo er das Bewußtsein verlor.

Als er wieder zu sich kam, war der Verband bereits erneuert, und die eine Hälfte seiner Krieger hatte sich um Schwarzvogel versammelt, während die andere am jenseitigen Ufer stand, um seine Befehle zu erwarten.

„Wohin sind die Bleichgesichter verschwunden?" fragte er.

„Der Große Geist hat meine Gedanken erleuchtet", antwortete Antilope. „Die Insel stand nicht fest auf dem Boden des Wassers; die Weißen haben sie gelöst und sind mit ihr den Strom hinabgeschwommen."

Schwarzvogel neigte zustimmend das Haupt. Es mußte so sein, wie der Läufer sagte; es gab keine andere Möglichkeit.

„Sie haben weder Ruder noch Steuer; die Insel ist mit ihnen an das Ufer gestoßen. Man suche auf beiden Seiten nach ihren Spuren!"

Während diesem Gebot Folge geleistet wurde, blieb der Verwundete unter dem Schutz einiger Wächter zurück, die ihre Toten aufsuchten, um ihnen ein indianisches Begräbnis zu geben.

Während dieser Zeit kam ein zweiter Bote von den durch die Goldsucher geschlagenen Apatschen, die dringend bitten ließen, daß der Häuptling zu ihnen komme. Er gab keine Antwort, sondern erwartete schweigend die Rückkehr der ausgesandten Männer.

Sie kamen erst, als die Sonne bereits im Mittag stand. Trotz der Behutsamkeit der drei Männer hatten sie den Ort gefunden, an dem sie an Land gegangen waren; da sie aber keine Spur des Floßes entdeckt hatten, so vermuteten sie, daß die Jäger auf ihm weiter stromabwärts geschwommen seien.

Jetzt erst faßte Schwarzvogel seinen Entschluß. Er ließ sich auf ein Pferd binden und ritt, von sämtlichen Kriegern begleitet, dem Ort zu, wo nach dem Bericht des Boten die Apatschen auf ihn warteten.

Die Sonne goß ihre Lichtströme über die Wüste aus, als Schwarzvogel mit seiner Truppe bei den Gummibäumen ankam, wo er zusammen mit den anderen Häuptlingen am vorigen Tag beim Beratungsfeuer gesessen hatte. Nach der erlittenen Niederlage und der nächtlichen Verfolgung hatten die Indianer sich wieder an demselben Ort versammelt.

Beim Anblick des Häuptlings, dessen Rückkehr alle mit Ungeduld erwartet hatten, brachen die Wilden in ein gewaltiges Freudengeschrei aus. Er nahm diese Zurufe mit viel Würde als eine verdiente Huldigung auf und ließ sich vom Pferd heben. Ein Klagegeheul erfolgte nun beim Anblick seiner verwundeten Schulter. Er wurde zum Feuer geschafft, wo man ihn auf die Erde setzte. —

Unterdessen war das Lager der Goldsucher ohne Führer.

Als gestern der Kampf zu Ende war und alles sich zur Ruhe legte, hatte Don Esteban Diaz zu sich gerufen und sich mit ihm ins Zelt zurückgezogen.

„Señor Diaz, seid Ihr ein Mann, dem ich vertrauen kann?"

Der Gefragte verneigte sich zustimmend.

„Ich denke es, Don Esteban."

„Was haltet Ihr von Cuchillo?"

„Er scheint Euer Vertrauter zu sein", antwortete Diaz ausweichend.

„Er ist es nicht. Gebt mir unbesorgt eine offene Antwort!"

„Er ist ein Feigling und zugleich ein Schurke!"

„Wir stimmen überein, wie ich sehe! Was haltet Ihr von seinem Verhältnis zu dem Überfall?"

„Er hat eine Kugel verdient, Señor, wenn ich meine Meinung in aller Kürze sagen soll."

„Er hat sie bekommen, denn er liegt draußen unter den Toten."

„Cuchillo? Nein, Señor, er befindet sich nicht bei ihnen."

„Nicht?“ fragte Arechiza erschrocken. „Ich habe ihn doch fallen sehen! Allerdings — ah, jetzt besinne ich mich — er war dann fort von dem Ort, wo er stürzte.“

„Habt Ihr sein Pferd gesehen?“

„Nein.“

„Unter den Verfolgenden kann er sich nicht befunden haben.“

„Er war nicht dabei. Könnt Ihr mir vielleicht sagen, wie die Indianer in die Verschanzung gekommen sind?“

„Durch die Bresche. Alle Teufel, jetzt weiß ich, was Ihr sagen wollt! Er ist fort.“

„Die Ketten der Wagen waren gelöst. Das kann — ah, das kann nur er getan haben!“

„Laßt uns suchen, ob er wirklich nicht zu finden ist!“

Sie traten wieder aus dem Zelt und begannen eifrig nach dem Vermißten zu forschen, doch umsonst.

„Es bleibt dabei: er ist verschwunden“, entschied Diaz.

„Und ich weiß wohin“, antwortete Arechiza.

„Ich auch.“

„Woher wißt denn Ihr es, Diaz?“ fragte Don Esteban erstaunt.

„Ich denke es mir, und die Vermutung, die ich hege, liegt so nahe, daß sie jeder haben kann.“

„Teilt sie mir mit!“

„Gestern ist er fortgeritten, um die Wilden auf unsere Spur zu bringen, damit es weniger Teilhaber an der Bonanza werden. Das ist sehr leicht einzusehen. Und heute ist er nach dem Goldtal, das ja in der Nähe sein soll, und wird dafür sorgen wollen, daß er zu einem Voranteil kommt.“

„Eure Vermutung ist auch die meinige. Ist es so, dann wird ihm die Untreue schlecht bekommen.“

„Kennt Ihr das Placer, Señor?“

„Genau nicht. Zwar hat er mir die Gegend beschrieben, den Ort selbst zu finden dürfte jedoch mit Schwierigkeiten verbunden sein. Ich muß ihm nach, und zwar so schnell wie möglich.“

„Vor Tagesanbruch wird das nicht gehen, da Ihr seiner Spur folgen müßt, die Ihr bei Nacht nicht finden könnt.“

„Ihr sollt mich begleiten, Señor Diaz, Ihr, Baraja und Oroche. Sagt es ihnen. Doch sollen sie unser Vorhaben vor den andern verschweigen. Wenn wir bei Tagesgrauen aufbrechen, können wir noch vor Abend wieder im Lager sein.“

„Wo vor Nacht von den Indianern sicherlich nichts zu befürchten ist“, fügte Diaz hinzu und entfernte sich, um die beiden Gefährten zu benachrichtigen.

Kaum begann sich im Osten der Himmel zu lichten, so brachen die vier Männer auf, nachdem Arechiza befohlen hatte, daß die Leichen begraben werden sollten und niemand das Lager verlassen dürfe.

Nachdem sie den Platz einigemal in immer weiterem Bogen umkreist hatten, fanden sie die Hufspuren eines Pferdes, das Cuchillo gehören mußte. Sie folgten der Fährte und waren bald am Horizont verschwunden.

Die Zurückbleibenden warfen die Leichen der Indianer über die Verschanzung hinaus und bereiteten dann den Ihrigen ein gemeinsames Grab. Der Vormittag verging, und der Durst stellte sich ein. Auch der Proviant ging zu Ende, da man das Lager nicht verlassen durfte und also kein Wild jagen konnte.

Die Zeit rückte vor, und die Goldsucher begannen, sich infolge der Abwesenheit ihres Anführers immer unbehaglicher zu fühlen.

Da — es war bereits gegen Abend — erblickten die Schildwachen in der Ferne eine Staubwolke, die sich dem Lager näherte. Sie machten Alarm, und alles begab sich nach dieser Seite hin, und zwar in der Hoffnung, Don Esteban zurückkehren zu sehen.

Sie hatten sich geirrt, denn inmitten der Staubwolke wurden indianische Federbüsche und Lanzenspitzen sichtbar, die mit Menschenhaaren geschmückt waren.

„Zu den Waffen! Die Indianer kommen!" klang der Schreckensruf.

Die Verwirrung, die gestern bei der Ankunft der Indianer geherrscht hatte, war gering gewesen gegen die, die sich jetzt der Weißen bemächtigte. Wer sollte das Kommando übernehmen, wer sollte gehorchen? So hielt es jeder erst einmal für das beste, sich ruhig an den Posten zu stellen, den er gestern eingenommen hatte; aber auf allen Gesichtern lag ein Ausdruck der Angst, den keiner zu verbergen vermochte.

„Es sind nur sechs!" rief da eine Schildwache über die Verschanzung herein, und sofort begann sich der bereits gesunkene Mut wieder aufzurichten.

Die Indianer kamen, anstatt heranzugaloppieren und ihr Kriegsgeschrei zu erheben, ganz langsam und ruhig herbei. Einer von ihnen schwenkte eine Lanze, an der ein weißer Fetzen hing. Sie schienen also in friedlicher Absicht zu kommen.

Etwa zwei Büchsenschüsse vom Lager entfernt blieben die übrigen halten, während der Träger des Friedenszeichens näher kam.

Unter den Goldsuchern befand sich ein Mann, der aus dem Presidio Tubac stammte. Er hatte früher als Händler einige Zeit mit Stämmen der Apatschen verkehrt und kannte ihre Sprache zur Genüge, um den an der Grenze gebräuchlichen spanisch-indianischen Dialekt notdürftig zu verstehen und zu sprechen.

Benito trat zu ihm.

„Señor Gomez, seht Ihr den Indianer dort?"

„Natürlich."

„Und wißt Ihr, was er will?"

„Jedenfalls kommt er als Parlamentär."

„Nun wohl! Ihr seid unter uns der einzige, der mit ihm reden kann. Geht ihm entgegen!"

„Ich werde mich sehr hüten, Don Benito!"

„Warum?"

„Hm, der Kerl sieht mir nicht aus, als ob mit ihm gut Kirschen essen sei."

„So habt Ihr Furcht?"

„Don Benito, ich bitte Euch, mich nicht zu beleidigen, sonst stoße ich Euch diesen Dolch hier ein wenig zwischen die Rippen!"

Der alte, wackere Vaquero warf einen spöttischen Blick auf die kleine Gestalt von Gomez, die ihm kaum bis an die Schultern reichte.

„Señor Gomez, das würde Euch nicht leicht werden, denn bevor Ihr dazu kommt, zum Stoß auszuholen, habe ich Euch zwischen meinen Fingern zerquetscht und zerbrochen wie einen dürren Baumwollzweig. Ihr habt Angst; das ist Euch deutlich anzusehen!"

„Angst? Fällt mir gar nicht ein! Aber seht Euch den Kerl doch genau an! Er sieht gerade wie ein Teufel oder Menschenfresser aus."

„Ja, so ähnlich. Wie Ihr seht, ist er ein Häuptling und hat auf dem Kriegspfad die Pflicht, sich so abschreckend wie möglich herauszuputzen. Aber, blickt doch nur einmal schärfer hin. Seht Ihr nicht, daß er verwundet ist?"

„Wahrhaftig! Die ganze Schulter ist mit Riemen umwunden; er muß eine Kugel bekommen haben, und es ist zum Verwundern, daß er einen solchen Schmerz zu ertragen vermag."

„Das bringt jeder Indianer fertig. Aber Ihr erkennt daraus, daß er uns nicht gefährlich sein kann. Geht hinaus zu ihm!"

Sämtliche Gambusinos hatten sich um die beiden versammelt. Auch sie waren der Ansicht, daß Gomez die Wagenburg verlassen sollte, um mit dem Wilden zu verhandeln. Der zaghafte Mann ging nur nach langer Weigerung darauf ein. Es wurde ein Lappen hervorgesucht, der früher einmal ein weißes Taschentuch gewesen war und jetzt die parlamentarische Flagge darstellen mußte. So ausgerüstet schritt Gomez dem Indianer entgegen.

Dieser war kein anderer als Schwarzvogel.

Alle Wilden sind große Bewunderer äußerer Schönheit. Als der Häuptling der Apatschen den kleinen, mageren Mexikaner auf sich zukommen sah, legte sich ein verächtlicher Zug um seine Lippen, doch nur für einen kurzen Augenblick. Er war ein ebenso geschickter und schlauer Diplomat wie tapferer Krieger, und verstand es, jede Empfindung im Interesse seines Zweckes zu bemeistern.

Die beiden so verschiedenen Männer begrüßten einander, und Schwarzvogel ergriff zuerst das Wort.

„Mein weißer Bruder mag mir sagen, ob er ein Häuptling ist. Der Vater der Apatschen spricht nicht mit einem gewöhnlichen Krieger der Bleichgesichter."

Gomez befand sich in keiner geringen Verlegenheit, und es dauerte einige Augenblicke, ehe er seine Antwort gab.

„Ich bin der Häuptling der weißen Männer. Mein roter Bruder kann getrost mit mir reden."

Das schwarze Auge des Apatschen leuchtete auf.

„Es wohnt bisweilen eine große Seele in einem ärmlichen Körper. Mein Bruder muß ein berühmter Häuptling sein. Aber weshalb ist er mit seinen Kriegern in das Jagdgebiet der Apatschen gekommen?"

Gomez war der Ansicht, daß er den eigentlichen Zweck ihrer Expedition nicht verraten dürfe. Er suchte nach einer Ausrede und fand vor Angst und Verlegenheit doch keine. Der Indianer weidete sich sichtlich an dem Anblick des nach Worten ringenden Weißen.

„Es gibt wohl im Lager der Bleichgesichter mehrere so weise und tapfere Häuptlinge, wie mein Bruder ist?"

„Ich bin der alleinige Häuptling."

„Und alle Krieger müssen seinem Bruder gehorchen?"

„Alle."

„Sie werden nicht mehr lange seine Befehle erfüllen, denn die Söhne der Apatschen sind zahlreich wie die Blätter des Waldes und unwiderstehlich wie das Feuer der Savanne. Mein Bruder wird morgen mit den Seinen nicht mehr leben."

Schwarzvogels Augen glühten in unheimlichem Feuer, als er die Wirkung seiner Worte auf den furchtsamen Gomez bemerkte. Dieser war bleich geworden, und der Trieb der Selbsterhaltung gab ihm den fehlerhaftesten Gedanken ein, den es in der gegenwärtigen Lage für ihn geben konnte.

„Warum kommt denn mein roter Bruder mit dem Zeichen des Friedens? Die weißen Männer dürsten nicht nach dem Blut seiner Krieger!"

„Der Häuptling der Apatschen kommt, um mit den Bleichgesichtern Worte des Friedens zu reden. Aber er weiß, daß sie ihn nicht hören werden, und daher sagt er, daß sie in das Land des Todes gehen müssen."

„Welche Worte sollen wir vernehmen?"

Der Apatsche richtete sich hoch und stolz empor.

„Ist mein Bruder wirklich ein Häuptling? Dann muß er doch wissen, daß die Rede eines Kriegers mit Adlerfedern nur am Lagerfeuer erklingen darf. Warum fordert er hier an dieser Stelle Antwort von mir wie von einem elenden Yambarico, der Wurzeln gräbt und das Gedärme der Eule verzehrt?"

Gomez trat beim Anblick des erzürnten Indianers unwillkürlich einen Schritt zurück.

„Mein roter Bruder will unser Lager betreten?"

„Käme der weiße Häuptling mit einer Botschaft zu den Apatschen, so würden sie ihn am Beratungsfeuer empfangen, weil weder Furcht noch Angst in ihrer Seele wohnt. Schwarzvogel wird nur dann sprechen, wenn er behandelt wird wie ein Häuptling, der am Feuer sitzen darf."

Die Verlegenheit des Mexikaners vergrößerte sich. Durfte er den Anführer der Indianer mit in das Innere des Lagers nehmen? Konnte er ihn abweisen, wo ein friedlicher Ausgleich wohl das beste war?

„Wie viele Krieger sollen meinen Bruder zu uns begleiten?"

„Ein einziger."

„So mag er kommen!"

Ohne sich umzudrehen, stieß der Wilde einen durchdringenden Gutturalton aus, auf den hin einer der fünf zurückgebliebenen Indianer herbeigeritten kam. Es war Antilope, der Läufer.

Gomez schritt voran, und die beiden Apatschen folgten ihm, nachdem sie einen befriedigten Blick gewechselt hatten.

Die Indianer waren im Lauf des Tages auf die Spuren Don Estebans und seiner Begleiter gestoßen; Schwarzvogel wußte also, daß das Lager vier Verteidiger weniger besaß, und hatte den Entschluß gefaßt, als Parlamentär einzudringen und sich umzusehen. Der Umstand, daß der kleine Gomez sich für den Anführer ausgab, brachte ihn auf den Gedanken, daß der wirkliche Anführer sich unter den Männern befinde, die das Lager verlassen hatten, und da Antilope Don Esteban gestern während des Kampfes gesehen hatte, so rief er diesen herbei, um sich Gewißheit zu holen.

Die beiden Indianer stiegen vor der Verschanzung ab und schritten durch eine Lücke, die man geöffnet hatte, in das Innere der Befestigung. Ihre Köpfe bewegten sich nicht um die Breite eines Haares zur Seite, und ihre Augen blieben halb geschlossen, als sei ihnen ihre Umgebung die allergleichgültigste Sache der Welt. Dennoch hatten sie in einem einzigen Augenblick alles erfaßt, was sie wissen wollten.

Schwarzvogel lenkte seine Schritte wie selbstverständlich dem Zelt Don Estebans zu. Gomez versuchte, ihn zurückzuhalten.

„Mein roter Bruder möge hier im Kreise meiner Krieger bleiben!"

Schwarzvogel hielt den stolzen Schritt inne und blitzte den kleinen Mann mit flammendem Auge an.

„Soll der Häuptling der Apatschen, der verwundet ist bis auf das Leben, hier versengen im Lande der Sonne? Verstehen die weißen Männer nicht, Gäste und Häuptlinge zu empfangen?"

Der starke Mann hatte sich trotz seiner schweren Verwundung auf dem Pferd gehalten, ohne angebunden zu sein, und stand jetzt da wie die bronzene Statue eines Kriegsgottes, die den Beschauer mit Bewunderung erfüllt. Er wartete die Antwort des Mexikaners gar nicht ab, sondern trat mit Antilope in das Zelt, wo sich beide niederließen.

Gomez war für einige Augenblicke zurückgeblieben, um sich mit den andern über sein Verhalten zu besprechen. Daher fanden die Indianer Zeit, einige ungehörte Worte auszutauschen.

„Ist der Häuptling der Bleichgesichter hier?"

„Nein", antwortete Antilope.

Sie konnten durch den offenen Eingang das ganze Lager überblicken.

„Welcher von diesen Männern ist der fürchterliche Indianertöter, den die Weißen Pedro Diaz nennen und der gestern Katzenparder überwunden hat?“

„Antilope hat ihn gesehen, als er Katzenparder das Leben raubte; er ist nicht hier.“

Schwarzvogel konnte einen leisen Ruf der Freude nicht unterdrücken.

„Die großen Krieger der Bleichgesichter sind fort und haben die eigen Mäuse ohne Schutz gelassen. Die Mäuse werden sterben. Dieser Zwerg will den Häuptling der Apatschen täuschen, aber das Auge Schwarzvogels ist ihm bis unter das Fell gedrungen. Die Bleichgesichter sind verloren, und dann werden die roten Krieger Zeit haben, den ‚Großen Adler‘, den ‚Zündenden Blitz‘ und den ‚Panther des Südens‘ zu verfolgen.“

Jetzt trat Gomez ein. Er versuchte vergebens, sich die würdevolle Haltung eines Häuptlings zu geben. Die Worte, mit denen Schwarzvogel ihn empfing, bewirkten, daß seine Gestalt noch mehr zusammenschrumpfte.

„Der weiße Mann gibt vor, ein Häuptling zu sein und weiß doch nicht, daß man einen Gast nicht allein lassen darf. Will er diese Beleidigung mit seinem Skalp bezahlen?“

„Ich mußte erst meinen Kriegern sagen, welche Gäste zugegen sind“, suchte Gomez sich zu entschuldigen.

„Haben die weißen Krieger keine Augen, um selbst zu sehen? Ist es bei den Bleichgesichtern Sitte, daß der Häuptling fragt, was er tun und sprechen darf? Der weiße Mann darf nichts tun ohne die Erlaubnis seiner Brüder; er ist kein Häuptling!“

„Ich bin der alleinige Häuptling dieses Lagers“, behauptete Gomez.

Schwarzvogel warf ihm einen vernichtenden Blick zu und donnerte:

„Das Ohr des Häuptlings der Apatschen hat eine große Lüge vernommen! Er wird seinen Mund schließen, denn seine Zunge spricht nicht mehr mit der lügenden Kröte. Mein roter Bruder mag reden!“

Antilope hatte bis jetzt mit geschlossenen Augen dagesessen; jetzt öffnete er die Lider und die Lippen:

„Ich sah den Häuptling der Bleichgesichter beim Kampf. Seine Doppelflinte warf die roten Männer zu Boden wie der Sturm die Früchte des Nußbaums. Sein Haar war schwarz mit weißen Fäden, seine Schulter breit und sein Auge scharf wie das des Adlers. Er hat das Lager verlassen, als der Tag im Osten emporstieg. Der weiße Mann mag sagen, ob ich lüge wie er!“

Gomez antwortete nicht. Er war so vollständig eingeschüchtert, daß er weder Ja noch Nein zu sagen wagte.

„Und ich sah einen anderen Häuptling, der Katzenparder tötete. Seine Gestalt war fest und zäh wie Eichenholz, und seine Faust wie die Tatze des Bären. Die Bleichgesichter nennen ihn Pedro Diaz. Er ritt mit dem ersten Häuptling fort. Habe ich recht gesagt?“

„Mein roter Bruder hat recht gesagt“, entgegnete jetzt Gomez. „Die beiden Häuptlinge sind fort, und nun bin ich der alleinige Anführer.“

„Der weiße Mann nenne Antilope nicht Bruder. Der Apatsche ist nicht der Bruder eines Lügners! Der weiße Mann ist kein Häuptling."

„Ich bin es."

„Ist er es wirklich, so nenne er seinen Namen!"

„Gomez."

„Gomez? Ist das der Name des Schakals oder des Hasen? Heißt so die Fliege oder der Wurm, den der Vogel frißt? Die Söhne der Apatschen haben ihn noch nie vernommen. Den Mann Gomez kennt kein altes Weib; seine Gestalt ist die eines Kindes, sein Mut der eines Frosches und seine Zunge die einer Schlange, die nur Lügen speit. Wohin sind die beiden Häuptlinge geritten?"

„Sie gingen, um den Bison zu jagen, damit wir Nahrung erhalten."

„Antilope wird warten, bis sie zurückkehren, und ihnen dann die Worte sagen, die sie vernehmen sollen. Mein großer roter Bruder hier aber kehrt in das Lager der Apatschen zurück, um ihnen zu sagen, daß Antilope hier verbleibt!"

Nur ein kurzer, blitzschneller Blick traf den Sprecher aus dem Auge Schwarzvogels, aber Antilope sah, daß er verstanden worden war. Er wollte als Geisel zurückbleiben, um die Mexikaner sicher zu machen, während Schwarzvogel den Angriff vorbereiten sollte. Sein scharfes Auge hatte wohl bemerkt, daß nicht der mindeste Holzvorrat im Lager vorhanden war, um wie gestern die Feuer zu entzünden, und mit geschickter Doppelzüngigkeit machte er Schwarzvogel auf diesen und noch einen anderen Umstand aufmerksam:

„Antilope wünscht, daß die beiden Häuptlinge der Bleichgesichter zurückkehren, ehe die Nacht hereinbricht, sonst kann er nicht mit ihnen sprechen, da sie kein Feuer anzubrennen vermögen. Schwarzvogel, der Häuptling der Apatschen, möge seinen Kriegern befehlen, die beiden Bleichgesichter friedlich zurückkehren zu lassen, denn Antilope will mit den Weißen Frieden schließen auf viele Sommer und Winter!"

Schwarzvogel erhob sich. Seine geballte Faust und ein zweiter, rascher Blick belehrten Antilope, daß der Häuptling Don Esteban einen Hinterhalt stellen werde, um ihm die Rückkehr unmöglich zu machen.

„Mein roter Bruder hat gut gesprochen", versetzte er würdevoll. „Es geschehe, wie er gesagt hat!"

Er schritt, ohne Gomez eines weiteren Blickes zu würdigen, zum Zelt hinaus, die Erhöhung hinab und durch die Lücke zu den Pferden. Trotz seiner Schmerzen schwang er sich hinauf, nahm auch das Tier von Antilope beim Zügel und galoppierte davon.

Gomez betrachtete den zurückgebliebenen Indianer mit unsicheren Blikken. Antilope hatte die Augen geschlossen und den Kopf zurückgelegt zum Zeichen, daß er jetzt für niemanden mehr vorhanden sei.

„Hat der rote Mann noch etwas zu sagen?"

Ohne die Augen zu öffnen, hob der Wilde die Hand

„Fort!"

Gomez verließ das Zelt und kehrte zu den Gefährten zurück. Er war so vollständig eingeschüchtert worden wie noch nie in seinem ganzen Leben.

Benito trat ihm entgegen.

„Nun, Señor Gomez, warum ging der eine und läßt den anderen hier?"

„Der Teufel hole sie alle beide! Die Kerls tun ja, als ob sie die Herren unseres Lagers wären. Sie haben gemerkt, daß ich nicht der Anführer bin und mich behandelt wie einen Knaben, der noch nicht drei von vier unterscheiden kann."

„Was Ihr auch vollständig verdient habt, wenn Ihr es Euch so ruhig gefallen laßt, Don Gomez. Welche Vorschläge machten sie Euch denn?"

„Keine", zankte der wütende kleine Mann. „Sie wußten ganz genau, daß Don Esteban mit Pedro Diaz und den andern das Lager verlassen hat, und wollen nur ihnen sagen, was sie hergeführt hat. Dieser Schlingel, der sich ‚Antilope' nennt, hat mich aus dem Zelt gewiesen wie einen Hund."

„Und Ihr seid auch gegangen? Das ist zwar sehr vorsichtig, aber nicht sehr tapfer von Euch. Und der andere? Warum hat nicht auch er gewartet, sondern den Rückweg eingeschlagen?"

„Weil er den Apatschen sagen will, daß sie Arechiza unbehelligt passieren lassen sollen."

„Schön, Señor Gomez! Und das habt Ihr geglaubt?"

„Warum nicht?"

„Weil man einem Roten überhaupt nur dann erst glauben und trauen darf, wenn man fünfzig Zentner Tabak und zwanzig Wagenladungen Sumachblätter mit ihm geraucht hat. Das ist erstens —; und zweitens, weil —"

„Nun, weil —?"

„Weil es mir scheint, als hätten wir heute ganz besondere Veranlassung, vorsichtig zu sein."

„Welche Veranlassung meint Ihr, Señor?"

„Don Esteban ist abwesend, und wir gleichen also beinahe einer Herde ohne Hirten, die diese Wölfe leicht überwältigen können. Sodann fehlt uns alles Holz, um im Falle eines Angriffs das Lager zu beleuchten."

„So holen wir uns welches."

„Oder auch nicht! Don Esteban hat uns verboten, das Lager zu verlassen, und selbst wenn wir ihm ungehorsam sein wollten, wo gibt es Holz? Jeder, der es sammeln wollte, würde sofort in die Hände der Wilden fallen."

Dieser Punkt nun leuchtete allen so trefflich ein, daß sich keiner erbot, Brennmaterial herbeizuschaffen. Benito fuhr fort:

„Habt Ihr vielleicht diesen ‚Antilope' für einen Häuptling gehalten, Señor Gomez?"

„Allerdings. Und jedenfalls ist er auch einer."

„Grad so wie Ihr! Er ist ein indianischer Läufer; das kann man sofort aus seinem Namen sehen. Habt Ihr an seinem Aufputz irgend etwas bemerkt, was auf eine solche Würde schließen läßt?“

„Nein.“

„Gut also! Warum geht gerade der Häuptling fort und läßt uns einen gewöhnlichen Krieger hier zurück?“

Die andern blickten ihn erwartungsvoll an, ohne seine Frage beantworten zu können.

„Ich bin zwar kein Kenner von Indianern, aber —“

„Aber — nur weiter, Señor Benito! Spannt uns doch nicht so auf die Folter! Ihr seid der beste Tiger- und Indianerkenner von Mexiko; das habt Ihr bewiesen, und werdet also auch wissen, warum der Häuptling fort ist und der Kerl dort nicht.“

„Wenn die Apatschen wirklich erfahren sollen, daß Don Esteban und Señor Diaz nichts geschehen darf, so konnte der Läufer die Botschaft ausrichten. Daß aber der Häuptling diese Botschaft selbst überbringen will, gibt mir Veranlassung zu der Ansicht, daß —“

„Daß —? So redet doch endlich!“

„Daß sie etwas Schlimmes im Schilde führen.“

„Was denn zum Beispiel, Don Benito?“

„Sie wissen, daß wir ohne Anführer sind; daß nun der Häuptling zu den Seinen zurückgekehrt ist, dient mir als Zeichen, daß er ihnen einen Plan mitzuteilen hat. Sie werden Arechiza von uns abschneiden und uns überfallen, sobald es dunkel ist.“

„Ihr vermutet falsch, Don Benito“, entgegnete Gomez, dem sehr viel daran lag, sein Verhalten zu beschönigen. „Sie sind mit friedlichen Absichten gekommen, wozu sie auch alle Veranlassung haben, denn sie haben gestern große Verluste gehabt. Und diese Absichten haben sie auch jetzt noch, sonst würde Antilope nicht zurückgeblieben sein.“

„Hm, das klingt wahrscheinlich, aber —“

„Aber —? Sprecht doch weiter, um Himmels willen!“

„Ich bin kein Indianerkenner, aber ich war in meiner Jugend einmal Gefangener bei ihnen und vermute, daß sie nichts Gutes vorhaben.“

„Und die Geisel, die dort im Zelt sitzt?“

„Ist der Kerl bewaffnet?“

„Nein. Die beiden Roten ließen ihre Waffen bei den Pferden zurück.“

„So! Hm! Wenn doch Don Esteban bald käme! Aber wie leicht kann er einen — hm, Unfall haben, so daß er gar nicht wiederkehrt. Ich schlage vor, wir wählen uns auf alle Fälle einen Anführer, damit wir wenigstens wissen, auf wen wir zu hören haben, wenn ein Überfall stattfinden sollte.“

„Und ich schlage vor“, widersprach Gomez, „wir unternehmen gar nichts. Don Esteban könnte nicht zufrieden sein, und wir müssen uns vor allen Dingen sehr hüten, den Indianer mißtrauisch zu machen.“

Dieser Vorschlag fand allgemeinen Beifall. Benitos wiederholtes Mahnen wurde überstimmt, so daß er sich schließlich ärgerlich zurückzog, jedoch nicht, ohne vorher den Entschluß auszusprechen:

„Gut, wie ihr wollt, Señores! Ich aber sage euch, daß ich mich neben das Zelt setzen und den roten Halunken sofort niederstechen werde, sobald ich nur das geringste bemerke, was nach einem Überfall aussieht!"

Er führte diesen Vorsatz auch augenblicklich aus, indem er die kleine Anhöhe erstieg und sich hart neben dem Zelt auf den Erdboden ausstreckte. Von hier aus konnte er die Gegend in weitem Umkreis überblicken, aber so scharf und wachsam sein Auge war, er vermochte nichts Verdächtiges zu bemerken.

Der Tag verging; die Sonne sank im Westen nieder, und jene Helle machte sich bemerkbar, die in den öden, von der Hitze ausgeglühten Sand- und Steinsteppen der schnell hereinbrechenden Nacht voranzugehen pflegt.

Da richtete sich Benito in die Höhe; er hatte, den Indianer verstohlen beobachtend, bemerkt, daß sich die geschlossenen Augen geöffnet hatten, um einen kurzen, aber durchdringenden Blick hinaus auf die Ebene zu werfen. Die Lider hatten sich sofort wieder geschlossen, aber über das dunkle Gesicht war es wie ein Blitz der Befriedigung gegangen. Der Vaquero musterte die Steppe. Er mußte sich geirrt haben, denn es war da draußen nichts zu bemerken, als eine Herde wilder Pferde, die, von drei oder vier Indianern gejagt, mit wehenden Schwänzen und Mähnen hin und her galoppierte.

Die Caballada verschwand öfter hinter einer Bodenanschwellung, kam dann wieder auf eine Minute zum Vorschein, sprengte zuweilen näher herbei, entfernte sich wieder und wurde von ihren Verfolgern hin und her gehetzt, bis die kurze Dämmerung hereinbrach, der nach wenigen Minuten tiefe Dunkelheit folgte.

Die Herde war jetzt nur noch als dunkler Punkt zu erkennen, der nach und nach deutlicher wurde. Die Pferde suchten einen Ausweg vor ihren Verfolgern und stürmten in gerader Richtung auf das Lager zu. Die vier Wilden folgten ihnen auch jetzt.

Das Schauspiel war zwar in diesen Gegenden nicht ungewöhnlich, doch bewährte es auch hier seine Anziehungskraft. Die wenigen Wilden, die mit hochgeschwungenem Lasso hinter den Tieren herjagten, konnten nicht gefürchtet werden; im Gegenteil bewies der Umstand, daß sie sich so getrost in die Nähe des Lagers wagten, zur Genüge ihre friedfertige Gesinnung. Dazu machte die Geisel die Goldsucher so völlig sicher, daß sie die Wagen erstiegen, um die Herde besser vorüberjagen zu sehen.

Auch Benito hatte sich erhoben und wandte dem Zelt den Rücken zu, so daß er nicht bemerkte, daß Antilope seinen aus gegerbtem Büffelleder gefertigten Kriegsmantel aufschnallte und einen Tomahawk hervorzog, sonst aber in seiner früheren Stellung verharrte.

Die Herde kam näher und näher. Es waren wirklich wilde Pferde, denn kein Reiter, kein Sattel oder Steigbügel, kein Zügel, nicht die dünnste Schnur ließ sich bemerken. In vollem Lauf brauste sie heran, die Indianer laut rufend und schreiend dahinter. Kaum fünfzig Schritte von der Verschanzung entfernt ertönte der donnernde Hufschlag, und schon schien es, als solle die wilde Jagd in gerader Richtung vorübergehen, da — lenkte das vorderste Pferd gerade auf die Lücke ein, die man als Durchgang gelassen hatte, ein fürchterliches Kriegsgeheul erscholl, auf jedem Pferde saß, wie augenblicklich aus dem Rücken herausgewachsen, ein Reiter, und, einer hinter dem andern, brausten die verwegenen Angreifer durch den aus Unvorsichtigkeit offengelassenen Eingang herein in das Lager.

Droben am Zelt erscholl ein Schrei. Antilope war aufgesprungen, hatte seinen Mantel fallen lassen und das Beil erhoben. Gerade in dem Augenblick, als Benito, das Messer ziehend, sich umwandte, um dem Indianer die Klinge in die Brust zu stoßen, spaltete ihm das Beil den Kopf.

Die Apatschen hatten gegen die Mexikaner eine List gebraucht, deren sich nur so kühne Reiter, wie sie sind, mit Glück bedienen können. Ein Bein in den um den Leib des Pferdes gebundenen Lasso steckend und den Körper hinter den Flanken des Tieres verborgen, sind sie geübt, sogar größere Strecken zu durchreiten. Erst die Dämmerung und jetzt die hereingebrochene Dunkelheit hatten die Ausführung dieser Kriegslist erleichtert, so daß die Goldsucher und sogar der erfahrene Benito getäuscht worden waren.

Die Mexikaner waren für den Augenblick vollständig ohne Besinnung. Sie sprangen von den Wagen herab, konnten aber schon nicht mehr zu ihren in Pyramiden aufgestellten Gewehren gelangen. Die Wilden hatten leichte Arbeit; die Stunde des Todes war für die Leute im Lager gekommen.

In wenigen Minuten hatten das Schlachtbeil, die Keule, das Messer und die Lanze furchtbar gewütet. Die Leichen lagen in Haufen umher. Noch kämpften einige Mexikaner mit dem Mut der Verzweiflung; aber auch sie mußten erliegen. Nur wenigen war es gelungen, unter den Wagen hinaus ins Freie zu kriechen und die Flucht zu versuchen. Aber auch sie waren verloren, denn die schnellen Reiter erreichten sie bald, und wenn ein letzter vielleicht in der Dunkelheit der Nacht entkam, so hatte er doch kaum Aussicht, den Tag zu überleben.

Eine Stunde nach dem Ende dieses blutigen Kampfes beleuchtete das Feuer der zu einem Scheiterhaufen vereinigten Wagen weithin die mit Toten und Sterbenden bedeckte Ebene. Die Indianer teilten sich in den Raub und in die Skalpe derer, die der Golddurst in die Wüste und in den Tod geführt hatte.

Mitten auf diesem Schauplatz des Verderbens aber stand Schwarzvogel, neben ihm Antilope, der Läufer.

„Der große Geist gab seinen roten Söhnen den Sieg, aber der Häuptling der Apatschen muß sehen die Skalpe der drei Jäger von der verschwundenen Insel. Er kann ihnen nicht nachjagen, aber mein Sohn wird ihre Haare bringen."

„Morgen wird Antilope dreißig Männer nehmen und ihre Spur verfolgen", antwortete der Läufer. „Die Jäger aus dem Norden sollen ihren Todesgesang anstimmen. Howgh!" —

## *Im Goldtal*

Die Dunkelheit der Nacht, die bereits in die Dämmerung des Morgens überging, umhüllte die Landschaft und zeigte sie nur in großen, weit gezogenen Umrissen. Am Himmel, den ein Stern nach dem andern verließ, malten sich die Spitzberge der Sierra ab wie Türme und phantastische Zinnen, deren Zacken ein grauer Nebel bekränzte.

Auf den Abdachungen der Sierra deuteten dichte Schatten tiefe Spalten an. Am Fuß des Gebirges erhob sich ein alleinstehender Felsen wie eine vorgeschobene Bastion; er war von der Masse der Berge vollständig getrennt. Hinter der Oberfläche seiner Spitze stürzte sich mit großartigem Brausen ein Wasserfall in einen bodenlos scheinenden Abgrund. Diesseits dieses isolierten Felsenstocks, der sich in Form eines abgestumpften Kegels erhob, zeigte eine bewegliche Linie von kleinen Weiden und Baumwollbäumen die Nähe eines laufenden Wassers an.

Das von dem Rio Gila gebildete Delta war von der Spitze bis zur Basis nur wenig über eine Stunde lang; diese Basis aber hatte eine beinahe dreimal so große Ausdehnung.

Die Dunkelheit wich dem Tage. Die Finsternis stieg von den Bergzacken zur Tiefe herab und machte dem bläulichen Licht des Morgens Platz. Wie aus der ersten noch unklaren Anlage eines Gemäldes tauchten die Spitzen des Gebirges nacheinander aus der düsteren Tinte der Morgendämmerung hervor.

In die Schluchten der fast stufenförmig übereinandergetürmten Berg kolosse drang nach und nach eine unbestimmte Helle. Auf der Oberfläche des isolierten Felsens dehnten zwei Fichten wie zwei ungeheure Gespenster ihre gewaltigen Zweige aus und neigten sich über den Abgrund hin.

Am Fuß dieser Bäume lag das Skelett eines Pferdes und zeigte auf seinen gebleichten Knochen noch die Zierate, die es früher getragen hatte. Die morschen Reste eines Sattels umgaben seine ihres Fleisches beraubten, durchsichtigen Flanken.

Die aus der Dämmerung sich entwickelnde Morgenhelle beleuchtete unheimliche Zeichen. Auf Pfosten, die in gewissen Entfernungen angebracht waren, flatterten Menschenhaare im leichten Wind, Menschenschädel lagen in Haufen oder zerstreut am Boden, und die Bruchstücke von zerschlagenen Waffen aller Art waren in Menge zu finden. Diese

Trophäen bildeten das Wahrzeichen, daß ein durch seine Heldentaten berühmter Indianerhäuptling auf der Spitze der natürlichen Pyramide seine letzte Ruhestätte gefunden hatte.

Noch im Tode beherrschte der Häuptling die Ebenen, auf denen sein Kriegsgeschrei so oft erschollen war und über die ihn das Schlachtpferd getragen hatte, dessen Gebeine nun auf seinem Grabmal vom Tau der Nächte und der glühenden Hitze des Tages gebleicht wurden. Raubvögel flogen krächzend über der einsamen Begräbnisstätte hin und her, gleich als ob ihre häßlichen Stimmen den erwecken sollten, der für immer schlief und dessen Hand nie mehr die Keule schwingen, das Messer führen und ihnen die blutigen Festmahle bereiten konnte.

Der den Nebelbergen gegenüberliegende Horizont erschien in blasser Beleuchtung; rosenfarbene Wölkchen stiegen gegen den Zenit empor. Ähnlich dem ersten Funken einer im Entstehen begriffenen Feuersbrunst, traf wie ein goldener Pfeil der erste Sonnenstrahl die Dünste der Sierra, und nun übergossen Lichtströme die Tiefen der Täler wie mit einem schillernden und glänzenden Flammenteppich.

Der Tag war da, doch wurde die Hügelmasse noch von einem undurchdringlich scheinenden Nebelmantel verhüllt. Aber auch diese Nebel zerteilten sich nach und nach und wurden vom Morgenwind wie ein wallender Vorhang emporgehoben. Dunstflocken blieben kapriziös an den Blättern der Gesträuche hängen oder hüpften von Gipfel zu Gipfel, ließen tiefe Engpässe sehen, an deren Eingang die Opfergaben, mit denen der indianische Aberglaube die Geister der Berge bedacht hatte, sich in großer Menge zeigten, und enthüllten dem Auge wilde Abgründe, in die sich schäumende Wasserfälle stürzten.

Über dem Grab des indianischen Häuptlings sandte der Wassersturz einen feuchten Staub empor und bildete hinter den Gebeinen des Schlachtpferdes flüchtige, schillernde Regenbögen.

Am Fuß des Felskegels, auf dem sich das Grabmal befand, lag ein kleiner See, der jedoch unter den üppig wuchernden Wasserpflanzen kaum zu erkennen war. Zwischen diesem See und den gegenüberliegenden, steil abfallenden Felsen, die mit einem langfaserigen, grünen Pflanzenmantel bekleidet waren, dehnte sich eine enge, tiefe Schlucht, die man aber nicht bemerken konnte, da sie dicht mit blaßblättrigen Weiden und silbrig glänzenden Zitterpappeln eingefaßt wurde. Diese Bäume waren mit allerlei Schlinggewächsen durchwoben und durchzogen, als wolle die verschwiegene Natur das Menschenauge hindern, durch die eng geschlossene Pflanzenwand einen Blick in die Schlucht zu werfen. Aber das Korn des Sandes, der eigentümliche Glanz der umherliegenden Steine sowie überhaupt die ganze Bodenbeschaffenheit waren geeignet, einen erfahrenen Gambusino zur Aufmerksamkeit zu veranlassen.

Diese Schlucht war das Goldtal, wie Marco Arellano den Ort getauft hatte, der ihn das Leben kostete. —

Cuchillo war noch während der Nacht in der Nähe der Bonanza angekommen; da er aber fürchtete, sich in der Dunkelheit zu verirren, so hatte er haltgemacht, um erst das Morgengrauen abzuwarten. Er hatte zwar die genaue Gestalt der Gegend nicht vergessen, doch sein von Habgier fieberhaft gehendes Herz trieb ihm das Blut sausend nach Ohren und Augen und raubte dem Gesicht die sonst so untrügliche Schärfe.

Trotzdem war es noch ziemlich dunkel, als er in der Nähe des sich über dem Goldtal erhebenden Felskegels ankam, und die feuchten Ausdünstungen verhüllten sowohl die Schlucht als auch den steilen Hügel, auf dem sich das indianische Grabmal befand, mit einem dichten Schleier.

Das dumpfe Rauschen der Kaskade, dessen er sich noch recht gut erinnerte, war für ihn das Zeichen, daß er die Bonanza erreicht hatte, denn er hatte nicht vergessen, daß sich der Wasserfall ganz in der Nähe des Placer in den Abgrund stürzte.

Er war ziemlich sicher, daß niemand seine Flucht aus dem Lager bemerkt hatte, und glaubte auch nicht, daß ihm bei der bedrohlichen Stellung der Wilden jemand folgen werde. Dennoch aber beschloß er, die Pyramide zu ersteigen, um zu sehen, ob sich vielleicht ein lebendes Wesen bemerken lasse.

Vorher aber mußte er sich überzeugen, ob das Placer sich noch in demselben Zustand befand wie vor zwei Jahren, als er es unberührt hatte liegen lassen müssen. Er zog mit den Händen den grünen Vorhang auseinander und warf einen Blick in die Schlucht. Zahlreich wie am Rand des Meeres lagen hier Kiesel von verschiedener Größe aufgehäuft, und es wären Tage erforderlich gewesen, sie zu zählen. Jeder andere Mensch, nur ein Goldsucher nicht, hätte sich durch das Aussehen dieser in die Schlucht geschwemmten Steine täuschen lassen, die in ihrem Äußeren ganz den Verglasungen glichen, die man am Fuß von Vulkanen zu finden pflegt. Ein Gambusino jedoch mußte unter der unscheinbaren Tonhülle das gediegene Metall, das reine Gold erkennen, wie es die Bäche von den Bergen in die Ebenen hinabschwemmen.

Der Morgenstrahl drang durch den von Cuchillo geöffneten Pflanzenvorhang in die Schlucht und ließ unzählige geheimnisvolle Blitze aus den Steinen sprühen. Vor den Augen des vor Begierde zitternden Banditen lag der reichste Schatz ausgebreitet, den je ein Menschenauge in der Wildnis erblickt hatte, und er war vollständig überzeugt, daß keine Hand nach ihm diesen Reichtum berührt hatte.

Er ließ die Schlinggewächse wieder fallen und schritt auf den Felskegel zu.

Wenn der verschmachtende Araber sich langsam durch die glühenden Öden der Sahara schleppt, ohne im ausgetrockneten Schlauch einen kühlenden Tropfen für seine brennenden Lippen zu finden; wenn ihn der Samum niederwirft, um ihm den letzten Rest von Lebensfeuchtigkeit aus dem Körper zu ziehen; wenn er dann, schon mit dem Tode ringend, grüne Palmenwedel und den Dunst der Oase am Horizont bemerkt, —

dann sind die Freude und der Jubel, die ihn erfassen, dem Wahnsinn gleichzustellen.

Ähnlich erging es Cuchillo bei dem Anblick des goldenen Schatzes. Er erklomm die Pyramide wie im Fieber; seine Glieder zitterten, und vor seinen Augen lag es wie ein Nebel, der ihn hinderte, scharfen Rundblick zu halten. Er mußte sich setzen, nahm aber eine Stellung ein, die es ihm ermöglichte, das Goldtal unablässig im Auge zu behalten.

„Und diesen Reichtum soll ich an andere abtreten!“ murmelte er vor sich hin. „Nein und tausendmal nein! Marco Arellano hat sterben müssen, warum sollen die andern leben? Ihre Begleitung hat mich sicher an Ort und Stelle gebracht; ich bedarf ihrer nicht mehr und werde den Indianern Gelegenheit geben, sie alle zu vernichten.“

Er hielt die Hände über die Augen, nach deren Gefäßen das aufgeregte Blut sich drängte, daß er die Empfindung hatte, als bewegten sich purpurne und feurige Räder vor seinem Gesicht. Es dauerte lange, bis sein Blick die frühere Klarheit wieder erlangt hatte.

Jetzt erhob er sich und hielt von der Höhe seines gegenwärtigen Standpunktes Umschau über die vor ihm liegende Gegend.

„Ich bin allein, vollständig allein und kann —“

Er hielt mitten im Satz inne, denn sein Auge war auf einen Gegen stand gefallen, der ihm nach einer genaueren Betrachtung einen lauten, langgezogenen Schrei der Überraschung entlockte. Dieser Schrei klang gar nicht, als sei er aus einer menschlichen Kehle gekommen, und wurde von den Felswänden in gellendem Echo zurückgeworfen.

Das hinter dem Felskegel herabstürzende Wasser, das eine Brücke von flüchtigem Silber über den Abgrund zu dehnen schien, fiel in unregelmäßigen Schwaden, und da funkelte durch die taumelnden Dünste hindurch ein heller, goldener Schein, der von einem Goldblock stammte, den die hundertjährige Wirkung des Wassers freigewaschen hatte.

Durch den feuchten Staub der Kaskade ohne Unterlaß gerieben, erschien dieser Block in seinem ganzen, sinnberückenden Glanz. Er hatte die doppelte Größe einer Kokosnuß und schien infolge seiner bedeutenden Schwere jeden Augenblick seine Kieselhülle verlassen zu wollen, um in dem Abgrund zu verschwinden.

Cuchillo schien den Block durch das bloße Ausstrecken seines Armes erreichen zu können. Mit gierigen Blicken über den Abgrund hingeneigt, warf er die Hände diesem Reichtum, der das Lösegeld eines Königs bilden konnte, entgegen, ohne ihn erfassen zu können. Seine Brust schwoll zum Zerbersten und er drohte, der gewaltigen Gemütsbewegung zu erliegen, wenn nicht ein zweiter, noch unartikulierterer Schrei dem eingepreßten Atem Luft gemacht hätte.

Wie die Augen des Tigers die ahnungslose Beute zu verschlingen drohen, so funkelten die Blicke Cuchillos hinüber nach dem unschätzbaren Goldblock, über dem auf der Höhe des Felsens der Stamm einer jungen, grünen Eiche in einer Spalte wurzelte.

„Er muß mein werden! Von hier aus ist dies unmöglich; ich muß sehen, ob die Eiche zu erreichen ist. An sie befestige ich den Lasso und lasse mich dann hinab, um das Gold herauszubrechen. Vorwärts; kein Sterblicher hat je solch einen Block besessen!“

Er eilte von der Pyramide hinab.

In seiner Aufregung hatte er den Schall eiliger Pferdehufe überhört und die vier Reiter übersehen, die um die nächste Felsenecke gebogen waren.

Don Esteban mit Diaz, Baraja und Oroche hatten die Spuren Cuchillos nicht aus den Augen verloren. Besonders war es Diaz, der furchtbare Indianertöter, der hierbei einen Scharfsinn entwickelte, der die drei andern in berechtigtes Erstaunen versetzte.

Er ritt mit Arechiza voran, während Baraja und Oroche in einiger Entfernung folgten.

„Was meint Ihr, Señor Diaz“, fragte Don Esteban, „werden wir ihn erreichen, bevor er zur Bonanza kommt?“

„Das kann ich nicht sagen, da mir die Lage der Bonanza unbekannt ist. Soviel aber weiß ich, daß sein Vorsprung vor uns nicht mehr bedeutend ist. Seht hier! Der Huf seines Pferdes hat ein Stückchen Tonschiefer zermalmt, und das Mehl davon ist liegengeblieben. Vor einer halben Stunde hat sich der Morgenwind gedreht. Hätte das Mehl vorher hier an der zugigen Stelle gelegen, so wäre es vom Wind fortgeblasen worden. Es sind also höchstens dreißig Minuten vergangen, seit er hier vorüber ist.“

„Ihr seid ein tüchtiger Pfadfinder, Señor Diaz, und habt der Expedition auch sonst sehr bedeutende Dienste geleistet. Bekommen wir das Placer, so werde ich mit Euch anders rechnen als mit den übrigen.“

Diaz schüttelte den Kopf.

„Ich habe mich Euch nicht der Bonanza wegen angeschlossen, sondern um der Gelegenheit willen, mit den Roten ein vertrauliches Wörtchen sprechen zu können. Euer Gold reizt mich nicht; es ist nur dazu da, den Menschen zu verweichlichen, zu verderben und ihn in die Gewalt des Lasters und die Hände des Teufels zu bringen. Ich verzichte auf meinen Anteil. Nehmt es für Euch oder gebt es den anderen!“

Dasselbe Gold bildete auch den Gegenstand des Gesprächs zwischen den beiden Halunken Baraja und Oroche.

„Was meint Ihr wohl, Señor Baraja“, meinte der Mandolinenspieler, „warum Don Esteban dem Cuchillo nachreitet, obwohl unsere Gegenwart im Lager so notwendig wäre?“

„Hm, ich habe allerdings so meine Meinung darüber. Ehe wir aufbrachen, habe ich den alten Benito gefragt, und Ihr wißt ja, Don Diego, daß dieser Vaquero immer eine gute Ansicht zu haben pflegt.“

„Welche Ansicht hatte er?“

„Er hält Cuchillo für einen Spitzbuben, der nicht wert sei, daß sich ihm so brave und ehrliche Männer anvertrauen, wie wir sind.“

„Dem stimme ich allerdings vollständig bei!"

„Cuchillo hat die Verwirrung des Kampfes, den er ja selbst erst herbeiführte, benutzt, um sich aus dem Staub zu machen. Und wohin wird er gegangen sein?"

„Nach der Bonanza, denke ich."

„Natürlich! Entweder will er sich ganz von uns trennen, um das Gold für sich allein zu behalten, oder er beabsichtigt, einen Teil erst auf die Seite zu schaffen, ehe er uns das Placer übergibt."

„Der Teufel soll ihn holen!"

„Der Teufel nicht, sondern wir, Señor Oroche, denn dies und nichts anderes ist die Absicht Don Estebans. Dieser Diaz ist ein ganz famoser Kerl, der sogar auf diesem felsigen Boden die Spur zu finden weiß, als sei sie mit den deutlichsten Buchstaben in die Steine eingegraben."

„Das ist sein Handwerk", warf Oroche ein, während er seine Mantelfetzen so malerisch wie möglich über die Schulter warf. „Ein jeder muß sein Gewerbe verstehen, und ich denke, daß ich in dem meinigen auch kein Stümper bin, wie ich Euch gerade jetzt beweisen könnte."

Baraja horchte auf. Oroche gab vor, ein ausgezeichneter Gambusino zu sein. Befand er sich vielleicht gerade jetzt in der Lage, dies durch die Tat bekräftigen zu können?

„Ihr seid, wie jedermann weiß, einer der trefflichsten Goldfinder, die es geben kann, Señor Oroche, und es sollte mich allerdings freuen, wenn Ihr dieser guten Meinung jetzt, da wir uns der Bonanza nähern, entsprechen könntet."

„Das vermag ich allerdings, Don Baraja", antwortete der Aufgeforderte, stolz die langen Locken schüttelnd. „Seht Euch doch einmal die Art und das Gefüge der Gesteine hier an, so werdet Ihr sehr bald etwas sehr Wichtiges bemerken."

Baraja ließ das Auge aufmerksam umherschweifen.

„Ich bemerke leider nichts."

„Das ist nicht zu verwundern, denn Ihr seid kein Gambusino, dessen Auge für solche Erscheinungen geübt ist. Wenn mich nicht alles täuscht, so befinden wir uns in einer Gegend, die außerordentlich goldreich ist, und wer die rechte Zeit hätte, hier zu suchen, könnte vielleicht viel, sehr viel finden."

„Vielleicht ist die Bonanza in der Nähe!"

„Sehr wahrscheinlich. Seht Ihr, wie aufmerksam Diaz wird? Er hat nur Augen für die Spur und reitet langsamer und vorsichtiger als vorher."

In diesem Augenblick erscholl der erste Schrei Cuchillos.

Die vier Reiter hielten an.

„Was war das?" fragte Don Esteban.

„Sollte dies eine menschliche Stimme sein?" antwortete Diaz.

„Ich kenne kein Tier, das solche Töne hervorbringt."

Der Schrei wiederholte sich.

„Das ist ein Mensch“, erklärte Arechiza, „aber ein Mensch in fürchterlicher Aufregung, in einer ganz ungewöhnlichen Ekstase. Das Echo verhindert zu hören, wo er sich befindet.“

„Jedenfalls in der Nähe. Bleibt zurück, Don Esteban, und laßt mich erst die Gegend erkunden. Man muß immer vorsichtig sein.“

Er lenkte sein Pferd behutsam um die nächste Felsenecke, wo er den Felskegel und seine Umgebung von der Seite, woher er gekommen war, vollständig überblicken konnte. Sofort fiel ihm ein Gegenstand in die Augen, der von größter Wichtigkeit war: der Schimmel Cuchillos. Das Tier stand zwischen der Pyramide und dem Goldtal; es war nicht angepflockt; sein Herr mußte sich also in der Nähe befinden.

Mit einigen raschen Sätzen hatte Diaz es erreicht, nahm es beim Zügel und brachte es hinter die Felsenecke zurück.

„Hier, Don Esteban, habt Ihr einen Anhalt darüber, wer den Schrei ausgestoßen hat!“

„Cuchillo!“

„Ja. Es war ein Schrei des Entzückens. Er hat die Bonanza gefunden und im Jubel darüber die Vorsicht vergessen.“

„Wo ist er?“

„Ich sah ihn nicht.“

„So müssen wir ihn suchen. Wir steigen ab und umgehen diesen Felsen. Auf diese Weise werden wir ganz sicher auf ihn stoßen.“

„Es ist nicht nötig, dieses Grabmal zu umgehen. Wir haben seine Spur und werden ihr folgen. Das ist genug.“

Sie stiegen ab, koppelten die Pferde an und folgten Diaz, der Schritt um Schritt den für ein anderes Auge völlig unsichtbaren Fußspuren Cuchillos nachging. Als sie an dem Placer vorüberschritten, blieb Oroche unwillkürlich stehen und heftete sein Auge auf den Boden.

„Was gibt es, Señor Oroche?“ fragte Baraja.

„Etwas unendlich Wichtiges. Seht Euch einmal diese Felsenritze an!“

„Warum?“

„Bemerkt Ihr nichts Auffallendes an ihr?“

„Nein. Ich sehe nur den Sand, den das Wasser in ihr abgespült hat.“

„Nun wohl, Señor Baraja, ich bin ein Gambusino und wette meinen Kopf gegen eine Kaktuskugel, daß dieser Sand wenigstens fünfzehn Prozent Gold enthält.“

„Ah! Wir müssen Don Esteban darauf aufmerksam machen!“

„Was fällt Euch ein! Die Ritze ist tief. Wer weiß, wieviele Pfunde Goldstaub sie enthält. Wollt Ihr einen solchen Fund verschenken?“

„Ihr habt recht, Señor Oroche; es wäre Torheit!“

„Ihr mögt es als einen Beweis meiner ganz besonderen Freundschaft für Euch anerkennen, daß ich Euch diese Entdeckung mitgeteilt habe. Ein anderer aber soll nichts davon erfahren. Wenn zwei teilen, erhält man mehr, als wenn vier oder gar noch mehr ihren Anteil fordern.“

Sie folgten den beiden andern. Baraja hatte mit seiner Absicht, die Entdeckung Arechiza mitzuteilen, nur seinen Kameraden erproben wollen, und dieser wieder ärgerte sich jetzt, den Fund nicht vollständig verschwiegen zu haben. Es waren zwei Männer, von denen der eine gerade so wenig wert war wie der andere.

„Halt!" erscholl da die Stimme Diaz'.

Er hatte Cuchillo erblickt, der von der Pyramide gestiegen war und eben im Begriff stand, sich zu seinem Pferd zu begeben.

Der Angerufene blieb beim Anblick seiner Verfolger einen Augenblick lang erschrocken stehen; dann aber wandte er sich, um die Flucht zu ergreifen. Nur die Überraschung war schuld, daß er sich zu diesem unklugen Schritt entschloß, mit dem er die ganze Absicht seiner Entfernung vom Lager verriet.

Zwei Hähne knackten hinter ihm. Don Esteban und Diaz hatten ihre Büchsen zum Schuß erhoben.

„Steht, Cuchillo, sonst seid Ihr verloren!" befahl der Graf.

Der verräterische Wegführer der Expedition wandte sich um. Sein Auge glühte, man konnte nicht unterscheiden, ob vor Haß und Rache oder vor Wut über die unerwartete Überrumpelung.

„Was sucht Ihr?"

„Euch. Tretet näher!"

„Ich habe mit Euch nichts mehr zu schaffen!"

„Aber wir desto mehr mit Euch! Tretet näher, sage ich zum letztenmal! Wenn Ihr glaubt, ich scherze, so könnt Ihr sofort erfahren, daß ich im Ernst handle."

Cuchillo trat langsam und zögernd herbei.

„Warum habt Ihr Euch vom Lager fortgeschlichen?"

„Fortgeschlichen? Das ist mir nicht eingefallen, Don Esteban. Ich bin frank und frei davongeritten, und wenn Ihr es nicht sofort bemerkt habt, so fällt die Schuld nicht auf mich, sondern nur auf Euch."

„Ich streite natürlich nicht mit Euch, Cuchillo, aber das ist sicher: wer ohne meine Erlaubnis öffentlich oder im geheimen das Lager verläßt, ist ein Verräter und wird als solcher behandelt!"

„Gerade weil man mich für einen Verräter hielt, bin ich fortgegangen. Ich bin der Mann, durch den die Expedition in den Besitz von Millionen kommen soll, und habe nicht Lust, mir dafür sagen zu lassen, daß ich die Indianer auf Eure Fährte bringe."

„Gut! Ihr seid der Mann, der uns Millionen versprochen hat. Wo ist die Bonanza?"

„Ich habe sie noch nicht wiedergefunden."

„Ihr habt sie!"

„Nein!"

„Erinnert Euch, Cuchillo! Als ich Euch anstellte, gab ich Euch zu verstehen, daß ich jede und auch die kleinste Untreue streng bestrafen würde. Ich rufe Euch dies ins Gedächtnis zurück, weil in diesem Augenblick Euer Leben an einem einzigen, dünnen Haar hängt. Wo ist die Bonanza?"

„Ich muß sie erst suchen!"

„Nun wohl! Ich gebe Euch genau fünf Minuten Zeit, sie zu finden. Ist diese Frist verstrichen, ohne daß Ihr uns das Placer zeigt, so erhaltet Ihr vier Kugeln."

„Das würde Euch nichts nützen, denn ohne mich entdeckt Ihr das Goldtal nie."

„Meint Ihr?" lächelte Don Esteban spöttisch. „Ihr seid so unvorsichtig gewesen, mir die Gegend ganz genau zu beschreiben, und ich sehe sie jetzt in all ihren Einzelheiten vor mir liegen. Die Bonanza ist hier, ich wette, nicht weiter als in einem Umkreis von höchstens hundert Schritten. Sobald Ihr die Kugeln habt, werden wir suchen und das Gold entdecken."

Cuchillo knirschte mit den Zähnen.

„Ihr werdet nichts finden!"

„Spart Eure unnützen Behauptungen! Ihr habt nur noch drei Minuten Zeit. Seht, wie gut diese Leute zielen!"

Diaz, Baraja und Oroche hielten ihre Gewehre auf den Verräter gerichtet, bereit, auf ein Wort Don Estebans loszudrücken.

Cuchillo versuchte den letzten Trumpf.

„Wollt Ihr heute zum Mörder werden, gerade wie damals in der Nacht auf Elanchove, wo Ihr Eure eigene Schwägerin, die Gräfin Luisa von Me —"

„Ja", fiel ihm Arechiza donnernd in die Rede, „ich will an Euch zum Mörder werden, wie Ihr es an dem armen Marco Arellano geworden seid, dem Ihr wegen der Bonanza das Leben genommen habt!"

Cuchillos Fäuste ballten sich; seine Lippen bebten; er hatte ganz das Aussehen eines wilden Tieres, das sich auf einen Todfeind stürzen will, und die Wut hatte ihn in der Weise übermannt, daß er seine gewöhnliche Vorsicht vollständig vergaß.

„Euch gegenüber brauche ich nicht zu leugnen. Arellano war so dumm, mir die Bonanza zu verraten, und mußte dafür zugrunde gehen. Das verstand sich ganz von selbst, und jeder andere hätte es ebenso wie ich gemacht. Er war mir fremd, Doña Luisa de Mediana aber war Eure Schwägerin und —"

„Schweigt!"

„Nein, ich schweige nicht. Wir befinden uns hier in der freien Steppe und nicht auf dem Piratenschiff, wo hinter Eurem Befehl der Tod stand. Ich heiße Cuchillo und nicht mehr Juan und habe gegen Euch nicht mehr die Verpflichtung wie damals, als Ihr mir geboten, die Gräfin zu erdolchen. Ich sage euch, Diaz, Baraja und Oroche, daß dieser —"

„Schweigt!" gebot Arechiza, bebend vor Aufregung, „sonst —"

„Daß dieser Mann", fuhr Cuchillo unbeirrt mit erhöhter Stimme fort,

„der Graf Antonio de Mediana ist, der seine eigene Schwägerin ermorden ließ und ihren Sohn, den kleinen Fabian de Mediana, auf der See aussetzte, um —"

Der Schuß Don Estebans krachte. Cuchillo hatte während des Sprechens das Auge scharf auf den Zeigefinger des Grafen gehalten und sich, sobald er den Drücker berührte, zur Seite geworfen. Die Kugel flog hart an seinem Kopf vorüber.

„Schießt, schießt doch!" gebot Arechiza den drei andern.

Baraja und Oroche wollten diesem Gebot Gehorsam leisten, sahen sich aber durch Diaz verhindert. Dieser schlug die Läufe ihrer Gewehre nieder und sprang zwischen Don Esteban und Cuchillo, um einen Zusammenstoß zuvorzukommen.

„Halt, keinen Schuß!" rief er.

„So schlage ich ihn nieder!" schäumte Arechiza.

„Das mögt Ihr tun, wenn es Euch nicht anders beliebt; zuvor aber wird mir Señor Cuchillo einige Fragen beantworten!"

„Wie, Ihr wollt mir Widerstand leisten, Diaz?"

„Nein. Vergangene Dinge und alles, was Ihr mit Cuchillo habt, gehen mich nichts an; aber hinsichtlich der Bonanza werde ich mir einige Auskunft holen müssen."

„So fragt ihn!" meinte Arechiza beruhigt, da er die Absicht des Indianertöters nicht ahnte.

Diaz stemmte den Kolben seines Gewehres auf die Erde, legte die Arme über die Mündung des Laufes und stellte sich fest und breitspurig Cuchillo gegenüber. In seiner malerischen Kleidung und dieser Stellung hatte er ganz das Aussehen eines Mannes, der sehr genau weiß, was er will.

„Señor Cuchillo, ich denke, Ihr kennt mich ein wenig!"

Der Angeredete zog vor, zu schweigen, und Diaz' Vorhaben erst kennenzulernen.

„Ich bin ein Mann", fuhr dieser fort, „der für jede Rothaut eine Kugel hat, aber niemals eines Weißen Richter ist, wenn dieser mich tun läßt, was mir gefällt. Dies will ich Euch zu Eurer Beruhigung sagen. Auch will ich nicht nach der Bonanza forschen, denn ich glaube, ich habe kein Recht, auch nur den geringsten Teil von ihr zu besitzen. Aber das könnt Ihr mir wohl sagen: Hat Marco Arellano sie vor Euch gekannt?"

„Ja."

„Warum hat er sie nicht gehoben?"

„Die Indianer hinderten ihn."

„Dann hat er Euch sein Geheimnis mitgeteilt?"

„Ja."

„Und Euch mitgenommen, um sie mit ihm auszubeuten?"

„So ist es. Wir mußten wieder fliehen und — er starb unterwegs."

„Er starb! Das ist wenig und auch viel. Wißt Ihr vielleicht, daß er einen Sohn hat?"

„Ihr meint Tiburcio Arellano? Ihr wißt doch, daß ich ihn kenne!“

„Allerdings, Señor Cuchillo. Ich mag meine Fragen vielleicht nicht genauso aussprechen wie andere Leute, aber das tut nichts zur Sache. Ich glaube, Ihr seid viel in der Welt herumgekommen. Kennt Ihr vielleicht die Gesetze der Berge, der Savanne und das stillschweigende Übereinkommen aller braven und ehrlichen Gambusinos?“

„Ich denke!“

„Gut! So wißt Ihr auch, daß jede Bonanza ohne Widerrede dem gehört, der sie entdeckt hat, außer es kommt, wenn er an der Ausbeutung verhindert wurde und sich entfernte, ein anderer, der sie ebenso entdeckte — versteht Ihr wohl, entdeckte!“

„Was wollt Ihr damit sagen, Señor Diaz?“

„Daß wir nicht ausgezogen sind, die Bonanza hier zu entdecken, sondern sie aufzusuchen, und darin liegt ein großer Unterschied. Ihr hattet kein Recht, Don Esteban Euer Geheimnis mitzuteilen, denn es gehörte nicht Euch, sondern dem Erben von Marco Arellano.“

„Tiburcio?“ fragte Cuchillo verwundert.

„Tiburcio!“ bekräftigte Diaz.

„Seid Ihr wahnsinnig, Señor?“

„Ich bin so vollständig bei Sinnen, daß mir selbst Eure Millionen nicht die Überlegung rauben können.“

„Marco Arellano hat mich zum Eigentümer des Geheimnisses gemacht, und ich konnte also damit tun, was mir beliebte.“

„Ihr irrt Euch“, antwortete Diaz mit einer Ruhe, als handle es sich um einen vollständig wertlosen Gegenstand. „Marco Arellano hat Euch das Geheimnis nicht geschenkt, sondern nur anvertraut — versteht Ihr wohl, anvertraut! Wäret Ihr dieses Vertrauens würdig gewesen, so hättet Ihr im Falle der Ausbeutung Gold erhalten, das nicht etwa Euer rechtmäßiger Anteil, sondern nichts anderes als ein allerdings sehr hoher Arbeitslohn gewesen wäre. Durch die Ermordung von Marco Arellano seid Ihr unrechtmäßiger Besitzer des Geheimnisses geworden. Von der Bonanza gehört Euch höchstens soviel, als Tiburcio Euch für die Mitteilung des Geheimnisses bieten würde. Ich erkläre hiermit, daß nur ihm allein das Placer gehört. Wäret Ihr ein redlicher Mann, Señor Cuchillo, so hättet Ihr nicht eher an eine Expedition gedacht, als bis Ihr mit ihm gesprochen hattet!“

„Ihr seid wirklich so sehr bei Sinnen, daß Ihr einen mehr habt als andere Leute!“ spottete Cuchillo trotz der mißlichen Lage, in der er sich befand.

„Wenn Ihr die Ehrlichkeit oder das Gewissen meint, so habt Ihr allerdings recht“, entgegnete Diaz kalt. „Ich an Eurer Stelle hätte geradeso gehandelt, wie ich sage. Ihr könnt zwar tun und lassen, was Euch gefällt, nun ich aber weiß, daß Arellano der erste Entdecker der Bonanza war und durch Eure Hand gefallen ist, halte ich sie für das Eigentum seines Sohnes und werde mich nicht an dem kleinsten Körnchen des Goldes vergreifen!“

„So sagt Ihr Euch von uns los oder wollt vielleicht gar diese vermeintlichen Rechte des Tiburcio Arellano verteidigen?“ fragte jetzt Arechiza, der der eigentümlichen Verhandlung mit Spannung gefolgt war.

„Die Arellanos sind mit mir nicht verwandt. Ich habe weder Marcos Tod zu rächen, noch für die Rechte seines Sohnes zu kämpfen und bleibe also bei Euch, solange Ihr mir nicht zumutet, etwas zu tun, was zur Erlangung des Goldes führen soll. Mein Gewehr also wird Cuchillo nicht zwingen, die Bonanza zu verraten!“

Cuchillo atmete erleichtert auf; Baraja und Oroche blickten mit stillem Erstaunen auf den Mann, der so unbegreifliche Ansichten an den Tag legte, Don Esteban aber entgegnete, schwankend zwischen Spott und Zorn:

„Laßt mich Euch bewundern, Señor Diaz! Ihr aber, Cuchillo, seid jetzt nicht besser dran als vorher. Wo ist die Bonanza? Eure fünf Minuten sind abgelaufen!“

Auf einen Wink von ihm erhoben Baraja und Oroche ihre Gewehre wieder. Diaz trat zurück und musterte scheinbar teilnahmslos die Umgebung; es war ihm jetzt gleich, ob der Mörder eine Kugel erhielt oder nicht.

Eins der hinter der Felsenecke stehenden Pferde wieherte; Cuchillo vernahm den Ton und wußte nun, wo sein Tier sich befand. Er maß mit dem Auge die Entfernung, die es zu durchlaufen galt. Aber Arechiza war ein scharfsichtiger Gegner. Auch er hatte das Wiehern vernommen, und als er den Blick Cuchillos bemerkte, ahnte er sofort dessen Absicht und verlegte ihm, die Büchse zum Schuß bereit haltend, den Weg.

„Glaubt ja nicht, uns zu entkommen! Wo ist die Bonanza?“

„Ich weiß es nicht!“ behauptete knirschend Cuchillo.

Er hatte seinen Karabiner am Sattelknopf seines Pferdes gelassen und sah sich mit dem Dolch den auf ihn gerichteten Büchsen wehrlos gegenüber.

„Und dennoch“, behauptete Arechiza, „werden wir in wenigen Augenblicken das Placer wissen oder Ihr seid tot. Ich zähle bis drei; bei drei drücken wir los.“

Cuchillo strengte sein Gehirn vergebens nach einem Ausweg an.

„Eins!“

Der Schweiß trat ihm auf die Stirn, aber er schwieg.

„Zwei!“

Es flimmerte dem Bedrängten vor den Augen. Eins mußte er lassen, das Leben oder das Gold, und beides hatte fast den gleichen Wert für ihn.

„Dr —!“

„Halt!“ keuchte er. „Ihr sollt es erfahren!“

„Keine Sekunde zu früh, Cuchillo“, lächelte Don Esteban. „Es muß ein außerordentliches Placer sein, da Ihr Euch um seinetwillen den Tod so nahetreten laßt!“

Cuchillo antwortete nicht. Wie im Traum trat er zu dem grünen Vorhang, der das Goldtal verhüllte, und schob die Schlinggewächse auseinander.

„Hier — so nahe?“ fragte Arechiza überrascht und schlüpfte durch die Öffnung.

Im nächsten Augenblick standen Baraja und Oroche neben ihm. Alle drei stießen beim Anblick des beispiellosen Reichtums laute Rufe des Entzückens aus. Don Esteban stand todesbleich neben den beiden andern, die sich zu Boden geworfen hatten und gierig in den Nuggets wühlten. Durch die Beschreibungen Cuchillos waren große Hoffnungen in ihm erweckt worden; eine so überschwengliche Menge des reinsten, gediegenen Metalls aber hatte er nicht erwartet: Der Atem versagte ihm; seine Pulse fieberten; die Beine zitterten und er mußte sich an den Zweigen festhalten, um sicher stehen zu können.

Da gewahrte er, daß Baraja und Oroche sich die Taschen zu füllen begannen.

„Halt! Der Schatz gehört nicht euch allein. Legt die Stücke wieder hin!“

Oroche erhob sich. Mantel und Hut waren ihm entfallen. Seine lange, hagere Gestalt stand mit den vor Aufregung verzerrten Zügen wie ein Gespenst vor Arechiza.

„Don Esteban, ich gebe Euch für jeden dieser Steine einen Schluck meines Blutes. Trinkt mich tot, aber laßt mir einmal die Wonne, meine Taschen voll zu haben!“

Auch Baraja richtete sich empor.

„Señor, rechnet aus, wieviel mir gehört! Ich weiche keinen Schritt von dieser Stelle, bis ich meinen Anteil habe.“

In den Augen der beiden Menschen lag jene düstere Glut, die ein Vorbote des Wahnsinns ist. Sie waren unrettbar gepackt worden von dem finsteren Geist, der sich nach der nordamerikanischen Sage hinter dem ‚deadly dust‘, dem ‚tödlichen Staub‘ versteckt, um dem menschlichen Körper die lebendige Seele zu rauben. Obgleich selbst in größter Aufregung, erkannte Don Esteban die Gefahr, in der er sich mit ihnen befand. Er raffte sich zusammen und zog seine Pistole.

„Wer nicht augenblicklich das Gold von sich legt, den schieße ich nieder!“

Sie kannten seine Strenge, doch die Angst vor ihm war nicht größer, als ihre Gier nach dem verführerischen Metall.

„Schießt los. Auch wir haben Kugeln!“

Sie erhoben beide ihre Gewehre.

Arechiza befand sich in einer keineswegs beneidenswerten Lage, aber jetzt, wo es seiner ganzen Geistesgegenwart bedurfte, war seine Kaltblütigkeit zurückgekehrt.

„Wer hier kämpfen will, verzichtet auf das Glück, einen Reichtum zu besitzen, um den ihn ein König beneiden würde. Legt die Waffen ab und gebt die Nuggets zurück. Wir werden unsere Pferde mit soviel Gold beladen, wie sie außer uns zu tragen vermögen; morgen wird das übrige geholt, und dann erhält ein jeder soviel, wie er zu fordern hat."

Dies beruhigte die beiden Männer, die, sonst nur zu feigen, hinterlistigen Taten fähig, aus der Goldgier den Mut zu einer offenen Drohung geschöpft hatten. Dennoch gaben sie nur zögernd die Nuggets zurück, ehe sie wieder durch den grünen Vorhang schlüpften.

Als Arechiza sich umsah, bemerkte er nur Diaz, der auf einem Felsstück saß und ruhig am Lauf seines Gewehres herumputzte, als befände er sich in einer sicheren Venta und nicht in der gefährlichen Nähe eines solchen Schatzes.

„Wo ist Cuchillo?"

„Quien sabe — wer weiß es!" antwortete er gleichmütig.

Don Estebans Auge blitzte zornig auf.

„Ihr wißt es nicht? Wie konntet Ihr zugeben, daß er sich entfernte?"

Diaz erhob sich und blickte dem Sprecher gerade ins Gesicht.

„War er mein Gefangener, Don Esteban?"

„Der unsrige und also auch der Eurige!"

„Ihr irrt, Señor. Seit ich weiß, daß die Bonanza nicht uns gehört, kenne ich keine Verpflichtung mehr, die sich auf das Gold bezieht. Das habe ich Euch bereits gesagt, und Ihr werdet zugeben, daß es unnötig ist, weiter darüber zu sprechen. Es ist mir gleichgültig, was Ihr tut, nur ersuche ich Euch, mich nicht beim Heben dieses Schatzes in irgendeiner Weise für Euch verwenden zu wollen!"

„Hat er mit Euch gesprochen?"

„Nein. Er ging, stieg auf sein Pferd und ritt davon. Das ist alles, was ich weiß."

Der Grimm über die erneute Flucht Cuchillos war Arechiza deutlich anzusehen, doch bezwang er sich. Die ruhige, selbstbewußte Haltung des ehrlichen, unbestechlichen Diaz flößte ihm wider Willen Achtung ein.

„So wißt Ihr auch nicht, welche Richtung er eingeschlagen hat?"

„Die nach dem Lager."

„Dann hat er neue, verräterische Absichten. Hätte er sich nach den Bergen gewandt, so wäre die Absicht zu vermuten, sich nach unserem Weggehen von hier an der Bonanza zu bereichern. Da er aber hinaus nach der Ebene ist, so vermute ich, daß er uns die Indianer schicken will. Wir müssen ihm schleunigst folgen. Holt die Pferde!"

Baraja und Oroche folgten dieser Aufforderung; die Decken wurden ausgebreitet, die soviel von dem Gold aufnahmen, wie man den Kräften der Pferde eben zutrauen konnte.

„Señor Diaz, wollt Ihr uns Eure Sarape leihen?" fragte Arechiza.

„Zu diesem Zweck nicht", antwortete Diaz. „Gebietet über mich in jeder Beziehung, nur in dieser nicht!"

Trotz alledem konnte der Führer der Expedition keinen rechten Zorn auf den Indianertöter empfinden. Diaz war die hervorragendste Persönlichkeit des ganzen Trupps, zumal nachdem dieser im gestrigen Kampf so sehr gelichtet worden war, und Strenge wäre hier sicherlich ganz am falschen Platz gewesen.

Das Gold wurde den drei Pferden aufgeladen, und schon machte sich Don Esteban bereit, aufzusteigen, als ein Ruf erscholl, der ihn zaudern ließ.

„Halt!" ertönte es mit einer Stimme, die dem Donner glich, der durch schwelende Wolken fährt.

Die vier Männer blickten auf.

Droben auf der Pyramide, hart am Rand ihrer oberen Fläche stand eine hohe, breite, hünenhafte Gestalt, die schwere Büchse im Anschlag.

„Der Tigertöter!" rief erschrocken Baraja. „Was tut er hier? Er hat uns beobachtet und wird uns das Gold rauben!"

Rechts und links zu Füßen des riesigen Jägers blickten zwei andere Büchsenläufe zwischen den Steinen hervor.

„Wer sich von der Stelle rührt, ist verloren!" erscholl seine Stimme wieder.

„Was wollt Ihr von uns?" fragte Diaz, der zwar überrascht, aber nicht aus der Fassung gekommen war.

„Zweierlei: den Mann, den ihr Esteban de Arechiza nennt und sodann das Placer, von dem kein Körnchen euch gehört!"

„Mit welchem Recht fordert Ihr das?"

„Wir haben mit Esteban Arechiza ein Savannengericht zu halten, und das Goldtal gehört Tiburcio Arellano, dem Sohn seines Entdeckers."

„Ist Tiburcio selbst bei Euch?"

„Ja."

„Er mag sich zeigen."

Fabian de Mediana erhob sich.

Ein Laut des Entsetzens entfuhr Arechiza, Baraja und Oroche. Sie hatten Tiburcio für tot gehalten, ertrunken in den Fluten der Stromschnellen, und jetzt sahen sie ihn, hoch aufgerichtet und in voller Frische und Gesundheit, oben auf dem Felskegel stehen.

„Die Bonanza gehört mir! Wer will sie mir streitig machen?" rief er hinab.

„Ihr habt recht: sie gehört nur Euch allein!" antwortete Diaz. „Darum habe ich, noch bevor ich wußte, daß Ihr zugegen seid, auch nicht ein Stäubchen von ihr angerührt. Das übrige aber mögt Ihr mit diesen Señores selbst abmachen."

„Gut, so sind drei gegen drei!" ließ sich die Stimme des Kanadiers wieder vernehmen. „Herunter von den Pferden mit dem Gold!"

Arechiza hatte bisher geschwiegen. Er war beim Anblick des Totgeglaubten aufs heftigste erschrocken und sann auf einen Ausweg aus der schwierigen Lage, in die er sich so unerwartet versetzt sah. Es war ihm klar, daß die drei Männer ihm von der Hacienda aus gefolgt waren, um Rache an ihm zu nehmen; er kannte den Ruf, in dem Tiburcio stand;

er hatte an der Zisterne ein überzeugendes Beispiel von dem Mut, der Festigkeit und Geschicklichkeit der beiden anderen gesehen; und dazu kam schließlich, daß er sich nicht mehr auf Diaz verlassen konnte. So hatte er aus reiner Ratlosigkeit den Indianertöter bisher die Unterredung führen lassen. Jetzt aber hielt er es für notwendig, selbst das Wort zu ergreifen.

„Ihr habt kein Recht zu dieser Forderung. In der Savanne gilt das Recht des Ersten, und wir sind vor euch hier gewesen."

„Und Marco Arellano vor euch."

„Der lebt nicht mehr; seine Ansprüche sind mit seinem Tod erloschen."

„Habt ihr die Bonanza entdeckt oder seid ihr zu ihr geführt worden?"

„Geführt"

„Durch wen?"

„Durch Cuchillo."

„Wo ist er?"

„Entflohen."

„Hättet ihr das Placer entdeckt, so wollten wir eure Ansprüche in Beratung ziehen; da dies aber nicht der Fall ist, so bleibt es bei meinem Befehl: Herunter von den Pferden mit dem Gold!"

Keiner von den dreien machte Miene, diesem Gebot Folge zu leisten.

„Zum letzten Male: herunter!"

Arechiza schickte sich zu einer weiteren Entgegnung an, kam aber zu spät. Zwei Schüsse krachten von dem Felskegel herab, wenige Augenblicke später ein dritter, und während der Kanadier die Untenstehenden mit seiner Büchse im Schach hielt, stürzten die mit dem edlen Metall beladenen Pferde durch das Auge getroffen zur Erde.

Unwillkürlich erhob Arechiza seine Büchse, die er bisher gesenkt gehalten hatte, weil er wohl wußte, daß ihn jede mit der Waffe ausgeführte drohende Bewegung das Leben kosten konnte.

„Nieder mit der Flinte!" donnerte Bois-rosé.

Sofort ließ Don Esteban das Gewehr wieder sinken. Er stand Männern gegenüber, denen er nicht gewachsen war. Jetzt erhob sich auch Pepe aus seiner geschützten Stellung auf der Platte der Pyramide. Dem früheren Miquelete dauerte die Verhandlung zu lange.

„Santa Lauretta, ist das ein langsames Treiben hierzulande. Laß mich weiter machen, Bois-rosé!"

Und sich nach unten wendend, fuhr er fort:

„So, das ist abgemacht! Jetzt aber haben wir ein Wort mit Euch zu sprechen, Herr Graf Antonio de Mediana. Wir klagen Euch an des Kindesraubes und des Mordes an Eurer Schwägerin, der Gräfin Luisa. Wir werden über Euch zu Gericht sitzen; die andern aber können gehen, wie sie gekommen sind!"

Sofort waren Baraja und Oroche um die Pyramide verschwunden. Der Anblick der beiden Jäger und besonders Fabians, gegen den sie sich des Mordversuchs schuldig gemacht hatten, war von so ernüchternder Wirkung auf sie gewesen, daß sie sofort den Wert des Lebens wieder erkannten und von der ihnen so unerwartet erteilten Erlaubnis den schleunigsten Gebrauch machten. Noch war ja nicht alles verloren, und wenn sie sich so wenig wie möglich von der Bonanza entfernten, konnten sie das Vorgehende beobachten und vielleicht Gelegenheit erhalten, eine, wenn auch nur kleine, goldene Ernte vorzunehmen.

Diaz hatte mit widerstreitenden Gefühlen zu kämpfen.

Die vorhergegangenen Eröffnungen Cuchillos hatten ihn eine dunkle Tat aus dem Leben Don Estebans kennenlernen lassen. Er mußte mit Gewißheit annehmen, daß die Anklage, die Pepe diesem von der Felshöhe herab entgegengeschleudert hatte, auf Wahrheit beruhte, und doch sprach eine innere Stimme zugunsten seines bisherigen Führers und Gebieters. Dieser war kein gewöhnlicher Mann, hatte ihn stets den andern vorgezogen und rechnete jedenfalls auf seine Unterstützung. Durfte er dieses Vertrauen täuschen?

Noch war nichts bewiesen —; er beschloß, ihm die Flucht zu ermöglichen.

„Auch ich darf gehen?“ fragte er zur Höhe empor.

„Auch Ihr.“

„Mit meinem Pferd?“

„Ja, es trägt kein Gold. Steigt auf!“

Diaz trat zu seinem Tier, und während er tat, als habe er an Sattelgurt und Riemenzeug zu schnallen, flüsterte er Arechiza seinen Plan zu.

Noch immer waren die drei Büchsen von oben herabgerichtet; Diaz aber wußte jetzt, daß man ihn schonen wollte. Er schwang sich auf und gab seinem Pferd die Sporen so kräftig, daß es mit einem einzigen Satz bis gerade vor Don Esteban schnellte. Im nächsten Augenblick saß dieser vor Diaz und von dessen breiter Figur gedeckt im Sattel, und im schnellsten Lauf jagte das Tier mit seiner Last davon.

Als Bois-rosé, Pepe Dormilón und Fabian auf ihrer schwimmenden Insel den Indianern so glücklich entronnen waren, bestand ihre erste Aufgabe nun darin, die Bonanza so schnell wie möglich zu finden. Sie war ja der Ort, nach dem die Mörder der Gräfin de Mediana und des Marco Arellano unterwegs waren.

„Sag, mein Sohn, wirst du das Placer finden?“ fragte Bois-rosé.

„Sicher, mein Vater! Ich habe die Zeichnung bei mir, die meine Mutter mir übergab. Sie ist sehr genau und vollständig, so daß ein Irrtum gar nicht vorkommen kann.“

„Willst du sie uns einmal zeigen?“

Fabian suchte das unter seinem Jagdanzug sorgfältig verborgene Blatt hervor. Die drei Jäger setzten sich zur Erde, und der junge Mann erklärte:

„Hier dieser Strich bedeutet den Rio Gila, der von Osten nach Westen fließt. Er bildet hier an dieser Stelle zwei Arme, von denen der linke seine ursprüngliche Richtung beibehält, der rechte aber nach Nordwest abbiegt, die dort liegenden Berge durchschneidet und dann nach Südwest zu dem anderen Arm zurückkehrt. So entsteht ein Dreieck, in dessen oberster Spitze die Nebelberge liegen. Wir sind heute nacht an der Stelle, wo der Gila sich teilt, vorübergeschwommen und befinden uns am linken Arm, in der Nähe des Punktes, wo er den rechten wieder aufnimmt. Gehen wir also an diesem aufwärts, so erreichen wir die Berge von der dem Lager der Goldsucher entgegengesetzten Seite. Innerhalb der Ecke, die der rechte Arm nach Südwest umfließt, liegen nebeneinander fünf Berge, die hier eingezeichnet sind. Der mittlere von ihnen fällt nach Süden steil ab und bildet da eine Felswand, an der ein Wasserfall zur Tiefe stürzt. Diesem Fall gegenüber erhebt sich das Grabmal eines Indianerhäuptlings, und höchstens dreißig Schritte davon nach Osten liegt das Goldtal, das von einer dichten Wand von Weidenbäumen und Silberpappeln verborgen ist. Unweit davon liegt ein kleiner See, dessen Oberfläche so mit grünen Wasserpflanzen überzogen ist, daß man das Wasser kaum zu sehen vermag. So hat mein Pflegevater, bevor er nach Tubac ging, um das Apatschenland zum zweitenmal aufzusuchen, meiner Pflegemutter das Placer beschrieben, und diese Zeichnung hier stimmt so genau damit überein, daß wir die Bonanza so sicher finden werden wie unser Messer, wenn wir in den Gürtel greifen."

Bois-rosé blickte nachdenklich vor sich hin.

„Wir befinden uns also", überlegte er endlich, „südwestlich von dem Placer, und das Lager der Mexikaner südöstlich von ihm. Wenn ich mich nicht irre, so haben die Goldsucher gerade so weit zum Goldtal wie wir. Wie mir scheint, haben sie gestern abend die Roten geschlagen, und es ist nicht ganz unwahrscheinlich, daß sie oder doch einige von ihnen bereits am Morgen aufgebrochen sind, um die Bonanza aufzusuchen. Demnach haben wir keine Zeit zu verlieren, wenn wir ihnen zuvorkommen wollen."

„Das ist auch meine Meinung", stimmte Pepe bei. „Wir wollen uns also beeilen!"

Für jetzt hatten sie weder von den Mexikanern noch von den Wilden, deren Lager sich ja noch hinter dem der Expedition im Osten befand, etwas zu befürchten; sie schritten also nur unter den gewöhnlichen Vorsichtsmaßregeln vorwärts und erreichten schon nach zwei Stunden den ersten der fünf Berge, von denen Fabian gesprochen hatte.

Diese fünf Höhen hingen eng zusammen und waren nur in ihren Kuppen voneinander getrennt. Die Sonne hatte sich schon längst erhoben und beleuchtete mit ihrem hellen, klaren Licht die Gegend, so daß man weithin zu blicken vermochte.

Wortlos und raschen Schrittes eilten die drei Jäger vorwärts. Der erste Berg lag nun hinter ihnen, der zweite bald ebenfalls und — da blieb Fabian, der voranging, stehen und deutete mit der Hand seitwärts empor.

„Seht den Wasserfall!“

Die ihnen entgegenstehende Sonne warf ihr funkelndes Licht in die niederstürzende Wassermasse und erzeugte zwischen dem Wasserbogen und der Felsenwand ein köstliches Spiel von gebrochenen Lichtern, die alle Farben des Regenbogens zeigten, im prächtigen Durcheinander auf und nieder zuckten, sich haschten, sich durchkreuzten, sich flohen und einen Anblick boten, der den Blick immer wieder auf sich lenkte.

Einige Augenblicke lang standen die Jäger still, um das wunderbare Schauspiel zu betrachten. Dann hob Fabian wieder seine Hand.

„Und dort ist das Grab des Häuptlings. Seht ihr das Pferdeskelett und die Trophäen, mit denen es geschmückt ist? Hinter ihm liegt die Bonanza.“

In diesem Augenblick drang ein Laut von der Pyramide zu ihnen herüber, der sie aufhorchen ließ. Die Entfernung war zu groß, als daß sie den Schrei Cuchillos in seiner ganzen Stärke hätten hören und in seiner eigentümlichen Klangfarbe hätten erkennen können.

Sie waren zu erfahren, als daß einer von ihnen jetzt die Stille hätte unterbrechen mögen; vielmehr warteten sie mit angestrengtem Gehör auf eine Wiederholung.

Der zweite Schrei Cuchillos erscholl, dann blieb es ruhig.

„Das war ein Mensch“, meinte Pepe.

„Ein Tier allerdings nicht“, antwortete der Kanadier. „Was meinst du, Fabian? Deine Ohren sind jünger als die unsrigen und also auch empfindlicher für den Schall.“

„Ein Mensch war es, aber der Ton war kein Ruf, der jemandem galt, sondern ein Schrei entweder großen Schmerzes oder außerordentlicher Freude. Welches von diesen beiden richtig ist, kann ich nicht unterscheiden, da wir uns nicht nahe genug befinden.“

„Der Mann wird bei der Bonanza sein und vor Entzücken geschrien haben“, vermutete Pepe Dormilón.

Bois-rosé schüttelte den Kopf.

„Mein Sohn, wo wird sich wohl derjenige befinden, der die beiden Schreie ausgestoßen hat?“

Der alte, biedere Kanadier versäumte keine Gelegenheit, sich zu überzeugen, daß sein Pflegesohn den Ruf als Rastreador, in dem er stand, auch wirklich verdiente.

Fabian erkannte die Absicht und lächelte.

„Er steht nicht an der Bonanza“, antwortete er, „sondern auf dem Indianergrab, sonst hätten wir die Laute kaum vernommen.“

Er hatte recht. Zwischen ihnen und dem Felskegel lag eine kleine, langgestreckte Erhöhung, über die nur der obere Teil des Grabmals herüberblickte. Pyramide und Anhöhe hätten die Schallwellen abgeleitet, wenn sich Cuchillo unten an der Bonanza befunden hätte.

„Gut! Und was folgt für uns daraus, mein Sohn?“

„Daß er uns sehen kann, wenn er ein gutes Auge hat, während wir ihn infolge seiner gedeckten Stellung nicht zu erkennen vermögen.“

„Richtig. Wenn er nach uns herüberblickt, wird er uns als drei Punkte bemerken, die sich ihm nähern. Da wir aber hier keine Deckung finden können, so bleibt uns nur übrig, daß wir so schnell wie möglich und ganz dicht hintereinander die Anhöhe zu erreichen suchen. Er wird dann einige Sekunden lang nur einen Punkt sehen —, dann sind wir hinter dem Hügel verschwunden."

Hätten sie gewußt, wie vollständig Cuchillo jetzt von anderen Dingen in Anspruch genommen wurde, so wäre diese Vorsichtsmaßregel von ihnen als überflüssig erkannt worden. Als erfahrene Jäger aber durften sie nicht anders handeln.

Bei der Anhöhe angekommen, erklommen sie den Hügel und konnten nun, hinter einem Felsen versteckt, die Felsenkuppe genau beobachten.

Eben eilte Cuchillo herab; seine Gestalt war deutlich zu sehen, und Fabian, dessen Auge infolge seiner Jugend schärfer war als das der beiden andern, erkannte ihn sofort.

„Cuchillo!"

„Der Mörder?" rief Pepe. „Santa Lauretta, da haben wir ja den Halunken sofort, wenn wir hinüberspringen. Vorwärts, Freunde!"

„Langsam, Pepe! Oder weißt du vielleicht, wer sich noch hinter dem Grabmal befindet?"

„Das werden wir sofort sehen, wenn wir hinkommen", meinte der frühere Küstenwächter, der als Spanier ein feurigeres Temperament hatte als der bedächtige Kanadier.

„Dazu ist später immer noch Zeit. Laßt uns warten, ob sich vielleicht noch jemand zeigt!"

Sie verharrten in ihrer gegenwärtigen Stellung. Lange konnten sie nichts Auffälliges bemerken, und schon wollte Pepe ungeduldig werden, als auf einmal Cuchillo hinter der unteren Seite des Felskegels zu Pferde herkam und im Galopp zwischen ihnen und dem Grabmal dahinritt.

„Soll ich ihn niederschießen, Bois-rosé?" fragte Pepe, die Büchse hebend.

„Nein. Wir müssen mit ihm sprechen, bevor er stirbt. Laß ihn also; seine Spur bleibt uns sicher und gewiß!"

Dormilón senkte das Gewehr. Cuchillo verschwand in einer Schlucht, die sich zwischen den Bergen zur Höhe zu ziehen schien.

Sie warteten noch eine kurze Zeit; dann aber ließ sich Pepe nicht länger halten.

„Geht ihr mit, oder soll ich allein hinüber?"

Bois-rosé ließ den Blick noch einmal forschend umherschweifen, dann antwortete er:

„Wir bestreichen mit unseren Büchsen den ganzen Raum zwischen hier und dem Grabmal. Spring hinüber, Pepe, und steige hinauf. Du wirst sehen, ob sich jemand hinter dem indianischen Monument befindet, und uns ein Zeichen geben, was wir tun sollen. Wir bleiben einstweilen zurück, um dir Hilfe zu leisten, wenn du ihrer bedarfst."

Kaum waren die Worte gesprochen, so befand sich Pepe schon unterwegs. Er kletterte an der jenseitigen Senkung des Abhangs hinab, eilte im Laufschritt auf die Pyramide zu und kletterte an ihr empor. Als er mit dem Kopf ihren Rand erreichte, blickte er erst vorsichtig hinüber, um sich zu überzeugen, daß sich auch wirklich niemand mehr auf der Platte befand. Als er bemerkte, daß das Gelände vollständig verlassen war, schwang er sich vollends hinauf.

Dort bückte er sich nieder und kroch nach der entgegengesetzten Seite hinüber, von wo aus man hinab nach dem Goldtal blicken konnte. Sein Blick fiel auf Diaz, der jetzt ganz allein unten auf dem Stein saß und sich mit seiner Büchse beschäftigte. Außer dem Indianertöter war niemand zu bemerken; darum winkte Pepe nach der Anhöhe zurück, um den beiden Gefährten zu bedeuten, daß sie ihm folgen sollten.

Nach wenigen Augenblicken befanden sie sich an seiner Seite.

„Kennt Ihr diesen Mann, Señor Fabian?“ fragte Dormilón.

„Diaz!“ antwortete Tiburcio verwundert. „Diaz und Cuchillo! Wie kommt die Ehrlichkeit mit der Bosheit zusammen?“

„Ehrlichkeit? Ein Mexikaner und ehrlich?“ warf Pepe hin.

„Ja. Die Sonne hat noch keinen kühneren und ehrlicheren Mann beschienen, als dieser Diaz ist. Mag geschehn, was da wolle, ich werde nicht zugeben, daß ihm auch nur ein Haar gekrümmt wird. Aber er ist Reiter. Wo hat er sein Pferd?“

Bois-rosé trat an den anderen Rand der Felsplatte.

„Komm her, mein Sohn, wenn du es sehen willst!“

Fabian folgte ihm, und auch Pepe trat hinzu.

„Vier Pferde, und also auch vier Reiter!“

„Ja, mein Sohn. Und wenn ich mich nicht irre, so sehe ich hier die Rappstute, die am Salto de Agua den Mann trug, der sich Don Esteban de Arechiza nennen läßt.“

„Richtig! Er muß in der Nähe sein und noch zwei andere mit ihm. Aber wo befinden sie sich?“

„Jedenfalls da, wohin Diaz das Gesicht wendet; denn wer auf jemanden wartet, der kehrt der Richtung, aus welcher er kommen soll, nicht gerade den Rücken zu“, antwortete der scharfsinnige Kanadier.

„Dann befinden sich die drei hinter jener Wand von Weidensträuchern und Pappeln, die wir da — ah, Vater, Pepe, jetzt erkenne ich den Ort! Hinter diesem grünen Vorhang befindet sich das Goldtal; das ist so sicher, wie wir hier auf dem Indianergrab stehen!“

„Dann haben sie es entdeckt und sind dabei, es zu untersuchen.“

„Und auszubeuten.“

„Nein, mein Sohn. Sie haben nichts, worin man das Gold fassen könnte, — nur ihre Decken, und die liegen noch auf den Pferden. Überdies ist es doch fraglich, ob sie sich hinter der Pflanzenwand befinden und, wenn dies wirklich der Fall sein sollte, ob dort die Bonanza liegt.“

„Warum? Ich bin überzeugt, daß sich das Goldtal nirgendwo anders befindet als hier."

„Sage selbst, mein Sohn, ob dieser Diaz dann hier unten säße und so ruhig an seinem Karabiner herumputzte."

„Du kennst diesen Mann nicht, Vater. Für ihn hat nichts Wert als der Skalp eines Indianers. Die Wilden haben ihm einst sein Weib und seine Kinder getötet, und seit dieser Zeit kennt er keine andere Aufgabe als die Jagd auf Rothäute. Und seine Gleichgültigkeit kann ja auch einen noch anderen Grund haben."

„Das ist allerdings möglich, und wenn — ah, nieder, nieder mit den Köpfen! Sie kommen!"

Bois-rosé flüsterte dies im selben Augenblick, in dem Don Esteban mit den beiden Banditen aus dem Goldtal zurückkehrte.

„Antonio de Mediana", flüsterte Pepe. „Santa Lauretta, wir treffen ihn zur rechten Zeit und auch am passenden Ort. Er soll sich über Pepe, den Miquelete von Elanchove, nicht zu beklagen haben."

„Baraja und Oroche!" fügte Fabian hinzu.

„Die beiden Schufte, die am Flußübergang die Gewehre auf dich anlegten", vervollständigte Bois-rosé.

Sie vernahmen jedes Wort des Streites zwischen Arechiza und Diaz.

„Siehst du, mein Vater", sprach Fabian leise, „daß er sich aus dem Gold nichts macht?"

„Er hat gerade gesagt: ‚Seit ich weiß, daß die Bonanza nicht uns gehört.' Was mag er damit meinen?"

„Sollte er vielleicht ahnen, daß Marco Arellano sie entdeckt hat, wie Ihr uns erzähltet, Don Fabian?" flüsterte Dormilón.

„Möglich! Jedenfalls werden wir uns über diesen Punkt aufklären."

„Sie denken, dieser Cuchillo sei nach dem Lager zurückgekehrt, um die Indianer zu holen. Jedenfalls ist der Mörder nur deshalb in die Berge, um bei passender Gelegenheit zur Bonanza zurückzukehren. Horcht! Sie holen die Pferde, um das Gold in die Decken zu wickeln!"

Platt am Boden liegend, sahen sie dem Vorgang zu.

„Was tun wir, Fabian?" fragte Bois-rosé.

„Der Graf darf uns nicht entkommen, Vater!"

„Das steht fest", stimmte Pepe bei. „Heilige Junfrau, ich danke dir, daß du ihn in meine Hände gegeben hast! Heute werde ich ihm zeigen, was es zu bedeuten hat, Pepe, den Schläfer, nach dem Presidio Ceuta auf Thunfischfang zu schicken!"

„Pepe, Ihr werdet ihm nur das tun, was wir andern beiden für recht und billig halten", warnte Fabian.

„Recht und billig ist hier nur eine Kugel, eine Klinge, oder ein Stückchen Lasso, das ihm um den Hals gewickelt wird, um seinen Atem ein wenig kürzer zu machen."

„Er hat mich geraubt und ist der Mörder meiner Mutter; das ist wahr. Dennoch aber sehe ich in ihm den Bruder meines Vaters. Wir werden über ihn zu Gericht sitzen, und es darf keine schnelle, unüberlegte Tat geschehen!“

Pepe antwortete nicht; nur ein leises, mürrisches Brummen bewies, daß er mit der Absicht Fabians nicht einverstanden war.

Bois-rosé hatte hier keine eigene Meinung, und selbst wenn er einen selbständigen Plan gefaßt hätte, so war doch seine Liebe zu Fabian zu groß, als daß er sich nicht in dessen Willen hätte fügen wollen.

„Und dieser Diaz“, fragte er, „ihm soll nichts geschehen?“

„Ohne Not wird ihm kein Haar gekrümmt. Ich kenne keinen Mann, der so würdig wäre, euer Freund zu sein, wie er. Er hat nichts gemein mit den Menschen, die wir verfolgen, und hat sich der Expedition nur deshalb angeschlossen, weil sie ihm Gelegenheit bietet, seinem Haß auf die Indianer die Tat folgen zu lassen. Ich bitte euch, ihn zu schonen, als ob er mein Freund wäre.“

„Und die beiden Menschen, die du Baraja und Oroche nennst?“

„Unsere Kugeln sind für sie zu gut, und wenn wir sie laufen lassen, so glaube ich nicht, daß sie uns jemals nur den geringsten Schaden zufügen können.“

„Aber sie wollten Euch erschießen, Don Fabian!“

„Es ist ihnen nicht gelungen. Man soll kein Menschenblut vergießen, wenn es nicht unumgänglich nötig ist.“

„Ich stimme dir bei, mein Sohn, obgleich ich eigentlich anders denken sollte. Aber diese beiden Männer kennen nun die Bonanza, und wenn wir sie entkommen lassen, so kann dein Gold in große Gefahr kommen.“

Fabian lächelte.

„Seit ich dich wieder habe, mein Vater, und meinen wirklichen Namen kenne, ist mir das Handwerk eines Gambusinos gleichgültig geworden. Ich bin noch unentschlossen, was ich mit dem Gold tue, und Männer wie Baraja und Oroche haben wir niemals zu fürchten.“

„Das Placer ist dein; tu damit, was dir beliebt!“

Nicht ausschließlich dieses Gespräch hatte ihre Aufmerksamkeit beschäftigt; viel mehr wurden ihre Blicke jetzt von dem Anblick gebannt, den ihnen die Haufen gediegenen Goldes boten, die vor ihren Augen in die Sarapen gehüllt wurden. Alle drei wußten sie, daß Reichtum nicht das höchste Gut des Lebens ist, und dennoch konnten sie die Augen nicht von dem Glanz wenden, der zu ihnen emporstrahlte.

„Santa Lauretta, ist das eine Menge Gold“, murmelte Pepe beklommen. „Ich glaube, mit dem Inhalt einer einzigen Decke könnte man die ganze Herrschaft Elanchove bar bezahlen. Und wenn ich bedenke, daß hinter der Wand jedenfalls noch mehr, noch viel mehr liegt, so wird es mir ganz schwindlig vor den Augen. Aber sollen diese Leute denn das Gold wirklich mit fortnehmen dürfen, Señor Fabian?“

„Nein. Sie mögen sich an seinem Anblick berauschen, um dann desto nüchterner zurückzukehren!“

„Dann ist es höchste Zeit zum Handeln, mein Sohn", mahnte Bois-rosé. „Sieh, sie laden die Decken bereits auf die Pferde! Soll ich sie anrufen?"

„Ja."

„So legt eure Büchsen an, damit das, was ich ihnen sagen werde, den gehörigen Nachdruck bekommt!"

Die Plattform des Indianergrabes war mit Steintrümmern übersät, die besonders am Rand aufgehäuft lagen und eine Art Brustwehr bildeten, hinter der man sich genügend zu verbergen vermochte. Pepe und Fabian steckten die Läufe ihrer Büchsen zwischen den Steinen hindurch, und der Kanadier erhob sich.

Schon setzte Don Esteban seinen Fuß in den Steigbügel, als Bois-rosé die Büchse anschlug.

„Halt!" erklang seine gewaltige Stimme.

In seinem einfachen Anzug und der hohen Fuchspelzmütze stand der riesige Mann da oben auf der Plattform, als sei der Felskegel nicht ein Indianergrab, sondern die Ruhestätte eines vorsintflutlichen, hünenhaften Menschen, der durch die Anwesenheit der Abenteurer in seiner Ruhe gestört worden war und sich nun erhoben hatte, um an ihnen Rache zu nehmen.

Er sah, daß drei von ihnen heftig erschraken, und nur der vierte, Diaz, sich so beherrschen konnte, daß man ihm seine Überraschung nicht anzumerken vermochte.

Der Indianertöter gab Antwort und führte das Gespräch. Auch Fabian mußte sich erheben und wurde von den Untenstehenden beinahe wie ein Gespenst angestarrt. Als Arechiza der Aufforderung des Kanadiers, das Gold wieder abzuladen, nicht gehorchte, bedurfte es nur eines Winks von Bois-rosé, und unter den Kugeln waren die Pferde tot zur Erde gestürzt. Als Esteban nun sein Gewehr zu erheben wagte, konnte es Pepe nicht mehr in seiner wartenden Stellung aushalten; er sprang empor, und auf seine etwas zu schnellen Mahnungen suchten Baraja und Oroche das Weite. Dann kam die Flucht Arechizas, die Diaz ermöglicht hatte. Das nun war dem guten Miquelete von Elanchove zuviel. Er erhob die Büchse und legte schon den Finger an den Drücker, um den Grafen de Mediana vom Pferd zu schießen, als Fabian ihm noch zur rechten Zeit in den Arm fiel.

„Halt, nicht schießen! Schont sie beide!"

Der Kanadier lächelte.

„Hab keine Sorge, mein Sohn; das Pferd gehört meiner Kugel. Lauft schnell, ihnen nach!"

Fabian und Dormilón ließen sich sofort mit halsbrecherischer Kühnheit an den steilen Felswänden des Kegels hinabgleiten und sprangen den Fliehenden nach. Bois-rosé aber folgte mit dem Laufe seiner langen, schweren Büchse, die wie auf einer eisernen Gabel in seinen Händen ruhte, den Sprüngen des Pferdes auf der Ebene.

Die zwei Reiter, die in gerader Linie vor ihm flohen, schienen nur einen Körper zu bilden. Das Kreuz des Pferdes, die Schultern von Pedro Diaz — das waren die einzigen Punkte, die seiner Kugel erreichbar schienen, und kaum einmal kam, von einem Augenblick zum andern, eine Ohrenspitze des Pferdes zum Vorschein. Diaz opfern, hieß gegen den Willen Fabians handeln und einen Mord begehen, denn Don Esteban entkam dann dennoch — nur noch einen einzigen Augenblick, und die Flüchtlinge waren aus dem Bereich des auf sie gerichteten Gewehrs.

Aber der Kanadier gehörte zu jener Art von Jägern, die einen Fischotter oder einen Biber in das Auge schießen, um das Fell nicht zu verderben; so war er nicht aus der Ruhe zu bringen. Hier galt es nun, den Kopf des Pferdes zu treffen, da dieses, wenn es nur verwundet wurde, seine Reiter doch noch aus dem Bereich der drei Jäger fortgetragen hätte.

Nur eine Sekunde lang wandte das Tier, dem Zügel gehorchend, den Kopf ein wenig zur Seite — dieser Augenblick genügte dem Kanadier. Er drückte ab, der Schuß krachte, und die Kugel pfiff so nahe an den Gesichtern der beiden Reiter vorbei, daß es sie kalt überlief.

Gleich darauf stürzte das Pferd tot zu Boden.

Der Sturz der beiden war so heftig, daß er sie beinahe betäubte. Trotz der Dringlichkeit ihrer Lage vermochten sie sich nur langsam wieder aufzurichten, und da kamen auch schon Fabian und Pepe, die Büchsen in den Fäusten, und die Messer zwischen den Zähnen, in weiten Sätzen auf sie zugesprungen.

Weit hinter seinen beiden Freunden rannte nun auch Bois-rosé mit Riesenschritten und lud während des Laufes seine Büchse wieder. Als er mit dem Laden fertig war, blieb er stehen, unbeweglich, wie ein aus der Erde gewachsener Eichenstamm. Er war sicher, so die Lage beherrschen zu können.

Der Karabiner von Pedro Diaz war weit fortgeschleudert worden und hatte sich entladen; er konnte jetzt seinem Besitzer nichts nützen. Dieser beugte sich nieder und zog aus dem Knieriemen seiner Reitgamaschen ein langes, scharf geschliffenes Messer hervor.

Don Esteban hob seine englische Flinte, die ihm ebenfalls entfallen war, und schlug an. Er war unentschlossen, ob er mit dem ersten Schuß Fabian oder Pepe niederstrecken sollte, — aber der Kanadier beobachtete jede seiner Bewegungen. Noch ehe er zu einem Entschluß gekommen war, blitzte es aus der Büchse Bois-rosés auf, und die sichere Kugel des gewaltigen Jägers zerschmetterte die Flinte an dem Punkt, wo sich der Lauf mit dem Holz verbindet.

Arechiza erhielt dadurch einen Schlag, der ihn aus dem Gleichgewicht brachte. Er stürzte zur Erde.

„Endlich! Nach zweiundzwanzig Jahren!“ jubelte Pepe.

Er warf sich auf den Grafen und setzte ihm das Knie auf die Brust.

Don Esteban versuchte vergebens, sich zu wehren. Sein durch den Aufprall empfindungslos gewordener Arm versagte ihm jeden Dienst.

Ein Augenblick genügte Dormilón, den wollenen Gürtel loszumachen, der ihm mehrmals um den Leib ging. Er band die Glieder des Grafen fest zusammen und blickte sich dann nach Diaz um.

Fabian kannte den Indianertöter fast gar nicht. Nur das eine Mal war er auf der Hacienda del Venado mit ihm zusammengetroffen; aber der Ruf des berühmten Mannes bestimmte ihn, sein Leben zu schonen.

„Pedro Diaz, ergebt Euch!" rief er, einem Dolchstich ausweichend, den der Mexikaner nach ihm führte.

Diaz warf ihm einen stolzen Blick ins Gesicht.

„Ergeben? Euer Freund könnte ich sein, Tiburcio, — aber mich Euch ergeben? Niemals!"

„So nehmt meine Freundschaft an!"

„Nur nach dem Kampf, wenn wir noch leben! Ich floh vor Euch, und muß Euch zeigen, daß dies nicht aus Furcht geschah."

„Das weiß ich", entgegnete Fabian, einem zweiten und dritten Stoß ausweichend. „Steckt das Messer ein!"

„Verteidigt Euch, Señor Arellano!"

Es entspann sich jetzt ein Kampf, in dem es der eine dem andern an Gewandtheit und Kraft gleichtat. Zu ritterlich, um seine Feuerwaffe gegen einen Gegner zu gebrauchen, dessen einzige Wehr in einem Dolch bestand, suchte Fabian Diaz nur zu entwaffnen. Er hielt den Lauf seiner Büchse in der rechten und bediente sich des Kolbens wie einer Keule, mit der er den Arm, der das Messer führte, treffen wollte. Allein, er hatte es mit einem Gegner zu tun, der ihm bei dieser nachsichtigen Kampfesweise mehr als gewachsen war.

Diaz sprang bald auf die rechte, bald auf die linke Seite, um den Kolbenschlägen auszuweichen, und als er damit nicht weiterkam, fuhr er einen Schritt zurück, nahm den Griff des Messers zwischen die drei ersten Finger der Rechten, holte aus und schleuderte den spitzen, scharfen Stahl mit aller Gewalt nach der Brust Fabians.

Dieser hatte die gefährliche Absicht erraten. Er umfaßte seine Büchse fester, und im gleichen Augenblick, in dem er vor dem daherblitzenden Messer auf die Seite sprang, wirbelte der Kolben des schweren Gewehres mit solcher Gewalt an die Stirn des Mexikaners, daß dieser zur Erde wankte.

Zu gleicher Zeit kam Pepe herbei, warf sich sofort auf den Gestürzten und umschlang ihn mit seinen kräftigen Armen, daß er sich nicht mehr zu rühren vermochte.

„Herrgott", rief er, „muß man Euch denn umbringen, damit Ihr Euch ergebt? Seid Ihr verwundet, Don Fabian? Nein? Santa Lauretta, das ist ein Glück für Euch, Señor Diaz, denn hättet Ihr ihm auch nur die Haut geritzt, so wäre es mit Euch Matthäi am letzten gewesen!"

Selbst jetzt noch versuchte Diaz Widerstand zu leisten.

Es war vergebens, da mittlerweile auch Bois-rosé herbeigekommen war;

nun banden die drei Gefährten den überwundenen Diaz so, daß er keine gefährliche Bewegung mehr zu machen vermochte.

Er sah sich zum erstenmal in seinem Leben besiegt, und dies war es, was trotz seiner freundlichen Gesinnung für Tiburcio Arellano seinen Grimm anfachte.

„Schießt mich nieder, Señores; ich bin überwunden; ich mag keinen Pardon haben, ich bin noch nie gefesselt gewesen!"

„Diese Fesseln habt Ihr nur Euch selbst zuzuschreiben", antwortete der Kanadier. „Wir wollten Euch nicht feindlich behandeln; Ihr aber habt uns dazu gezwungen!"

„Warum versuchtet Ihr, uns den Grafen Antonio de Mediana zu entführen?" fragte Pepe.

Diaz schwieg. Er sah ein, daß er unüberlegt gehandelt hatte, und war doch zu stolz, dies einzugestehen.

„Ihr hörtet, daß ein Savannengericht stattfinden sollte. Ein ehrlicher Mann widersetzt sich dem niemals!"

„Ich antworte nicht in Banden!" murrte Diaz finster.

Fabian griff in edelmütiger Weise zu dem besten Mittel, den Zorn des ehrgeizigen Mannes zu entwaffnen. Er hob das Messer auf.

„Pepe, nehmt ihm die Fesseln ab!"

Pepe gehorchte dieser Weisung, und Fabian drückte Diaz sein Messer in die Hand.

„Señor Diaz, wenn Ihr keine gute Meinung von mir habt, so stoßt mir diese Klinge in das Herz; ich werde mich nicht wehren!"

Diaz ließ das Messer wieder fallen.

„Don Tiburcio, Ihr seid ein Rastreador, der meine ganze Achtung besitzt, und Ihr sollt es nicht bereuen, mich kennengelernt zu haben. Doch hatte ich heilige Verpflichtungen gegen diesen Don Esteban de Arechiza, und ich mußte diesen Verpflichtungen allerdings auf eine Weise nachkommen, die Euch nicht angenehm gewesen ist. Vielleicht wird mir einmal Gelegenheit geboten, dies wieder gut zu machen."

Er reichte Fabian die Hand und fragte dann:

„Wollt Ihr mir nicht die Namen dieser Señores sagen?"

„Vielleicht sind Euch die Namen bekannt, die meine Gefährten von den Indianern erhalten haben. Dieser Señor hier wird von ihnen der ‚Große Adler' und dieser der ‚Zündende Blitz' genannt."

Diaz trat erstaunt einen Schritt zurück.

„Ist es möglich? Die beiden berühmtesten Waldläufer, die es gibt? Señores, der heutige Tag erfüllt den größten meiner Wünsche, weil er mich mit euch zusammenführt. Hätte ich gewußt, wer ihr seid, so hätte ich mich eurem Savannengericht nicht widersetzt, denn ich weiß, daß die ‚Häuptlinge der Wälder und Prärien' stets gerechte Urteile haben, wenn sie sich zu einem Gericht zusammenfinden wollen."

Er drückte auch Bois-rosé und Dormilón die Hand, und es war ihm anzusehen, wie aufrichtig er sich über diese Begegnung freute.

Fabian trat zu Arechiza.
„Don Antonio de Arechiza, wollt Ihr als ein Mann von Ehre oder als ein gewöhnlicher Abenteurer behandelt sein?“
Der Gefragte blickte ihn mit finsterem Haß an.
„Tut, was Ihr wollt!“
Pepe trat näher.
„Don Antonio de Mediana, es würde besser für Euch sein, wenn Ihr diesem Herrn ein freundlicheres Gesicht zeigen wolltet. Santa Lauretta, wenn Ihr bei dieser Miene bleibt, so kann es leicht dahin kommen, daß man kürzer mit Euch verfährt als mit einem armen Teufel, der auf den Thunfischfang geschickt wird, weil er die Wahrheit redet. Das sagt Euch Pepe, der Schläfer!“
„Gebt Ihr uns Euer Ehrenwort, daß Ihr keinen Fluchtversuch unternehmt, wenn wir Euch von den Fesseln befreien?“ fragte Fabian.
„Ich werde nicht fliehen“, klang es kurz.
Auch Diaz nahm sich seiner an.
„Ich bürge für ihn“, meinte er, „wenn Ihr auf mein Wort etwas geben wollt!“
„Das genügt“, nickte Fabian. „Pepe, nehmt ihm die Fesseln ab!“
Pepe gehorchte auch jetzt.
Arechiza erhob sich vom Boden.
Er war bleich; seine fahlen, plötzlich eingesunkenen Wangen gaben ihm das Aussehen, als sei er während der letzten zehn Minuten um ein ganzes Jahrzehnt gealtert.
„Was gibt euch das Recht, mich zum Angeklagten eines Savannengerichts machen zu wollen?“
„Die Verpflichtung eines jeden freien Mannes, der das Verbrechen straflos das Haupt erheben sieht“, gab Bois-rosé zur Antwort. „Folgt uns jetzt zurück und denkt daran, daß die Richter der Savanne andere Männer sind als die feilen Knechte, die einen ehrlichen Miquelete vernichten wollten, um die Verbrechen eines Grafen zu verbergen!“ —

## *Falkenauge*

Nachdem der Rio Gila die Kette der Nebelberge durchschnitten hat, wendet er sich dem Colorado River zu, der die Grenze zwischen Arizona und Kalifornien bildet und sich schließlich in den Golf von Kalifornien ergießt.
Von dem Winkel aus, den diese beiden Flüsse bilden, erstreckt sich bis in die Nähe des Presidio Tubac herüber ein weiter fruchtbarer Savannenstrich, der wilden Pferde- und Büffelherden reiche Nahrung bietet und den daher die roten Stämme als ihr bestes Jagdgebiet betrachten.

Beinahe zwei Wochen nach Abgang der Expedition Don Estebans von Tubac herrschte auf dem Teil der Savanne, der nah an der Grenze des Presidio liegt, ein überaus reges Leben. Eine lange Reihe indianischer Zelte bildete einen Kreisausschnitt, an dessen innerer Seite sich zahlreiche, an Stangen befestigte Riemen hinzogen, die mit flach- und dünngeschnittenen Fleischstücken dicht behängt waren.

Draußen am Horizont sah man hier und da einzelne Reiter oder auch ganze Trupps roter Jäger, während vor den Zelten nur Weiber und Mädchen zu bemerken waren, die sich mit dem Dörren von Fleisch, dem Abschaben von Häuten, dem Stampfen von Mais und anderen häuslichen Arbeiten beschäftigten.

Diese Indianerinnen bildeten in ihren malerischen Gewändern und Bewegungen ein reizvolles Bild im Leben der Savanne, und manche vor nehme Dame der Zivilisation hätte Ursache gehabt, eines dieser Mädchen um ihre eigenartige Schönheit, Anmut und Frische zu beneiden, die doch der Indianer so wenig achtet, daß die Frau bei ihm die Stelle einer Sklavin einnimmt, die alle Lasten der Arbeit zu tragen hat, während der Mann außer dem Kriege und der Jagd keine Beschäftigung kennt, die er vornehmen darf, ohne seiner Würde zu schaden.

Das mittelste der Zelte mußte einem Häuptling gehören. Es war höher und breiter als die andern und trug auf seiner Spitze einen Strauß von Adlerfedern, die vom Wind leise bewegt wurden.

Vor dem Eingang saß ein Mädchen und arbeitete an einem Mokassin, den sie mit einer kunstreichen Verzierung von Pferdehaar schmückte. Der Fuß, für den dieser Halbstiefel bestimmt war, mußte klein sein, wenn auch nicht ganz so klein und zierlich wie der ihrige, und die offenbare Liebe, mit der sie sich ihrer Beschäftigung hingab, ließ vermuten, daß der spätere Besitzer des Kunstwerks kein ihr fremder oder gar unangenehmer Mensch sein konnte.

Das Mädchen war schön, vielleicht das schönste im ganzen Lagerdorf, und über ihrer ganzen Erscheinung lag eine Art natürlichen Selbstbewußtseins ausgebreitet, das bei Indianerinnen nur höchst selten zu bemerken ist. Sie war jedenfalls das Kind des Häuptlings, dem das Zelt gehörte, und die Würde ihres Vaters hatte ihr die schöne Sicherheit gegeben, die jeder ihrer Bewegungen eigen war.

Jetzt war der Mokassin fertig. Sie stellte ihn neben den andern, den sie bereits vollendet hatte, und erhob sich. Ihr dunkles, großes Auge schien etwas bemerkt zu haben, was ihre Teilnahme erregte. Sie strich sich mit der kleinen hellbraunen Hand das reiche, schwarze, weit über die Hüften herabwallende Haar aus der Stirn und beschattete dann das Auge mit der Rechten, um besser sehen zu können.

Ein freudiges Lächeln ging über ihre zwar ausgeprägten, dabei aber weichen, vollen Züge. Doch schon nach einer Minute schien es, als ob ein plötzlicher Schreck sie durchzuckte. Deutlich war zu bemerken, daß ihre dunkle Haut erblaßte, und beinahe ängstlich hob sich ihr Fuß, um vorwärtszueilen, dem einzelnen Reiter entgegen, der in kurzem Galopp auf das Lager zugeritten kam.

Er ritt ein Pferd, das die Bewunderung eines jeden Kenners erregen mußte, und saß mit einer Sicherheit auf dessen Rücken, als seien beide aus einem Stück gegossen. Das büffellederne Jagdgewand, das er trug, war über und über mit Blut beschmutzt, und aus dem linken Ärmel tropfte es unablässig zur Erde nieder.

Auch er hatte das Mädchen erblickt. Sein Auge leuchtete auf, und statt nach einem der äußeren Zelte zu lenken, wie erst seine Absicht gewesen war, ließ er sich von seinem Renner in stolzen Lançaden bis zu dem Ort tragen, wo sie auf ihn wartete.

Jetzt stand er nach einem gewandten Sprung in aufrechter Haltung vor ihr.

„Welchen Feind hat Mo-la, die Blume der Komantschen, gesehen, daß ihr Antlitz erbleicht wie die Savanne im Winter, und ihre Hand zittert wie der Halm im Morgenwind?“

„Den Tod“, erwiderte sie.

„Der Tod ist nicht ein Feind des tapferen Kriegers; er reicht ihm nur die Hand, um ihn zum Großen Geist zu führen.“

„Der Tapfere stirbt im Kampf, aber nicht vom Stoß des Büffels!“

Es glitt ein schneller, finsterer Zug über sein Gesicht.

„Falkenauge stirbt nicht vom Horn des Büffels. Seine Hand ist fest, seine Kugel sicher und sein Messer scharf; der Büffel erreicht ihn nicht, sondern verendet vor seinen Füßen. Doch die Jäger der Komantschen bekommen das Fieber beim Anblick der Herden und sehen nicht, wohin sie ihre Kugeln senden. Sie haben nicht den Büffel getroffen, sondern den Arm ihres Gefährten.“

„Das Leben enteilt mit dem Blut. Falkenauge mag in das Zelt kommen, damit Mo-la ihn verbindet!“

Sie hob die Mokassins vom Boden auf und schritt ihm voran.

Er folgte. In dem Verhalten des Mädchens lag eine Gunstbezeugung, deren sich wohl kein anderer rühmen konnte. Doch zeigte keine seiner Mienen das Glück, das er darüber empfand.

Im Innern des Zeltes entblößte er den Arm, in dessen oberen, fleischigen Teil die matte Kugel eingedrungen war, wo sie noch saß. Er zog das Messer aus dem Gürtel und reichte es ihr.

„Mo-la mag das Blei entfernen!“

Eine Indianerin bebt vor dergleichen Arbeiten nicht zurück. Das Mädchen untersuchte die Wunde erst durch Abtasten, indem sie die Finger leise drückend um den Arm legte, und als sie die Lage der Kugel erkannte, versuchte sie, diese mit dem Messer herauszuholen. Dies Verfahren mußte Falkenauge ungewöhnlichen Schmerz bereiten, aber nicht ein Haar seiner Wimpern bewegte sich, und er blickte still auf die kleinen Hände, die sich so freundlich und vorsichtig mit ihm beschäftigten.

Nach wenigen Augenblicken hatte sie die Kugel entfernt. Jetzt nahm sie von der Zeltwand ein Bündel getrockneter und zerquetschter Kräuter, und bald war der Verband so gut angelegt, daß die Blutung vollständig aufhörte.

„Falkenauge wird kein Fieber haben, und ehe der Mond wechselt, ist die Wunde geschlossen. Mo-la kennt ihre Pflanzen; sie hat sie selbst geholt zur Stunde, in der der Tau von den Sternen fällt und der gute Geist die Blumen segnet."

„Weiß Mo-la, welche Blume er am liebsten segnet?"

„Falkenauge wird es ihr sagen!"

„Die Blume der Komantschen."

Jetzt glänzte sein Auge in einem tiefen Licht; er beugte sich wieder zu ihr, um mit seiner Hand die ihrige zu berühren. Sie schlug die Wimpern nicht nieder, sondern richtete ihren Blick groß und voll in den seinigen.

„Der große Krieger liebt nur den Kampf und die Gefahr, er blickt nicht auf die Blume, die das Gras verdeckt."

„Er hat sie gesehen und möchte mit ihr seinen Wigwam schmücken, um auszuruhen an ihrem Herzen vom Getöse der Schlacht und den Mühen der Jagd. Wird sie unter seinem Zelt mit ihm wohnen wollen?"

„Sie will!"

Er strich ihr mit der Hand, die noch immer von seinem eigenen Blut befleckt war, über das weiche Haar.

„Der ‚Kluge Fuchs' ist der Vater der Blume. Falkenauge wird mit ihm reden!"

„Der ‚Kluge Fuchs' hat Falkenauge lieb; er wird ihm die Blume schenken, wenn er die Skalpe seiner Feinde bringt."

„Falkenauge wird gehen und so viele Kopfhäute holen, wie der Häuptling sehen will. Er weiß den Weg zu den Kriegern der Apatschen und wird ihnen mit dem Messer um die Köpfe zeichnen, wieviel er für Mo-la bezahlt."

„Der Weg ist weit und viele Sonnen lang. Falkenauge nehme diese Mokassins, damit sein Fuß immer jung und kräftig bleibe bei der Verfolgung der Apatschen!"

Er nahm die Schuhe, die sie im stillen für ihn gefertigt hatte.

„Die Blume der Komantschen ist wie die Sonne, die Licht spendet, und wie der Quell, der Labung gibt. Sie wird nicht Sklavin sein in dem Wigwam Falkenauges, sondern eine Herrin der Hütte und des Zeltes, wie die Frauen der Bleichgesichter! Howgh!"

Er ging. Mit dem letzten Wort hatte er sein Versprechen zum Schwur gemacht, ein Versprechen, das von einem stolzen Krieger wohl noch keinem indianischen Mädchen gemacht worden war. Er kannte die Sitten der Weißen; er wußte, wie wert diese ihre Frauen halten, und die Liebe zu der schönen Häuptlingstochter ließ den Vorsatz in ihm fest werden, ihr eine Stellung nicht unter, sondern neben sich anzuweisen.

Eine Stunde später kehrten die Komantschen von der Jagd zurück und brachten eine reiche Beute mit. Schon jetzt lagen vor den Hütten große Haufen Felle aufgestapelt, und es war zu erwarten, daß das getrocknete Büffelfleisch dem Stamm einen für viele Monate reichenden Vorrat bieten werde

Einer von ihnen ritt auf einem verkehrt gesattelten Pferd, an dessen Schwanz Büchse, Messer, Tomahawk und Lasso hingen. Es war der Indianer, der durch seinen Fehlschuß Falkenauge verwundet hatte. Er senkte den Kopf tief und verschwand, sobald der Trupp angekommen war, vor Scham über die ihm gewordene Strafe sofort in seinem Zelt.

Jetzt bekamen die Frauen doppelte Arbeit. Das getrocknete Fleisch mußte abgenommen und das frische an den Riemen befestigt werden; die Männer wollten bedient sein; die Feuer wurden angebrannt, und bald konnte man vor den Zelten die Gruppen der Männer sehen, die rauchend, plaudernd oder still ausruhend auf das Mahl warteten, das die Frauen zu bereiten hatten.

Der ‚Kluge Fuchs' saß in seinem Zelt und blickte der Tochter zu, die mit besorgter Emsigkeit um ihn schaltete. Der Bewohner der Prärie ist nicht so arm an häuslichen Freuden, wie man oft hört. Auch er hat ein Herz, das für die Seinen schlägt, wenn auch seine Sitten rauher sind als die unseren.

Mo-la war sein einziges Glück. Er hatte zwei Söhne gehabt; sie waren gefallen, der eine im Kampf gegen die Apatschen, der andere ermordet von den Banditen der Steppe, und nun war ihm nur sein drittes Kind, die Tochter, übriggeblieben. Der ‚Fuchs' galt als der klügste und vornehmste Häuptling unter den Komantschen; seine Tochter durfte nur einen Krieger heiraten, der auch ein Häuptling war, klug, weise und verständig im Rat, tapfer aber und verschlagen im Streit. Da hatte er bemerkt, daß einer seiner letzten Krieger Mo-la liebte und bei ihr dieselbe Zuneigung fand. Er war zornig darüber gewesen und hatte den Jüngling aus seinem Zelt und von seinem Feuer gewiesen.

„Die Blume der Komantschen tritt nur in das Zelt eines Häuptlings, der einen großen Namen hat!"

So hatte damals sein Wort geklungen, und der junge Mann hatte es sich gemerkt.

Eines Tages war er aus dem Lager verschwunden, — niemand wußte wohin. Bald aber drang die Kunde von ihm aus allen Richtungen herbei. Er hatte ganz allein eine jener Abenteuerfahrten unternommen, wie sie von den Recken des Altertums und den umherziehenden Rittern des Mittelalters erzählt werden und noch heute bei den kriegerischen Nomadenstämmen des amerikanischen Festlandes vorkommen. An jedem Lagerfeuer, in jeder Hütte und in jedem Zelt wurde bald von ihm gesprochen; er war ausgezogen, um sich einen Namen zu holen oder unterzugehen, und als er wiederkehrte, bedeckt von Wunden und Skalpen, brauchte er keinen Namen mitzubringen, denn er war ihm bereits vorausgegangen: ‚Falkenauge' hatten ihn die Apatschen genannt. Er wurde mit Jubel aufgenommen und bald als der brauchbarste Krieger seines Stammes anerkannt, den man zu den schwierigsten Unternehmungen verwandte, die man keinem andern anvertrauen konnte.

Mo-la war stolz auf ihn, und auch der ‚Kluge Fuchs' widmete ihm im stillen eine väterliche Zuneigung, die von Woche zu Woche, von einer Tat des Jünglings zur andern, größer wurde, obgleich er es sich nicht merken ließ.

Die erste Hälfte seiner Aufgabe hatte er erfüllt: er trug einen geachteten Namen. Die zweite Hälfte war schwieriger zu lösen: Häuptling zu werden konnte er nur dann Hoffnung haben, wenn ein Krieg zwischen den Komantschen und Apatschen ausbrach, oder es ihm sonst gelang, sich durch eine außerordentliche Tat auszuzeichnen.

Jetzt stand er vor seinem Zelt und blickte hinaus in die Savanne, an deren westlichem Horizont die immer größer werdende Sonnenscheibe sich zur Tiefe senkte und die Ebene mit wallenden Gluten überflutete.

Da kam die Zeltreihe herab ein Stammesgenosse auf ihn zugeschritten.

„Mein Bruder soll zum Häuptling kommen!"

Falkenauge nickte und schritt auf das Zelt des ‚Fuchses' zu.

Dieser wies mit der Hand auf die Pantherhaut, die zu seiner Seite ausgebreitet lag, und bot ihm die Pfeife, deren Kopf aus dem roten Ton des heiligen Pfeifensteinbruchs geformt war.

Falkenauge setzte sich und tat einige Züge, worauf er das Kalumet dem Häuptling zurückreichte.

„Die Kugel eines Knaben hat Falkenauge getroffen", begann dieser die Unterredung. „Ist die Wunde von Gefahr für ihn?"

„Die Blume der Komantschen hat das Kraut der Heilung aufgelegt; ihre Hände sind lind und ihre Finger wie die Spitzen der Morgenröte; die Nacht der Krankheit und des Todes muß ihnen weichen."

Mo-la hörte diese Worte und errötete. Er wagte, von ihrer Liebestat zu sprechen; das war ein Zeichen, daß er sicher war, sein Ziel zu erreichen.

„Das Licht des Morgens geht über den Himmel und verschwindet am Abend wieder", antwortete der ‚Fuchs' in der bilderreichen Ausdrucksweise der Indianer, die von sich und zu andern meist nur in der dritten Person sprechen. „Mein Sohn vermag nicht, es festzuhalten."

„Es kehrt zurück", antwortete der Jüngling kurz und stolz.

„Es kehrt zurück", wiederholte der Häuptling, auf seinen Zweck einlenkend, „und beleuchtet die Beute der Komantschen, die den Büffel gejagt und getötet haben. Die Häute der Tiere liegen vor den Zelten, und kein Krieger wird sie mit in die Heimat nehmen."

„Die Bleichgesichter bedürfen der Häute zu Sohlen für ihre Mokassins."

Der Häuptling nickte, zufrieden mit dem Scharfsinn Falkenauges, der ihn verstanden hatte.

„Gegen Mittag liegt das Land der Bleichgesichter, mit denen der Apatsche kämpft und der Komantsche in Frieden lebt."

„Es heißt Tubac."

„Mein Sohn kennt es?"

„Falkenauge hat die steinernen Hütten gesehen, die sie eine Stadt nennen."

„Wieviele Bleichgesichter wohnen dort?"

„Falkenauge konnte sie nicht zählen; es waren ihrer mehr als drei Komantschenstämme."

„Und wie nennt man diese Stadt?"

„Man nennt sie, wie das Land, Tubac."

„Gibt es dort Pulver und Blei?"

„Pulver, Blei und Flinten, Messer, Tabak, Decken, Perlen und alles, was der rote Mann für sich und seine Squaw gebraucht."

„Und die weißen Männer werden die Häute kaufen?"

„Sie werden ihren roten Brüdern dafür geben, was sie brauchen."

„Dann wird der ‚Kluge Fuchs' mit Sonnenaufgang zwanzig seiner Krieger senden, die diese Häute gen Mittag schaffen. Dort werden sie haltmachen, eine halbe Sonne entfernt von der Grenze des Landes, das Falkenauge Tubac nennt. Mein Sohn aber wird jetzt sein Roß besteigen, um ihnen voranzugehen und die Bleichgesichter herbeizuholen."

Die Freude des Jünglings über diesen Auftrag war nicht gering, doch ließ er sich dies nicht merken, sondern fragte einfach:

„Was sollen die weißen Männer mitbringen?"

„Gewehre, Pulver und Blei, Beile, Messer, Nadeln, Scheren, Tabak, Decken und Kattun. Mein Sohn wird sehen, was sie haben."

„An welchem Ort werden meine roten Brüder warten?"

„An dem Ort, den Falkenauge ihnen bezeichnet. Sie werden der Spur meines Sohnes folgen."

„Falkenauge darf keine Spur zurücklassen. Sein Weg geht durch das Jagdgebiet der Apatschen."

„So mag Falkenauge eine Stelle nennen!"

„Genau nach Mittag und gerade zwei Sonnen von hier wachsen Silberpappeln aus der Erde, rund wie ein Kreis, in dem drei Gummisträucher stehen. Dort mögen sie warten, bis Falkenauge die Bleichgesichter bringt."

„Howgh! Und wenn mein Sohn einen Hund der Apatschen sieht, so nehme er ihm den Skalp!"

„Das Zelt Falkenauges hängt voll von Kopfhäuten der Apatschen; es wird voll werden von ihnen vom Boden bis zur Spitze."

„Und wenn er kann, so forsche er nach Schwarzvogel, dem Häuptling der feigen Schakale, der mir den Sohn gemordet hat."

„Soll Falkenauge seinen Skalp bringen?"

„Schwarzvogel ist eine Natter, eine elende Kröte, die sich versteckt, damit der Komantsche ihre Haut nicht findet! Zwei Söhne hat der

Fuchs geben müssen, zwei große tapfere Krieger, den einen an die Hunde von Apatschen und den andern, der sein Liebling war, an das Ungeziefer der Savanne, das sich El Mestizo und Mano Sangriento nennt."

„Soll Falkenauge ihre Skalpe bringen?"

Der Häuptling blickte den Jüngling beinahe erschrocken an.

„Sind die Sinne meines Sohnes verwirrt oder ist das Ohr des ‚Fuchses' schwach geworden, daß es falsch hört?"

„Es hat recht gehört."

„Dann kennt mein Sohn die Verbrecher nicht. Sie sind stark wie zehn Bären und listig wie hundert böse Geister. Kein roter Mann kann sie töten; der ‚Fuchs' sagt es, er weiß es genau; nur zwei Männer vermöchten es, ihnen die Skalpe zu nehmen. Doch diese zwei sind noch niemals in das Jagdgebiet der Komantschen gekommen. Wären sie da, so würde der Fuchs zu ihnen gehen, um das Kalumet mit ihnen zu rauchen."

„Wer sind diese Männer?"

„Es sind zwei Bleichgesichter. Man nennt sie die Häuptlinge der Wälder und der Savanne: der ‚Große Adler' und der ‚Zündende Blitz'. Hat mein Sohn noch nicht von ihnen gehört?"

„Er hat schon viel von ihnen vernommen und würde all seine Skalpe der Apatschen geben, wenn er sie sehen könnte."

„Die Bleichgesichter sind über das große Wasser herübergekommen, wo ein weites Land liegt, das wie das Land der roten Männer einen Mittag und eine Mitternacht hat. Die Bleichgesichter des Mittags sind gekommen und haben die roten Männer mit List und Heimtücke getötet und um ihre Jagdgebiete betrogen. Jetzt sind sie selbst schwach, krank und elend geworden. Der Mittag über dem großen Wasser heißt España. Dann sind Bleichgesichter aus der Mitternacht herübergekommen. Sie sind stark, tapfer, klug und weise und Freunde der roten Männer. Ihre Gestalt ist hoch und breit, ihr Haar licht, und ihr Auge hat die Farbe des Himmels, an dem die guten Sterne leuchten. Sie sind stark und weise geblieben, aber sie wohnen nicht im Lande der Apatschen und Komantschen, sondern weit von hier am großen Vater der Ströme und an den Bergen, die stets Eis haben. Die Mitternacht jenseits des großen Wassers heißt Alemania; der ‚Fuchs' weiß das gewiß; ein weißer Mann, der alles gesehen hat, was die Sonne bescheint, hat es ihm berichtet."

„Mano Sangriento ist ein Bleichgesicht, und El Mestizo, sein Sohn, hat eine rote Mutter."

„Sie sind wie die Teufel, an die die weißen Männer glauben. Der Große Geist hat jedes rote Weib verflucht, das einen weißen Mann liebt; darum sind die Kinder eines solchen Weibes wie das Gewürm, vor dem der Mensch schauert. Der ‚Fuchs' gäbe sein Leben hin für die Skalpe dieser Schakale."

„Falkenauge wird sie ihm bringen."

Der Häuptling schwieg. Er sah dem Jüngling lange in das feste, dunkle

Auge; dann sog er den Rauch der Pfeife langsam ein und blies ihn nach den vier Himmelsrichtungen von sich.

„Falkenauge ist noch jung; er zählt bei weitem nicht die Hälfte der Winter des Fuchses, aber er wird einst ein gewaltiger und weiser Krieger sein. Wenn er mir die Skalpe der Teufel bringt, so soll er die Adlerfedern bekommen und ein großer Häuptling sein unter den Söhnen der Komantschen!"

Jetzt endlich war das Wort gefallen, das der junge Mann schon längst ersehnt hatte. Jetzt endlich hatte er seine Aufgabe bekommen, deren Lohn die Erfüllung seiner größten Wünsche war. Ein Weißer hätte seine Freude darüber laut geäußert, dem Indianer aber ist es eine Ehrensache, die Gefühle des Herzens zu verbergen. Darum antwortete Falkenauge außer einem schnellen, leuchtenden Blick auf Mo-la in beinahe gleichgültigem Ton:

„Die Tage von Mano Sangriento und El Mestizo sind gezählt; ihre Sonne neigt sich zur Rüste, und das Messer des Komantschen schwebt über ihrem Haupt, um sie ins Land der Schatten zu schicken, von wo keine Wiederkehr ist. Falkenauge hat gesprochen!"

Er erhob sich. Der ‚Fuchs' winkte mit der Hand, und der Jüngling verließ das Zelt.

Die Dämmerung brach herein; der Abend folgte ihr schnell, und als Falkenauge sein Pferd bestieg, leuchteten die Sterne bereits vom Himmel hernieder.

Er ritt an der Reihe der Zelte hin, obgleich es kürzer gewesen wäre, das Lager sofort zu verlassen. Glaubte er vielleicht, Mo-la noch einmal erblicken zu können?

Das Türfell des Häuptlingszeltes blieb gesenkt. Er lenkte sein Tier der offenen Savanne zu. Kaum aber war er einige Minuten geritten, so erhob sich eine dunkle, schlanke Gestalt vor ihm.

„Falkenauge!"

„Mo-la!"

„Sind die ‚Teufel' so schlimm, wie Vater sagte?"

„Es hat sie noch niemand zu überwinden vermocht."

„So wird der Stern verlöschen, nach dem Mo-la blickt!"

„Er wird leuchten und nie untergehen!"

„Ist es so nötig, Häuptling zu sein?"

„Falkenauge würde die ‚Teufel' töten auch ohne diesen Preis. Sie haben den Bruder seiner Blume gemordet und müssen sterben."

„Weit drin in der wilden Steppe hat ein weiser Zauberer gewohnt, der Macht selbst über den Tod hatte. Er hat der Squaw des ‚klugen Fuchses' eine große Medizin gegeben, die vor dem Tod schützt."

„Wer hat diese Medizin?"

„Mo-la. Sie erhielt sie von der Mutter, als diese in das Land der Seelen ging. Wird Falkenauge sie nehmen?"

„Er nimmt sie", antwortete er einfach.

Sie reichte ihm das Amulett entgegen; er nahm es und hängte es um den Hals.

„Wird Mo-la nun ruhig sein?"

„Sie wird keine Angst mehr haben."

Er reichte ihr die Hand vom Pferd herab und ritt davon. Sie stand und lauschte, bis die Hufschläge verklungen waren, und kehrte dann ungesehen ins Lager zurück. —

Zwei Tage später saß in der Venta des ehrsamen Señor Francisco Metalja eine bunt gewürfelte Gesellschaft beisammen.

An einem der Tische lehnten zwei Ciboleros[1], ganz in Büffelhaut gekleidet. Ihre derben Gestalten, kräftigen Fäuste und energischen Gesichtszüge gaben deutliches Zeugnis über die Schwierigkeit ihres anstrengenden Handwerks. Die Lassos, die sie um den Leib geschlungen hatten, waren doppelt so stark wie ein gewöhnliches Lariat, und die neben ihnen lehnenden Büchsen sahen so außerordentlich mitgenommen aus, daß sie wohl schon manche Zeit in Gebrauch gewesen waren, ohne ein einziges Mal regelrecht geputzt und gesäubert worden zu sein.

An zwei zusammengeschobenen Tischen saßen neun Vaqueros mit einem gut gekleideten Señor, der ihr Haciendero zu sein schien.

Ihnen gegenüber hatten zwei Personen, die man auf den ersten Blick für Papagos halten mußte, eine dunkle Ecke eingenommen. Der eine war ein Greis; der andere zählte vielleicht die Hälfte seiner Jahre.

Das weiße Haar des Älteren und das schwarze des Jüngeren war am hinteren Teil des Kopfes durch weißlederne Bänder zusammengebunden, so daß es einen Knoten bildete. Eine Art engen, gestrickten Käppchens von grobem Faden, das mit einem Federbusch geschmückt war, bedeckte die Spitze ihres Kopfes und wurde durch einen ledernen Sturmriemen festgehalten. Beide hatten nackte Beine, und der Oberteil ihrer Körper wurde von einer groben Wolldecke verhüllt.

Ausdruck und Zeichnung ihrer Gesichter konnte man nicht deutlich erkennen, da die tiefe, niedrige Stube nur zwei kleine Fenster hatte, deren Scheiben zudem so blind waren, daß der Strahl der Sonne kaum mit halbem Licht hindurchzudringen vermochte.

An dem noch freien Tisch hatte ein Tratante[2] Platz genommen und beschäftigte sich damit, die Gegenstände, die er in zwei großen, umfangreichen Paketen bei sich trug, zu ordnen. Dabei bemerkte er allerdings die gierigen Blicke nicht, mit denen die beiden Papagos den Inhalt musterten.

Der Haciendero führte gerade das Wort.

„Ja, zwanzig Pferde sind es, die sie mir gestohlen haben, diese spitzbübischen Apatschen, aber, por Dios, ich werde sie mir wieder holen! Wir haben ihre Spur, die um die Stadt herumführt und sind nur einmal eingekehrt, um eine kleine Stärkung zu uns zu nehmen. Wollt Ihr mit, Don Francisco?"

[1] (sprich Ssiboléro) Büffeljäger [2] Herumziehender Krämer

„Danke, Señor. Mir ist ein gutes Glas Pulque lieber als ein Stich zwischen die Rippen oder ein Schnitt um die Haare herum", erwiderte der Wirt. „Habt Ihr die Spuren gezählt?"

„Es sind über vierzig."

„Da kann es einem ja angst und bange werden um die schöne Expedition, die Don Esteban de Arechiza nach der Apacheria geführt hat!"

„Wegen dieser vierzig oder fünfzig doch wohl nicht. Die Roten leben ja nicht wie wir in großen Gemeinden beisammen; sie brauchen viel Platz und lieben es daher, sich zu zerstreuen. Ein Volk hat viele Stämme, und jeder Stamm sondert sich wieder in einzelne Trupps, von denen jeder auf eigene Rechnung handelt. Es ist anzunehmen, daß meine Pferdediebe von der Expedition gar nichts wissen, sonst wären sie ihr gefolgt."

„Wohin weisen die Spuren?"

„Gerade nach Norden."

„Also nach der Savanne. Dann sind wir im Presidio also die Schufte los!"

„Aber sie uns nicht. Sie sind uns zwar an Zahl überlegen, denn wir sind nur zehn Mann, aber ich meine, ein guter Vaquero nimmt fünf solcher Kerle auf sich, und wenn ich einen finde, der sich anschließen will, dem zahle ich zwei Quadrupel für eine Indianerhaut."

Bei diesen Worten richtete sich einer der beiden Ciboleros empor.

„Ist das Euer Ernst, Señor?"

„Mein vollständiger. Warum?"

„Weil wir uns dann einige von Euren Quadrupeln verdienen möchten."

„Warum nicht?" meinte der Haciendero, während er die beiden genauer musterte. „Ihr scheint nicht neu im Fach zu sein. Darf ich nach euren Namen fragen?"

„Ich heiße Encinas und mein Gefährte Pascual. Wir befinden uns eigentlich auf dem Weg nach der Hacienda del Venado, wo wir Don Agustín Pena gewöhnlich beim Zeichnen seiner Herden geholfen haben. Kennt Ihr diesen Señor."

„Den kenne ich wohl. Er ist der reichste Herdenbesitzer von ganz Sonora und hat eine Tochter, die so schön ist, wie man es gar nicht beschreiben kann."

„Was Ihr da sagt von seinem Reichtum und ihrer Schönheit, ist beides wahr. Rechnet nun noch dazu, daß beide gleich gut und wohltätig sind, so werdet Ihr Euch nicht darüber wundern, daß zwei Ciboleros jährlich eine wirkliche Reise unternehmen, um Don Agustín aufzusuchen."

„Wo wird er in diesem Jahr seine Treiben abhalten?"

„Am Büffelsee. Und wenn ich mich nicht irre, so kommt die junge Dame auch mit. Er hat es ihr vor einem Jahr sicher und gewiß versprechen müssen."

Der jüngere der beiden Papagos horchte auf. Er wandte sich zu dem älteren und flüsterte in englischer Sprache:

„Hörst du, Alter? Die Señorita kommt!"

„Hol sie der Teufel!"

„Nein, nicht er, sondern ich hole sie!"

„Daß es dir geht wie damals, als uns dieser Tiburcio Arellano — Zounds, deine Flinte allein war mehr wert als das Mädchen mit ihrem Milchgesicht. Wer sein Auge auf ein Weib richtet, der wird blind. Das habe ich gesehen bei deiner Mutter, der roten Hexe —"

„Alter, laß mir die Mutter in Ruhe, sie ist tausendmal mehr wert gewesen als du! Siehst du die Sachen, die dieser Tratante eingepackt hat?"

„Ich sehe sie wohl, denn ich denke an kein Mädchen und bin also auch nicht blind", antwortete der andere giftig. „Schau hinaus zu den Maultieren, wenn du noch mehr sehen willst!"

Vor dem Haus waren die Pferde des Haciendero und seiner Vaqueros angekoppelt, und an den Ladenhaspen hingen zwei wohlbepackte Maultiere, die dem Krämer gehörten, der nur einen kleinen Teil seiner Ware mit in die Wirtsstube gebracht hatte.

Der jüngere Papago hatte dies längst bemerkt.

„Die Waren müssen unser werden, Alter!"

„Das versteht sich! Aber wie?"

„Wir müssen ihn beerben!"

„Natürlich! Aber wo?"

„Das wird sich finden. Warte nur, bis er den Mund auftut. Er wird dann wohl sagen, welche Richtung er nehmen will."

„Vielleicht geht er zu den Apatschen."

„Das wird er bleiben lassen. Denn er weiß, daß die Apatschen auf die Weißen schlecht zu sprechen sind. Sie würden seine Waren einfach nehmen und ihn umbringen."

„Oder zu den Komantschen."

„Das ist eher möglich. Diese Halunken halten es gerade jetzt mit den Weißen, und besonders wir dürften uns auf ihrem Gebiet gar nicht blicken lassen, obgleich wir keine Apatschen sind."

„Warum schossest du den jungen Häuptling rücklings nieder?"

„Weil er mir im Weg war. Den ‚alten Fuchs' allerdings hätte ich noch weit lieber getroffen, der uns ein für allemal verbot, unsern Weg durch das Gebiet seines Stammes zu nehmen."

Jetzt hatte der Tratante seine Waren zurechtgelegt und erhob sich. An den Tisch des Haciendero tretend, bot er seine Sachen an.

„Woher kommt Ihr?" fragte dieser.

„Von Arispe."

„Und wohin werdet Ihr gehen?"

„Weiß nicht. Ich richte mich nach der Gelegenheit."

In diesem Augenblick öffnete sich die Tür geräuschlos und ein Mann trat ein, der sofort die volle Aufmerksamkeit aller Anwesenden auf sich zog.

Es war Falkenauge, der Komantsche.

Die nervigen Körperformen und der elastische, stolze Schritt, mit dem der junge Krieger eintrat, mußten sofort auffallen. Seine breiten Schultern und seine starke Brust waren nackt; um seine schlanken Hüften schlang sich eine feingewebte Saltillodecke, die in glänzenden, verschiedenartigen Farben schillerte. Gamaschen von scharlachrotem Tuch bedeckten seine Unterschenkel; mit Pferdehaar gestickte Kniebänder und eigenartig aus Stachelschweinsborsten gearbeitete Eicheln umschlossen über den Knöcheln diese Gamaschen, und die Füße steckten in den kunstreichen Mokassins, die ihm Mo-la geschenkt hatte.

Sein Kopf trug einen höchst sonderbaren Schmuck, der fast das Aussehen eines schmalen Turbans hatte. Es war eine aus zwei malerisch gewundenen bunten Tuchstreifen bestehende Stirnbinde. Die in zwei Zöpfen mit kleinen Silbermünzen, länglichen Muscheln und farbigen Bandstreifen durchflochtenen Haare hingen zu beiden Seiten des Kopfes über die Schultern herab. Die getrocknete, glänzende Haut einer Klapperschlange schlang sich durch die Falten der Stirnbinde, und sowohl die Schwanzklappern als auch der mit spitzigen Zähnen bewehrte Kopf des Reptils lagen zwischen den Haaren auf den Schultern, wodurch der Eindruck einer eigentümlichen Wildheit erweckt wurde.

Wäre sein Gesicht von den entstellenden Bemalungen frei gewesen, so hätte man eine echt römische Nase, eine hohe Stirn, auf der sich Mut und Gerechtigkeitssinn zeigten, einen kühn geschnittenen Mund und zwei Augen bewundern können, die bestimmt zu sein schienen, durch ihren Blick alles zum Gehorsam zu zwingen. Die fast unmerklich hervortretenden Wangenknochen störten das schöne Ebenmaß der Züge nicht, vielmehr gaben sie ihnen etwas eigentümlich Fremdartiges, den Beschauer Fesselndes.

Seine Waffen bestanden in einem leicht gekrümmten Skalpmesser, einem glänzend geschliffenen Tomahawk, einem kunstvoll geflochtenen Lasso, der in kurzen Bogen um seine Hüften hing, und einer Büchse, deren Holzteile eng mit silbernen Nägeln beschlagen waren.

Er grüßte mit einer leichten Handbewegung und erfaßte mit einem einzigen Blick die Anwesenden mit einer Schärfe und Vollständigkeit, als hätte er sie schon längere Zeit beobachtet.

Was keiner der anderen bemerkt hatte, das fiel ihm sofort auf; die echten Forsterschen Büchsen, die die zwei ärmlich ausstaffierten Papagos zwischen ihren Knien hielten.

Alles war still; jeder Laut war bei seiner Erscheinung gestorben. Er trat bis auf drei Schritte breit vor die Papagos hin und fragte:

„Meine roten Brüder sind arm. Sie arbeiten um Lohn für die weißen Männer?“

Der heruntergekommene Stamm der Papagos läßt sich meist zu den gewohnlichsten Handleistungen anwerben, um ein elendes, armseliges Leben zu fristen, das nur aus Arbeit und Schlaf besteht.

„Mein Bruder hat recht gesagt."

„Was arbeiten meine Brüder?"

„Sie sind Vaqueros auf dem offenen Lande."

„Wo haben sie ihre Pferde und Lariats?"

„Sie haben ihre Tiere vor der Stadt angebunden."

„Ein Vaquero geht nicht von seinem Pferd. Meine roten Brüder sind schlimm gekleidet; ihr Herr muß eine fest geschlossene Hand haben."

„Die Papagos sind arm."

„Aber sie haben teure Büchsen. Darf ihr roter Bruder sich die Gewehre einmal betrachten?"

„Ihr roter Bruder hat selbst eine Büchse, die er betrachten kann."

Die Anwesenden lauschten mit hoher Spannung dieser eigentümlichen Unterhaltung; sie wußten sofort, daß der Scharfsinn des Komantschen etwas Verdächtiges an den Papagos bemerkt haben mußte, und waren begierig zu erfahren, was dies sei.

Falkenauge ließ sich durch die Weigerung nicht irre machen, vielmehr bestärkte sie ihn nur in seinem schnell gefaßten Verdacht.

„Die Papagos haben schöne Farbe; aber unter ihr blickt eine lichte Haut hervor."

„Was geht unseren Bruder unsere Haut an?" brauste der Ältere auf. „Er schere sich zum Teufel!"

„Mein Bruder hat die Sprache der Rothäute, aber die Höflichkeit der weißen Männer. Warum sind seine Nägel von der Farbe der Baumwollblüte?"

Jetzt erhob sich der Jüngere.

„Der Schwätzer kümmere sich um seine eigenen Nägel, sonst lassen wir ihn die unsrigen fühlen!"

„Der zornige Papago hat einen weißen Vater. Warum verkleiden sich Mano Sangriento und El Mestizo als Indianer?"

Die beiden Namen wurden mit Nachdruck gesprochen. Bei ihrem Klang sprangen sämtliche Anwesenden auf. Die beiden Genannten waren als Wüstenräuber so allgemein bekannt, daß sie jedermann zum Feind hatten, und ihre Taten hatten sich selbst so weit hinein in die zivilisierten Gegenden erstreckt, daß eine große Kühnheit für sie dazu gehörte, sich hier in Tubac sehen zu lassen.

„Mano Sangriento und El Mestizo!"

„Main-rouge und Sang-mêlé!"

„Red-Hand und Half-Breed!"

So rief es wirr durcheinander, je nach der Sprache, die den Anwesenden geläufig war. Alles griff zu den Waffen, alles war überrascht, erschrocken, bestürzt, und nur einer stand stolz und ruhig inmitten des Wirrwarrs und blickte auf die beiden entlarvten Wüstenräuber mit einer Miene, als habe er zwei schwache Schulknaben vor sich.

„Drauf, nehmt sie fest!“ rief einer.

„Laßt sie, laßt sie gehen!“ meinte ein anderer.

„Halt!“ donnerte der Wirt dazwischen. „Die Venta ist mein Eigentum, und hier hat niemand zu befehlen, als ich allein. Ich leide keinen Kampf in meinem Haus. Geht hinaus, wenn ihr euch die Hälse brechen wollt!“

Jedermann sah ein, daß der ehrsame und vorsichtige Francisco Metalja im Grunde genommen recht hatte. Weder El Mestizo noch sein Vater hatten einem von ihnen persönlich ein Leid getan; die erste Aufregung verflog so schnell, wie sie über die Versammlung gekommen war, und bald standen sich nur noch Falkenauge und die beiden Räuber gegenüber.

„Hund von einem Komantschen, wer erlaubt dir, dich um uns zu bekümmern!“ knirschte El Mestizo, das Messer, das er gezogen hatte, wieder in den Gürtel steckend.

„El Mestizo ist weder rot noch weiß“, antwortete der Beschimpfte ruhig; „er darf nicht von Hunden sprechen. Er ist der Koyote, der nur Aas frißt und Leichen raubt; die Tiere der Erde und die Vögel der Luft verachten ihn.“

„Hier hast du den Koyoten!“

Er sprang auf den Komantschen ein; dieser aber wich zur Seite, und von der Gewalt seines Sprunges niedergeworfen, stürzte der Mestize zur Erde.

Sofort kniete der Komantsche über ihm, riß den Haarknoten des Gefallenen auf, schlang sich das Haar mit einer blitzschnellen Bewegung um die Linke und machte mit dem Messer in der Rechten dreimal die Bewegung des Skalpierens in der Luft, noch ehe ihn Main-rouge oder ein anderer daran hatte hindern können. Dann aber richtete er sich wieder empor.

„Der Koyote mag aufstehen; er befindet sich nicht in der Savanne, sondern in dem Wigwam eines Bleichgesichts; darum soll er noch einige Sonnen leben!“

El Mestizo erhob sich in dem Augenblick, als sein Vater den Komantschen erreicht hatte und diesem das Messer in die Seite stoßen wollte. Der Bedrohte wich dem Stoß aus, und jetzt warfen sich die Vaqueros und Ciboleros zwischen die beiden Parteien.

„Hinaus mit den Räubern!“ rief der Wirt.

Der Stolz des Komantschen hatte den Leuten gefallen und sein Edelmut schnell ihr Herz gewonnen. Sie deckten ihn gegen die zwei grimmig auf ihn blickenden Männer.

„Komm her, du Hund von einem Komantschen“, schäumte El Mestizo, während er durch die Gäste zu dringen versuchte. „Sag deinen Namen, wenn du einen hast!“

„El Mestizo wird Falkenauge kennenlernen!“ klang es als Antwort.

„Falkenauge!“ riefen die Mexikaner.

„Falkenauge!“ rief auch Sang-mêlé und machte Miene, ihn mit Gewalt zu erreichen.

Schnell aber schien er sich eines anderen zu besinnen.

„Komm, Alter!"

Er verschwand durch die schon längst aufgerissene Tür. Sein Vater folgte ihm mit derselben Schnelligkeit.

Sofort stand der Komantsche am Fenster und hielt die Büchse zum Schuß bereit.

„Was wollt Ihr tun?" fragte besorgt der Wirt.

„Falkenauge schützt sein Pferd!" antwortete der Komantsche.

Er hatte Veranlassung zu dieser Wachsamkeit, denn die beiden Räuber machten wirklich Miene, sich schnell auf zwei der draußen wartenden Pferde zu werfen. Als sie aber die auf sie gerichtete Büchse erblickten, ließen sie von ihrem Vorhaben ab und entfernten sich eiligen Schrittes.

Es dauerte einige Zeit, ehe die Männer wieder ruhig beieinander saßen. Dann nahm der Haciendero wieder das Wort.

„Kommt Falkenauge aus der Savanne?"

„Er kommt von Mitternacht."

„Hat er Spuren von Apatschen gesehen?"

„Er hat gesehen die Spur von fünfmal zehn Reitern und zweimal zehn Pferden, auf denen kein Apatsche saß."

„Wo ist sie zu finden?"

„Von Tubac eine halbe Stunde weit geht sie nach Mitternacht. Falkenauge hatte keine Zeit, ihr zu folgen."

„Die Schufte werden dann westlich nach der Apacheria eingebogen sein. Ist mein roter Freund allein?"

„Es warten zweimal zehn rote Brüder auf ihn."

„Will er mir helfen, die Apatschen fangen? Sie haben meine Pferde gestohlen."

„Das Bleichgesicht hat ein gutes Gesicht und ein offenes Auge. Falkenauge wird ihn führen zu den Schakalen der Savanne, wenn er die Botschaft ausgerichtet hat, die ihn in das Land der Weißen führt."

„Welche Botschaft ist das?"

„Die Krieger der Komantschen sind auf der Jagd gewesen und haben viele Cibolahäute[1] erbeutet, für die sie haben wollen Pulver und Blei, Büchsen und Messer, Decken und Tabak —"

Der Tratante erhob sich und fiel ihm in die Rede:

„Was mein roter Bruder braucht, soll er von mir bekommen; ich habe alles, was sein Herz begehrt."

„Und mein weißer Bruder wird uns, was wir begehren, für die Häute geben?"

„Ja. Wo sind sie?"

„Eine halbe Sonne und wenige Strahlen von hier."

„Ich reite mit! Wann wird Falkenauge aufbrechen?"

„Wenn die Bleichgesichter bereit sind, ihm zu folgen."

„So reiten wir gleich!" meinte der Haciendero.

[1] (sprich: Ssibóla) Büffelhäute

Es war ihm sehr lieb, den Komantschen gefunden zu haben, durch den er vielleicht die Beihilfe von zwanzig tapferen Kriegern bekam, mit denen er den Apatschen beinahe gleichzählig wurde.

„Ja, wir reiten gleich!“ entschied auch der Händler, während er seine Pakete nahm, um sie den Maultieren wieder aufzubürden.

Die Ciboleros schlossen sich vereinbarungsgemäß den Verfolgern an, und bald waren die Männer, die sich vor kaum einer Viertelstunde weder gesehen noch gekannt hatten, bereit, ihre Pferde zu besteigen.

Der Zug setzte sich in Bewegung, und zwar beinahe in ganz derselben Richtung, in der Don Esteban die Stadt verlassen hatte.

Draußen vor der Stadt zog sich an einem Bach ein von wilden Reben durchwachsenes Erlengebüsch hin. In der Nähe angekommen, hielt Falkenauge die Blicke zu Boden geheftet. Er ritt voran und schien etwas bemerkt zu haben, was seine Aufmerksamkeit in Anspruch nahm.

Jetzt beugte er sich etwas tiefer auf den Hals seines Pferdes nieder. Der Schaft eines wilden Portulaks war umgetreten, und die dem weichen Boden eingedrückte Fußspur zeigte deutlich, daß hier zwei Männer barfuß auf das Gebüsch zugeschritten waren.

Jetzt wußte der scharfsinnige Komantsche genug.

Er hatte sich denken können, daß die beiden Räuber alles aufbieten würden, um zu erfahren, welche Folgen das Zusammentreffen in der Venta haben werde; darum hatte er erwartet, daß sie sich vor der Stadt auf die Lauer legen würden; jetzt sah er diese Voraussicht bestätigt und wußte auch, daß sie in dem Gebüsch steckten und ihn mit seinem Gefolge vorüberreiten sahen. Er hielt es keineswegs für gut, sich dies merken zu lassen, sondern ritt jetzt mit einer Miene voran und an dem Gebüsch vorüber, als habe er nicht die geringste Ahnung von der gefährlichen Nachbarschaft.

Und doch hing sein Leben nur an einem Haar.

Main-rouge legte den Lauf seiner Büchse auf die Gabel eines Busches und zielte.

„Halt, alter Schelm!“ gebot sein Sohn. „Willst du eine Dummheit begehen?“

„Ist es eine Dummheit, einen Schurken wegzuputzen, der es sich zum Vergnügen macht, uns zu verraten?“

„Nein; er wird sein Leben und seinen Skalp geben müssen; das ist sicher. Aber nicht jetzt.“

„Und doch jetzt. Ich schenke ihm keine Sekunde länger!“

Er zielte und hätte wirklich abgedrückt, wenn ihm nicht der Mestize die Hand vom Gewehr weggeschlagen hätte.

„Bist du verrückt, alter Leichtsinn? Du willst uns wohl den ganzen Trupp auf den Hals bringen, daß sie uns an Stelle der Apatschen schinden!“

„Ich fürchte sie nicht. Oder hast du vielleicht Angst?“

„Wenn du mir noch einmal ein solches Wort sagst, so jage ich dir das Messer in die Gurgel. Ein Kerl wie du darf mich am allerwenigsten beschimpfen. Du hast schon längst einen guten Stich oder einen scharfen Schnitt verdient, denn dadurch würde die Welt vom größten Ungeziefer befreit, das es nur geben kann!"

„Nimm dich in acht, Strolch, denn ich habe ebensowenig Lust wie du, mich beleidigen zu lassen!" fauchte der Räuber. „Wer seinem Vater solche Namen gibt, verdient nicht einmal eine Kugel oder Klinge, sondern den Strick."

„Schweig, sonst mache ich meine Worte wahr!" herrschte ihn der Sohn an.

Der Alte murrte etwas vor sich hin und legte die Flinte weg.

El Mestizo folgte dem sich immer mehr entfernenden Trupp mit den Augen, bis er verschwunden war.

„Sie haben den Krämer bei sich."

„Wer, sie? Doch nicht die Vaqueros, die nicht soviel besitzen, daß sie sich auch nur eine Elle schlechten Kalikos kaufen könnten?"

„Nein, sondern der Komantsche. Ich vermute, daß er abgeschickt worden ist, um einen Tratante zu einem Tauschgeschäft zu holen."

„Dann wird sein Zeug nicht unser!"

„Allerdings, wenn du dich auf deine eigene Weisheit und Tapferkeit verlassen müßtest. Dein Strohkopf reicht schon längst nicht mehr aus zur Erfindung eines guten Plans."

„So erfinde du!"

„Das ist nicht nötig; ich bin schon fertig."

„Wie?"

„Der Komantsche muß sterben und der Kram unser werden; wir können dies allein nicht fertig bringen und müssen also zu den Apatschen."

„Wahrhaftig, deine Weisheit ist größer als die meinige! Rede ja nicht mehr von Strohköpfen, wenn du dir nichts Besseres auszudenken vermagst! Wie willst du erst die Apatschen und dann mit ihnen den Krämer einholen, da wir zu Fuß sind?"

„Alter, du dauerst mich! Es wird Zeit, daß dich die Erde bekommt, denn du bist zu nichts mehr nütze! Siehst du nicht den Corral[1] da drüben im Feld?"

„Ah, das geht!"

„Also! Auf alle Fälle sind die Apatschen erst nach Norden geritten und dann nach Westen abgebogen. Halten wir gleich Nordwest ein, so müssen wir auf sie oder ihre Fährte stoßen, und das übrige findet sich dann ganz von selbst. Sie sind Todfeinde der Komantschen und liegen gerade jetzt im Kampf mit den Weißen; sie werden uns Dank wissen, wenn wir ihnen einen Fang zuweisen, wie dieser Falkenauge ist, den sie hassen und fürchten wie keinen anderen ihrer Feinde."

Er verließ sein Versteck und Main-rouge folgte ihm.

[1] Pferdehütte

Der Corral gehörte zu einer nicht weit entfernten Hacienda; ganz in der Nähe waren Leute beschäftigt. Dies kümmerte aber die beiden Räuber wenig. Sie schritten langsam und sicher hinzu, als hätten sie das beste Recht zu dem, was sie auszuführen beabsichtigten, und schwangen sich über die Umzäunung. Die halbwilden Pferde stutzten und suchten zu fliehen. Es gelang ihnen nicht, obgleich die beiden Männer nicht mit Lassos versehen waren. Diese warfen ihre Decken den Pferden über den Kopf, und in dem Augenblick, in dem die Tiere darüber stutzten, saßen sie auf, setzten über die Umzäunung hinweg und jagten hinaus ins Weite.

Ohne Sattel, Bügel und Zügel ging es in scharfem Galopp der Richtung zwischen Abend und Mitternacht zu. Sie legten mit den frischen, ungebändigten Pferden, die unter dem kräftigen Schenkeldruck wie auf den Flügeln der Windsbraut in ungeminderter Eile dahinstürmten, in einer Stunde eine Strecke zurück, zu der die Apatschen mehr als den doppelten Zeitraum gebraucht hatten, und stießen, als der Abend bereits zu dunkeln begann, auch wirklich auf eine breite Fährte, die nach der Zahl der Hufspuren die gesuchte sein mußte.

„Es sind wohl zwanzig Minuten vergangen, seit sie vorübergekommen sind“, meinte El Mestizo.

„So erreichen wir sie nicht vor Anbruch der Dunkelheit.“

„Ihr Feuer wird uns leuchten.“

„Wenn sie so unvorsichtig sind, eins anzuzünden.“

„Sie sind so stark, daß sie sich vor etwaiger Verfolgung nicht zu fürchten brauchen. Sie werden ein Lagerfeuer anbrennen und keine andere Vorsichtsmaßregel treffen, als daß sie einige Wachen ausstellen.“

Seine Ansicht bestätigte sich. Der kurzen Dämmerung folgte schnell der Abend, und noch hatten sie, die Spuren jetzt nicht mehr erkennend, nur wenige Minuten lang die gleiche Richtung eingehalten, so sahen sie einen kleinen, leuchtenden Punkt vor sich, der von einem stillsitzenden Leuchtkäfer zu stammen schien.

„Das ist das Lagerfeuer!“

Sie verschmähten es als Freunde der Apatschen, sich in der gewöhnlichen Weise anzuschleichen, sondern ritten in gestrecktem Lauf und unter lautem Hufschlag auf das Lager zu.

Der Schrei eines einzelnen Wachtpostens ließ sich vor ihnen hören; ihm folgte ein vielstimmiges Geheul, ausgestoßen von sämtlichen Indianern, die sich erhoben hatten, um die Nahenden zu empfangen.

Sang-mêlé warf sich von dem dampfenden Pferd und trat furchtlos mitten unter sie hinein.

„El Mestizo!“ klang es rundum.

Sie kannten alle den furchtbaren Mann. Sie wußten, daß er stets eine Tat, ein Abenteuer brachte, wenn er sie aufsuchte, und waren begierig zu hören, was ihn heute zu ihnen geführt hatte.

„Wo ist der Anführer meiner roten Brüder?“

Einer von ihnen trat hervor. Er trug nicht die Adlerfedern als Abzeichen eines Häuptlings, aber es war ihm unschwer anzusehen, daß er fähig war, eine Abteilung zu führen.

„Die ‚Starke Eiche‘ gebietet über die Krieger der Apatschen.“

Wirklich stand der Wilde in der glühenden Beleuchtung des Lagerfeuers so hoch, breit und sicher da, wie der knorrige Stamm eines Baumes, den Menschenkräfte nicht von seinem Standpunkt zu entfernen vermögen.

„Zu welchem Häuptling gehören meine Brüder?“

„Schwarzvogel hat seine Krieger ausgesandt, die Pferde der Bleichgesichter zu holen.“

„Sie haben getan, was er ihnen gebot“, antwortete der Mestize. „Zwanzig mutige Tiere sind ihnen in die Hände gekommen; aber die Bleichgesichter sind hinter ihnen her mit Lasso, Büchsen und Messern, um die Pferde wieder zu holen.“

„Der Apatsche lacht seiner Feinde!“

„Auch der Komantschen?“

„Er verachtet sie. Aber der Fuß der Komantschen ist fern von der Spur der Apatschen!“

„Der Komantsche ist auf ihrer Fährte mit den Bleichgesichtern!“ behauptete der Mestize.

Verwundert blickte ihn ‚Starke Eiche‘ an.

„Was will der Komantsche bei den Bleichgesichtern und wie kommt er auf die Fußstapfen der Apatschen?“

„Er kam nach Tubac, um einen Krämer zu holen, der seinen Brüdern und Schwestern Pulver und Blei, Decken und Perlen bringen soll. Er traf auf die Fährte der Apatschen und wird ihr mit den Bleichgesichtern folgen.“

„Der Komantsche wird ein Hund sein, den man nicht beim Namen rufen kann.“

„Er hat einen großen Namen.“

„Wie lautet er?“

„Falkenauge.“

Der Apatsche antwortete nicht, aber man sah ihm trotz der gewöhnlichen Zurückhaltung der Indianer die freudige Überraschung an, in die er durch diesen Namen versetzt wurde. Auch die andern blickten erwartungsvoll auf, was er beschließen werde.

„Weiß mein Bruder genau, daß der Komantsche Falkenauge ist?“

„Er hat mit ihm gesprochen.“

Der Mestize verschwieg wohlweislich die Art und Weise dieser Unterhaltung.

„Und wird er uns zu ihm führen?“

„Ja.“

„Was sollen ihm die Apatschen dafür geben?“

Die ‚Starke Eiche‘ wußte aus Erfahrung, daß die beiden Räuber bei allem, was sie taten, ihren eigenen Vorteil im Auge hatten. Darum waren El Mestizo und Main-rouge bei den Indianern zwar gefürchtet, aber nicht geachtet und beliebt.

„Er verlangt für sich den Krämer mit seinem Eigentum."

„Er soll ihn haben. Der Skalp des Komantschen ist den Apatschen mehr wert als die ganze Savanne voll bleicher Krämer. Wo werden wir die Bleichgesichter treffen?"

„Im Osten. Doch müssen meine Brüder ein wenig nach Mittag halten, damit wir ihnen nicht begegnen, sondern hinter sie kommen."

„Mein Bruder ist klug und weise. Wann werden wir aufbrechen?"

„Gleich."

„Wie stark sind sie?"

„Dreizehn Köpfe mit dem Komantschen."

„Dreizehn, das ist die Zahl des Unglücks bei den Bleichgesichtern. Sie werden die Sonne nur noch einmal sehen!"

Die Abteilung der Apatschen umfaßte wirklich fünfzig Männer, wie Falkenauge ganz richtig in der Venta gesagt hatte. Die ‚Starke Eiche' befahl sechs von ihnen, während der Nacht beim Feuer zu bleiben und die geraubten Pferde zu bewachen, um dann morgen zu warten, bis er mit den andern zurückgekehrt sei.

Diese stiegen auf; die beiden Räuber setzten sich an die Spitze, und bald war der Zug im Dunkel der Nacht verschwunden.

Währenddessen hatte Falkenauge seinen Weg unausgesetzt verfolgt. Sie kamen nicht sehr schnell vorwärts, da die schwer bepackten Maultiere des Krämers nur langsam gehen konnten. Der Haciendero versuchte öfters ein Gespräch mit dem Komantschen zu beginnen, doch scheiterte dies Vorhaben stets an der Schweigsamkeit des wortkargen, in sich versunkenen Mannes.

Falkenauge dachte an Mo-la, an den glücklichen Umstand, daß er den Mestizen und Mano Sangriento so schnell gefunden hatte, und an die unerwartete Hoffnung, den Apatschen schon morgen ein Treffen liefern zu können.

Da spornte Encinas, der Cibolero, sein Pferd an die Spitze des Zuges. Er war ein alter, erfahrener Savannenmann, der sich gewöhnt hatte, die Augen offenzuhalten.

„Will Falkenauge ein Wort von seinem Bruder vernehmen?" fragte er in der Indianern gegenüber gebräuchlichen Ausdrucksweise.

„Mein Bruder hat gelernt, den Büffel zu jagen und mit dem Bär zu sprechen. Falkenauge hält sein Ohr offen."

„Hat mein Bruder das Erlengebüsch bemerkt, das vor der Stadt am Wasser lag?"

„Er hat es gesehen."

„Hinter den Erlen blickten vier böse Augen hervor."

Der alte Büffeljäger hatte dieselbe Beobachtung gemacht wie der Komantsche, obgleich er der letzte im Zug gewesen war.

„Bei den vier bösen Augen waren vier nackte Füße", ergänzte Falkenauge.

Encinas nickte; er wußte jetzt, daß sich der Zug unter einer vortrefflichen und aufmerksamen Leitung befand.

„El Mestizo und Mano Sangriento werden uns folgen."

„Sie werden dem Komantschen und den Bleichgesichtern nicht folgen", widersprach Falkenauge.

Encinas blickte überrascht in das bronzene Gesicht des Indianers.

„Was werden sie sonst tun?"

„Hat mein Bruder die Pferde gesehen, die zur Rechten hinter der Umzäunung weideten?"

„Ja."

„Die Räuber werden zwei von ihnen nehmen und zwischen Abend und Mitternacht die Apatschen suchen, um mit ihnen auf die Fährte der Bleichgesichter zurückzukehren, wenn die Sterne am Himmel aufgegangen sind."

Encinas war betroffen von dem Scharfsinn, den diese Worte bezeugten, und von der Wahrheit, die ihnen nicht abzusprechen war.

„Por Dios, das ist richtig! Wir brauchen sie gar nicht aufzusuchen, denn sie werden uns ganz von selbst in die Hände laufen!"

„Sie werden kommen mit der Morgenröte und dem Komantschen und seinen weißen Brüdern ihre Skalpe geben."

Falkenauge sah hier einen Mann neben sich, der in der Savanne eine gute Schule durchgemacht hatte; darum war er jetzt mitteilsamer als vorhin gegen den Haciendero.

„Wer machte die große Fährte, die von Tubac gegen Mitternacht führt?" fragte er. „Sie ist viele Sonnen alt."

„Sie stammt von einer Expedition, die nach der Apacheria gezogen ist, um dort viel Gold zu finden."

„Gold?" Er schüttelte verächtlich den Kopf. „Die Bleichgesichter suchen den Geist, der in dem Glanz des Metalls lauert, um sie zu verderben. Sie werden fallen und sterben vor Hunger und Hitze und unter den Händen der Apatschen."

„Sie haben auch noch andere Feinde, die fürchterlicher sind als die Apatschen. Ich begegnete, als ich vor mehreren Tagen von der Büffeljagd kam, drei Jägern, die diese Expedition verfolgten."

„Wieviel Köpfe zählten die Bleichgesichter?"

„Achtzig."

„Das sind achtmal zehn. Die drei Männer müssen große und tapfere Jäger sein, daß sie eine so große Anzahl von Feinden verfolgen."

„Sie sind die gewaltigsten, so weit die Savannen und die Wälder reichen."

Die Teilnahme des Komantschen war erwacht.

„Wie heißen sie?"

„Jeder rote Mann kennt ihre Namen. Ich saß mit ihnen eine ganze

Nacht am Lagerfeuer und erfuhr, wie sie heißen. Ihre Namen lauten: Bois-rosé, Dormilón und Tiburcio Arellano."

„Falkenauge kennt die zwei ersten Namen nicht, aber den dritten hat er oft vernommen; er gehört einem jungen, guten Bleichgesicht, das ein großer Pfadfinder ist. Der Vater dieses Bleichgesichts war vor mehreren Wintern bei den Hütten der Komantschen und hat im Wigwam des Häuptlings mit dem ‚Klugen Fuchs' das Kalumet geraucht."

„Die beiden andern sind noch berühmter als er. Bois-rosé und Dormilón werden sie von den Weißen genannt; der rote Mann aber nennt sie die ‚Häuptlinge der Savannen und Wälder' und gibt ihnen die Namen —"

Wohl zum erstenmal in seinem Leben vermochte Falkenauge seine Überraschung nicht zu verbergen. Fast hätte er sein Pferd angehalten, als er Encinas in die Rede fiel:

„— die Namen ‚Großer Adler' und ‚Zündender Blitz'."

„Ja."

„Wohin führte ihr Pfad?"

„Nach den Nebelbergen."

„Dort liegt das Gebiet Schwarzvogels. Die Büchse des Komantschen wird ihren Klang mit dem Donner ihrer Gewehre vereinigen. Wo sind sie zusammengetroffen mit dem großen Pfadfinder?"

„Mit Tiburcio Arellano? Sie haben ihn bei der Hacienda del Venado getroffen, deren Besitzer Don Agustín Pena heißt. Nicht weit davon töteten sie mitten in der Nacht zwei Jaguare und einen Puma."

„Die Kugel des Pfadfinders verfehlt nie ihr Ziel."

„Schon früher nicht, und jetzt ist sie ganz untrüglich. Er hat El Mestizo die Büchse abgenommen."

Da hielt der Komantsche vor Überraschung wirklich sein Pferd an.

„Die Büchse von El Mestizo? Sie ist das beste Gewehr, das jemals in diesem Land gesprochen hat, und befindet sich in einer Hand, die den Tatzen von zehn Bären gleicht. Hat er mit El Mestizo gekämpft?"

„Ja. Die Räuber hatten Don Agustín mit seiner Tochter überfallen, und El Mestizo wollte sie mit Gewalt zu seinem Weibe machen oder ein Lösegeld für sie erpressen. Tiburcio kam dazu und errettete den Vater samt der Tochter."

„Er liebt sie?"

Encinas senkte nachdenklich und zustimmend den Kopf.

„Er hat mich gebeten, ihr einen Gruß zu bringen, einen Gruß, den niemand hören darf. Ich gehe mit Pascual nach der Hacienda, um die Herden zu sammeln."

„Besitzt das reiche Bleichgesicht viele Herden?"

„Mehr als jeder andere. Wir werden sie am Büffelsee zusammentreiben, wenn die Sonne sechsmal untergegangen ist."

Falkenauge horchte auf. Dem scharfsinnigen Komantschen kam ein Gedanke.

„Weiß El Mestizo davon?"
Encinas besann sich.
„Er weiß davon."
„Wer hat es ihm gesagt?"
„Ich selbst. Ich sprach davon in der Venta, und die beiden Papagos haben jedes Wort vernommen."
Der Komantsche schwieg nachdenklich. Nach einer Minute hob er den Kopf.
„Mein weißer Bruder mag die schöne Herrin der Hacienda del Venado auch von Falkenauge, dem Komantschen, grüßen und ihr sagen: Hüte dich am Büffelsee vor El Mestizo!"
Damit hatte er das Gespräch abgebrochen. Er ließ sein Pferd die Schenkel fühlen und trieb es, während der Cibolero zurückblieb, in kräftigen anmutigen Sätzen vor dem Zuge her.
Kurz vor der Dämmerung tauchte das Baumwollgebüsch, das Falken auge dem ‚Klugen Fuchs' als Ort des Zusammentreffens bezeichnet hatte, am nördlichen Horizont auf, und als es der Trupp erreichte, fanden sie zwanzig Komantschen vor, die ungeheure Pakete von Büffelhäuten mit Hilfe der als Spannriemen verwendeten Lassos herbeigeschleift hatten.
Die Spuren der Apatschen waren schon längst nach links abgegangen, was aber außer dem Cibolero niemand beachtete, da sich alle auf die Führung des Komantschen verließen.
Jetzt wurde ein Lagerfeuer angezündet, um das der Haciendero mit seinen Vaqueros und den beiden Ciboleros samt dem Händler Platz nahm, während Falkenauge sich zu den Indianern gesellte, die um ein bereits brennendes Feuer lagerten.
Es war jetzt keine Zeit mehr, den Handel abzuschließen, da es bereits schnell zu dunkeln begann; vielmehr wurde dieses Geschäft für den anderen Tag aufgeschoben. Man suchte die mitgebrachten Lebensmittel hervor, um ein Mahl zu halten, und Falkenauge stellte die gebräuchlichen, heute vielleicht auch notwendigen Wachen aus.
Nach dem Mahl ging es beim Feuer der Weißen noch lange lebendig her. Es wurden allerlei Geschichten erzählt, wie man sie in der Prärie zu hören bekommt, und es war wohl schon Mitternacht, als die Laute erstarben und das Feuer erlosch. Das der Rothäute war bereits ausgegangen, und ihre dunklen Gestalten lagen um die glimmenden Reste herum wie leblose Körper, ohne Laut und Bewegung, als hätte sie die Kugel eines Feindes niedergestreckt.
Noch begann die Sonne den Horizont nicht zu röten, und nur ein bleicher Schein machte sich am östlichen Himmel bemerklich, als eine der indianischen Wachen zu dem schlafenden Anführer trat und leise seine Schulter berührte.
Ein Weißer hätte diese Berührung kaum im Wachen bemerkt, Falkenauge aber stand sofort aufrecht und mit der Büchse in der Faust vor dem Indianer.

„Falkenauge hat befohlen, ihn zu rufen, wenn der Tag die roten Männer grüßt!"

Der Erwachte machte eine Gebärde der Zufriedenheit und trat zu Encinas, den er weckte.

„Was gibt es?" fragte dieser gähnend.

„Der Kampf naht. Meine weißen Brüder mögen den Schlaf von sich werfen!"

Auf den Ruf des Ciboleros erhoben sich alle Schläfer und erfuhren erst jetzt, was ihnen nach der Ansicht des Komantschen bevorstand.

Dieser näherte sich dem Haciendero.

„Die roten Männer werden mit den Bleichgesichtern kämpfen und den Apatschen die Skalpe nehmen. Wer soll der Anführer sein, mein weißer Bruder oder Falkenauge?"

„Mein roter Bruder ist erfahrener als ich; er mag den Befehl führen!"

Falkenauge verneigte sich stolz und zustimmend und trat zu dem Krämer.

„Will mein Bruder zulassen, daß ihn die Apatschen töten und ihm seinen Besitz rauben?"

„Santa Madonna, das fällt mir nicht im geringsten ein! Wenn sie kommen, so werde ich fliehen, werde —"

Der Komantsche unterbrach den furchtsamen Mann mit einer gebieterischen Handbewegung.

„Mein Bruder wird mit seinen Maultieren nach Mitternacht reiten, bis er die Büsche nicht mehr sehen kann, und dort bei den Häuten bleiben, bis der Kampf zu Ende ist."

Er gab einen Wink.

Die Komantschen hatten ihre Felle bereits an den von den Sattelknöpfen herabhängenden Lassos befestigt und sprengten mit ihnen davon. Der Händler folgte langsamer nach. Falkenauge mußte vollständig sicher sein, daß die Apatschen auf seine Fährte einbiegen und von Süden kommen würden, sonst hätte er die Häute nicht preisgegeben. Der wilde Sohn der Prärie ist gewohnt, mit Vermutungen ebenso sicher zu rechnen, wie das Kind der Zivilisation mit untrüglichen Ziffern und Zahlen.

Noch waren nicht zehn Minuten vergangen, so kehrten die Träger der Häute wieder zurück. Falkenauge ließ von den Spuren soviel verwischen, wie er für nötig hielt, und verteilte dann die zwölf Weißen und seine zwanzig Indianer so zwischen den Stämmen und Zweigen des kreisförmigen Baumringes, daß selbst das schärfste Auge keinen von ihnen im ersten Augenblick entdeckt hätte. Er selbst stellte sich einstweilen so, daß er den südlichen Horizont genau zu überblicken vermochte.

In lautloser Stille lag das Gebüsch in der vom Morgentau befeuchteten Savanne, und die reglose Gestalt des Komantschen glich einer Statue, die für die Nachwelt aufgestellt war, zur Erinnerung an die tapferen, kühnen Völkerstämme, denen einst das weite Land gehörte und die, mit der Büchse in der Faust und den Messern zwischen den Zähnen, sterben und untergehen mußten, weil sie nicht lernen wollten, Knie und Nacken unter das Joch der Zivilisation zu beugen.

Da tauchte eine breite, weit ausgedehnte Reihe von dunklen Punkten im Süden auf, die sich schnell näherten und vergrößerten.

„Uff!“ klang es warnend zwischen den Lippen Falkenauges hervor, und nun wußten die Verborgenen, daß der Feind nahte.

In sich immer mehr verengendem Halbkreis kamen die Apatschen herbeigesprengt. Der Komantsche konnte jetzt deutlich El Mestizo und Mano Sangriento unterscheiden, die voranritten, um die Spur im Auge zu behalten. Einige Büchsenschüsse weit von der Baumgruppe blieben sie halten, um sich zu beraten.

Jetzt erst fiel dem Komantschen eine Unterlassung ein, die er begangen hatte. Die Spuren der von den versteckten Fellen zurückkehrenden Indianer waren nur auf eine kurze Strecke hinaus verwischt worden. Umritten die Apatschen den Baumkreis, um die Gegend zu erkunden, so mußten sie auf die Vermutung kommen, daß der Feind sich darin versteckt halte. Doch beruhigte er sich mit dem Gedanken, daß die Apatschen nicht wissen konnten, daß sich zwanzig Komantschen mit den Weißen vereinigt hatten. —

Die ‚Starke Eiche‘ hatte das Pferd zu den beiden Wüstenräubern gelenkt.

„Die Spur der Bleichgesichter führt unter die Bäume.“

„Sie sind nicht dort“, meinte El Mestizo. „Der Komantsche ist entweder blind gewesen, daß er nicht gemerkt hat, wie die Fährte meiner Brüder nach Abend abgewichen ist, oder er hat keinen Kampf beabsichtigt, sondern nur den Krämer weiterführen wollen.“

„Der Komantsche ist ein feiger Schakal, der den Apatschen flieht und vor Angst heult, wenn er einen Speer erblickt!“

„Wenn sie auch unter den Bäumen Ruhe gehalten haben, so sind sie längst fort. Sie zählen dreizehn Mann und würden sofort fliehen, wenn sie fünfzig Apatschen nahen sähen.“

„Die Krieger der Apatschen werden die Bäume stürmen und keinen Feind erblicken!“

Er gab ein Zeichen, hielt die Büchse hoch in die Luft und sprengte mit fliegendem Haar und wehendem Kriegsmantel voran.

Wie die wilde Jagd folgten die andern.

Der Baumkreis hatte nach Süden eine ziemlich breite Öffnung; durch diese stürmten die Apatschen in die Rundung hinein. Kein Feind ließ sich sehen; kein Blatt regte sich. Die Spuren zweier Feuer waren am Boden zu bemerken. El Mestizos scharfes Auge sah sofort an den Überresten, daß eins von Indianern, das andere von Weißen stammte. Er machte eine Bewegung, um den Boden genauer zu untersuchen, und diese Bewegung rettete ihm das Leben.

Ein Schuß blitzte zwischen den Zweigen auf, und die Kugel, die aus der silberbeschlagenen Büchse Falkenauges kam und ihn sicher getroffen hätte, verwundete ihn nur am Ohr.

Die Apatschen erhoben ein unbeschreibliches Geheul, das aber vom Krachen der mehr als zwanzig Büchsen und dem Schwirren der feindlichen Pfeile übertönt wurde. Im nächsten Augenblick knackte es rundum in Ästen und Zweigen, und die verborgenen Komantschen und Weißen sprengten auf die Apatschen ein.

Ein fürchterlicher Kampf entspann sich. Falkenauge hatte die Büchse fallen lassen und den Tomahawk ergriffen. Mit einem tigerartigen Sprung schnellte sein Pferd mitten in den dicksten Haufen hinein. Er riß es empor und zog es auf den Hinterbeinen herum. Im Nu hatte sein Schlachtbeil zwei, drei Apatschen von ihren Pferden geschmettert. Jetzt hielt er vor ‚Starker Eiche'.

„Der Apatsche ist ein Dieb. Er stiehlt Pferde und liebt die Räuber der Wüste. Seine Haut wird am Sattel des Komantschen hängen!"

„Hund von einem Komantschen, Kröte!" schrie der Gegner zurück und schwang den Tomahawk, der mit fürchterlicher Wucht zum Haupt des Jünglings niederfuhr.

Dieser hatte den Griff seines Schlachtbeils fester gefaßt; er führte einen Gegenhieb von unten nach oben und traf die Faust der ‚Starken Eiche' mit solcher Sicherheit und Kraft, daß sie sich öffnete und die Waffe, kurz wirbelnd, hart am Leib des Komantschen und seines Pferdes tief in die Erde fuhr.

„Uff!" rief Falkenauge. Sein Tomahawk blitzte und schmetterte in den Kopf des Feindes herab.

Er hatte nicht Zeit, die Waffe wieder an sich zu reißen, denn in diesem Augenblick wurde er von hinten gepackt und vom Pferd gerissen. —

Als seine Kugel, das Ohr verwundend, am Kopf des Mestizen vorüberflog, hatte dieser aufgeblickt und zunächst die Vaqueros bemerkt, die auf ihn und seinen Vater einstürmten.

„Paß auf, Alter, es gibt Arbeit!" rief er und sprang vom Pferd.

Er war wie Bois-rosé und Pepe einer jener Savannenmänner, die den ganzen Kontinent mit ihren Füßen durchwandern und sich auf ihre Beine mehr verlassen, als auf die des besten Renners oder Kriegspferdes.

Auch Mano Sangriento sprang ab und stand an seiner Seite.

Sie drehten ihre Büchsen um und schlugen mit dem Kolben zu. Doch sie konnten sich einstweilen nur verteidigen, da die Überzahl gegen sie war. Bald sahen sie ein, daß sie Feinde vor sich hatten, gegen die sie auf die Dauer nichts ausrichten konnten. Die Vaqueros waren fast sämtlich Männer, die unter einer der oft wechselnden Regierungen von Mexiko gedient hatten und auf ein scharfsinniges, geordnetes Einzelgefecht eingerichtet waren. Es gelang den beiden Räubern nicht, einen Vorteil über sie zu erringen.

„Komm, Alter!“ rief El Mestizo und warf sich zur Erde.

Im nächsten Augenblicke tauchte er mitten unter den Komantschen auf, bei denen seine Kampfesweise größeren Erfolg bot. Main rouge stand wieder an seiner Seite, und mehrere Feinde fielen ihren gewaltigen Streichen zum Opfer.

Da sah El Mestizo Falkenauge auf ‚Starke Eiche‘ eindringen. Er schüttelte rechts und links die Feinde von sich ab und sprang hinzu. Sich halb auf das Pferd des Komantschen schwingend, zog er diesen von hinten herab und zückte das Messer, erhielt aber selbst einen Stich, der allerdings nur seinen Arm traf.

Encinas hatte in der Nähe gekämpft und die Gefahr bemerkt, in die der Komantsche geraten war. Sein Messer rettete ihn, denn El Mestizo ließ den verwundeten Arm sinken und wurde augenblicklich von Falkenauge gepackt.

Beide umschlangen sich. Bei solchen Gegnern mußte ein Ringkampf ganz entsetzlich werden, allein es kam nicht dazu, denn die Apatschen drangen auf Falkenauge und die Komantschen auf den Mestizen ein, um beide ihre Anführer zu schützen; die Umschlungenen mußten die Arme lösen, um sich nach rückwärts zu wenden, und Falkenauge hatte dabei Gelegenheit, einem Apatschen den Tomahawk zu entreißen.

Mit diesem drang er von neuem in den nach und nach kleiner werdenden Haufen der Feinde ein und warf mit jedem Schlag einen Gegner nieder.

Aber auch El Mestizo hatte sich von seinen Bedrängern frei gemacht.

„Alles aus!“ rief ihm sein Vater zu.

Die erste Salve der Weißen und Komantschen hatte schon die Hälfte der Apatschen niedergestreckt, und jetzt rangen nur noch wenige mit dem übermächtigen Feind.

„Fort!“ antwortete er und ergriff das nächststehende Pferd beim Zügel, um sich aufzuschwingen.

Mano Sangriento tat dasselbe, und wenige Sekunden genügten, sie aus dem Bereich der Gefahr zu bringen.

In gestrecktem Galopp flohen sie dem Westen zu. Erst als sie nach einer ziemlichen Weile sahen, daß sie nicht verfolgt wurden, hielten sie an.

„’s death“, fluchte Main-roge, fast ganz außer Atem, „so ist es mir noch niemals ergangen!“

„Denkst du etwa, mir?“ fragte der Mestize mit wutblitzendem Auge. „Dieser Komantsche ist ein feiger Schuft, der sich versteckt, um ehrliche Kämpfer hinterrücks zu ermorden.“

„Ein feiger Schuft? Hast du nicht hundertmal das gleiche getan, Alter? Ich sage dir, er ist ein tüchtiger Kerl, mit dem sich so ein grauer, zahnloser Wolf, wie du es bist, gar nicht vergleichen darf. Ich selbst an seiner Stelle hätte nicht besser handeln können, und das ist alles, was ich sagen kann! Aber es soll ihm schlecht bekommen.“

„Schlecht bekommen? Lächerliche Drohung von einem, der vor ihm flieht!"

„Schweig, sonst stopfe ich dir den Mund! Die Flucht wurde durch die Klugheit geboten, sonst wären wir trotz der besten Gegenwehr von der Übermacht zertreten worden. Aber ich schwöre dir, daß ich dennoch seinen Skalp bekommen werde!"

„So sage nur, wie und wo!"

„Ich weiß genau, daß er auf unserer Fährte bleiben wird, um den Sohn des ‚Fuchses' zu rächen. Ich muß zu Schwarzvogel, um mir Leute geben zu lassen, mit denen ich an den Büffelsee gehe, um die Tochter des Haciendero del Venado zu holen, und so locken wir ihn in die Apacheria, wo er fallen muß."

„Dieses Mädchen hat uns nichts als Unheil gebracht und wird —"

„Vorwärts!" unterbrach ihn El Mestizo.

Er hatte zurückgeblickt und bemerkt, daß sie verfolgt wurden.

Mit der Flucht der beiden Räuber waren die schlimmsten Gegner der Komantschen und Weißen verschwunden. Bald waren daher auch die wenigen noch kampffähigen Apatschen überwunden.

Jetzt sprang Falkenauge wieder auf sein Pferd. Ein kurzer Ruf und eine Handbewegung hinaus nach der Steppe, wo der Mestize und Mainrouge davonsprengten, deuteten an, was er meinte. Wer noch dazu fähig war, stieg schleunigst auf und folgte ihm.

Die Pferde hatten sich während der Nacht ausgeruht und warfen, von lauter tüchtigen Reitern geführt, die Entfernung förmlich hinter sich. Allen weit voran flog der Komantsche auf seinem unübertrefflichen Renner.

Die Räuber hatten die Richtung nach dem Ort eingeschlagen, wo sie gesternd abend auf die Apatschen getroffen waren und wo sich noch heute die geraubten Pferde befanden. Dies ahnte Falkenauge, und darum wollte er ihnen zuvorkommen, die zurückgebliebenen Wächter zu warnen. Der Haciendero mußte seine Pferde wieder haben. An die Verfolgung der beiden Flüchtlinge dachte der Komantsche erst in zweiter Linie.

El Mestizo blickte sich von Zeit zu Zeit um. Er sah den Raum zwischen sich und den Verfolgern immer kleiner werden und wußte jetzt nur noch ein Mittel, ihnen zu entkommen: er mußte von der Richtung, die zu den Pferden führte, ablenken.

Dieses Mittel bewährte sich. Falkenauge hielt die ursprüngliche Richtung ein; die anderen folgten ihm willig, wenn sie auch seine Absicht nicht errieten, und bald verschwand El Mestizo mit seinem Vater am nördlichen Horizont.

Die sechs Apatschen, die bei den Pferden zurückgeblieben waren, saßen schweigend am Boden. Jeder von ihnen ärgerte sich im stillen, daß er hier warten mußte, während die übrigen sich die Skalpe ihrer Todfeinde holen konnten.

Die geraubten und sorgfältig angehobbelten Pferde grasten in ihrer Nähe, und zwar so, daß sie die Sicht nach Osten verdeckten. Daher bemerkten die sorglosen Wächter auch die im Galopp sich nähernden Komantschen und Vaqueros nicht eher, als bis sie den Hufschlag ihrer Pferde vernahmen.

Jetzt sprangen sie auf. Der erste Blick sagte ihnen alles. Sie wollten zu ihren Tieren, um aufzusitzen und zu entfliehen, doch schon war es zu spät. Den seinen weit voranstürmend, schoß Falkenauge unter sie hinein und ritt augenblicklich zwei zu Boden. Einen dritten traf sein Schlachtbeil, und nur als er mit der Linken den vierten packte, um ihn an sich heranzuziehen, gelang es einem, auf ein Pferd zu kommen und davonzujagen. Der letzte wurde von Encinas niedergestochen, als er eben den Fuß in den Bügel setzen wollte.

Im Nu war Falkenauge vom Pferd und schwang sein Messer. Und wenige Augenblicke später hingen an seinem Sattel die Skalpe der vier Apatschen.

Der Haciendero trat zu ihm.

„Mein roter Bruder hat sein Wort erfüllt. Ich danke ihm!“

Falkenauge antwortete nur mit einem stolzen Kopfnicken. Der Haciendero gab jetzt Encinas und Pascual die Hand.

„Ihr habt euch brav gehalten und sollt eure Quadrupel bekommen. Helft nur jetzt, die Pferde zurück nach dem Kampfplatz schaffen!“

Mit Hilfe der Indianer war dies schnell geschehen. Bei den Silberpappeln angekommen, stellte es sich heraus, daß von den einundzwanzig Komantschen vierzehn, und von zwölf Mexikanern sechs gefallen waren. Diese großen Verluste gingen auf Rechnung des Mestizen und Mano Sangrientos. Dafür aber war von fünfzig Apatschen nur der eine Wächter entronnen.

Jetzt wurden die Verwundeten verbunden und die Toten begraben.

Währenddessen kam der Händler herbei; die Häute wurden wieder zurückgebracht, und bald waren sie gegen eine Menge von jenen Gegenständen vertauscht, welche der ‚Kluge Fuchs‘ gewünscht hatte.

Dann trennten sich die Weißen von den Indianern, um nach Tubac zurückzukehren.

Falkenauge hatte zu den vier Skalpen noch acht hinzugefügt. Er gab sie einem der Indianer.

„Mein Bruder wird in das Lager gehen und diese Skalpe in der Hütte Falkenauges aufhängen.“

„Will Falkenauge dies nicht selber tun?“

„Nein. Meine Brüder werden dem ‚Klugen Fuchs‘ die Dinge überbringen, die sie für ihre Häute erhalten haben. Falkenauge aber muß verfolgen die Fährte von El Mestizo und Mano Sangriento und wird nicht eher zurückkehren in seinen Wigwam, bis er ihnen ihre Skalpe genommen hat. Der ‚Kluge Fuchs‘ mag ihm zehn Krieger senden, die am Rio Gila bei der Büffelinsel auf ihn warten. Er wird sie treffen, wenn der Mond fünfmal der Sonne gefolgt ist. Howgh!"

Er stieg aufs Pferd, winkte mit der Hand und ritt davon, den Spuren der Räuber nach. —

## *Ein Savannengericht*

Als Baraja und Oroche hinter der Ecke des Indianergrabes verschwunden waren, blieben sie stehen und blickten einander unschlüssig an.

„Señor Oroche, ich glaube, wir sind ganz fürchterlichen Teufeln entgangen!"

Oroche warf die etwas verwirrten Locken nach hinten und ordnete seinen Mantel in malerische Falten.

„Ich glaube, es wird am besten sein, wenn wir uns so schnell wie möglich davonmachen. Es könnte diesen Tierjägern einfallen, uns doch noch zu töten, und dann wäre es nicht mehr so leicht wie jetzt, sich noch ein wenig um die Bonanza zu kümmern."

„Da habt Ihr allerdings recht. Daher ist es wohl auch am besten, wenn wir uns nicht unmittelbar nach dem Lager begeben. Es könnte ihnen wirklich noch einfallen, uns zurückzuholen, und sie würden uns sicherlich erreichen."

„Was gedenkt Ihr zu tun, Señor Baraja."

„Wir wenden uns in die Berge und warten, bis diese fürchterlichen Jäger den Ort verlassen haben."

„Das ist allerdings ein sehr guter Gedanke! Ich habe die Ansicht, daß sie die Bonanza nicht vollständig zu räumen vermögen, und wenn wir die passende Gelegenheit abwarten, so können wir immer noch soviel Gold finden, daß wir uns von der Expedition zu trennen vermögen."

„Dann wäre es wünschenswert, ein gutes Pferd zu haben. Diese rücksichtslosen Männer haben unsere Tiere ohne Gnade und Barmherzigkeit niedergeschossen. Es ist wirklich ein Glück, daß wir unsere Karabiner und Lassos nicht abgelegt haben. Wir besitzen also noch unsere Waffen, und vielleicht ist es möglich, die Bonanza in unsere Hände zu bringen. Kommt, Don Diego; Ihr seid ein kluger Gambusino, und es ist sehr leicht zu vermuten, daß wir in dieser Gegend eine zweite Bonanza finden können. Denkt an die Felsenspalte, in der Ihr fünfzehn Prozent Gold gesehen habt!"

„Diese Spalte weiß niemand außer uns. Sollten sie wirklich die Bonanza vollständig ausräumen, so bleibt uns dieser Goldvorrat immer noch, der uns ein Vermögen geben kann, wenn die Spalte so tief ist, wie ich vermute."

Oroche blickte unwillkürlich über den felsigen Boden hin, auf dem sie standen.

„Seht einmal her, Señor Baraja! Hier ist ein Eindruck, als habe der Huf eines Pferdes aufgetreten."

„Ich bin kein Pfadfinder wie Diaz, aber es scheint mir sehr, daß Ihr recht habt."

„Es ist sehr wahrscheinlich, daß Cuchillo sich auch nicht von der Bonanza trennen wollte und in die Berge geritten ist. Wir werden dieselbe Richtung einschlagen und ihn vielleicht finden!"

Sie schritten zwischen dem Felskegel und der Anhöhe, von der aus die drei Jäger das Grabmal beobachtet hatten, den Bergen zu. Je näher sie diesen kamen, desto deutlicher sahen sie die Hufspuren von Cuchillos Pferd. Der Boden war stellenweise mit Sand bedeckt und hatte die Eindrücke deutlich erhalten. Sie führten zwischen dem zweiten und dritten Berg zur Höhe.

Die beiden Banditen folgten und stiegen langsam empor.

Die Schlucht war nicht so steil, wie es von unten den Anschein gehabt hatte, und als sie oben ankamen, sahen sie, daß eine Art ausgetretener Weg an der senkrecht abstürzenden Felsenwand hinführte und sich jenseits wieder zur Tiefe zu senken schien.

Sie schritten vorwärts und bemerkten, daß von diesem Pfad aus der Felsenkegel, der fast so hoch wie die Kuppe des mittleren Berges war, sowie seine Umgebung außer der südlichen Seite vollständig überblickt werden konnte. Dieser Weg war jedenfalls von den Indianern ausgetreten worden, die zu der Grabstätte des großen Häuptlings wallfahrteten. Er war an seinem Rand mit allerlei Gesträuch bewachsen, das soviel Deckung bot, daß man bei Anwendung der nötigen Vorsicht von unten nicht gesehen werden konnte.

Jetzt fiel ein Schuß und kurz darauf ein zweiter.

Baraja und Oroche hielten sich hinter den Büschen versteckt und blickten hinüber nach der Pyramide. Sie war von den Jägern verlassen, aber weit hinter ihr sahen sie Pepe über Don Esteban am Boden liegen und Fabian mit Diaz kämpfen.

„Seht Ihr's, Señor Baraja; sie haben fliehen wollen! Dort kommt auch der Riese gelaufen mit Schritten, als sei es der Goliath."

„Dieser Tiburcio ist wirklich ein gefährlicher Mensch! Er trifft Diaz, daß er niederstürzt, und nun sind beide verloren. Ich wette meinen Kopf, daß sie in einer Viertelstunde nicht mehr leben. Diese drei Männer kennen weder Gnade noch Barmherzigkeit!"

„Ein Glück, daß wir ihnen entgangen sind! Aber horcht! Klang es nicht, als käme da jemand von der andern Seite?"

Sie lauschten.

Wirklich näherten sich Fußtritte, die so laut waren, daß sie trotz des Brausens der Wasser, die sich eine Strecke seitwärts unter ihnen zur Tiefe stürzten, vernommen werden konnten.

„Ist es Cuchillo?"

„Es kann auch ein fremder Jäger oder gar ein Indianer sein. Wir müssen uns verstecken!"

Die beiden feigen Männer sahen sich ängstlich nach einem Ort um, der ihnen Gelegenheit bot, sich zu verbergen.

Etwas weiter zurück neigten sich zwei einzeln stehende Felsen gegeneinander; sie boten den einzigen Zufluchtsort, den es hier gab, und wurden schleunigst dazu benützt.

Kaum war dies geschehen, so kam der Fußgänger, von dem das Geräusch stammte, um die Biegung des Felsenwegs herum. Es war Cuchillo.

„Er ist es. Wollen wir uns ihm zeigen?" fragte Baraja.

„Nein. Laß uns warten, was er tut. Er bleibt stehen und hat also nicht die Absicht, hinabzusteigen."

Wirklich hielt Cuchillo die Schritte an und blickte hinab nach dem Placer. Er sah, wie die drei Jäger mit Esteban und Diaz zur Bonanza zurückkehrten und stieß einen halblauten Ruf des Schreckens aus.

Er hatte bei seiner ersten Anwesenheit am Goldtal die Umgebung durchforscht und auch den Felsenpfad gefunden, der jenseits zur Tiefe und hinab in die Ebene führte. Bei seiner Flucht vor Don Esteban hatte er ihn benutzt, um den Berg zwischen sich und diesen zu bringen und einen Schlupfwinkel für sein Pferd zu suchen, bis es ihm möglich war, sich der Bonanza wieder zu nähern. Er hatte von der Anwesenheit der drei Jäger noch nichts geahnt und auch ihre Schüsse nicht gehört, da der Schall von dem zwischen ihm und ihnen liegenden Berg aufgefangen wurde; nun sah er plötzlich dieses neue große Hindernis vor sich.

Er fragte sich zunächst, was die drei herbeigeführt haben könne. War Tiburcio Arellano doch vielleicht Mitwisser der Bonanza und der Expedition gefolgt, um sie ihr streitig zu machen? Oder befand er sich hier, um sich an Don Esteban zu rächen? Er mußte wissen, woran er war, und beschloß, wieder hinabzusteigen und die fünf Männer zu belauschen, von denen er bemerkte, daß sie sich zu einer längeren Verhandlung anschickten.

Zuvor aber galt es noch etwas anderes zu tun.

Nicht weit von ihm ragte aus dem Felsen die Eiche empor, unter der sich der Goldblock befand. Er mußte sehen, ob es möglich war, mit einem Lasso hinabzugelangen. Er trat hart an den Rand der Felswand, legte sich nieder und schob den Kopf so weit wie möglich vor, um hinabzublicken.

Die Sonne war höher gestiegen, und ihr Strahl vermochte nicht mehr wie vorhin, sich im sprühenden Schaum der Kaskade zu brechen. Das Farbenspiel hatte aufgehört, aber mit unvermindertem Glanz glitzerte der Block zur Höhe. Er lockte und winkte und zog, wie nach der Sage die Nixe den lauschenden Fischer zur Tiefe zieht, und Cuchillo mußte die Augen schließen und seinen Arm um den Stamm der Eiche legen, um den Schwindel zu bekämpfen, der ihn erfaßt hatte.

So lag er einige Minuten lang, bis er sich endlich zurückschob und aufstand. Der Lasso reichte bis hinab; — allein wie den Block herausbrechen und heraufschaffen, wo er doch die Hände brauchte, um sich festzuhalten? Und war nicht vielleicht dieser Goldklumpen so schwer, daß unter dem verdoppelten Gewicht der Lasso reißen mußte?

Nachdenklich schritt er weiter. Er mußte ein Mittel finden, diesen Schatz zur Höhe zu bringen, und wenn er sich dabei den Kopf zermartern sollte. Doch dazu war später Zeit. Jetzt war es vor allen Dingen notwendig die Verhandlung zu belauschen, die unter ihm zwischen dem Goldtal und dem Grabmal begonnen worden war.

Er sah, daß dies am besten von dem Felskegel aus geschehen konnte. Obgleich die Gefahr, in die er sich begab, nicht gering war, eilte er nach der Schlucht, um hinabzugelangen.

Unten angekommen, lenkte er schnellen Laufes auf das Indianergrab zu, und es gelang ihm, unbemerkt hinauf zu klettern, da die fünf Männer sich auf der entgegengesetzten Seite befanden.

„Habt Ihr's gesehen, Señor Baraja?" fragte Oroche, als Cuchillo sich entfernt hatte.

„Er muß von der Eiche aus etwas Wichtiges beobachtet haben."

„Wir müssen hin, um zu sehen, was es ist!"

Sie stiegen hinter dem Felsen hervor und näherten sich dem Rand des Abgrunds. Dort legten sie sich, einige Schritte voneinander, wie Cuchillo zur Erde, neigten den Kopf vor und blickten hinab.

Lange Zeit dauerte es, ehe sich einer von ihnen wieder bewegte. Sie hatten beide den Block bemerkt, und beide fühlten beim Anblick dieses ungeheuren Schatzes das Blut nach dem Kopf steigen und die Adern ihres Gehirns durchrauschen. Beide mußten, wie Cuchillo, die Augen schließen, um nicht vom Schwindel gepackt zu werden, und dennoch flimmerte es hinter ihren gesenkten Lidern in allen Funken und Farben, als hätten sie einen Blick in das gleißende Feuer der Sonne getan.

Keiner von ihnen gönnte diesen Block dem andern, und beide beschlossen zu gleicher Zeit, das Gold allein zu besitzen, selbst wenn dies nur durch einen Mord erreicht werden konnte.

Jetzt erhoben sie sich. Eine Minute lang herrschte Schweigen, da keiner die erste Frage tun wollte. Endlich brach Baraja die Stille.

„Habt Ihr etwas gesehen, Señor Oroche?"

„Ja."

„Was?"

„Nichts, als was ich schon von unten gesehen habe: den Wasserfall."

„Ah!"

„Und Ihr?"

„Nichts Bemerkenswertes! Die Kaskade, den schäumenden Abgrund, in den sie sich stürzt, das Indianergrab und daneben die drei Jäger nebst Arechiza und Diaz."

„Ah! Wirklich?"

„Wirklich!" beteuerte der Lügner.

„Ich will Euch beweisen, daß Ihr nicht die Wahrheit sagt, Señor Baraja."

Dieser nahm eine beleidigte Miene an.

„Nicht die Wahrheit, Señor Oroche? Habt Ihr aus meinem Mund schon jemals eine Lüge vernommen?"

„Zuweilen, mein lieber Señor Baraja, doch soll dies kein Vorwurf sein, denn es gibt selbst zwischen Freunden eine Kleinigkeit, die man aus Rücksicht und zum Nutzen der andern verschweigen muß."

„Und Ihr glaubt, ich habe auch jetzt etwas zu verschweigen?"

„Das weiß ich nicht; nur weiß ich, daß Ihr nicht die Wahrheit gesprochen habt."

„Und Ihr könnt mir dies beweisen?"

„Jawohl, wenn Ihr es mir erlaubt, Señor Baraja."

„So sprecht!"

„Ihr sagtet, Ihr hättet die drei nebst Don Esteban und Diaz gesehen, und habt Euch damit versprochen. Der Ort, an dem wir hinabsahen und jetzt noch stehen, liegt so seitwärts, daß sich zwischen ihnen und uns das Denkmal erhebt und wir sie also gar nicht zu erblicken vermögen."

Baraja sah, daß er zuviel geredet hatte.

„Wirklich, Señor Oroche, Ihr habt recht! Aber ich bitte Euch zu glauben, daß ich Euch nicht die Unwahrheit sagen wollte. Die Tiefe unter uns und das Rauschen und Brausen des Falls hat mich schwindlig gemacht und mir die Sinne so verwirrt, daß ich Gestalten gesehen habe, die gar nicht vor mir waren."

„Ich bin überzeugt, daß es so ist", meinte Oroche höflich, obgleich er innerlich eine ganz andere Überzeugung hegte. „Aber blickt einmal jetzt hinüber nach der Pyramide! Seht Ihr den Mann, der sie erklimmt?"

„Cuchillo!"

„Allerdings! Er huscht über die Plattform und duckt sich nieder."

„Jedenfalls will er belauschen, was am Goldtal verhandelt wird!"

Die beiden Banditen blickten ihm eine Weile schweigend zu. Beide grübelten dabei im stillen über einen Plan, den andern zu entfernen.

„Señor Baraja", ergriff Oroche endlich das Wort; „ich habe einen guten Gedanken."

„So laßt ihn hören!"

„Ich bin überzeugt, daß die Jäger die Bonanza kennen."

„Wie kommt Ihr zu dieser Ansicht, die doch schwer zu beweisen ist?"

„Die mit Gold gefüllten Decken liegen noch bei den toten Pferden. Sie müssen das bemerken und nach dem Ursprung des Metalles fragen. Und Ihr habt ja ebenso gehört, daß der Riese die Bonanza für Tiburcio Arellano verlangte."

„Ich habe es gehört, aber damit ist noch nicht gesagt, daß sie die Lage der Bonanza wirklich kennen."

„Sie haben uns ja belauscht, als wir das Gold herausschafften!"

„Richtig! Es ist kein Zweifel, daß sie die Bonanza kennen; aber was hat das mit Eurem guten Gedanken zu tun?"

„Sehr viel! Sie werden Don Esteban und Diaz ermorden und das Gold rauben, so daß uns nicht ein Körnchen davon übrig bleibt."

„Vielleicht ist es am besten, dies ruhig abzuwarten!"

„Auch ich hatte erst diese Meinung; jetzt aber sehe ich ein, daß es besser ist, wenn wir sie hindern, sich an dem Placer zu vergreifen."

„Wir wollt Ihr dies anfangen?"

„Wir müssen schleunigst zum Lager, um die Unsrigen von der be drängten Lage zu unterrichten, in der sich Don Esteban und Diaz befinden. Sie werden sofort herbeieilen, um sie zu befreien, und dann gehört die Bonanza uns. Ihr müßt dabei bedenken, Señor Baraja, daß die drei Jäger außerordentlich kühne und streitbare Männer sind. Ich habe ein sehr mitfühlendes Herz, aber wo es sich um einen solchen Reichtum handelt, da muß es schweigen, und nur der Verstand darf sprechen. Die Jäger werden sich tapfer verteidigen und eine große Menge der Unsrigen töten. Dann zerfällt die Bonanza in nur wenige Anteile, und wir werden jeder einen unermeßlichen Reichtum besitzen."

Baraja schwieg sinnend. Er gab Oroche völlig recht, doch lag ihm außerordentlich daran, bei dem Block bleiben zu können. Dieser mußte gelöst werden, noch ehe die Männer der Expedition herbeikamen. Hatte Oroche vielleicht dieselbe Absicht, und seinen Plan nur ersonnen, um ihn selbst zu entfernen? Er beschloß, den Gambusino auszuhorchen.

„Ich stimme Euch vollständig bei, Señor Oroche. Kommt und laßt uns eilen, bevor es zu spät wird!"

„Vorher aber ist es notwendig, an etwas anderes zu denken!"

„Woran?"

„Es kann nur einer von uns gehen, und der andere muß zurückbleiben, um die Bonanza und alles, was dort vorgeht, zu bewachen."

„Ah! Ich vermute sehr, daß Ihr dies übernehmen wollt, Señor Oroche!"

„Allerdings, Señor Baraja."

„Und aus welchem Grund?"

„Erstens weiß ich, daß Ihr ein viel besserer und gewandterer Läufer seid als ich; Ihr werdet das Lager in einer Zeit erreichen, in der ich selber kaum die Hälfte des Weges zurücklegen kann. Und zweitens ist meine Büchse besser als die Eurige; sie trägt weiter, und ich kann also viel leichter als Ihr die Bonanza beherrschen und, wenn es nötig werden sollte. den Jägern, um Don Esteban zu beschützen, eine Kugel geben."

„Ihr irrt Euch sehr, mein bester Señor Oroche, und Eure Gründe passen mehr auf mich als auf Euch. Ich bin wesentlich kleiner als Ihr und leide schon seit langer Zeit an einer Atembeschwerde, die mir schnelles Gehen unmöglich macht. Ihr hingegen mit Euren langen Beinen könnt es mit dem besten Renner aufnehmen und werdet nicht die Hälfte der Zeit gebrauchen, die bei mir nötig wäre, das Lager zu erreichen. Und was die

Büchse betrifft, so habe ich ja längst bewiesen, daß ich weiter und sicherer treffe als Ihr. Das richtige ist also, daß ich hier bleibe, während Ihr zum Lager eilt."

Oroche fühlte sich geschlagen, doch gab er sich noch nicht besiegt.

„Beinahe möchte ich zugeben, daß Ihr wohl nicht so schnell laufen könnt wie ich, denn ich muß Euch allerdings gestehen, daß mich meine Beine schon öfters aus Lagen befreit haben, in denen ich für mein Leben keine Kupfermünze gegeben hätte. Aber ebenso müßt Ihr gestehen, daß Ihr ein besserer Reiter seid als ich, Señor Baraja!"

„Das ist richtig", klang die Antwort mit einem sehr hörbaren Stolz.

„Nun wohl! Es ist sehr leicht einzusehen, daß ein Reiter das Lager eher ereicht, als selbst der schnellste Läufer. Daher ist es notwendig, das Pferd Cuchillos zu suchen, das er hier in der Nähe versteckt hat, und Ihr werdet es besteigen."

„Meint Ihr das wirklich, Señor Oroche?"

„Allerdings!"

„Dann muß ich Euch sagen, daß ich dies nicht tun werde. Ich kenne dieses Pferd nicht; es soll sehr schlimme Launen haben, und außerdem wißt Ihr ja ebenso gut wie ich, daß es ständig stolpert. Ich möchte um anderer willen denn doch nicht meinen Hals wagen!"

„So fürchtet Ihr Euch vor dem Pferd?"

„Nein, aber es stolpert so, daß ein Reiter, der es nicht gewohnt ist, viel langsamer vorwärts kommen würde, als Ihr mit Euren langen Beinen. Es bleibt also dabei: Ihr geht!"

„O nein! Es bleibt dabei: Ihr reitet!"

„So geht und sucht das Pferd, Señor Oroche!"

„Wirklich? Wenn Ihr mitkommt!"

„Ich gehe nicht von der Stelle!"

„Ich noch viel weniger!"

„Ah! Darf ich Euch fragen, weshalb?"

„Aus demselben Grund, der Euch bestimmt, zu bleiben."

„Ihr seid sehr scharfsinnig und ebenso hinterlistig. Habt Ihr wirklich vorhin nichts gesehen, Señor Oroche?"

„Oh, doch vielleicht!

„Was?"

„Dasselbe, was Ihr gesehen habt, der sich um seine eigene Hinterlist bekümmern sollte!"

Der vorher so höfliche Ton des Gesprächs verschwand mehr und mehr.

„Ihr meint den Goldblock?"

„Allerdings! Ihr wollt nur hierbleiben, um ihn zu haben!"

„Und Ihr wollt nicht fort, um ihn aus dem Felsen zu brechen!"

Sie standen sich mit blitzenden Augen und vor Grimm verzerrten Zügen gegenüber, und es entstand eine lange Pause, während der sie einander anfunkelten wie zwei Wölfe, die sich vor Hunger aufeinander stürzen wollen.

Da kam ihnen doch die Überzeugung, daß ein solches Verhalten zu nichts führen könne, und Oroche ergriff das Wort.

„Señor Baraja!"

„Señor Oroche!"

„Es ist besser, wenn wir Freunde bleiben!"

„Das ist allerdings auch meine Ansicht; doch ist es nicht leicht, mit Euch in Güte auszukommen!"

„Auch Ihr macht mir die Freundschaft schwierig! Der Block ist außerordentlich schwer, und es ist unmöglich, daß ihn ein Mann allein zu heben vermag. Wir müssen uns beistehen und werden dann teilen."

„Ihr sprecht mir aus dem Herzen, Señor Oroche. Hier habt Ihr meine Hand; laßt uns aufrichtig miteinander sein!"

„Aufrichtig!" beteuerte der lange Mandolinenspieler.

„Wir teilen den Block!"

„Wir teilen ihn!"

„Aber Don Esteban und Diaz können wir unmöglich im Stich lassen!"

„Unmöglich!"

„Einer von uns muß fort!"

„Ja, einer!"

„Aber wer?"

„Wollen wir losen?"

„Wir müssen es!"

„Seht hier diese zwei Blätter: es ist ein großes und ein kleines. Ich rolle beide zusammen und lege sie in meinen Hut. Wir ziehen jeder eines von ihnen, und wer das größere ergreift, muß nach dem Lager."

„Ich stimme bei. Gebt her, ich ziehe zuerst!"

„Nein, ich! Ich habe das Recht dazu, denn der Vorschlag stammt von mir."

„Ihr werdet das kleine herausfühlen!"

„Ihr ebenso!"

„Ihr seid nicht aufrichtigt, Señor Oroche!"

„Und Ihr noch weniger als ich, Señor Baraja!"

Sie standen einander wieder enttäuscht gegenüber und maßen sich mit zornigen Augen. Der Golddurst hatte sie so ergriffen, daß sie selbst vor dem größten Verbrechen nicht zurückgebebt wären.

„Señor Oroche, ich mache Euch einen Vorschlag!"

„Ich höre ihn!"

„Ihr schüttelt die Blätter aus dem Hute heraus, und wie sie fallen, so fällt die Entscheidung. Der, zu dem das große fällt, wird gehen!"

„Unweigerlich?"

„Unweigerlich!"

„Gut, ich stimme bei. Paßt auf!"

Er schüttelte seinen Hutfetzen mit einer Andacht hin und her, als gälte es, ein außerordentliches Werk zu verrichten, und ließ dann die Blätter zur Erde fallen. Das große flatterte ihm gerade zwischen die Beine, während das kleine mehr auf Baraja zuflog.

„Das Los hat Euch getroffen, Señor Oroche!"

„Allerdings."

„Und Ihr werdet gehen!"

„Das versteht sich. Oder ist es nicht vielleicht besser, wenn ich reite?"

„Besser ist es. Wollt Ihr Euch das Pferd suchen?"

„Wollt Ihr mir helfen?"

„Ja."

„So kommt!"

Sie schlichen sich längs des Felspfades hinter den Büschen hin und stiegen auf der dem Goldtal entgegengesetzten Seite des Berges hinab. Unten angekommen, begannen sie, nach den Spuren des Pferdes zu suchen. Sie fanden sie und gelangten zu einer Grotte, in der das Tier angepflockt war. Sie banden es los.

„Steigt auf, Señor Oroche!"

Der lange Gambusino brauchte trotz seiner unendlich langen Beine eine beträchtliche Zeit, bis er in den Sattel gelangte.

„Macht schnell; es ist keine Zeit zu verlieren!" drängte Baraja.

„Por Dios, Ihr tut ja, als hinge das Leben der ganzen Christenheit an einer halben Sekunde! Werdet Ihr gute Wache halten?"

„Das versteht sich!"

„Ich werde die Expedition nicht von hier aus über den Berg zur Bonanza führen, sondern auf demselben Wege, den wir mit Don Esteban gekommen sind."

„Warum?" fragte Baraja, sich unwissend stellend, obgleich er den Beweggrund des anderen wohl vermutete.

„Weil es doch jemandem einfallen könnte, in die Tiefe zu blicken und unseren kostbaren Block zu entdecken."

„Ihr seid ein vorsichtiger Mann, Señor Oroche, auf den man sich verlassen kann. Jetzt aber macht, daß Ihr vorwärts kommt!"

„Gleich! Ihr werdet Euch natürlich nicht an unserem gemeinsamen Schatz vergreifen!"

„Nicht ohne Euch."

„Wollt Ihr mir Euer Ehrenwort darauf geben?"

„Ich gebe es Euch!"

„Oder halt; — verzeiht, Señor Baraja! Ihr müßt wohl zugeben, daß bei einem solchen Block das Ehrenwort eine unbedeutende Sache ist, an die man gar nicht denken kann. Schwört es mir lieber bei der heiligen Madonna!"

„Ich schwöre es!"

„Gut, ich werde diesem Schwur glauben!"

„Das könnt Ihr, besonders wenn Ihr bedenkt, daß es einem einzelnen Mann ganz unmöglich ist, sich des Goldklumpens zu bemächtigen!"

Oroche wandte das Pferd und ritt trotz der Eile, die eigentlich geboten war, nur höchst langsam und zögernd davon.

Baraja wartete, bis er ihn aus den Augen verlor und kehrte dann zum Felsensteig zurück, auf dem er wieder zur Höhe gelangte.

Das erste, was er tat, war, daß er sich am Rande niederlegte, um mit den Augen die Entfernung zu messen, die ihn von dem Block trennte.

„Der Lasso reicht, und ich weiß, daß er mich trägt. Ich lasse mich hinab, um den Klumpen genauer zu untersuchen!"

Er zog das Messer und schnitt einige Äste von den Büschen, um die er das eine Ende des Lassos befestigte, so daß sie einen Sitz bildeten, auf dem er vor dem Block Platz nehmen konnte. Das andere Ende schlang er um die Eiche, so daß die Äste ungefähr eine halbe Elle unterhalb des Goldklumpens schweben würden. Nun untersuchte er auch die Festigkeit des Baumes; sie war so unzweifelhaft sicher, daß er das Wagnis beginnen konnte.

Er legte sich auf den Boden, die Beine dem Abgrund zugekehrt. Er bedachte nicht, daß er den Block unmöglich emporbringen konnte; er sann auch nicht auf die Schwäche des Lassos, der so dünn war, daß es ein beinahe unausführbares Unternehmen genannt werden mußte, an ihm wieder emporzuklimmen — er wollte hinunter, nur immer hinunter über die grauenhafte Tiefe; das andere mußte sich dann von selbst ergeben, und schon schwebte er mit den Füßen über dem Abgrund, als ihn eine laute Stimme zurückhielt.

„Halt, Señor Baraja!"

Er blickte empor. Oroche kam atemlos den Felspfad emporgestiegen.

„Herauf, — sonst jage ich Euch eine Kugel in das verräterische Gehirn!"

Der lange Gambusino hatte wirklich die Büchse angelegt und zielte. Baraja beeilte sich daher sehr, wieder auf die Beine zu kommen.

„Diablo, Señor Oroche, ich denke, Ihr seid im Galopp unterwegs nach dem Lager!"

„Ich war es auch", meinte dieser mit vor Zorn und Anstrengung hoch gerötetem Gesicht; „aber eine innere Stimme warnte mich und gebot mir, umzukehren. Wie es scheint, komme ich keinen Augenblick zu früh, um Euch vor Raub und Meineid zu bewahren!"

„Raub und Meineid? Wo denkt Ihr hin!"

„Nun, was wolltet Ihr denn sonst da unten?"

„Ah, Señor Oroche, Ihr meint, ich habe den Block holen wollen? Seid Ihr wahnsinnig! Den schweren Block — und der Eid, den ich Euch geschworen habe, ist noch viel schwerer!"

„Ja, so schwer, daß Ihr ihn von Euch geworfen habt! Ich bleibe hier; ich gehe keinen Schritt von dieser Stelle fort!"

„Das wird sich finden, Señor Oroche!"

„Wieso, Señor Baraja?"

„Ihr werdet gehen, denn das Los hat Euch getroffen, und Don Esteban muß gerettet werden!“

„Der Teufel soll ihn holen samt Diaz und allen Jägern der Welt! Ihretwegen lasse ich Euch keine Sekunde mehr allein hier.“

„So werde ich Euch zu zwingen wissen!“

„Ah! Wieso, mein lieber Señor Baraja?“

Baraja erhob seinen Karabiner.

„Wenn Ihr nicht sofort macht, daß Ihr fortkommt, so jage ich Euch diese Kugel in den Kopf!“

„Und ich Euch die meinige“, antwortete Oroche, auch sein Gewehr erhebend.

Wieder standen sie einander gegenüber, sich gegenseitig den Tod wünschend, aber keiner wagte loszudrücken; sie wußten nur zu genau, warum.

„Señor Baraja!“ begann Oroche nach einer Weile des Schweigens aufs neue.

„Señor Oroche“, antwortete dieser.

„Wollt Ihr die Büchse senken?“

„Nicht eher, als bis Ihr die Eure wegtut!“

„Wir dürfen nicht schießen.“

„Weshalb?“

„Weil wir sonst die drei Jäger auf uns aufmerksam machen.“

„Das ist gewiß!“

„Wir wollen die Gewehre zugleich weglegen!“

„Ich stimme bei. Wohlan!“

Sie legten die Gewehre auf den Boden nieder und traten dann näher zueinander.

„Wißt Ihr, Señor Oroche, daß es wirklich besser ist, wenn wir Freunde bleiben?“

„Ich bin immer ganz der gleichen Meinung gewesen, doch Ihr kommt stets mit Euren verräterischen Plänen dazwischen. Man kann kein Vertrauen zu Euch haben.“

„Wir wollen Vertrauen fassen, und ich werde Euch einen Vorschlag machen.“

„Laßt ihn hören!“

„Wir wollen den Klumpen gleich jetzt gemeinschaftlich zur Höhe schaffen.“

„Das ist allerdings das beste, was wir tun können. Man vermag nie vorauszusehen, was die nächste Stunde bringt, und daher ist es besser, wir haben ihn in Sicherheit.“

„Einer von uns muß hinab.“

„Einer! Aber wer?“

„Ich.“

„Nein, ich!“

Beide dachten in ihrem Wahnsinn nicht an die Gefahr, sondern nur daran, das Gold sobald wie möglich in die Hand zu bekommen.

„Warum gerade Ihr?"

„Und warum Ihr?"

„Weil ich leichter bin als Ihr und Ihr mich also besser halten könnt."

„Leichter als ich? Gerade umgekehrt!"

Baraja blickte vor sich hin. Sein Gesicht bekam einen Ausdruck, den Oroche leider nicht bemerkte.

„Nun wohl, Señor Oroche, damit Ihr seht, daß ich besser bin, als Ihr vorhin sagtet, werde ich Euch Euren Willen lassen. Gebt den Lasso her! Wir werden ihn mit dem meinen verbinden, weil sie dann doppelt zu tragen vermögen."

Die beiden Lassos wurden an ihrem einen Ende um die Äste geschlungen und mit dem andern um den Eichstamm gelegt. Oroche nahm den Sitz zwischen die Beine und das Messer zwischen die Zähne; Baraja faßte die sechsfach zusammengeflochtenen Riemen, und der lange Mandolinenspieler sank langsam an der Wand des Abgrunds hinab.

„Halt!" rief er jetzt von unten herauf.

Er hatte den Block erreicht. Baraja knotete die Lassos an der Eiche fest und blickte nun hinunter, wo Oroche alle Kraft anstrengte, um den ungeheuren Klumpen aus seiner Umfassung herauszubrechen.

„Wird es gehen?"

„Ja, doch langsam!"

Es verging wohl eine Viertelstunde. Stück um Stück des harten Kieses sprang aus der Felswand, und Oroche arbeitete mit einer Gier und Anstrengung, daß ihm dicke Schweißtropfen von Stirn und Wangen rannen. Endlich stieß er einen lauten Jubelruf aus.

„Fertig?" fragte Baraja von oben herab.

„Ja."

„Könnt Ihr ihn halten?"

„Er ist ungeheuer schwer!"

„Laßt ihn um aller Heiligen willen nicht fallen!"

„Nein. Aber zieht, schnell, zieht, denn lange kann ich ihn nicht halten!"

Baraja arbeitete aus Leibeskräften. Sein Blick ruhte auf dem Messer, das er sich zurechtgelegt hatte, und auf der Stelle des Randes, an der Oroche erscheinen mußte.

Da tauchte der Kopf des Erschöpften empor.

„Diablo, ist das eine Last! Zieht, Señor Baraja, zieht!"

„Legt ab, Señor Oroche, legt ab; dann könnt Ihr die Hände gebrauchen um Euch vollends heraufzuschwingen!"

Das leuchtete dem Gambusino ein. Er legte den Goldblock, der kaum mit dem dritten Teil seines Umfangs aus dem Felsen herausgesehen hatte, am Rand des Abgrunds nieder und wollte dann mit den Händen den Felsen erfassen. In diesem Augenblick aber ergriff Baraja sein Messer.

„Fahre hinab, Schuft!"

Mit einem einzigen, kräftigen Schnitt hatte er beide Lassos getrennt, aber doch einen Augenblick zu spät. Oroche hatte die Bewegung bemerkt und in wahnsinniger Angst sofort nach dem Block gegriffen. Das schwere Gold lag nicht fest und zu nah am Abgrund, als daß es ihn hätte halten können. Ein einziger, entsetzlicher Schrei erscholl, der rings in zehnfachen Echos widerhallte, noch viel fürchterlicher als die beiden Laute, die Cuchillo am frühen Morgen ausgestoßen hatte. Der Gambusino verschwand in dem kochenden Abgrund; der Goldblock aber schlug auf einer hervorstehenden Felskante auf, daß diese zerbarst, fiel von da auf eine zweite herausragende Spitze und wurde durch diese beiden Hindernisse so aus der senkrechten Fallinie gebracht, daß er nicht in das schäumende Wasser stürzte, sondern am Rande tief in den weichen Boden schmetterte, der sich augenblicklich über ihm schloß.

„Santa Madonna, was habe ich getan!" rief Baraja. „Das Gold ist weg, unwiederbringlich verloren!"

Er beugte sich über den Abgrund und starrte mit glanzlosen Augen in die Tiefe; er konnte nicht anders denken, als daß der Block mit Oroche ins Wasser gefallen sei.

„Ich Tor, ich armseliger, elender, unvorsichtiger Tor! Ich konnte warten, bis ich den Klumpen sicher hatte, und erst dann diesen Oroche zum Teufel schicken!"

Noch immer starrte er hinab. Er konnte das Auge nicht von der Tiefe wenden, in der ein Reichtum verschwunden war, um dessentwillen er vergebens einen Mord auf sein Gewissen geladen hatte.

Da kam eine lange Gestalt um die Ecke der Pyramide geschritten. Es war der Kanadier. Er blickte nach oben und erkannte trotz der Entfernung das Gesicht des Mörders.

„Hallo, Señor Baraja, was tut Ihr noch hier in den Bergen? Macht, daß Ihr fortkommt, sonst wird Euch meine Büchse den Weg zeigen!"

Der Kopf des Angerufenen fuhr zurück, beugte sich aber nach einigen Augenblicken wieder vor.

„Hm", brummte Bois-rosé, „das war ein Schlag, als ob ein Felsen in die Erde führe. Es muß etwas außerordentlich Schweres von oben herabgestürzt sein. Ah, was ist denn das?"

Auf der halben Höhe der Felswand klaffte eine Spalte, aus der langes, trockenes Gras in dichten Büscheln hervorragte, und an einem dieser Büschel hing die Hälfte des durchschnittenen Lassos mit den daran befestigten Ästen.

„Das ist ein doppelter Lasso mit Quersitz. Zwei Lassos — es sind also zwei gewesen, von denen der eine den anderen herabgelassen hat. Aber es ist nur die Hälfte! Sind die Lassos zerrissen oder zerschnitten worden? Jedenfalls zerschnitten, denn zwei vereinte Lariats reißen unter keiner Last. Baraja ist noch oben, es kann also kein anderer gewesen sein als der langhaarige Mensch, den sie Oroche nennen, der den Schrei ausgestoßen hat! Aber was hat er an der Wand zu tun gehabt?"

Er trat näher an den Rand des Beckens, in dessen Tiefe die Kaskade stürzte. Einige Stücke des ausgebrochenen Kieses lagen verstreut umher; sie waren durch die Gewalt, die Oroche angewandt hatte, bis hierher geschleudert worden.

Er sammelte sie und betrachtete sie genau; dann suchte sein Auge in der Höhe nach einem Punkt, der seine Vermutung bestätigen sollte.

„Richtig, dort ist ein rundes Loch! Der Gambusino hat da etwas herausgebrochen. Was mag es gewesen sein? Jedenfalls etwas Wertvolles, sonst läßt sich kein Mensch über einer solchen kochenden und tosenden Hölle an einem Lasso herab. Vielleicht gar Gold!"

Er trat näher an das Wasser und untersuchte den Boden genau. An einer sehr nah am Rand des Beckens liegenden Stelle war die Erde etwas aufgelockert. Bois-rosé bückte sich.

„Ein Loch, ein tiefes Loch, über dem sich die Erde geschlossen hat. Das ist nicht gegraben worden, wie man sofort sieht, denn es ist vollständig neu und zeigt in seiner Nähe nicht die geringste Spur eines Fußes!"

Er zog das Messer und erweiterte es.

„Gold, wahrhaftig Gold! Und ein Klumpen, wie ihn noch kein Mensch gesehen hat! Der hat dort oben in der Felswand gesteckt; nun ist mir der Schrei klar!"

Er entfernte die Erde und langte dann in die Vertiefung. Seiner riesigen Kraft war es ein leichtes, den Block emporzuheben. Er wusch die Erde von ihm ab und schwang ihn dann auf seine Schulter.

„Fabian, mein Sohn, ich bringe dir eine Gabe, wie sie selbst der große Mogul nicht unter seinen Schätzen hatte!"

Er schritt zwischen der Pyramide und dem pflanzenreichen See hin und verschwand wieder hinter der Ecke, um die er vorhin herumgekommen war.

Baraja hatte sich von seinem Standort keinen Augenblick entfernt und den ganzen Vorgang mit angesehen. Mit außerordentlicher Spannung war er jeder Bewegung des Kanadiers gefolgt, und als dieser den Block aus der Erde brachte, rang sich ein unartikulierter Schrei der Wut aus seiner zusammengepreßten Brust.

Was sollte er tun? Seine Hand griff nach der Büchse; er legte sie an, um auf den Jäger zu schießen, aber das Delirium des Grimms, das seine Pulse doppelt schnell schlagen ließ, hatte ihm doch noch einen Rest von Überlegung übrig gelassen, der ihm sagte, daß er damit das Gold nicht zurückbekommen und sich nur in eine neue Gefahr begeben würde.

„Ich werde sie beobachten und sehen, was sie beginnen, dann mag es sich entscheiden, was ich tue!"

Er erhob sich und nahm seine sowie Oroches Büchse auf Dem Felspfad folgend, stieg er zur Grotte nieder, um zu sehen, ob der lange Gambusino das Pferd Cuchillos wieder eingestellt hatte. Es stand da wie vorhin, als sie es entdeckten. Er raffte einige Arme dürren Futters zusammen und warf es ihm vor; dann stieg er wieder zur Höhe empor, wo er sich diesmal so aufstellte, daß er den Raum zwischen der Pyramide und dem Goldtal vollständig überblicken konnte.

„Hier bleibe ich, denn hier kann mir nichts entgehen, was da unten geschieht. Und das Pferd ist mir auch für alle Fälle sicher, denn Cuchillo kann gar nicht zu ihm gelangen, ohne hier vorüber zu müssen!"

So saß er lange, von den Büschen versteckt, und blickte hinunter auf den Platz, wo Dinge vor sich gingen, die seine ganze Aufmerksamkeit in Anspruch nahmen und zuletzt sein Haar zu Berge stehen ließen.

Der Nachmittag verging und die Dämmerung nahte. Da erhob er sich endlich, tief aufatmend.

„Alles wieder versteckt! Sie schlagen ihr Nachtlager auf der Pyramide auf. Wer diesen Männern in die Hände fällt, für den gibt es keine Rettung. Was tue ich jetzt?"

Er blickte in die Tiefe hinab, aus der schon die Nebel zu quillen begannen, von denen die Berge ihren Namen bekommen hatten.

„Es wird Nacht. Soll ich hierbleiben und sie während des Schlafs überfallen? Nein. Es wird stets einer von ihnen wachen. Hätten wir doch diesen Tiburcio getötet, damals in der Hacienda del Venado oder am andern Morgen im Wald! Dann hätten sie uns nicht diese prachtvolle Bonanza streitig machen können. Oder wäre er nur wenigstens dann in der Stromschnelle ertrunken! Es bleibt mir nichts anderes übrig, als in das Lager zu reiten und während der Nacht die Goldsucher herbeizuführen, damit wir sie hindern, am Morgen die Bonanza auszuräumen und sich mit den Schätzen zu entfernen!"

Er stieg den Felsweg hinab und schritt auf die Grotte zu. Auch hier ballten sich bereits die Nebel zu dichten Massen und ließen eine feuchte, kalte Nacht vermuten. Er zog das Pferd heraus und schwang sich in den Sattel.

Über den Steg zurück, die Schlucht hinab und an der Pyramide vorüber durfte er nicht weiter; also war er gezwungen, einen Umweg zu machen. Zwei Anhöhen, die ihm seitwärts den Weg zu versperren schienen, ließen, als er näher kam, trotz der tiefen Dämmerung ein Tal erkennen, das ihn hinaus auf die Ebene führen mußte.

Das Pferd kam wegen des Gerölls, das den Weg bedeckte, nur mühsam vorwärts, und erst als er die Höhen hinter sich hatte, konnte er es zu schnellerem Schritt antreiben.

Dennoch war bisher wohl schon eine Stunde vergangen; vollständige Dunkelheit bedeckte die Erde, und nur einzelne Sterne glänzten vom Himmel hernieder. Da hielt er plötzlich und unwillkürlich sein Reittier an. Er hatte Schüsse vernommen, deren Schall aus der Gegend des Lagers kam.

„Was ist das? Sind wir wieder von den Wilden überfallen worden? Dann sind die Weißen verloren, jetzt, wo ihnen der Anführer fehlt!“

Er zitterte und bebte vor Schreck, dennoch aber spornte er das Pferd zur Eile. Es war ihm nicht darum zu tun, am Kampf teilzunehmen, sondern er folgte nur einem augenblicklichen Antrieb, über den er sich keine Rechenschaft abzulegen vermochte.

So kam er eine tüchtige Strecke vorwärts, bis sein Tier plötzlich scheute und auf die Seite sprang. Eine Gestalt hatte sich gerade vor ihm aufgerichtet.

„Wer da?“ scholl es ihm entgegen.

Er kannte diese Stimme, deren Klang seinen Mut wieder hob.

„Ich, Señor Diaz!“

„Ah, Baraja! Wo ist Oroche?“

„Ich weiß es nicht. Wir haben uns getrennt.“

„Aber ich weiß es, wo Ihr ihn habt, und wir werden später ein Wort darüber sprechen. Woher habt Ihr Cuchillos Schimmel?“

„Ich fand ihn in einer Grotte, in der er ihn versteckt hatte.“

„Das ist ein glücklicher Zufall! Das Lager ist angegriffen; wir müssen den Unsrigen zu Hilfe eilen. Vorwärts, Señor Baraja!“

Er schwang sich hinter Baraja aufs Pferd und nahm dem Mörder die Zügel aus der Hand. Seine Sporen eindrückend, veranlaßte er das Tier zum eiligsten Lauf, und so flog es trotz seiner Last und der Dunkelheit im Galopp die Ebene entlang.

„Ah, Ihr habt zwei Karabiner?“ fragte Diaz während des Ritts. „Der andere gehört jedenfalls Oroche, den Ihr wegen des Goldblocks in die Tiefe gestürzt habt. Señor Baraja, ich bin jetzt der Anführer der Expedition, und ich sage Euch, daß Euch nach dem Kampf Eure Strafe erwartet!“

Der Mörder antwortete nicht. Seine Brust preßte sich zusammen vor Angst über das Zusammentreffen mit den Indianern und vor der Anstrengung und Schnelligkeit des unbequemen Ritts, den nur ein Mann wie Diaz auf längere Zeit auszuhalten vermochte. Er hatte nur den einen Gedanken, sich diesem Kampf und dann der Strafe zu entziehen, mit der ihm der Indianertöter drohte.

Die Schüsse wurden von Minute zu Minute deutlicher. Sie schienen erst von einem bestimmten Punkt auszugehen, zerstreuten sich aber nach und nach über die Ebene.

„Teufel, die Roten haben gesiegt und verfolgen die flüchtigen Weißen! Vorwärts, vorwärts!“

Das Pferd wurde gezwungen, weiter auszugreifen. Das Lager war nur noch etwa zehn Minuten entfernt. Einzelne dunkle Gestalten und miteinander ringende Gruppen tauchten rechts und links vor ihnen auf; hier und da erscholl der Todesschrei eines Mexikaners, während die Wilden nicht aufhörten, ein weithin schallendes Jubelgeheul zu unterhalten, und da, gerade vor ihnen, kämpfte ein Weißer gegen mindestens acht Indianer. Er wurde niedergeschmettert.

„Herunter vom Pferd!“ rief Diaz.

Baraja glitt herab, sah sich aber sofort von zwei Roten ergriffen, die ihn zur Erde warfen und mit einem Lasso umschlangen. In der Absicht, sofort zu fliehen, hatte er kaum den Boden berührt, da war er bereits gefangen —; Diaz brauchte nun wohl keine Strafe mehr über ihn zu verhängen.

Diaz hatte, als er sich allein auf dem Pferde fühlte, dieses fest in die Zügel genommen und stürmte zwischen die Roten hinein. Mit verbissener Kraft faßte er den Karabiner beim Lauf und teilte Hiebe aus, unter denen einer der Feinde nach dem andern niedersank.

Ein Wutgeheul erscholl um ihn, das augenblicklich neue Feinde herbeilockte. Er sah sich umzingelt; rundum erschollen die Siegesrufe der Rothäute, und das Lager lag in grauenhafter Finsternis. Es war alles verloren, alles, und für ihn gab es nur noch die Flucht. Er faßte die Büchse fester und riß sein Pferd empor. Unter dem gewaltigen Druck seiner Sporen wieherte es laut auf und setzte über die ihn umringenden Feinde hinweg. Ein neues Wutgeheul erscholl hinter ihm; da jagte er schon wieder hinaus in die Ebene, wo ihn die Dunkelheit umfing und vor jeder Verfolgung verbarg.

Er ritt so lange, bis er sich sicher wußte. Bei einigen Steineichen, die er bemerkte, stieg er ab, band sein keuchendes Pferd an und warf sich auf die Erde, um auszuruhen von den Erlebnissen des heutigen Tages.

Hinter ihm, nach dem Lager zu, rötete sich der Himmel und färbte sich mit purpurnen, immer glühender werdenden Tinten. Eine helle, flackernde Lohe stieg empor und warf wie ein feuriger Meteor ihren Schein weit in die Steppe hinaus. Diaz wurde von ihm nicht erreicht; er lag weiter in tiefem Dunkel.

Der heutige Tag hatte soviel Außerordentliches gebracht, daß selbst ein Mann wie Diaz einige Zeit brauchte, um innerlich ruhig und klar zu werden. So lag er lange still, um sich zu überlegen, was er zu tun habe. Da war es, als dränge das Geräusch nahender Schritte an sein lauschendes Ohr. Er erhob sich und zog das Messer.

Nicht weit von ihm hielten die Schritte an, und er vernahm die Bewegungen eines Menschen, der sich zur Erde niedersetzt. Er mußte wissen, wer es war. Jedenfalls ein Weißer, denn ein einzelner Indianer hätte sich sicher nicht von den Siegern getrennt, um draußen in der einsamen Wildnis auszuruhn.

Er legte sich auf dem Boden nieder und kroch vorsichtig der Stelle zu, an der der Mann saß. Als er nahe genug herangekommen war, um die Umrisse der dunklen Gestalt erkennen zu können, war er sich zuerst im unklaren, wen er vor sich hatte. Der Fremde trug eine Decke um den Oberkörper gewickelt, hatte das Haar zu einem Knoten geschlungen und darüber einen Federstutz befestigt, wie er das Abzeichen der Papagosindianer bildet.

„'s death, dauert das lange!“ murmelte er. „Ich werde warten müssen.“

„Ein Weißer, und zwar ein Staatenmann", sagte sich Diaz, der an dem englischen Fluch sofort erkannte, wen er vor sich hatte. „Er trägt Bowiemesser und eine Büchse. Ich kann sie nicht genau erkennen, aber ich möchte wetten, daß es kein schlechtes Gewehr ist. Warum hat er sich als Rothaut verkleidet?"

Der Indianertöter lag so nahe hinter dem Fremden, daß er diesen mit der Hand hätte erreichen können. Hätte er gewußt, daß es Main-rouge, der berüchtigte Räuber der Savanne war, so wäre er wohl nicht so schweigend wieder zurückgekrochen, wie er es jetzt tat; so kannte er ihn nicht und beschloß, abzuwarten.

Noch immer brannte in der Ferne die Flamme bis hoch in den nächtlichen Himmel empor. Die Indianer hatten die Wagenburg der Goldsucher in Brand gesteckt. Da vernahm Diaz das Nahen menschlicher Schritte, und es wurde ein Pfiff ausgestoßen, den Main-rouge erwiderte. Zwei Männer kamen herbei, denen zwölf Indianer auf dem Fuße folgten.

„Go on, Alter", rief der eine in englischer Sprache. „Wir haben keine Zeit zu verlieren!"

„Wohin?"

„Nach den Nebelbergen."

„Was wollen wir dort? Ich denke, du bist zu Schwarzvogel, um mich bei ihm anzumelden!"

„Ist die Rothaut ein so großes Tier, daß ein Weißer angemeldet werden muß? Ich sage dir, alter Sünder, daß jeder Apatsche froh sein muß, wenn Sang-mêlé mit ihm spricht!"

„Was willst du in den Nebelbergen? Du willst zum Boot, das wir dort haben? Bist du schon fertig mit dem Häuptling?"

„Ich habe es kurz gemacht. Ich habe ihm die Herden des Señor Agustín Pena und den Skalp Falkenauges versprochen; er wird sofort nach dem Büffelsee aufbrechen."

„Und wir?"

„Gehen nach den Nebelbergen, um einen Schatz zu heben, ehe wir dem Häuptling folgen."

„Was für einen Schatz?"

„Hier dieser Mann, ein mexikanischer Strolch, den die Roten eben martern wollten, als ich kam, versprach, mir eine außerordentlich reiche Bonanza zu verraten, wenn ich ihn retten wollte. Schwarzvogel gab ihn für Falkenauge los, und ich nahm ein Dutzend Indianer mit, um für alle Fälle gerüstet zu sein."

Baraja, denn dieser war der ‚mexikanische Strolch', verstand kein Wort englisch, sonst hätte er sich über diesen Ehrentitel gewiß nicht sehr gefreut. Seine heruntergekommene Gestalt wurde, soviel es die Dunkelheit gestattete, von Main-rouge scharf gemustert.

„Der Kerl sieht nicht so aus, als ob er eine Bonanza zu verschenken hätte!"

„Pah! Du glaubt doch nicht etwa, klüger zu sein als ich? Der Mensch befindet sich ganz in meiner Hand. Hat er mich belogen, so hat er bei mir ein Schicksal zu erwarten, gegen das das Braten und Martern der Indianer ein Kinderspiel sein würde. Jetzt aber vorwärts, damit wir sehen, ob das Placer wirklich so überaus reich ist, wie er es mir beschrieben hat!“

Er schritt mit Main-rouge und Baraja voraus; die Indianer folgten einer hinter dem andern, wie es ihre Gewohnheit ist.

Diaz erhob sich jetzt vom Boden.

„Welch ein Glück, daß diese Schurken nicht bei den Eichen haltmachten; mein Pferd hätte mich verraten. Wer sind diese beiden Männer, denen der Verräter die Bonanza zeigen will? Sie müssen eine nicht gewöhnliche Macht über die Roten ausüben! Don Agustín Pena soll überfallen werden? Ich muß unverweilt nach dem Büffelsee, um ihn zu warnen! Und vorher reite ich nach dem Goldtal, um Tiburcio, den jungen Grafen de Mediana, und seine beiden Jäger zu unterrichten. Ich werde trotz des Umwegs, den ich machen muß, um nicht bemerkt zu werden, das Tal noch vor der Schar erreichen und also zur rechten Zeit kommen, die Freunde auf die bevorstehende Gefahr aufmerksam zu machen.“

Er band sein Pferd los, stieg auf und jagte in die tiefe, stille Nacht hinein. —

Unterdessen hatten sich am Goldtal ernste Ereignisse abgespielt.

Als sich Don Esteban und Diaz in die Hände der drei Jäger gegeben sahen, folgten sie diesen bis zu der Stelle, an der zwischen Goldtal und Pyramide die erschossenen Pferde lagen. Der Augenblick war jedenfalls verhängnisvoll, und er beherrschte die Gemüter in so viel verschiedenen Stimmungen, wie Menschen anwesend waren.

Der Graf Mediana mußte sich sagen, daß ein einziger Augenblick genügt hatte, ihm alle Karten aus der Hand zu reißen und ihn, den reichen Granden, in die Hände dreier Männer zu geben, die bis jetzt nichts anderes besessen hatten als ihre guten Büchsen. Er wußte, was kommen würde, denn das fürchterliche Wort ‚Savannengericht‘ hatte ihm alles gesagt. Der Grimm, den er über die unerwartete Niederlage empfand, vermischte sich mit einem dumpfen, tauben Gefühl, als habe er mit einer Keule einen Schlag erhalten, unter dem ihm Selbstbestimmung und Zurechnungsfähigkeit gänzlich verlorengegangen waren.

Fabian sah sich vor einem Augenblick stehen, der bestimmt war, die großen Geheimnisse seines Lebens zu enthüllen. Es war ihm, als stehe er an der Pforte eines Tempels, unter dessen Säulen er neu geboren werden sollte. Aber alle diese Säulen waren von Kapitellen gekrönt, von denen herab ihm die Masken des Todes entgegengrinsten; wo er hinblickte, sah er die Mutter mit ihrem Mörder ringen; wohin er nur lauschte, hörte er ihren letzten Schrei; und so lebte eine Stimme in ihm, die nach Rache und Vergeltung schrie und jede milde Regung verdammte, die vielleicht bereit gewesen wäre, Gnade und Nachsicht zu üben.

Diaz fühlte einen Zwiespalt in seinem Innern, den er nicht auszugleichen vermochte. Er hatte bewundernd die Gewandtheit, Umsicht und Festigkeit beobachtet, durch die es Don Esteban de Arechiza gelungen war, einen Haufen wilder, gewalttätiger Abenteurer zu zügeln und in eine wohlbewehrte und geordnete Truppe zu verwandeln. Er achtete seinen Anführer und war bisher gewohnt gewesen, ihm Gehorsam zu leisten. Nun hatte er die Anklage Pepe Dormilóns und Fabians gehört, und die Auslassungen Cuchillos waren ganz geeignet gewesen, ihn zu überzeugen, daß diese Anklagen wohlbegründet waren.

Pepe, der frühere Miquelete, sah seinen heißen Wunsch erfüllt, den Grafen de Mediana zwischen seine kräftigen Fäuste zu bekommen. Ein unendliches Rachegefühl gegen diesen Mann hatte sein Leben bis heute erfüllt, und er war fest entschlossen, dem Mord, dessen unwissentlicher Teilnehmer er geworden war, heute eine strenge Vergeltung folgen zu lassen.

Was endlich Bois-rosé betrifft, so fühlte er jetzt nur seine Liebe zu Fabian und den Ernst der richterlichen Verhandlung, an der er teilnehmen sollte. Sein Sohn stand jetzt vor der so lange ersehnten Aufklärung einer in tiefes Dunkel gehüllten Vergangenheit, und der Kanadier war gewillt, ihm dabei nach Kräften zu helfen. Er hatte lange Jahre in Wald und Prärie gelebt; jeder Zoll an ihm war Jäger, und die Anschauungen der Wildnis, in der ein jeder auf seine eigene Kraft angewiesen ist, hatten sich mit seiner natürlichen, biederen Frömmigkeit zu einer Gesinnung vereinigt, die das bevorstehende Savannengericht jedenfalls zu einer Handlung der lautersten Gerechtigkeit gestalten mußte.

Pepe war der erste, der das Wort ergriff.

„Macht, daß wir beginnen, Don Fabian! Es ist alles vorhanden, was zur Sitzung nötig ist, und wir können nicht behaupten, daß wir lange ungestört bleiben werden.“

Der Angeredete nickte und wandte sich zu Don Esteban.

„Ihr habt gehört, Señor, was von uns über Euch beschlossen worden ist. Ich hoffe, Ihr werdet Euch in Eure Lage finden!“

Arechiza blickte finster auf.

„Ich kenne niemanden, der ein Recht haben könnte, über mich Gericht zu halten. Wer eine Beschwerde vorzubringen hat, mag sich an die Behörde wenden!“

„An die Behörde?“ lachte Pepe höhnisch. „Santa Lauretta, seid Ihr klug! Ich habe Euch bereits einmal den Gefallen getan, mich an das Ding zu wenden, von dem Ihr sprecht; da ich aber auch heute noch keine Lust verspüre, nach dem Presidio Ceuta auf Thunfischfang zu gehen, so werdet Ihr Euch wohl in unsere Anordnungen finden müssen!“

„Ich erkenne keinen Mann als Richter an, der landesflüchtig wurde, um einer über ihn verhängten gerechten Strafe zu entgehen!“

Pepes Augen blitzten auf.

„Gerecht, sagt Ihr? Mann. wenn Ihr noch eine einzige solche Äuße rung wagt, so schlage ich Euch mit diesen meinen Händen nieder wie einen Schakal, der die Luft verpestet! Ein guter Dolchstoß mag zu seiner Zeit am Platz sein, wer ihn aber leugnet und einem Unschuldigen ins Gesicht schleudert, der handelt feig und ehrlos und darf sich nicht wundern, wenn er abgetan wird wie ein schmutziges Ungeziefer."

Auch der Kanadier war aufs höchste erzürnt über die seinem Gefährten angetane Beleidigung.

„Señor", sagte er fest, „wir stehen im Begriff, ein ehrliches Gericht über Euch zu halten. Zwingt uns nicht, Euch als Lügner und gewissenlosen Schurken zu behandeln, denn dann hättet Ihr das Schicksal eines Gewürms, das man tötet, wo man es nur findet. — Laßt uns beginnen, Freunde!"

„Ja, beginnen wir", stimmte Fabian bei. „Willst du das Gericht zusammensetzen, mein Vater?"

„Sogleich! Wer ist Ankläger?"

„Ich!" antwortete Pepe.

„Und ich!" fügte Fabian hinzu.

„So tretet zur Seite, denn Ihr könnt nicht Richter sein."

„Das wirst du übernehmen, Vater!"

„Nein, mein Sohn, das kann ich nicht, denn meine Liebe zu dir würde mich möglicherweise zu einem ungerechten Urteil bewegen. Wir haben nur einen hier, der dieses Amt zu versehen vermag."

Er wandte sich an Diaz.

„Señor Diaz, Ihr werdet uns hoffentlich die Ehre erweisen, den Vorsitz zu übernehmen."

„Wollt ihr mir zumuten, über den Gericht zu sitzen, der mein Anführer ist und den ich vor wenigen Minuten noch befreien wollte?"

„Und dennoch werdet Ihr es tun. Ich werde das Amt des Wächters übernehmen müssen, und Ihr kennt den Savannenbrauch zu gut, um nicht zu wissen, daß es die Pflicht eines jeden Jägers ist, sich einer gerechten Sache anzunehmen. Ihr würdet uns durch eine Zurückweisung beleidigen."

„Nun wohl, so muß ich euch zu Willen sein! Doch ersuche ich euch, sofort zu beginnen, da wir uns auf dem Gebiet von Männern befinden, die es sich sehr zum Vergnügen machen würden, unsere Sitzung durch einige Kugeln oder Pfeile zu unterbrechen!"

„So erlaubt, daß ich nach altem Brauch die Plätze verteile!"

Bois-rosé wies Diaz, als dem einzigen, der das Recht hatte, sich zu setzen, den Sattel eines der erschossenen Pferde an; dann zog er diesem gegenüber mit dem Ladestock einen Kreis.

„Das ist Euer Ort, Don Esteban. Ich hoffe, daß Ihr diese Linie nicht überschreitet, da die augenblickliche Folge davon eine Kugel sein würde!"

Zur Linken und Rechten von Diaz stellten sich Fabian und Pepe auf, außerhalb davon der Kanadier, um als Wächter für Ordnung und Sicherheit Sorge zu tragen.

Diaz zog sein Messer und stieß es in die Erde.

„Señores, das Gericht beginnt; es soll dauern, solange diese Klinge sich verbirgt zum Zeichen, daß nicht Gewalt, sondern Recht und Gerechtigkeit walten soll unter uns. Strafe dem Verbrechen, Strafe aber auch der Lüge und Verleumdung, die auf Rache und Verderben sinnt! Wer hat eine Klage unter euch?"

„Ich, Pepe Dormilón, wie mein Name lautet."

„Und ich, Tiburcio Arellano, wie ich bisher genannt wurde."

„So stoßt auch eure Messer in die Erde. Möge euch der Tod treffen, so scharf und spitz wie eure Klingen sind, wenn ihr auf Unrecht denkt!"

Sie folgten seinem Gebot nach dem alten, heiligen Brauch der Savanne.

„Pepe Dormilón, wen klagt Ihr an?"

„Ich klage an diesen Señor Don Esteban de Arechiza, der eigentlich Graf Antonio de Mediana heißt."

„Wie lautet Eure Klage?"

„Ich klage ihn an dreimal; ich klage ihn an des Mordes, des Menschenraubes und des Mißbrauchs der richterlichen Gewalt zur Verurteilung eines Unschuldigen."

„Don Esteban de Arechiza, gebt Ihr zu, der Graf Antonio de Mediana zu sein?"

„Ich bin es", antwortete er stolz.

„Erkennt Ihr an, daß dieser Pepe Dormilón ein Recht zu seiner Anklage habe?"

„Ich erkenne nichts an, auch nicht Euer Recht, mich zu verhören, und werde antworten, wenn es mir beliebt."

„Ihr habt Euren Willen, Don Antonio; aber das Gesetz der Savanne lautet: ‚Wer die Antwort verweigert, erklärt sich durch sein Schweigen für schuldig und überführt.' Das mögt Ihr wohl bedenken! In der Steppe gilt nicht der Titel, sondern nur der Mann. Wer nicht fallen will, muß sich zu verteidigen wissen. — Pepe Dormilón, redet!"

„Der Angeklagte hat ermordet seine Schwägerin, die Gräfin Doña Luisa de Mediana auf Schloß Elanchove."

„Ist diese Anklage gerecht, Don Esteban?"

Der Gefragte schwieg.

„Bedenkt, daß Euer Schweigen als Zugeständnis gilt!"

„Ihr treibt ein Puppenspiel, Señor Diaz", antwortete Arechiza jetzt. „Ihr stoßt Euer Messer in die Erde zum Zeichen, daß nur Recht und Gerechtigkeit walten solle, und laßt doch nichts gelten als die Gewalt. Ich habe nichts zu gestehen und nichts zu widerlegen. Wer mich anschuldigt, mag den Beweis führen, daß er die Wahrheit sagt!"

„Pepe Dormilón, könnt Ihr diesen Beweis bringen?"

„Er liegt in der Erzählung, die ich Euch geben werde."

Er berichtete den Vorgang jener Nacht auf Elanchove so genau, wie er sich seinem Gedächtnis eingeprägt hatte. Diaz konnte nicht anders, er mußte sich von der Schuld des Grafen vollständig überzeugt fühlen.

„Don Antonio, es tut mir leid, Euch sagen zu müssen, daß ich alles, was dieser Señor sagt, für Wahrheit halte!“

„Denkt, wie Ihr wollt! Auf eine Meinung hin aber darf kein Mensch verurteilt werden. Eine Erzählung ist kein Beweis. Bringt Zeugen!“

„Das Gesetz der Savanne hält einen Zeugen nicht für alle Fälle erforderlich. Die Überzeugung ist genügend, Euer Urteil zu fällen. Ich fordere Euch auf, einfach zu sagen, ob Ihr den Mord begangen habt oder nicht!“

„Ich antworte nicht!“

Er war zu stolz, ein Zugeständnis zu geben oder eine Lüge zu sagen, die ihn vielleicht doch nicht retten konnte.

„Euer Schweigen gilt als Ja. Ihr seid des Mordes und des Kindesraubes schuldig. Wo ist der Knabe hingekommen?“

„Eure Fragen sind überflüssig. Ich kann Euch keine Auskunft erteilen.“

„So erzählt weiter, Señor Pepe!“

Dormilón berichtete von seiner Verurteilung und späteren Flucht. Als er geendet hatte, wandte sich Diaz wieder an Arechiza.

„Bekennt Ihr Euch zu dem, was Ihr gehört habt?“

Der Gefragte zog es wiederum vor, zu schweigen.

„Sagt ja oder nein!“

Auch jetzt erfolgte keine Antwort.

„Euer Schweigen ist uns genug! Don Esteban, ich habe Euch eine nicht gewöhnliche Achtung gezollt, und ich würde viel darum geben, wenn ich Euch unschuldig sehen könnte; Euer Verhalten jedoch ist nicht das eines Mannes, dem man eine bleibende Teilnahme widmen darf!“

„Behaltet Eure Teilnahme, Diaz. Ihr seid ein Abtrünniger. Ihr habt mir Treue und Gehorsam zugesagt und Euch doch jetzt mit Personen verbunden, die mein Verderben wollen. Ich bin in Eurer Gewalt, doch beugen werde ich mich nicht vor Euch. Der Graf von Mediana lacht Eurer Anklagen, auch wenn sie ihn das Leben kosten sollten!“

„Señor, es wurde Euch bereits gesagt, daß der Titel in der Savanne nichts gilt. Ihr seid in diesem Augenblick nichts als Angeklagter, und gelingt es Euch nicht, Euch zu rechtfertigen, oder seid Ihr zu einer Verteidigung zu stolz, so laßt jeden Gedanken an Rettung schwinden! Habt Ihr Eurer Anklage noch etwas beizufügen, Señor Dormilón?“

„Nein, ich bin fertig. Ich fordere, daß ein dreifaches Verbrechen, auf das hin das Recht der Savanne dreimal den Tod erfolgen läßt, seine strengste Strafe findet!“

„Jetzt Ihr, Señor Tiburcio. Wessen zeiht Ihr den Angeklagten?“

„Des Mordes an seiner Schwägerin, des Menschenraubes an seinem Neffen und des Mordversuchs gegen mich selbst. Die beiden ersten Verbrechen sind bereits besprochen worden; ich brauche also nur von dem dritten zu reden.“

„Sprecht!“

Er erzählte von dem Überfall im Garten der Hacienda del Venado und dann später im Wald und schilderte dann das Verhalten Don Estebans am Ufer der Stromschnellen.

„Señor Arechiza, was sagt Ihr zu diesen Worten?“ fragte Diaz, der seine Teilnahme für den Anführer der Expedition immer mehr schwinden fühlte.

„Zeugen!“ lautete die kurze Antwort. Aber der Stolz des Grafen war falsch; er schloß die Ehrlichkeit aus.

„Ihr könnt diese Forderung aussprechen, weil Ihr wißt, daß Cuchillo geflohen ist; dennoch aber ist ein Zeuge nicht unbedingt nötig, denn ich frage Euch, ob Ihr Euch des Mordversuchs schuldig erklärt. Wollt Ihr Euch zu einer Lüge erniedrigen?“

Wieder schwieg der Gefragte.

„Also Ihr gesteht die Tat ein, und wir können —“

Er hielt mitten in dem angefangenen Satz inne, denn hinter der Pyramide ertönte ein Schrei, der sogar das Brausen des Wasserfalls übertönte und dann ein Schlag, als sei ein schwerer Körper von bedeutender Höhe herabgefallen.

„Was war das?“ fragte Pepe erschrocken.

„Ein Mensch, dem ein Unglück geschehen ist“, antwortete Diaz. „Wir müssen sofort nachsehen, was dort —“

„Halt“, unterbrach ihn der Kanadier; „Ihr habt hier Euern Platz, den Ihr ohne Not nicht verlassen dürft! Ich werde nachsehen, was geschehen ist.“

Er wandte sich nach der Ecke des Indianergrabes, hinter dem er verschwand. Die andern blieben zurück und warteten lautlos auf seine Rückkehr. Diese erfolgte erst nach längerer Zeit. Er brachte den von Oroche herausgesprengten Goldblock auf der Achsel getragen.

„Schaut hier, was ich fand!“

Er nahm den Klumpen herab und legte ihn zu Fabians Füßen. Dieser blickte stumm auf den Fund nieder.

„Reines Gold, viele Tausende wert!“ stammelte Arechiza, beinahe erstarrt beim Anblick dieser noch niemals gesehenen Größe. Er hatte für den Augenblick seine Lage vollständig vergessen, trat aus dem ihm gezogenen Kreis und stürzte förmlich über den Block her, um ihn nach seiner Schwere zu taxieren.

„Santa Lauretta“, ließ sich Pepe hören; „hätte ich diesen Westenknopf damals gehabt, als ich noch Miquelete war und auf Kosten des Staates verhungern durfte! Wo hast du ihn gefunden, Bois-rosé?“

„Das ist ganz gleich!“ meinte Don Esteban. „Er gehört zur Bonanza und muß mit zur Verteilung kommen.“

„Ganz wie Ihr denkt, Graf Antonio de Mediana“, lachte Dormilón. „Wir sind hier in Summa fünf Personen und werden den Knopf sofort zerschneiden, damit ein jeder sein Teil erhalte, auch Ihr, weil Ihr so gut wart, mich in das Presidio Ceuta auf den Thunfischfang zu schicken!“

Diese Worte brachten den Grafen zur Wirklichkeit zurück. Er erhob sich beinahe beschämt, doch glänzte in seinen Augen ein Licht, wie man es bei Irrsinnigen bemerken kann.

„Wo hast du diesen Fund gemacht, mein Vater?“ erkundigte sich Fabian.

„Da hinten hart an dem Becken, in das sich das Wasser stürzt. Seht ihr den Kopf da oben?“

Er zeigte zur Höhe des Berges; die Augen der andern folgten seinem Arm.

„Baraja“, meinte Diaz.

„Ja, Baraja. Seht, er merkt, daß wir ihn gesehen haben und weicht zurück. Er ist schuld, daß ich dieses Gold fand.“

„Wieso?“

„Der Block hat hinter dem Wasserfall in der Felsenwand gesteckt. Oroche ist von Baraja am Lasso herabgelassen worden, um ihn zu lösen, und hat dann seinen Tod in der Tiefe gefunden. Der Lasso ist zerschnitten; Baraja hat das Gold nur für sich haben wollen.“

„Hast du Oroche gefunden?“

„Nein; die kochenden Fluten des Abgrunds haben ihn verschlungen.“

„Wir müssen dem Mörder nach!“ rief Fabian und griff zu seiner Büchse.

„Halt!“ rief Pepe. „Es darf kein Messer hier aus der Erde gezogen werden, bis das Gericht beendet ist. Dieser Baraja bleibt uns sicher.“

Er blickte nochmals zu dem Punkt empor, an dem vorhin der Kopf des Mörders sichtbar gewesen war, und ließ dabei unwillkürlich sein Auge auch über den Rand der Pyramide streifen.

„Por Dios, Bois-rosé, blicke jetzt nicht empor, um uns nicht zu verraten! Da oben auf der Plattform des Grabes liegt Cuchillo.“

„Cuchillo? Der Mörder, der Zeuge, den wir brauchen! Hast du ihn recht gesehen?“

„Ohne Zweifel!“

„So müssen wir ihn haben! Geh links um das Grab und steig von hinten empor; er wird fliehen, und ich empfange ihn dann da rechts an der Ecke.“

Pepe ergriff sein Gewehr und schritt in der angegebenen Richtung um die Pyramide. Beim Erklimmen verfuhr er so vorsichtig wie möglich. Cuchillo mußte ja seine Absicht erraten und konnte ihm sehr leicht eine Kugel zuschicken. Dies geschah allerdings nicht. Er erreichte unangefochten die Plattform und — fand sie verlassen. Sofort stand er wieder unten und trat zu dem Kanadier.

„Nun?“ empfing ihn dieser. „Hast du ihn nicht?“

„Nein. Und du?“

„Siehst du ihn etwa bei mir?“

„Aber er ist herab.“

„Oder du hast dich überhaupt geirrt.“

„Das ist unmöglich. Ich sah seinen Kopf ganz deutlich. Er ist herab Aber links heraus konnte er doch nicht, sonst hätte ich es bemerkt."

„Und rechts auch nicht, denn dann wäre er mir in die Hände gelaufen. Er ist also an der Nordseite der Pyramide herab. Komm, laß uns sehen, ob seine Spur zu finden ist!"

Zwischen dem See und dem nördlichen Fuß des Grabmals befand sich nur ein nicht sehr breiter Streifen Land, das so steinig war, daß kein Fuß eine Spur auf ihm zurücklassen konnte. Dennoch aber erspähte das scharfe Auge des Kanadiers auf dem felsigen Boden einen kurzen, hellen Strich, der aussah, als hätte ihn eine unsichere Hand mit einem eisernen Griffel eingegraben.

„Hier ist er gegangen, Pepe! Laß sehen — ja, hier liegt das Quarzstückchen, auf das er getreten ist und dem wir diesen Strich verdanken. Wenn ein Fuß auf einen Stein von dieser Größe tritt, so gleitet er nicht nach hinten oder vorn, sondern zur Seite aus; die Richtung des Striches, den der Quarz auf dem Stein hervorgebracht hat, sagt uns also, daß Cuchillo gerade nach dem See gegangen ist."

„Ganz meine Meinung. Komm!"

Sie gingen bis ans Ufer des Wassers, fanden aber trotz längeren Suchens keine weitere Spur, und schon wollte Pepe ungeduldig werden, als er plötzlich etwas bemerkte, was ihn bewog, die Büchse anzulegen.

„Was ist's?" fragte Bois-rosé. „Willst du uns durch einen Schuß verraten?"

Dormilón blinzelte ihm verschmitzt mit dem Auge zu.

„Siehst du dort im See die breiten Lambredoniblätter, die sich wie ein flaches Dach über dem Wasser erheben? Ich wette, es steckt ein Riesenfrosch darunter, und da ich gerade einen außerordentlichen Appetit auf Froschkeulen habe, so werde ich mir das Tierchen herausholen."

Der ‚Riesenfrosch' mußte jedes Wort vernehmen. Pepe legte an; der Hahn knackte laut, und schon berührte der Finger den Drücker, da begannen sich die Lambredonipflanzen zu bewegen.

„Schießt nicht; ich bin's!" erscholl es unter den Blättern hervor; dann ließ sich der Kopf Cuchillos sehen.

Er hatte keinen anderen Ort gewußt, sich zu verbergen, als den See, dessen großblätterige Wasserpflanzen allerdings ganz geeignet waren, seinen Kopf und die Büchse, die er nicht zurücklassen konnte, zu ver decken.

„Santa Lauretta, welch ein Frosch! Señor Cuchillo, beinahe wäre Euch mein Appetit an den Kragen gegangen. Sagt, was tut Ihr hier in dieser trüben Suppe?"

„Ich — ich wollte — ich dachte —"

„Ihr wolltet ein Bad nehmen, nicht wahr? Aber warum nehmt Ihr Euch denn keine Zeit, vorher die Kleider abzulegen? Kommt heraus;

es gibt hier Leute, die großes Verlangen haben, mit Euch zu sprechen.“

„Aber gebt erst Eure Büchse heraus“, fügte Bois rosé hinzu; „denn solche gefährliche Instrumente sind nicht für Frösche gemacht!“

Er nahm ihm das Gewehr ab und erlaubte ihm erst dann, das eiskalte Wasser zu verlassen.

Der Bandit hatte nur wenige Minuten darin gestanden, aber dennoch war es ihm, als sei er bis ins tiefste Mark zu Eis erstarrt. Die Aufregung der letzten Stunden und die steigende Hitze des glühenden Tages hatten ihm zuvor den Schweiß aus allen Poren getrieben, die ganze Wanderung durch die Steppe hatte ausglühend und vertrocknend auf ihn gewirkt, und jetzt war er plötzlich in der Aufregung und Angst in ein Wasser gesprungen, das unterirdischen Quellen entstammte und wie ein starker elektrischer Strom oder ein Schlaganfall erstarrend wirken mußte. Er stand, an allen Gliedern zitternd, vor den beiden Waldläufern und hätte sich auch gegen den leisesten Angriff nicht zu wehren vermocht.

„Kommt, Señor Cuchillo“, meinte Pepe, während er ihn beim Arm nahm. „Wir werden Euch ins Feuer nehmen, damit Ihr Euch nach dem eisigen Bad wieder erwärmen könnt!“

Cuchillo folgte ihnen ohne Widerstand zu den anderen.

„Hier, Señores, bringen wir den Zeugen, den Don Esteban verlangte“, verkündete der Kanadier; „ich hoffe, daß wir nun schnell zu Ende kommen werden.“

„Willkommen, Señor Cuchillo“, begrüßte Diaz den vor Frost Bebenden. „Ich glaubte, Ihr hättet auf längere Zeit Abschied von uns genommen. Ihr steht vor einem Savannengericht, wie Ihr wohl bereits von dort oben bemerkt habt, und werdet uns einigen Aufschluß über Dinge geben, die Don Esteban nicht eingestehen will. Tretet herbei!“

„Ich protestiere gegen diesen Zeugen!“ widersprach Arechiza.

„Aus welchem Grunde?“

„Weil ich ihn selbst anzuklagen habe.“

„Wohlan, Don Antonio, so enthebt Ihr mich dieser Anklage, die ich später selbst erhoben hätte.“

Diaz zog einen ähnlichen Kreis wie vorher Bois-rosé bei Don Esteban und gebot dann Cuchillo:

„Tretet in diesen Kreis und seid überzeugt, daß Ihr verloren seid, sobald Ihr ihn zu überschreiten wagt! Sprecht, Graf Antonio de Mediana!“

„Ich klage an diesen Mann des Mordes an dem Gambusino Marco Arellano.“

„Ah!“ rief Fabian. „Meine Ahnung; Beweise, Beweise!“

„Die brauche ich nicht zu liefern. Señor Diaz hat vor kurzer Zeit das Geständnis des Mörders gehört.“

„Ist dies wahr?“

„Ja“, nickte Diaz; „und darum hatte ich mir vorgenommen, ihn anzuklagen, wenn nicht Don Esteban dies übernommen hätte. Was habt Ihr zu entgegnen, Cuchillo?"

Der Gefragte blickte um sich, als befinde er sich im Fieber. Ein Leugnen war unmöglich. Sollte es keine Rettung, keine Gelegenheit zur Flucht mehr geben? Vielleicht. Aber vorher mußte er Rache nehmen an dem Mann, der sich seiner zum Verbrechen bedient und ihn nun so schmählich verraten hatte.

„Nichts!" antwortete er.

„So gebt Ihr zu, der Mörder Arellanos zu sein?"

„Wir kamen in Streit und er unterlag."

„Ihr kamt in Streit, während er schlief, und Ihr wachtet, um darum mußte er unterliegen. Das Gesetz der Savanne hat nur eine Strafe für diese Tat: den Tod. Ich bin gezwungen, dieses Urteil auszusprechen. Habt Ihr etwas dagegen einzuwenden, Señores?"

„Nein; er sterbe", entschied Pepe.

„Er sterbe", fügte Bois-rosé bei.

„Und Ihr, Señor Tiburcio?"

„Ich habe keine Gnade für ihn, dem ich in die Wüste folgte, um ihm den gerechten Lohn zu bringen!"

„Ihr habt's gehört, Cuchillo. Oder dünkt Euch die Strafe ungerecht?"

Der Gefragte fühlte die alte Frechheit über sich kommen. Es war heute nicht das erstemal, daß er einem so schmählichen Schicksal gegenüberstand. Klagen halfen nichts, und sollte er wirklich rettungslos verloren sein, so gab es noch einen Trost: die Rache an Don Esteban.

„Die Strafe ist zu streng", antwortete er, „denn ich habe Arellano im Kampf getötet, und hätte ich nicht selbst von der Tat gesprochen, so hättet ihr nie etwas davon erfahren."

„Meint Ihr, Cuchillo?" fragte Fabian. „Euer stolperndes Pferd hat Euch mir längst verraten, und die Wunde am Fuß, die Ihr während des Kampfes mit meinem Pflegevater erhieltet, könnt Ihr auch nicht verbergen."

Wirklich hatte die eisige Kälte des Wassers so schlimm auf die nur schlecht verharschte Narbe Cuchillos gewirkt, daß dieser Schmerzen fühlte, die ihm kaum erlaubten, ruhig zu stehen.

„Und wenn Ihr meint", fügte Fabian hinzu, „daß die Strafe wirklich zu hart sei, so brauche ich Euch nur des zweifachen Mordversuchs anzuklagen, um Euch eine andere Überzeugung beizubringen."

„Daran bin ich unschuldig. Ich konnte nicht anders, ich mußte gehorchen, Graf Fabian de Mediana."

Tiburcio trat erstaunt einen Schritt zurück.

„Wie, Ihr kennt meinen wirklichen Namen?"

„Ich kenne ihn besser und sicherer, als jeder andere. Ich bin es ja gewesen, der —"

„Schweigt!" herrschte ihn Don Esteban an, der erst jetzt einsah, wie unvorsichtig er gehandelt hatte, seinen Mitschuldigen zu verraten.

„Ihr habt mir hier nicht zu befehlen, Capitán Antonio! Die Zeit, in der ich Kajütendiener Eures Kaperschiffes war, ist längst vorüber, und ich werde diesen Señores sagen, was mir —“

„Nichts wirst du sagen“, rief Arechiza, der jetzt zum letzten und einzigen Mittel griff, aus dem ihm Rettung werden konnte; „ich bin selbst Manns genug, zu tun, was ich für nötig und richtig halte. Tiburcio Arellano, du bist Fabian de Mediana, mein Neffe. Komm in meine Arme!“

Er breitete die Arme aus, doch dieser wich zurück.

„Graf Antonio, könnt Ihr beschwören, daß ich wirklich Euer Neffe bin?“

„Ich ließ den Knaben aussetzen und kenne weder die näheren Umstände deiner Rettung noch deine späteren Schicksale. Aber die Ähnlichkeit, die ganz untrüglich ist, die Narbe auf deiner Wange, die vom Messer dieses Miquelete stammt, und der Umstand, daß deine Begleiter dich längst als Graf Fabian erkannt haben, sind mir Beweis genug, daß du es bist.“

„So schwört!“

„Ich beschwöre es und übergebe dir zur weiteren Bekräftigung diese beiden Ringe. Der eine ist der Siegelring der Mediana; dein Vater hat ihn getragen; der andere stammt vom Finger deiner Mutter. Ich habe ihr beide abgenommen, als — als sie unter dem Dolch dieses Mannes gestorben war.“

„Aber auf Euren Befehl“, schäumte Cuchillo. „Nicht ich bin der Mörder, sondern Ihr seid es!“

Fabian achtete nicht auf diesen Einwand. Er ergriff die Ringe und drückte sie mit unaussprechlichem Entzücken an seine Lippen.

„Mein Vater, meine Mutter!“

Mehr vermochte er nicht zu sagen. Er fiel in die Knie und brach in ein lautes Schluchzen aus.

War es, daß der kalte Arechiza durch diesen Beweis des Schmerzes und Entzückens wirklich gerührt wurde, oder sollte es nur als Mittel zur Rettung dienen, er wagte, seinen Kreis zu verlassen und auf Fabian zuzutreten.

„Du wirst noch mehr erhalten, was ihre Hand berührte und was ihnen lieb und teuer war. Mein Herz war hart, aber es hat dennoch bereits einmal unwiderstehlich für dich gesprochen. Das war, als ich dich in del Venado töten wollte und du entkamst. Ich wußte nicht, ob ich von der Expedition zurückkehren würde und ließ ein schriftliches Bekenntnis in meinem Zimmer zurück.“

Er legte, um weiterzusprechen, ihm die Hand auf die Schulter. Bei dieser Berührung aber schnellte Fabian empor.

„Tut Eure Hand hinweg, Graf Antonio de Mediana! Ihr seid der Bruder meines Vaters und sollt nicht sterben, sondern Gnade finden, aber berührt mich nie, denn an Eurer Hand klebt das Blut meiner Mutter, die Ihr ermorden ließet.“

Mit wohl nur geheuchelter Ergebenheit trat der Graf in den Kreis zurück. Er griff unter seine Kleidung und zog ein Notizbuch hervor, schrieb einige Worte auf ein leeres Blatt, riß dasselbe heraus und über gab es ihm.

„Ich kann deinem Herzen keinen Zwang antun, Fabian; vielleicht lernt es später anders schlagen. Doch will ich dir beweisen, daß ich jetzt aller Feindschaft gegen dich entsage. Die Hacienda del Venado gehört mir, und du bist mein einziger Erbe. Hört es, Señores, damit Ihr es ihm bezeugen könnt. Don Agustín Pena ist nur der Pächter. Gib ihm, wenn ich gar nicht oder nicht mit dir zurückkehren sollte, diese Zeilen; er wird dich als seinen Herrn empfangen und dich in meine Zimmer führen. Öffne das Schreibpult und drücke an die Feder der rechten Seite der Nische, und du wirst das Bekenntnis finden, von dem ich gesprochen habe.“

Fabian steckte die Zeilen zu sich.

„Ich nehme dieses Blatt, Don Antonio, denn ich verzeihe Euch die Anschläge gegen mich und werde es Gott überlassen, den Tod meiner Mutter zu richten, doch —“

„Halt“, fiel ihm hier Pepe in die Rede; „Ihr könnt ihn nicht begnadigen, Señor Fabian. Auch ich habe einen Ring; seht ihn hier an meiner Hand! Er gab ihn mir damals in der Ensenada, damit ich schweigen solle, und ich wurde so zum Mitschuldigen seiner Tat. Ver gebt ihm, wenn Ihr wollt, aber Gnade darf er nicht erhalten. Er hat mich heimatlos gemacht, als er es dahin brachte, daß ich Thunfische fangen sollte. Ich verlange, daß er bestraft wird!“

„Pepe!“ mahnte Fabian. „Gilt Euch mein Wunsch so wenig?“

„Er gilt mir mehr, als Ihr denkt, aber seht Ihr denn nicht ein, daß Ihr auch diesen Cuchillo laufen lassen müßtet, wenn Ihr Don Esteban begnadigt?“

„Was er an mir und der Mutter tat, vergebe ich auch ihm. Aber er ist der Mörder von Marco Arellano, und ich habe der Pflegemutter einen heiligen Eid leisten müssen, daß er sterbe, sobald ich ihn erreiche!“

Cuchillo hörte diese Worte; er sah in das drohende Angesicht und mußte sich sagen, daß er keine Nachsicht finden werde. Noch war es Zeit zur Flucht, aber der Hauptschuldige sollte auf alle Fälle verloren sein.

„Gnade, Don Fabian!“ flehte er. „Ihr könnt nicht verzeihen und ver dammen zu gleicher Zeit. Ich will Euch ohne Widerrede die Bonanza ab treten, will Euch dienen und gehorchen, solange ich lebe, will —“

Fabian schnitt ihm die Rede mit einer gebieterischen Handbewegung ab.

„Schweigt! Jedes Wort ist unnütz!“

„So stirbt auch er!“

Im selben Augenblick hatte er das Messer, das man ihm unvorsichtigerweise gelassen hatte, hervorgezogen; – ein Sprung, und er stieß es

Arechiza bis ans Heft in die Brust. Ehe er noch von Fabian, der ihn packen wollte, zurückgehalten werden konnte, sprang er auf die Ecke der Pyramide zu und verschwand.

Die andern wollten ihm nach.

„Halt!" donnerte Bois-rosé, „ich bin der Wächter, er gehört mir!"

Mit Riesenschritten erreichte er die Ecke und hob die nie fehlende Büchse empor.

„Steht, Cuchillo!"

Dieser wäre vielleicht doch entkommen, aber die Kälte des Sees hatte so auf die Wunde seines Fußes gewirkt, daß er nur langsam vorwärts kam. Er hörte den Ruf des gewaltigen Jägers hinter sich, aber er befolgte ihn nicht.

„Steht!" wiederholte der Kanadier.

Als auch dieser Befehl nicht beachtet wurde, drückte der Waldläufer ab. Cuchillo überschlug sich, rollte zur Seite und stürzte in das Wasser des Sees, gar nicht weit von der Stelle, an der er vorher Zuflucht gesucht hatte.

„Tot!" murmelte der Kanadier und wandte sich um.

„Tot alle beide", fügte Pepe hinzu, „ohne daß wir das Gericht zu Ende gebracht hätten!"

Fabian stand bereits wieder bei der Leiche seines Oheims. Die andern traten zu ihm, aber sie wagten nicht, sein Schweigen zu unterbrechen. Sein Auge ruhte düster auf dem Leichnam eines Mannes, den ihm die Natur so nahegestellt hatte und der doch schon in den Jahren der Kindheit sein ärgster Gegner gewesen war. Endlich wandte er sich ab.

„Es gibt eine ewige Gerechtigkeit, mein Vater, die kein irdischer Richter erreichen kann. Weit drüben in Spanien geschah ein Ver brechen, und hier über dem Meer führt Gott die Täter zu einer Stunde und an einem Ort, den noch kaum der Fuß eines Weißen betrat, mit denen zusammen, an denen sie sündigten."

„Señor Fabian, Ihr sprecht mir aus dem Herzen", antwortete Pepe Dormilón. „Als ich in Elanchove vor dem Grafen Antonio stand und ihn an seine Tat erinnerte, lachte er meiner Drohung. Da sagte ich ihm: ‚Es gibt einen Richter, dem Sie nicht entgehen können; er wird Sie finden, und wenn Sie vor ihm in die tiefste Wildnis fliehen!' Ihr seht, daß diese Prophezeiung ganz wörtlich eingetroffen ist. Ihr wolltet ihn begnadigen und habt ihn der Strafe Gottes übergeben. Dieser aber hat ihn schneller gerichtet, als ich es wollte, und ihn durch die Hand seines Mitschuldigen sterben lassen. Wir sind gerächt!"

„Doch nun laßt uns Christen sein und nicht länger zürnen. Der Graf Antonio de Mediana soll nicht von den Geiern zerrissen werden, sondern eine ruhige Grabstätte finden."

„Ja, laßt ihn uns begraben", stimmte Pepe bei, „und mit ihm seinen Ring, der nun seinen Zweck erfüllt hat, mich an meine Rache zu mahnen."

„Der beste Ort, die Leiche zu bestatten, ist das Grabmal des Häuptlings“, meinte der Kanadier. „Laßt uns sehen, ob sich sein Inneres öffnen läßt!“

Sie bestiegen den Felskegel und suchten nach dem Eingang. Er bestand in einem senkrecht hinabgehenden Loch, das durch einen schweren Stein verschlossen war. Der Riesenkraft des Kanadiers gelang es, ihn zu entfernen, worauf sich Fabian an einem Lasso hinabließ. Es war völlig dunkel im Innern der Grabstätte, die in einem nicht sehr hohen und breiten viereckigen Raume bestand. Fabian tastete umher und fühlte die Leiche des Häuptlings, die vollkommen versteinert war und schon sehr lange Zeit hier aufbewahrt liegen mußte.

Für die Leiche Arechizas, des Grafen von Mediana, war noch genug Raum. Fabian kehrte also zur Höhe zurück, und nun wurde der Verstorbene auf den Felskegel getragen. Nachdem sein Erbe alles an sich genommen hatte, was der Tote Wertvolles bei sich führte, entblößte Bois-rosé sein Haupt und sprach ein kurzes Gebet. Dann ließ sich Diaz in das Grab hinab, um die Leiche seines Anführers in Empfang zu nehmen und ihr unten einen Platz anzuweisen. Als er wieder oben angelangt war, wurde der Eingang in der alten Weise verschlossen, und zwar so sorgfältig, daß nicht die geringste Spur des Geschehenen zu bemerken war.

Jetzt trat der Kanadier mit wieder entblößtem Haupt zu Fabian und reichte ihm die Hand.

„Jetzt, mein Sohn, bist du Graf von Mediana und nicht nur Herr der Bonanza, sondern auch Besitzer alles dessen, was Don Antonio hinterlassen hat. Ich huldige dir als der erste, der sich deinen Diener nennt, und bitte dich nur, mir in deinem Herzen einen Platz zu gewähren für die Zeit, die Gott mir noch auf Erden schenkt!“

Fabian schlang liebevoll die Arme um ihn.

„Nicht mein Diener, sondern mein Vater bist du, und alle Liebe und Achtung, die einem solchen gehört, sollst du bei mir finden, jetzt und allezeit.“

Auch Pepe hielt ihm die Hand hin.

„Don Fabian de Mediana, vergeßt Pepe den Schläfer nicht, wenn Ihr einst ein großer Herr geworden seid!“

„Um dieses werden zu können“, fügte Diaz hinzu, „werdet Ihr vielleicht unseres Zeugnisses bedürfen. Rechnet dabei auch auf mich, Señor. Ich werde den Tag niemals vergessen, an dem ich mit Euch und den ‚Herren der Savanne‘ über einen Granden des stolzen Mutterlandes zu Gericht saß!“

„Señor Diaz, schließt Euch an!“ bat Fabian. „Bei der Expedition blüht Euch kein Heil, und in uns werdet Ihr Männer finden, die Eure Begleitung besser zu schätzen wissen als die Abenteurer, die Ihr bisher begleitet habt.“

„Ich danke Euch, Don Fabian! Ich würde Eurem Wunsch gern Folge leisten, aber ich bin Untergebener Don Estebans gewesen und habe jetzt die Verpflichtung, seine Stelle zu vertreten. Wollt Ihr allein zurückkehren oder könntet Ihr Euch wohl entschließen, mit mir zum Lager zu kommen?"

„Wir haben nichts gemein mit den Leuten Eurer Expedition", meinte Bois-rosé, „und sind allein sicherer als bei ihnen."

„Aber wie wollt Ihr die Schätze Eurer Bonanza fortbringen, da Ihr doch weder Reittiere noch Wagen habt?"

Der Kanadier und Pepe blickten Fabian fragend an. Dieser senkte nachdenklich den Blick zur Erde.

„Mein Vater", sprach er endlich, „wirst du mir zürnen, wenn ich alle diese Schätze hier lasse?"

„Wie", rief Diaz erstaunt, „Ihr wolltet einen Reichtum, mit dem man ein Königreich bezahlen kann, den Wilden oder der Expedition in die Hände fallen lassen? Er ist doch Euer unbestrittenes Eigentum!"

„Habt Ihr nicht selbst auf diesen Reichtum verzichtet, vorhin als Ihr an der Bonanza standet?" lächelte der Gefragte.

„Weil ich wußte, daß er nicht uns, sondern Euch gehört."

„Ich will ihn auch weder Euren Goldsuchern noch den Indianern lassen, aber —"

„Santa Lauretta, was wollt Ihr denn damit tun? Denkt nur ganz allein an den kostbaren Goldklumpen, der dem Lautenspieler das Leben gekostet hat! Ich glaube, man könnte mit ihm sämtliche Thunfische bezahlen, die in zehn Jahren in den verteufelten Gewässern von Ceuta gefangen werden."

„Ihr habt ganz recht gesagt, Pepe, daß er Oroche das Leben gekostet hat. Dieses Gold hat eine teuflische Macht. Und Ihr, Señor Diaz, bedenkt: Marco Arellano, die meisten Männer Eurer Expedition, und jetzt Don Esteban selbst mit Cuchillo haben ihr Verlangen mit dem Tode büßen müssen. Wir werden die Schätze vergraben und verstecken, so daß sie niemand findet. Später kommt dann vielleicht einmal die Zeit, in der wir sie brauchen und ohne Gefahr in Sicherheit bringen können."

„Ich gebe dir recht, mein Sohn", stimmte der Kanadier bei. „Laßt uns zu dem Placer gehen und sehen, was zu tun sein wird!"

Sie verließen die Felsenhöhe und begaben sich zur Bonanza.

Nur Männer, wie diese vier waren, konnten eine solche Fülle des verführerischen Metalls betrachten, ohne von der Macht des Goldes gepackt zu werden. Trotzdem war es besonders Pepe, der sich beinahe doch berauscht fühlte von dem Anblick der glänzenden Steine, die in einer Menge das Tal füllten, wie man es kaum für möglich gehalten hätte.

„Nehmt die Messer zur Hand und helft mir!" bat Fabian.

Der weiche Boden des Tals bot ihren Bemühungen wenig Hindernisse; das von Zeit zu Zeit sich von den Bergen ergießende Wasser hatte ihnen durch Auswaschungen und Unterhöhlungen beträchtlich vorgearbeitet. So gelang es ihnen, bis zum Anbruch des Abends das ganze Gold so zu verbergen, daß es nur Eingeweihten möglich sein würde, es wieder zu finden.

„Bis hierher habe ich euch helfen müssen, Señores", sprach jetzt Diaz. „Nun aber ruft mich meine Pflicht. Was werdet ihr jetzt tun?"

„Es ist bereits dunkel", antwortete der Kanadier, „und wir werden heute also die Gegend nicht mehr verlassen, sondern unser Lager oben auf der Pyramide aufschlagen, da wir dort vor einem Angriff am meisten geschützt sind."

„Und morgen früh", fügte Pepe bei, „werden wir die Spur dieses Baraja verfolgen. Er ist der einzige Unberufene, der die Bonanza kennt, und wir müssen ihn auf diese oder jene Weise zum Schweigen bringen."

„Tut dies", stimmte Diaz bei. „Er ist der Mörder Oroches und muß seine Strafe finden. Was mich betrifft, so könnt ihr sicher sein, daß kein Mensch von mir ein Wort über die Anwesenheit des Goldes erfahren wird. Es gehört Euch, Don Fabian! — Jetzt aber lebt wohl!"

„Lebt wohl! Und wenn ihr einiger Arme bedürft, so wißt ihr, wo wir bis morgen zu finden sind", antwortete der Kanadier. „Es sollte mich wundern, wenn heute die Roten eurem Lager nicht wieder einen Besuch abstatteten."

Sie reichten sich die Hände.

„Und nehmt meinen Dank, Señor Diaz", sprach Fabian, „für die Hilfe, die Ihr uns heute geleistet habt. Kommt Gelegenheit, so werden wir sie Euch gern vergelten!"

„Nicht ihr seid es, sondern ich bin es, der zu danken hat. Ihr schontet großmütig mein Leben, während ich feindselig gegen euch handelte. Und daß ich mich dann am Gericht beteiligte, war einfach meine Pflicht. Lebt wohl!"

„Lebt wohl!" klang es dem scheidenden Indianertöter nach; dann verschwand er im Dunkel, und seine davoneilenden Schritte verhallten in der Stille der Nacht.

Die drei Jäger schafften die Gewehre Don Estebans und Cuchillos samt den Decken und Sätteln der getöteten Pferde auf die Pyramide, wo sie sich ein Lager bereiteten.

„Ein Feuer dürfen wir uns hier nicht erlauben", warnte der Kanadier. „Es würde zu weit in die Ebene hinunterleuchten und die Feinde herbeilocken."

„So essen wir kalt!" entschied Pepe.

Er brachte einige Stücke getrockneten Fleisches hervor, während Boisrosé aus seiner Ledertasche für jeden ein Quantum Pinole hervorlangte, jenes beliebte Nahrungsmittel der mexikanischen Landstriche, das aus zerstoßenem Mais besteht, der mit ein wenig Zucker und Zimt vermischt wird.

Nachdem die einfache Mahlzeit gehalten worden war, bat Fabian, ihm die erste Wache zu überlassen. Die Ereignisse des Tages hatten ihn innerlich so angegriffen, daß er das Bedürfnis fühlte, mit seinen Gedanken allein zu sein. Er setzte sich auf einen der Steine, die die Brüstung bildeten; die beiden Freunde aber hüllten sich in ihre Decken und schlossen die Augen, um sich durch den Schlaf für die kommenden Anstrengungen zu stärken. —

## *Die Belagerung*

Der gefangene Baraja lehnte am Stamm eines Eichenbaums, an den man ihn gebunden hatte. Er sah den Tod in seiner schrecklichsten Gestalt vor sich, denn eine Abteilung der Rothäute vollführte um ihn einen fürchterlichen Rundtanz. Andere hatten in der Erwartung, daß Schwarzvogel bald das Zeichen zum Beginn der Marter geben werde, die eisernen Beschläge von den brennenden Wagen gerissen und waren beschäftigt, sie glühend zu machen, um sie als Werkzeuge zu gebrauchen. Alle anderen, die sich keine solchen Gegenstände verschaffen konnten, spitzten Pfähle, schärften Messer oder schnitten Pflöcke, die dem Gefangenen ins Fleisch getrieben werden sollten.

Baraja stand schon jetzt alle Qualen eines schmerzhaften Todes aus. Er dachte an die schrecklichen Schilderungen des alten Benito und hätte jetzt dem Schützen für eine mitleidige Kugel gedankt, die ihn von einem langsamen Sterben erlösen konnte.

Einer der Indianer trat zu ihm. Eine große, vom Dolch eines Weißen herrührende Wunde ging über seine Brust von einer Seite bis zur andern, und trotz des angelegten Rindenverbandes strömte das Blut noch daraus hervor. Er tauchte einen Finger in das Blut und malte auf das Gesicht Barajas eine Demarkationslinie, welche von der Stirn bis herab zum Kinn reichte.

„Das Bleichgesicht wird mir die Hälfte seines Gesichts geben. Die halbe Stirn, das Auge und die Wange sind mein. Ich werde sie ihm herabreißen, wenn er noch am Leben ist.“

Ein anderer trat herzu.

„Der Skalp des Bleichgesichts gehört mir. Ich habe den Weißen gefangen!“

Er strich ihm mit dem Messer so nahe um den Schopf, daß Baraja die Spitze zu fühlen meinte.

Ein dritter funkelte ihn mit grimmigen Augen an.

„Wird das Bleichgesicht den Mut haben, den Todesgesang anzustimmen? Ich werde ihm die Zunge herausschneiden, wenn es schweigt!“

Ein vielstimmiges Geheul erscholl jetzt rundum. Es war ein Zeichen der Ungeduld. Die Wilden wünschten, daß ihnen ihr Opfer überliefert werde. Da erhob sich Schwarzvogel, um das Zeichen zum Beginn der Folter zu geben.

Aber noch sollte die Todesstunde Barajas nicht gekommen sein. Aus dem Dunkel der Nacht trat eine fremde Gestalt an das Feuer, an dem der Häuptling saß; sie trug die Kleidung der Papagos.

„El Mestizo!“ rief Antilope, der an der Seite Schwarzvogels Platz genommen hatte.

„Ja, El Mestizo“, klang die stolze Antwort des Räubers. „Er kommt, um seine roten Brüder zu begrüßen.“

„Welcher Pfad sah die Füße meines Bruders!“ fragte der Häuptling.

„Sein Pfad ging in das Land der Bleichgesichter, wo die Söhne der Apatschen Pferde fingen.“

Schwarzvogel horchte auf.

„Hat mein Bruder die Kinder der Apatschen gesehen?“

„Er hat sie gesehen und an ihrer Seite gekämpft. Die ‚Starke Eiche‘ ist gefallen und mit ihr alle Rotgesichter unter den Händen der Weißen.“

Es war eine schlimme Nachricht, die der Mestize brachte, aber kein Muskel im ehernen Gesicht des Häuptlings zuckte.

„Sie weilen beim Großen Geist in den ewigen Jagdgründen. Schwarzvogel aber wird gehen zu den Bleichgesichtern und für jeden seiner Söhne zwanzig Skalpe holen. Mein Bruder blicke um sich; die Erde hat schon heute das Blut der Weißen getrunken, und nur einer blieb übrig und steht am Pfahl, um den Sieg der Apatschen mit seinem Schmerzgewimmer zu verherrlichen.“

El Mestizo blickte zu dem Gefangenen hinüber.

„Erlaubt mir mein roter Bruder, mit dem Bleichgesicht zu sprechen?“

„Mein Bruder tue, was er will!“

Der Räuber der Savanne trat zu Baraja.

„Wie ist Euer Name?“

„Baraja.“

„Ihr gehört zu der Expedition, die ein gewisser Don Esteban von Tubac aus in die Apacheria geführt hat?“

„Ja.“

„Habt ihr Gold gefunden?“

Die Züge des Gefangenen erhellten sich. Er hörte aus der Sprache des Mestizen, daß dieser kein Indianer war und legte sich sofort einen Plan zur Rettung zurecht.

„Ja.“

„Wieviel?“

„So viel, daß man ganz Sonora dafür kaufen könnte.“

„Caramba, Ihr spaßt am Marterpfahl!“

„Fällt mir gar nicht ein. Ich habe Gold gesehen, sage ich Euch, Stücke wie meine Faust, eine ganze Wagenladung. Ein Block ist dabei, mindestens so groß wie mein Kopf. Wollt Ihr es haben?“

„Teufel, ob ich will!“

„So macht mich frei! Für mein Leben verrate ich Euch die Bonanza.“

Der Mestize sah ihm ins Auge, als wolle er ihm mit diesem Blick bis in die tiefste Seele dringen.

„Ihr sprecht die Wahrheit?"

„Bei der Heiligen Jungfrau, ja!"

„Und das Gold ist wirklich so massenhaft zu finden?"

„Ja."

„Wer weiß noch von der Bonanza?"

„Drei Weiße, die sich jetzt dort befinden."

„Drei? Ihre Augenblicke sind gezählt! Doch sagt, habt Ihr schon einmal von El Mestizo gehört?"

„Von El Mestizo und Mano Sangriento, ja."

„Ich bin El Mestizo. Nun wißt Ihr wohl, daß Euch bei mir noch Schlimmeres erwartet als bei den Apatschen, wenn Ihr versucht, mich zu betrügen?"

„Ich lüge nicht", antwortete Baraja, den gefürchteten Menschen jetzt mit schreckerfülltem Blick betrachtend.

„Nun wohl, so werde ich versuchen, Euch freizubekommen!"

Er kehrte zu Schwarzvogel zurück.

„Schwarzvogel wird den weißen Mann nicht martern."

„Er wird ihn martern."

„Nein, denn El Mestizo sagt es. Mein roter Bruder wird das Bleichgesicht freigeben!"

Schwarzvogel erhob fragend sein dunkles Auge. Der Mestize war ein Mann, dessen Freundschaft selbst ein Apatsche ein Opfer bringen konnte, aber ein solches Verlangen hatte er doch noch nicht gestellt.

„Er wird sterben."

„Ich werde meinem roten Bruder ein Lösegeld für ihn bezahlen."

„Welches?"

„Viele hundert Pferde der Bleichgesichter samt den Hirten."

„Er wird sterben."

„Er wird leben, denn El Mestizo wird bezahlen noch mit dem Skalp des größten Komantschen, den die Savanne trägt."

„Wie heißt der Hund von Komantsche?"

„Falkenauge."

„Falkenauge?" Das Auge des Häuptlings blitzte grimmig auf, und auch Antilope konnte eine Bewegung der Überraschung nicht unterdrücken. „Spricht mein Bruder die Wahrheit?"

„Hat El Mestizo schon einmal eine Lüge gesagt?"

„Schwarzvogel glaubt seinem Bruder. Er wird den Skalp von Falkenauge erhalten?"

„Ja."

„Und die Pferde und Hirten der Bleichgesichter?"

„Ja."

„Wo wird er sie finden?"

„Mein Bruder gebe mir zwölf seiner Krieger, um den Skalp des Komantschen zu holen, und ziehe mit seinen Kriegern sofort nach dem Büffelsee, wo ich mit ihm zusammentreffen werde. Dort sind die Bleichgesichter mit ihren Herden."

„Wann soll er dort sein?"

„Nach vier Sonnen."

„Mein Bruder soll den Gefangenen erhalten. Er nehme zwölf Krieger der Apatschen und ziehe fort. Nach vier Sonnen wird Schwarzvogel mit seinem ganzen Stamm am Büffelsee sein, um ihn zu treffen."

Als El Mestizo sich entfernte, fuhr Schwarzvogel, zu Antilope gewendet, fort:

„Schwarzvogel ist verwundet; er kann nicht gehen und nicht reiten. Er wird seine Krieger auf den Kriegskanus nach dem Büffelsee führen."

„Wollte er nicht die drei weißen Jäger verfolgen?"

„Die ‚Häuptlinge der Wälder' sind stark und klug. Sie werden am Wasser hinabgehen und von den Apatschen erreicht werden. Antilope, mein Sohn, nehme zehn meiner Krieger zu sich, um auf ihren Spuren zu bleiben. Am Büffelsee wird Schwarzvogel ihn erwarten."

Während der gewandte und scharfsinnige Häuptling auf diese Weise schnell seinen Feldzugsplan entwarf, trat El Mestizo zu Baraja und durchschnitt mit dem Messer seine Fesseln.

„Ihr seid frei, für jetzt aber mein Begleiter. Der geringste Versuch der Flucht kostet Euch das Leben."

Die Wilden wollten ihre Unzufriedenheit über die Befreiung des Gefangenen zu erkennen geben, beruhigten sich aber, als sie hörten, welch ein Preis ihnen dafür bezahlt werden sollte.

El Mestizo suchte sich nun zwölf kräftige Krieger aus und zog mit ihnen davon. Schwarzvogel versammelte beim verlöschenden Schein der Feuer die andern und wandte sich mit ihnen dem Strom zu. Die Stätte, die der Schauplatz eines längeren, barbarischen Festes hatte werden sollen, war in kurzer Zeit verlassen.

In einiger Entfernung vom Lager stieß El Mestizo auf seinen Vater, der hier auf ihn gewartet hatte. Die Unterredung zwischen beiden wurde von Diaz belauscht, und dieser jagte dem Goldtal zu. Allein die Nacht war finster, und das stolpernde Pferd Cuchillos so müde, daß sein Ritt nicht die gewünschte Schnelligkeit erreichte. Zudem verirrte er sich mehrmals in der Dunkelheit. Daher kam er nur einige Minuten vor den Indianern bei der Pyramide an.

Währenddessen hatten die drei Jäger unter abwechselndem Wachen einen Teil der Nacht durchschlafen. Eben weckte der Kanadier Pepe, um ihm die Wache zu übergeben, als er das Geräusch nahender Hufschläge vernahm.

„Ein Reiter, Pepe! Wer mag das sein?"

„Wohl ein Flüchtling aus dem Lager. Wir haben ja das Schießen gehört. Vielleicht sind die Roten Sieger, und die Goldsucher fliehen nun nach allen Seiten."

„Er hält gerade auf uns zu."

Wirklich kam der Reiter bis hart an die Pyramide. Hier hielt er sein Pferd an.

„Señor Bois-rosé, Señor Pepe, Don Fabian!"

„Ah, Señor Diaz, Ihr!" antwortete der Kanadier, der den Rufenden an der Stimme erkannte. „Was gibt es, daß Ihr so unerwartet zurückkehrt?"

„Ich muß euch warnen. Die Indianer sind Herren der Ebene; nur ich und Baraja, der zum Lager zurückgekehrt war, sind entkommen. Er hat euch verraten, und die Wilden sind hart hinter mir, die Bonanza zu nehmen."

„Teufel, dann ist es am besten, wir gehen ihnen aus dem Weg."

„Das könnt ihr nicht, denn ihr seid nicht beritten, und sie können nur noch wenig entfernt sein."

„So kommt herauf zu uns. Unsere Festung werden sie nicht bekommen!"

„Das kann ich nicht. Ich muß sofort zum Büffelsee, um Don Agustín Pena zu warnen, der dort mit seinen Leuten von den Apatschen überfallen werden soll."

„So reitet, reitet, Señor Diaz", rief Fabian, der während des Gesprächs erwacht war. „Reitet, daß Ihr hinkommt und grüßt den Haciendero und — seine Tochter von mir! Wir werden Euch schleunigst folgen, sobald wir von hier fortkönnen."

„Wieviel Rote sind es?" fragte Pepe.

„Nur zwölf. Die andern sind nach dem Büffelsee, wie ich vermute."

„Nur zwölf? Mit ihnen werden wir fertig!"

„Es sind zwei Männer bei ihnen, die wie Papagos gekleidet gehen."

„Werden sie auch kennenlernen!"

„Dann viel Glück, Señores, und scharfe Kugeln. Adiós!"

Er riß sein Pferd herum und sprengte davon.

Da erscholl aus der Gegend, in der das Pferd des Indianertöters lag, der Schrei eines Schakals.

„Das Viehzeug hat schon seine Beute gefunden", bemerkte Pepe.

„Glaubt Ihr?" wandte Fabian ein. „Mir scheint, der Laut kam nicht aus der Kehle eines Tiers, sondern eines Menschen."

„Das ist möglich, mein Sohn", sagte Bois-rosé. „Deine Ohren sind jünger als die unsrigen und unterscheiden also genauer. Vielleicht ist einer der Roten vorangeschlichen, um zu erkunden, ob sie ohne Gefahr nahen können."

„Was sie vermögen, können wir auch!" meinte Pepe.

Und schon beim letzten Wort war er über den Rand verschwunden.

„Pepe, bleib!" warnte Bois-rosé mit halblauter Stimme, aber er konnte von dem schnellen Miquelete bereits nicht mehr vernommen werden.

Dieser glitt so leise wie möglich an der Wand der Pyramide hinab und kroch dann mit Anwendung aller Vorsicht der Gegend zu, aus der

der Schrei erklungen war. Er gelangte glücklich bis in die Nähe des toten Pferdes und bemerkte, daß Fabian sich nicht getäuscht habe.

Drei Männer standen, miteinander verhandelnd, abseits, während die Indianer nahe dem Kadaver hielten. Dormilón benutzte einige daliegende Felsenstücke, um so nahe zu kommen, daß er ihr Gespräch belauschen konnte.

„Also wo befindet sich die Bonanza?"

„Das Goldtal lag jenseits der Anhöhe da drüben. Die Jäger aber haben seinen ganzen Inhalt in das Indianergrab gebracht."

„Dann führt unser Weg über ihre Skalpe! Sie befinden sich auf dem Felsen dort?"

„Ja. Ich sah, wie sie sich dort oben für die Nacht einrichteten!"

„Sie ahnen nichts von unserem Kommen, werden aber eine Wache ausgestellt haben. Ich kenne diese Gegend sehr genau, denn hinter diesen Bergen ist der Aufbewahrungsort für unser Kanu, wenn wir uns in der Apacheria befinden. Drei tapfere Jäger könnten die Pyramide gegen einen ganzen Indianerstamm verteidigen, wenn sie nicht von der Höhe dort angegriffen werden, von der das Wasser herabstürzt. Wir müssen diese daher gewinnen, bevor die Jäger eine Ahnung von unserer Anwesenheit bekommen; hier lassen wir nur eine Sicherheitswache zurück, damit sie nicht nach dieser Seite ausbrechen können, bis wir bei Anbruch des Morgens die Pyramide mit unsern Kugeln bestreichen werden."

Er wandte sich zu den Indianern, denen er einen Befehl erteilte. Acht von ihnen zerstreuten sich über die Breite des Tals; die vier anderen aber folgten den drei Männern, das Grabmal so weit wie möglich umgehend, nach der Schlucht, in der Baraja und Oroche am vorigen Tage emporgestiegen waren.

Pepe konnte sie nicht halten, so gern er es auch getan hätte, denn er mußte sich allerdings sagen, daß er mit den Gefährten in eine höchst bedenkliche Lage kommen würde, wenn der Feind von der Höhe herab die Plattform der Pyramide mit seinen Kugeln bestrich. Er kehrte so vorsichtig wie auf dem Herwege nach dem Grabmal zurück. Die beiden andern fühlten sich bei seinem Erscheinen erleichtert; sie hatten Sorge um ihn gehabt.

„Nun?" fragte der Kanadier.

„Ich habe sie alle gesehen. Es sind wirklich zwölf Rote und drei Weiße, der brave Señor Baraja dabei. Er log ihnen vor, daß wir den Inhalt der Bonanza in das Innere der Pyramide geschafft hätten."

„Ah", vermutete sofort Bois-rosé, „er ist gefangen worden und hat ihnen das Gold als Lösegeld versprochen. Aus der höchsten Not gerettet, hat ihn dann sein Versprechen gereut, und er sucht nun mit einer Lüge loszukommen. Vielleicht meint er, daß wir uns gegenseitig töten, er schleicht sich fort und bleibt alleiniger Besitzer der Bonanza. Wo sind sie?"

„Sie haben sich geteilt. Acht Rote schließen uns nach der Ebene zu ein, und die andern sind bereits hinauf über den Wasserfall, um am Morgen den Kampf zu beginnen."

„Klug ausgedacht!"

„Noch haben wir Zeit, uns fortzuschleichen. Nach jener Anhöhe ist uns der Weg offen geblieben."

„Fürchtet Ihr Euch, Pepe?" fragte Fabian.

„Señor, eine solche Frage gestatte ich nur Euch! Der Feind wird uns mit seinen Kugeln erreichen, und wenn es auch nicht sehr schade um zwei alte Knaben ist, wie ich und Bois-rosé es sind, so möchte ich doch nicht haben, daß der junge Graf de Mediana seinen Skalp in der Steppe lassen muß."

„Sei ruhig, Pepe", tröstete der Kanadier; „der Junge hat es nicht so schlimm gemeint. Ich sage dir, daß ich das Placer nicht eher verlassen möchte, als bis der letzte Mitwisser, der es ja auch noch nicht verraten hat, nicht mehr sprechen kann. Und unsere Lage ist nicht ganz so schlimm, wie du meinst. Wir haben unsere drei guten Büchsen, den Karabiner Cuchillos und die gute englische Flinte Don Estebans; das erscheint mir genug gegen zwölf Rothäute und drei weiße Halunken, die allerdings eigentlich gar keine gute Kugel wert sind."

„Aber unsere ungünstige Lage?"

„Kann verbessert werden. Wir haben Sättel und Decken, und hier liegen genug Steine, um jetzt während der Nacht eine Brustwehr zu errichten, hinter der wir vollständig sicher sind."

Das war allerdings wahr, und die drei Männer machten sich sofort ans Werk, die Steine am Rande der Pyramidenplatte zu einer Mauer aufzuhäufen. Die zwei gewaltigen Fichten, deren Stämme im Grabmal wurzelten, senkten ihre dichten Äste tief herab. Auch zwischen diesen wurde mit Hilfe der Sättel und Decken eine Wand gebildet, die reichlichen Schutz gewähren mußte.

„So, jetzt sind wir fertig", meinte Bois-rosé. „Diese Decken bilden eine beinahe noch bessere Schutzwehr, als die Steine, deren abspringende Splitter uns verwunden können; sie halten die Kugeln ab, indem sie sie auffangen. Nun sind wir vollständig gerüstet zur Verteidigung. Waffen und Munition besitzen wir vollauf, und ich bin doch neugierig, wer den Platz behalten wird, die ‚Herren der Savanne' oder die roten und weißen Halunken, die ich wirklich kennenlernen muß."

„Bis dahin aber haben wir noch einige Stunden Zeit. Ich bin an der Wache. Legt euch nieder, denn es ist anzunehmen, daß wir unsere ganze Kraft und Aufmerksamkeit brauchen werden."

Ruhig wickelte sich der Kanadier in seine Decke und schlief bald so fest, als ob er sich an einem vollkommen sicheren Ort befände. Mit Fabian war es allerdings anders. Er fühlte sich von den gestrigen Ereignissen so erregt, daß er es vorzog, mit Pepe zu wachen.

Sie unterhielten sich nur in leisestem Flüsterton, und als sich der Osten leise zu röten begann, erstarb ihr Gespräch völlig.

Nach kurzer Zeit vermochten sie bereits die Ebene zu überblicken, und da stellten sie fest, daß sich die dort in der Nacht aufgestellten Indianer nach der Höhe gezogen hatten. Dort oben allerdings hingen noch dichte Nebel, die, vom Staub des Wasserfalls gespeist und vom leichten Morgenwind bewegt, wie Wolken hin- und herwogten und die Belagerer vorerst noch hinderten, die Pyramide zu beobachten.

Es wurde heller und heller; der Wind verstärkte sich und zerriß die Wolken und Nebel, die er bald ganz auseinanderjagte. Nun konnten die Jäger auch sehen, was ihre Feinde unterdes unternommen hatten. Der Rand des Weges, der oben auf der Höhe hinführte, war mit künstlich aufgerichteten Sträuchern und Reisern maskiert, hinter denen die Feinde Deckung fanden oder wenigstens nicht bemerkt werden konnten.

„Jetzt ist es hell genug, um ihre Kugeln zu erwarten", meinte der Kanadier. „Aber was ist das? Eine Hand bewegt sich über den Büschen hin und her, zum Zeichen, daß man zu unterhandeln wünsche. Wir wollen ihnen aus Höflichkeit den Willen tun!"

Auch er erhob die Hand über die Steinbrüstung und gab damit seine Zustimmung.

Da zeigte sich an einer von Gebüschen nicht bedeckten Stelle eine Gestalt.

„Santa Lauretta, kennst du den Kerl, Bois-rosé?" fragte Pepe überrascht.

„Sang-mêlé, wahrhaftig, der Raubmörder! Wo er ist, da ist auch sein Vater Main-rouge nicht weit!"

„Dem Himmel sei Dank, daß wir diese Kerle einmal vor uns haben! Ich werde sie zwar nicht auf den Thunfischfang schicken, aber dafür etwas weit Besseres mit ihnen tun!"

„Ja, er ist's", bestätigte auch Fabian. „Er soll bald erfahren, wie ich mit seiner Büchse umzugehen verstehe!"

Jetzt erhob El Mestizo seine Stimme. Hätte er nicht gewußt, weiße Jäger vor sich zu haben, so hätte er es sicher nicht gewagt, sich feindlichen Gewehren in dieser Weise bloßzustellen.

„Was für Männer sind da unten auf dem Grabmal?" fragte er.

„Wirst sie sofort sehen, Schurke!" antwortete die dröhnende Stimme des Kanadiers.

Er richtete seine herkulische Gestalt empor, so daß sie die Schanzmauer weit überragte. Auch Pepe sprang auf und stellte sich an seine Seite. Sofort erhoben die Indianer drüben ein gellendes Freudengeheul. Sie hatten die drei Jäger erkannt, die ihnen mit der Insel im Rio Gila auf so unbegreifliche Weise entkommen waren.

„Der ‚Große Adler'!" rief El Mestizo.

„Und der ‚Zündende Blitz'!" ergänzte Pepe, sich fest auf den Lauf seiner Büchse stützend. „Wo habt ihr denn den alten Spitzbuben, der sich Main-rouge schimpfen läßt?"

Da erhob sich neben dem Mestizen die hagere, sehnige Gestalt seines Vaters.

„Hier, seht ihn euch an!" grinste er herüber. „Wir kennen uns wohl schon seit längerer Zeit?"

„Ich denke, seit dem Tag, an dem euch ein guter Kolbenschlag überzeugte, daß das Haar anderer Leute nicht auf eurem Kopf gewachsen ist. Was wollt ihr heute von uns?"

„Das sollt ihr sofort hören! Ihr habt einen Schatz unter euch?"

„Einen Schatz? Welchen meint ihr?"

„Das Gold der Bonanza."

„Was habt ihr damit zu schaffen?"

„Gebt es heraus!"

„Ah! Und dann?"

„Dann könnt ihr ruhig gehen."

„Sehr gut! Mit Sack und Pack?"

„Mit Sack und Pack, doch ohne Waffen."

„Ausgezeichnet! Ich sage euch: wenn ihr mit uns verhandeln wollt, so müßt ihr so reden, wie man mit Männern spricht, die man durch Drohungen nicht einschüchtern und durch Lügen nicht betören kann. Sagt offen, was ihr von uns wollt — dann sollt ihr von uns eine offene Antwort hören!"

El Mestizo gab nach der Seite hin einen Wink, auf den hin ein Indianer zu ihm trat. Während er mit diesem verhandelte, suchte der Kanadier mit scharfem Auge das ganze drüben liegende Buschwerk ab.

„Pepe, willst du die Verhandlung führen?"

„Wie du willst!"

„Siehst du dort zwischen dem Kirschlorbeerstrauch den Lauf einer Büchse?"

„Ja."

„Paß auf. Sobald es blitzt, läßt du dich fallen. Die Kugel braucht von drüben bis herüber wohl soviel Zeit, daß du zwischen Blitz und Treffen zur Erde bist."

„Hab keine Sorge. Der Mann da drüben trifft mich nicht!"

„Aber ich ihn!" beteuerte Bois-rosé, während er sich gemächlich niederstreckte und die Mündung seiner Büchse so vorsichtig zwischen zwei Steine schob, daß sie von oben nicht bemerkt werden konnte.

„Ihr kennt die beiden Räuber schon?" fragte Fabian.

„Ein wenig, mein Sohn. Ich lag eines schönen Tages im Schlaf, während Pepe gegangen war, um einen Trunk Wasser zu holen. Da überfielen mich die beiden Schufte und hatten mich gebunden, bevor ich zum Aufwachen kam. Sie wollten mir die Häute abnehmen, die Biberfelle nämlich und meine eigene Haut, und schon hatte mir Main-rouge das Messer einmal um den Kopf gezogen, als Pepe kam und ihm mit dem Kolben klarmachte, wem das Fell gehörte. Wir ließen damals die Schufte laufen, besser aber wäre es gewesen, wenn wir ihnen den Weg in die ewigen Jagdgründe gezeigt hätten."

Jetzt erhob sich drüben wieder die Stimme des Mestizen.

„Ihr wollt wissen, was euch erwartet? Ergebt euch auf Gnade und Ungnade!"

„Wem?"

„Mir. Es gibt einen Mann, der Schwarzvogel heißt; dieser will euch gern bei sich sehen, und ich werde euch ihm unversehrt überliefern."

„Seid ihr fertig?"

„Ja."

„Dann sollt Ihr auch unsere Antwort haben: Es gibt einen Mann, der Eure Büchse hat; Ihr sollt ihre Kugeln schmecken!"

„Der meine Büchse hat?" fragte der Mestize gespannt.

Fabian erhob sich.

„Wollt Ihr noch einmal Abschied von ihr nehmen?" fragte er, das Gewehr zeigend.

„Teufel, Tiburcio Arellano! Jetzt gibt es keine Gnade mehr. Feuer!"

Es blitzte drüben auf, während El Mestizo, Main-rouge und der Indianer verschwanden. Aber im selben Augenblick lagen auch Pepe und Fabian am Boden; die verräterische Kugel schlug in einen Stein, drüben jedoch ertönte ein lauter Schrei. Mit dem Blitz drüben hatte der Kanadier abgedrückt, und seine Kugel hatte ihr Ziel gefunden. Der Kampf hatte begonnen — zum Nachteil der Belagerer, die ihren Verrat mit dem ersten Toten bezahlen mußten.

Pepe zog sein Messer und machte einen Einschnitt in den Stamm der einen Fichte.

„Eine Rothaut. Bleiben elf!"

„Oder: Drei Weiße, bleiben zwei", meinte der Kanadier. „Das Gesträuch, zwischen dem hervorgeschossen wurde, hat eine dünne, lichte Stelle, hinter der ich nicht ein dunkles Gesicht, sondern das eines Weißen schimmern zu sehen glaubte."

Seine Meinung wurde sofort bestätigt. Es wurde von sechs Händen drüben ein Weißer über die Büsche emporgehoben; man sah deutlich, daß ihm die Kugel durch den Kopf gegangen war. Im nächsten Augenblick flog er über den Rand des Felsens herüber und stürzte mit laut schallendem Aufschlag in die Tiefe des Wasserkessels.

„Baraja!" meinte Fabian.

„Ja, Baraja", bestätigte Bois-rosé. „Die göttliche Gerechtigkeit begräbt ihn an demselben Ort, an dem sein Opfer Oroche den Tod gefunden hat."

„Und diese Gerechtigkeit", fügte Dormilón bei, „läßt ihn als ersten in einem Kampf fallen, den er angestiftet hat. Nun ist der letzte stumm, von dem ein Verrat der Bonanza zu befürchten war. Das Gold bleibt Euch sicher, Don Fabian!"

„Sie vermuten es nach der lügenhaften Aussage des Verräters hier unter uns im Grab und werden den wirklichen Ort nie finden."

„Aber die Ruhestätte deines Oheims entweihen, mein Sohn. Doch ich hoffe, daß es uns gelingen wird, ihrer so viele zu treffen, daß ihnen dies vergehen wird. Wir sind zu dritt; teilen wir also die Angriffslinie in drei Strecken, von denen jeder von uns eine mit seiner Büchse bewacht! Ich nehme den Teil rechts bis zu dem wilden Rebengerank; du Pepe, nimmst die linke Flanke bis herauf zu dem Nußgesträuch, und du, Fabian, die Mitte."

„So werde ich mir gleich einen Roten holen!" meinte Pepe ruhig. „Ich lasse mich fressen, wenn dort hinter der kleinen Zypresse nicht ein Indianer seinen Wigwam aufgeschlagen hat."

Er gab dem Lauf seiner Büchse eine sichere Unterlage, zielte einen Augenblick lang und drückte dann los. Ein lautes Geheul ließ erkennen, daß er getroffen hatte.

„Die Halunken sind so gütig, uns zu benachrichtigen, daß wir nur noch elf rote Felle zu durchlöchern haben", lachte er.

„Von denen sofort eins ein Loch bekommen wird", fügte Fabian hinzu.

Auch seine Büchse donnerte, und ein zweites Geheul bewies, daß er sein Wort gehalten hatte.

Einige Minuten lang herrschte jetzt drüben Ruhe, dann aber krachten sämtliche Büchsen, die dem Feind zur Verfügung standen, und die Kugeln schlugen vor und hinter den Jägern in die Steine der Verschanzung, aber keine einzige verursachte auch nur den geringsten Schaden.

Noch mehrere solcher Salven folgten, doch mit demselben Ergebnis. Die während der Nacht errichtete Schanze erwies sich als so vortrefflich, daß sich die Jäger hinter ihr in völliger Sicherheit befanden.

„Sie mögen ihr Pulver und ihre Kugeln immerhin verschwenden; wir schießen nur dann, wenn wir unseres Zieles sicher sind", bestimmte Bois-rosé.

„Sie wollen uns zur gleichen Verschwendung bewegen", bemerkte Pepe. „Siehst du auf meiner Strecke den Federbusch, der über den Büschen herüberblickt? Sie haben ihn an einem Ast befestigt und glauben, daß wir nach ihm schießen werden."

„Der Ast steckt in der Erde, denn ich bemerke auch nicht die allerkleinste Bewegung. Laß sie nur machen! Wenn sie sehen, daß wir uns nicht täuschen lassen, werden sie ungeduldig werden und den Ast bewegen. Das wird natürlich so geschehen, daß einer von ihnen auf der Erde zu ihm hinkriecht und ihn mit ausgestrecktem Arm erfaßt. Dann nimmst du dein Ziel rechts und ich links von ihm, zwei Fuß entfernt tief am Boden, und ich will behaupten, daß wir den Kerl treffen."

Es verging eine Weile, dann jedoch erwies sich die Ansicht des Kanadiers als richtig. Der Federbusch begann sich leise zu bewegen.

„Feuer, Pepe!"

Aus den Läufen der beiden Büchsen blitzte es auf, und dem Krachen der Schüsse folgte ein erneutes Wutgeheul.

„Schneide eine neue Kerbe, Pepe, damit wir uns nicht verzählen!"

Der einstige Miquelete folgte der Weisung.

„Noch neun! Wenn es in dieser Weise fortgeht, können wir uns in zwei Stunden vierzehn Skalpe holen."

„So schnell werden wir nicht befreit, Pepe. Die Apatschen werden es merken, daß uns in dieser Weise nicht beizukommen ist. Sie werden einen Kriegsrat halten, um bessere Möglichkeiten zu finden."

Wirklich blieb es drüben von jetzt an ziemlich ruhig. Beinahe eine volle Stunde verging, und noch immer ließ sich kein Laut hören, keine Bewegung feststellen.

„Unseren Gegnern fällt nichts ein. Trotzdem aber wäre es vorteilhaft für uns, wenn wir ihre Gedanken zu erraten suchten", bemerkte Bois-rosé. „Was meinst du, Fabian?"

„Ich denke, daß sie einen Punkt suchen werden, von dem aus uns ihre Kugeln zu erreichen vermögen. Das ist das einzige, was uns Gefahr bringen kann, und ich wundere mich, daß sie es nicht schon längst getan haben."

„Sie haben jedenfalls bisher ihren Grund gehabt, es zu unterlassen. Die einzige Stelle, von der aus wir ihren Büchsen ausgesetzt sind, sind jene Felsspitzen dort, die sich gegeneinander neigen. Um diesen Ort aber zu erreichen, müssen sie eine Strecke emporklimmen, die zwar nur kurz ist, uns aber hinreichend Gelegenheit bietet, unsere Büchsen arbeiten zu lassen."

„Sie werden es dennoch versuchen, früher oder später, mein Vater, und dann ist es gut, wenn wir nicht leere Läufe haben."

„Das denke ich auch, und das werden auch die beiden Räuber berücksichtigen, die den Angriff leiten. Sie selbst werden sich unseren Kugeln nicht aussetzen, sondern nur die Roten zu den Felsen emporschicken, und zwar erst dann, wenn wir einmal geschossen haben."

„Wir sind im Besitz von fünf Gewehren, was sie jedenfalls nicht wissen", meinte Pepe. „Sparen wir die Schüsse in unseren Büchsen und nehmen wir die beiden andern in die Hand."

„Richtig! Fabian, mein Sohn, du wirst nicht schießen, damit wir drei Kugeln bereit haben."

Er ergriff die englische Flinte Don Estebans, während Dormilón nach dem Karabiner Cuchillos langte.

„Und dennoch schieße ich!" antwortete Fabian, und im nächsten Augenblick krachte seine Büchse.

Er hatte das ganz leise Zittern eines Strauches bemerkt. Es erfolgte kein Geheul, aber der Strauch bog sich unter einer heftigen, krampfhaften Bewegung.

„Getroffen, mein Sohn! Dieser Mestize hat jedenfalls den Befehl gegeben, uns ferner nicht durch Geschrei zu verraten, daß wir gut zu zielen wissen. Pepe, eine Kerbe!"

„Noch acht!" zählte dieser, während er seinen Einschnitt machte.

Fabian war noch nicht mit dem Laden fertig, so donnerte es drüben aus allen Büchsen. Salve auf Salve folgte, und der Kugelregen schlug zahlreiche Steinsplitter los, die nach allen Richtungen umherflogen.

„Paßt auf", warnte Pepe. „Sie haben einen Plan, den sie durch dieses Feuer einleiten und decken wollen, und ich lasse mich skalpieren, wenn es nicht der ist, den wir bereits erraten haben!"

„So warte auf eine Pause zwischen den Salven und drücke dann den Karabiner los", befahl der Kanadier. „Halte aber deine Büchse sofort bei der Hand! — Jetzt!"

Bois-rosé und auch Dormilón drückten ab. Die Vermutung der scharfsinnigen Jäger erwies sich als zutreffend. Vier Indianer sprangen, sich jetzt sicher meinend, mit ihren Büchsen in der Hand nach den Felsen empor, hinter denen sich Baraja und Oroche beim Herannahen Cuchillos versteckt hatten.

„Ich den ersten, Pepe den zweiten, und du den dritten, Fabian!" rief Bois-rosé hastig.

Drei Feuerstrahlen sprühten zwischen den Steinen der Verschanzung hervor; die drei anderen Wilden stürzten zusammen, und nur der vierte erreichte sein Ziel, hinter dem er sofort verschwand.

Kein einziger Laut drüben gab ein Zeichen von der Erbitterung, die diese Abwehr ihrer Kriegslist bei den Belagerern hervorrufen mußte.

„Eine — zwei — drei Kerben. Noch fünf!" zählte Pepe, während er mit sichtlicher Befriedigung seine Zeichen einschnitt.

„Von fünfzehn Feinden bereits acht gefallen!" lächelte der Kanadier. „Die kleinere Hälfte wird uns wohl mehr Arbeit machen als die größere. Drückt Euch so eng wie möglich an die Verschanzung, sonst gebt Ihr dem Schurken da oben ein sicheres Ziel!"

Seine Warnung kam keinen Augenblick zu früh. Pepe hatte sich auf dem Rücken ausgestreckt, um zu laden; da blitzte es oben an dem Felsen auf, und die Kugel schlug zwischen seinen beiden Füßen in den Boden.

In demselben Augenblick aber hatte er die Beine emporgezogen, daß die Knie beinahe sein Kinn berührten.

„Santa Lauretta, der Kerl will mir meine Schuhe kaputt schießen! Warte, Halunke, du sollst nicht lange da oben blühen und gedeihen!"

Der Kanadier steckte den Lauf seiner Büchse zwischen die Steine und meinte ruhig:

„Fabian, mein Sohn, deine Fußbekleidung ist länger als unsere. Ziehe sie aus und schiebe sie so weit von dir, daß der Rote den Fuß zu sehen bekommt. Er schoß jetzt auf der rechten Seite der Felsen und wird, um uns irre zu machen, nun auf die linke hinüberwechseln. Diese neigt sich zu uns herüber, und wenn er die Büchse auch noch so hart an die Kante legt, der Ellbogen und ein Teil des Kopfes muß doch zum Vorschein kommen."

Fabian folgte der Weisung, und der leere Stiefel zeigte sich allerdings so verführerisch für den Indianer, daß er sich zum Schuß verlocken ließ.

Hüben und drüben blitzte es auf; die beiden Schüsse deckten sich so, daß sie wie einer klangen; der Stiefel war nicht einmal gestreift worden, der Wilde aber kollerte, obgleich nur die eine Seite seines Gesichts vom Ohr bis zum Auge an der Felskante auf einen kurzen Augenblick sichtbar gewesen war, tot den steilen Abhang herunter.

„Vortrefflich!“ lobte Pepe seinen Gefährten. „Der Mann wird unsere Schuhe fortan in Ruhe lassen. Acht Kerben — noch vier!“

„Würde es nicht besser sein, mein Vater“, fragte Fabian, „wenn wir die Munition für unsere Büchsen sparten? Wir wissen nicht, wieviel wir davon noch auf unserer Wanderung bis zum Büffelsee brauchen, und die Entfernung zwischen hier und drüben ist nicht so groß, daß wir mit den beiden andern Gewehren nicht doch zu treffen vermöchten.“

„Du hast recht, mein Sohn. Nimm den Karabiner, während ich mich der Flinte bedienen werde. Pepe mag seine Büchse behalten!“

Drüben herrschte wieder tiefe Ruhe, die durch keinen Laut unterbrochen wurde. Jedenfalls saßen die Belagerer wieder bei einer Beratung. Der Entwurf eines neuen, besseren Plans mußte ihnen allerdings große Schwierigkeit machen. Die Sonne stieg höher und höher; sie erreichte den Zenit und begann, sich wieder hinabzusenken. Die drei Jäger hatten ihre Mahlzeit gehalten und sich gesättigt; nur der Durst plagte sie. Bei der drückenden Hitze des Tages hätte er sie noch viel mehr belästigt, wenn nicht die herabstürzenden Wasser der Kaskade einen feinen Staub verbreitet hätten, den man zwar nicht zu sammeln und zu trinken vermochte, der aber die Luft befeuchtete und so die Qual des Durstes milderte.

Da endlich zeigte sich eine Änderung bei den Feinden, die die Aufmerksamkeit der Waldläufer auf sich zog. Am äußersten Punkt der Angriffslinie wurde ein aus Büffelfell bestehender Kriegsmantel über zwei eng zusammenstehende, niedrige Büsche gebreitet.

„Was haben sie vor?“ fragte Pepe mißtrauisch.

„Wenn sie drei oder vier solcher Mäntel übereinanderlegen, so erhalten sie eine Verschanzung, die selbst unsere Büchsenkugeln nicht zu durchdringen vermögen. Es ist dabei nur zu verwundern, daß sie dieses Bollwerk so weit auf der Flanke errichten, von wo aus sie doch nicht mit Sicherheit auf uns zielen können.“

„Ich werde ihnen eine Kugel geben, denn jetzt ist es noch Zeit dazu“, sprach Pepe.

„Laßt mich dies tun!“ bat Bois-rosé. „Ich möchte einmal die Tragkraft dieser englischen Flinte erproben.“

Da er seitwärts zu zielen hatte, so war er gezwungen, den Lauf des Gewehrs weiter als bisher zwischen den Steinen der Verschanzung hervorzuschieben. Er drückte ab; zum gleichen Zeitpunkt aber blitzte es auch gegenüber auf, und die Kugel El Mestizos schlug mit solcher Gewalt auf den Lauf der Flinte, daß diese seinen Händen entfuhr und weit hinüber in den See geschleudert wurde.

Wäre der Kanadier nicht ein so starker Mann gewesen, so hätte ihm der fürchterliche Prellschlag die Hand zerschmettern oder zumindest stark verletzen müssen.

„Teufel, war das ein guter Schuß!“ rief er, sich die Hände reibend. „Das war kein anderer als dieser Mestize! Aber nun wissen wir wenigstens, was jene Lederverschanzung für einen Zweck hat. Sie wurde mit Bedacht so schief da drüben angelegt, damit wir beim Zielen den Lauf weit sehen lassen müssen. Sie wollen uns entwaffnen, und ich bin nur froh, daß ich diesen Schuß nicht mit meiner guten Büchse unternommen habe, die ebenso verloren wäre, wie die Flinte Don Estebans. Das habe ich deinem Einfall, unsere Büchsenkugeln zu sparen, zu verdanken, mein Fabian!“

Pepe ergriff einen heruntergeschossenen Fichtenast und richtete ihn mit Hilfe seines Messers so vor, daß er die Gestalt eines Büchsenlaufes bekam.

„Bois-rosé, tu mir doch einmal den Gefallen, mit diesem Holz zu schießen; ich werde dabei dem Señor Mestizo eins aufs Leder brennen!“

„Sollten sie uns wirklich für so wenig gewitzt halten, auf den Verlust der Flinte hin nochmals im Ernst zu feuern?“

„Versuchen wir es immerhin!“

Er machte sich schußfertig, und Bois-rosé steckte den Ast langsam und zögernd, wie er es mit der Büchse getan hätte, durch den Zwischenraum zweier Steine hervor.

Wirklich krachte drüben ein Schuß; der Ast wurde getroffen und wirbelte durch die Luft, aber Pepe hatte den Augenblick des Aufblitzens gut wahrgenommen und auch abgedrückt. Ein Schrei bewies, daß seine Kugel ihr Ziel nicht verfehlt hatte.

„Eine neue Kerbe!“ rief er frohlockend.

„Oder auch nicht, Pepe!“ entgegnete der Kanadier. „Der Schrei klang nicht wie der Todesschrei eines Menschen, sondern wie der Wutschrei eines Verwundeten. Der Teufel muß diesen Mestizen schützen, daß er nicht zu Tode zu treffen ist.“

Wieder verging eine lange Zeit, ohne daß sich etwas Besonderes zeigte. Die Sonne senkte sich inzwischen hinter dem westlichen Horizont herab; die Dämmerung war nicht mehr fern, und noch immer herrschte drüben tiefes Schweigen.

„Sie werden die Nacht abwarten wollen, um uns zu überfallen“, meinte Pepe.

„Das werden sie bleiben lassen. Wir sind drei gegen sechs. Unsere Festung ist uneinnehmbar. Im Gegenteil, ich habe große Lust, sie zu überrumpeln. Wenn wir jene Schlucht benutzen, können wir ihnen in den Rücken gelangen.“

„Sie aber auf demselben Weg auch zu uns.“

„Es ist sehr wahrscheinlich“, bemerkte Fabian, „daß sie irgend etwas unternehmen, um unser Entweichen zu verhindern, denn es ist ihnen klar, daß wir die Dunkelheit benützen werden, um die Pyramide zu verlassen. Nach der Ebene hinab ist der Weg —"

Er hielt inne und deutete mit dem Arm nach der Richtung, von der er soeben gesprochen hatte.

„Siehst du, mein Vater, daß ich recht habe?"

Dort, wo das erschossene Pferd des Indianertöters lag, bewegten sich die Gestalten zweier Indianer, zu denen sich bald noch zwei weitere gesellten. Sie ließen sich in der Nähe des Kadavers nieder und nahmen eine Stellung ein, aus der zu ersehen war, daß sie sich zu einem längeren Verweilen entschlossen hatten.

„Sie wollen uns einschließen. Pah, das dürfte ihnen schwer werden", meinte Bois-rosé. „Der Weg über den Hügel, über den wir gekommen sind, bleibt uns auf jeden Fall. — Alle Wetter, die Schurken verlegen uns auch dort die Bahn!"

Die drei Männer wandten ihre Augen nach der angegebenen Richtung und gewahrten Main-rouge und Sang-mêlé, die einen Haufen Reisig zusammentrugen, der so groß war, daß er wohl den größten Teil der Nacht hindurch die ganze Gegend erleuchten konnte.

„Und dennoch müssen wir von der Pyramide herunter, wenn wir die Räuber erlegen wollen", erklärte Fabian. „Die Apatschen sind nach dem Büffelsee, um Don Agustín zu überfallen, und ich muß auf alle Fälle hin, um ihm beizustehen."

Der Kanadier lächelte still in sich hinein.

„Wir werden es wohl fertigbringen, mein Sohn. Für Pepe und mich sind diese vier Indianer nicht zuviel, wenn wir sie in der Dunkelheit überraschen. Dann steht es uns frei, sofort nach dem Büffelsee aufzubrechen oder von hinten über die beiden Spitzbuben zu kommen."

„Für dich und Pepe? Ich werde wohl auch dabei sein!"

„Nein, mein Sohn, das kann ich nicht zugeben! Zwei gehen sicherer als drei, und um uns für alle Fälle vorzusehen, dürfen wir unsere Festung nicht ganz ohne Besatzung lassen. Einer muß zurückbleiben, um sie zu bewachen, bis wir mit den vier Roten fertig sind, und das wirst am besten du besorgen."

Fabian gab seinen Einwand noch nicht auf, aber er wurde überstimmt und mußte sich in den Willen des Kanadiers fügen.

Einige Zeit, nachdem es dunkel geworden war, flackerte da, wo der Reisighaufen lag, eine helle, hohe Flamme auf, die allerdings nur die eine Seite der Pyramide beleuchtete. Die übrige Umgebung blieb weiter in völliger Finsternis.

„Jetzt wird es Zeit", meinte Dormilón.

„Mein Sohn, wir werden gehen!"

„Nein", widersprach Bois-rosé, „wir müssen noch warten, bis die Aufmerksamkeit unserer Beobachter etwas nachgelassen hat."

Dies geschah, und erst nach Verlauf von mehr als einer Stunde richtete sich der Kanadier aus seiner liegenden Stellung empor.

„Ja. Du mußt hier unsere Festung bewachen, auf die wir ja angewiesen sind, wenn es uns nicht gelingen sollte, die Indianer aus dem Wege zu räumen.“

Der gute Bois-rosé wollte nicht sagen, daß ihn nur die Sorge um das Leben seines Lieblings zu dieser Maßregel bestimmte.

„Ich glaube nicht“, fuhr er fort, „daß dir während unserer Abwesenheit hier eine Gefahr droht, und wir werden ja auch nur für wenige Minuten fern sein. Sollte aber dennoch etwas geschehen, was unsere Hilfe nötig macht, so werden wir auf einen Schuß von dir sofort herbeieilen. Komm, Pepe!“

Auch Dormilón erhob sich. Sie ergriffen ihre Gewehre, huschten über die in völliger Dunkelheit liegende Plattform der Pyramide und glitten an der Böschung hinab.

Kaum waren sie im Dunkel verschwunden, so tauchten zwei Gestalten von der anderen Seite herauf.

„Endlich gelingt uns eine List, Alter!“ flüsterte El Mestizo. „Sie wollen die Roten fortschaffen und mögen dies auch immer tun. Wir schleichen uns indessen hinauf und überwältigen diesen Tiburcio, der zurückgeblieben ist. Er wird uns mein Gewehr und seine Haare lassen müssen. Kommen sie dann zurück, so empfangen wir sie mit unseren Kugeln. Ist diese Pyramide einmal in unserm Besitz, so können sie uns nichts anhaben. Steige du hier hinauf und mache, wenn du am Rand angelangt bist, einiges Geräusch, das seine Aufmerksamkeit auf dich lenkt; desto sicherer komme ich über ihn!“

Main-rouge schickte sich an, diesem Befehl seines Sohnes zu folgen.

Fabian saß auf der Plattform und lauschte in die Nacht hinaus. Er war besorgt um die beiden Gefährten, die jedenfalls einer nicht geringen Gefahr entgegengingen. Größere Sorge noch aber bereitete ihm der Gedanke an Don Agustín Pena und seine schöne Tochter. Die beiden Räuber, die den Haciendero mit seiner Tochter bereits einmal überfallen hatten, wußten jedenfalls von den Anschlägen der Apatschen, an denen sie vielleicht sogar teilzunehmen beschlossen hatten. Es drängte ihn fort, schnell fort nach dem Büffelsee, und so dehnten sich die Augenblicke der Abwesenheit seiner zwei Gefährten zu Stunden.

Da war es ihm, als habe er nicht weit vom Rande der Plattform ein Geräusch vernommen. Er kroch hinzu und erblickte eine dunkle Gestalt, die eben im Begriff stand, die Pyramide zu ersteigen.

„Pepe! Vater!“

„Ja!“

„Wie ist es gegangen?“

„Gut!“ antwortete die Gestalt.

Im selben Augenblick erkannte er aber, daß es weder Pepe noch Bois-rosé war. Er hob die Büchse zum Schlag — da fühlte er seinen Arm gepackt, so daß ihm das Gewehr entfiel und von der Pyramide hinabglitt.

„Wirklich ohne mich, Vater?“

Der erste der beiden Männer hatte jetzt auch die Plattform erklommen, und so sah sich der Jüngling von zwei riesenstarken Männern umschlungen, in denen er den Mestizen und Main-rouge erkannte.

Jetzt außerstande zu schießen, ließ er einen lauten Schrei erschallen, dessen scharfer Ton weithin die Stille der Nacht durchschnitt.

„Gib ihm das Messer, Alter!“ gebot der Mestize, der nicht selbst zustoßen konnte, da er damit beschäftigt war, Fabian mit beiden Armen zu halten.

Main-rouge zog die Klinge. Dieser Anblick verdoppelte Fabians Kraft Er riß sich los, packte sein eigenes Messer und stieß nach dem Alten. Dieser erhielt den Stich in den Oberarm und ließ seine Waffe fallen, um ihm das Messer zu entreißen. Das Handgemenge, in dessen Verlauf Fabian seinen Schrei wiederholte, führte die drei Ringenden über die ganze Plattform hinüber; sie erreichten den Rand und stürzten, während einer sich an dem andern zu halten suchte, hinab.

Fabian erreichte den Boden besinnungslos; er war mit dem Kopf auf einen Stein geschlagen. Der Mestize war der erste, der sich aufraffte.

„Lebst du, Alter?“

„Ja.“

„Der Schlingel ist betäubt. Rasch, faß ihn an und fort mit ihm.“

„Gib ihm den Rest!“

„Nun nicht. Oben wäre es angebracht gewesen. Hörst du die beiden andern kommen? Sie ersteigen schon die Pyramide. Wir können nicht wieder hinauf. Fort!“

„Zuvor stoße ich ihn nieder!“

„Wage es, Schwachkopf! Wenn wir ihn tot zurücklassen, bekommen wir sie nicht. Nehmen wir ihn aber als Gefangenen mit, so werden sie uns folgen, bis wir sie haben. Fort mit ihm, sage ich dir!“

Main-rouge gehorchte jetzt. Sie ergriffen den Bewußtlosen und zogen ihn von der Pyramide weg, auf deren Plattform sich laute Rufe des Schreckens und der Wut vernehmen ließen.

Der Kanadier und Pepe waren nach der Ebene hinabgeschlichen und unbemerkt in der Nähe des Pferdekadavers angekommen, wo die Indianer noch immer beisammensaßen. Sie mochten glauben, daß die Weißen die indianische Methode befolgen würden, ihr Unternehmen erst gegen Morgen zu beginnen und strengten daher ihre Aufmerksamkeit nicht in der Weise an, wie es die gegenwärtige Lage erfordert hätte. Zudem hatten die beiden letzten Tage ihre Kräfte so in Anspruch genommen, daß sie sich ermüdet fühlten und nur mit halben Sinnen wachten.

„Sie werden es uns nicht sehr schwer machen“, flüsterte der Kanadier. „Vorwärts!“

Hart am Boden liegend, krochen sie mit unhörbaren, schlangengleichen Bewegungen auf die Roten zu. Nur wenige Schritte noch von ihnen entfernt, ließen sie ihre Büchsen liegen. Dann erhoben sie sich und stürzten sich mit der Schnelligkeit des Blitzes auf die Ahnungslosen. Eine einzige Minute genügte, dann wischte Pepe das blutige Messer ab und meinte:

„Zwölf Kerben. Fertig mit den Roten!“

In diesem Augenblick erscholl der erste Hilferuf Fabians.

„Santa Lauretta, wer war das?“

„Fabian!“ rief der Kanadier, und noch während dieses Wortes raffte er seine Büchse auf und flog in langen, gewaltigen Sätzen auf die Pyramide zu, Pepe mit seinem ebenfalls aufgegriffenen Gewehr hinter ihm drein. Dennoch hatten sie noch nicht die Hälfte des Weges zurückgelegt, als der zweite Schrei erscholl.

„Schneller, um Gottes willen, schneller, Pepe!“ rief der Kanadier.

In wahren Riesensprüngen schoß er vorwärts; die Angst um Fabian gab ihm neben der Stärke eines Riesen noch die Spannkraft eines Tigers. Ohne zu forschen, ob Pepe ihm auch zu folgen vermöge, schnellte er über die Ebene dahin und sprang, bei der Pyramide angekommen, ohne Anwendung der sonst gebotenen Vorsicht an dieser in die Höhe.

„Fabian!“ rief er, oben angekommen.

Keine Antwort ertönte.

„Fabian, mein Kind, mein Sohn!“ wiederholte er in entsetzlicher Angst.

Auch jetzt blieb die Umgebung ruhig. Nur das Keuchen des emporklimmenden Dormilón ließ sich vernehmen.

„Wo ist er?“ fragte dieser, gänzlich außer Atem, als er die Plattform betrat.

„Verschwunden, ich weiß nicht, wohin!“

„Liegt seine Büchse hier?“

Sie suchten.

„Nein.“

„Dann ist ihm nichts geschehen“, beruhigte Pepe. „Er hat die Waffe bei sich und würde geschossen haben, wenn ihm eine Gefahr gedroht hätte.“

„Nein, er hat sich nicht freiwillig entfernt, er ist überfallen und fortgeschleppt worden. El Mestizo hat seine Büchse wieder geholt“, antwortete Bois-rosé, und „Fabian, Fabian!“ erklang wie drohender Donner seine gewaltige Stimme durch die Nacht.

Auch jetzt wieder blieb die Antwort aus.

„Hinab, Pepe! Wir müssen den Fuß der Pyramide untersuchen!“

Sie glitten die steile Böschung hinab und schritten in fieberhafter Erregung um das Grabmal herum. Da stieß der Fuß Dormilóns an etwas Hartes. Er hob es auf.

„Bois-rosé, komm her! Ich habe eine Spur: hier zwischen den Steinen liegt Fabians Büchse!“

Der Kanadier kam herbeigeeilt und nahm die Waffe in die Hand.

„Sie ist noch geladen. Er ist im Ringkampf überwältigt worden. Oh, wäre es doch Tag; dann könnten wir alles aus den Spuren sehen!"

Er blickte ratlos zur Höhe. Ein matter Schein flimmerte durch die Dunkelheit. Er stieg einige Schritte empor und ergriff den Gegenstand.

„Sein Messer!"

„Und hier sein Hut!" rief Pepe. „Santa Lauretta, du hast recht, er ist überfallen worden."

Diese Gewißheit war jetzt unumstößlich. Sie brachte den Kanadier in die Wut eines angeschossenen Stiers.

„Fabian!" brüllte er, daß das Echo von den Felswänden niederdonnerte.

Seine hohe Gestalt bebte unter der übermächtigen Aufregung, und es lag ein furchtbarer Grimm in dem knirschenden Ton, mit dem er, Pepe die Faust schwer auf die Schulter legend, beteuerte:

„Wir werden ihn wiederfinden, tot oder lebendig! Aber wehe denen, die ihn angetastet haben; sie müssen sterben, und wenn sie der Satan selbst beschützt!" —

## *Verfolgung*

Es war am Nachmittag des vorigen Tages, als den Ufern des Rio Gila ein Reiter folgte, der den Boden mit aufmerksamen Blicken musterte. Der Mann war von nervigen Körperformen, trug eine feine Saltillo-Sarape, Gamaschen von scharlachrotem Tuch und Mokassins von außerordentlich kunstreicher Arbeit. Sein Kopf war mit einer Art Turban bedeckt, durch den sich die glänzende Haut einer Klapperschlange wand.

Von Zeit zu Zeit blieb er halten und stieg auch wohl vom Pferd, wenn er im Zweifel war, ob er sich noch auf der richtigen Fährte befand. Es mußten zwei Männer sein, denen er folgte, denn wenn sich ihre Spur einmal dem Fluß näherte, so ließen sich in dem feuchter werdenden Boden zweifellos die Eindrücke von zwei Paaren verschiedener Füße erkennen.

Auf einmal blieb er überrascht halten. Die Spur wurde von der Seite her von den Huftritten eines Pferdes gekreuzt, das nach dem Fluß zu gelenkt worden war. Der Reiter überlegte, welcher Fährte er folgen sollte. Er war, wie man auf den ersten Blick sehen mußte, ein Komantsche und mußte einen ungewöhnlichen Mut besitzen, sich so allein mitten in das Jagdgebiet der ärgsten Feinde seines Stammes, der Apatschen, zu wagen.

Nach kurzem Nachdenken hatte er sich entschlossen und lenkte auf den Fluß zu. An einer Stelle des Ufers hatte der Reiter sein Pferd abgesattelt und in den Fluß getrieben. Es mußte sehr ermüdet oder auch wohl krank gewesen sein. Dann war er in Richtung der Spuren der zwei Männer wieder davongeritten.

Das Gras, auf das der Sattel abgelegt worden war, lag noch tief niedergedrückt, und da, wo das Wasser den Schlamm des Ufers wusch, stand es noch schmutziggelb in den Hufeindrücken des Pferdes. Dieses hatte den Fluß jedenfalls erst vor kaum fünf Minuten verlassen.

Der Komantsche gab seinem Tier die Sporen und beugte sich weit nach vorn nieder, um die Fährte während des sausenden Galopps nicht zu verlieren. Sie führte vom Strom wieder ab, und noch war er nicht lange geritten, so sah er den Verfolgten vor sich.

Dieser bemerkte ihn, schien aber hier mitten in der Apacheria keine Veranlassung zur Besorgnis zu kennen und hielt sein Pferd an. Erst als ihm der Verfolger so nahe gekommen war, daß er die Malereien auf seinem Gesicht erkennen konnte, wandte er sich und trieb sein Pferd zur schleunigen Flucht an.

Es war sehr mitgenommen und hinkte.

„Hund, Schakal, Kröte!" rief der Komantsche hinter ihm. „Der Apatsche fürchtet in seinem eigenen Land den Komantschen. Die Angst hat ihm das Herz zerfressen. Er kann nur Pferde rauben und fliehen!"

Er machte Miene, die mit silbernen Nägeln beschlagene Büchse von der Schulter zu nehmen, besann sich aber anders. Auf feindlichem Gebiet konnte ein lauter Schuß sein Verderben sein. So wickelte er den Lasso los, befestigte das obere Ende am Sattelknopf und wirbelte es dann mit der Rechten in langen Schlingen über dem Kopf.

„Wollen die Füße des Koyoten nicht stehenbleiben? Falkenauge, der Komantsche, will mit ihm sprechen!"

Auch dieser Zuruf brachte den Apatschen nicht zur Gegenwehr. Sein Pferd konnte sich mit dem seines Verfolgers in keiner Weise messen; schon war es ihm nur noch um wenige Längen voraus.

„Der feige Molch ist der einzige Pferdedieb, der Falkenauge entkommen ist, aber auch er wird ihm seinen Skalp geben und Schwarzvogel nicht erzählen von der ‚Starken Eiche', die der Hauch des Komantschen umgeworfen hat."

Der Lasso pfiff durch die Luft und legte sich um den Oberkörper des Apatschen. Falkenauge nahm sein Pferd in die Zügel, riß es herum, und sofort flog der Verfolgte vom Pferde. Mit einem schnellen Sprung stand der Komantsche neben ihm und stieß ihm das Messer bis an das Heft in die Brust.

Dann faßte er das Haar des Getöteten mit der Linken und zog es scharf an — drei kurze, scharfe Schnitte, ein schneller, kräftiger Ruck — der Skalp war gelöst.

Nachdem er ihn vom Blut gereinigt hatte, hängte er ihn an den Gürtel; dann stieg er wieder auf und lenkte sein Pferd nach rechts hinüber, um die verlassene Doppelspur wieder aufzusuchen. Hätte El Mestizo nicht bereits Schwarzvogel Nachricht gebracht von dem Untergang der Schar der ‚Starken Eiche', so wäre dem Häuptling wohl kaum eine Kunde über ihr Schicksal zu Ohren gekommen, denn auch der letzte dieser Schar war jetzt, so nahe dem Ziel, unter der Hand Falkenauges gefallen.

Dieser fand die Spur bald wieder und folgte ihr bis zum Einbruch der Dunkelheit. Dann mußte er die Verfolgung aufgeben und ritt nach dem Fluß hinüber, um hier, wo das Pferd Futter und Tränke fand, das Nachtlager aufzuschlagen. Ein Feuer durfte er allerdings nicht anbrennen, solange er sich im Gebiet der Feinde befand.

Er hatte sich in die Satteldecke seines Pferdes gewickelt und ließ seine Gedanken zurückschweifen nach dem heimatlichen Wigwam, wo Mo-la weilte, die er liebte und um deretwillen er das große Wagnis unternommen hatte, die Skalpe Schwarzvogels und der beiden Wüstenräuber aus der Apacheria zu holen.

Da vernahm er das Dröhnen ferner Schüsse. Er horchte auf. Die Art und Weise des Schalls überzeugte ihn, daß ein jedenfalls sehr ernstes Gefecht stattfand. Er sprang auf, sattelte sein Pferd und ritt dem Büchsendonner entgegen.

Der Kampf währte nicht lange. Falkenauge näherte sich dem Schauplatz, als das Gemetzel bereits sein Ende erreichte. Die Wagenburg war in Brand gesteckt worden und das Feuer erleuchtete weithin die Ebene. Dennoch aber beschloß er, das Gelände möglichst genau zu erkunden. Er war überzeugt, daß die Apatschen die Expedition der Bleichgesichter vernichtet hatten. Ihr Tatendurst mußte dadurch erweckt worden sein, und vielleicht entschlossen sie sich schon heute im Siegesrausch zu einem Unternehmen, dessen Kenntnis ihm von Nutzen sein konnte. Er wußte, daß Mano Sangriento und El Mestizo bereits zu ihnen gestoßen sein mußten, denn die verfolgte Spur hatte gerade auf den Kampfplatz zugeführt. Das war ein weiterer Grund für ihn, dieses Zusammentreffen möglichst zu belauschen oder wenigstens zu beobachten.

Zwischen zwei felsigen Bodenwellen, die durch ihre gegeneinander geneigten, scharfen Seiten eine kleine Schlucht bildeten, pflockte er sein Pferd an und schritt dem Schauplatz des Blutvergießens zu.

Im Bereich des Feuerscheins angekommen, wußte er sich mit der den Indianern eigenen Gewandtheit selbst hier unsichtbar zu halten. Er vermied die hellen, über die Ebene hinflackernden Lichtstreifen und hielt sich in den dunklen Schatten, die die Gestalten und Umrisse der brennenden Gegenstände in huschenden Wolken auf die Steppe zeichneten.

Er sah Baraja am Baum stehen und El Mestizo mit dem Häuptling verhandeln. Wo war Mano Sangriento? Er sah dann den Mestizen mit den zwölf Indianern abziehen und folgte ihnen so weit, bis er sich über ihre Richtung im klaren war. Hierbei hatte er auch den Vater des Mestizen bemerkt und sich soweit in die Nähe der Apatschen geschlichen, daß einige ihrer Worte in sein Ohr gedrungen waren, die ihm sagten, daß sie nach den Nebelbergen wollten, um drei weiße Jäger zu überfallen.

Wer waren diese Bleichgesichter? Es konnten nur Feinde der Apatschen und also Freunde der Komantschen sein. Waren es vielleicht gar die drei berühmten Bleichgesichter, von denen Encinas während des

Rittes von Tubac nach der Savanne gesprochen hatte? Er hätte sie gern gewarnt, aber er kannte die Nebelberge nicht und hätte die Männer vor der Ankunft der Apatschen unmöglich finden können.

Während er an all dieses dachte, war El Mestizo mit den Indianern im Dunkel verschwunden. Da regte sich etwas unter den nahen Bäumen, und eine Minute später galoppierte ein Pferd von dannen. Der Reiter hatte die Apatschen und ihre weißen Führer auch belauscht. Er konnte nur ein Feind von ihnen sein, sonst hätte er sich nicht vor ihnen verborgen gehalten, und da er in fast derselben Richtung mit ihnen fortsprengte, so war zu vermuten, daß auch er die Absicht hatte, die Weißen zu warnen.

Falkenauge schritt zurück in der Absicht, ihnen allen jedenfalls zu folgen, und kam gerade zur rechten Zeit in der Nähe des Kampfplatzes wieder an, um den Abzug der Apatschen zu beobachten.

Auch ihnen folgte er. Sie schlugen die Richtung nach dem Fluß ein. Ihre Bewegungen verursachten soviel Geräusch und in ihrem Siegesübermut verhielten sie sich so laut, daß es ihm leicht wurde, stets hinter ihnen zu bleiben. Am Fluß angekommen, teilten sie sich. Der Haupttrupp traf Vorbereitungen, sich einzuschiffen, und Falkenauge erlauschte dabei zweierlei, nämlich daß Schwarzvogel von dem ‚Großen Adler' verwundet worden war und daß der Zug nach dem Büffelsee ging.

Der andere Trupp, der aus zehn Kriegern und ihrem Anführer Antilope bestand, wandte sich stromaufwärts. Auch ihm schlich Falkenauge nach, um zu erfahren, was diese Leute beabsichtigten. Sie wollten bei Anbruch des Tages die Spuren des ‚Großen Adlers', des ‚Zündenden Blitzes' und des ‚Panthers des Südens' verfolgen.

Jetzt wußte er genug. Die drei Bleichgesichter in den Nebelbergen waren sicher die ‚Häuptlinge der Wälder' mit Tiburcio, dem großen Pfadfinder. Vom Haupttrupp der Apatschen war für sie nichts zu befürchten, und ehe die elf andern ihre Spur fanden, mußten sie gewarnt sein. Soviel aber war klar: El Mestizo und seine Begleiter konnten nicht wissen, wer die drei Weißen waren, die sie in den Nebelbergen aufsuchten, sonst hätte man nicht eine besondere Abteilung geschickt.

Er kehrte zu seinem Pferd zurück, das er erst nach längerer Zeit erreichte, da er bis zur Schlucht einen nicht unbedeutenden Weg zurückzulegen hatte. Zur Nachtruhe war jetzt keine Zeit. Er mußte nach den Nebelbergen, deren Richtung er ungefähr kannte. So stieg er auf und ritt in die Dunkelheit hinein.

Das Gelände stieg langsam und allmählich empor, und als er der Richtung, die El Mestizo eingeschlagen hatte, lange genug gefolgt war, sah er trotz der Finsternis eine dunkle Masse vor sich aufsteigen, in der er die Nebelberge vermutete. Er befand sich, ohne es zu wissen, so nahe an der Pyramide, daß er nur noch wenige Schritte zu reiten brauchte, um auf die Leiche des Pferdes zu stoßen, das der Kanadier unter Diaz und Don Esteban erschossen hatte, und somit den acht Apatschen in die

Hände zu fallen, die El Mestizo als Wachen über die Ebene verteilt hatte.

Sobald er jedoch die dunkle Gruppe der Berge vor sich sah, ahnte er ein solches Zusammentreffen und lenkte seitwärts auf die Ebene hinaus, um die Berge zu umreiten und an ihrer nördlichen Abdachung zu betreten. Aber es war Nacht, und so konnte er seinen Weg unmöglich vor Anbruch des Tages fortsetzen. Er hobbelte daher sein Pferd an und legte sich zur Ruhe nieder.

So groß waren die körperlichen Anstrengungen gewesen, daß er erst erwachte, als bereits die Sonne den vierten Teil ihres Tageslaufs zurückgelegt hatte. Er sprang auf und bestieg sein Pferd.

Noch weiter in die Steppe hinausreitend, bog er in weitem Halbkreis, die Nebelberge immer zur Linken, um diese herum und gelangte so an den rechten Arm des Rio Gila. Er befand sich nun auf der Mitternachtsseite des Gebirges und wollte schon auf die Berge zulenken, als er auf dem Boden die Fährte zweier Reiter wahrnahm. Seine eigene Sicherheit gebot ihm, ihr unverzüglich zu folgen.

Auch sie führte nach den Bergen. Die niedergetretenen Halme hatten sich zwar bereits wieder erhoben, aber dennoch konnte sie kaum älter als eine Stunde sein.

Die Berge traten näher und näher. Die im Südosten stehende Sonne warf ihre Strahlen zwischen den einzelnen Felskanzeln hindurch und schmückte die Ostseiten mit goldenen Farben, von denen sich die düsteren Schatten der nördlichen Seite scharf abhoben. Oben an den Spitzen der Riesen aber hingen noch die Nebel, von denen sie ihren Namen hatten. Nur einige hundert Pferdesprünge weit von sich bemerkte der Komantsche nun zwei Menschen, von denen wenigstens der eine auch seinem Kommen mit Erwartung entgegensah. Er hatte sie bisher nicht sehen können, weil eine der zahlreichen Bodenwellen zwischen ihm und ihnen gelegen hatte.

Der erste von ihnen saß auf einem Feldstuhl, der zusammengelegt einen Gehstock bildete, vor einer Staffelei, die auch zusammengeschlagen werden konnte und dann einen nur sehr geringen Raum beanspruchte. Er war ganz in einen grau und blau gewürfelten Tuchstoff gekleidet und trug einen breitrandigen Panamahut tief hinten im Nacken. Seine Augen, die alle Augenblicke von den Bergen zur Staffelei und wieder zurück wanderten, waren mit einer großen, kreisglasigen, goldenen Brille bewaffnet, und seine Rechte, die den grauen Glacéhandschuh gerade abgelegt hatte, führte den Stift mit einer Sorglosigkeit, als befinde er sich im Atelier eines Malers in der Regent Street zu London. Der Mann war jedenfalls einer jener englischen Sonderlinge, die sich im Vertrauen auf die Macht ihrer Regierung mit ihrem Spleen und all ihren Eigentümlichkeiten in die verborgensten Winkel selbst der entlegensten Länder wagen.

Der zweite, der das Nahen des Komantschen bemerkte, war von Kopf bis Fuß ganz in gegerbte Damhirschhaut gekleidet, die man in Mexiko

Gamuza nennt, trug einen leichten, vielfach zerknitterten Filzhut auf dem Kopf und hatte nach Art der nordamerikanischen Trapper eine ganze Ausrüstung von nötigen Gegenständen an seinem Gürtel hängen. Die langrohrige Büchse in der Hand, betrachtete er den Nahenden mit scharfem Auge, und sagte dann, ohne sich nach dem Zeichner umzusehen:

„Sir William!"

„Master Wilson!"

„Es kommt ein Indianer!"

„Geht mich nichts an!"

„Es kann ein Feind sein!"

„Geht mich nichts an!"

„Aber es ist sehr wahrscheinlich, daß ein Kampf entsteht!"

„Geht mich nichts an! Ich bin in die Savanne gegangen, um zu zeichnen und den berühmten ‚Renner der Prärie' zu fangen. Wir haben Kontrakt miteinander gemacht, nach dem Ihr Euren Lohn erhaltet und mich dafür vor allen leiblichen Gefahren zu behüten und bewahren habt. Der Rote ist also Eure Sache!"

„Aber ich kann Euch nur dann beschützen, Sir William, wenn Ihr meiner Leitung folgt!"

„Geht mich nichts an!"

„Der Kontrakt verpflichtet mich allerdings, die Gefahr auf mich zu nehmen, aber wenn ich ihr erliege, so seid auch Ihr verloren!"

„Geht mich nichts an!"

„Oh, es ist kein Feind, sondern ein Komantsche! Ihr könnt ruhig weiter zeichnen, Sir!"

„Das hätte ich auf jeden Fall getan", antwortete der Engländer, während er mit der Linken die Enden seines Bartes streichelte und mit der Rechten den Stift in ruhiger Sorglosigkeit über das aufgespannte Papier führte.

Auch der Komantsche hatte, sich langsam nähernd, seine Büchse ergriffen. Er erkannte, daß es keine Apatschen, sondern zwei Bleichgesichter waren, von denen er wohl nichts zu befürchten hatte.

„Halt!" rief Wilson nun in jenem Kauderwelsch, das zwischen Indianern und Mexikanern geläufig ist. „Was tut der rote Mann hier auf dem Jagdgebiet seiner Feinde?"

„Ist mein weißer Bruder ein Freund der Apatschen?"

„Er ist ein Freund aller, die ihn ruhig ziehen lassen, und ein Feind aller derer, die seine Kugel schmecken wollen."

„Wird er den Apatschen erzählen, daß er einen Sohn der Komantschen gesehen hat?"

„Er wird schweigen."

„Dann wird mein weißer Bruder seinen Skalp behalten", erklang die stolze Antwort, während der Indianer sein Pferd näher trieb.

Ein beinahe geringschätziges Lächeln glitt über die verwetterten Züge Wilsons.

„Oho! Ist mein roter Bruder ein so großer Krieger? Hundert Komantschen und zweihundert Apatschen würden sich vergebens bemühen, mein Haar zu erhalten."

„Dann ist das Bleichgesicht ein Liebling des guten Geistes, denn Falkenauge bekommt den Skalp eines jeden Mannes, wenn er ihn haben will!"

„Falkenauge?" Der verächtliche Zug verschwand und machte einem Ausdruck der Freude Platz. „Ich habe von Falkenauge, dem Komantschen, vernommen; er hat ein treues Auge, ein mutiges Herz und einen starken Arm. Was tut er in der Apacheria?"

„Er will die Skalpe von Schwarzvogel, dem feigen Häuptling der Apatschen, und das Fell der ‚Teufel der Savanne', die dort in den Bergen sind."

„Die ‚Teufel der Savanne'? Sang-mêlé und Main-rouge? Sind diese Schurken hier?"

„Sie sind in den Nebelbergen, um den ‚Großen Adler', den ‚Zündenden Blitz' und Tiburcio, den Pfadfinder, zu töten."

„Alle Wetter, die ‚Herren der Wälder und Prärien' sind in diesem verteufelten Lande? Ich muß sie sehen und ihnen beistehen! Sir William!"

„Master Wilson!"

„Erlaubt, daß ich Euch hier Falkenauge, den tapfersten Komantschen, vorstelle!"

„Geht mich nichts an! Ich habe zu zeichnen!"

„Es sind drei berühmte Männer in den Bergen, die von zwei ebenso berüchtigten Schuften verfolgt werden."

„Geht mich nichts an!"

Der sonderbare Mann hatte sich noch nicht umgedreht, um ein Auge auf den Indianer zu werfen. Er zeichnete mit der größten Seelenruhe weiter.

„Wir müssen sie retten!" drängte der nordamerikanische Westmann, der es unternommen hatte, diesen Sonderling durch die Savanne zu führen und vor allen Gefahren zu bewahren.

„Sie sind drei gegen zwei und brauchen keine Hilfe."

„Aber ich möchte sie kennenlernen!"

„Geht mich nichts an! Wenn dieses Bild fertig ist, reiten wir weiter nach dem Rio Gila zu, wohin sich der ‚Renner der Prärie' gewandt haben soll. Basta!"

„Schenkt mir nur einige Sekunden, Sir William!"

„Geht nicht. Ich halte mich genau an unseren Kontrakt; darin steht nichts von drei berühmten und zwei berüchtigten Männern, die Ihr kennenlernen müßt!"

Der Westmann gab seinen Versuch auf.

„Mein roter Bruder sage dem ‚Großen Adler', wenn er mit ihm spricht, daß Wilson, der Montanamann, ihn grüßen läßt!"

„Falkenauge wird ihm den Namen nennen, den seine Ohren hörten. Bleibt mein Bruder mit diesem seltsamen Mann lange hier?"

„Vielleicht!“

„So halte er die Büchse bereit. Die ‚Teufel der Savanne‘ haben zwölf Apatschen bei sich, und elf andere rote Schakale werden vom Fluß kommen, um sich mit ihnen zu vereinigen.“

„Wo hat der Stamm Schwarzvogels sein Lager?“

„Er führt keine Zelte mit sich. Eine Schar Bleichgesichter ging in die Nebelberge, um Gold zu suchen; Schwarzvogel hat sie vernichtet, als die Sonne im Westen schlief, und ist mit seinen Kriegern nach dem Büffelsee.“

„Was tut er dort?“

„Er will die Herden und Skalpe der Bleichgesichter holen.“

„Wird ihm mein roter Bruder folgen?“

„Falkenauge wird suchen den ‚Großen Adler‘, bei dem der Pfadfinder ist, der nach dem Büffelsee gehen wird, wenn er hört, daß Schwarzvogel dort seine weißen Freunde töten will. Falkenauge wird ihn begleiten.“

Das Gesicht Wilsons hellte sich auf.

„So werden die ‚Herren der Wälder‘ auch nach dem Büffelsee gehen?“

„Falkenauge denkt es!“

„So wird mein roter Bruder auch mich dort treffen“, versprach er halblaut und in der für den Engländer wohl unverständlichen halbindianischen Mundart. Und lauter fügte er hinzu: „Kennt Falkenauge den Mustang, den man den ‚Renner der Prärie‘ nennt?“

„Falkenauge hat von ihm gehört. Es ist ein Schimmelhengst, den keine Hand zu fangen vermag. Seine Augen sprühen Feuer, seine Nüstern blasen Dampf, seine Mähne schleift zur Erde, und seine Hufe schlagen Funken aus dem Felsen. Er ist schöner noch als die junge Squaw im Wigwam des Indianers und schneller als der Sturm zwischen den Bergen. Er kommt wie der Gedanke und ist verschwunden wie der Strahl des Blitzes, dem kein Auge zu folgen vermag.“

„Man sah den Hengst in den Ebenen gegen Mittag.“

„So wird er nach den Ufern des Rio Gila und an den Büffelsee gehen, wo im Schatten des Waldes der Mustang lieber trinkt als am offenen Ufer des Flusses.“

„Sir William!“

„Master Wilson!“

„Dieser Komantsche will zum Büffelsee —“

„Geht mich nichts an!“

„Er wird dort etwas höchst Seltenes und Kostbares finden.“

„Geht mich nichts an!“

„Nämlich den ‚Renner der Prärie‘, der zum Rio Gila kommen wird.“

Im selben Augenblick war der Engländer von seinem Stuhl auf, drehte sich herum, faßte die goldene Brille mit Daumen und Zeigefinger der Linken und betrachtete den Indianer mit Blicken, aus denen ein immer größeres Wohlgefallen sprach.

„Well, Master Wilson, fragt ihn, ob das auch wahr ist!“

„Er hat es mir soeben versichert.“

„Ist ihm zu glauben?“

„Ohne Zweifel! Er ist der berühmteste, tapferste und aufrichtigste Komantsche, den die Savanne trägt.“

„Gut, wir gehen direkt von hier nach dem Büffelsee!“

„Und Eure Zeichnung?“

„Wird gleich fertig sein!“

Er sah Falkenauge noch einmal scharf an. Die schöne, wild-elegante Erscheinung, die dieser mit seinem prachtvollen Pferd bildete, äußerte auf seinen künstlerischen Sinn eine unwiderstehliche Anziehungskraft.

„Master Wilson, fragt ihn, ob ich sein Bild malen darf!“

Der Westmann wandte sich zu dem Komantschen, der sein Pferd bis vor die Staffelei getrieben hatte und mit erstaunten Blicken die darauf befestigte Zeichnung mit den vor ihm ausgebreiteten Höhen der Nebelberge verglich.

„Was sieht mein roter Bruder?“

„Der weiße Mann ist ein großer Zauberer. Kann er auch die Gestalt des Menschen festhalten, daß sie nicht stirbt?“

„Soll er diejenige meines roten Bruders festhalten?“

„Wer wird sie bekommen?“

„Er wird sie zweimal festhalten und einmal wird sie mein Bruder erhalten. Er kann sie mit in sein Wigwam nehmen und sie der Squaw seines Herzens schenken.“

Falkenauges Augen leuchteten auf.

„Er mag die große Medizin beginnen!“

„Was sagt Falkenauge dazu?“ fragte der Engländer.

„Er sagt ja, unter der Bedingung, daß auch er ein Bild bekomme.“

„Er soll es haben! Stellt ihn mit dem Pferd so, daß ich ihn rechts vor der Sonne habe!“

Wilson ergriff das Pferd des Komantschen beim Zügel und gab ihm die Stellung, die dem Wunsch des Engländers entsprach. Falkenauge rückte sich in die stolzeste Haltung, die ihm möglich war; William steckte neues Papier auf, ergriff den Stift — und die sonderbare Sitzung begann, mitten in der Apacheria und umgeben von den Gefahren der furchtbaren Steppe.

Das erste Bild steckte der Engländer in seine Mappe, jedoch das zweite erhielt der Komantsche. Er berührte das Papier mit den Fingerspitzen und betrachtete das Bild mit einer Scheu und doch zugleich mit einem Entzücken, als halte er das höchste Gut der zeitlichen und ewigen Jagdgründe in den Händen.

„Uff!“ machte er in tiefem Kehllaut seinem Herzen Luft. „Das ist Falkenauge, der Komantsche, und“, so setzte er im stillen hinzu, „Mo-la, die Blume der Savanne, wird ihn bekommen!“

Er stieg ab, löste den Sattel und befestigte das Bild zwischen diesem und der Schabracke in der Weise, daß es keinen Schaden leiden konnte.

Der Engländer hatte sich bereits wieder mit der Vollendung seiner Landschaft beschäftigt und zeigte für alles andere keine Aufmerksamkeit.

„Wann wird mein weißer Bruder beim Büffelsee sein?“

„Das wissen wir jetzt noch nicht“, antwortete Wilson.

„Kennt mein Bruder die Büffelinsel?“

„Ich habe sie noch nicht gesehen, denn meine Heimat liegt vom Lande der Komantschen viele Tagereisen nach Mitternacht. Aber ich werde sie finden, wenn es notwendig ist, daß ich sie suche.“

„Die Pferde meines Bruders sind jung und kräftig; wenn er jetzt fortreitet, wird er dort sein, ehe sich die Sonne zum zweitenmal senkt. Er wird unterwegs viele Inseln zählen; wenn er die siebente erreicht, so sieht er die Büffelinsel. Dort warten zehn Krieger der Komantschen auf Falkenauge. Mein Bruder sage ihnen, daß die Apatschen kommen und hinter ihnen der Komantsche mit den ‚Häuptlingen der Wälder‘.“

„Werden die Apatschen nicht eher dort sein als ich?“

„Nein. Sie müssen in ihren Kanus den großen Bogen des Rio Gila folgen, mein Bruder aber hat zwei schnelle Pferde. Die Söhne der Komantschen mögen die Hunde der Apatschen vorüberlassen und sich ihnen nicht zeigen.“

„Ich werde ihnen diese Botschaft ausrichten.“

Falkenauge zog das Messer und schnitt einen der kunstvoll aus Stachelschweinsborsten gearbeiteten Knöpfe von seinen Gamaschen.

„Mein Bruder zeige ihnen diese Eichel, und sie werden wissen, daß er ein Freund Falkenauges ist!“ Er bestieg sein Pferd.

„Der Komantsche sagt Dank seinen weißen Brüdern für die große Medizin, die sie ihm gegeben haben. Er wird ihnen seinen Arm leihen in jeder Not und Gefahr!“

Im kurzen Galopp ritt er davon, den Bergen zu. Aber, schon an ihrem Fuße angekommen, hielt er plötzlich sein Pferd an. Er hatte weit unten und gegenüber der ersten Bergeskanzel einige dunkle Punkte bemerkt, die sich zu bewegen schienen. Waren es Menschen oder Tiere? Er mußte es wissen und ritt furchtlos, doch die Büchse schußfertig in der Hand, auf sie zu.

Je näher er kam, desto deutlicher erkannte er sie. Es waren fünf Apatschen. Sie mußten zu den elf Indianern gehören, die abgeschickt waren, die Spuren der ‚Häuptlinge der Wälder‘ zu suchen. Jedenfalls hatte sich der Trupp geteilt. Sechs Indianer waren diesen Spuren direkt gefolgt und fünf umgingen die Berge, um die Weißen von hinten zu nehmen.

„Diese Apatschenhunde werden sehen und überfallen Wilson, den Montanamann, und das Bleichgesicht mit vier Augen. Aber Falkenauge wird seine weißen Brüder erretten und die Koyoten zwingen, ihm zu folgen.“

Die Zeichnung, die der Lord angefertigt hatte, wurde schon jetzt durch diesen Edelmut bezahlt, mit dem der Komantsche beschloß, die Apatschen von ihrer Richtung abzulenken.

Er nahm sein Pferd kurz und jagte, den Bauch seines Tieres beinahe an der Erde, auf sie zu. Sie hatten ihn ebenso gut bemerkt wie er sie und erhoben ein fürchterliches Geheul, als sie in ihm einen Komantschen erkannten.

Fünf Büchsen richteten sich auf ihn und fünf Schüsse krachten, aber keiner traf, da er sich, einen Bogen schlagend, jetzt noch außer Schußweite hielt. Aber ehe noch einer der Feinde wieder laden konnte, riß er sein Pferd herum, flog auf sie zu und feuerte. Der zweite stürzte tot vom Pferd. Falkenauge warf die Büchse über und nahm den Tomahawk zur Hand.

„Hier ist Falkenauge, der Komantsche!“ dröhnte seine siegesfreudige Stimme.

In vollem Lauf schoß sein Tier auf das Pferd des ersten, ihm am nächsten haltenden Apatschen zu. Brust an Brust prallten sie zusammen. Es war ein kühnes Indianerstück — und es gelang. Das Tier des Apatschen stürzte auf die Hinterschenkel und im selben Augenblick knirschte der hoch geschwungene Tomahawk seinem Reiter tief in den Schädel.

Auch das Pferd des Komantschen war unter dem Zusammenstoß erschüttert worden; er aber saß fest, zog es empor und herum und jagte von dannen, von den drei andern mit wütendem Geschrei verfolgt.

Im Jagen lud er wieder. Ihre Schüsse hatten ihn gelehrt, daß seine Silberbüchse weiter trug als ihre Gewehre. Als er geladen hatte, wandte er sich um. Auch sie luden. Sofort brachte er sein Tier zum Stehen, zielte und schoß. Das vorderste stürzte. Falkenauge jagte wieder davon und lud. Die zwei Übriggebliebenen folgten ihm. Immer zurückblickend, um die Entfernung zu messen, hielt er sich nur wenige Schritte außerhalb ihres Schußbereichs.

Ein Schuß krachte hinter ihm und noch einer; keiner von beiden traf. Da zog er sein Pferd wieder herum und jagte ihnen gerade entgegen. Mitten im Galopp zielend, schoß er den hintersten vom Pferd, faßte die Büchse beim Lauf und führte im Vorübersprengen von unten herauf einen so fürchterlichen Hieb gegen das Maul des Pferdes, das der vorderste ritt, daß das Tier sich hoch aufbäumte, sich überschlug und den Reiter unter sich begrub.

Zwar sprang es wieder auf, doch ehe der Apatsche sich in die Höhe zu richten vermochte, kniete der Komantsche über ihm und stieß ihm das Messer in die Brust.

Er ganz allein hatte, ohne nur die geringste Verletzung zu erhalten, in zehn Minuten fünf Apatschen besiegt.

Von einem der Toten zum andern reitend, löste er ihnen die Skalpe, die er an seinem Sattel befestigte. Noch war er mit dem letzten be schäftigt, als er zwei Reiter mit einem Packpferd auf sich zukommen sah. Es war der Engländer mit seinem Westmann.

Beide erkannten ihn und kamen ohne Zögern herbei.

„Die weißen Männer haben die Büchsen sprechen hören und sind gekommen, um zu sehen, wer geschossen hat?" fragte Falkenauge.

„So ist es", antwortete Wilson, während er mit Staunen auf die fünf frischen Skalpe blickte.

„Fünf Hunde der Apatschen wollten ihren Weg zu dem Ort nehmen, an dem sich meine weißen Brüder befanden. Ich habe ihnen die Haare genommen", äußerte der Komantsche einfach.

Der Lord riß den Mund auf, ergriff die goldene Brille mit Daumen und Zeigefinger der Rechten und meinte:

„Goddam, ein ganzer Kerl, ein Kerl, beinahe wie ein Englishman!"

Dann drehte er sein Pferd herum und ritt davon.

„Sir William!" rief Wilson.

„Master Wilson!" antwortete er.

„Wir müssen uns bedanken!"

„Geht mich nichts an! Unsere Sicherheit und der Dank dafür ist nach dem Kontrakt Eure Sache", erwiderte der Sonderling, ohne sich nur umzusehen.

„Der Komantsche braucht nicht den Dank seiner weißen Brüder; er braucht nichts als seine Büchse!" sagte Falkenauge stolz.

„Mein roter Bruder ist ein großer Krieger und hat ein gutes Herz. Der Montanamann wird den Komantschen auf der Büffelinsel erzählen von der Tapferkeit ihres kühnen Bruders!"

Er reichte ihm die Hand und folgte dem Engländer.

Die Pferde der Gefallenen hatten das Weite gesucht. Falkenauge ritt auf die Spur zurück, die die Apatschen hinterlassen hatten. Er folgte ihr in größter Eile, denn er hatte viel Zeit verloren und mußte auf die sechs Indianer treffen, noch ehe sie den ‚Großen Adler' erreichten.

Er gelangte bald an die Stelle, an der sich die elf geteilt hatten. Er zählte die Fußeindrücke und fand, daß wirklich sechs sich geradewegs nach den Nebelbergen gewandt hatten. Da von hier an der Boden felsig wurde und die Fährte der Jäger nur schwer aufzufinden gewesen war, hatte der Ritt der sechs wahrscheinlich nicht die gleiche Schnelligkeit erreicht wie der der fünf anderen. Diese hatten das Gebirge umgehen sollen, und vielleicht hatten aus diesem Grunde die sechs eine Rast gehalten, um ihnen die nötige Frist dazu zu geben.

Diese Vermutungen schienen richtig zu sein, denn wirklich erblickte Falkenauge schon nach kurzer Zeit sechs Reiter, die langsam und am Boden suchend, einer hinter dem andern, vor ihm herritten. Sie schienen die Gegend hinter sich für völlig sicher zu halten, denn keiner von ihnen fand es nötig, sich einmal nach rückwärts umzusehen.

Es war höchste Zeit zum Handeln, wenn es ihm gelingen sollte sie von den Spuren der Jäger abzubringen.

Er nahm die Büchse herab und spornte sein Pferd an. Es flog im Galopp dahin; in einer Minute schon befand er sich in Schußweite. Da aber hörten sie den Hufschlag hinter sich und drehten sich um.

Gellend ließ er den Kriegsruf der Komantschen erklingen.

Sein Pferd stand; seine Büchse donnerte, die Kugel riß einen der Feinde vom Pferd, und schon jagte der kühne Indianer auf demselben Weg, den er gekommen war, wieder zurück.

Ein Geheul der Wut und Überraschung erscholl hinter ihm, und ein kurzer Blick zurück zeigte ihm, daß sie ihm mit aller Schnelligkeit ihrer Pferde folgten.

Er sprengte, wieder ladend, immer geradeaus auf den Gila zu, schonte aber dabei die Kräfte seines Pferdes, so daß die Apatschen ihm immer näher kamen, jedoch ohne ihn in Treffweite ihrer Büchsen zu bringen. Es lag in seiner Absicht, daß sie ihre Tiere für überlegen halten sollten. Dadurch spornte er ihren Eifer an und zog sie mit um so größerer Sicherheit von den Nebelbergen fort.

Am Fluß angekommen, ließ er sein Pferd wieder ausgreifen. Er folgte dem Ufer und gelangte an die Stelle, der gegenüber die schwimmende Insel gelegen hatte. Auf den ersten Blick sah er, daß hier ein Kampf stattgefunden hatte. Abgeschossene Zweige lagen am Boden, und zahlreiche Spuren von indianischen Mokassins ließen ihn hoffen, daß seine eigene Spur nicht so leicht aufgefunden werden könnte.

Er ließ sein Pferd ins Wasser gehen, nahm Büchse und Pulverhorn hoch und schwamm stromab, den Verfolgern entgegen. Zwar wurde er vom Ufergesträuch genügend verdeckt; dennoch war sein Unternehmen beinahe tollkühn, denn wenn er bemerkt wurde, so befand er sich so gut wie wehrlos in den Händen seiner Verfolger.

Doch diese waren zu eifrig, als daß sie seinen Plan hätten erraten können. Er hörte sie nahen; sie sprengten draußen an den Büschen und an ihm im Galopp vorüber. Sofort brachte er sein Pferd wieder ans Ufer und durchbrach die Büsche. Noch war der letzte nicht so weit fort, daß er ihn nicht mit seiner Kugel hätte erreichen können, da hob er das Gewehr; — eine einzige Sekunde des Zielens —, der Schuß ertönte, und der Apatsche stürzte vom Pferd.

Wieder erklang der Siegesruf des Komantschen; aber schon galoppierte sein Pferd längs des Flusses zurück.

Ein grausiges Wutgeheul brach aus den Kehlen der vier getäuschten Wilden. Sie rissen ihre Pferde herum und jagten, ohne dem Gefallenen nur einen Blick zu schenken, hinter Falkenauge her.

Nachdem Falkenauge wieder geladen hatte, maß er die Entfernung zwischen sich und den Verfolgern. Sie genügte für sein Vorhaben. So sprang er vom Pferd, das sofort wie eine Mauer stand, trat hinter das Tier, so daß ihm der Leib Deckung gewährte, und legte die Mündung der Silberbüchse in die Sattelhöhlung.

Die Apatschen stutzten und zügelten ihre Tiere.

„Falkenauge, der Komantsche“, rief er ihnen entgegen. „Welcher Schakal will ihm den Skalp nehmen?“

Ein nochmaliges Geheul erscholl als Antwort, als sie den Namen des tapfersten ihrer Feinde vernahmen. Sie sahen ihn außerhalb der Tragweite ihrer Gewehre und glaubten, daß auch sie von einer Kugel nicht erreicht werden könnten.

„Die Apatschen werden seine Haut abziehen und sein Herz den Geiern zur Speise geben“, rief einer von ihnen. „Ihre Brüder sind hinter ihm und werden ihn fassen!“

„Die Brüder der Hunde sind tot. Fünf Skalpe hängen am Sattel des Komantschen, und fünf Pferde suchen ihre Reiter hinter den Bergen!“

Sie erkannten die Skalpe und erhoben ein noch furchtbareres Geheul als vorher.

„Der Mörder wird ihnen folgen in das Land der Schatten“, brüllte dann einer und erhob die Büchse.

Der Schuß blitzte auf, aber die Kugel erreichte Falkenauge nicht.

„Die Apatschen sind alte Weiber; sie haben nicht gelernt zu schießen. Der Komantsche wird ihnen zeigen, wie man Hunde trifft!“

Auch seine Büchse donnerte, und der Indianer, der geschossen hatte, stürzte, mitten in die Stirn getroffen, zu Boden.

Wären sie jetzt auf ihn losgesprengt, so hätte er fliehen müssen. Der Grimm aber ließ sie nicht zur ruhigen Überlegung kommen. Sie schossen ihre Büchsen ab, trafen aber ebenfalls nicht.

Das war es, was er beabsichtigt hatte. Im Nu saß er auf und stürmte auf sie los. Mitten im Galopp, traf er den einen der letzten drei Feinde in die Schulter. Die Anstrengung des Ritts und Aufregung des Kampfes hatte sein Blut in Wallung gebracht, so daß er im Reiten nicht mehr sicher zu zielen vermochte.

Die Büchse umkehrend, holte er zum Hieb aus; da aber blieb sein Pferd an einer Wurzel hängen und stürzte; Falkenauges Büchse flog weit fort, und bevor er sich aufzuraffen vermochte, erhielt er einen Schlag auf den Kopf, der ihn betäubte.

Als ihm die Besinnung wiederkehrte, sah er sich an Händen und Füßen gebunden am Boden liegen, und die beiden unversehrten Apatschen waren beschäftigt, den Verwundeten zu verbinden.

„Der Komantsche versteht nicht zu reiten; er ist ein Knabe, der vor dem Roß zittert“, höhnte einer, der sein Erwachen bemerkte. „Die Söhne der Apatschen werden ihre Brüder rächen und ihn martern zwei Sonnen lang!“

Er warf, ohne zu antworten, dem Sprecher einen Blick der Verachtung zu und schloß die Augen. Dennoch aber bemerkte er alles, was um ihn her vorgenommen wurde.

Während der Verwundete zu seiner Bewachung zurückgelassen wurde, bestiegen die beiden andern ihre Pferde, um die drei Gefallenen herbeizuholen. Da der erste noch im Bereich der Nebelberge lag, so dauerte es lange, bis sie zurückkehrten. Es waren mehrere Stunden verflossen, als sie wieder erschienen, und er schloß daraus, daß sie auch nach den hinter den Bergen Gefallenen gesehen hatten.

Einer der Apatschen warf einen düsteren und doch bewundernden Blick auf den Gefangenen.

„Der Komantsche ist ein Hund, aber ein Hund, der den Panther zerfleischt. Seine Tapferkeit soll durch große Martern geehrt werden!"

Auch jetzt antwortete Falkenauge nicht. Der Apatsche stieß ihn mit dem Fuß an.

„Kann der Hund nicht antworten, wenn Antilope zu ihm spricht?"

„Die Mücke, die sich Antilope nennt, wird Falkenauge nicht stechen. Sie kann keine Marter erfinden, die des Komantschen würdig wäre!" erklang es im verächtlichsten Ton.

„Er soll soviele Schmerzen leiden, daß er heult wie ein altes Weib und vergißt, seinen Todesgesang anzustimmen!"

Mit Hilfe ihrer Messer gruben die Apatschen unter den Weiden des Ufers ein Grab für die drei Toten und legten sie hinein. Dann setzten sie sich am Rand des Grabes nieder und stimmten die Totenklage an, in der sie die Tugenden der Gefallenen rühmten. Da jeder von ihnen einzeln an die Reihe kam, so dauerte diese Feier sehr lange, und als die Grube zugeworfen wurde, war die Dämmerung bereits hereingebrochen.

Nun wurden Äste und dürres Zweigholz gesammelt, um das Lager- und Marterfeuer anzubrennen. Falkenauge beobachtete diese Vorbereitungen mit unerschütterlicher Ruhe. Er fürchtete den Tod nicht, doch spähte er mit Aufbietung all seines Scharfsinns nach einer Gelegenheit, sich zu befreien.

Die beiden Holzhaufen waren errichtet und sollten angebrannt werden; da aber stellten die Apatschen fest, daß ihnen ihre Punks[1] fehlten. Einer der Toten war damit begraben worden. So befahl Antilope dem andern unverwundeten Wilden, einen hohlen Baum zu suchen und faulenden Zunder herbeizubringen. Er selbst schnitzte, während dieser sich entfernte, die beiden Holzteile, die ein indianisches Feuerzeug bilden, und saß dabei mit dem Rücken halb zu ‚Falkenauge' gekehrt.

Jetzt war die einzige Möglichkeit zur Rettung gekommen. Der Komantsche lauschte auf die Schritte des sich Entfernenden und ließ, als sie verklungen waren, noch einige Minuten verstreichen. Dann aber schnellte er sich trotz seiner Fesseln empor, faßte Antilope mit den gebundenen Händen von hinten, riß ihn zu Boden, drückte ihm mit der Last seines Körpers Kopf und Schultern zur Erde und wand ihm das Messer aus der Hand. Das Heft mit den Zähnen erfassend, löste er mit einem einzigen Schnitt die Fesseln seiner Hände, packte den Apatschen mit der Linken bei der Kehle, während er mit der Rechten die Riemen, die seine Füße zusammenhielten, durchschnitt und stieß dann dem Feind das Messer tief in die Brust.

[1] Präriefeuerzeug

Diese Tat hatte kaum drei Sekunden in Anspruch genommen, so daß weder Antilope noch der Verwundete dazu gekommen waren, einen Laut auszustoßen.

Jetzt sprang der letztere trotz seiner Wunde empor und öffnete schon die Lippen, um den abwesenden Krieger zu warnen, da aber hatte ihm Falkenauge auch schon die Hände um den Hals geklammert und riß ihn zur Erde. Der Indianer verlor den Atem und die Besinnung. Der Komantsche mußte seine Absicht haben, ihn nicht zu töten. Er trat zwischen die Büsche und schlich mit unhörbaren Schritten der Richtung zu, in die sich der letzte Apatsche entfernt hatte. Nach einiger Zeit duckte er sich am Stamm einer Weide nieder, um zu warten.

Es dauerte nicht lange, so hörte er seine eiligen Schritte. Er ließ ihn halb vorüber, faßte ihn dann von hinten und riß ihn nieder.

„Welcher Hund kann Falkenauge martern? Er wird den Apatschen reiten lehren bis hinüber ins Land der Geister!"

Ein Stich und drei Schnitte —, er hielt den Skalp des toten Gegners in seiner Hand.

Jetzt kehrte er zu dem Betäubten zurück, band ihm Hände und Füße und begann dann das Grab zu öffnen. Er mußte die drei Skalpe der Besiegten haben und nahm dann auch die Kopfhaut Antilopes.

Währenddessen war der Besinnungslose wieder zu sich gekommen. Falkenauge trat zu seinem Pferd, das man an einem Baum befestigt hatte, und nahm aus der kunstvoll geflochtenen Satteltasche einen aus Fischgräten gefertigten Angelhaken, der an einer Schnur von Pflanzenfasern befestigt war. Damit trat er zu dem Gefesselten.

„Die Apatschen sind nicht klüger als die Frösche im Schlamm des Teiches. Sie suchen nach Punks und fragen nicht, ob der Komantsche Feuer habe. Sie haben Falkenauge zehn Skalpe gegeben, und den elften verschmäht er, damit der verwundete Schakal lebe, um seinen Söhnen und Brüdern vorzuheulen von den Taten des Komantschen. Aber ein Zeichen wird er geben, daß der Skalp ihm gehöre!"

Er faßte den Verwundeten beim Haar und zog ihm mit dem Messer eine doppelte Schnittlinie um den Kopf. Dann nahm er alles, was ihm gehörte, wieder zu sich, fügte seiner Habe die Munition und den Proviant der Apatschen bei und warf sodann ihre sämtlichen Waffen weit in den Fluß hinein. Dann erst durchschnitt er die Fesseln des Gefangenen und legte ihm die Angel in die Hand.

„Der Apatsche wird von seiner Wunde hier festgehalten werden. Er mag Fische essen und auf die Rückkehr der Seinen warten, um ihnen zu sagen, daß Falkenauge mitten im Land der Feinde gewesen ist und elf Skalpe erworben hat in einer halben Sonne. Howgh!"

Er bestieg sein Pferd und schlug die Richtung nach den Nebelbergen ein, die vor diesen Zwischenfällen sein Ziel gewesen waren. Zwar war es nun vollständig dunkel, aber er kannte die Lage der Berge und hoffte auch Gelegenheit zu finden, auf die ‚Häuptlinge der Wälder' zu treffen.

Bald sah er die finstere Masse des Gebirges zu seiner Linken liegen. Er behielt die eingeschlagene Richtung bei. Da auf einmal drang ein weithin donnernder Ruf in sein Ohr.

„Fabian!"

Er blieb halten und lauschte.

„Fabian, mein Kind, mein Sohn!"

Das war eine Stimme, wie sie kaum einer menschlichen Kehle entstammen konnte.

„Fabian!" brauste es nach einer längeren Pause zum drittenmal durch die lautlose Nacht; dann blieb es still.

Dieser Ruf kam von keinem Indianer, wie die Sprache deutlich zeigte. Sollte er aus der Brust des ‚Großen Adlers' stammen, wie die Stärke der Stimme vermuten ließ?

Furchtlos, aber mit wachen Sinnen, ritt der Komantsche weiter. Schon vernahm er das Rauschen des Wasserfalls; da klang es ihm entgegen:

„Halt! Wer naht?"

„Ein Freund der Bleichgesichter!"

„Ein Indianer, der unser Freund sein will? Wie ist sein Name?"

„Mein weißer Bruder nenne erst den seinen!"

„Die roten Männer nennen mich den ‚Großen Adler' und hier ist noch einer, den sie den ‚Zündenden Blitz' nennen."

„Uff! Der Komantsche hat sie gesucht schon seit zwei Sonnen!"

„Ein Komantsche? Hier in der Apacheria?" fragte Pepe ungläubig. „Mein roter Bruder sage, wie er heißt!"

„Die Freunde und Feinde der Komantschen sagen Falkenauge zu ihm."

„Falkenauge! Santa Lauretta, Bois-rosé, wenn das wahr ist, so ist dies der richtige Mann, den wir gebrauchen können. Mein roter Bruder steige ab und erzähle uns, wie er auf den Gedanken kam, uns zu suchen!"

Die Jäger senkten ihre Büchsen, und der Komantsche schwang sich vom Pferd. Es war ein wunderbares Ereignis, dieses Zusammentreffen der drei berühmten Männer mitten im Gebiet der Feinde und im Dunkel der Nacht. Die beiden Weißen reichten dem Indianer in biederer Weise die Hand. Er selbst besaß eine stattliche Größe, aber er mußte emporsehen, um dem Kanadier ins Gesicht zu blicken.

„Mein roter Bruder wußte, daß wir in den Nebelbergen waren?" fragte dieser.

„Die ‚Häuptlinge der Wälder', die ‚Teufel der Savanne' und zwölf Hunde der Apatschen. Wo sind sie?"

„Tot!" antwortete Bois-rosé einfach. „Will mein Bruder ihre Skalpe haben?"

„Seit die Sonne gerade über seinem Haupt stand, hat Falkenauge zehn Skalpe gelöst und einen gezeichnet. Er trägt nur Häute, die er selbst erworben hat!"

„Elf Kopfhäute!" rief Pepe. „Mein Bruder erzähle!"

Der Komantsche begann seinen Bericht, den die beiden Jäger trotz der außerordentlichen Aufregung, in der sie sich befanden, ruhig anhörten. Er sprach nicht von seinen Taten, aber sie hörten zwischen seinen kurzen, einfachen Worten hervor, was er gewagt und auch für sie getan hatte, und waren voll Bewunderung und Dankbarkeit für ihn. Er war ein stolzer und hochherziger Abkömmling jener bronzenen Gestalten, die einst die Savanne beherrschten und nur durch die Berührung mit den Weißen entnervt und verlastert werden konnten.

Als er geendet hatte, erzählte auch Bois-rosé von den Ereignissen der letzten Tage. Das plötzliche Verschwinden Fabians bildete den Schluß seiner gedrängten Darstellung. Dann schwieg er und wartete, bis Falkenauge seine Meinung aussprechen werde. Diese ließ nicht lange auf sich warten.

„Die ‚Teufel der Wälder und Prärien‘ werden den großen Pfadfinder nicht töten, sondern ihn den Apatschen geben; sie führen ihn nach dem Büffelsee.“

„So müssen wir sofort nach dem Büffelsee aufbrechen!“ meinte der hitzige Dormilón.

„Meine Brüder werden warten, bis der Morgen erscheint, der alle Spuren beleuchtet.“

„Unser Freund Falkenauge hat recht“, stimmte der Kanadier bei. „Mich treibt es wohl noch heftiger fort als dich, Pepe; aber die Klugheit gebietet uns, aus den Spuren zu lesen, was wir zu tun haben.“

„Und meine Brüder dürfen das Grab des Häuptlings nicht betreten, bis die Sonne kommt, damit ihr Fuß nicht auf die Zeichen stoße, die sie sehen wollen!“

„Richtig! Pepe, wir sind bereits unvorsichtig gewesen. Laßt uns drüben nach der Anhöhe gehen und dort warten, bis der Tag anbricht!“

Es war eine schreckliche Nacht, die die beiden vor Grimm und Erwartung zitternden Männer nun zubrachten, während der Komantsche schlief. Keiner sprach eine Klage aus, aber jeder wußte von dem andern, daß er bereit war, sein Leben und alles an die Befreiung des Gefangenen und an die Bestrafung der Räuber zu setzen.

Endlich erhellte sich der Osten, und wie in jenen Gegenden der Abenddämmerung schneller als bei uns die Nacht folgt, so wurde auch der erste Morgenschein rasch zum lichten Tag. Der Komantsche erwachte, und nun machten sich die drei Männer an die Untersuchung der Felspyramide.

Sie erklommen die eine Seite, die der Anhöhe gegenüberlag, und fanden gleich beim Betreten der Plattform das Messer, das Main-rouge entfallen war.

„Ein fremdes Messer“, rief Pepe. „Kein Zweifel, Fabian ist überfallen worden!“

„Und er hat sich wacker gewehrt“, fügte der Kanadier grimmig hinzu. „Es sind mehrere gewesen, denn so stark der Mestize auch ist, Fabian ist nicht schwächer und unbeholfener als er. Der Kampf hat sich hinüber bis zum andern Rand gezogen, da sie drüben hinabgestürzt sind, wie das Messer Fabians beweist, das wir gefunden haben."

„Aber seine Büchse lag diesseits unten!" wandte Dormilón ein.

„Das beweist nur die Richtigkeit meiner Ansicht. Er hat leider statt zu schießen, die Angreifer mit dem Kolben empfangen wollen, und dabei ist ihm die Büchse aus der Hand geglitten. Schau, Pepe, was der Komantsche bringt!"

Falkenauge hatte über den Rand der Plattform hinabgeblickt und einen Gegenstand ergriffen, der unweit davon hängengeblieben war. Es war der Federbusch eines der beiden Räuber.

„Die Federn von El Mestizo", entschied er. „Der Komantsche hat sie gesehen, als er mit den Pferdedieben kämpfte."

Die ganze Böschung hinab zeigte eine breite Spur, wo die Männer hinabgerollt waren. Die drei stiegen ihr nach. Der steinige Boden gab unten keinerlei Anhaltspunkte. Das scharfe Auge des Indianers durchsuchte jeden Zollbreit der nahen und ferneren Umgebung und blieb auf dem Wasser des Sees haften. Die gestrigen Schüsse hatten von den Büschen oben auf dem Felsen einige Äste losgetrennt, die herabgestürzt waren und auf dem Wasser lagen. Sie wurden von den Blattpflanzen festgehalten; einer von ihnen aber schwamm auf einer pflanzenfreien Stelle, und auf ihn war der Blick des Komantschen gerichtet. Er streckte die Hand aus.

„Sehen meine Brüder, ob dieser Ast festliegt oder schwimmt?"

„Er schwimmt!" stellte der Kanadier sogleich fest.

„Ja", bestätigte jetzt auch Pepe, „er bewegt sich, und zwar nach dem Felsen hin. Das Wasser muß einen unterirdischen Abfluß haben. Aber was soll uns das nützen?"

„Falkenauge weiß, daß die ‚Teufel der Savanne' oft bei den Hunden der Ap·tschen weilen. Noch kein Auge hat sie auf einem Pferd erblickt, und dennoch sind sie schnell von einem Ort zum andern. Darum denkt der Komantsche, daß sie ein Kanu haben, das sie in den Bergen versteckt halten, wo niemand es sucht. Doch meine Brüder wollen die Spuren der Räuber sehen!"

Er musterte die Gegend. Der Angriff war von der Höhe des Berges aus erfolgt, und so war zu vermuten, daß sie mit ihrem Gefangenen zunächst dorthin zurückgekehrt seien. Hinauf aber führte kein anderer Weg, als der durch die Schlucht, den auch Cuchillo, Baraja und Oroche benutzt hatten.

Ohne sich weiter mit der Untersuchung des Bodens aufzuhalten, eilte der Komantsche voran; die beiden Jäger folgten. Er war noch nicht weit emporgestiegen, so blieb er stehen und deutete auf einen Gegenstand der an einem Eichenholzstrauch hängengeblieben war.

„Ein Stück vom Gürtel Fabians!" rief Bois-rosé. „Wir sind auf der richtigen Fährte. Vorwärts!"

Falkenauge eilte voran. Nicht der geringste Gegenstand, so klein und unbedeutend er auch sein mochte, entging seinem von frühester Jugend auf geübten Blick, obgleich er so schnell vorwärtsschritt, daß die beiden Jäger besorgt waren, es könne irgend etwas Wichtiges ihrer Aufmerksamkeit entgehen. Er bog sofort in den Pfad ein, der am Rand der Höhe hinführte. Hier sah Falkenauge die Verwüstung, die gestern die Kugeln der Jäger angerichtet hatten. Die Leichen der getroffenen Indianer lagen zwischen abgerissenen Ästen. Doch der Komantsche schien sich nicht um sie zu kümmern, sondern eilte vorwärts, als sei er der Untrüglichkeit eines Gedanken gewiß, der seine Schritte lenkte.

Trotz dieser Eile nahmen die beiden Waldläufer sich Zeit, den gefallenen Apatschen ihre Munition zu nehmen, was El Mestizo wohl vergessen hatte. Pulver und Blei sind für die Steppe notwendige und kostbare Güter, von denen man gar nicht genug bei sich führen kann.

Der Komantsche stieg drüben auf der anderen Seite des Berges nieder, wo auch Baraja und Oroche hinabgelangt waren, als sie das Pferd Cuchillos suchten. Er bog dann seitwärts zwischen die Felsen hinein. Dort legte er sich zur Erde nieder, blickte sich forschend um und lauschte aufmerksam. Dann sprang er auf.

„Das Wasser des Sees flüstert unter ‚Falkenauge‘; er wird seiner Stimme folgen!“

Von Zeit zu Zeit wieder lauschend, schritt er langsam zurück, bog bald rechts, bald links ab und blieb dann vor einer Öffnung halten, die wie ein Tor in den Felsen führte. Dort bückte er sich nieder.

„Uff!“ klang es befriedigt. „Die Seele des Komantschen hat die Wahrheit geahnt. Meine Brüder mögen ins Wasser blicken!“

Sie traten näher und sahen nun, daß sie einen verborgenen Kanal vor sich hatten, durch den der See sein Wasser dem Rio Gila zuschickte. Die Wellen des Kanals waren nicht tief und so kristallhell, daß man den Boden deutlich sehen konnte, in dessen weichem Niederschlag sich die Abdrücke von vier Füßen zeigten, deren Spitzen in das Dunkel des Kanals hineinführten.

Der Komantsche entledigte sich seiner Mokassins und Gamaschen und stieg hinab, um den Fußstapfen zu folgen. Schon nach einigen Minuten kehrte er zurück, ein Stück Büffelhautriemen in der Hand.

„Das Kanu der Räuber hat an diesem Riemen gehangen, den sie mit der Schärfe des Messers zerschnitten haben.“

Der Riemen war so fest in den Felsen gekeilt gewesen, daß El Mestizo gezwungen worden war, ihn zu zerschneiden. Von dem zurückgebliebenen Ende stammte das Stückchen, das der Kanadier jetzt in seiner Hand hielt, um die Schnittfläche zu untersuchen. Sie war noch frisch und bewies zur Genüge, daß der Schnitt erst während der vergangenen Nacht getan worden war.

‚Aber es sind die Spuren von nur vier Füßen!“ meinte Pepe.

„Der große Pfadfinder wurde getragen“, antwortete der Indianer. „Meine weißen Brüder mögen die Lage der Spuren betrachten!“

Wirklich ging aus dem Bild der Eindrücke hervor, daß sich der zuerst Eingestiegene umgewandt haben mußte, um eine Last in Empfang zu nehmen.

„Dieser Kanal führt in den Rio Gila. Es ist sicher, daß die Räuber nach dem Büffelsee gehen. Wir brauchen darum ihren Spuren nicht unmittelbar zu folgen, sondern können die vielen Windungen des Flusses abschneiden“, schlug Bois-rosé vor, der vor Begierde brannte, die Räuber zu erreichen. „Wir müssen sie haben, bevor es ihnen gelingt, mit den Apatschen zusammenzutreffen.“

„Mein Bruder sei ruhig“, tröstete Falkenauge. „Auf der Büffelinsel harren zehn tapfere Krieger der Komantschen auf Falkenauge. Sie werden sich vor den Hunden der Apatschen verbergen, die Räuber der Wüste aber nicht vorüberlassen. Meine Brüder mögen kommen, damit Falkenauge sein Pferd hole. Er wird ihnen zwei Tiere der toten Apatschen fangen, damit sie nicht zu laufen brauchen auf ihren Füßen, die nicht so schnell sind wie die Hufe des Mustangs.“ —

An diesem Morgen und ungefähr um dieselbe Zeit, in der Falkenauge erwacht war, näherten sich von Norden her zehn Gestalten dem Ufer des Rio Gila. Sie waren nicht beritten, und ihre Bemalung ließ erkennen, daß sie Komantschen waren. Hintereinandergehend, trat immer einer in die Fußstapfen des andern. Dies geschah mit einer solchen Sorgfalt und Genauigkeit, daß ein sehr geübtes Auge dazu gehörte, zu erkennen, daß die Spur nicht von nur einer Person herrührte.

Außer dem Voranschreitenden trugen alle neben ihren Waffen große Stücke Baumrinde auf dem Rücken, ein Zeichen, daß sie eine Stromfahrt vorhatten. Denn diese Rindenstücke konnten zu nichts anderem bestimmt sein, als mit Harz und Baumfasern zu Kanus verbunden zu werden.

Es waren die zehn Krieger, die der ‚Kluge Fuchs‘ abgesandt hatte, um Falkenauge an der Büffelinsel zu treffen.

Der vorderste Krieger verfolgte seinen Weg mit einer Überzeugung und Genauigkeit, als befände er sich nicht in der wilden Steppe, sondern auf der Verkehrsstraße eines zivilisierten Landes. Tatsächlich erreichten sie den Rio Gila gerade an der Stelle, die der Büffelinsel gegenüberlag.

Ein stolzes Lächeln spielte über das ernste Gesicht des Führers, als er sich nun umwandte.

„Uff! Wer vermag den Pfad so genau zu legen wie Bisonmähne, der Komantsche?“

Wirklich trug der Sprecher ein so reiches, dichtes Haar, das ihm weit über die Schultern herabwallte, daß er diesen Namen gewiß zu Recht trug.

Nach kurzer Beratung wurden die Lasten abgelegt, und die Truppe zerstreute sich, nur einen Wächter zurücklassend, auf der Insel und den beiden Ufern, um sich zu überzeugen, daß sich kein feindliches Wesen in der Nähe befand. Als die Männer wieder zusammentrafen, hatte keiner etwas Beunruhigendes entdeckt. Bisonmähne trat daher hart an das Wasser und legte beide Hände an den Mund.

„O — hiii, o — hiii!“ ließ er den Ruf der Komantschen stromauf- und stromabwärts erschallen. Aber es erfolgte keine Antwort.

„Falkenauge ist noch nicht hier, doch er wird kommen; seine Hand tut stets, was sein Mund verspricht. Meine Brüder mögen die Rinde verbergen und sich am Wasser verstecken, daß kein Feind sie zu sehen vermag!“

Es dauerte nicht lange, so hätte selbst das schärfste Auge nicht ohne genaue Untersuchung die Anwesenheit der Komantschen bemerkt.

Ihre Geduld sollte allerdings auf eine harte Probe gestellt werden. Der Tag verging, der Abend mit der Nacht ebenso, und der nächste Morgen brach an, ohne daß sich etwas gezeigt hätte, was ihrer Aufmerksamkeit wert gewesen wäre. Endlich am Nachmittag erklang Pferdetrab.

Der aus seinem Schilfwerk hervorlugende Wächter Bisonmähne erkannte zwei Weiße, die mit einem Lastpferd am Ufer entlang geritten kamen. Gegenüber der Büffelinsel blieben sie halten. Der eine von ihnen ritt bis hart ans Wasser heran, legte, wie gestern der Führer der Indianer, die Hände wie ein Sprachrohr an den Mund und rief:

„Hallo, Komantsche!“

Sofort stand Bisonmähne mit angeschlagener Büchse vor ihm.

„Woher weiß das Bleichgesicht, daß der Komantsche hier ist?“

„Von Falkenauge“, antwortete, lächelnd über die Schlagfertigkeit, der Weiße.

„Kann mir mein weißer Bruder dies beweisen?“

„Hier!“

Wilson gab den Stachelschweinsknopf dem Komantschen. Dieser betrachtete das Zeichen genau.

„Mein weißer Bruder ist ein Freund des Komantschen. Wo hat er Falkenauge gesehen?“

„An den Nebelbergen. Er läßt den Kriegern der Komantschen sagen, daß er kommen wird mit dem ‚Großen Adler‘, dem ‚Zündenden Blitz‘ und dem großen Pfadfinder. Vorher aber werden kommen die Söhne der Apatschen, um nach dem Büffelsee zu gehen; meine roten Brüder sollen sich vor ihnen verbergen und sie vorüberlassen.“

„Die Worte meines Bruders werden Gehorsam finden. Wohin werden die beiden Bleichgesichter sich wenden?“

Da kam auch der Lord herbei.

„Master Wilson, was habt Ihr mit diesem Mann zu verhandeln?“

„Ich habe ihm eine Botschaft von Falkenauge auszurichten.“

„Geht mich nichts an! Macht, daß wir vorwärtskommen!“

„Ich muß doch mein Wort halten!“

„Geht mich nichts an! Von der Botschaft teht nichts in unserm Kontrakt.“

Er lenkte sein Pferd wieder um.

„Wir gehen nach dem Büffelsee“, antwortete Wilson auf die Frage des Komantschen. „Hat mein roter Bruder etwas von dem weißen ‚Renner der Prärie‘ gehört?“

„Er ist in den Jagdgründen der Komantschen gesehen worden.“

„Sir William!“ rief der Westmann. „Hört, was dieser Krieger sagt!“

„Geht mich nichts an!“ klang es zurück.

„Auch der ‚Weiße Renner‘ nicht?“

Sofort warf der Sonderling sein Pferd wieder herum. „Was ist mit ihm?“

„Er ist in den Jagdgründen dieser roten Krieger gesehen worden.“

„Wann?“

Der Führer des Engländers verdolmetschte dem Komantschen diese Frage.

„Einen Tag, bevor Bisonmähne die Hütten der Komantschen verließ: vor drei Sonnen.“

„Und wohin wird er gegangen sein?“ fragte der Lord begierig, als er diese Antwort englisch hörte.

„Bisonmähne denkt, daß er gehen wird an den Rio Gila oder an die Tränken des Büffelsees.“

„An den Büffelsee wird er gehen, Sir William“, übersetzte Wilson.

„Dann fort! Goddam, ich muß ihn haben!“

„Wollen wir nicht bei diesen Männern ein wenig ausruhen? Ich muß ihnen von Falkenauge erzählen!“

„Geht mich nichts an!“ klang es; dann war der Liebhaber des weißen Renners hinter den Büschen verschwunden.

„Falkenauge hat in zehn Minuten fünf Apatschen getötet!“ konnte Wilson noch kurz berichten; dann eilte er dem Engländer nach.

Es wurde unter den Komantschen wieder eine kurze Beratung gehalten, darauf verschwand jeder in seinem Versteck.

Der Tag verging, und es wurde Abend. Tiefes Dunkel herrschte unter und zwischen den Bäumen, die an beiden Ufern des Stromes ragten, aber die Wellen schillerten in geheimnisvollen Lichtern, und so konnte nichts geschehen, was die verborgenen Komantschen nicht sofort hätten bemerken müssen.

Da klangen ferne, taktmäßige Ruderschläge den Fluß herab, und kurze Zeit später erkannten die verborgenen Lauscher ein Kriegskanu, das, gefüllt mit Apatschenkriegern, zwischen ihnen und der Insel vorüberruderte. Ihm folgte ein zweites, ein drittes und zuletzt noch ein viertes. Jedes dieser langen Boote hatte an seinem Steg ein loderndes Harzfeuer, dessen Flammen das Fahrwasser hell erleuchteten und Strom und Bäume mit düsteren Farben überfluteten.

Die Komantschen hatten sich gemäß dem Befehl abwartend verhalten, obgleich sie trotz ihrer geringen Anzahl den Apatschen großen Schaden hätten zufügen können.

Die Nacht verging und ebenso der Morgen. Die Sonne hatte den dritten Teil ihrer Bahn vollendet, da erklangen wieder Ruderschläge. Ein Rindenkanu nahte, in dem zwei Männer saßen, die mit aller Anstrengung ruderten, so daß das kleine Fahrzeug wie von Dampfkraft getrieben den Strom herabflog. Der eine von ihnen trug einen Federschmuck, wie ihn die Papagos zu tragen pflegen; der andere hatte um seine dunklen Haare nur einige Lederriemen geschlungen. Zwischen ihnen saß in halb liegender Stellung ein junger Mann mit müdem, abgespanntem Gesichtsausdruck. Die Komantschen sahen, daß seine Hände und vielleicht auch seine Füße gefesselt waren.

Wer waren diese drei Bleichgesichter? Waren es die ‚Häuptlinge der Wälder' mit dem großen Pfadfinder, von dem der Nordamerikaner gesprochen hatte? Wohl schwerlich. Bisonmähne wußte nicht, wie er sich verhalten sollte, und bevor er dazu kam, einen Entschluß zu fassen, war das Kanu bereits an der Büffelinsel vorüber.

Der Gefesselte hatte einen schnellen, eigentümlichen Blick auf die Insel geworfen, an die das Wasser allerlei Stämme und sonstiges Holzwerk angeschwemmt hatte, und da — das Boot befand sich in gleicher Höhe mit der Insel — schnellte er plötzlich auf, tat einen Sprung, und die Wasser des Stroms schlugen über ihm zusammen.

Zwei laute Flüche erschollen. Die beiden Männer zogen die Ruder ein und ließen den Kahn treiben, um mit wutvollen Augen alle Bewegungen des Wassers zu beobachten. Mit den schnell ergriffenen Büchsen in der Hand saßen sie im Kanu, bereit, den Flüchtling zu töten, sobald er an der Oberfläche erschien.

Aber er erschien nicht. Die Männer ruderten bis an die Insel zurück, wo sie landeten. Keiner sprach ein Wort, aber nicht das leiseste Blättchen auf der breiten Oberfläche des Stroms entging ihren spähenden Augen.

„Der Kerl ist ersoffen!" meinte endlich der jüngere von ihnen. Es war El Mestizo.

„So sind wir ihn los", antwortete Mano Sangriento. „Es war überhaupt unnütz und ärgerlich, daß du ihn mitschlepptest."

„Still, Alter! Schwarzvogel hätte viel für ihn gegeben, und nun bringen wir nicht einmal seinen Skalp. Aber tot ist er auf jeden Fall, denn so lange kann er sich nicht unter Wasser halten, und gelandet ist er weder hüben noch drüben; davon bin ich überzeugt. So mag er denn zum Teufel sein; die beiden andern werden dennoch folgen und uns in die Hände laufen! Schwarzvogel muß längst voran sein. Vorwärts, daß wir ihn erreichen!"

Sie ergriffen die Ruder wieder und setzten die unterbrochene Fahrt von neuem fort.

Bisonmähne hatte die Büchse ergriffen und schon beabsichtigt, mit einem Schuß das Zeichen zu ihrer Vernichtung zu geben, aber da besann er sich. Die Komantschen befanden sich mit den Bleichgesichtern im Frieden, und er wußte nicht, was Falkenauge zu solch einer schnellen Tat sagen werde. So entkamen die Räuber der Wüste dem sicheren Tod, der ihnen drohte, ohne daß sie es wußten.

Wohl eine halbe Stunde war seit ihrem Verschwinden vergangen, da wurde es drüben am anderen Ufer lebendig. Drei Reiter erschienen; es waren zwei Weiße und ein Indianer.

„O — hiii!“ rief der letztere so laut, daß es bis herüber zu hören war, sofort tauchten die zehn Komantschen aus ihren Verstecken auf.

„Falkenauge wird hinüber zu seinen Brüdern kommen; sie mögen am Ufer bleiben!“ befahl er.

Dann lenkte er mit seinen zwei Begleitern in das Wasser.

Da wurde es auf einmal an der Spitze der Insel unter den angeschwemmten Stämmen lebendig; der Gefesselte, der vorhin aus dem Kanu ins Wasser gesprungen war, arbeitete sich trotz seiner Bande an Land und rief, die von einem Riemen umschlungenen Hände ausstrekkend:

„Vater, Pepe Dormilón!“

Der Kanadier fuhr wie ein Blitz auf.

„Fabian, mein Kind, mein Sohn!“

Er riß den aus dem Wasser ragenden Kopf seines schwimmenden Pferdes nach der Insel herüber. Auch Pepe und der Komantsche folgten ihm.

„Santa Lauretta, er ist's, er ist's wahrhaftig! Hin zur Insel, Bois-rosé, hin, und wenn das ganze Wasser von Thunfischen wimmelte.“

Einige Augenblicke später landeten sie; die Fesseln Fabians wurden zerschnitten, und die Freunde lagen sich glücklich in den Armen. —

## *Am Büffelsee*

Etliche Tagesritte von der Hacienda del Venado entfernt, dehnt sich im Nordwesten ein großer, aus Zedern, Eichen und Korkbäumen bestehender Wald aus.

Vom Saum dieses Waldes bis zum Rio Gila bildet der Boden eine einzige Ebene, deren dichter Graswuchs eine solche Länge erreicht, daß ein Reiter auf dem Rücken seines Pferdes kaum über die Spitzen und Rispen hinwegzusehen vermag.

Mitten im Wald aber und eingefaßt von düsteren Gruppen von Baumriesen liegt ein Wasser, dessen klare Oberfläche fast die Gestalt eines Rechteckes hat. Lange Gewinde von grauem Moos hängen von den Ästen der Zedern nieder oder schwingen sich in breiten Schleiern von Zweig zu Zweig. Großblätterige Wasserpflanzen schwimmen am Ufer, und prachtvoll glänzende Seeblumen öffnen ihre goldenen und silbernen Kelche dem Licht der Sonne, die ihre Strahlen in buntem, blitzschnellem Spiel die tiefgrünen Schatten des Waldes verklären läßt.

Das ist der Büffelsee.

Seinen Namen hat er von den Tieren bekommen, deren Lieblingstränke er früher war. Doch sind die Büffel durch die Nähe der Menschen vertrieben worden und davongezogen, um einsamere Gegenden aufzusuchen. Die einsame Lage des Sees zieht aber noch heute Herden wilder und halbwilder Pferde an, die seine unter tiefem Schatten verborgenen Wasser den offeneren Ufern des Rio Gila vorziehen.

Auf der einen Seite des Sees hatte man durch die Lichtung des Waldes einen ziemlich großen, freien Raum gebildet, der mit einer sehr starken Umzäunung versehen war, die nur einen einzigen Eingang zeigte, der mit gewaltigen Querriegeln verschlossen werden konnte. Die Stämme, die die Palisaden bildeten, waren untereinander durch feste, büffellederne Riemen verbunden und mit allerlei Strauch- und Astwerk umschlungen und verdeckt, das den Zweck hatte, der Umzäunung ein natürliches Aussehen zu geben. Dieser Raum war zum Einfangen der wilden Pferdeherden bestimmt und von den Vaqueros Don Agustín Penas angelegt worden.

Am Ufer des Sees, nicht weit von diesem Platz, lagen vierzehn Männer am Boden, von denen zwölf die übliche Kleidung der Vaqueros trugen, während die letzten zwei ganz in Leder gekleidet waren, dessen blutiges Aussehen darauf schließen ließ, daß ihre Beschäftigung nicht immer friedlich gewesen war. Die Sonne hatte ihr Gesicht so gebräunt, daß man nicht wußte, ob man in ihnen zivilisierte Rote vor sich hatte oder Weiße, die die Gewohnheit der Indianer angenommen hatten.

Diese beiden Männer waren die Büffeljäger Encinas und Pascual, die unter Falkenauge von Tubac aus den Zug gegen die indianischen Pferderäuber mitgemacht hatten.

Eben drehte sich die Unterhaltung der Gesellschaft um dieses Abenteuer.

„Und ich sage euch, daß es wirklich die ‚Teufel der Savanne‘ gewesen sind, die sich mit den Roten verbündet hatten“, behauptete Encinas. „Schade nur, daß sie entkommen sind!“

„Können es denn so tüchtige Ciboleros, wie ihr seid, nicht mit ihnen aufnehmen?“ fragte der jüngste der Vaqueros, der kaum zwanzig Jahre zählen mochte.

„Wo denkt Ihr hin, Señor Francisco! Ich gehe dem Bison kühn entgegen, wenn er die Hörner gegen mich senkt, aber ein Geschöpf wie Mano Sangriento und El Mestizo hat die blinde Wut des Büffels, die Schlauheit des Fuchses, die Gewandtheit des Tigers und die Stärke des Löwen in sich vereinigt. Rechnet man dazu die Verworfenheit eines Menschen, dem nichts zu schlecht und gottlos ist, so lernt Ihr eine Kreatur kennen, der jeder ehrliche Cibolero aus dem Wege gehen muß.“

„Ich wollte es aber doch wohl wagen, mit ihnen anzubinden."

„Ihr? Habt Ihr das überhaupt schon einmal mit jemandem getan?"

„Nein!"

„So schweigt um aller Heiligen willen! Ihr kämt ja gleich im ersten Augenblick um Euren Skalp!"

„Aber es findet doch jedes Wesen seinen Gegner. Gibt es denn keinen, der sich an sie wagen könnte?"

„Ich kenne nur zwei oder drei, denen dies möglich sein dürfte."

„Wer sind sie?"

„Die ‚Herren der Savanne' und Tiburcio Arellano."

„Ah, Tiburcio! Ja, den kennen wir alle. Er ist der beste Rastreador von ganz Sonora, und unser Herr hält große Stücke auf ihn, seit er durch ihn von den Räubern befreit wurde. Ich glaube sogar, daß die Señorita auch zuweilen an ihn denkt. Aber wer sind diese ‚Herren der Savanne'?"

„Zwei nordamerikanische Jäger, die von den Roten ‚Großer Adler' und ‚Zündender Blitz' genannt werden. Ich traf sie mit Tiburcio in der Steppe, als sie der Expedition Don Estebans folgten. Und wenn es außer ihnen noch einen gibt, der El Mestizo und Mano Sangriento nicht fürchtet, so ist es kein anderer als der Komantsche Falkenauge."

„Steht es gar so schlimm?" fragte Francisco, der zu gern ein Held geworden wäre wie die berühmten Männer, deren Namen er jetzt gehört hatte.

„Schlimm nicht, aber wahr, Señor Francisco. Ich gebe Euch mein Wort, der Komantsche nimmt es mit zwanzig Leuten, wie Ihr seid, spielend auf! Übrigens ist er den Räubern nach, und es sollte mich wundern, wenn ich nicht einmal hörte, daß er auch wirklich mit ihnen zusammengetroffen ist!"

In diesem Augenblick sprangen alle von der Erde auf.

„Don Agustín, Señorita Rosa!"

Wirklich nahte unter den hohen Bäumen des Urwalds ein ansehnlicher Trupp von ledigen Pferden und wohlbepackten Maultieren, hinter dem, von einigen bewaffneten Dienern gefolgt, Don Agustín mit seiner Tochter erschien.

Am See angekommen, blickte er sich forschend um und deutete dann mit der Hand die Stelle an, wo er das Lager aufgeschlagen wünschte. Während dies vorgenommen wurde, trat er mit Rosarita zu den Vaqueros, die ihn ehrfurchtsvoll und freudig begrüßten.

„Auch Encinas und Pascual!" rief er, sichtlich froh überrascht. „Da werde ich wohl manches Abenteuer zu hören bekommen!"

„Ich denke es, Señor", antwortete der erstere. „Wir haben in diesem Jahr da draußen in der Savanne soviel erlebt, wie sonst in zweien nicht. Wir haben El Mestizo gesehen, Ti –"

„Den Mestizen? Wo?" fragte der Haciendero rasch.

„Eine Strecke hinter Tubac, wo er vor uns und den Komantschen fliehen mußte. Ferner Tiburcio Arellano mit —“

„Tiburcio?“ fragte Rosarita schnell, während eine freudige Röte ihr schönes Antlitz überflog.

Es war die erste Kunde von ihm, die seit seinem Scheiden zu ihr gelangte.

„Wo saht ihr ihn?“ erkundigte sich der Haciendero.

„In der Steppe zwischen Tubac und der Apacheria. Er verfolgte Don Esteban de Arechiza in Gesellschaft des ‚Großen Adlers‘ und des ‚Zündenden Blitzes‘. Dann habe ich noch Falkenauge, den Komantschen, gesehen, der Euch grüßen läßt, Señorita.“

„Mich? Ein Komantsche?“ fragte sie befremdet.

„Ja. Er läßt Euch sagen, daß Ihr Euch am Büffelsee vor den ‚Teufeln der Savanne‘ hüten sollt.“

„Wie kam das, Encinas? Doch aber, das sollst du uns später noch erzählen, wenn uns mehr Zeit übrig bleibt als jetzt.“

Der Haciendero führte seine Tochter zum Zelt, das man bereits für sie aufgestellt hatte. Es war aus blauer Seide gefertigt und mit eingestickten goldenen Sternen übersät, eine Gabe, die der Vater der Schönheit und Herzensgüte seines einzigen Kindes gebracht hatte.

Auch ihm wurde ein Zelt errichtet, und eben war er eingetreten, während die Diener noch beschäftigt waren, die Maultiere von ihrer Bürde zu befreien, als sich am Saum des Waldes eine Gruppe bemerkbar machte, die sogleich die Aufmerksamkeit aller Anwesenden auf sich zog.

Sie bestand aus zwei Reitern und einem Lasttier. Der eine der Männer war ganz in kariertes Grau gekleidet, trug einen breitrandigen Panamahut und eine rundglasige, golden eingefaßte Brille auf der Nase. Der andere steckte in einem aus gegerbter Damhirschhaut gefertigten Anzug und hatte ganz das Aussehen eines Mannes, der sich viel in der Welt umgesehen hat und eine gute Büchse auch richtig zu gebrauchen weiß.

„Sir William!“

„Master Wilson?“

„Wir werden hier nicht allein sein!“

„Geht mich nichts an!“

„Wie ich bemerke, gibt es hier Leute, die Pferde fangen wollen!“

„Geht mich nichts an!“

„Auch wenn sie Euch den weißen ‚Renner der Prärie‘ wegnehmen?“

„Goddam, den muß ich haben! Wenn sie ihn mir nehmen wollen, müßt Ihr sie alle niederschießen, Master Wilson!“

„Das werde ich nicht tun, Sir William, denn davon steht nichts in unserem Kontrakt.“

„Well, so werden wir einen neuen Paragraphen darüber hinzufügen. Ich zahle Euch hundert Dollar mehr. Gebt den Kontrakt heraus!“

„Für hundert Dollars schieße ich diese Leute nicht tot!"
„Zweihundert!"
„Nein!"
„Well, dann dreihundert!"
„Nein!"
„Goddam, ich gebe Euch vierhundert!"
„Nicht für viertausend, nicht für vier Millionen! Was das Schießen anbelangt, so wird es wohl bei unserem Kontrakt bleiben. Ich sorge für Eure Sicherheit und für nichts mehr. Wir werden uns diesen Leuten vorstellen müssen!"
„So kommt!"
Sie näherten sich dem größeren Zelt, aus dem Don Agustín trat, der die Nahenden bemerkt hatte.
„Señor", begann Wilson, „hier ist Sir William Wallerstone aus London. Darf ich ihm Euren Namen nennen?"
„Ich heiße Agustín Pena; diese Wälder und Savannen gehören zu meiner Hacienda!"
„Geht mich nichts an!" murmelte der Lord, während er seine Brille mit Daumen und Zeigefinger der rechten Hand faßte und den Haciendero neugierig anblickte. „Habt Ihr den weißen ‚Renner der Prärie' gesehen?"
Don Agustín hatte sofort den Sonderling erkannt.
„Nein, Sir, gesehen nicht, aber ich hoffe, daß er meinen Corral besuchen wird", antwortete er lächelnd. „Wollt Ihr bis dahin mein Gast sein?"
„Gast? No, das steht nicht in meinem Kontrakt. In solchen Dingen hat hier dieser Mann für mich zu sorgen!"
„Gewiß Euer Majordomo?"
„Majordomo? Was ist das?"
„Haushofmeister", verdolmetschte Wilson.
„Majordomo oder Haushofmeister; geht mich nichts an! Ich will den ‚Renner der Prärie', aber keinen Majordomo!"
„Erlaubt uns, Señor Pena, unser Zelt hier in Eurer Nähe aufzuschlagen! Ich heiße Edgar Allan Wilson und bin der Führer dieses Lords von Old England."
Don Agustín nickte zustimmend und wandte sich an seine Tochter, die eben herzutrat.
„Wir erhalten Gesellschaft, Rosarita: Dies ist Sir William Wallerstone und dies Master Wilson, die beide den weißen Präriehengst fangen wollen."
Das Mädchen verbeugte sich, verlegen errötend, vor dem Engländer, der seine Brille wieder gefaßt hatte und sie durch die großen Gläser bewundernd anblickte.
„Master Wilson!"
„Sir William!"
„Wer ist diese Miß?"

„Señorita Rosarita, die Tochter Señor Penas jedenfalls."

„Well! Fragt sie einmal, ob ich sie zeichnen darf!"

„Ihr seid Maler, Sir William?" fragte Don Agustín, der die englischen Worte verstanden hatte.

„Maler? Geht mich nichts an! Ich reise in der Savanne, um sie zu zeichnen und den ‚Renner der Prärie' zu fangen. Ich werde Miß Rosarita zeichnen!"

„Sobald Ihr den Renner gefangen habt, Sir!" stimmte der Haciendero lächelnd bei. „Jetzt aber laßt Euer Zelt aufstellen; meine Dienerschaft wird Euch dabei gern behilflich sein."

„Geht mich nichts an! Für solche Dinge hat hier dieser Mann zu sorgen; so steht es im Kontrakt!"

Während Don Agustín sich mit Rosarita zurückzog, nahm der Engländer ruhig auf der Erde Platz und wartete, bis sein Zelt fertig war, das er dann betrat, um sich von der Anstrengung des Rittes auszuruhen. Wilson aber gesellte sich zu den Vaqueros und befand sich bald in lebhaftem Gespräch mit Encinas und Pascual. —

Die vier Kriegskanus der Apatschen waren den Rio Gila hinabgefahren, ohne daß die Indianer Wallerstone und Wilson bemerkt hätten, die ohne ein Feuer in einiger Entfernung vom feuchten Ufer ihr Nachtquartier aufgeschlagen hatten. Diese Entfernung war ebenso der Grund, daß trotz des Scheins, den die Harzfeuer verbreiteten, Wilson keine Ahnung hatte, welche unheimlichen Passanten nicht weit von ihm dem Ziel zusteuerten, das auch er erreichen wollte.

Der Fluß machte bald eine Krümmung. Bei dieser waren die Apatschen gelandet, um zu ruhen. Wilson schnitt diese Krümmung am Morgen zu Lande ab; und da er mit den Pferden schneller vorwärtskam als die Apatschen, die dem gewundenen Flußlauf folgen mußten, erreichte er mit seinem Begleiter den Büffelsee eher noch als sie. Er beschloß, den Engländer unter dem Vorwand des ‚weißen Renners' hier festzuhalten, bis Falkenauge mit den ‚Herren der Wälder', die er kennenlernen wollte, eingetroffen war.

Die Büffelinsel war mittlerweile ein Schauplatz regsten Lebens geworden. Die verbündeten Jäger und Komantschen waren sicher, alle Gegner vor sich und keinen Feind mehr hinter sich zu haben, und konnten daher ohne Anwendung schwerfälliger und hindernder Vorsichtsmaßregeln das Werk der Verfolgung fortsetzen.

Nach der ersten herzlichen Begrüßung, bei der sich Bois-rosé und Pepe überzeugten, daß Fabian keinerlei körperlichen Schaden genommen hatte, fragte der Kanadier:

„Doch sage, mein Sohn, wir kommst du auf diese Insel? Wir glauben, dich mit Gewalt befreien zu müssen."

„Ich spähte schon längst nach einer Gelegenheit, mich durch Schwimmen zu retten, und erblickte in dem angeschwemmten Holz ein Mittel, mich zu verbergen."

„Aber du warst gebunden und konntest ertrinken!“ warf Bois-rosé ein, der trotz seiner Stärke bei dem Gedanken bebte, daß die Flucht seines Lieblings einen solchen Ausgang hätte nehmen können.

Fabian lächelte.

„Die Räuber schienen nicht zu wissen, was einem guten Schwimmer möglich ist, sonst hätten sie mich an das Kanu gefesselt. Ich tauchte erst unter dem Holz wieder empor; zwar folgten sie mir bis zur Insel, aber sie hielten mich für ertrunken.“

„Und wie lange sind sie nun wieder fort?“

„Wohl über eine halbe Stunde.“

„Wir werden sie einholen!“ klang es grimmig, „und dann sollen sie uns nicht entkommen wie du ihnen. Warum bliebst du so lange im Wasser?“

„Weil ich mich erst überzeugen mußte, daß kein feindliches Wesen in der Nähe war. Und dann konnten die Räuber auch anderer Ansicht werden und nochmals umkehren.“

Falkenauge hatte unterdessen mit seinen Komantschen verhandelt und ihnen den Befehl gegeben, so schnell wie möglich die Kanus zu fertigen. Jetzt trat er zu den Jägern; er hatte natürlich erraten, wen er in Fabian vor sich hatte.

„Mein Bruder ist der große Pfadfinder, den seine Väter und der Komantsche suchten?“ fragte er, ihm die Hand reichend.

„Das ist Falkenauge, den wir in den Nebelbergen trafen“, stellte Pepe vor. „Santa Lauretta, ein Kerl wie Gold! Er hat während eines einzigen Nachmittags elf Apatschen entskalpt — schaut, Señor Fabian, sein Pferd hängt voller Häute, daß es kaum zu sehen ist — und uns dann auf Eure Spur und hierher gebracht!“

Mit aufrichtiger Bewunderung drückte Fabian die dargereichte Hand.

„Der Pfadfinder hat den Namen seines roten Bruders rühmen hören; sie mögen Freunde sein! Jetzt aber erzählt vor allen Dingen, wie es euch in den Bergen nach meinem Verschwinden ergangen ist!“

Bois-rosé faßte seinen Bericht so kurz wie möglich, denn es verlangte ihn, den Fabians zu hören.

„Und wie kamst du in die Hände der Räuber?“ fragte er, als er geendet hatte.

„Ich hörte ein Rascheln am Rand der Pyramide und sah einen Mann emporklimmen, den ich für dich oder Pepe halten mußte. Er täuschte mich auch durch seine Antwort, als ich ihn leise anrief. Als er aber näherkam, erkannte ich Mano Sangriento und holte zum Schlag aus.“

„Das war sehr falsch gehandelt, mein Sohn. Wir hatten dir gesagt, daß du schießen solltest!“

„Er war mir so nahe, daß ich die Kugel sparen wollte; außerdem konnte ich mir denken, daß auch der Mestize in der Nähe sei. Dieser war auf der andern Seite emporgestiegen und hatte sich hinter mir angeschlichen. Als ich zum Hiebe ausholte, faßte er meinen Arm, die

Büchse entflog meiner Hand, und ich wurde von den beiden Schurken umschlungen."

„Teufel! Ich sagte mir, daß es zwei gewesen sein mußten; denn einen hättest du wohl zu überwältigen vermocht. Was deine Büchse betrifft, mein Sohn, so ist sie nicht verlorengegangen; dort hängt sie am Sattel meines Pferdes. Doch erzähle weiter!"

„Mano Sangriento wollte nach mir stechen, ich aber entwand ihm das Messer. Wir kamen im Ringen quer über die Plattform hinüber und stürzten über den Rand hinab. Ich verlor die Besinnung, und als ich erwachte, war es dunkel und feuchtkalt um mich. Ich lag gebunden in einem Boot, das von ihnen durch einen unterirdischen Kanal gerudert wurde, der in den Rio Gila mündete."

„Und dann? Was taten sie dir?"

„Nichts. Außer Schimpfreden, Hunger und Durst hatte ich mich über nichts zu beklagen. Sie beabsichtigten, mich Schwarzvogel auszuliefern, der mit seinen Kriegern nach dem Büffelsee unterwegs ist, und freuten sich schon darauf, euch zu fangen; denn sie waren ebenso überzeugt wie ich, daß ihr unsere Spur finden und uns folgen würdet."

„Gut; mein Sohn; sie haben sich nicht getäuscht, aber dieser Fang soll nicht uns in ihre Hände, sondern sie in die unsrigen bringen! Hier ist dein Messer und auch dein Hut; wir fanden beides an der Pyramide. Jetzt aber sollst du essen und deine Kleider trocknen. Wir werden ein Feuer anbrennen."

Auch drüben am Ufer brannten einige Flammen, an denen die Komantschen das Harz zerlaufen ließen, mit dem sie die Rindenkähne dichten mußten.

Während dieser Arbeit, die schnell vonstatten ging, trat Falkenauge zu Fabian.

„Mein tapferer Bruder kennt die Tochter des weißen Mannes, der sich Pena nennt?"

Fabian, der am Feuer saß, blickte überrascht auf.

„Hat mein roter Bruder von Rosarita gehört?" Eine verräterische Röte überzog seine Wangen.

„Falkenauge hat von ihr gesprochen mit einem Cibolero, der nach dem Büffelsee ging, wo Señor Pena mit seiner Tochter erscheinen wird, um die Herden der Pferde zu fangen!"

Fabian sprang erschrocken empor.

„Sie wird mit am Büffelsee sein? Falkenauge, Vater, Pepe, auf, schnell, wir müssen fort!"

Der Komantsche lächelte.

„Mein Bruder kann warten, bis die Kanus im Wasser sind. Falkenauge hat die schöne Tochter der Weißen warnen lassen!"

„Und trotzdem müssen wir eilen, damit wir vorwärtskommen!"

Es bedurfte dieses Antriebs nicht, denn es lag den Komantschen selbst viel daran, den Apatschen so schnell wie möglich folgen zu können.

Schon nach kurzer Zeit brachte Bisonmähne das erste Kanu zur Insel herüber. Falkenauge empfing ihn mit ernstem Blick.

„Bisonmähne hat eine Hand, die niemals fehlt, aber seine Kugel rostet in der Büchse."

„Die Kugel des Komantschen trifft, wenn sie treffen soll!"

„Warum ist sie nicht in das Herz der ‚Teufel der Savanne' gegangen?"

„El Mestizo?" fragte der Getadelte verwundert.

„El Mestizo und Mano Sangriento hatten den großen Pfadfinder gefangen; er ist ihnen im Wasser des Flusses entkommen, und die Büchsen der Komantschen haben dazu geschwiegen."

Bisonmähne senkte das Auge. Er erfuhr erst jetzt, welche Feinde er ungehindert vorübergelassen hatte, obgleich sie in seine Hand gegeben waren.

„Bisonmähne kannte die Räuber nicht!" entschuldigte er sich.

„Aber er sah, daß sie ein Bleichgesicht gefangenhielten; es konnten keine guten Männer sein! Mein Bruder hat einen großen Fehler begangen, aber der Mund Falkenauges wird ihn verschweigen im Wigwam des ‚Klugen Fuchses', denn Bisonmähne wird sein Auge öffnen, um die Räuber in die Hände der Komantschen zu bringen! War an der Büffelinsel ein Bleichgesicht mit vier Augen?"

„Es war hier, und das andere Bleichgesicht sagte, daß Falkenauge kommen werde."

Erst jetzt fiel Falkenauge etwas ein, was er bisher fast vergessen hatte. Er trat zu den drei Jägern.

„Kennt der ‚Große Adler' Wilson, den Montanamann?"

„Ich kenne seinen Namen. Wir sind im Gebiet des grauen Bären gewesen, ohne uns zu treffen. Er ist ein großer Jäger. Hat mein Bruder von ihm gehört?"

„Er hat ihn gesehen und mit ihm gesprochen. Er soll einen Gruß sagen an den ‚Großen Adler' und den ‚Zündenden Blitz'. Der Montanamann wird nach dem Büffelsee gehen, um auf ihn zu warten. Er war an der Büffelinsel und hat gesprochen mit den Komantschen, die auf Falkenauge warteten. Es ist ein Bleichgesicht mit vier Augen bei ihm, das einen großen Zauber hat. Meine Brüder mögen sehen!"

Er löste den Sattel seines Pferdes und zog zwischen den beiden Pantherfellen der Decke das Bild hervor, das er mit unendlichem Stolz den Jägern zeigte.

„Santa Lauretta, das ist Falkenauge, wie er leibt und lebt!" rief Pepe. „Es ist ein Maler bei Wilson, der eine Brille trägt, die der Komantsche Augen nennt."

Das Bild wurde bewundert und Falkenauge mußte von seinem Zusammentreffen mit dem Montanamann erzählen.

Unterdessen waren die Kanus sämtlich fertiggeworden, und man schickte sich zum Aufbruch an.

„Meine weißen Brüder werden im Kanu sitzen, Falkenauge aber und

Bisonmähne werden am Ufer reiten, der eine hüben und der andere drüben, um über sie zu wachen und die Spuren zu suchen, die die Apatschen und Räuber zurückgelassen haben."

Dieser Gedanke war nur zu billigen. Bisonmähne setzte sich auf das Pferd des Kanadiers, während er das des Miquelete am Zügel nahm, und Falkenauge ritt ans andere Ufer zurück. Bald setzten sich Reiter und Boote in Bewegung.

Bois-rosé saß mit Fabian zwischen den Ruderern, die das Fahrzeug mit außerordentlicher Schnelligkeit vorwärtstrieben. Er war unendlich glücklich, seinen Liebling wieder bei sich zu haben, und auch Pepe Dormilón freute sich königlich, den jungen Grafen de Mediana so schnell und unerwartet wieder in Sicherheit zu wissen. Alle aber brannten vor Begier, die Feinde zu erreichen, um mit ihnen abrechnen zu können. —

Es war am frühen Morgen, und die Vaqueros saßen außer zweien, die auf Kundschaft ausgeritten waren, an den Ufern des Büffelsees. Auch die beiden Ciboleros waren bei ihnen.

Die Gesellschaft sprach von dem sonderbaren Engländer und seiner Leidenschaft für den ‚Renner der Prärie'.

„Gibt es denn wirklich einen solchen Renner?" fragte Francisco, der junge Vaquero. „Ich habe ihn noch nie gesehen."

„Natürlich gibt es einen", antwortete Encinas; „aber es ist gar nicht zu verwundern, daß Ihr ihn noch nicht gesehen habt, Señor Francisco, denn wie weit seid Ihr wohl in die Welt hinausgekommen?"

„Von der Hacienda del Venado bis hierher zum Büffelsee. Ist das vielleicht noch nicht weit genug?"

„Die Welt soll noch ein wenig weiter sein, wie man zu sagen pflegt, mein kleiner Don Vaquero, und ich glaube, der weiße ‚Renner der Prärie' rennt nicht nur immer zwischen der Hacienda und dem Büffelsee hin und her."

„Ist es denn ein gar so außerordentliches Tier?"

„Das will ich meinen! Es ist ganz unvergleichlich schön und ein Läufer — nun, ich sage Euch, es kommt im Trab weiter, als der beste Renner in vollem Lauf!"

„Habt Ihr es schon einmal gesehen, Señor Encinas?"

„Ja; aber nur von weitem, doch ist auch das ein großes Glück zu nennen, da es nur wenige gibt, die näher an das Tier herangekommen sind."

„Es ist ein Schimmel?"

„Allerdings."

„So sind auch seine Ahnen Schimmel gewesen?"

„Wo denkt Ihr hin! Es ist gar nicht geboren worden, es hat weder Eltern noch Stammbaum."

„Wie ist das möglich?"

„Ich weiß es auch nicht, nur ist soviel gewiß, daß es bereits vor sechshundert Jahren gesehen wurde."

Encinas war wie alle einfachen Prärie- und Savannenmänner nicht frei von Aberglauben.

„Aber wißt Ihr wohl, daß die Pferde erst vor dreihundert Jahren von Spanien herüber nach Amerika gekommen sind?"

„Por Dios, seid Ihr ein kluger Mann, Señor Francisco! Seid Ihr vielleicht dabeigewesen, als sie herüberkamen? Und habe ich nicht soeben gesagt, daß es von keinem Pferd abstammt? Wozu brauchen wir also hier Eure spanischen Klepper? Es ist sechshundert Jahre alt, vielleicht sogar schon tausend, und niemals ist es gefangen worden!"

„Ich möchte aber doch beinahe sagen, daß ich es fangen würde", behauptete Francisco, der angehende Held.

„Ich glaube selbst, daß Ihr der einzige wäret, dem dies gelingen würde, nach allem, was Ihr bereits geleistet habt. Wieviel wilde Mustangs habt Ihr wohl schon mit dem Lasso eingefangen und gezähmt?"

„Bisher leider noch keinen."

„So fangt bei dem ‚weißen Renner' an; desto größer wird die Ehre sein, wenn Ihr ihn fangt. Aber ich muß Euch sagen, daß dies noch keinem Vaquero gelungen ist. Die Hufe dieses Tieres sind härter noch als Feuerstein, und wer ihm zu weit folgt, den bekommt kein Mensch wieder zu sehen."

„Hat es denn schon einer so weit verfolgt?"

„Ein Jäger aus Texas, der es mir erzählt hat."

„Und Ihr müßt es uns auch erzählen. He, Sanchez, gib doch einmal dem Señor Encinas einige Schluck Mescal; es gibt kein besseres Mittel, das Gedächtnis aufzufrischen, als diesen Trunk!"

„Was Ihr schon klug und weise seid, Señor Francisco! Aber Ihr sollt meine Geschichte hören."

„So macht, daß sie beginnt!"

„Vor einigen Jahren kam ein merkwürdiger Kauz von Engländer — gerade so wie dieser Don William — nach Texas und bot dem berühmtesten Jäger dort tausend Goldstücke, wenn er ihm den weißen ‚Renner der Prärie' bringe. Der Jäger ging auf den Vorschlag ein. Er verschaffte sich ein Pferd von außerordentlicher Schnelligkeit, den besten Läufer, den man kannte, und ritt hinaus in die Savanne."

„Fand er den ‚Renner'?"

„Er fand ihn, sage ich Euch, und das war nicht nur ein Zufall, sondern geradezu ein ganz unerhörtes Glück."

„Und er verfolgte ihn?"

„Das versteht sich! Er verfolgte ihn mit hochgeschwungenem Lasso, setzte über Abgründe, sprang über Felsen, schwamm über Ströme, flog durch weite Ebenen, sein Pferd war schnell wie der Wind, und der ‚weiße Renner' verlor jeden Augenblick ein wenig von seinem Vorsprung."

„Hallo, das höre ich gern! Er wird ihm die Schlinge um den Hals werfen!"

„Wartet ein wenig, Señor Francisco! Wenn ich sage, daß der ‚Renner' von seinem Vorsprung verlor. so soll das nicht heißen, daß er sich fangen ließ. Er blieb nur deshalb zurück, weil er sich immer wieder umschaute, um seinem Verfolger einen Blick zuzuschleudern, aus dem Tod und Verderben sprühte. Und dennoch folgte ihm der Texaner, obgleich er gehört hatte, daß der Renner kein Pferd, sondern der Geist der Savanne sei, der nur über die Steppe jage, um die Menschen in die Irre zu führen. Er dachte an die tausend Goldstücke und ritt weiter. So ging es von früh bis zum Mittag, vom Mittag bis zum Abend. Der Vorsprung wurde kleiner, dennoch aber kam der Jäger nicht so nahe, daß er seinen Lasso hätte gebrauchen können. Es wurde Nacht und sein Pferd begann jetzt zu ermüden."

„Aber wie konnte er in dunkler Nacht dem ‚Renner' folgen?"

„Erstens ist der ‚Renner' ein Schimmel, weiß wie Milch, der auch in der Finsternis für ein gutes Auge noch zu erkennen ist, und zweitens zogen seine Hufe, die im Galopp den steinigen Boden schlugen, vier feuersprühende Furchen durch die Nacht."

„Por Dios, ich habe noch nie gehört, daß Horn auf Stein Feuer hervorbringt!"

„Ich auch nicht; dafür aber ist der Renner auch der Geist der Savanne! Es mochte wohl um Mitternacht sein, als der Jäger ihn endlich erreichte. Er schwang den Lasso, und als er ihn werfen wollte, hatte er — nichts in der Hand, sogar der Knoten am Sattelknopfe war aufgelöst und weg. Und zu gleicher Zeit versetzte der Renner dem Pferd des Texaners mit den Hinterhufen einen Schlag vor die Brust, daß es tot zusammenbrach. Dann hörte er das Geistertier weit unter sich in die Nacht hineinjagen. Er blieb bei der Leiche seines Pferdes, bis es Morgen war, und sah nun zu seinem Schrecken, daß er sich am Rand eines Abgrunds von vielen hundert Fuß befand. Der Renner war hinabgesprungen, ohne Schaden zu nehmen, und weidete weit draußen am Horizont im hohen Gras. Das ist die Geschichte, die mir der Texaner erzählt hat, als er von dieser Jagd zu Fuß und zu Tode erschöpft zurückkehrte."

Jetzt öffnete sich das Zelt des Engländers; der seltsame Lord trat heraus und ging nach dem Waldesrand, wo die drei Pferde weideten. Dort lag auch Wilson.

„Master Wilson!"

„Sir William!"

„Ich möchte die Umgebung absuchen, ob nicht die Spuren des ‚weißen Renners' zu finden sind; sattelt mein Pferd!"

„Euer Pferd satteln? Davon steht nichts im Kontrakt. Ich bin nicht Euer Reitknecht!"

„Well, so sattle ich es mir selbst!"

Er tat es, stieg auf und ritt, geführt von dem wohlbewaffneten Wilson, ohne jede weitere Vorsicht in den Wald hinein. Sie kamen an einen

Kanal, durch den der Büffelsee seine Wasser dem Rio Gila zuführte. Hier stand eine Riesenzeder, die der Engländer lange und von allen Seiten betrachtete.

„Master Wilson!"

„Sir William!"

„Errichten wir den Feldstuhl hier an dieser Stelle! Ich will den Baum in meine Mappe zeichnen!"

„Tut es! Ich werde einstweilen die Umgebung absuchen, ob Ihr auch sicher seid!"

Nach einiger Zeit kehrte er zurück und legte sich neben der aufgeschlagenen Staffelei ins Gras. Der Engländer zeichnete, und der Amerikaner träumte. Dabei entging dem Westmann aber nicht das geringste Geräusch, das auf das Nahen eines feindlichen Wesens hätte schließen lassen.

Plötzlich sprang er auf und stellte sich mit schußfertiger Büchse vor den Zeichner, um diesen mit seinem Leib zu decken.

„Sir William!"

„Master Wilson!"

„Es kommt ein Reiter!"

„Geht mich nichts an!"

„Es ist ein Weißer."

„Das ist Eure Sache. So steht es im Kontrakt!"

„Halt, wer seid Ihr?" rief Wilson, die Finger am Drücker.

Der Nahende blieb halten und ließ seine Büchse gesenkt.

„Gut Freund. Nehmt Euer Gewehr weg. Ich bin allein!"

Wilson ließ das Gewehr sinken. Der Fremde kam näher.

„Wer seid Ihr?" wiederholte der erstere seine Frage.

„Mein Name ist Pedro Diaz. Könnt Ihr mir sagen, ob Don Agustín Pena sich am Büffelsee befindet?"

„Er ist dort. Wo kommt Ihr her?"

„Aus den Nebelbergen."

„Ah! Sir William, dieser Señor kommt auch aus den Nebelbergen!"

„Geht mich nichts an!"

„Was tatet Ihr dort, Señor?"

„Wir hatten eine Expedition, die aber von den Apatschen vernichtet wurde. Ich bin der einzige, der entkam."

„Außer drei weißen Jägern, die sich noch dort befinden."

„Saht Ihr sie?"

„Nein, aber ich hörte von ihnen. Ihr habt die Berge also früher verlassen als wir!"

„Wahrscheinlich. Ich wurde aufgehalten, weil mein Pferd hinkte und ich mir ein besseres fangen mußte. Was hörtet Ihr von den drei Jägern? Sind sie den Apatschen entkommen?"

„Ich weiß es nicht. Ein Komantsche, Falkenauge, wollte zu ihnen."

Falkenauge? Dann sind sie gerettet! War er allein?"

„Ja, doch hatte er an der Büffelinsel einen Trupp seiner Leute stehen, die auf ihn und die drei Jäger warten sollten."

„Gott sei Dank, dann sind wir vielleicht geborgen! Señor, wagt Euch nicht zu weit von hier fort! Die Apatschen sind hinter mir, um den Büffelsee zu überfallen!"

Er lenkte sein Pferd zum Kanal, um daran entlang an den See zu kommen.

„Sir William!"

„Master Wilson!"

„Die Apatschen wollen uns überfallen!"

„Geht mich nichts an!"

„Aber wir müssen uns nach dem See zurückziehen!"

„Goddam, ich muß hier zeichnen! Ich bleibe hier, und Ihr sorgt für meine Sicherheit!"

„Steht davon, daß Ihr diese Zeder zeichnen sollt, etwas im Kontrakt?"

„No. Ich muß Euch folgen!"

Er klappte Stuhl und Staffelei zusammen und bestieg sein Pferd, um zum See zurückzukehren.

Diaz hatte diesen vor ihm erreicht. Pena stand im Eingang seines Zeltes und erblickte ihn, als er unter den Bäumen auftauchte.

„Señor Diaz! Bei allen Heiligen, seid Ihr es oder ist es Euer Geist?" rief er erschrocken, denn die Rückkehr dieses einzelnen sagte ihm sofort alles.

„Ich bin es selbst. Darf ich bei Euch absteigen?"

„Ja, kommt, kommt! Rosarita, Rosarita", rief er, den Vorhang ihres seidenen Zeltes öffnend, „komm heraus, Señor Pedro Diaz ist von der Expedition zurück!"

Sie erschien, und auch sie erschrak, als sie den Indianertöter sah.

„Kommt und tretet ein, denn Ihr müßt erzählen, Señor Diaz!" bat Pena, während er ihn in das Zelt schob, wo die drei Platz nahmen. „Wie steht es mit der Expedition?"

„Vernichtet!"

Vater und Tochter erbleichten.

„Und Don Esteban?"

„Tot!"

„Cuchillo, Baraja, Oroche, Benito?"

„Alle tot. Ich bin der einzige, der entkam."

„Santa Madonna!"

Rosarita stieß einen Schrei aus und schlug ihre Hände vor das Gesicht.

„Und Tiburcio Arellano?"

„Gehörte nicht zur Expedition, vielmehr verfolgte er sie als Feind. Der junge Graf de Mediana lebte noch, als ich die Nebelberge verließ, und soeben erfuhr ich von einem Jäger, der hier bei euch ist, daß er wahrscheinlich die Heimat glücklich erreichen wird."

„Der Graf de Mediana? Ihr sagtet doch, Don Esteban sei tot!“

„Allerdings! Don Esteban de Arechiza, der, wie nur Ihr wußtet, Graf de Mediana und Herzog war, ist tot, gestorben durch ein Savannengericht als Mörder und Menschenräuber. Aber sein Neffe, der junge Graf de Mediana, lebt. Ich verließ ihn in einer schlimmen Lage; die Räuber der Savanne hielten ihn mit den Apatschen belagert. Aber er hat den ‚Großen Adler‘ und den ‚Zündenden Blitz‘ bei sich; auch Falkenauge, der tapferste der Komantschen, wird ihm beistehen. Ich soll Euch von ihm grüßen, Señor Agustín, und auch Euch, Señorita!“

„Sein Neffe, der junge Graf de Mediana? Den kenne ich nicht; ich weiß gar nichts von ihm!“

„Ihr kennt ihn sehr gut! Es ist Tiburcio Arellano.“

„Tiburcio?“ fragte Don Agustín erstaunt.

„Tiburcio?“ rief auch Rosarita, während sie ihre Hände sinken ließ. „Er lebt also noch. Er ist nicht tot?“

Neue Röte war auf ihre Wangen zurückgekehrt, und ihre Augen begannen wieder zu glänzen.

„Ich sagte es ja!“

„Erzählt, erzählt!“ rief der Haciendero. „Es muß Furchtbares geschehen sein!“

„So hört!“

Er begann.

Sie lauschten atemlos seinen Worten, mit denen er alle seine Erlebnisse ausführlich schilderte. Mit keinem Wort wurde er unterbrochen, und selbst als er geendet hatte, blieb es noch lange Zeit still in dem kleinen luftigen Raum.

Endlich holte der Haciendero tief Atem.

„Die Wege Gottes sind wunderbar. Rosarita, der arme Rastreador ist jetzt mein und auch dein Herr!“

Da ertönte draußen ein vielstimmiger Ruf des Schreckens, der von sämtlichen Vaqueros ausgestoßen wurde. Don Agustín und Diaz eilten hinaus. Alle anwesenden Männer hatten die Waffen ergriffen und blickten nach dem unteren Ufer des Sees, an dem ein bis an die Zähne bewaffneter Indianer heraufgesprengt kam. Sein Pferd war ganz mit den Skalpen getöteter Feinde behangen; durch sein turbanähnliches, malerisches Stirnband schlang sich die Haut einer Klapperschlange; in seinem Gürtel glänzten Tomahawk und Skalpmesser, und in seiner Rechten hielt er eine mit silbernen Nägeln beschlagene Büchse.

„Indianer! Zu den Waffen, zu den Waffen!“ rief es rundum.

Sir William wurde durch diesen Ruf aus seinem Zelt gelockt.

„Ein Roter kommt. Wir werden wohl kämpfen müssen!“

„Geht mich nichts an!“

Er kehrte in sein Zelt zurück.

Der Indianer kam näher, so daß man die Malereien seines Gesichts erkennen konnte.

„Es ist ein Komantsche, Señor Pena!“ beruhigte nun Wilson.

„Ja, ein Komantsche“, stimmte Diaz bei. „Ihr könnt ohne Sorge sein, Señorita!“

Der Haciendero gebot den Vaqueros, sich ruhig zu verhalten.

„Falkenauge, por Dios, das ist kein anderer als Falkenauge!“ rief da eine Stimme.

Sie gehörte Encinas, der sich hervordrängte und seinem roten Bekannten entgegeneilte.

„Der Cibolero!“ rief dieser. „Will mein weißer Bruder mir sagen, wo das Bleichgesicht steht, das Agustín Pena heißt?“

„Dort der schwarzbärtige Mann am großen Zelt!“

Der Indianer kam herangesprengt, brachte sein Pferd zum Stehen und senkte die Büchse.

„Falkenauge, der Komantsche, kommt, seine weißen Freunde zu grüßen. Dieser weiße Señor heißt Agustín Pena?“

„Ja“, antwortete der Haciendero.

„Ist nicht Pedro Diaz zum Büffelsee gekommen, der Indianertöter?“

„Ich bin es!“

„Und ein Mann mit vier Augen, der —“

Er hielt inne, denn er erblickte Wilson, dessen Anwesenheit seine Frage beantwortete. Dann sah er Rosarita, die sich scheu in den Eingang ihres Zeltes zurückgezogen hatte. Schnell war er vom Pferd und stand vor ihr.

„Falkenauge, der Komantsche“, fuhr er fort, „soll der schönen Tochter des Weißen diesen Ring geben zum Zeichen, daß noch lebt Tiburcio, der große Pfadfinder!“

Es war der Ring von Fabians Mutter, den dieser von Arechiza erhalten hatte. Sie nahm ihn mit zitternden Fingern aus Falkenauges Hand.

Dann wandte sich der Komantsche zu dem Haciendero.

„Don Agustín, der Apatschentöter und der Montanamann mögen mit Falkenauge zur Beratung kommen!“

Ohne erst eine Einladung abzuwarten, trat er ihnen voran in das Zelt. Dort aber zog er vor, stehenzubleiben, statt sich zu setzen.

„Ist der Indianertöter auf eine Spur der Apatschen am Rio Gila gekommen?“

„Nein.“

„Hat der Montanamann die Kriegskanus der Schakale gesehen im Wasser?“

„Nein.“

„Die Räuber der Savanne sind zu den Hunden der Apatschen gestoßen. Sie liegen im Rio Gila da, wo dieser die Flut des Büffelsees trinkt. Aber hinter ihnen halten die Krieger der Komantschen mit dem ‚Großen Adler‘, dem ‚Zündenden Blitz‘ und dem großen Pfadfinder. Tiburcio wollte gehen zu den Bleichgesichtern, um sie zu warnen, aber der ‚Große Adler‘ läßt ihn nicht wieder von sich.“

Don Agustín erschrak um seiner Tochter willen. So nahe hatte er die Gefahr nicht geglaubt.

„Was sagt mein roter Bruder, was wir tun sollen?“

„Er sagt nichts. Er will hören die Stimme der Bleichgesichter.“

„Wir dürfen sie nicht herankommen lassen. Wir müssen ihnen zuvorkommen“, meinte der Haciendero. „Wir sind mit meinen Vaqueros achtzehn Männer —“

„Lord Wallerstone dürft Ihr nicht zählen“, fiel Wilson ein.

„Nun gut, dann sind wir siebzehn. Wie viele Komantschen hat mein roter Bruder bei sich?“

„Zehn.“

„So sind wir insgesamt dreißig Männer; wie hoch aber zählen die Apatschen?“

„Falkenauge hat ihre Zahl nicht sehen können, da er nicht zum Feind, sondern zu den Weißen gegangen ist, als er die Spuren der Apatschen sah.“

„Wenn wir sie unerwartet überfallen, können wir wohl mehrere Feinde auf einen Weißen rechnen. Wie viele nimmt Falkenauge auf seine Hand?“

Der Gefragte schlug den Eingang des Zeltes zurück und deutete auf sein Pferd.

„Diese Skalpe holte sich der Komantsche allein in einer halben Sonne!“ antwortete er stolz.

Der Haciendero blickte ihn ungläubig an.

„Es ist wahr, was er sagt“, bestätigte Wilson.

„So werden wir sie heute nacht überfallen. Falkenauge mag dies den Seinen sagen und uns einen Boten senden, der uns zum Feind führt. Wenn wir ihn zwischen zwei Feuer nehmen, so wird er sicher vernichtet.“

Die beiden andern gaben ihre Zustimmung. Falkenauge aber trat hinaus auf den offenen Platz und musterte die Umgebung.

„Der Komantsche wird dies nicht tun“, antwortete er zurückkehrend.

„Warum nicht?“

„Er wird fangen die Schakale, wie die Bleichgesichter fangen die Pferde der Savanne“, erklärte er, nach dem Corral deutend. „Die Apatschen werden Wachen ausstellen, die die Bleichgesichter kommen sehen. Der Kampf wird sie nicht überraschen, und sie werden sich so verstecken, daß sie viele der Weißen töten.“

„Das ist richtig“, stimmte Diaz bei. „Ein Indianerlager ist schwer unbemerkt zu überfallen.“

„Auch werden, wenn die Sonne sinkt, die Apatschen Kundschafter an den Büffelsee senden, denen die Bleichgesichter begegnen würden.“

„So sage uns mein roter Bruder, was wir tun sollen!“

„Der Komantsche denkt, daß El Mestizo noch während der Sonne kommen wird, um das Lager der Weißen am Büffelsee zu sehen. Er wird es dort in dem Platz finden, der vom Zaun umgeben ist.“

„Ah, warum?“

„Mein Bruder lasse den Komantschen sprechen. Er darf nicht sehen den Indianertöter, den Montanamann und den Mann mit den vier Augen. Er wird beschließen, den Platz zu überfallen zur Zeit des Morgenhauchs —“

„Dann wird er uns vernichten“, meinte Diaz. „Er wird nicht durch den Eingang in den Corral dringen, sondern seinen Angriff von den Bäumen vornehmen, deren Gipfel den Platz ringsum beherrschen. Dann schießt er uns in Grund und Boden.“

„Der Indianertöter ist ein tapferer Krieger; er wird tun, was er will, aber er höre vorher die Stimme des Komantschen! El Mestizo will rauben die schöne Tochter der weißen Krieger; er wird nicht zugeben, daß die Kugel spricht, die sie treffen könnte, sondern eindringen durch die Pforte des Platzes. Aber er wird nicht finden die Bleichgesichter, sondern nur ihre Wigwams, und wenn er zurückkehren will, ist der Platz geschlossen und von den Bäumen donnern die Büchsen der Bleichgesichter und der Komantschen. Wenn er sieht, daß die Weißen sich sicher glauben, so wird er nicht herbeischleichen auf den Füßen der Katze, sondern kommen mit seinen Kanus bis an den Büffelsee. Meine weißen Brüder mögen ihre Wigwams schnell nach dem Platz tragen, den sie Corral nennen, und die schöne Tochter des Lagers mag vor der Hütte sitzen, damit der Räuber sie erblickt und seine Gedanken verliert!“

Es war ein schlauer und scharfsinniger Plan, den er hier entwickelte, und sie konnten ihm ihre Zustimmung nicht versagen. Er wurde noch in allen Einzelheiten besprochen; dann sprengte der Komantsche davon. Nach Verlauf einer halben Stunde befanden sich die Zelte mit allen Lagergegenständen im Corral; eine Anzahl der Vaqueros aber verschwand, — mit ihnen Diaz.

Schwerer war es, den Engländer zu seiner Rolle zu bewegen. Wilson trat in sein Zelt.

„Sir William!“

„Master Wilson!“

„Wir werden nächste Nacht von den Wilden überfallen werden!“

„Geht mich nichts an!“

„Sie werden uns vielleicht töten!“

„Geht mich nichts an!“

„Auch Euch, Sir William!“

„Mich?“ Er ergriff die Brille mit Daumen und Zeigefinger der Rechten und sah mit weit geöffnetem Mund und allen Zeichen des höchsten Erstaunens den Sprecher an. „Goddam, mich nicht! Wozu seid Ihr denn da, he?“

Er griff in die Tasche und zog ein beschmutztes und abgegriffenes Papier hervor.

„Hier steht es im Kontrakt: ‚Gegen die genannte Entschädigung hat der oben angegebene Master Wilson die Pflicht, Sir William Wallerstone zu schützen und zu bewahren vor allen Gefährlichkeiten der Reise, als da sind: Indianer, Panther, Jaguare, Tiger, Bären von allen Arten und Größen, Klapper- und andere Schlangen, Alligatoren, Durst, Hunger, Überschwemmung, Wald- und Savannenbrand.' — Habt Ihr es gehört, Master Wilson?"

„Ja. Steht auch von Weißen und Mestizen etwas da?"

„No. Diese habe ich nicht notiert, weil sie mir keine Gefahr bringen werden."

„Aber der Angriff wird trotzdem von einem Weißen und einem Mestizen geleitet werden!"

„Well, so nehmen wir diese Leute nachträglich im Kontrakt auf!"

„Unter keiner Bedingung."

„So sattle ich und gehe fort!"

„Dann werdet Ihr den ‚Renner der Prärie' nicht bekommen!"

„Goddam, das ist richtig! Master Wilson!"

„Sir William!"

„Werdet Ihr bleiben, wenn ich Euch für diese Nacht aus unserem Vertrag entlasse?"

„Ah, ich merke, was Ihr wollt!"

„Was?"

„Ihr habt schon längst ein Indianergefecht zeichnen wollen!"

Der schlaue Amerikaner wußte seinen Mann gut zu behandeln.

„Ah, das ist wahr! Also, werdet Ihr bleiben, wenn ich Euch freigebe?"

„Wenn Ihr mitkämpft wie die andern!"

„Well, das werde ich tun!"

„So schreibt die Vereinbarung in mein Exemplar!"

Er brachte ein gleiches Papier zum Vorschein, auf das der Engländer die verlangte Bemerkung machte.

Einige Zeit später schlichen zwei Männer in Richtung vom Rio Gila nach dem Büffelsee durch die dichtesten Teile des Waldes. Der ältere trug einen Federstutz, während der jüngere seinen Knoten nur mit ledernen Riemen befestigt hatte. Sie erreichten ungesehen, wie sie meinten, den Rand des Waldes und untersuchten die Umgebung des Sees.

„Alle Teufel, ist dieser Pena unvorsichtig! Hast du schon einmal erlebt, daß man im Corral sein Lager aufschlägt?"

„Warum nicht? Er denkt da sicherer zu sein als dort am freien Ufer. Die Pferdejagd hat noch nicht begonnen, und so kann er dort bequemer im Zelt liegen als anderswo!"

„Eigentlich gebe ich ihm recht, aber — hm, wir müssen sehen, wie viele Leute er hat. Komm!"

Sie schlichen sich mit großer Vorsicht bis an die Umzäunung des Corrals und stiegen hier auf eine dichtlaubige Eiche, durch deren Zweige sie den Platz genau zu übersehen vermochten.

„Dort sitzt sie und windet Sträuße! Alter, ich werde sie holen, und wenn von meinem Leben nur zwei Tage übrigbleiben. El Mestizo braucht eine Frau, und sie muß es werden!"

„El Mestizo ist verrückt!" eiferte Mano Sangriento.

„Still, alter Sünder, wenn ich dich nicht mein Messer kosten lassen soll! Deinen Teil am Raub bekommst du auch, ohne daß du in Gefahr kommen wirst. Zehn Vaqueros, Pena und seine Tochter; wir brauchen nur einzutreten, — das andere ist eine Leichtigkeit."

„Das ist wahr! Dann sind wir Herren des Büffelsees, fangen die Pferde des Hacienderos und warten, bis diese ‚Herren der Wälder' kommen Leichter ist uns wirklich keine Sache gelungen!"

Sie kletterten wieder herab und verschwanden in der Richtung, aus dei sie gekommen waren.

Kurze Zeit später trat Falkenauge in das Zelt des Hacienderos, der überrascht war, den Komantschen bereits wieder zu erblicken.

„Falkenauge!"

„Der Komantsche hat die ‚Teufel der Savanne' beobachtet, sie saßen auf dem Baum und sahen die Tochter des Bleichgesichts. Sie werden durch die Pforte kommen, wie der Komantsche gesagt hat. Howgh!" —

Der Tag verging; die Nacht brach an. Tiefe Dunkelheit herrschte auf dem See und seiner Umgebung. Die Wachtfeuer, die die Zelte der Vaqueros erleuchteten, erloschen nach und nach, und der Savannenfrosch, der erst nach Mitternacht laut wird, erhob seine tiefe, kräftige Stimme.

Da klang ein leises, kaum hörbares Plätschern auf dem Wasser des Kanals, und vier dunkle Kanus hielten, eines hinter dem andern, unter den Bäumen des Waldes. Es waren die Apatschen.

Dunkle Gestalten stiegen aus und schlichen sich, voran der Mestize und sein Vater, am Rand des Waldes hin bis zum Eingang des Corrals. Auf jedem Kriegskahn blieb ein Krieger als Wache zurück. Die andern verschwanden unhörbar hinter den Palisaden.

„O-hiii, o-hiii!" klang da der Schlachtruf der Komantschen.

Vier wilde Gestalten sprangen in die Kähne — nach wenigen Minuten eilten sie nach dem Corral, die Skalpe der Wächter im Gürtel.

Kaum war der Ruf erklungen, so wurde es jenseits der Palisaden hell, und große Bündel brennender Zweige flogen über die Umzäunung herein auf den Platz, wo die Apatschen standen, bestürzt über die leeren Zelte und den plötzlichen Ruf der Feinde.

Die Feuer erleuchteten den Corral, und sofort folgte eine Salve von allen Seiten, die große Verwirrung unter den überraschten Apatschen anrichtete. Noch zweimal krachte es rundum, so daß alles durcheinander und nach dem Eingang stürzte. Dieser aber war jetzt von außen verschlossen.

„Drauf!" donnerte da die mächtige Stimme des Kanadiers, und rings sprangen die dunklen Gestalten der Weißen und Komantschen über die Umzäunung hinein.

Nur wenige Büchsen richteten sich gegen sie. Einige Augenblicke hatten genügt, die ahnungslosen Feinde bis auf eine kleine, eng zusammenhaltende Gruppe zu Boden zu strecken.

„Wo ist der Mestize?“ rief der Kanadier, auf die noch Stehenden eindringend.

„Und Main-rouge, der Schurke?“ fügte Pepe hinzu, an seiner Seite vorwärtsstürmend.

An ihnen vorüber flog Falkenauge. Sein scharfes Auge zeigte ihm den, den er suchte.

„Der ‚Kluge Fuchs‘ sendet Falkenauge, zu holen den Skalp Schwarzvogels, der heulenden Memme.“

Sein Tomahawk sauste von unten an das Kinn des Häuptlings, der zur Erde flog. Neben ihm hielten sich Fabian und der Mestize umschlungen.

„Die Geier sollen das Herz des Räubers fressen!“

Der Komantsche stieß dem Verbrecher das Messer zwischen die Schultern, daß seine Arme sich lösten und er mit einem gurgelnden Laut zusammenbrach.

„Falkenauge!“ rief da die Stimme des Kanadiers. „Hier ist der Alte! Ich schenke sein Fell dem ‚Klugen Fuchs‘, dem es mein Bruder bringen mag!“

Dort, wo die Stimme erklang, lag Mano Sangriento gefesselt am Boden.

Hier und da krachte noch ein Schuß, erklang noch ein Todesschrei; dann wurden die brennenden Büschel vereinigt, daß sie einen hoch auflodernden Brand bildeten, bei dessen Schein selbst der kleinste Gegenstand zu erkennen war.

Nicht einer der Apatschen war entkommen; von den Angreifern lebte nur noch Main-rouge, für den es keine Rettung gab. Der Plan des Komantschen hatte sich als vortrefflich erwiesen und zur gänzlichen Vernichtung der Feinde geführt.

Nun folgte beim flackernden Licht des Feuers eine Szene der Begrüßung, wie sie lebhafter nicht gedacht werden kann. Die Komantschen waren mit ihren drei weißen Anführern nachgeschlichen, und darum hatte Fabian Don Agustín noch nicht sprechen können. Jetzt trat er zu ihm.

„Don Agustín!“

„Tibur— por Dios, verzeiht, Excelencia, ich konnte mich —“

„Wo ist Señorita Rosarita?“ unterbrach er die Entschuldigung.

„Im Wald.“

„Allein?“

„Unter der Obhut Encinas.“

„Kennen die Vaqueros den Ort?“

„Francisco war mit dort.“

„Dann entschuldigt, Don Agustín!“

Er lief zu den Vaqueros, die beschäftigt waren, einander zu verbinden.

„Señor Francisco, Ihr wißt, wo Señorita Rosarita ist?“

„Ja.“

„Führt mich zu ihr!“

Der angehende Held, der sich so tapfer gehalten hatte, daß er sogar einige leichte Wunden davontragen mußte, schritt voran. Tief im Wald gab es eine kleine Lichtung, wo für Rosarita eine Hütte errichtet worden war, in der sie unter dem Schutz des bewährten Cibolero auf den Ausgang des Kampfes wartete. Sie hatte das Schießen und das Geschrei des Kampfes vernommen; sie war voll Angst und Sorge; sie konnte nicht ruhen und stand unter dem Eingang der Hütte, um aus den durch den Wald zu ihr dringenden Rufen auf das Ergebnis des Kampfes zu schließen.

Die Schüsse waren verhallt. Es herrschte tiefe Ruhe in der Einsamkeit.

„Señor Encinas, werden wir gesiegt haben?“

„Sicher, denn das Geheul der Apatschen war ein Geheul der Wut und nicht des Sieges.“

„Aber wir werden Tote und Verwundete haben“, sorgte sie sich; „ich muß fort, muß zum Vater, um zu sehen, ob ihm etwas geschehen ist. Führt mich zu ihm, Encinas!“

„Das darf ich nicht, Señorita! Ihr Vater hat den Befehl gegeben zu warten, bis er kommt oder einen Boten sendet. Horcht, das sind Schritte!“

Ein Mann drang durch die Büsche. Hinter ihm ein anderer.

„Francisco! Wie steht es?“

„Wir haben gesiegt, Señor Encinas!“

„Und der Vater?“

„Ist wohl und munter, Señorita!“

„Gott sei Dank! Sind die Weißen da, die sich bei den Komantschen befanden?“

„Alle.“

„Auch Tiburcio Arellano?“

„Auch er ist da“, antwortete es da aus dem Dunkel, und die zweite Gestalt trat heran. „Darf er dies Euch beweisen?“

„Tiburcio!“ rief sie, vom Augenblick überwältigt, die Arme nach ihm ausstreckend.

Er umfing sie und zog sie leise an sich.

„Rosarita, habt Ihr meiner gedacht, so wie ich an Euch dachte an jedem Tag, zu jeder Stunde, in jedem Augenblick?“

„Ja!“ hauchte sie. Dann aber schob sie sanft seine Arme von sich. „Kommt, führt mich zum Vater!“

Er nahm sie bei der Hand und schritt mit ihr dem Corral zu. Der Cibolero und Francisco folgten.

Als sie an den See kamen, krachte noch ein Schuß, der letzte. Man hatte Gericht gehalten über Mano-Sangriento; die Kugel Falkenauges war ihm in das tückische Herz gedrungen.

„Der Komantsche wird seine Haut zu den Skalpen des Mestizen und Schwarzvogels fügen!“ meinte er, während er den Skalp löste. „Die Hunde der Apatschen werden ihr Fleisch den Wölfen und Schakalen geben; die Krieger der Komantschen aber kehren heim in ihre Wigwams mit den Waffen und Fellen ihrer Feinde!“

Einige der Vaqueros waren bereits beschäftigt, die Zelte wieder an ihrem früheren Ort aufzurichten; dann kehrten sie in den Corral zurück, um die Spuren des Kampfes zu entfernen. Die Weißen aber saßen mit Falkenauge am Lagerfeuer, das die Kühle des Morgens erwärmte, und lauschten den Erzählungen der Helden der Savanne, bis jeder alle Ereignisse kannte, die hier am Büffelsee einen so schnellen Abschluß gefunden hatten. Nur von der Bonanza wurde nicht gesprochen. Sie blieb für jetzt Geheimnis. —

Es war am andern Tag. Der Engländer stand unter seinem Zelt; er trug den linken Arm in einer Binde. Der Sonderling hatte sich während des Kampfes ganz wacker gezeigt und eine tiefe aber ungefährliche Stichwunde erhalten.

„Master Wilson!“

„Sir William!“

„Es kommt kein Apatsche mehr!“

„Nein.“

„Well, so werden wir unsere gestrige Vertragsklausel wieder auf heben!“

„Einverstanden!“

„Ihr habt also wieder wie vorher für meine Sicherheit zu sorgen! Wie steht es mit dem weißen ‚Renner‘?“

„Don Agustín veranstaltet heute zu Ehren seiner Gäste die längst vorgenommene Pferdejagd.“

„Geht mich nichts an!“

„Und wenn nun der ‚Renner‘ gefangen würde?“

„Damned, das ist wahr! Wem gehört er dann?“

„Don Agustín oder dem, der ihn fängt.“

„So werde ich ihn kaufen.“

„Ihr habt in Texas schon einmal tausend Goldstücke für ihn geboten Werdet Ihr ihn hier dafür erhalten? Ich glaube nicht!“

„Well, so biete ich zweitausend!“

„Und wenn das auch nicht zieht? Vielleicht dreitausend oder fünftausend, nicht?“

„Goddam, so werden wir ihn stehlen!“

„Davon steht nichts in unserm Kontrakt. Aber seht, dort kommt Señor Arellano mit den beiden Jägern! Ist dieser Bois-rosé nicht ein Mann, der zwanzig Indianer niederritt?“

„Geht mich nichts an!“

Der Kanadier und Pepe schritten auf den Corral zu, Fabian aber trat zu dem Engländer.

„Sir William, Don Agustín läßt Euch bitten, Platz auf der Tribüne zu nehmen. Es ist bereits die Nachricht angelangt, daß ein zahlreicher Pferdetrupp im Anrücken ist."

„Geht mich nichts an!"

Er wollte in sein Zelt zurückkehren, Wilson aber hielt ihn ab.

„Wenn nun aber der ‚Renner' dabei ist! Wollt Ihr auf ihn verzichten?"

„No; ich gehe mit!"

Am Rand des Waldes, da, wo dieser an den Corral grenzte, war in den Zweigen der Bäume, die über die Umzäunung ragten, eine Art Balkon gebaut, der bestimmt war, die Zuschauer aufzunehmen, die das fesselnde Schauspiel eines Pferdetreibens genießen wollten.

Zelte, Pferde und alles, was der Pferdeherde im Wege sein konnte, war entfernt worden. Don Agustín hatte bereits mit Rosarita und den andern Platz genommen, als die drei zur Tribüne emporstiegen.

Die Vaqueros hatten schon während des vorigen Tages die Savanne abgetrieben und in der Nacht den Kreis um die wilden Pferde immer enger gezogen. In Erwartung des Kommenden wurde jede Unterhaltung abgebrochen. Der Schrei einer Weihe, die über die Lichtung flog, hatte die Vögel des Waldes zum Schweigen gebracht, und so herrschte tiefe Ruhe ringsumher.

Da erscholl mitten durch die Stille das schrille Pfeifen der Vaqueros aus der Tiefe des Waldes. Dann ertönte ein lautes, durchdringendes Geschrei, das sich von allen Seiten näherte. Kurze Zeit darauf ließ sich ein Wiehern vernehmen, das schnell näher kam und auf eine beträchtliche Anzahl wilder Pferde schließen ließ. Das Getöse vermehrte und vergrößerte sich; der Pferdetrupp war schon so nahe, daß man ängstliches Schnauben vernehmen konnte. Alle Bewohner des Waldes wurden unruhig vor Schrecken; Scharen von Vögeln flogen kreischend auf; Eulen flatterten verstört im Licht des Tages, und Hirsche entflohen schreiend aus ihren verborgenen Zufluchtsorten.

Da krachten die Sträucher; junge Bäume ächzten unter dem Anprall der Pferde; das Pfeifen, Schreien und Heulen der Treiber wurde beinahe dämonisch. Dann öffnete sich der grüne Vorhang, der die Lichtung einschloß, um ein ganzes Meer von wogenden Köpfen und Körpern hindurchzulassen, die mit flammenden Augen, dampfenden Nüstern, flatternden Mähnen und fliegenden Schweifen, vor den Vaqueros fliehend, zwischen Wald und See geradewegs auf den Corral zusprengten.

Vor diesem staute sich das vielfarbige Meer einen Augenblick lang, die blitzenden Augen der vordersten Tiere richteten sich argwöhnisch auf das mit Zweigen verhüllte Pfahlwerk; aber die Treiber ließen ihnen keinen Ausweg. Ein herrlicher, prachtvoller Schimmelhengst führte die Herde; er konnte dem Drängen hinter sich nicht widerstehen und stürzte mit gesenktem Kopf in den Corral —, die ganze, wohl dreihundert Stück zählende Herde hinter ihm drein.

„Hallo, wir haben sie!“ rief es rundum von den Tribünen und aus dem Munde der Vaqueros, die sich beeilten, die starken Riegelbalken vorzuschieben.

In dieses Siegesgeschrei mischte sich eine Stimme, die alle andern übertönte:

„Er ist’s, er ist’s, heigh-ho, er ist’s!“

„Wer denn, Sir William?“ fragte Don Agustín.

„Goddam, seht Ihr ihn denn nicht, den weißen ‚Renner der Prärie‘? Dort den Schimmelhengst, dem die andern folgten!“

Einige Sekunden verstrichen, ohne daß die stolzen Kinder der Savanne und des Waldes etwas merkten; als sie aber spürten, daß sie von einer festen Mauer von Baumstämmen umgeben waren, erscholl ein Wiehern rasenden Schmerzes, ähnlich dem Schmettern von tausend Trompeten. Die Pferde suchten einen Ausweg, ohne ihn zu finden. Ihre Augen sprühten; die erschreckten Köpfe warfen ganze Wogen weißen Schaums von sich, und in einem wirren Durcheinander sprengten sie hin und her.

Das schnellste und aufgeregteste von allen war der Schimmel, ein Tier von fleckenlosem Weiß, wie das der Blüte einer Wasserlilie. Das stolze Tier stürzte von einem Ende des Corrals zum andern und warf diejenigen seiner Unglücksgefährten, die dem Stoß seiner Brust nicht auszuweichen vermochten, in seinem Zorn zu Boden. Ein weiter Raum bildete sich um das umherfliegende Tier, das seine weiße Mähne schüttelte und mit seinem wütenden Gewieher die Luft erfüllte.

Diaz sprang auf und beugte sich weit vor. Er war einer der kühnsten Reiter und genoß den Anblick des Pferdes mit wahrhaftiger Begeisterung.

„Dieses Tier wird frei oder es stirbt“, rief er. „Es ist nicht zu bändigen!“

„Nicht?“ rief Fabian.

Seine Augen blitzten; seine Wangen röteten sich.

„Paßt auf, Señores, was Tiburcio Arellano tut!“

Im selben Augenblick war er von der Tribüne herab und im Wald verschwunden.

Die Mustangs rannten gegen das Pfahlwerk; es war zu stark und widerstand dem fürchterlichen Anprall; es stöhnte und krachte, aber es gab nicht nach. Ein feuchter Dunst schwebte über den keuchenden Tieren. Die einen verbissen sich wütend in den unerschütterlichen Palisaden, andere scharrten die Erde mit den Hufen auf; noch andere stürzten, von ihrer leidenschaftlichen Wut übermannt, wie vom Blitz getroffen und ohne sich wieder zu erheben, zu Boden, und die grimmigsten schlugen und bissen nach ihren Gefährten. Dann hörte die Herde, wie ein Meer erkaltender Lava, nach und nach auf zu wüten; der Wut folgte die Bestürzung und dieser eine düstere Regungslosigkeit —; die wilden Bewohner des Waldes waren einstweilen besiegt.

Da erscholl der Trab eines Pferdes zwischen den Bäumen. Fabian nahte auf dem Roß des Komantschen, nur mit dem Lasso bewaffnet.

„Öffnet!“ gebot er den Vaqueros.

„Santa Lauretta, was wollt Ihr tun, Señor Fabian!“ rief Pepe. „Ihr seid ja verloren in der Herde dieser wütenden Bestien.“

Auch die andern riefen ihm Einhalt zu, aber schon waren die Riegel entfernt, und er sprengte in den Corral, mitten unter die Tiere hinein.

Noch tobte der Schimmel hin und her. Als er den Reiter bemerkte, floh er entsetzt von dannen. Fabian stürmte hinter ihm drein. Der wilde Lauf ging einigemal rund um den Corral; die Tiere, die im Wege standen, wurden zur Seite gerannt oder umgeworfen. Da schlug Fabian eine Sehne quer über den Raum —, der Lasso wirbelte um seinen Kopf, zischte sausend durch die Luft und schlang sich um den Hals des Schimmels. Dieser flog davon, der kühne Reiter hinter ihm her, wobei er den Lauf seines Pferdes hemmte, so daß der Lasso sich straff anspannen mußte. Da plötzlich riß er sein Tier herum, ein fürchterlicher Ruck —: das Pferd des Komantschen war auf die Knie gerissen, der Schimmel aber wälzte sich am Boden, schlug mit den Hufen um sich und bemühte sich vergebens, wieder emporzukommen.

Eigentlich spannt der Pferdebändiger den Lasso sofort nach dem Wurf an, diesem wilden, kraftvollen Tiere gegenüber aber hätte dies unbedingt zu einem Mißerfolg geführt. Fabian riß sein Pferd wieder auf —, ein zweiter Ruck, und die Schlinge legte sich so fest um den Hals des Mustangs, daß ihm der Atem verging. Jetzt sprang Fabian vom Pferd, das den Lasso straff angespannt erhielt. Einen zweiten Lasso von seinen Hüften loswindend, befestigte er diesen an Kopf und Maul des Schimmels, stellte sich mit ausgespreizten Beinen über seinen Leib und durchschnitt den angespannten Riemen. Sofort sprang der Schimmel auf. Zum erstenmal in seinem Leben fühlte er eine Last auf seinem Rücken; er stand wie erstarrt vor Überraschung. Dann aber ging er abwechselnd vorn und hinten in die Höhe, bockte zur Seite, wälzte sich am Boden —, der unerschütterliche Reiter jedoch blieb über ihm. Da stürmte er in wilder, blinder Wut rund um den Corral.

„Paßt auf, Señores!“ rief Fabian.

Ein kräftiger Druck seiner Schenkel, eine Anspannung des Lassos — der Schimmel flog quer über den Raum und mit einem kaum glaublichen Satz über die Palisaden hinweg. In zwei Augenblicken war er über die Lichtung dahingeschnellt, dann spritzten die Wogen des Sees über Roß und Reiter zusammen. Noch eine Minute, dann verbarg eine in das Wasser vorspringende Ecke des Waldes beide den nachblickenden Augen der bewundernden Zuschauer.

Diese verließen die Tribünen, um seiner Rückkehr unten entgegenzusehen. Die Herde mußte nun noch durch Hunger und Durst gefügig gemacht werden.

Wohl gegen zwei Stunden waren vergangen, als sich endlich der kühne Rastreador wieder zeigte. Er kam in langsamem Schritt am See herabgeritten. Der Schimmel war gebändigt. Alle empfingen ihn mit aufrichtiger Bewunderung.

„Santa Lauretta, das mag ich Euch nicht nachtun!" meinte Pepe.

„Der Graf von Mediana ist der kühnste Grande von Spanien", lachte Bois-rosé.

„Ihr seid der beste Reiter von Sonora, Señor Fabian!" beteuerte Diaz.

Rosarita lächelte glücklich bei der Anerkennung, die der Geliebte von allen Seiten fand.

„Don Fabian", erkundigte sich der Engländer, während er seine Brille mit Daumen und Zeigefinger der Rechten faßte und den dampfenden Schimmel durch die großen Gläser mit gierigem Blick betrachtete. „Wem gehört dieses Tier?"

„Don Agustín natürlich!"

„Geht mich nichts an!"

„Nein, Don Fabian gehört er", widersprach der Haciendero. „Er gehört Euch, Excelencia; Ihr wißt ja wohl, warum, und überdies habt Ihr es gezähmt!"

„Geht mich nichts an! Ich muß ihn haben! Es ist der ‚Renner der Prärie'."

„Ich glaube nicht, daß ihn Don Agustín verkaufen wird", meinte Fabian.

„Geht mich nichts an! Ich gebe tausend Goldstücke!"

„Und ich glaube nicht, daß ihn Don Fabian dafür hergeben wird", widersprach Pena.

„Well, ich gebe zweitausend!"

„Er wird nicht verkauft!" entschieden beide.

„Dreitausend!"

„Nicht für fünftausend!" beteuerte Fabian.

„Nicht für zehntausend", stimmte der Haciendero bei.

„Goddam, ich gebe Euch, soviel Ihr immer wollt!"

„Das Pferd ist ein Geschenk für Señorita Rosarita. Sie wird es reiten!" entschied Fabian.

„Well, mit einer Miß kann ich nicht handeln! Aber da ich den ‚Renner' nicht erlange, so werde ich sie auch nicht malen. Master Wilson!"

„Sir William!"

„Macht Euch fertig. Wir kehren nach London zurück."

„Ihr, aber nicht ich! Davon steht nichts in unserem Kontrakt. Ich bringe Euch nach Galveston, Texas; dann könnt Ihr tun, was Euch beliebt! Doch sagt, habt Ihr Euer Schlachtbild schon fertig!"

„Geht mich nun auch nichts an!"

Er trat verstimmt in sein Zelt.

Nach einiger Zeit nahmen die beiden Männer Abschied, der Engländer höchst frostig, Wilson aber mit freundschaftlichen Gefühlen für die tapferen und berühmten Leute, mit denen er einige Tage zusammengelebt hatte.

Am andern Morgen saßen auch die Komantschen zu Pferde, um zu ihren Wigwams zurückzukehren.

Falkenauge hatte seine Aufgabe erfüllt; er brachte dem ‚Klugen Fuchs' die Skalpe Schwarzvogels und der beiden Savannenräuber und Mo-la die ‚große Medizin', die der Engländer gezeichnet hatte. Er war sicher, Häuptling zu werden und die ‚Blume der Savanne' als Squaw in seine Hütte führen zu können.

„Der Große Geist sagt zu Falkenauge, daß er heimkehren soll. Er wird seinen Brüdern von den ‚Häuptlingen der Wälder' und dem großen Pfadfinder erzählen, der den ‚Renner der Prärie' gebändigt hat, von Diaz, dem Apatschentöter, von dem guten Haciendero und seiner schönen Tochter. Der Gute Geist gebe ihnen lange Tage und einen starken Arm, der nie ermüdet gegen ihre Feinde. Howgh!"

Über und über mit Skalpen behängt, ritt er davon, gefolgt von den Seinen.

Auch die anderen blieben nicht länger am Büffelsee. Sie kehrten alle zurück zur Hacienda del Venado, wo sie ausruhen konnten von den Mühen und Entbehrungen. —

## KARL MAY UND GABRIEL FERRY

Nach Aufsätzen aus den Karl-May-Jahrbüchern 1932 und 1933
von
*Franz Kandolf*

Am 5. Januar 1852 bereitete der Untergang eines Schiffes, das auf der Fahrt nach Kalifornien in Brand geriet, einem jungen, hoffnungsvollen Schriftstellerdasein ein jähes Ende. *Gabriel Ferry*, mit dem wirklichen Namen *Louis Gabriel de Bellemare*, geboren 1809 in Grenoble, darf als der französische Cooper bezeichnet werden. Von seinen wenigen Werken — er war ja erst 42 Jahre alt, als ihn der Tod ereilte — gehören nur vier zur Gattung des Indianerromans: *Costal l'Indien, Les Gambusinos, Les Squatters* und *Le Coureur des Bois*. Und von diesen vier Werken ist es eigentlich auch nur ein einziges, das letzte, durch das er Weltberühmtheit erlangt hat.

Bereits im Jahr 1851 erschien in Halle eine deutsche Übersetzung des *Coureur des Bois* unter dem Namen *Der Waldläufer*. Auch in Reclams Universalbibliothek fand er später Eingang. Und gegen Ende der siebziger Jahre brachte der Verlag Neugebauer/Stuttgart eine deutsche Umarbeitung des ungemein beliebten Romans für die Jugend heraus; der Verfasser dieser Umarbeitung war Karl May.

Diese alte Ausgabe ist längst vollständig vergriffen. Eine spätere, stark gekürzte Fassung ist kaum noch als ein ‚Karl May' zu bezeichnen. Sie ist zu werten wie viele andere Ausgaben, durch die Cooper, Defoe, Swift usw. für die Jugend genießbar oder vielmehr ungenießbar gemacht wurden. Wer sich wirklich am ‚Waldläufer' freuen will, der greife zur alten Bearbeitung von Karl May, die nunmehr als Band 70 die Reihe der Gesammelten Werke abschließt.

Durch diese Bearbeitung hat der ‚Waldläufer' in mancher Hinsicht noch wesentlich gewonnen. Die oft recht langschweifigen Zwiegespräche sind verschwunden, das Sentimentale im Verkehr des Waldläufers mit seinem Pflegesohn tritt erheblich zurück, der junge, unbedeutende Tiburcio Arellano erfährt unter den Händen Karl Mays die Umwandlung in einen berühmten Rastreador, und außerdem finden sich so viele Zutaten aus der Feder Karl Mays, daß der Leser, der mit den Werken des Radebeuler Erzählers vertraut ist, bald Ferry vergißt und sich in die Vorstellung hineinliest, er habe einen echten ‚Karl May' vor sich. Denn diese Bearbeitung ist so weitgehend, daß man fast gezwungen ist zu sagen: der ‚Waldläufer' hat zwei Verfasser gehabt — Gabriel Ferry und Karl May.

Eine der prächtigsten Gestalten Ferrys ist der junge Komantsche Rayon Brûlant, der in Wirklichkeit ein geborener Apatsche ist. Und dieser junge Krieger, aus dem May in seiner Bearbeitung den Komantschen ‚Falkenauge' gebildet hat, ist der Ur-Winnetou Karl Mays.

Der Winnetou in ‚Weihnacht' oder gar in ‚Winnetous Erben' ist ein ganz anderer als der Winnetou der ersten Erzählung ‚Old Firehand' — gemeint ist hier natürlich die Urfassung von 1876, nicht die spätere Buchfassung (Mittelteil des zweiten ‚Winnetou'-Bandes). Hier ist er noch der unverfälschte Naturmensch, der Wilde, dessen Freude es ist, möglichst viele Skalpe zu sammeln, und der nur selten eines wärmeren Gefühls fähig ist, wie der Liebe zum Kind Ribannas und der Freundschaft zu Old Firehand. Es läuft einem kalt über den Rücken, wenn man ihn sagen hört:

> „Mein bleicher Bruder kennt mich. Er ist an meiner Seite gestanden gegen die Übermacht der Arrapahos und hat die Mandans im Blut zu meinen Füßen gesehn. Er zählte die Skalpe an den Wänden meines Wigwams und sieht die Locken meiner Feinde an meinem Gürtel hängen."

Nachdem Karl May seinen ‚Old Firehand' geschrieben hatte, machte er sich an die Bearbeitung des ‚Waldläufers' für die Jugend. Es ist selbstverständlich, daß der Mann, der sich in die Gestalten seiner eigenen Phantasie vollständig einzuleben verstand, sich auch in die Helden Ferrys einzufühlen wußte. Und das geschah, wenigstens was den Indianer Ferrys, Rayon Brûlant, betrifft, mit solcher Hingebung, daß dieser junge Held die nun folgenden Winnetou-Erzählungen ausgiebig beeinflußte. Die beiden Erzählungen *Deadly dust* (1880) und *Winnetous Tod* (1883) zeigen einen Winnetou, der sich an das Vorbild bei Ferry nicht bloß anlehnt, sondern — bis auf wenige Züge — das körperliche und seelische Abbild seines Vorläufers ist. Karl May schreibt ‚Winnetou‘, in seiner Phantasie stellt er sich indes Rayon Brûlant vor. Diese Gleichsetzung Winnetou-Rayon Brûlant ist natürlich nicht so zu verstehen, daß er etwa die Handlung des ‚Waldläufers‘ benützt hätte. Das wäre literarischer Diebstahl gewesen. Nein, der Winnetou Karl Mays ist ein vollkommen selbständiges, von seinem Vorbild unabhängiges Kind seiner Phantasie, aber — er trägt die Züge des Ferryschen Helden.

Es war ein junger Krieger von eleganter, kräftiger Gestalt, mit elastischem, stolzem Gang. Seine starken Schultern und seine breite Brust waren nackt, und um die schmalen, gewölbten Hüften war eine feine Sarape von Saltillo, mit bunten, glänzenden Farben gewunden. Gamaschen von scharlachrotem Tuch bedeckten die Beine; Kniebänder mit Haarstickereien, an denen wunderbar aus Stachelschweinsborsten gearbeitete Eicheln hingen, hielten die Gamaschen fest; die Füße endlich waren mit Halbstiefeln bekleidet, die ebenso sorgfältig gearbeitet waren wie die Kniebänder. Sein Kopf war mit Ausnahme eines Büschels kurzer Haare, der gewissermaßen einen Helmschmuck bildete, glatt rasiert und mit einer wunderlichen Kopfbedeckung geschmückt. Diese bestand aus einer Art engem Turban, der aus zwei malerisch übereinander gewundenen Tüchern gebildet wurde. Die getrocknete, glänzende Haut einer gewaltigen Klapperschlange zog sich durch seine Falten hindurch, und der noch mit seinen scharfen Zähnen versehene Kopf des Reptils sowie der Schwanz mit der wohl erhaltenen Klapper hingen von seinen Schultern herab. Was sein Gesicht anlangt, so würde dieses die Lobeserhebungen Encinas vollkommen gerechtfertigt haben, hätte man es seiner Malerei beraubt, die seine Regelmäßigkeit und Anmut entstellte. Eine hohe Stirn, auf der Tapferkeit und Ehrlichkeit geschrieben standen, schwarze, feurige Augen, eine römische Nase, endlich ein feiner und zugleich stolzer Mund gaben dem jungen Krieger ein achtunggebietendes, würdevolles Aussehen. Er wirkte wie die Darstellung eines prächtigen antiken Standbildes in florentinischer Bronze.

Soweit Ferry nach der Übersetzung von Kühne. Karl May fügte dieser Beschreibung in seiner Bearbeitung aus eigenem noch hinzu:

So wie er dastand in der rußigen, verräucherten Venta, hätte er ruhig auf dem elegantesten Maskenball einer der europäischen Residenzen erscheinen können, und niemand würde geglaubt haben, daß all die beschriebenen Dinge der Savanne wirklich angehörten, so nett und sauber war jeder Zollbreit an ihm und so elegant und gebieterisch zugleich seine ganze Erscheinung.

Vergleichen wir damit die Beschreibung Winnetous in der Erzählung *Deadly dust* nach dem Deutschen Hausschatz 1879/1880 (fehlt in der Buchausgabe):

Seine breiten Schultern und seine starke Brust waren nackt und von zahlreichen Narben bedeckt. Um seine engen, gerundeten Hüften schlang sich eine feine Decke von Saltillo, in glänzenden, verschiedenartigen Farben schillernd. Eine kurze, prächtig gegerbte Wildlederhose legte sich eng um seine muskulösen Oberschenkel und war an den Seiten mit den Skalplocken getöteter Feinde geschmückt. Gamaschen von scharlachrotem Tuch bedeckten seine Unterschenkel: Kniebänder, von Menschenhaar geflochten, das jedenfalls auch von den Skalpen der Feinde stammte, und aus Stachelschweinsborsten gefertigte Eicheln umschlossen über den Knöcheln und unterhalb der Knie diese Gamaschen, und die Füße steckten in wirklich kunstreichen Mokassins, die mit Zieraten von Pferdehaaren ausgeputzt waren. Von seiner Schulter hing das Fell eines grauen Bären. Wäre sein Gesicht nicht mit Kriegsfarben bemalt gewesen, so hätte man eine echt römische Nase, eine hohe Stirn, auf der Mut und Biederkeit thronten, einen kühn geschnittenen Mund und zwei Augen bewundern können, die bestimmt zu sein schienen, durch ihren Blick zu herrschen. Die fast unmerklich hervortretenden Backenknochen störten die schöne Harmonie der Züge nicht, vielmehr gaben sie ihnen etwas eigentümlich Fremdartiges, das den Beschauer fesseln mußte ... So wie er hier saß unter den Bäumen der Wildnis, hätte er ruhig auf der Bühne oder auf einem der eleganten Maskenbälle einer europäischen Residenz erscheinen können, und niemand würde geglaubt haben, daß alle diese Dinge dem Wilden Westen angehörten, so nett und sauber war jeder Zollbreit an dem roten Krieger und so ritterlich und gebieterisch zugleich seine ganze Erscheinung.

Die hier zum Vergleich angeführten Stellen zeigen, in wie vielen Punkten das Bild Winnetous mit dem seines Vorläufers übereinstimmt. Nur zwei Verschiedenheiten sind zu verzeichnen: Winnetou hat einen lang herabwallenden, schwarzen Haarschopf, während Rayon Brûlant den Kopf glatt rasiert trägt. Außerdem hat Winnetou drei Adlerfedern aufgesteckt, weil er ein Häuptling ist.

Auch in moralischer Beziehung erregt der Indianer Ferrys unsere Bewunderung. Der Verfasser schildert ihn als ein Muster von Tapferkeit, Ehrlichkeit, Ritterlichkeit und Freundestreue. In einem Punkt freilich ist er kein Winnetou, sondern stößt uns förmlich ab. Er liebt ein Apatschenmädchen und wird wieder geliebt. Aber der Häuptling nimmt ihm die Braut mit Gewalt weg. Es gelingt ihm nun, mit seiner Geliebten zu fliehen und bei den Komantschen Aufnahme zu finden. Und nun kommt das, was unser sittliches Empfinden kränkt. Rayon Brûlant wirft seinen Haß nicht nur auf seinen Beleidiger, sondern auf seinen ganzen Stamm. Er wird zum größten Feind der Apatschen, denen er allein mehr Schaden zufügt als alle Komantschen zusammen.

Karl May hat diesen Mißton ebenfalls empfunden und in seiner Bearbeitung des ‚Waldläufers' ausgemerzt. Falkenauge, also Rayon Brûlant, ist da kein übergelaufener Apatsche mehr, sondern ein Komantsche, und der Schatten in seinem Charakterbild ist verschwunden.

Reizvoll ist es, zu erfahren, daß in Karl Mays ‚Waldläufer'-Bearbeitung zum erstenmal die Silberbüchse erscheint. Ferry weiß von einem solchen Gewehr nichts. Und erst aus den Händen von Mays Komantschen Falkenauge wandert es später in die Hände Winnetous. —

Die Bearbeitung Karl Mays bestand ferner darin, daß er ganze Teile des ‚Waldläufers' unter den Tisch fallen ließ, während er Dinge, die Ferry nur andeutet, zum Inhalt von neuen, spannenden Kapiteln machte. So tut Ferry die Herzensangelegenheit des Indianers mit ein paar Worten ab, Karl May dagegen ersinnt eine ganz neue Liebesgeschichte. Er führt uns ins Lager der Komantschen und ins Wigwam der schönen Mo-la, der heimlich Angebeteten. Der ‚Kluge Fuchs', Häuptling der Komantschen und Vater des Mädchens, erscheint vor uns und stellt dem jungen Krieger eine schwere Aufgabe, durch deren Erfüllung er sich die Squaw erringen soll; der Komantsche zieht aus, wie einst die Ritter der ‚Tafelrunde', um sich den Gegenstand seiner Minne zu erkämpfen. —

Doch mit der Bearbeitung des ‚Waldläufers' ist die Beziehung Karl Mays zu Ferry noch nicht erschöpft, denn das Ferrysche Werk war für May in vieler Hinsicht anregend und richtunggebend in bezug auf eigenes dichterisches Schaffen. Während May sich mit dem ‚Waldläufer' beschäftigte und diese Arbeit liebgewann, schuf seine Phantasie selbsttätig weiter. Dabei entstand der Plan zu seiner Erzählung *Deadly dust*. Auf S. 288 der Erstausgabe seiner ‚Waldläufer'-Bearbeitung (S. 162 der vorliegenden Ausgabe) gebraucht Karl May, nicht Ferry, zum erstenmal den Ausdruck *deadly dust*. Tatsächlich dreht sich ja der ganze Roman Ferrys um den ‚tödlichen Staub'. Und hätte er ihn nicht ‚Der Waldläufer' getauft, so hätte er ihm keinen trefflicheren Titel geben können als ‚Tödlicher Staub'.

Was ist natürlicher, als daß Karl May während der Arbeit der Gedanke kam, den Fluch des Goldes und die Pest des Goldfiebers zum Gegenstand einer neuen Erzählung zu machen? Dieser Gedanke lag sehr nahe, wenigstens für einen so phantasiebegabten Schriftsteller wie Karl May. —

Auch in Mays späteren Werken lassen sich Spuren des ‚Waldläufers' nachweisen.

Bei Ferry spielt ein spleeniger Engländer eine Nebenrolle. Er reist mit einem amerikanischen Jäger durch den Wilden Westen, um den flüchtigen ‚Renner der Prärie' zu fangen, und hat mit seinem Begleiter einen Vertrag geschlossen, wonach ihm jener alle Gefahren aus dem Weg räumen soll. Sicherlich ist diese Gestalt Pate gewesen bei dem Lord Castlepool im ‚Schatz im Silbersee'. Auch dieser wirbt sich Begleiter, erprobte Westmänner, freilich nicht dazu, daß sie ihm den Weg durch die Savannen ebnen, sondern daß sie ihm möglichst viele Abenteuer verschaffen sollen.

Und dann der Mischling El Mestizo, französisch Sang-mêlé genannt! Diese Gestalt ist vom künstlerischen Standpunkt eine der prächtigsten, die Ferry gezeichnet hat. Auch durch sie ist Karl May angeregt worden, und die Erzählung ‚Halbblut‘ wäre wahrscheinlich ohne den ‚Waldläufer‘ nie geschrieben worden.

Am Ende seiner Bearbeitung wirft Karl May eine Reihe von Fragen auf, die sich um das spätere Lebensschicksal der Personen des Buches drehen. Hier die betreffenden Zeilen, die in der vorliegenden, sonst ungekürzten Fassung weggelassen wurden:

Ist Fabian lange dort geblieben, oder ging er hinüber nach Spanien, um seine Ansprüche auf die Grafschaft de Mediana geltend zu machen? Hat er auf die Bonanza verzichtet oder das Goldtal wiedergesehen mit dem Grabe des Häuptlings und all seinen Schrecken und Schätzen? Sind die „Fürsten der Wälder und Herren der Savannen“ mit ihm im Lande der Zivilisation geblieben, oder hörte man die Stimmen ihrer Büchsen wieder in der Prärie? Ist keine Kunde zwischen den Bleichgesichtern und Falkenauge, dem Komantschen, gewechselt worden? Was wurde aus Pedro Diaz, aus Encinas und allen denen, welche diese Erzählung überlebten? Hat der Stern von Sonora dem großen Pfadfinder auch fernerhin geleuchtet?

Heut müssen diese Fragen unbeantwortet bleiben, denn der „Waldläufer“ hat noch gar manches Abenteuer erlebt, von welchem der freundliche Leser später hören wird. —

Was soll das bedeuten?

Karl May wußte doch ganz genau, daß Ferry keine Fortsetzung des ‚Waldläufers‘ geschrieben hat. Also konnte er dem Leser auch keine Versprechungen machen. Oder er selber hatte im Sinn, eine Fortsetzung zu schaffen. So und nicht anders müssen diese Schlußworte gedeutet werden. Und wahrlich, Gabriel Ferry hätte keinen finden können, der würdiger und berufener gewesen wäre, sein Werk fortzusetzen.

Hat Karl May tatsächlich eine Fortsetzung zum ‚Waldläufer‘ geschrieben?

Ja und nein!

Es ist wahrscheinlich, daß er damals, als er jenes Schlußwort schrieb, ein solches Werk plante. Zur Ausführung ist es niemals gekommen. Oder vielleicht doch? Ist nicht ‚Falkenauge‘ in Winnetou wiedergekommen, der Mestize Sang-Mêlé im ‚Halbblut‘ und Sir Williams im Lord Castlepool? Und sind nicht in verschiedenen anderen Westmannsgestalten Karl Mays die übrigen Männer Ferrys irgendwie wieder auferstanden? Der Indianertöter Pedro Diaz in Sans-ear, der Verräter Cuchillo im Mörder Santer, der Schurke Baraja in Thomas Melton, dem Brudermörder, Tiburcio Arellano in Old Shatterhand, und schließlich der Waldläufer selber in Old Firehand? Sie alle sind wiedergekommen, in anderer Gestalt zwar und unter anderem Namen, aber wie die Gestalten Karl Mays selbständige Kinder seines Geistes sind, so sind sie doch auch ein wenig Geist vom Geiste Ferrys.

Das ist kein Nachteil — im Gegenteil: das muß so sein! Denn jeder Schaffende steht auf den Schultern eines oder mehrerer Vorgänger, und seine Leistung kann nur dann ganz verstanden werden, wenn die Wurzeln bekannt sind, aus denen heraus sie gewachsen ist.

So steht Karl May auf den Schultern Gabriel Ferrys.

Am ‚Waldläufer' hat er seine junge Kunst geübt, und wenn wir uns heute mit ungeteilter Freude den Genuß seiner späteren Winnetou-Erzählungen widmen dürfen, so verdanken wir das nicht nur der Kunst unseres Dichters, sondern zum Teil auch dem, der Jahrzehnte vorher auf der Fahrt nach Kalifornien in den Wassern des Ozeans ein allzu frühes Grab gefunden hat.

# KLASSISCHE JUGEND BÜCHER

Harriet Beecher-Stowe, ONKEL TOMS HÜTTE

Gottfried A. Bürger, MÜNCHHAUSEN

Frances Burnett, DER KLEINE LORD

Daniel Defoe, ROBINSON CRUSOE

Charles Dickens, DAVID COPPERFIELD

Charles Dickens, OLIVER TWIST

Herman Melville, MOBY DICK

Howard Pyle, ROBIN HOOD

Gustav Schalk, KLAUS STÖRTEBEKER

Robert Louis Stevenson, DIE SCHATZINSEL

Jonathan Swift, GULLIVERS REISEN

*Die vorliegende Erzählung*

DER WALDLÄUFER

*ist als Band 70 in Karl Mays Gesammelten Werken erschienen*

# KARL MAYS GESAMMELTE WERKE

*Jeder Band in grünem Ganzleinen mit Goldprägung und farbigem Deckelbild*

*Bd. 1* Durch die Wüste
*Bd. 2* Durchs wilde Kurdistan
*Bd. 3* Von Bagdad nach Stambul
*Bd. 4* In den Schluchten des Balkan
*Bd. 5* Durch das Land der Skipetaren
*Bd. 6* Der Schut
*Bd. 7* Winnetou I
*Bd. 8* Winnetou II
*Bd. 9* Winnetou III
*Bd. 10* Sand des Verderbens
*Bd. 11* Am Stillen Ozean
*Bd. 12* Am Rio de la Plata
*Bd. 13* In den Kordilleren
*Bd. 14* Old Surehand I
*Bd. 15* Old Surehand II
*Bd. 16* Menschenjäger
*Bd. 17* Der Mahdi
*Bd. 18* Im Sudan
*Bd. 19* Kapitän Kaiman
*Bd. 20* Die Felsenburg
*Bd. 21* Krüger Bei
*Bd. 22* Satan und Ischariot
*Bd. 23* Auf fremden Pfaden
*Bd. 24* Weihnacht
*Bd. 25* Am Jenseits
*Bd. 26* Der Löwe der Blutrache
*Bd. 27* Bei den Trümmern von Babylon
*Bd. 28* Im Reiche des silbernen Löwen
*Bd. 29* Das versteinerte Gebet
*Bd. 30* Und Friede auf Erden
*Bd. 31* Ardistan
*Bd. 32* Der Mir von Dschinnistan
*Bd. 33* Winnetous Erben
*Bd. 34* „ICH“
*Bd. 35* Unter Geiern
*Bd. 36* Der Schatz im Silbersee
*Bd. 37* Der Ölprinz
*Bd. 38* Halbblut
*Bd. 39* Das Vermächtnis des Inka
*Bd. 40* Der blaurote Methusalem
*Bd. 41* Die Sklavenkarawane
*Bd. 42* Der alte Dessauer
*Bd. 43* Aus dunklem Tann
*Bd. 44* Der Waldschwarze
*Bd. 45* Zepter und Hammer
*Bd. 46* Die Juweleninsel
*Bd. 47* Professor Vitzliputzli
*Bd. 48* Das Zauberwasser
*Bd. 49* Lichte Höhen
*Bd. 50* In Mekka
*Bd. 51* Schloß Rodriganda
*Bd. 52* Die Pyramide des Sonnengottes
*Bd. 53* Benito Juarez
*Bd. 54* Trapper Geierschnabel
*Bd. 55* Der sterbende Kaiser
*Bd. 56* Der Weg nach Waterloo
*Bd. 57* Das Geheimnis des Marabut
*Bd. 58* Der Spion von Ortry
*Bd. 59* Die Herren von Greifenklau
*Bd. 60* Allah il Allah!
*Bd. 61* Der Derwisch
*Bd. 62* Im Tal des Todes
*Bd. 63* Zobeljäger und Kosak
*Bd. 64* Das Buschgespenst
*Bd. 65* Der Fremde aus Indien
*Bd. 66* Der Peitschenmüller
*Bd. 67* Der Silberbauer
*Bd. 68* Der Wurzelsepp
*Bd. 69* Ritter und Rebellen
*Bd. 70* Der Waldläufer
*Bd. 71* Old Firehand
*Bd. 72* Schacht und Hütte
*Bd. 73* Der Habicht

KARL-MAY-VERLAG, Bamberg